Piège numérique

Christian OLIVAUX

Piège numérique

Policier

éditions Les Nouveaux Auteurs

Éditions Les Nouveaux Auteurs

16, rue d'Orchampt 75018 Paris
www.lesnouveauxauteurs.com

ÉDITIONS PRISMA

13, rue Henri-Barbusse 92624 Gennevilliers Cedex
www.prisma-presse.com

ISBN : 978-2-8195-01930

Avertissement

Ce récit est une œuvre de pure fiction.
Par conséquent, toute ressemblance avec des situations réelles
ou avec des personnes existant ou ayant existé
ne saurait être que fortuite.

Prologue

10 février : 10 h 32.

Le TGV 6299 reliant Paris Gare de Lyon à Albertville roulait depuis une heure trente-cinq et approchait de Lyon.

Les deux rames du train à deux niveaux circulaient à pleine vitesse, conduites par Laurent Arnal qui maintenait l'indicateur sur 279 kilomètres à l'heure, soit neuf kilomètres à l'heure au-dessus de la vitesse maximale préconisée sur le tronçon. Il avait ainsi presque rattrapé les dix minutes de retard prises au départ. Ce train supplémentaire, emmenant ses cinq cent cinquante-deux passagers vers les destinations de vacances d'hiver, n'avait pu être mis à quai qu'à 8 h 50, après un changement de voie de dernière minute. Bondé, il acceptait trente-six personnes en surréservation, qui devaient s'accommoder des couloirs et des voitures-bars pour trouver un endroit où s'asseoir.

Avec quinze années de métier sur les trains à grande vitesse, Laurent savait adapter l'allure de son attelage légèrement au-dessus des maximums autorisés, sans pour autant déclencher le contrôle automatique de vitesse. Cela lui permettait, chaque fois que nécessaire, de réduire le retard et de revenir en dessous de la fameuse demi-heure permettant aux passagers d'être indemnisés. Personne ne s'en plaignait et surtout pas la direction, qui indexait la prime de fin d'année des conducteurs en partie sur la ponctualité des trains et sur les minutes gagnées. Laurent savait apprécier le surcroît de vitesse qu'il pouvait s'autoriser. La marge de manœuvre étant de toute façon limitée par l'informatique de bord. Il jeta un coup d'œil à l'écran de progression qui remplaçait désormais la feuille de route et limitait le besoin de concentration pour lire les panneaux en bord de voie. Dans moins de dix minutes, il commencerait à ralentir pour l'arrêt en gare de Lyon Saint-Exupéry. Il regarda l'heure et fit un rapide calcul : retard de trois minutes, au plus. Devant lui, le paysage défilait au rythme des poteaux supportant les câbles d'alimentation.

Dans le wagon numéro un, juste après la motrice, à l'étage, Sophia Jeanneney regardait régulièrement vers l'entrée du compartiment où s'entassaient des bagages et des skis dans leurs housses. Elle avait choisi le train pour rallier Albertville et rejoindre ensuite la station de la Plagne en bus, sur les conseils de sa meilleure amie. Celle-ci l'avait convaincue qu'elle arriverait reposée, sans le stress de la route et ses immanquables bouchons pour arriver en station. Sa copine avait oublié de lui dire que pour parvenir à monter dans le train avec ses deux enfants de huit et dix ans, pour trouver un emplacement pour les bagages et arriver à caser ses deux gros sacs et sa paire de skis, elle allait devoir suer sang et eau. La housse de skis avait déjà glissé deux fois et elle avait dû précipitamment se lever pour les redresser, sous l'œil réprobateur de plusieurs passagers de ce wagon de première. Montée dans le train parmi les derniers, Sophia s'était résignée à entasser ses bagages dans le couloir, tous les emplacements de rangement étant déjà plus que complets. Elle avait pourtant pris les devants en arrivant à la gare avec trente minutes d'avance. Attendant patiemment dans le hall l'affichage du quai. Malheureusement, elle n'avait pas entendu l'annonce précisant que le train prendrait place sur le hall de départ jaune à la place du bleu. Trois minutes avant l'heure de départ prévue, elle s'était décidée à demander au guichet d'information. La suite avait été un pur moment de stress, où elle avait dû courir avec les sacs, en pressant ses enfants de suivre, sans se perdre, jusqu'à monter dans le train deux minutes à peine avant son départ. Elle s'était félicitée, une fois n'est pas coutume, du manque de ponctualité de l'opérateur qui affichait dix minutes de retard. Lorsqu'elle s'était enfin assise, essoufflée et en nage, cette maman de trente-huit ans, divorcée depuis deux ans, avait espéré qu'avec ce contretemps sa dose d'imprévu prendrait fin, et que le reste de la semaine de vacances se déroulerait sans encombre. Au moins, d'après ce qu'elle avait vu avant son départ sur le site Internet de la station, la neige était bonne et la météo annonçait du beau temps au moins pour les trois prochains jours.

Au milieu du train, dans le premier wagon de deuxième classe, un homme travaillait sans relâche sur son ordinateur, complètement étranger à la cohue et aux cris des enfants jouant dans l'allée. La petite cinquantaine, costume cravate de bonne coupe, Albert Letourneau relisait pour la dixième fois le dossier qu'il devait remettre le jour même, avant midi, à sa banque. Le conseiller financier lui avait fixé l'ultimatum : à moins qu'il ne fournisse de nouveaux arguments, la banque ne suivrait plus le découvert et il n'aurait plus d'autres choix que de placer son entreprise en cessation de paiement. Les garanties qu'il comptait présenter devaient suffire, selon lui, à faire pencher la balance en sa faveur. Les quinze employés de sa PME vivaient depuis deux mois dans l'angoisse de perdre leur emploi. Il soupçonnait les dirigeants et les commerciaux de la filiale de la banque de ne faire aucun effort pour l'aider. Sans doute voyaient-ils d'un bon œil l'hypothèque sur la propriété familiale qu'il avait dû accepter pour obtenir le prêt lui permettant d'augmenter son activité un an plus tôt. Il avait investi les fonds, légèrement dépassé le budget initial, modernisé l'outil de travail… Le carnet de commandes s'était rempli, mais un peu plus lentement que dans ses prévisions. Depuis plusieurs mois, les liquidités commençaient à faire défaut. Même si le carnet de commandes était aujourd'hui plein pour deux ans, le manque de trésorerie ne lui permettait plus de payer les salaires et les charges. Ses employés avaient accepté de patienter quinze jours pour recevoir leur salaire. Il allait jouer sa dernière carte ! S'il n'obtenait pas cette rallonge, c'en était fini de l'entreprise familiale, que son père avait créée trente ans plus tôt… Il regarda sa montre. Moins de dix minutes avant l'heure théorique d'arrivée. Le léger retard du train l'avait angoissé au plus haut point. Il ne pouvait se permettre d'arriver en retard. Le temps de récupérer sa voiture, il lui faudrait encore vingt minutes pour arriver jusqu'à la banque. Il était encore dans les temps.

À l'autre extrémité du train, dans le dernier wagon de la deuxième rame, dans la voiture portant le numéro dix-huit, les passagers en surnombre devaient également cohabiter avec les bagages. L'ambiance, bruyante et tendue, ne permettait pas à Jean-Pierre Sourbet de se concentrer sur ses corrections. Ce professeur de mathématiques de vingt-huit ans s'efforçait de corriger un maximum de copies dans le train. Il était bien décidé à terminer au plus vite ce travail pour ne pas avoir à y revenir pendant les quinze jours de vacances qu'il allait passer avec sa toute nouvelle petite amie, dans le chalet de ses parents, en bas de la station des Arcs. Elle aurait dû descendre avec lui, mais il n'avait pu obtenir une deuxième place dans le même train. Elle prendrait le suivant, en début d'après-midi.

Jean-Pierre Sourbet regarda sa montre. Plus qu'un petit quart d'heure avant l'arrivée à Lyon. Depuis le départ, le paquet de copies n'avait pas suffisamment diminué à son goût. Peut-être avait-il passé trop de temps sur les premières. Pour son malheur, il devait supporter une famille particulièrement bruyante assise dans le carré de l'autre côté du couloir. Le père et la mère, dépassant tous les deux allègrement les cent kilogrammes, ne cessaient de parler, d'invectiver leurs trois enfants. L'un d'eux était assis à côté de lui. Lorsqu'enfin ceux-ci recouvraient un semblant de calme, les parents ne résistaient pas à l'envie d'utiliser leurs téléphones, chacun leur tour, pour appeler leur famille, leurs voisins ou leurs amis, commençant leur conversation par « Devine d'où je t'appelle ! ». Ils parlaient d'une voix forte, ignorant superbement les panneaux présentant un téléphone barré. Personne dans le wagon, n'ignorait plus qu'ils allaient passer la semaine dans la famille à Lyon. Plusieurs fois, des passagers leur avaient demandé de téléphoner depuis les plates-formes, ou de parler moins fort, mais ils s'en moquaient. Les enfants de cette famille, une fille et deux garçons entre huit et douze ans, suivaient les traces de leurs parents. Le fils aîné accusait déjà une surcharge pondérale impressionnante qu'il entretenait consciencieusement depuis le départ en se gavant de gâteaux qu'il finissait d'avaler sans mâcher en s'aidant de grandes gorgées de Coca. Il semblait capable de manger ainsi sans fin en utilisant uniquement sa main gauche, la droite étant occupée à cliquer sur sa console PSP pour finir un niveau de plus de son jeu favori. Régulièrement, le garçon annonçait son score à son petit frère, tout en continuant de manger, postillonnant à tout va.

Au milieu de la première rame, Michel Petches, contrôleur et chef de train, avait déjà renoncé à deux reprises à verbaliser des passagers possédant une réservation pour un autre train. Le retard et le changement de quai de dernière minute avaient empêché le nécessaire filtrage avant l'embarquement. Difficile de faire descendre quelqu'un après le départ du train. Il demeurait néanmoins responsable du surcroît de passagers et pouvait être sanctionné en cas d'incident. Les bagages empilés dans les couloirs et sur les plates-formes le freinaient dans sa progression. Bon nombre de passagers, exaspérés, le rendaient responsable, pêle-mêle, du retard au départ, de l'impossibilité de ranger les bagages, du fait que certains passagers ne semblaient pas avoir de réservations ou de l'insuffisance d'information sur l'heure exacte d'arrivée. Il conservait néanmoins le sourire commercial, considérant que son humeur ne devait jamais altérer ses rapports avec les usagers.

Il franchit courageusement une pile de sacs de voyage et s'engagea dans la voiture numéro sept, en s'annonçant par le traditionnel « Contrôle des billets, s'il vous plaît ! »

Maxime Lecourt venait de garer sa voiture sur une aire de refuge de la bande d'arrêt d'urgence sur l'autoroute A432, juste à l'entrée du viaduc de la Côtière, pour répondre au téléphone. Commercial, il avait déjà perdu plus de la moitié des points de son permis de conduire pour avoir téléphoné en roulant et pour deux petits excès de vitesse. Bien que ces incessants arrêts ne lui permettent plus de tenir les objectifs que lui imposait sa direction, il n'avait plus le choix. Il ne pouvait risquer de se retrouver avec son permis invalidé, ce qui signifierait la perte immédiate de son travail. Il roulait soixante mille kilomètres par an, et n'avait pas eu le moindre accident responsable depuis plus de dix ans. Par ailleurs, il avait déjà demandé par deux fois à ce client de le rappeler plus tard. Il devait impérativement s'arrêter les quelques minutes nécessaires pour prendre ce rendez-vous qu'il espérait obtenir pour l'après-midi, sur Vienne.

Alors qu'il prenait la communication, il regarda distraitement, trois cents mètres devant lui, le viaduc qu'il s'apprêtait à emprunter et qui descendait en pente douce vers l'est de Lyon. Cent mètres à droite du premier, le deuxième viaduc supportait les voies ferrées de la ligne TGV. Les deux ouvrages d'art ne passaient pas inaperçus dans le paysage boisé par-delà lequel on devinait les faubourgs de la ville de Lyon. Sur les deux voies de la chaussée, la circulation dense se lançait sur le pont à grande vitesse. Le déplacement d'air des très nombreux poids lourds se ressentait sur sa voiture qui oscillait toutes les cinq secondes en moyenne.

Le train approchait du nord de Lyon. Le mécanicien, Laurent Arnal, vit passer le repère avant l'entrée dans le tunnel. Il commencerait à réduire la vitesse après le viaduc qui longeait celui de l'autoroute A432. Il ne se lassait pas de ce passage où il avait l'impression de plonger vers Lyon.

À cet endroit, la voie de chemin de fer traversait la colline par deux tronçons de tunnel séparés par un passage à ciel ouvert. À la sortie du deuxième tunnel, la voie passait sur le viaduc qui descendait sur plusieurs kilomètres pour rejoindre la gare de l'aéroport de Lyon Saint-Exupéry.

Le TGV pénétra dans le premier tunnel. L'onde de pression lui fit bourdonner les tympans. Le cadran digital, indiquant la vitesse, affichait 284 kilomètres à l'heure. Huit secondes plus tard, la trouée au milieu de la colline laissa la lumière du jour éclairer le poste de pilotage un bref instant avant que la motrice n'aborde le deuxième segment. Six secondes d'obscurité, puis la voie commença à descendre. La vitesse augmenta encore pour atteindre 286 kilomètres à l'heure. Laurent vit grossir très rapidement le point de lumière à l'extrémité du tunnel.

La première explosion fut déclenchée sur le quatrième pylône, positionné auprès de la route D1084. À cet endroit, le viaduc culminait à trente-six mètres. La demitonne de TNT, positionnée entre le tablier et le haut du pylône, brisa la dalle de béton armé de deux mètres d'épaisseur. L'onde de choc se propagea jusqu'aux piliers 3 et 5. Une seconde plus tard, une autre explosion de même intensité retentit sur le deuxième pylône juste au moment du passage de la motrice.

Laurent eut le temps d'apercevoir la première explosion et le tablier se soulever deux cents mètres plus loin, comme aspiré par le ciel. L'alimentation de la voie se coupa automatiquement et l'informatique du TGV cessa aussitôt la traction. Un voyant s'alluma sur le tableau de bord.

La motrice fut soulevée par la deuxième explosion. Laurent ressentit une accélération d'une violence inouïe, puis une demi-seconde pendant laquelle il lui sembla flotter dans sa cabine. Il sut qu'il allait mourir.

Sophia Jeanneney venait de dire à sa fille de souffler en se bouchant le nez pour supprimer la gêne qu'elle ressentait au niveau des oreilles. À chaque passage de tunnel, la compression de l'air occasionnait cet effet en même temps qu'un bourdonnement désagréable. Elle perçut le choc au moment où la voiture repassait à la lumière. Plusieurs passagers crièrent lorsque le wagon commença à se soulever tout en tournant rapidement sur la droite. La chute dura moins d'une seconde.

En deuxième classe, Albert Letourneau releva la tête, serrant toujours dans ses mains son dossier, alors que le wagon commençait à se briser sous l'effet de l'explosion qui se propageait.

La motrice et les quatre premiers wagons, soufflés par l'explosion, décollèrent littéralement alors que le reste du train continuait sur sa lancée. Plusieurs wagons s'encastrèrent dans les débris de béton qui retombaient ou dans ceux qui les précédaient, avant de plonger dans le trou béant qui remplaçait désormais le tablier du pont sur près de trente mètres.

Maxime Lecourt, toujours garé dans sa Golf sur l'aire de refuge, moteur tournant, notait l'heure de son nouveau rendez-vous lorsque le flash lumineux lui fit relever la tête. Une seconde plus tard, le souffle de l'explosion secoua la voiture comme une main invisible et le bruit claqua jusqu'à l'intérieur de l'habitacle. La deuxième explosion fendit son pare-brise en deux et fit reculer la voiture d'un bon mètre. Instinctivement, il plaça ses mains devant son visage pour se protéger. Choqué, il resta un moment sans réaction. Ses bras retombèrent d'eux-mêmes tandis qu'il assistait à une scène qu'il ne parvenait pas à croire. Il vit le haut du viaduc se soulever et se briser en trois morceaux. Les blocs n'étaient pas encore tous retombés que le train sauta le pas. À une vitesse effroyable, les wagons étaient lancés dans le vide, se tordaient, se brisaient dans un vacarme épouvantable. Sur l'autoroute, un camion se renversa au milieu de la chaussée. Un autre s'y encastra ainsi que toutes les voitures qui suivaient. Projetés par les deux explosions, des débris parvinrent jusqu'à la chaussée, comme une pluie de pierres. Des voitures zigzaguaient, des conducteurs pilaient brutalement, entraînant un carambolage monstre. Maxime crut voir plusieurs voitures projetées par-dessus la rambarde de protection.

Au milieu de la deuxième rame, un instant avant qu'il ne soit écrasé par un boggie, le contrôleur Michel Petches eut le temps de voir passer un wagon entier qui tournoyait en tombant. La cabine sembla ensuite se raccourcir à mesure que le wagon s'écrasait contre le reste du pilier numéro quatre.

Dans la dernière voiture, Jean-Pierre Sourbet teint sa pile de copies jusqu'au bout, tétanisé. Il vit la famille qu'il avait surnommée « Les Bidochon » décoller des sièges. La mère lâcha enfin son téléphone, s'arrêtant au milieu d'une phrase. Elle venait de prononcer ses derniers mots. Son gros rejeton cliqua une dernière fois sur sa PSP pour finalement perdre sa partie. Les derniers mots qu'il lut, avant d'être pulvérisé par une traverse de deux tonnes, furent « *Game over* ».

Sans réaction, Maxime Lecourt assista à la destruction du TGV 6299. Les wagons percutèrent les pylônes puis s'écrasèrent trente mètres plus bas à près de trois cents kilomètres à l'heure. Sur l'autoroute, on ne comptait plus les voitures et les camions encastrés, les gens qui pouvaient sortir se précipitaient en tous sens, parfois pour s'écrouler au bout de quelques mètres. Une épaisse fumée commençait à envahir la scène, plusieurs voitures et quelques camions commençaient à brûler. Un poids lourd contenant des produits liquides hautement toxiques et inflammables était couché sur le côté. Il commençait à déverser sa cargaison qui s'écoula rapidement vers les premiers foyers d'incendie.

***

10 février.

« Catastrophe sans précédent sur le TGV Paris Lyon, aujourd'hui à 10h36. Selon les premières informations qui nous parviennent, le train à grande vitesse aurait déraillé sur un viaduc, quelques kilomètres avant l'arrivée à Lyon.

« Le pont de l'autoroute A432 a également été touché, provoquant un carambolage sur près d'un kilomètre. Le bilan est très lourd, on parle de plus de six cents victimes. Le préfet a déclenché le plan rouge. »

« Catastrophe du TGV 6299. Des témoins affirment avoir observé des explosions sur les piliers du viaduc. La piste de l'attentat terroriste est envisagée.

« Un autre attentat déjoué *in extremis* sur le TGV Est. Pas de pistes officielles pour l'instant. Les attentats viennent d'être revendiqués par une branche d'Al-Qaida au Maghreb islamique, afin de dissuader la France de continuer à s'ingérer dans les affaires des pays du Maghreb. »

« Le président de la République a condamné fermement cet attentat lâche et annonce que tout sera mis en œuvre pour retrouver et juger les coupables.

« Les gares TGV et les aéroports sont momentanément fermés. Le trafic suspendu jusqu'à la mise en place de mesures de sécurité suffisantes. Dans les gares, des milliers de passagers s'apprêtent à passer une première nuit d'attente. »

11 février.

« Les Français se réveillent sous le choc. Le bilan officiel de l'attentat du TGV Paris-Lyon fait état de cinq cent vingt-six victimes et vingt-huit blessés. Pour vingt-six d'entre eux, le pronostic vital est engagé. Seuls deux passagers s'en tirent avec seulement quelques fractures et contusions. Les secouristes ont travaillé toute la nuit avec des engins de levage et de désincarcération. Le bilan sur l'autoroute s'élève à vingt-sept morts et cent trente-cinq blessés. »

« Mobilisation de toutes les forces de police et renfort de l'armée sans précédent. »

12 février.

« Nouvelle allocution du président de la République.

Il demande solennellement au Parlement de voter en urgence un *Patriot Act* à la française, permettant d'augmenter considérablement les moyens d'action des enquêteurs pour arrêter les terroristes. » « Nous ne permettrons pas que de tels crimes restent impunis. »

13 février.

« Explosion terroriste au premier étage de la tour Eiffel. Un homme s'est fait exploser avec sa charge au premier étage de la tour, faisant six morts et soixante blessés. »

« L'armée est mobilisée pour surveiller les endroits publics. Le dispositif Vigipirate mis en place est le plus important jamais déployé. Près de cinq mille militaires ont ainsi été mobilisés pour assurer la surveillance du territoire. »

« Le Premier ministre annonce qu'un décret sera présenté à au Parlement dans les prochains jours afin de fournir les moyens judiciaires et financiers qui permettront de traquer les responsables de ces odieux attentats. »

16 février.

« La directive 622, élargissant considérablement les pouvoirs des forces de police et plus particulièrement ceux de la Direction Centrale du Renseignement Intérieur a été votée par décret ce matin à l'Assemblée, à une large majorité. »

Chapitre 1

Deux ans plus tard.

Lyon. Direction Centrale du Renseignement Intérieur. Direction C. Centre opérationnel.

Mercredi, 16 h 56.

—J'ai un contact sur la localisation de son portable !

En un instant, la salle de surveillance de la brigade antiterrorisme fourmilla comme une ruche.

Une multitude d'écrans panoramiques recouvrait le mur principal de la salle du poste de commandement opérationnel, donnant à l'endroit un air de régie de télévision. Mais là s'arrêtait la ressemblance. La tension palpable des six policiers présents transparaissait dans leurs actions. Tous étaient appliqués à réagir aux événements avec célérité et précision. Cinq d'entre eux se concentraient sur leur console. Ils suivaient les images retransmises et s'efforçaient d'exécuter les ordres de leur chef qui dirigeait la manœuvre :

—Affichez les caméras, il me faut un contact visuel. Pelletier, qui avons-nous dans le quartier ? demanda-t-il à un des policiers qui peinait à suivre les demandes qui s'enchaînaient sans répit.

—Personne, monsieur. Il nous a bien baladés, on l'attendait à Villeurbanne, de l'autre côté du périphérique, il devait se sentir surveillé.

—Vous vous apitoierez plus tard. Qui avons-nous dans le quartier pour l'intercepter ?

—Personne. Nous avions prépositionné le gros des troupes pour l'embuscade. Je peux réassigner deux voitures et je les envoie sur place.

—O.K., faites ça ; combien de temps ?

—Elles y seront dans… huit minutes.

—C'est trop long !!

—On peut demander au commissariat local d'envoyer une voiture ? hasarda un autre fonctionnaire.

—Non ! ordonna le commissaire divisionnaire Pierre-Étienne Giraud, directeur des opérations de cette cellule antiterroriste de la DCRI. Je vous l'ai déjà expliqué, cette affaire ne doit pas sortir du service. Dites-leur de foncer.

L'agent pianota sur son clavier et le changement de mission se fit sans besoin d'aucun message radio.

Sur le mur, l'écran principal affichait une vue cartographique d'un quartier de la ville de Lyon. Cette image présentait un mélange de photos satellites et d'informations vectorielles, précisant notamment le nom des rues, des enseignes des boutiques... Un point clignotant, entouré d'un cercle dont le diamètre variait chaque seconde, progressait sur l'image le long d'une rue. Il marquait la localisation du téléphone portable de la cible et la zone de précision. Des symboles présentant des caméras et leur zone de couverture enrichissaient la carte affichée. Les images de ces caméras s'affichaient en direct sur une multitude d'écrans annexes. Un des policiers s'occupait, tel un réalisateur de direct, à sélectionner celles qui devaient être affichées sur les trois écrans principaux situés à droite de la carte numérique.

—On l'a sur la trois… et sur le panoramique.

L'homme marchait d'un bon pas. Sur l'écran, on distinguait seulement le haut de son crâne dégarni et les pans de sa veste de costume qui s'agitaient au rythme de sa marche. La caméra, située sur un immeuble dans la rue, était pilotée par un des opérateurs du centre. Il pouvait à sa guise effectuer un suivi en manuel ou en mode automatique. Dans ce dernier cas, un logiciel de reconnaissance d'image et d'anticipation de mouvement permettait, en théorie, de suivre un piéton ou un véhicule, même s'il passait derrière une haie d'arbres, un Abribus ou autres masques. Pour l'instant, le policier aux commandes pilotait la caméra en manuel, plus confiant en son jugement et en son expérience que dans les automatisations d'un logiciel.

Sur les autres écrans, deux images vidéo suivaient maintenant le déplacement de l'homme.

—On va le perdre, il va passer sous les arbres, annonça un des opérateurs.

—C'est pas grave tant qu'on le localise avec son portable, dans cette zone, on est à moins de vingt mètres en triangulation, corrigea un de ses collègues.

—Je vous rappelle que nous cherchons son contact, de savoir où il est ne nous suffit pas, et nos agents en ville ne seront là que dans sept minutes, coupa Giraud d'un ton sec.

Effectivement, l'homme fut masqué par une rangée d'arbres et les deux caméras le perdirent de vue. Seule une vue panoramique lointaine, où l'on distinguait, en haut de l'image, la basilique Notre-Dame de Fourvière se détacher sur fond de ciel bleu, permettait aux agents de suivre encore la cible, et de corréler ces informations avec la cartographie.

— Il tourne à droite ; il va vers la place Bellecour, on va le récupérer dans cinquante mètres.

Les policiers présents dans la salle principale avaient tous été recrutés pour leurs compétences en informatique, en communication, en décryptage, en langues... Ils avaient à leur disposition le matériel et les moyens qui leur permettaient en théorie de surveiller et de suivre tous les suspects, en fait n'importe qui, avec une efficacité redoutable. L'accès illimité à de nombreux fichiers et bases de données leur donnait également un avantage très important.

Sur un écran à part, la fiche de l'homme sous surveillance donnait toutes les informations utiles : nom, prénom, âge, profession, téléphone, mail, adresse. On y trouvait également beaucoup d'autres informations que le commun des mortels considérait comme strictement privées et confidentielles, mais qui étaient bel et bien accessibles aux agents présents dans la salle. Tous ces renseignements représentaient une synthèse et une compilation des données issues notamment des fichiers Cristina, Edvige et des bases d'un projet qui n'était pas censé avoir vu le jour : Hérisson. Ce projet, au départ une simple étude de faisabilité, visait à permettre une analyse à très grande échelle de tous les flux informatiques transitant par Internet et par les réseaux téléphoniques : une sorte d'Échelon à la française. Le projet avait été officiellement enterré après que la presse et des associations s'étaient emparées du sujet, dénonçant une atteinte manifeste aux libertés individuelles.

Pourtant, dans ces locaux de la DCRI, une batterie d'ordinateurs puissants animait le logiciel. Les traitements automatisés effectuaient des recoupements entre les différentes bases de données et réalisaient des synthèses. Ils étaient capables, par exemple, de reconnaître un visage sur n'importe quelle source vidéo ou photo envoyée par Internet ou par téléphone, de l'associer au propriétaire de l'appareil, aux coordonnées géographiques si l'appareil était équipé d'un GPS. Le système récupérait également instantanément tout le carnet d'adresses, l'historique des appels, des mails. Il enregistrait et décodait à la volée toutes les conversations, tous les SMS... Ces outils offraient aux policiers, dans cette salle, un accès sans limites aux données privées des présumés terroristes, ou de toute personne que l'enquête en cours pouvait amener à surveiller. Dès qu'ils avaient ciblé un suspect, les agents pouvaient ainsi facilement écouter ou réécouter l'enregistrement des conversations téléphoniques des postes fixes et des mobiles, lire et enregistrer la totalité du contenu des comptes mails privés et professionnels, consulter les relevés bancaires ou la liste des pages Internet consultées ces deux dernières années.

La DCRI, née du regroupement de la Direction de la Sécurité du Territoire et des Renseignements Généraux, n'avait jamais rêvé d'avoir un jour un tel outil de travail. Le décret, voté dans l'urgence après l'attentat du TGV Paris-Lyon, qui avait fait plus de cinq cents victimes deux ans plus tôt, avait enfin offert aux agents des moyens illimités d'investigation pour mener à bien leurs enquêtes et déjouer les nouvelles menaces. La plupart des outils existaient déjà auparavant, mais ne pouvaient réglementairement être utilisés. L'existence de tels moyens de surveillance restait bien entendu confidentielle. Les policiers du service étant, quant à eux, soumis au secret le plus absolu.

Philippe Darlan, l'expert analyste du centre opérationnel, avait notamment la charge de fournir et compiler les données, de paramétrer les filtres de recherche et de trouver des listes de mots clés. Il appliquait ses connaissances à fouiller toutes les sources possibles afin d'informer sa hiérarchie de toutes convergences de données pouvant alerter les services sur une activité terroriste. L'informaticien, considéré comme un des plus doués de sa promotion, passionné de hautes technologies, pratiquait son métier davantage comme une passion que comme une profession. Si l'affaire actuelle trouvait un dénouement favorable, ce serait, très certainement et une fois de plus, grâce à ses travaux.

Toujours suivi à son insu par la position de son téléphone portable et par les caméras de surveillance, l'homme pénétra sur la place Bellecour. Il passa à côté de la statue équestre de Louis XIV, dont la légende raconte que son auteur, ayant oublié les étriers, se serait suicidé (les vrais passionnés d'histoire savaient qu'il n'en était rien et que Louis XIV était représenté montant son cheval à cru, sans selle ni étriers.)

L'homme pressa le pas, se retournant fréquemment, comme s'il craignait d'être suivi.

—On n'a pas mieux comme image ? pesta Giraud devant la vue panoramique prise depuis une caméra éloignée de plus de deux cents mètres du suspect qui marchait au milieu de la place. Les tremblements de l'air dus à la chaleur qui montait du sol accentuaient encore la médiocrité de l'image.

—Non monsieur, aucune caméra sur la place, mais on devrait avoir une vue meilleure dans quelques secondes avec celle qui est installée au-dessus de chez Decitre.

Effectivement, au même moment, une autre caméra, installée sur l'immeuble qui abritait un des magasins de la célèbre librairie lyonnaise, capta l'image de l'homme. Celui-ci arrivait à l'extrémité ouest de la place, face au café Bellecour qui se situait de l'autre côté de la rue. L'agent manipula la caméra en rotation, regrettant une fois de plus que celle-ci ne soit pas équipée de zoom. Depuis plus d'un an, l'augmentation des crédits alloués aux communes pour la surveillance urbaine avait permis de remplacer les anciennes caméras par d'autres, beaucoup plus modernes. Ces derniers modèles, qui devraient à terme remplacer tous les anciens, étaient équipés de zooms capables de lire un numéro de téléphone sur un mobile ou un article de journal à cinquante mètres. Certaines caméras filmaient également en proche infrarouge et offraient une qualité remarquable même la nuit, à la lumière de l'éclairage urbain.

Sur l'écran panoramique, le suspect s'arrêta au niveau des arbres. Il agita la main.

—Il fait un signe de la main ! Son contact est dans ce café ou en terrasse. Réorientez la caméra et scannez les visages.

—Nous n'aurons pas assez de résolution pour lancer la reconnaissance de visage.

—Filmez quand même, on verra après pour la reconnaissance. On est à combien de temps de l'intervention ?

—Quatre minutes, monsieur, peut-être un peu moins.

—Alors, il n'y a plus qu'à souhaiter qu'il aille s'asseoir à la terrasse avec son contact pour nous laisser le temps d'arriver.

Chapitre 2

Lyon. Mercredi, 17 h.

Alexandra Decaze lisait un quotidien, attablée à la terrasse du café Bellecour, sans vraiment parvenir à s'intéresser aux articles. En ce début de mai, la célèbre place lyonnaise croulait sous la chaleur. Depuis presque deux semaines, le thermomètre flirtait avec les trente degrés. Les prévisions météo n'annonçaient pas la moindre pluie sur le pays avant au moins une semaine. Les plus pessimistes parlaient déjà de canicule pour l'été à venir, peut-être même plus torride encore que celle de 2003.

Le café Bellecour se situait à l'extrémité ouest de la place, derrière une ligne d'érables imposants, un peu à l'écart de l'agitation des rues commerçantes. La terrasse affichait complet. Les clients, beaucoup d'étudiants, sirotaient des jus de fruits et savouraient des glaces, en profitant de cette fin d'après-midi.

La jeune femme referma son journal, qu'elle n'avait parcouru que très superficiellement, ne s'attachant qu'aux gros titres, les mêmes d'ailleurs depuis près de deux semaines et aux résultats du premier tour de l'élection présidentielle : la montée du parti d'extrême droite s'était confirmée, renouvelant le scénario de 2002. En dépit de sondages très défavorables, le président au pouvoir avait réussi à conserver de justesse la majorité relative au premier tour. Le quotidien, comme la plupart des autres médias, continuait à publier des résultats de sondages alors même qu'ils s'étaient tous lourdement trompés pour les estimations du premier tour, annonçant tous la défaite de la majorité.

L'autre gros titre s'attachait à diaboliser la montée de l'extrémisme et à véhiculer des hypothèses effrayantes en cas de victoire du parti nationaliste. De jour en jour, et avec la crainte de voir le pays basculer à l'extrême droite, tous les médias publiaient des enquêtes sur les risques que ce choix allait faire courir au pays.

Partagée entre son intérêt pour le débat politique et l'impatience de voir enfin l'actualité parler d'autre chose, tant la bataille avait fait rage depuis près d'un an, Alexandra Decaze attendait impatiemment le deuxième tour des élections présidentielles qui allait se dérouler ce dimanche. Même le chapitre du terrorisme ne trouvait sa place qu'en page quatre, bien qu'une nouvelle fusillade, la semaine passée, ait opposé les forces de l'ordre et des terroristes, causant la mort de l'un d'entre eux. Depuis l'attentat du TGV 6299 et le renforcement du dispositif Vigipirate, il ne se passait pas une semaine sans que des actions antiterroristes soient menées à grand renfort de publicité. Cette dernière actualité servant sans conteste les intérêts du président sortant, qui militait pour une augmentation de la sécurité sur le territoire. Elle lui avait permis de revenir sur ses adversaires après avoir marqué plus de huit points de retard.

Alexandra, qui consultait régulièrement les sondages « en ligne » de blogueurs indépendants, s'était persuadée que leur analyse était la bonne et que le parti nationaliste pouvait gagner. Se basant sur les résultats du premier tour, elle était convaincue que beaucoup de Français allaient voter contre le maintien au pouvoir de l'actuel président. Plus que jamais, les sondages allaient se tromper. La plupart des électeurs sondés n'avouaient pas qu'ils allaient voter pour l'extrême droite, de peur d'être jugés, pesant ainsi sur la valeur des enquêtes d'opinion. Mais qui fallait-il croire ? Les sondages « officiels » basés sur un échantillon restreint de population ou ceux, plus populaires, en ligne, dont on pouvait douter de la valeur en l'absence de tout contrôle ?

Elle regarda sa montre pour la troisième fois en dix minutes : 17 h. Son mystérieux rendez-vous était en retard. Le peu d'ombre que lui procurait le store déployé s'échappait avec la course du soleil, et elle avait déjà déplacé son siège autant que la politesse le lui permettait sans empiéter sur la table voisine. L'ombre reculait inexorablement.

Alex dévisagea les passants, espérant croiser dans un regard la confirmation que son contact était enfin arrivé. Mais les hommes qu'elle dévisageait, et qui lui adressaient parfois un sourire, voyaient en elle une femme séduisante, âgée d'environ trente-cinq ans, aux cheveux bruns mi-longs tirés en arrière et aux yeux clairs. Vêtue d'un pantalon de flanelle grise à pinces et d'une veste stricte sur un chemisier crème, avec des boucles d'oreilles discrètes, une montre Guess, deux bagues dont une sertie d'un rubis à l'éclat très pur, mais pas d'alliance. Elle véhiculait l'image d'une femme accomplie dans sa vie et dans son travail. Les traits réguliers, les pommettes bien marquées, sa meilleure amie lui trouvait un air de Marion Cotillard « surtout quand elle souriait ». Elle considérait la ressemblance douteuse, ayant toujours eu les plus grandes difficultés à accepter l'image qu'elle renvoyait au monde.

Elle commençait à s'impatienter, et regrettait de ne pas s'être habillée plus légèrement. Alex devait retourner à son travail avant la fin de l'après-midi pour y remettre un article avant le bouclage du numéro du lendemain et se voyait mal revenir au journal en nage. Elle repensa à cette petite robe légère qu'elle avait essayée ce matin avant de partir au travail, choisissant en fin de compte (et contre sa propre envie) une toilette plus en accord avec l'image qu'elle imaginait devoir donner au bureau pour être respectée : « Classe et pro ! » disait-elle à sa meilleure amie.

Alexandra Decaze était reporter rédacteur, pour le quotidien lyonnais *Jour de Lyon.* Sa rédactrice en chef et amie Françoise Eynac lui avait confié, six mois auparavant, (à sa demande), les pages « société » du quotidien. Ainsi, au gré de l'actualité et de ses enquêtes, elle était amenée à aborder des thèmes écologistes, à rédiger des articles sur les nouvelles technologies développées par des entreprises régionales ou même à traiter des sujets relatifs à des faits divers ou des anecdotes surprenantes.

Depuis sa nomination, elle n'avait eu de cesse de montrer à Françoise ses capacités d'initiative et d'innovation. Étant depuis toujours très critique sur les visions « alternatives » de l'actualité que l'on trouve sur Internet notamment, elle avait proposé à sa rédactrice en chef une série d'articles sur les légendes urbaines et autres théories du complot. Françoise avait accepté bien volontiers, autant parce que le thème lui plaisait que pour s'assurer que son amie ne viendrait pas se plaindre du manque d'intérêt des sujets qu'elle lui donnait à traiter.

Alexandra avait ainsi travaillé sur des articles très variés dont le contenu traitait d'une conviction populaire de l'existence de divers complots, des « légendes contemporaines », comme elle avait titré. Dans l'idée de beaucoup, ces fameux « complots » seraient fomentés par les puissants de ce monde, afin d'asseoir et de conserver leur pouvoir sans partage. Certains semblaient penser que, pour parvenir à leurs fins, des hommes et des femmes de l'ombre disposaient de pouvoirs et de moyens sans limites, pouvant au besoin faire disparaître des témoins gênants ou manipuler l'information par le biais d'images truquées. La dernière tendance visait l'économie mondiale, et la croyance qu'une poignée d'hommes avait fait main basse sur l'économie européenne en organisant la crise de la dette.

Son travail l'avait amenée à aborder des thèmes aussi différents que les attentats du 11 Septembre, Roswell, et même l'Opus Dei ou la franc-maçonnerie, redevenus des thèmes à la mode depuis le début de la vague « Dan Brown ». Elle s'était investie dans ses articles, tentant de faire objectivement le tri entre les théories farfelues et le point de vue, sinon crédible, du moins documenté, de certains blogueurs. Elle s'amusait de constater que, présentées sous un certain jour, beaucoup de théories du complot pouvaient apparaître fondées. Que dire de ceux qui affirmaient que l'homme n'a jamais mis le pied sur la Lune et que les fameuses images du 20 juillet 1969 ont été réalisées en studio ; que les attentats du 11 Septembre n'ont jamais été perpétrés par Al-Qaida ; que le virus du sida serait en fait une création de laboratoire par manipulation génétique visant à réduire l'expansion du genre humain ; ou enfin que les nouveaux dirigeants des pays du sud de l'Europe étaient mis en place par des banques ? Tout était bon pour étayer ces théories, et souvent par des arguments plus ou moins scientifiques qui, s'ils n'étaient jamais vraiment vérifiables, ne manquaient pas d'intriguer par leur pertinence.

Elle produisait ainsi une enquête de fond chaque vendredi, en plus des brèves plus orientées sur l'actualité chaque jour.

L'article qu'elle préparait pour la fin de la semaine portait sur l'augmentation des prix qui ne correspond pas à la perception des gens. Elle n'avait pas été surprise de constater que la grande majorité des Français était persuadée que les indices de prix étaient manipulés pour minimiser l'inflation. Même en présence de preuves chiffrées, beaucoup restaient sur leurs positions. Elle-même, en tant que simple consommatrice, se posait régulièrement la question, son enquête auprès de l'INSEE l'ayant laissée perplexe.

Elle travaillait avec acharnement pour produire des articles de qualité, sans pour autant être récompensée par les critiques favorables des lecteurs. Tant que durerait la campagne électorale des présidentielles, elle ne se faisait aucune illusion sur l'intérêt des lecteurs pour ses articles. Ils ne seraient très certainement pas lus ou passeraient inaperçus. Les Français avaient cette particularité de se passionner essentiellement pour les élections présidentielles, autant que pour la coupe du monde de foot, mais assez peu pour les scrutins intermédiaires. Durant cette période, ils occultaient bien souvent le reste de l'actualité, et oubliaient complètement de lire ses articles, toujours placés après les pages sport. Heureusement, Françoise, sa chef, évitait de lui faire la moindre remarque à ce sujet. Alexandra ne parvenait pas à savoir si c'était par amitié ou si elle admettait effectivement que le calendrier ne lui était pas favorable.

Elle porta à ses lèvres sa tasse de café déjà vide, et se demanda s'il était raisonnable d'en reprendre un, ou d'opter pour quelque chose de plus rafraîchissant.

La journaliste regarda à nouveau sa montre et parcourut du regard le paysage autour d'elle. Du côté de la place, une ligne d'érables, dont certaines branches descendaient presque jusqu'au sol, masquait partiellement la vue. Elle ignorait de quel côté son contact allait se présenter. Elle espérait le voir arriver pour bénéficier des quelques secondes nécessaires pour se faire une première impression. Elle croyait beaucoup en la première impression et se trompait rarement. Elle se demanda si elle allait le reconnaître, la seule photo qu'elle avait trouvée de lui sur Internet n'était pas récente et de mauvaise qualité.

Alexandra repensa à ce coup de téléphone reçu le matin même à son bureau, et qui l'avait conduite à cette terrasse. Pour l'heure, elle n'imaginait pas que cette communication anodine allait bouleverser sa vie.

Chapitre 3

Le matin même.

Le bureau d'Alexandra se situait dans un coin du plateau où travaillaient tous les acteurs qui contribuaient à l'élaboration et à la création du contenu éditorial du quotidien : du reporter au photographe en passant par les maquettistes et les correcteurs et vérificateurs. Les différents métiers n'étaient pas regroupés par zones, comme on aurait pu s'y attendre, mais répartis un peu au hasard. Cette disposition devait favoriser les échanges, aux dires de la rédactrice en chef. Le résultat semblait plus incertain dans cet *open space* où peu de salariés se sentaient vraiment à leur aise. Beaucoup regrettaient les anciens locaux, certes vétustes, mais moins impersonnels.

Alexandra s'en accommodait, sauf lorsqu'elle passait beaucoup de temps au téléphone, activité assez pénible en raison du bruit ambiant et du manque d'intimité. Jean-Michel, le responsable images situé dans le box à côté du sien, adorait s'intéresser à ses conversations sans la moindre gêne. Depuis qu'elle préparait cette série d'articles sur les complots, elle supportait encore moins bien cette proximité pesante. Étant donné la teneur de certaines interviews au téléphone, auprès de personnalités parfois décalées, chefs de sectes ou d'associations marginales, voire loufoques, elle se serait bien passée des commentaires de son collègue sur la santé mentale de ses correspondants.

En plein travail rédactionnel sur son ordinateur, Alex s'évertuait à faire tenir l'article dans le nombre de signes impartis sans en dénaturer le contenu, tout en respectant les réserves pour les photos et les dessins d'illustration. Elle laissa le téléphone sonner le temps de finir de caler le paragraphe. À la troisième sonnerie, Jean-Michel passa la tête pour lui faire remarquer, tout sourire, que quelqu'un essayait de la joindre. Agacée par son intervention, elle lâcha la souris pour attraper le combiné. Elle inspira un grand coup pour se calmer et répondit d'une voix posée :

— Alexandra Decaze, *Jour de Lyon*…

— Bonjour… Je sais que votre temps est précieux, aussi j'irai droit au but : l'homme qui a été abattu vendredi dernier n'a jamais été terroriste, il a été assassiné et j'en ai la preuve.

Alex réfléchit un bref instant en silence. La voix et les intonations de son correspondant avaient des accents de sincérité. Comme souvent, elle se fiait à son intuition pour savoir si elle devait accorder de l'attention à son interlocuteur ou abréger la conversation. D'un autre côté, elle recevait ce genre de coups de fil assez régulièrement et, la plupart du temps, cela ne menait nulle part. Elle connaissait les grandes lignes de ce fait divers, ayant été informée lors des conférences de rédaction quotidiennes de cette histoire de terroriste abattu. N'ayant eu aucun accès à des éléments tangibles, la presse avait dû se contenter de publier les communiqués officiels. Tout le reste était classé secret. Les rédacteurs s'étaient bien essayés à quelques suppositions, sans vraiment de conviction.

—Vous êtes là ? insista l'homme au bout du fil.

—Je vous écoute, finit-elle par dire.

—L'homme qui est présenté comme un terroriste s'appelait Samir Majri, un très bon ami à moi, un homme bien. Il travaillait chez ArG, une entreprise d'électronique pour des programmes militaires. Il a découvert que son entreprise produisait sans autorisation, dans le cadre d'un programme pour le ministère de l'Intérieur, un composant électronique dont j'ai déposé le brevet. Samir l'a reconnu parce qu'il m'avait assisté pendant le développement du microprocesseur. On l'a tué parce qu'il m'a aidé à trouver des preuves du vol de mon brevet. Il a été assassiné.

Par réflexe, Alexandra avait déjà commencé à noter les mots clés sur son carnet.

—Vous allez un peu vite, vous ne pensez pas ? Que fait-il de si particulier ce composant ?

—Il s'agit d'un microcontrôleur qui a la particularité d'être reprogrammable à la volée en fonction d'un événement extérieur, et de pouvoir contenir plusieurs codes sources. Je ne veux pas entrer dans les détails, mais il a été conçu pour être utilisé dans le cadre de certains programmes militaires et d'espionnage. Le ministère de la Défense s'intéresse à mon projet, mais nous n'avons pas encore signé. Légalement, personne ne peut fabriquer ce composant sans mon accord, pas même l'État.

—De quelles preuves disposez-vous ?

—Je n'ai pas encore tous les éléments, mais vous pouvez m'aider. Si je ne me trompe pas sur l'utilisation qui est faite de mon invention… Vous n'imaginez pas les conséquences… Je ne veux rien dire au téléphone. Vous devez savoir que, si j'ai raison, nous dévoilerons au grand jour un complot qui dépasse de loin ceux dont vous régalez vos lecteurs chaque semaine ces derniers temps.

Le mot clé « complot » stoppa la journaliste dans son élan. Elle arrêta d'écrire. « Encore un allumé qui voit des complots partout », se dit-elle, déçue une fois de plus. Depuis qu'elle avait commencé sa série d'articles sur le sujet, elle recevait chaque jour des dizaines de mails ou de lettres de gens qui paraissaient très sérieux et qui avaient des révélations à faire sur des complots plus terrifiants les uns que les autres. Lorsque le mot « complot » arrivait dans la conversation, Alexandra remerciait en général son interlocuteur très rapidement plutôt que de perdre son temps à écouter une histoire farfelue.

— Monsieur, je suis désolée de ne pouvoir poursuivre cette conversation, coupa-t-elle. Je suis très occupée, mon temps est précieux comme vous l'avez dit. C'est gentil de vouloir m'aider à réaliser mes articles, mais sachez que je ne manque pas de matériel. Je vous souhaite une bonne journée.

Alexandra ne lui laissa pas le temps de répondre et raccrocha d'autorité, satisfaite d'avoir ainsi écourté la conversation. « Cette histoire de composant volé à l'origine d'un complot national, cet homme perdait son temps, ça ne ferait même pas une bonne histoire », se dit-elle.

Elle referma son carnet d'un geste brusque, agacée à l'idée d'être perçue par son public comme une journaliste de second plan, prête à croire toutes les histoires de complot du monde. En proposant cette rubrique, elle imaginait recevoir des commentaires de lecteurs constructifs. Elle s'était trompée. Lorsqu'elle releva la tête, elle se retrouva en face de son voisin Jean-Michel qui lui adressa son sourire le plus charmeur :

— Dis donc, comment tu l'as éjecté, celui-là ! T'es en progrès.

Elle soupira :

—Toi en tout cas, tu ne progresses pas, t'as rien à faire d'autre que d'écouter mes conversations ?

—Ne te fâche pas, rigola-t-il, j'aime t'entendre parler avec ta voix douce et la fermeté qui convient, je suis très impressionné.

—Tes flatteries à deux balles n'ont aucune chance de me toucher, tu devrais le savoir…

Elle l'avait trouvé plutôt sympa lorsqu'il était arrivé dans la rédaction six mois plus tôt, pas pour son physique (look queue-de- cheval, barbe de trois jours et propreté douteuse), mais pour son humour, qui était de ceux auxquels il est difficile de résister. Elle regrettait maintenant de lui avoir manifesté trop d'attention, d'avoir trop ri de ses blagues. Elle se doutait qu'il avait des vues sur elle. Elle avait déjà refusé poliment plusieurs invitations, espérant qu'il se lasserait. Elle ne souhaitait pas de nouvelle relation pour l'instant, après son énième échec sentimental trois mois plus tôt. Par ailleurs, Jean-Michel était de deux ans plus jeune qu'elle et il portait les cheveux longs, ce qu'elle détestait. Elle ne se sentait attirée que par des hommes plus mûrs et assez conformistes.

Elle se concentra à nouveau sur son article, relisant une fin de chapitre, lorsqu'un message en bas de son écran lui apprit l'arrivée d'un nouveau mail. Le nom ne lui disait rien : Patrick Fallière. Elle cliqua sur le message :

Je ne m'attendais pas à ce que vous me croyiez si rapidement. Je vous invite à ouvrir les pièces jointes et à vous poser la question : est-ce que la version présentée par la police et relayée par vos confrères est crédible ?

Patrick Fallière

« Il ne manque pas de ténacité, celui-là, c'est déjà ça », se dit-elle. Alex ouvrit la pièce jointe, elle contenait deux images et une vidéo. La première était un scan d'un article d'un quotidien concurrent qui traitait de la fusillade ayant opposé les terroristes à l'équipe d'intervention antiterroriste de la police nationale.

Suite à une enquête méticuleuse de la Direction Centrale du Renseignement Intérieur, division antiterroriste, une information aurait été recueillie selon laquelle un groupe de terroristes ayant très probablement un rapport avec l'attentat du TGV préparait une nouvelle opération dans une usine d'équipement relevant de la Défense nationale, dans la banlieue nord de Lyon. Il semble que l'embuscade des forces de l'ordre ait mal tourné et qu'au lieu du coup de filet escompté, la DCRI n'ait pu procéder à aucune interpellation. Plusieurs terroristes ont réussi à prendre la fuite. L'un d'entre eux, blessé lors de la fusillade, est décédé pendant son transfert à l'hôpital Desgenettes. L'homme, d'origine algérienne, n'était pas connu des services de police. Les enquêteurs doivent maintenant s'efforcer de déterminer quels étaient ses liens avec l'organisation terroriste AQMI, comment il avait été recruté, et d'identifier les autres membres de ce groupe. Depuis l'attentat du dix février, huit membres de ce réseau ont été interpellés. Le coup de filet promis à de nombreuses reprises et qui aurait dû permettre d'appréhender les têtes pensantes du réseau, se fait toujours attendre.

« Rien de nouveau, se dit Alex. Nous avons écrit la même chose, mais en mieux », pensa-t-elle non sans une pointe de chauvinisme. Elle passa au deuxième fichier.

Il s'agissait du scan d'un dossier médical concernant Samir Majri. Il décrivait son état de santé après un très grave accident de moto survenu deux ans plus tôt. Quatre mois de coma. Il avait mis presque un an avant de pouvoir mettre un pied par terre et marchait aujourd'hui avec la plus grande difficulté et uniquement avec des béquilles, se déplaçant le plus souvent en fauteuil roulant.

Alexandra tourna une page et se remit à écrire sur son carnet. Comment un homme autant diminué pouvait-il être un activiste soupçonné de terrorisme ? Quoi qu'il en soit, c'était intrigant. Le troisième fichier ne contenait qu'un lien. Sans attendre, Alex cliqua sur le raccourci et une vidéo en *streaming* apparut sur son écran : une image de mauvaise qualité, en noir et blanc. Très probablement une caméra de vidéo surveillance.

L'image montrait un parking, avec en arrière-plan des grillages hauts et des bâtiments bas plus loin. On distinguait également un sas permettant de pénétrer dans la zone. À côté, un grand portail et une enseigne : « ArG - Groupe défense ».

La scène se déroulait de nuit et l'éclairage était assuré par des projecteurs répartis le long de la clôture. Sur la droite de l'écran, une Toyota Prius apparut dans le champ de la caméra et alla se garer sur un emplacement réservé aux handicapés, en fait la place de parking la plus proche du sas.

Alexandra crut percevoir un flash lumineux très bref en bordure de la clôture, à une cinquantaine de mètres de la voiture, dans une zone d'ombre. Le plafonnier du véhicule s'alluma et on distingua une silhouette qui s'agitait à l'intérieur. Puis la porte s'ouvrit côté conducteur. L'homme, toujours assis, sortit une jambe puis brandit un objet long qu'Alexandra prit pour un fusil. Soudain, un éclair vif du côté de la clôture. Au même instant le pare-brise de la voiture explosa. « Un coup de feu », pensa la journaliste. L'homme tombé à terre semblait vouloir se relever quand la fusillade éclata. Tout d'abord, un nouveau coup de feu du côté de la clôture toucha le conducteur qui retomba au sol, puis des éclairs beaucoup plus nombreux, visibles en bordure de l'écran à droite. L'échange dura près de trente secondes pendant lesquelles la voiture sembla animée d'une vie propre : les vitres volaient en éclats, les pneus éclataient. Quelques objets atterrirent autour de la Prius et une épaisse fumée envahit tout l'espace en quelques instants.

La vidéo s'arrêta. Alexandra essayait de comprendre ce qu'elle venait de voir. La mauvaise qualité du film et la séquence des événements rendaient quasi impossible une interprétation évidente. Elle regarda à nouveau l'article de presse. Était-il censé relater la fusillade à laquelle elle venait d'assister ? Il ne lui avait pas semblé que l'homme ait utilisé son arme avant d'être abattu.

La sonnerie du téléphone la sortit de ses réflexions. Elle décrocha aussitôt.

—Qu'en pensez-vous ? demanda sans préambule le même homme qu'elle avait éconduit quelques minutes plus tôt,.

—Je ne sais pas trop quoi en penser en fait. D'où tenez-vous cette vidéo ?

—Un collègue de Samir me l'a procurée. Elle vient du réseau de surveillance de ArG.

—C'est lui dans la voiture, n'est-ce pas ? Pourquoi avait-il une arme s'il n'avait rien à se reprocher ?

—Vous n'êtes pas très futée pour une journaliste, vous avez vu son dossier médical ?

Alexandra comprit à ce moment son erreur.

—Il sortait des béquilles, c'est ça ? C'est insensé, il a été tué pour ça, c'est vraiment une bavure alors.

—Non, ce n'est pas une bavure, répondit Fallière, Samir Majri a été délibérément assassiné. On l'a fait taire parce qu'il a découvert quelque chose qu'il n'aurait pas dû savoir. Il a compris quelle allait être l'utilisation des composants. Au début je pensais qu'il s'agissait d'un simple vol de propriété intellectuelle, mais ça va beaucoup plus loin que ça.

Alexandra notait aussi vite qu'elle pouvait. Le cerveau en ébullition, elle s'efforçait d'analyser rapidement les informations et de préparer des questions qui allaient lui permettre d'en savoir plus.

—Vous avez gagné, votre sujet peut m'intéresser. Dites-m'en plus !

—Pas par téléphone.

—Vous pouvez venir au journal ? Tout de suite ?

—Non, pas maintenant. Je pense que je suis surveillé, je ne vous appelle pas de chez moi, je sais que mon téléphone est sur écoute, je dois prendre certaines précautions. Je vous rappelle.

Dix minutes plus tard, elle recevait un mail lui fixant un rendez-vous l'après-midi même au café Bellecour.

Chapitre 4

Lyon. Place Bellecour. Mercredi, 17 h 03.

Alexandra trompait l'ennui en regardant attentivement les passants dans la rue en face d'elle, cherchant à deviner, dans les visages et les silhouettes, si l'homme avec qui elle avait rendez-vous se trouvait parmi eux. Elle penchait parfois la tête pour tenter de voir derrière les gros érables à l'abondant feuillage qui bordaient la rue et lui cachaient partiellement la vue sur la place. Une camionnette blanche s'arrêta brièvement devant le café avant de continuer sa route. Alex suivit le véhicule du regard lorsqu'il redémarra, puis reporta son regard sur la place. Elle remarqua à ce moment l'homme qui marchait dans sa direction, de l'autre côté de la rue, venant vraisemblablement de la place Bellecour. Quelque chose dans son attitude avait attiré son attention. Sans doute cette façon de se retourner deux fois de suite et d'avoir l'air de s'éloigner des autres passants. Il semblait inquiet. Il s'arrêta sur le trottoir en face du café, devant le passage piéton, balayant du regard la vingtaine de personnes attablées en terrasse.

La journaliste l'examina un instant, pas certaine de le reconnaître. La petite cinquantaine, le front dégarni et le reste de la chevelure grisonnante, petites lunettes aux montures fines, il se tenait droit dans son costume gris sombre. La chemise fermée jusqu'au dernier bouton, mais sans cravate, il tenait à la main une serviette mince. Tout, dans son allure, rappelait le cadre qu'il était certainement.

La photo qu'elle avait vue de son contact représentait un homme plus jeune, sans lunettes et avec tous ses cheveux. Aussi hésitait-elle encore à admettre qu'il puisse s'agir de son mystérieux correspondant. Dès qu'elle croisa son regard, ses doutes s'effacèrent. Elle vit son visage s'éclairer et un sourire se dessiner sur ses lèvres. Son dernier mail précisait qu'il la reconnaîtrait.

L'homme, à dix mètres d'elle, lui adressa un petit signe de la main, c'était bien Patrick Fallière. Alex sentit un frisson d'impatience. Ses propos avaient piqué sa curiosité. Il l'avait intriguée et depuis le matin, elle n'avait pas pu se concentrer sur autre chose dans l'attente de ce rendez-vous. Peut-être allait-il lui fournir des informations grâce auxquelles elle pourrait enfin écrire un article qui sortirait du cadre de son hebdo. Peut-être même un scoop qui lui donnerait enfin sa chance, titrer une première page... Elle allait enfin savoir.

Fallière posa un pied sur la chaussée puis se ravisa, il aurait largement eu le temps de traverser, mais préféra attendre le passage des trois voitures qui approchaient. Il regarda à nouveau à droite, à gauche, et même derrière lui, toujours avec cette pointe d'inquiétude dans le regard. Il se décida enfin.

Alexandra vécut les instants qui suivirent comme dans un film au ralenti et il lui faudrait plusieurs jours pour être capable de s'en rappeler tous les détails. Au moment où l'homme s'engageait sur le passage piéton, elle perçut un bruit de moteur puissant venant de sa droite. Une moto de trial tourna de la rue faisant l'angle du café, à quelques mètres d'elle. Le pilote, tout habillé et casqué de noir, mania son engin avec dextérité. Fallière se tourna vers lui, alerté par le vrombissement de l'engin qui accélérait vers lui, sans être capable d'une autre réaction. Le pilote fit déraper la moto en contrôlant l'accélération et en bloquant la roue avant. Ajustant la rotation, il faucha Fallière avec la roue arrière sous les regards affolés des autres passants. L'ingénieur chuta lourdement sur l'asphalte en étouffant un cri, sans lâcher sa serviette. La moto bougea encore un peu et s'immobilisa à quelques centimètres de lui.

Alexandra ressentit une violente décharge d'adrénaline qui la submergea et la cloua sur son siège. Elle assista à la scène sans bouger, comme un spectateur dans une salle de cinéma, qui sait que l'action se déroule sur une toile et qu'elle ne le concerne pas.

L'homme sur la moto, dont le visage était entièrement masqué par un casque intégral à la visière fumée, passa sa main gantée dans son blouson et sortit un pistolet automatique allongé d'un silencieux. Au sol, Fallière s'agita, essaya de reculer sans parvenir à se relever, terrorisé par la vision de ce canon qui le visait, ce trou si petit, si noir, convaincu qu'il allait mourir. Le motard appuya calmement deux fois sur la détente. La détonation, étouffée par le silencieux, ne fit pas plus de bruit qu'un bouchon tiré d'une bouteille. Il remit en place son arme sans précipitation.

Fallière ne bougeait plus. Le tueur se pencha et s'empara de la serviette qu'il cala sur le réservoir. Il fit demi-tour sur place en bloquant une nouvelle fois la roue avant puis, évitant de justesse le corps de celui qu'il venait d'abattre de sang-froid, il démarra en trombe faisant vrombir sa machine. Il accéléra sur cinquante mètres puis s'engouffra sur la rampe d'accès du parking souterrain de la place Bellecour. Le bruit de la moto disparut aussitôt.

Autour d'Alexandra, la panique s'installa. Des gens couraient en tous sens, renversant des chaises, se bousculant pour échapper à une menace invisible. D'autres criaient, mais restaient sur place. Une jeune femme avait pris son téléphone et semblait manifestement filmer la scène. La journaliste n'avait toujours pas bougé. Les clients en terrasse avaient disparu autour d'elle, les tables étaient renversées, les verres cassés, mais elle ne s'en était pas aperçue. Son regard était rivé sur l'homme allongé dans une position grotesque au milieu de la rue. Une tache sombre commençait à s'étendre autour de lui. Alex tremblait de tous ses membres. Son cerveau lui ordonna dans le plus grand désordre de se lever, de courir, de s'enfuir, d'appeler les secours, de prendre des notes, de prendre une photo, d'aider l'homme. Toutes ses pensées s'entrechoquaient sans qu'elle parvienne à décider quoi que ce soit. Quelqu'un cria : « Appelez les secours ! ». Deux personnes s'approchèrent du corps. À ce moment, Fallière bougea une main et ouvrit les yeux. Il la chercha du regard et tendit le bras vers elle. Son regard était suppliant.

Ce regard pénétra au plus profond de sa conscience, et lui permit de reprendre le contrôle de la vague d'émotions qui l'envahissait. Alexandra recouvra sa liberté de mouvement, sa liberté de décision. Elle se leva et s'approcha du blessé, sans savoir quoi faire pour l'aider. Elle se pencha sur lui et découvrit deux impacts de balles dont un dans la zone du cœur.

Dans un effort qui le fit grimacer, Fallière l'agrippa par le bras et se redressa un peu. Il souhaitait lui parler. Il toussa en grimaçant de douleur, du sang coula sur ses lèvres. Alex mit un genou à terre et lui soutint la tête.

Il reprit son souffle et ferma les yeux une seconde, comme pour se concentrer. Dans un murmure à peine audible dans le bruit ambiant, il parvint à articuler :

— Prenez ma ceinture, trouvez les preuves, chez moi…

— Restez calme, les secours vont arriver, gardez vos forces.

Mais l'homme reprit, resserrant sa prise sur le bras de la journaliste :

— Ne les laissez pas faire, dimanche…

Le reste de sa phrase se perdit dans un gargouillis de sang qu'il recracha par la bouche. Il souffla dans un ultime effort :

— Les élections…

Alex le pencha sur le côté pour lui permettre d'évacuer le sang, mais le corps qu'elle tenait lui sembla d'un seul coup perdre de son tonus. Elle chercha le pouls sur la carotide, mais ne perçut rien. Patrick Fallière était mort sous ses yeux.

Elle resta un instant sans bouger, deux autres personnes se tenaient à côté du corps, cherchant du regard des secours qui n'arrivaient pas. Alexandra se décida dès qu'elle entendit une sirène qui se rapprochait rapidement – comment la police pouvait-elle déjà être là, moins d'une minute après le meurtre ? Sans réfléchir davantage, elle écarta les pans de la veste pour découvrir que Fallière portait à la taille une ceinture portefeuille. Elle la dégrafa rapidement et s'en saisit. Un homme remarqua son geste et la regarda d'un air sidéré :

— Mais que faites-vous ?

Alex s'apprêta à répondre puis se ravisa. Il n'y avait rien à expliquer. Personne ne pourrait comprendre, elle n'avait plus le temps. Elle s'éloigna rapidement vers la rampe d'accès au parking souterrain.

Elle passa sous la barrière destinée aux véhicules et marcha d'un bon pas vers sa voiture garée au fond du parking. Elle avançait sans réfléchir, juste motivée par le fait de se retrouver dans un univers connu : sa voiture, son appartement. Elle s'arrêta soudain. Son cerveau venait juste de lui rappeler une information vitale : elle avait vu le tueur entrer dans ce parking souterrain, il y était peut-être encore. Elle regarda autour d'elle. Quelques personnes allaient et venaient, une voiture sortait de son emplacement. Pas de moto, pas d'homme en combinaison de cuir en vue, pas même le bruit sourd du moteur de l'engin. Instinctivement, Alexandra quitta le milieu de l'allée pour progresser le long de la rangée de voitures garées, avançant par bonds en courant aussi vite que le lui permettaient ses talons hauts qui résonnaient sur le sol.

Elle aperçut enfin sa Peugeot iOn et allongea le pas. La journaliste franchit les derniers mètres d'un seul élan. Elle constata qu'elle avait retenu sa respiration pendant les dernières secondes qui la séparaient de sa voiture. Elle ne se sentit rassérénée qu'au moment où le son mat de la porte qu'elle venait de fermer lui donna l'illusion d'être en sécurité.

« Où aller, maintenant ? » se demanda-t-elle. La police ? Elle regarda la ceinture portefeuille que Fallière lui avait confiée. Elle ne pouvait pas se contenter de la donner à la police et d'oublier le reste. Fallière aurait pu le faire lui-même. Et pourquoi avait-il préféré lui en parler à elle, lui demander son aide ? Elle décida de se donner le temps de réfléchir, d'examiner le contenu de la ceinture, dès qu'elle aurait à nouveau la certitude d'être en sécurité. Pour l'instant, une seule priorité : fuir cet endroit.

Au moment où elle enclencha la marche arrière, elle sut que sa seule option était de traiter cette affaire en professionnelle de l'information. Elle devait retourner au journal.

Elle remonta l'allée principale du parking, un peu trop vite sans doute, suivant les panneaux « SORTIE », soulagée de fuir cet endroit. Une silhouette passa dans son champ de vision et elle freina *in extremis* pour éviter un homme qui venait traverser juste devant son véhicule. Son cœur s'emballa.

L'homme se tourna vers elle et la dévisagea. La trentaine, des yeux clairs, chauve, la mâchoire carrée, les traits réguliers, il portait un imper beige boutonné jusqu'au cou. Rassurée, Alexandra soutint son regard et fit un petit geste d'excuse de la main en affichant un sourire de circonstance. « Une belle gueule » se dit-elle troublée, s'en voulant instantanément de se laisser aller à une telle pensée alors qu'elle venait d'assister à un meurtre.

L'homme sourit à son tour puis continua son chemin, suivi des yeux par la journaliste qui se disait que quelque chose clochait sur ce type, sans parvenir à savoir quoi. Il disparut de son champ de vision alors qu'il passait la porte de sortie qui menait à la place Bellecour. Elle appuya sur l'accélérateur et quitta le parking.

Chapitre 5

Lyon. Centre opérationnel. DCRI. Mercredi, 17 h 45.

L'équipe envoyée sur les lieux s'attelait à relever les informations, les témoignages, et transmettait immédiatement les éléments par radio. L'autre tâche qui lui incombait, et pas la plus simple, consistait à maîtriser les journalistes et les curieux. Fallière gisait toujours au milieu de la scène de crime, entouré à la hâte d'une rubalise jaune marquée « POLICE ACCÈS INTERDIT ». Une deuxième zone de sécurité venait d'être mise en place pour englober la terrasse du café et s'étendait jusqu'à l'accès du parking souterrain. Penché sur le corps, le médecin légiste procédait aux premières constatations. Tout autour, plusieurs véhicules de police et une ambulance bloquaient la circulation. Les badauds s'étaient rassemblés en nombre et les policiers peinaient à les empêcher d'approcher. Les agents de la DCRI étaient arrivés les premiers sur les lieux, juste une petite minute trop tard. Les premiers témoignages, souvent confus, leur indiquèrent néanmoins que le motard avait pris la fuite en descendant dans le parking souterrain de la place Bellecour. Ils parlaient également d'une femme, partie en courant quelques secondes après le drame en emportant quelque chose qu'elle avait pris sur la victime au moment précis où les voitures de police arrivaient. Les policiers avaient fini par boucler les entrées et sorties du parking, mais trop tard, toujours une minute trop tard.

Pierre-Étienne Giraud, responsable de l'opération, et de cette antenne de la DCRI, était entré dans une colère noire.

—Mais putain ! bougez-vous, trouvez-moi le nom de son contact, on doit bien avoir sa tête sur une caméra. Vous n'allez quand même pas me dire qu'il s'est évaporé sous vos yeux.

Philippe Darlan était stupéfait. Pour la deuxième fois en deux semaines, le témoin que son service surveillait venait d'être assassiné. Il ne comprenait pas davantage le comportement de Giraud, qui semblait plus préoccupé par l'identification de cette femme que par l'idée de retrouver l'assassin de Fallière. Darlan ne portait pas dans son cœur ce nouveau chef, directement mis en place par le Conseil National du Renseignement après l'attentat du TGV. Présenté comme l'homme de la situation, Giraud, homme strict et d'apparence glaciale, à la réputation d'arriviste, ne s'embarrassait guère de politesse et régnait en dictateur sur la sous-direction de Lyon. Grand et sec, la cinquantaine, les cheveux blancs coupés en brosse, toujours impeccablement habillé et cravaté, il ne manifestait aucun respect pour ses subordonnés et se complaisait à maintenir dans l'équipe un grand niveau de stress. Expliquant rarement ses ordres, il donnait parfois l'impression que l'équipe qu'il dirigeait avait pour seule mission de travailler pour lui et cela même au détriment de l'enquête en cours ; du moins, c'était le sentiment de Darlan qui le détestait. Giraud lui rendait bien cette mésentente. Peut-être était-ce dû à la couleur de peau que Darlan tenait de sa mère capverdienne. Bien que son nom sonne français, il avait souvent eu depuis son enfance des réflexions sur le décalage évident entre son patronyme et la couleur de sa peau. Son chef avait eu dix jours plus tôt l'indélicatesse de lui signifier qu'avec son « allure » il aurait mieux fait d'aller planquer sur le terrain, ajoutant qu'il n'aurait aucun mal à se fondre parmi les terroristes.

Hormis son teint assez sombre, le reste de ses traits n'avait rien d'africain. La trentaine déjà bien entamée, très brun, il portait cheveux, barbe et moustache taillées très court. Considérant son passé de délinquant et son look, ses collègues le surnommaient régulièrement « Gomez » en référence au personnage du film de Gilles Paquet-Brenner. Seules les petites lunettes rectangulaires qu'il portait pour travailler lui donnaient une allure moins « *bad boy* ».

Philippe Darlan se moquait bien des avis ou commentaires des uns et des autres, et de Giraud tout spécialement. Tant qu'il pouvait utiliser les « jouets » mis à sa disposition, rien ne pouvait vraiment l'atteindre. La débauche de moyens présents dans le centre suffisait amplement à alimenter son hobby. Passionné de technologie, ingénieur de formation, ancien *hacker*, Darlan figurait parmi les analystes les plus performants du moment au sein de la DCRI, sans doute le meilleur. Capable de s'introduire dans n'importe quel système, il n'avait également pas son pareil pour recouper des informations par une savante utilisation des mots clés sur des moteurs de recherches publics ou privés. Même le commissaire Giraud l'avait compris. Il lui laissait une relative autonomie, au moins tant qu'il parvenait à lui fournir les informations demandées.

Il repassa au ralenti les images prises par les caméras. Il ne parvenait pas à identifier le contact de Fallière. Dès que le motard avait tiré les coups de feu, un mouvement de panique s'était emparé des gens attablés en terrasse et des passants. Plusieurs personnes s'étaient approchées de la victime après le départ de la moto, dont trois femmes. Les images, prises d'assez loin, ne permettaient pas d'identifier les visages.

Il décida de revenir sur la séquence enregistrée par les caméras qui couvraient la zone. Il se connecta sur le serveur dédié et téléchargea les trente dernières minutes de vidéo en moins d'une minute. Son idée reposait sur le fait que cette femme, dont ils avaient maintenant une description assez précise grâce aux divers témoignages, devait être sur place, dans ce café, bien avant l'arrivée de Fallière. Tous s'accordaient à dire qu'elle était son contact, peut-être l'avait-elle volontairement attiré dans une embuscade. Fallière s'était montré réellement très prudent, assez pour déjouer les services. Un assassinat aussi bien mené, dans un lieu public, ne pouvait qu'avoir été organisé minutieusement.

Darlan fit défiler les images à l'envers, suivant les déplacements de toutes les femmes visibles sur la bande. C'est ainsi qu'il finit par identifier un visage familier, l'espace d'un instant, entre deux arbres, alors qu'elle se dirigeait vers le café. Il connaissait cette femme, mais ne parvenait pas à se souvenir de l'endroit où il l'avait vue.

Pris d'une intuition, il décida de la suivre. Il repassa la bande, mais à l'endroit cette fois, analysant ses déplacements à vitesse normale puis en accéléré de temps en temps. Il la vit s'installer sur la terrasse, commander un café, lire son journal, le reposer, passer un coup de téléphone, reculer sa chaise pour se remettre à l'ombre, recommander un autre café... Rien dans les images qu'il regardait ne permettait d'imaginer le drame qui allait se produire. Il regarda à nouveau la scène où le tueur à moto apparaissait de la rue adjacente en ne s'intéressant qu'à la femme. Il fit défiler les images au ralenti, le compteur de temps en bas à droite égrenait les secondes lentement, tandis que l'action semblait se dérouler à vitesse normale, tant les mouvements étaient précipités. Presque tous les clients avaient réagi rapidement, dans la panique, renversant tables et chaises. Sur les images, la femme ne bougeait pas, elle semblait impassible, encore que la mauvaise qualité des images ne permettait pas de distinguer son visage, peut-être était-elle juste tétanisée par la panique. À T + 15 secondes après le départ du tueur, Darlan vit la suspecte se lever, prendre son sac à main et s'approcher rapidement du corps auprès duquel elle resta quelques secondes seulement, puis s'éloigner en courant vers la même rampe du parking que le motard avait utilisée. « Comme le tueur à moto » se dit-il. Elle avait laissé son journal sur la table, la tasse de café aussi, elle ne portait pas de gants. Si l'équipe dépêchée sur place n'était pas trop nulle, on aurait ses empreintes.

Quelqu'un se pencha sur son épaule :

— Tu as quelque chose ? demanda le commandant Patrick Brune.

— Oui, j'ai repéré la fille. Elle l'attendait sur la terrasse du café. Elle est effectivement descendue dans le parking par l'entrée du côté du café Bellecour, comme le tueur à moto. C'est beaucoup pour une coïncidence. Elle a laissé ses empreintes sur une tasse et sur un journal. Si j'en crois les images de la caméra, ils sont toujours en place. Je contacte l'équipe pour qu'ils nous récupèrent ça.

— Bien joué, Philippe, comme toujours. Il nous faut son identité au plus vite.

— J'espère qu'elle est déjà dans nos fichiers. Sinon ça va être beaucoup plus compliqué.

— On a plus des deux tiers de la population dans nos bases aujourd'hui. Il suffit qu'elle ait fait refaire son passeport ou sa carte d'identité pour que nous ayons ses empreintes. Encore quelques années et plus personne ne pourra nous échapper.

Le commandant Brune, second après le commissaire dans le centre, suscitait autant la sympathie que son chef l'antipathie. Dans la mesure du possible, il s'efforçait de tempérer les ardeurs de Giraud. Assumant son rôle de second, il parvenait à atténuer les rancœurs de ses collègues, par un trait d'humour, par une blague. La quarantaine passée, grand, les épaules très carrées, le visage allongé, le crâne rasé, il ressemblait toujours au militaire qu'il avait été pendant dix ans, dans les forces spéciales, avant d'intégrer la police. À l'image de son chef, il portait costume et cravate lorsqu'il restait au centre. Néanmoins, il prenait souvent la tête des opérations de terrain, chaque fois que l'importance de la mission nécessitait sa présence. Il était parvenu, au sein de la police, à concilier son expérience de terrain avec la rigueur méticuleuse liée aux enquêtes policières.

Darlan considérait son chef davantage comme un ami que comme un collègue. C'était d'ailleurs le seul du centre qu'il fréquentait de temps en temps en dehors du travail. Son amitié avec Brune datait du jour où celui-ci était parvenu à lui faire intégrer la police et la DCRI malgré son passé judiciaire. Il passait beaucoup de temps avec lui pour lui expliquer le fonctionnement des outils informatiques. Depuis que Darlan lui prodiguait ses bons conseils, Brune pouvait effectuer lui-même beaucoup d'opérations et de requêtes depuis son propre bureau, ce qui soulageait les équipes. Il devait reconnaître que le commandant était plutôt doué, pour quelqu'un qui n'avait *a priori* que de maigres connaissances en informatique.

Darlan contacta le chef de l'équipe place Bellecour. Il le renseigna sur ce qu'il venait de découvrir, et notamment à quel endroit l'équipe pourrait récupérer les empreintes de la fille. Toujours en quête de renseignements, il s'attela ensuite à découvrir comment le tueur et la fille s'étaient échappés du parking. Il chercha sur la base de données qui recensait toutes les caméras de la ville et se connecta au serveur du parking souterrain de la place Bellecour. Le réseau de surveillance étant privé, il n'était pas censé avoir accès aux images, mais la puissance de ses outils informatiques lui permit d'ouvrir l'accès à la base en quelques secondes.

Dix caméras couvraient l'essentiel de l'espace : les images allaient parler : « Trop facile », se dit-il en pianotant sur le clavier. Il afficha en mosaïque les images du dernier quart d'heure enregistré par les caméras.

Il disposa les vignettes sur son écran panoramique. En appuyant sur une touche de son clavier, il fit défiler les séquences de toutes les caméras simultanément, image par image. Le groupe date-heure de la prise de vue était indiqué en bas à gauche cette fois. Il accéléra le film tout en surveillant en priorité les entrées et sorties du parking.

Il en était à moins neuf minutes par rapport au temps présent lorsque toutes les images subirent une coupure très brève. Surpris, Darlan constata que le compteur de temps était revenu à moins quatre minutes. En repassant la séquence à l'envers, il dut se rendre à l'évidence : il manquait les cinq minutes où le tueur à moto et la femme, contact de Fallière, étaient entrés et ressortis du parking !

Darlan appela son chef :

—Monsieur, le tueur et le contact sont entrés dans le parking de Bellecour, mais il n'y a rien sur les vidéos, quelqu'un s'est montré plus rapide que nous. Et ce n'est pas du travail d'amateur.

— Montrez-moi ça !

Darlan s'exécuta. Giraud appuya sur le contacteur micro qu'il portait à l'oreille et s'adressa à l'équipe d'intervention :

— Renvoyez deux gars dans le parking, et ne relâchez pas la surveillance des entrées sorties, ils sont peut-être encore dedans.

— On a déjà fait un tour rapide juste à notre arrivée. On n'a rien vu de particulier. Toutes les issues sont bouclées. Ça m'étonnerait qu'ils soient encore dedans. Et puis, on a tous les témoignages à recueillir.

— Faites-moi un tour complet, c'est clair ?

— Bien, monsieur.

Sur l'écran géant au mur, on vit deux policiers équipés d'une tenue de combat renforcée, avec casque muni de heaume pare-balles, descendre l'arme au poing la rampe d'accès au parking faisant face au café Bellecour.

Darlan se reconnecta sur le temps réel des caméras du parking et, aussitôt, une image l'alerta. Une épaisse fumée était visible sur plusieurs caméras. Elle semblait progresser rapidement. Darlan n'hésita pas et communiqua l'information à l'équipe sur le terrain :

— Faites évacuer, on a un incendie là-dessous.

— Nous confirmons, épaisse fumée.

— Mettez les masques et évacuez, ordonna Giraud. Nous contactons les pompiers et les démineurs.

***

Quelques heures plus tard, après une intervention difficile des pompiers, la moto, le casque et ce qui restait des vêtements du motard étaient retrouvés brûlés au dernier sous-sol, mais pas de trace de l'arme. Plusieurs voitures étaient également calcinées.

Dans la salle de contrôle du centre opérationnel, tous les analystes planchaient sur les informations disponibles pour tenter d'identifier le motard et la femme, contact de Fallière. Les témoins interrogés, le corps de Fallière emmené à l'hôpital pour l'autopsie, l'ensemble de la scène photographié, mesuré, analysé, produisant des masses d'informations qu'il allait maintenant falloir disséquer, analyser, recouper, pour, peut-être, trouver un indice.

Philippe Darlan se concentrait sur la recherche de l'identité de la femme. Les empreintes digitales n'avaient rien livré, elle n'était pas (pas encore) dans le F.A.E.D, Fichier Automatisé des Empreintes Digitales. Darlan se félicitait de l'existence de ce fichier qui lui facilitait la tâche pour identifier des criminels et des terroristes, chaque fois qu'une empreinte était disponible. Il demeurait toutefois conscient du caractère illégal d'une partie du fichier, qui n'était pas supposé contenir l'ensemble des données recueillies par tous les services publics.

Persuadé de l'avoir déjà rencontrée, ou d'avoir vu sa photo quelque part récemment, il isola et enregistra l'image la plus nette de la femme. Passant sur une autre console, il lança un logiciel spécialisé qui recherchait automatiquement des points de concordance entre la photo extraite du film et celles des bases de données provenant de l'administration : photos d'identité issues des fichiers de cartes d'identité, de passeports. Le système était même connecté dans le plus grand secret aux serveurs français abritant les données des sites de réseaux sociaux, notamment Facebook. Utilisant une méthode basée sur des points de convergence, un peu comme pour les empreintes digitales, le logiciel donnait à l'utilisateur la possibilité de limiter le champ des recherches notamment par des critères d'âge, de groupe ethnique et de localisation géographique. En fonction de la qualité de la photo à analyser, il était également possible de régler le niveau de convergence. Le système proposait alors une sélection de candidats possibles.

Darlan commença à faire défiler la centaine de fiches que le logiciel avait déjà sélectionnées en quelques minutes.

Il s'arrêta rapidement sur une photo. Ces traits, cette coupe de cheveux, cette silhouette fine et élancée : c'était elle. Il parcourut la fiche : Alexandra Decaze. Profession : journaliste. Il sut où il l'avait rencontrée.

***

Deux mois plus tôt, et pour remplir son quota de missions de terrain, il avait été désigné pour assister à un débat public organisé par un parti anticapitaliste, dans le cadre des présidentielles. L'orateur tentait de convaincre l'auditoire que tous les gouvernants des grands pays étaient dirigés par le système financier mondial qui utilisait le pouvoir politique pour soumettre les peuples à la dictature du marché et des banques. Il semblait convaincu qu'une poignée de nantis, quelques milliers tout au plus sur la planète, n'avait de cesse qu'ils ne s'enrichissent toujours plus, tout en méprisant profondément les gens ordinaires, juste bons à consommer pour générer des profits.

Il avait repéré Alexandra Decaze, apparemment la seule journaliste présente. Lui-même y prenait des notes pour son rapport de mission, enfin ce que tous dans le service présentaient plutôt comme une punition. Ces activités de terrain, des missions simples de renseignement, avaient été jugées indispensables par la direction pour que tous les agents aient un minimum de contact avec le monde extérieur. Les analystes, passant le plus clair de leur temps devant des écrans, étaient considérés comme prioritaires pour ces missions. Darlan avait réussi à passer son tour pendant presque un an, jusqu'à ce que Giraud ne lui en laisse plus le choix.

Pendant deux heures, il avait subi le discours enflammé du dirigeant de l'association. Ses propos frisaient la caricature, mais le public, acquis à sa cause, l'applaudissait régulièrement avec enthousiasme. Selon lui, les deux guerres mondiales et la plupart des conflits récents avaient été organisés dans un but purement financier. Le dernier exemple en date étant l'invasion de l'Irak par les États-Unis d'Amérique. Le rôle de Darlan sur cette mission consistait à prendre discrètement des photos des leaders ainsi que des plans plus généraux des sympathisants, et à rédiger un compte-rendu mettant en avant les risques potentiels sur la sécurité publique. Il s'y était particulièrement ennuyé et c'est ainsi qu'il avait repéré la journaliste, la seule à part lui-même à prendre des notes, et à ne pas applaudir.

Il l'avait trouvée assez jolie bien qu'ayant le teint un peu trop pâle à son goût. Une observation plus attentive l'avait amené à conclure qu'elle n'était également pas assez souriante, sans doute un peu hautaine même. Il ne la connaissait pas, mais l'avait classée immédiatement dans la catégorie des femmes inapprochables par un flic au teint basané.

***

Dans la salle de contrôle, Giraud exerçait son activité favorite : mettre la pression sur l'équipe. Il passait d'un poste à l'autre, perturbant le travail de ses subordonnés, avide de nouveaux renseignements et d'éléments qui lui permettraient d'identifier une piste et de prendre des décisions.

Il arriva derrière Darlan et examina les différents écrans sans rien dire. Le policier sentait sa présence derrière lui, ce qui l'exaspérait au plus haut point. Il conserva suffisamment de maîtrise pour ne pas laisser paraître son agacement et pour éviter de se retourner.

— Qui est cette femme ? demanda Giraud en désignant la fiche sur l'écran.

— Je pense que c'est elle qui était sur les lieux, le contact. Elle était à la terrasse du café, puis elle est descendue dans le parking moins de deux minutes après le motard. Je suis persuadé qu'elle attendait en terrasse au café lorsque Fallière est arrivé.

— Je croyais que les empreintes n'avaient rien donné ?

— J'ai utilisé la reconnaissance d'image et j'ai analysé le moindre de ses mouvements et je…

— Autre chose ? coupa le commissaire.

Darlan détestait ces moments où Giraud posait des questions sans écouter les réponses, comme si son personnel était incapable d'en tirer des conclusions. Il se retint pour ne pas souffler bruyamment en signe de désaccord.

— Je n'ai pas plus de détails. Les images du parking ont été effacées juste au moment qui nous intéresse. Il faut du gros matos pour parvenir à prendre le contrôle de la surveillance du parking. Ce n'est pas à la portée de tout le monde. Ici c'est facile… ou alors il y a un complice dans le service de sécurité qui gère le parking.

Mais Giraud ne l'écoutait pas, il parcourait la fiche d'Alexandra Decaze. Il s'exclama :

— C'est une journaliste ? Vous ne pouviez pas le dire plus tôt ? C'est forcément elle.

— Pourquoi forcément ?

Il réclama l'attention de tous :

— Nous recherchons Alexandra Decaze, journaliste au quotidien *Jour de Lyon*. Je veux tout savoir sur elle. On la met sur écoute tout de suite. Je veux ses mails, ses communications, ses SMS. Tracez son téléphone, localisez-la. Au journal aussi.

Alors que tout le monde s'affairait, Darlan se retourna :

—Monsieur, ne devrions-nous pas nous concentrer également sur le tueur ? C'est la deuxième fois de suite que notre témoin est tué. Je ne sais pas, mais il serait peut-être temps de s'en occuper ? Je pense également que nous devrions rechercher ceux qui ont réussi à effacer les séquences vidéo du parking. C'est une piste, ça, non ?

Ce genre d'attitude insolente n'avait jamais servi la carrière du policier, mais il n'en avait cure. Il n'avait aucune ambition de carrière et ne supportait pas d'obéir simplement sans réagir. Il ne supportait plus l'attitude du commissaire.

—Je ne vous demande pas de décider, ni de penser, ni de me dire ce que je dois faire, lieutenant, mais seulement d'exécuter mes ordres. Vous n'avez pas les éléments pour décider ce qu'il convient de faire. Vous êtes un pion, alors agissez comme tel sans discuter. Je suis assez clair ?

Darlan encaissa sans broncher. Il remarqua le petit sourire de son collègue Marc Pietri sur la console à côté.

Celui-ci appréciait à sa juste valeur le recadrage de son collègue par le patron. « Ça lui fait les pieds à ce petit prétentieux qui fait toujours mieux que tout le monde. »

Pietri et Darlan étaient de loin les deux analystes les plus compétents, mais Darlan avait toujours une longueur d'avance. Bien enveloppé, le physique ingrat, Pietri jalousait son collègue et passait le plus clair de son temps à travailler pour améliorer ses connaissances en *hacking* et dans les nouvelles technologies. Hélas pour lui, Pietri n'avait pas l'imagination de son collègue dès qu'il s'agissait de trouver des failles dans des programmes de sécurité ou de craquer des mots de passe : Darlan trouvait le premier la plupart du temps.

Chapitre 6

Paris. Salle de crise, niveau - 5. Rue des Saussaies. Mercredi, 18 h 30.

Une salle de réunion en sous-sol, cinq hommes en costume. Un éclairage cru émanant de rampes dissimulées sur le haut des murs, censé imiter la lumière solaire illuminait des murs blancs, sans décoration. Un téléphone était posé au milieu de la grande table ovale entourée de fauteuils en cuir aux dimensions prétentieuses dans lesquels avaient pris place les participants. Un écran géant au mur, piloté depuis un clavier manipulé par un des hommes, affichait plusieurs photos. L'une d'elles était celle d'Alexandra Decaze.

Un des hommes :

—Donc, nous avons récupéré tous les documents ?

—Oui monsieur, répondit une voix d'homme sortant du haut-parleur du téléphone, ils ont été détruits selon vos ordres… mais…

—Y a-t-il autre chose ?

—J'ai bien peur que le problème ne se soit déplacé. Un des hommes du bureau de Lyon semble avoir identifié le contact. Une femme, une journaliste. Par ailleurs, le composant n'était pas dans la sacoche.

—C'est elle ? demanda d'un ton impérieux celui qui trahissait sa position de chef par son impatience à obtenir des résultats.

—Oui, monsieur.

—Je n'aime pas ça. Vous étiez censé clôturer définitivement cette affaire. Une journaliste, en plus. Je n'ai pas besoin de vous rappeler les conséquences si l'affaire s'ébruite.

—Cela n'arrivera pas, intervint un des hommes en costume civil, pourtant général de son état. Nous maîtrisons la situation. Cette journaliste ne pourra pas remonter la piste de Fallière ou faire le moindre rapport entre le composant et notre affaire. J'ai lu rapidement son dossier, elle ne représente pas de menace. Je pense que vous lui accordez trop d'importance. Notre montage est tel qu'il est virtuellement impossible que quelqu'un découvre quoi que ce soit. Quasiment tous ceux qui savent sont dans cette pièce. Pour ma part, je considère que le problème est clos...

—Charles, votre trop grande confiance en vous vous perdra et nous fera perdre. Nous n'avons pas le droit à l'erreur, souvenez-vous-en !

L'homme, haut fonctionnaire au ministère de l'Intérieur, imposait naturellement son autorité.

—Permettez-moi de ne pas partager votre enthousiasme. Je préfère que nous agissions préventivement plutôt que de laisser le doute s'installer.

—Nous ne sommes pas en guerre et je répugne à continuer d'utiliser de telles méthodes sur notre propre territoire et sur une population civile.

—Je reconnais bien là le sens de la mesure qui vous fait honneur et j'en prends bonne note. Mais je ne peux me permettre de laisser la moindre poussière gripper l'engrenage de ce que nous accomplissons.

S'adressant à l'homme au téléphone :

— Ne laissez pas cette femme publier quoi que ce soit sur notre affaire, vous avez vos méthodes, je ne veux pas de vagues. Je ne serai rassuré qu'avec la certitude que le problème n'existe plus.

— Bien, monsieur.

Puis s'adressant à l'un des hommes qui suivaient la conversation depuis le début sans intervenir :

— Nous devons nous occuper des médias. Cette affaire à Lyon va faire la une du journal de vingt heures. Faites en sorte de monter en épingle la thèse du groupe terroriste sur notre territoire, par les voies habituelles. Un surcroît de peur ne peut que servir nos intérêts.

— Je m'en occupe.

Chapitre 7

Lyon. Bureaux du quotidien *Jour de Lyon*. Mercredi, 18 h 30.

Alexandra Decaze ne tenait pas en place. Elle parcourait de long en large le vaste bureau très lumineux de sa rédactrice en chef et amie Françoise Eynac. Elle lui avait tout expliqué : Fallière, le coup de téléphone, le rendez-vous, l'assassinat en pleine rue, sa fuite avant l'arrivée de la police. Elle la harcelait depuis dix minutes, lui proposant une multitude d'approches pour mettre au clair cette affaire, et, pourquoi pas, en tirer un scoop.

—Alex, tu veux bien te calmer et t'asseoir ! Et arrêter de toucher à tout sur mon bureau !

La journaliste reposa le cadre photo et s'approcha du fauteuil comme pour s'asseoir, mais se ravisa au dernier moment, ses yeux bleu clair brillant d'impatience :

—Bon d'accord, je suis calme. On fait quoi alors ?

—Assieds-toi s'il te plaît, répéta Françoise en détachant bien les mots. Si tu veux que nous parlions, tu dois te calmer un peu, d'accord ?

Alexandra obéit enfin, s'installa sur le bord du fauteuil, posa ses mains sur ses genoux et souffla longuement pour ralentir les battements de son cœur, s'efforçant d'afficher une attitude maîtrisée. Malgré la climatisation, son ensemble lui collait à la peau. Elle regretta de ne pas être rentrée chez elle pour se changer.

Sa chef l'observa attentivement et attendit quelques secondes avant de demander :

— Tu es sûre que tu vas bien ? Tu n'es pas blessée ? Je ne t'ai jamais vue dans cet état de nerfs, tu t'es regardée ?

Dès qu'elle était sortie du parking, Alexandra s'était dirigée vers le Rhône pour retourner vers l'immeuble qui abritait le journal, non loin de la halle Tony Garnier. Arrivée devant l'entrée du parking privé du journal, Alex avait fait demi-tour, encore trop choquée pour définir clairement ce qu'elle comptait faire, comment présenter la chose à sa chef. Elle combattait la voix en elle qui lui soufflait de retourner sur les lieux et de donner la ceinture à la police. Elle se résolut à rouler au hasard dans la ville, pendant près d'une heure, avant de recouvrer un semblant de calme. En entrant dans le bureau de sa chef, elle avait bien senti que le calme apparent qu'elle souhaitait afficher aurait bien du mal à ne pas voler en éclats.

Elle aurait aimé que Françoise abonde immédiatement dans son sens, mais elle n'ignorait pas que celle-ci était à ce poste aussi parce qu'elle conservait son calme, sa capacité d'analyse et de décision, quel que soit l'événement auquel elle était confrontée. Alexandra observa son amie qui réfléchit un instant avant de prendre son téléphone :

— Que fais-tu ? l'interrompit-elle.

— J'appelle la police, je crois que c'est la seule chose à faire. Tu aurais pu être tuée dans l'histoire. Nous ne pouvons pas faire notre enquête tranquillement sans au moins témoigner de ce que tu as vu, et remettre cette ceinture. Il peut s'agir de pièces clés pour l'enquête de police.

— Non !

Alexandra se releva et posa son doigt sur l'appareil pour couper la communication :

— Non, on ne peut pas ! Tu ne m'as pas écoutée. Fallière m'a parlé d'un complot. J'ai vu la vidéo de la fusillade de la semaine dernière. Il apparaît clairement que l'homme qui a été abattu n'était pas armé, et qu'il n'était vraisemblablement pas un terroriste. Les autorités, la police ont menti. Et nous avons relayé cette version sans rien vérifier, comme tous les autres médias d'ailleurs. L'homme qui nous apporte ces preuves vient d'être assassiné sous mes yeux. Il avait sur lui une serviette que le tueur a dérobée, des preuves, certainement, qu'il comptait me remettre.

Elle marqua une courte pause, le doigt toujours posé sur le téléphone. Elle reprit, tentant de maîtriser son souffle et ses émotions :

— D'après toi, pourquoi Fallière a-t-il voulu me rencontrer, au lieu d'aller voir la police ? Si nous nous en remettons aux forces de l'ordre, j'ai bien peur que ce qu'il cherchait à rendre public ne retourne dans l'ombre. Il est mort pour dévoiler un complot. Je sais que tu détestes ce mot, que tu le remplaces par « légende urbaine ». Mais il a été assassiné devant moi, ce n'est pas une légende. Si tu avais été là, place Bellecour, tu aurais trouvé ça très concret. Il m'a demandé de l'aider et c'est ce que je compte faire, au moins un temps, jusqu'à ce que je comprenne.

Françoise hésita. Devait-elle hausser le ton, pour forcer Alexandra à abandonner ses idées de complot, ou devait-elle l'aider à surmonter le choc ? Même si l'idée d'un complot lui semblait complètement loufoque, elle devait reconnaître que les premiers éléments étaient troublants. Avant même qu'Alex ne revienne au journal, quelqu'un avait appelé pour informer la rédaction du fait divers. Françoise avait envoyé un reporter et un photographe sur les lieux, sans se douter que son amie faisait partie des témoins de l'assassinat.

— Tu l'as encore, cette vidéo ?

— Non hélas, c'était sur un lien Internet en *streaming*, mais lorsque j'ai voulu la revoir en début d'après-midi, le lien était rompu. Je n'ai pas pu faire de copie.

Françoise reposa le combiné sur son socle et se recula dans son fauteuil, fixant son amie dans les yeux.

La rédactrice en chef semblait minuscule dans le grand bureau. La quarantaine, mesurant un mètre cinquante-cinq, visage mince au teint pâle, cheveux courts, très brune, sa silhouette frêle ne l'empêchait pas d'être crainte et respectée. Elle menait la rédaction avec fermeté, tout en s'efforçant de toujours rester à l'écoute des autres.

— Tu sais ce qu'on risque en ne témoignant pas ? Si tu as été identifiée, tu risques même d'être mise en examen pour complicité. Personne ne rigole avec les attentats en ce moment.

— Il nous faut juste un peu de temps. Dès que nous aurons trouvé ce que Fallière voulait qu'on sache, nous irons témoigner, juste après avoir publié.

Elle prit en main la ceinture portefeuille qu'elle avait prise sur le cadavre de l'ingénieur et entreprit de l'ouvrir sans plus de cérémonie. Elle vida le contenu sur le bureau de sa chef toujours impeccablement rangé. S'il elle n'apprécia pas, celle-ci n'en fit pas la remarque.

Elles découvrirent un jeu de cinq clés sur un trousseau, une clé USB, un ticket cartonné avec un code-barres pour toute inscription et un composant électronique noir sans inscription qu'Alexandra avait comparé tout d'abord à un carré de chocolat. De la taille d'un carré de un centimètre de côté, il était doté de milliers de plots argentés sur sa face inférieure.

— C'est tout ? s'étonna la rédactrice en chef. Je m'attendais à autre chose. Le contenu de mon sac à main est certainement plus intrigant que ça.

— Essayons la clé USB.

— Donne.

Alexandra garda l'objet en main et fit le tour du bureau pour introduire la clé directement sur l'écran design de l'ordinateur. Le temps que le système reconnaisse le média, elle ne put s'empêcher d'admirer la vue dont Françoise bénéficiait de son bureau situé au dernier étage de la tour, à travers trois grandes baies vitrées : de l'extrémité sud de la presqu'île où la Saône se jetait dans le Rhône à la colline de Fourvière en fond de panorama, plus à droite.

La fenêtre de l'explorateur afficha le contenu de la clé USB.

— Ça ne donne rien, la clé est vide.

— Regarde la taille.

Françoise s'exécuta et constata que la place restante était très inférieure à la capacité de la clé.

— Il doit y avoir des fichiers cachés, tu devrais demander à Jérôme, l'administrateur réseau, de regarder ça. Peut-être pourra-t-il en lire le contenu.

Déçue, Alexandra se pencha sur l'ordinateur et renouvela l'opération, espérant que la machine allait lui ouvrir le contenu de la clé, simplement pour avoir réessayé. Elle ne connaissait pas grand-chose aux ordinateurs et leur vouait une méfiance sans bornes.

— Rien à faire. Je vais demander à Jérôme.

Elle s'intéressa aux autres objets, sous le regard circonspect de Françoise.

— Et le reste… Ça, on dirait que ce sont des clés d'appartement, probablement les siennes, c'est sans doute ce qu'il voulait me dire, finit Alexandra avec un air énigmatique.

La rédactrice en chef dévisagea son amie et fronça les sourcils :

—J'espère que tu n'as pas l'intention de t'y rendre !

—Eh bien, je me souviens qu'en me donnant cette ceinture, il m'a dit : « Les preuves, chez moi. » C'est ce que Fallière voulait que je fasse. Je ne peux pas lui refuser ça.

Elle prit ensuite le composant électronique et l'examina. Aucune marque ni signe ni numéro de série :

—C'est certainement de ce composant qu'il m'a parlé. Celui qui peut être utilisé pour des applications militaires et d'espionnage.

—C'est maigre. Ça peut vouloir dire n'importe quoi. Et puis je ne vois pas l'État se lancer dans le vol ou l'exploitation de brevets sans autorisation. Ça finirait toujours par se savoir. Qu'a-t-il dit d'autre avant de mourir ?

—Rien, si ce n'est d'empêcher quelqu'un de faire quelque chose. Il a aussi précisé « dimanche ».

La rédactrice en chef prit le composant des mains de son amie et l'examina attentivement, comme si la réponse pouvait y être gravée.

Alexandra ne s'offusqua pas de ce manque d'attention. Ce besoin de toucher des objets en donnant l'impression de s'y intéresser trahissait chez sa chef une intense réflexion. Françoise continua :

—Dimanche ? Ça veut dire quoi ? Qu'il faut empêcher quelqu'un de faire quelque chose avant dimanche ? C'est un peu vague, non ?

—C'est peut-être ce qu'il essayait de dire effectivement.

—Je ne vois pas où ça nous mène.

—Nous devons aller visiter son appartement, voilà ce que nous devons faire, conclut Alexandra. Et je te propose d'y aller dès maintenant.

— Quand tu as quelque chose en tête, toi, articula la rédactrice en chef en la regardant fixement dans les yeux comme lorsqu'on gronde un enfant. T'es-tu seulement demandé si ça n'était pas dangereux ? Apparemment dans cette affaire, nous flirtons avec des assassinats, du terrorisme et je ne sais encore trop quelle autre forme de violence.

Alexandra leva les yeux et regarda à nouveau par la baie vitrée. Son regard se perdit au loin :

— J'ignore la raison pour laquelle Fallière a décidé de me faire confiance. Mais je ne peux pas moralement lui faire défaut maintenant qu'il est mort pour ses convictions. S'il y a vraiment un complot autour de l'utilisation du composant de Fallière, nous devons le découvrir et nous n'avons que cinq jours.

— Je regrette que tu te sois lancée dans cette série d'articles sur les complots et les légendes urbaines, Alex. J'ai l'impression que tu as attrapé le virus. O.K., tu as été témoin d'un meurtre et je comprends que tu sois bouleversée, mais tu vas trop loin. La curiosité et l'investigation sont l'essence même de notre métier, mais il faut aussi y mettre des bornes. Tu risques ta vie, tu en as conscience ?

— Notre métier est aussi d'informer, parfois de prendre des risques pour ça. Dois-je te rappeler la liste des grands reporters morts en faisant leur métier ? Rassure-toi, je n'ai aucune envie d'allonger cette liste. Notre devoir est d'informer le public et c'est juste ce que j'ai l'intention de faire. Puisque tu veux t'assurer que je ne fais pas de bêtise, le mieux est que tu viennes avec moi… non ? Je t'en prie, Françoise, viens avec moi chez cet homme. Il faut agir sans tarder. Nous faisons notre métier de journaliste, c'est tout. Si nous ne trouvons rien, je te promets de revenir à mes gentils petits articles.

—Et tu penses que je vais te croire ? Je te connais, tu aimes l'investigation, tu aimes les mystères, tu veux savoir si derrière cet assassinat en pleine rue il y a un complot national !

—Je ne te demande qu'une heure de ton temps, ce soir. C'est comme si je t'invitais au cinéma.

Les deux femmes s'octroyaient en effet quelques soirées spectacle chaque année, bien que Françoise rechigne souvent, ses enfants étant encore scolarisés.

—Tu en as de bonnes ! Comme soirée cinéma, tu me proposes de pénétrer dans l'appartement de quelqu'un qui vient d'être assassiné en pleine rue.

—Allez, Françoise ! Tu restes trop dans ton bureau. Retourner pendant une heure sur le terrain ne peut pas te faire de mal…

—Bon, O.K., O.K. Mais c'est bien parce que je sais que si je ne t'accompagne pas, tu vas y aller de toute façon et te fourrer dans je ne sais quel pétrin. Mais pas maintenant, fit-elle en regardant à nouveau sa montre, nous avons une réunion dans dix minutes pour planifier la couverture des élections de dimanche prochain. Tu n'as pas reçu l'invitation ?

Alexandra souffla pour manifester son mécontentement. Elle bouillait de ne pas poursuivre l'enquête sans attendre, à chaud. Elle craignait également de ne plus avoir la même motivation dans quelques heures, ou même que la peur ne la rattrape et qu'elle n'ait plus le courage de se rendre chez Fallière.

Françoise redevint en un instant la rédactrice en chef et reprit un ton plus direct, ayant toujours eu des difficultés à garder un discours amical lorsqu'elle dirigeait son équipe :

—Je veux également que tu aides Thomas et Yan à rédiger leur article avant le bouclage. Je les ai dépêchés sur place après ton départ. Tu leur fournis tous les détails, sauf ton rendez-vous avec Fallière, bien sûr. Autre précision, je ne veux pas que ton nom soit cité. Tu n'étais pas là-bas. Envoie également l'info pour une brève sur le site Web.

— Tu étais au courant de l'attentat avant que j'arrive ?

— Évidemment, qu'est-ce que tu crois ! Nous nous devons d'être réactifs, surtout quand l'événement se passe quasiment au pied de l'immeuble. Bon, tu as du travail, je crois…

— C'est tout ? répliqua Alex plus sèchement qu'elle ne l'aurait voulu.

— Ah oui ! Et… quand tu as un moment, tu me téléphones pour me donner le lieu et l'heure de notre escapade nocturne de ce soir fit Françoise, moitié sérieuse, moitié amusée. Mais pas avant vingt et une heures trente. Je veux pouvoir m'occuper des enfants avant qu'ils ne me disent une fois de plus que je ne suis jamais là.

— Là, je te reconnais ! répondit Alexandra avec un grand sourire.

— Tu sais où il habite au fait, ton Fallière ?

— Dans le 5e arrondissement, à dix minutes d'ici à peine. Aussi bien, on voit son appartement de ton bureau, ce n'est vraiment pas loin, si on partait maintenant...

— J'ai dit ce soir. J'y serai, ne t'inquiète pas.

Chapitre 8

Lyon. Mercredi, 21 h.

Philippe Darlan arriva chez lui. Il posa ses clés sur une petite table dans l'entrée et la veste noire qu'il portait sur une chaise de la petite cuisine. Le reste de sa tenue vestimentaire se résumait à un tee-shirt blanc et un jean délavé. Il arborait ce look pratiquement tout au long de l'année, quelle que soit la température extérieure. Dans son dressing, on retrouvait essentiellement cet ensemble décliné en un nombre conséquent d'exemplaires, le tee-shirt étant parfois imprimé et la veste de couleur grise au lieu de noire. Il avait bien essayé de varier ses tenues, son ancienne compagne avait tenté de le « relooker », sans succès. Il tenait avant tout à se sentir bien dans sa peau et dans ses fringues, et cela imposait un minimum de changement dans ses habitudes vestimentaires.

L'effervescence était telle au centre, guidé par les ordres du commissaire Giraud, que Darlan avait bien cru devoir y passer la nuit. Heureusement, Patrick Brune était intervenu pour obtenir que l'équipe de permanence de nuit assure bien une relève et pas un renfort. Seul Giraud était resté. Il avait des défauts, mais il fallait reconnaître qu'il ne s'économisait pas au travail, il resterait certainement tard, au moins jusqu'à ce qu'une piste sérieuse soit suivie.

Le policier avait consacré ses deux dernières heures de travail à pénétrer dans l'intimité de la journaliste. Il effectuait très souvent des recherches sur des personnes, c'était même une des bases de son action. Pourtant, il continuait de s'émerveiller de la quantité d'informations qu'il pouvait recueillir depuis son poste de travail, juste avec un ordinateur un peu amélioré et une connexion Internet ; avec en plus, il est vrai, quelques talents de *hacking* et un parfait mépris pour la vie privée : ceux qu'il espionnait ainsi étaient très loin d'imaginer à quel point leur vie, qu'ils considéraient privée, ne l'était en fait pas du tout.

Au-delà de ce travail, qu'il exerçait depuis qu'il avait rejoint les rangs de la police six ans plus tôt, Darlan restait toujours prisonnier de sa passion pour le monde underground du Web lorsqu'il rentrait chez lui. Il entretenait ainsi son goût pour l'espionnage de la vie des gens et parfois même de ses proches. Il adorait tout connaître d'une personne. Il s'était déjà renseigné sur tous ses collègues de travail et même sur le commissaire, bien que, pour ce dernier, les informations disponibles soient étrangement très restreintes.

Il n'estimait pas être voyeur pour autant, plutôt un spectateur privilégié du film de la vie des gens, un peu comme James Stewart dans *Fenêtre sur Cour* . Il se donnait par ailleurs bonne conscience en employant ses talents à aider ceux qui se faisaient régulièrement arnaquer sur le Web.

C'est ainsi qu'au fil des années Darlan s'était installé chez lui le matériel qui lui offrait quasiment les mêmes possibilités qu'à son poste de travail. À ceci prêt qu'il ne devait supporter personne au-dessus de son épaule pour surveiller ses activités.

Régulièrement, le soir et le week-end, lorsqu'il n'était pas de service, il animait des forums dont le but était précisément de fournir aux gens ordinaires les moyens et les conseils pour se protéger. Il expliquait tout en détail : des techniques de *phishing* aux astuces et conseils pour se désabonner d'un service quelconque, les trucs à connaître pour protéger sa vie privée et ses données informatiques. Il s'efforçait aussi de répondre aux questions de ceux qui s'étaient fait arnaquer. De temps en temps, il intervenait pour aider les cas les plus critiques. Il n'hésitait pas, dans ce cas, à utiliser ses talents un peu particuliers et les accès réservés que son métier lui offrait sans pour autant l'y autoriser. Il s'était ainsi déjà introduit dans des serveurs de sociétés d'assurances, de services administratifs, et même dans celui de la Banque de France, afin de fournir aux victimes les moyens de se défendre ou de contre-attaquer. Seuls quelques très rares amis connaissaient la véritable identité de « MacKay », le pseudonyme qu'il utilisait sur les forums.

Ces mêmes activités l'avaient conduit en prison dix ans auparavant. Il était censé s'être racheté une conduite, mais n'avait jamais pu se défaire de sa passion. Il était juste beaucoup plus prudent qu'à l'époque et convaincu qu'avec les techniques qu'il avait mises en place, il ne pouvait plus être repéré. Il était probablement le meilleur en France dans son domaine et avait même conçu un des principaux outils de traçage utilisé par la cyberpolice.

Il hésita entre manger quelque chose et se remettre au travail tout de suite. Il opta pour la sagesse, tandis que son estomac le rappelait opportunément à l'ordre par un gargouillement sonore. Il se souvint n'avoir avalé qu'un sandwich à midi et l'idée de déguster un reste de rougaille saucisses de la veille acheva de le convaincre. Son ancienne compagne, la seule avec laquelle il avait envisagé sérieusement une vie commune, n'avait pas résisté plus d'un an à sa passion pour les ordinateurs. Sans doute n'avait-elle également pas supporté son incapacité à s'engager concrètement sur le long terme. Native de la Réunion, Flora lui avait cependant laissé le goût des recettes de son île. Il cuisinait depuis à la mode créole pour son plus grand plaisir. Après la rupture, il avait mis plusieurs mois à retrouver un équilibre. Il se contentait à présent d'aventures sans lendemain. Il tenait à préserver son mode de vie et ne se sentait pas prêt à partager son monde à nouveau. Pas prêt, surtout, à entendre la moindre critique sur son hobby.

Tout en dégustant son plat réchauffé (« C'est toujours meilleur réchauffé », lui avait dit Flora, et elle avait sacrément raison) agrémenté de riz et de purée de piment, il se remit en mémoire le profil d'Alexandra Decaze, le nouveau numéro un sur la liste de Giraud.

Il avait pénétré l'intimité de la vie de la journaliste, comme il l'avait fait si souvent pour d'autres personnes. L'exercice se révélait souvent beaucoup plus difficile qu'il n'y paraissait. Tirer une synthèse et un profil passait souvent par une étude attentive et la compilation d'une masse de documents considérable. Pour l'aider dans sa tâche, le policier avait mis en place des outils logiciels capables de repérer les mots clés afin de lui fournir un premier tri.

Il avait ainsi découvert que cette jolie femme (les quelques photos qu'il avait imprimées la présentaient sous différentes facettes, sérieuse, sportive, amusante… mais toujours avec le même charme évident) avait eu une enfance dorée dans un petit village de la Drôme, jusqu'à la mort de son père et l'arrivée d'un beau-père violent. Elle avait, semble-t-il, dû quitter brutalement le domicile familial à l'âge de seize ans, suite à un événement dont Darlan ne trouva pas les détails, seulement qu'elle avait demandé à être placée chez son parrain à Lyon, suite à une altercation violente avec son beau-père. Elle avait vécu ensuite à Lyon jusqu'à la fin de ses études de journalisme. Alexandra Decaze apparaissait depuis régulièrement dans des blogs journalistiques ou dans des pétitions écologistes. Il avait même trouvé quelques références à des stages de sports assez inhabituels comme la varappe, le rafting, le parapente ou le kitesurf auxquels elle s'était inscrite.

Ayant filtré les résultats que ses différentes requêtes lui avaient fournis et exploité les données personnelles, Darlan connaissait à présent son classement à la sortie de son école de journalisme, ce qu'elle achetait sur Internet, les sites qu'elle consultait, le détail de ses factures de téléphone, le montant de son salaire ou le crédit restant à payer pour sa voiture. La seule connexion avec Fallière se limitait à un mail laconique. Les liens vers des fichiers placés sur des serveurs extérieurs ne fonctionnaient plus. Même la racine des serveurs n'était plus accessible. Impossible de tirer des conclusions évidentes avec d'aussi maigres informations.

Le policier aimait abreuver son cerveau de tous les renseignements possibles, puis laisser son esprit vagabonder, rassembler les informations et laisser les conclusions émerger d'elles-mêmes. Les outils logiciels avaient beau être puissants, seul l'esprit pouvait effectuer certains rapprochements ou tirer des conclusions basées sur d'autres critères que ceux relevant de la pure logique. Dans le cas présent, Darlan ne voyait que trois options possibles. Il les avait notées ainsi sur le cahier qui lui servait à « poser » ses idées. Il n'utilisait jamais les écrits manuels, sauf dans ce cas précis :

1 - Les échanges sont protégés par des moyens électroniques sophistiqués (cryptage hardware, mail virtuel…).

> Qui a les moyens et les connaissances pour mettre en place des outils de ce niveau ?

2 - Suppression pure et simple des correspondances.

> Implique que les échanges se font par rencontres physiques dans des endroits où la discrétion ne peut être compromise (lieux publics ou au contraire très à l'écart… à creuser).

> Nécessite une grande expérience des moyens de *tracking* afin de rester invisible : Fallière nous a baladés pendant quatre heures, ce qui représente une belle performance…

3 - Il n'existe aucune connexion entre Fallière et Alexandra Decaze. Ils se sont rencontrés pour la première fois aujourd'hui.

> Pourquoi Giraud est-il persuadé qu'elle est liée au terrorisme ? De quelles informations dispose-t-il pour tenir ce discours ?

Son repas expédié, Darlan quitta la cuisine et se dirigea vers la pièce principale, qui avait normalement vocation à être un grand salon ou une salle à manger. Il marqua un temps d'arrêt avant de pénétrer dans les lieux, comme le propriétaire d'une voiture neuve qui s'arrête un moment pour regarder sa merveille avant de l'approcher. Les rares personnes qui étaient entrées dans cette pièce avaient toutes également marqué un moment d'arrêt. Aucun de ses collègues de travail n'était jamais entré chez lui. En n'invitant personne, il savait qu'il s'exposait aux commentaires sur son côté « ours ». Mais Darlan s'en moquait, sa vie lui plaisait ainsi, bien qu'il ait conscience qu'il lui faudrait changer un jour… Il avait le temps.

La pièce était remplie de tables et de bureaux, pas franchement appareillés, et répartis en arc de cercle au centre de la pièce, sur lesquels étaient installés une dizaine d'ordinateurs, d'imprimantes, de modems et autre équipement électronique, le tout relié par une quantité impressionnante de fils et de câbles en tous genres.

Darlan commença par ouvrir toutes les fenêtres pour tenter de rafraîchir un peu l'appartement où régnait une chaleur étouffante, avant de s'installer au milieu de son « orgue », comme il aimait à le penser.

Il connecta en priorité sa machine principale à la console terminale de son poste de travail de la salle de surveillance à la DCRI. Il avait réussi cette prouesse six mois plus tôt, alors qu'il avait été consulté par la maison mère à Levallois pour mettre au point les passerelles de sécurité qui garantiraient l'inviolabilité des machines et des serveurs de la maison. Ce pare-feu physique et logiciel avait également pour objectif de garantir une discrétion absolue sur l'origine des requêtes dont la DCRI était à l'origine. Il avait dirigé le groupe de concepteurs et plusieurs de ses collègues avaient vérifié son travail, officiellement pour rechercher d'éventuels bugs, mais en fait pour vérifier qu'il n'avait pas introduit de « porte cachée ». L'habitude des informaticiens étant de se réserver un accès privé, la hiérarchie s'était montrée très prudente à ce sujet. Darlan avait contourné le problème avec un vieux tour de prestidigitateur : ses collègues avaient planché sur un programme sans défaut. Il l'avait ensuite échangé sur le serveur du centre lyonnais, à la faveur d'une mise à jour qui avait fait suite à une panne qu'il avait lui-même programmée.

Depuis lors, le policier utilisait le soir, depuis son domicile, et à des fins privées, les incroyables ressources des serveurs et des accès que lui permettait son travail. Il ne craignait pas d'être repéré. Il se savait plus fort que tous ses collègues formés à l'école de police et qui avaient bénéficié des stages de spécialisation en cybercriminalité. Il avait suivi lui-même ces stages pendant quelques semaines, avant que sa hiérarchie ne lui demande de continuer, mais en tant qu'instructeur. Ses connaissances et son talent dépassant de loin celui de ses professeurs. Il exerça ainsi pendant une période probatoire d'un an après sa sortie de prison jusqu'à ce que l'administration lui propose de rejoindre ses rangs au sein de la DCRI.

Darlan approcha son fauteuil confortable, passa sa main dans ses cheveux courts, chaussa ses petites lunettes rectangulaires, fit craquer ses doigts, cette habitude horripilait son ancienne compagne, puis posa les mains sur le clavier, tel un organiste avant un concerto.

Il mit en place rapidement les diverses fenêtres programmes et les répartit sur les trois écrans qui lui faisaient face. Ses yeux couraient d'une application à l'autre, sans qu'il ne regarde jamais ses doigts.

Il disposait ainsi à la fois d'une alerte en temps réel sur les communications téléphoniques de la journaliste, de la géolocalisation de son téléphone portable sur une carte, et même de l'affichage de l'écran de son ordinateur à la rédaction du journal. Le policier lança également une autre application-espion qui permettrait d'identifier le nom des correspondants qu'elle pourrait appeler ; si ce n'était pas par le numéro de téléphone, il disposait d'un module de reconnaissance vocale. Le logiciel qu'il venait de lancer utilisait une base de données d'empreintes vocales. À l'insu de tous, cette base de données, créée à partir d'échantillons de conversations et de reconnaissance sémantique, permettait d'identifier soixante pour cent des voix. Cette base, créée au départ par les opérateurs téléphoniques pour des besoins techniques internes, s'était révélée très utile pour le service.

Enfin, sur un écran distinct, Darlan afficha le tableau de décisions. Ce tableau, une idée du commissaire Giraud, était basé sur le résultat des analyses. Il permettait au chef de réseau de visualiser la synthèse d'une action ou d'une affaire, en temps réel, et de prendre les bonnes décisions ou d'en référer à l'échelon supérieur.

Dans le cas de la direction sud-est de la DCRI où il travaillait, l'échelon supérieur pouvait être le ministère de l'Intérieur voire directement l'Élysée. Le nombre d'échelons intermédiaires ayant été considérablement réduit, le service avait grandement gagné en efficacité et en indépendance. Encore que, de l'avis de ses collègues officiers, les commissaires, tels que Giraud, avaient tout gagné et notamment un pouvoir considérablement renforcé.

Le tableau de décisions affichait toujours les mêmes informations : Renseignements. Alexandra avait été localisée au journal et elle n'en avait pas bougé depuis. Pas de contacts avec l'extérieur ayant un rapport avec l'affaire, pas de communications téléphoniques, quelques recherches sur Internet. Giraud attendait vraisemblablement qu'elle bouge pour intervenir. Rien dans son dossier ne permettait de privilégier un quelconque axe de recherche, ni même de comprendre la raison de son intérêt présumé pour le terrorisme. Quelques rapprochements avec l'extrême droite dans son enfance, via ses parents, puis pendant ses études, et plus rien depuis dix ans. La lecture attentive des articles dont elle était l'auteure n'avait rien donné non plus. Elle ne prenait jamais parti.

Chapitre 9

Lyon. Mercredi, 21 h 15.

Alexandra ferma sa connexion Internet. Rien de nouveau sur sa messagerie, sauf la confirmation d'un rendez-vous avec son club pour une en sortie en eau vive pour le week-end. La perspective de se retrouver à lutter dans de gros remous en hydrospeed l'enchanta. L'activité n'était pas dangereuse en soi, mais elle lui procurait des sensations, des montées d'adrénaline dont elle ne pouvait plus se passer. Elle resta un instant devant son écran, la main toujours posée sur la souris, à côté du sandwich thon-salade méchouia qu'elle avait à peine entamé. Elle adorait pourtant, d'habitude, les préparations du petit Tunisien à l'angle de la rue. Le stress retombé, elle ressentait une grande fatigue. L'estomac noué, elle sentait s'effilocher sa détermination à visiter l'appartement de Fallière, se demandant même pourquoi elle avait tant insisté pour que Françoise l'accompagne. Elle revoyait sans cesse les images de l'assassinat. Sur le moment, elle n'avait été que spectatrice. Mais à présent, elle ne pouvait chasser de sa tête l'image de Fallière tressautant sous l'impact des balles, comme si elle avait été touchée elle-même.

La journaliste consulta sa montre. Il était l'heure d'appeler Françoise pour lui donner rendez-vous. En avait-elle encore envie ? Elle n'était pas du genre à renoncer. Bien souvent, dans les sports dangereux qu'elle pratiquait, il lui fallait se dépasser, trouver le courage. Elle y parvenait toujours. Pourquoi cela lui semblait-il aussi difficile à présent ?

Alexandra jeta un coup d'œil sur le plateau de la rédaction. Presque vide. Quelques halos de lumière témoignaient encore d'une certaine activité. Le bouclage se terminait normalement vers vingt- deux heures, mais il n'était pas rare que cet horaire soit largement dépassé. S'ensuivaient en général des gesticulations et des cris : chaque activité de la nuit étant minutée, le moindre retard prenait des proportions importantes. Ce soir, le calme qui régnait sur le plateau lui apporta la certitude qu'ils seraient à l'heure.

Alex avait rédigé elle-même une bonne partie de l'article sur le meurtre de cet homme de cinquante-deux ans, place Bellecour, en plein après-midi et devant témoins. Ses collègues avaient, quant à eux, ajouté les photos, placé le compte-rendu des interviews des témoins du meurtre et commencé à lancer des hypothèses allant du règlement de compte à l'attentat terroriste. Cette dernière hypothèse étant selon eux vérifiée par la présence sur les lieux du groupe antiterroriste, quelques minutes à peine après les événements. Gros titre en page une et l'article en page trois. Même les élections toutes proches s'effaçaient devant cette actualité. Le tirage de la nuit avait été revu à la hausse. Le photographe dépêché sur les lieux ne put s'empêcher de lui demander comment elle avait eu accès à tous les détails qu'elle rédigeait. Elle éluda la question, parlant seulement d'un témoignage digne de confiance.

Alexandra s'arracha à ses pensées et composa le numéro de son amie depuis son téléphone mobile. Dès que la voix de Françoise retentit, elle ne put plus faire marche arrière :

— Tu es toujours décidée à aller nous mettre dans le pétrin ? commença Françoise, je ne pense toujours pas que ce soit une bonne idée.

— Je me suis posé la question également, figure-toi. Je considère que je n'ai pas le choix. J'ai fait une promesse. Toi aussi, d'ailleurs, tu m'as promis. Tu étais d'accord, j'espère que tu n'as pas changé d'avis. Écoute, on ne fait rien de plus que notre métier. Fallière m'a donné ses clés, et m'a demandé d'aller chez lui. Nous devons continuer…

— À quelle heure on se donne rendez-vous ? coupa la rédactrice en chef, résignée.

— Disons, dans vingt-cinq minutes, ça te donne largement le temps d'arriver.

— O.K., j'apporte un appareil photo, après tout, ça vaudra peut-être le coup, j'aurai l'impression de revenir à mes débuts…

— Je prends la ceinture et ce qu'elle contenait, on ne sait jamais, on pourra peut-être y comprendre quelque chose.

— J'ai quand même le sentiment qu'on va faire une connerie.

— Ne me dis pas que le fait d'aller sur le terrain te fait peur, tu étais plus téméraire que ça, comme tu le dis : à tes débuts.

— Sans doute… mais je n'avais pas de famille. Tu me donnes l'adresse ?

Alexandra lui communiqua l'information avant de raccrocher.

Chapitre 10

Lyon. Mercredi, 21 h 20.

Le casque sur les oreilles, Darlan avait suivi la conversation en temps réel. Il savait que beaucoup d'autres auditeurs, ses collègues, étaient également à l'écoute, sans qu'il puisse pour autant en avoir la certitude. Contrairement à ce que les gens pensaient (et à ce qu'on voyait dans les films), il n'y avait aucun bruit bizarre sur la ligne, aucun moyen de savoir que la conversation était écoutée ou enregistrée.

Dans une petite fenêtre en bas à droite d'un écran annexe, le logiciel de reconnaissance vocale venait d'identifier les deux voix avec une probabilité supérieure à 90 %, et donc de confirmer les identités des interlocutrices.

La réaction du centre ne se fit pas attendre. Des ordres de mission s'affichèrent. Le coup de fil d'Alexandra avait mis le feu à la cellule antiterroriste. L'activité sur le tableau de décisions ne laissait aucun doute : une opération se préparait. Les noms de dix hommes du groupe d'intervention s'affichaient ainsi que les moyens à mettre en place ; armes d'assaut, gilets et heaume pare-balles. Sur une autre fenêtre, Darlan assista en direct à la définition de l'articulation des équipes. Tous les moyens mis en œuvre étaient ceux d'une action antiterroriste.

L'adresse de Fallière s'afficha, ainsi qu'un plan du quartier où les policiers étaient déjà positionnés virtuellement pour préparer l'assaut.

Dans le briefing de mission qui s'affichait, la journaliste était présentée comme pouvant être au centre d'une opération beaucoup plus vaste, sa collègue Françoise figurait également dans la liste des suspects, toutes deux indiquées comme étant potentiellement dangereuses. Le commissaire Giraud semblait convaincu que les deux journalistes s'étaient donné rendez-vous chez Fallière pour accéder à un réseau plus vaste ou pour récupérer des informations ou du matériel. L'ordre avait été donné d'intervenir pour les stopper.

Darlan ne comprenait pas. Il regardait, incrédule, tous les éléments de décision qui s'affichaient sous ses yeux. Les ordres donnés lui semblaient aberrants et ne pouvaient être liés aux informations disponibles. Comment cette journaliste pouvait-elle être impliquée dans la vague d'attentats terroristes que le pays traversait ? Rien, aucune information ne permettait d'avoir un début de soupçon, elle ne correspondait pas au profil. Se pouvait-il que Giraud ait d'autres sources que celle du centre opérationnel ? Et si c'était le cas, pourquoi ses collègues et lui-même n'étaient-ils pas dans le secret ? Pourquoi le tableau de décisions n'affichait-il pas les éléments manquants ?

Depuis quelques semaines, le policier s'était déjà interrogé sur la logique et la pertinence de certaines décisions. Les deux dernières opérations avaient abouti à la mort de l'individu sous surveillance. À deux reprises, un tueur avait anticipé leurs mouvements, parvenant à exécuter le suspect et à disparaître au nez et à la barbe de policiers entraînés et dotés de tous les moyens nécessaires. Comment pouvait-il avoir toujours un coup d'avance ?

L'étude des profils des deux suspects assassinés montrait les mêmes incohérences. Ils ne correspondaient en rien au profil de terroristes qu'il s'était habitué à analyser. Ils n'étaient affiliés à aucune mouvance religieuse fondamentaliste, ni à des groupuscules extrémistes. Pas de voyage à l'étranger. Pas de coupure récente dans leur activité professionnelle (ce qui aurait pu leur laisser le temps d'effectuer un stage dans un camp d'entraînement terroriste). Pas de rentrée d'argent suspecte. En dépit de cette absence d'éléments probants, la sous-direction lyonnaise de la DCRI, sous les ordres de Giraud, avait pourtant monté des opérations... comme celle qui se préparait sous ses yeux.

Les choses se précipitaient sur les écrans. Quelques minutes plus tard, ayant complètement oublié la chaleur étouffante qui régnait dans son appartement (la puissance de ses ordinateurs y étant sans doute pour quelque chose), Darlan suivait sur la carte l'itinéraire des voitures des deux journalistes, trahies par le repérage de leur téléphone portable qui se matérialisait par des points verts sur l'écran. Les voitures de l'équipe d'intervention quant à elles, étaient représentées par des points rouges. La destination : l'appartement de Fallière visualisé par une croix qui clignotait également. Jouant sur le zoom de la carte, le policier regardait les points avancer rapidement, sur des itinéraires différents. Il s'imagina un instant dans un grand jeu de Pacman, se demandant si les itinéraires allaient se croiser et si, comme dans le jeu, un des points allait avaler l'autre. En fonction des distances à parcourir et du type de route, Darlan conclut qu'Alexandra arriverait au moins dix minutes avant sa collègue. Quant à l'équipe d'intervention, elle serait déjà sur les lieux avant son arrivée, dans quatre minutes selon le décompte de temps affiché.

Le policier se cala dans son fauteuil et observa avec attention l'avancement de l'opération. Comme au cinéma, il devint uniquement spectateur, se prenant au jeu. Alexandra Decaze approchait du domicile de Fallière. « Elle va se faire pincer avant même d'entrer », se dit-il. Mais pour l'instant, le tableau de synthèse indiquait un mode « attente » et « intervention sur ordres ». Signification simple : aucune intervention sans ordre direct de Giraud. Une fois de plus, il dirigeait tout, maîtrisait tout. En attendant d'intervenir, l'équipe devait rester discrète et préparer l'assaut en toute sécurité.

Darlan assistait à la scène, tranquillement installé chez lui, et pourtant il ne parvenait pas à se sentir serein. Il ne pouvait se départir d'une certaine angoisse, redoutant de revivre le scénario des deux dernières opérations. Il espérait que le dénouement serait différent cette fois. Il cherchait sans conviction, dans la multitude d'informations affichées, quelque chose qui aurait pu contredire ce sentiment désagréable.

Sur la carte, le point correspondant à la voiture d'Alexandra s'immobilisa dans la rue, à trois cents mètres de l'immeuble de Fallière. Elle venait de passer devant une des voitures de patrouille sans s'en apercevoir. Encore un peu, et elle se garait juste à côté de la voiture banalisée.

Un message de compte-rendu s'afficha dans un coin de l'écran principal.

Tout allait se jouer maintenant.

Chapitre 11

Lyon. Mercredi, 21 h 40.

Alexandra marchait d'un bon pas dans la chaleur moite de ce début de nuit. La seule place disponible, deux rues plus bas, l'avait obligée à finir à pied la montée sur les trois cents mètres qui la séparait de sa destination. Le béton et la pierre renvoyaient la chaleur emmagasinée depuis le début de la journée dans les murs des immeubles et ajoutaient encore à cette sensation de touffeur.

Bien que sa veste soit restée dans la voiture, il lui semblait que son chemisier collait à sa peau à chacun de ses mouvements. Ses talons claquaient sur le trottoir au rythme soutenu de ses enjambées qui se calait sur celui de ses pensées. Elle ressentait maintenant une réelle impatience de pénétrer dans l'appartement et d'en savoir plus.

Avant de quitter le bureau, elle avait pris un moment pour préparer la visite de l'appartement. Elle avait placé les objets de Fallière dans son sac à main, dans une pochette intérieure où elle savait retrouver les choses importantes comme ses clefs ou son téléphone portable. Elle se connaissait. La recherche de quelque chose dans son sac à main pouvait parfois prendre un temps considérable, surtout si elle était pressée ou stressée. Pour finir, Alexandra s'était équipée d'un petit appareil photo numérique Sony, bien suffisant pour ce qu'elle avait à faire.

La clé USB n'avait pas livré ses secrets. Son collègue Jérôme, le responsable informatique du journal, avait tout essayé pour en lire le contenu. Selon lui le verrou était physique et le contenu ne pouvait être lu que sur un ordinateur pourvu du programme ou de la clé compatibles. Il l'avait abondamment questionnée sur l'origine de la clé et sur ce qu'il était censé y trouver, conscient de l'importance que ces fichiers avaient pour la jeune femme. Elle n'avait rien répondu, se contentant d'évoquer simplement une « affaire en cours ».

Alex passa devant le numéro vingt-trois. Plus que neuf numéros avant sa destination. Elle regarda un peu plus haut dans la rue et essaya de deviner à quel immeuble correspondait l'adresse. L'architecture du quartier sans âme ni cachet particulier mélangeait des immeubles anciens et des constructions récentes. Seuls les promoteurs et les agents immobiliers savaient présenter les choses de manière très flatteuse, mettant en avant le potentiel de l'investissement, la tranquillité de la rue, en oubliant de préciser que le prix des appartements ne reflétait en rien leur vraie valeur. L'agence devant laquelle elle passa sans s'arrêter affichait des prix totalement indécents pour des appartements parfois à la limite de l'insalubrité, souvent avec la mention « À rénover, spécial investisseur ».

Continuant à marcher d'un bon pas, elle sentait la chaleur s'infiltrer en elle, regrettant de ne pas avoir troqué son pantalon de flanelle pour un short et ses talons pour des Converse. Elle se sentait à la fois excitée et angoissée à l'idée de pénétrer chez Fallière. Elle retrouvait ce mélange savoureux de peur et d'exaltation qu'elle recherchait à chaque fois qu'elle pratiquait un sport riche en émotions, que ce soit le parachutisme ou le canyoning.

Depuis son adolescence et la mort de son père, elle avait développé son goût pour les sports extrêmes, jouant à se faire peur, cherchant à surmonter son angoisse, au grand dam de sa mère. Pourtant, ses séjours aux urgences avaient été plutôt moins nombreux que ceux de ses copines réputées beaucoup plus sages. Ils lui avaient laissé néanmoins quelques cicatrices discrètes.

Son métier de reporter de province la conduisait rarement à devoir investiguer de la sorte. La plupart du temps, comme ses collègues, elle rapportait le témoignage d'événements passés, vécus par d'autres. Aujourd'hui, elle écrivait une nouvelle actualité, la sienne. Elle se livrait en cela à une activité qu'elle dénonçait chez certains journalistes et grands reporters, qui n'hésitaient pas à créer eux-mêmes l'information en se mettant en scène.

Qu'allait-elle trouver dans l'appartement ? Fallière parlait de complot. Les recherches menées pour écrire ses articles sur les théories du complot et autres légendes urbaines l'incitaient à la prudence. Mais pour quelques dossiers sur lesquels elle avait travaillé, les preuves étaient suffisantes pour que le doute ne soit plus permis. L'histoire était jalonnée de ces complots qui avaient changé la destinée des États, pourquoi pas un de plus ? Il lui appartenait maintenant de trouver elle-même les preuves qui pourraient peut-être lui permettre de contribuer à déjouer un complot. Entre l'envie d'y croire et ce que sa conscience professionnelle lui dictait, son cœur balançait.

Perdue dans ses pensées, Alexandra dépassa le numéro trente-deux avant de faire demi-tour et de revenir sur ses pas. Face au bâtiment, elle se recula sur la chaussée pour visualiser les lieux. L'immeuble de six étages, de fabrication assez récente, vingt à trente ans tout au plus, comportait deux entrées espacées d'une cinquantaine de mètres. Il était séparé de la construction suivante par une allée qui menait, à en croire un panneau, à un parking sur l'arrière du bâtiment.

Une file ininterrompue de voitures, garées le long du trottoir, lui indiquait que la plupart des habitants devaient être chez eux. Elle devait se montrer prudente. Lorsque Françoise serait arrivée, il leur faudrait éviter de croiser les résidents de l'immeuble pour ne pas éveiller l'attention. Il semblait évident que les policiers qui menaient l'enquête sur l'assassinat finiraient fatalement par s'intéresser à l'appartement de Fallière. Elle ne voulait pas se retrouver dans l'obligation de témoigner, ni d'expliquer comment elle était entrée en possession de la ceinture portefeuille de l'ingénieur.

Chapitre 12

Lyon. Mercredi, 21 h 40.

Philippe Darlan passait en revue les fenêtres de ses écrans d'ordinateur et collectait dans son esprit toutes les informations qui lui étaient présentées. Parfaitement dans son élément, il se sentait bien, comme chaque fois qu'il était connecté virtuellement à la réalité des autres depuis le confort de son salon. Tous les sens en éveil, spectateur du monde à travers ses ordinateurs, il attendait patiemment le déclenchement de l'opération.

La journaliste avançait à pied à proximité de l'immeuble de Fallière. À cet endroit de la ville, la position d'un téléphone pouvait être triangulée avec une précision de trente mètres. Malgré cette relative imprécision, il était facile de suivre une personne ou un véhicule dans une ville. À la campagne, la localisation demeurait beaucoup moins précise, la marge d'erreur atteignant parfois presque un kilomètre, sauf si le téléphone intégrait un GPS. Dans ce cas il était facile d'installer discrètement à distance un programme pirate qui renvoyait la position du téléphone au mètre près.

Le groupe d'intervention attendait en haut et en bas de la rue, avec une vue directe sur la journaliste et sur l'immeuble. Les agents resteraient dans les voitures jusqu'au moment où les deux journalistes seraient entrées. Le quartier était calme. Peu de circulation, quelques passants.

Ils allaient devoir attendre encore au moins cinq minutes, car la rédactrice en chef n'avait pas encore passé le pont sur la Saône.

Dans un coin d'un écran annexe, Darlan remarqua un témoin lumineux qui signalait une transmission audio sur le téléphone crypté Theorem. Ce téléphone ultrasécurisé permettait de communiquer directement avec la direction centrale à Levallois-Perret ou de recevoir des ordres sans intermédiaire en provenance du ministère, voire de l'Élysée.

Malgré ses efforts, le policier n'était pas parvenu à décrypter les communications. Il travaillait pourtant sur le sujet régulièrement depuis trois mois, essayant tel ou tel algorithme ou stratégie de décodage, mais sans résultat pour l'instant. Il s'était donc contenté d'implanter un mouchard qui, depuis sa console au centre, lui indiquait que quelqu'un se servait du téléphone crypté.

La conversation fut brève. L'effet ne se fit pourtant pas attendre. Moins de cinq minutes plus tard, Philippe Darlan assista à un ré-assignement de mission tout à fait étrange, compte tenu du contexte.

Le policier découvrit le texte dans le tableau de mission à mesure qu'il s'affichait : l'objectif était maintenant d'arrêter Françoise Eynac, la rédactrice en chef du quotidien *Jour de Lyon*. Sur le réseau radio crypté Acropol, qu'il arrivait en revanche à espionner en clair, Darlan reconnut la voix de son chef distribuant directement, chose rare, quelques recommandations :

« Faites-moi ça tout en douceur, sauf en cas d'agression, nous avons affaire à une journaliste. » « Elle n'est accusée de rien pour l'instant. Nous l'interrogerons en qualité de témoin. » « Les dernières infos ne sont pas vérifiées, nous sommes peut-être sur une fausse piste, alors pas de vagues ! » « On laisse Alexandra Decaze continuer ses activités et on la piste de loin sans intervenir. »

Depuis son appartement, Philippe Darlan regarda ses écrans sans comprendre. Ce changement de mission précipité ne pouvait s'expliquer, sauf si Giraud avait à nouveau accès à des informations qu'il ne partageait pas. Il aurait donné cher pour connaître la teneur de la conversation sur le téléphone crypté.

Pour la première fois depuis qu'il se livrait à ces activités d'espionnage nocturne, il se sentait en dehors des événements. Il lui manquait des éléments pour comprendre. Il se sentait comme un non-voyant, essayant de deviner l'histoire avec uniquement la bande-son. Il regardait attentivement les multiples applications qui tournaient en parallèle sur la demi-douzaine d'ordinateurs qui composaient son équipement. Les mains sur le clavier, prêt à lancer une ligne de commande, mais sans savoir quoi faire. Comment accéder aux informations qui lui manquaient ? Chaque nouvelle idée que son cerveau lui proposait était instantanément contredite par un argument contraire élaboré également par son esprit. À plusieurs reprises, il commença à taper une commande sur le clavier avant de se raviser.

Philippe Darlan recula son siège et décida d'aller se chercher quelque chose à boire, un alcool fort ferait l'affaire. Non qu'il en ressente le besoin, mais dans certains cas, un peu d'alcool l'aidait à imaginer des solutions que la pleine lucidité lui interdisait d'entrevoir.

Chapitre 13

Lyon. Mercredi, 21 h 55.

Alexandra raccrocha son téléphone. Pas de réponse. Juste le répondeur. Elle était sidérée que son amie ait pu lui poser un lapin. Elle regarda une nouvelle fois sa montre. Elle attendait devant l'entrée de l'immeuble depuis plus d'un quart d'heure maintenant. Françoise aurait dû être arrivée depuis un bon moment déjà. Si elle avait eu un contretemps, elle lui aurait téléphoné. Elle se demanda un instant si le fait que sa chef ne soit pas venue ne devait pas l'inciter à laisser tomber et à rentrer chez elle.

La journaliste ne voulait pas rester plus longtemps à faire les cent pas devant l'entrée. Une dame âgée avait pénétré dans l'immeuble quelques minutes plus tôt en la regardant de façon insistante, comme pour lui signifier qu'elle avait remarqué sa présence devant la porte, sans entrer ni sortir.

Elle sortit les clés de Fallière de la ceinture et soupesa le trousseau, comme si ce geste pouvait lui souffler la décision à prendre. Hésitant encore, elle appuya sur le bouton de la sonnerie de l'interphone par acquit de conscience. Elle savait que l'ingénieur était divorcé, sans pour autant être certaine qu'il vivait seul. Elle en avait juste l'intuition, mais elle préférait s'assurer de ne pas tomber nez à nez avec un occupant une fois qu'elle serait entrée dans l'appartement.

Elle appuya sur l'interphone une seconde fois. Toujours pas de réponse. Elle regarda son téléphone, comme s'il allait spontanément se mettre à sonner et la mettre en communication avec Françoise et ainsi lui fournir une solution à son indécision. Elle releva la tête, regarda alternativement vers le haut puis le bas de la rue, puis se résolut à placer la clé estampillée « Entrée bas » dans la serrure et ouvrit la porte. Elle se dirigea sans hésiter vers l'ascenseur et appuya sur le bouton du quatrième étage.

La montée rapide ne lui laissa pas le temps d'imaginer la suite. Elle décida de continuer à l'instinct. Sur le palier du quatrième, Alexandra repéra rapidement l'appartement de Fallière parmi les quatre possibles. À nouveau, elle hésita devant la porte. Se lancer dans le vide depuis un pont avec un élastique attaché aux pieds ou sauter d'un avion lui paraissait à présent beaucoup plus facile que de pénétrer chez un quasi-inconnu. La journaliste se sentait en faute, terrorisée à l'idée de se faire prendre.

Un bruit l'alerta. Derrière elle, l'ascenseur redescendait. Il n'en fallut pas plus pour la décider.

Une des clés du trousseau correspondait à la serrure de sûreté de la porte d'entrée. Elle referma celle-ci derrière elle et resta un instant la main sur la poignée, pour se rassurer, le temps que ses yeux s'habituent au peu de lumière que la rue apportait à la pièce où elle venait d'entrer.

La relative fraîcheur de l'appartement contribua à la calmer. Sans s'en apercevoir, elle avait ouvert, était entrée et avait refermé sans respirer. Alex resta ainsi pendant un moment puis se décida à bouger.

Elle repéra un interrupteur à sa droite et appuya sans hésiter. Un plafonnier s'alluma, éclairant progressivement, à mesure que l'ampoule électronique chauffait, une entrée sur laquelle s'ouvrait un grand salon. Sur la droite, du courrier s'entassait sur un guéridon en noyer. Alexandra y déposa les clés sans même réfléchir, comme si elle venait de rentrer chez elle.

Avant de pénétrer dans la pièce principale, elle décida de commencer par l'exploration de l'entrée. Elle découvrit à droite une petite salle de bains. Au vu des produits disposés au-dessus du lavabo et autour de la baignoire, il était clair qu'aucune femme ne vivait avec Fallière depuis longtemps. Son intuition ne l'avait pas trompée. Elle reposa un flacon d'après-rasage bon marché, exactement à sa place, marquée par une trace de poussière. Pas de décoration particulière, la salle de bains était avant tout fonctionnelle, et triste.

De l'autre côté, dans l'entrée, la porte qu'elle poussa s'ouvrit sur une chambre à coucher. Le lit défait, quelques vêtements posés à la hâte sur une chaise. L'odeur de renfermé indiquait que la pièce était restée fermée depuis le matin au moins. Les doubles-rideaux étaient tirés et aucune lumière de l'extérieur ne pénétrait dans la chambre. Elle alluma et s'approcha d'une commode sur laquelle était posée une lampe baroque probablement achetée dans une brocante. À côté était placé un cadre photo, orienté pour être visible du lit. Elle y reconnut l'ingénieur, de dix ans plus jeune au moins, en compagnie d'une femme assez forte et de deux adolescents, dans un restaurant en bord de mer. Ils semblaient tous heureux, figés dans le souvenir de papier. Manifestement une photo de vacances. « Sa femme et ses enfants, se dit-elle, divorcé comme tant de monde ».

Pendant un instant, la vision de sa propre enfance, la souffrance de la disparition de son père et des années de cauchemar qui avaient suivi s'imposèrent à elle. Perturbée, elle dut faire un effort pour chasser ses souvenirs et se concentrer sur la mission qu'elle se devait d'accomplir. Elle reposa le cadre comme s'il lui brûlait les mains.

Elle fit rapidement le tour de la pièce. Plusieurs livres reposaient sur la table de chevet. Un roman, qu'il ne finirait jamais, posé en haut de la pile. Elle jeta un coup d'œil à la couverture : un thriller policier, le dernier Grangé, quelle ironie ! Alex l'avait terminé depuis plus d'un mois. Le marque-page était placé juste avant le dernier chapitre. « Il ne connaîtra jamais la fin, quel dommage ! » se dit-elle en pensant elle-même au roman qui l'accompagnait tous les soirs depuis une semaine et dont elle savourait l'histoire.

La journaliste ouvrit l'armoire, sans bien savoir ce qu'elle cherchait. Peut-être avant tout à connaître un peu cet homme qu'elle n'avait pas eu le temps de rencontrer, sauf pour assister à son assassinat. Le contenu du meuble ne lui apprit rien.

Alexandra quitta la chambre et se dirigea vers la pièce principale. Le grand salon donnait d'un côté sur une petite cuisine ouverte, juste séparée de la pièce par un comptoir devant lequel étaient placés deux tabourets hauts. Simple et fonctionnelle, la cuisine ne semblait pas servir souvent, si l'on en croyait le rangement impeccable de tous les ustensiles et la mince pellicule de poussière qui recouvrait le plan de travail.

De l'autre côté du salon, une porte fermée vers laquelle Alex se dirigea instinctivement. Elle traversa la pièce, meublée d'un canapé et d'un fauteuil en cuir crème plus très jeunes, disposés autour d'une table basse. Le reste de la pièce ne brillait pas par son originalité. Un buffet bas, deux lampes abat-jour sur pied qui apportaient un éclairage fade à l'ensemble. Le papier peint qui couvrait les murs devait dater des années quatre-vingts. En face du canapé et seule originalité du salon, voire de l'appartement : pas une immense télévision à écran plat comme chez la plupart des gens, mais une bibliothèque en bois sombre qui occupait tout le pan de mur, et qui encadrait même la porte vers laquelle elle se dirigeait. Elle devait contenir plusieurs milliers d'ouvrages.

Alexandra prit un moment pour parcourir les titres. Passionnée de lecture, elle aimait passer du temps chez les libraires et ne pouvait s'empêcher de consulter le contenu des bibliothèques de ceux chez qui elle allait. Elle y trouvait un moyen de définir la personnalité et même d'entrevoir la face cachée de leurs propriétaires. Les goûts de Fallière en la matière étaient très éclectiques. Alexandra retrouva pêle-mêle des romans allant de Jules Verne à Amélie Nothomb en passant par Isaac Asimov et Dan Brown. Quelques essais et prix littéraires plus ou moins récents, dont un Michel Tournier, côtoyaient des ouvrages techniques d'électronique, d'informatique ou de mécanique. Elle trouva même quelques romans « jeunesse » qui avaient dû appartenir aux enfants de Fallière.

Regardant le fauteuil encore plus usé que le canapé, la journaliste s'imagina sans peine l'ingénieur assis là, dévorant un bon bouquin comme il avait dû le faire si souvent.

La porte incluse dans la bibliothèque donnait sur un petit bureau très encombré. Lorsqu'elle pénétra dans la pièce, elle fut accueillie par une bouffée de chaleur. La fenêtre, orientée plein sud, sans rideaux ni volets associée à l'exiguïté de la pièce fermée, avait transformé l'endroit en four.

Juste en face de la porte, un bureau en bois sur lequel Alex repéra immédiatement le boîtier vertical disgracieux d'un ordinateur doté d'un écran plat. Une imprimante, un scanner et l'habituel enchevêtrement de fils et de cordons qui en permettaient l'utilisation complétaient l'équipement. Une fois de plus, la journaliste se félicita de posséder un Mac, qui en plus d'une esthétique avantageuse, ne comportait que très peu de fils. Le reste du local était encombré de cartons, de piles de papiers et de boîtes de dossiers d'archives. Deux rangées d'étagères accueillaient beaucoup de revues techniques et scientifiques. Dans un coin se trouvaient remisés des rouleaux de plans qui devaient certainement servir à construire quelque chose. Autour de la chaise, la surface au sol ne devait pas excéder trois mètres carrés.

Alexandra s'installa devant l'ordinateur. Elle écarta une pile de papiers où s'entassaient pêle-mêle des factures, des articles de journaux, des notes manuscrites et quelques brochures publicitaires, puis posa à la place les objets qu'elle avait extraits de la ceinture de Fallière. Trouver l'interrupteur de l'ordinateur lui prit quelques secondes. Le système commença à se lancer.

Patientant devant l'écran, elle souleva les premiers papiers en haut de la pile. La journaliste remarqua rapidement une coupure de journal où la typographie de *Jour de Lyon*, le quotidien qui l'employait, lui sauta aux yeux. Elle sortit le feuillet de la pile et arrêta son geste, stupéfaite. Devant ses yeux, l'article qu'elle avait rédigé quinze jours plus tôt sur la théorie du complot concernant les événements du 11 septembre 2001. Cet article lui avait fait découvrir que beaucoup de monde était convaincu que ce drame avait en fait été orchestré par le gouvernement américain afin de justifier l'intervention des États-Unis en Iraq. Les nombreux messages qu'elle avait reçus après la parution de l'article témoignaient de l'intérêt de ses lecteurs pour le sujet.

Alexandra se releva et entreprit de séparer les coupures de journaux des autres papiers. Elle découvrit ainsi pas moins de huit articles portant sa signature, tous parus au cours des trois derniers mois.

« Un fan ? » se dit-elle, presque amusée. Plus sérieusement, elle se demanda ce que Fallière pouvait bien trouver de suffisamment passionnant dans ses articles pour aller jusqu'à les collectionner. Elle n'ignorait pas que certains de ses lecteurs prenaient ses écrits pour de l'information au premier sens du terme alors que le seul but était au contraire de montrer comment, à partir des informations disponibles, les croyances populaires pouvaient fabriquer une réalité alternative à laquelle beaucoup adhéraient. Nombre de lecteurs qui lui écrivaient semblaient persuadés qu'elle avait effectivement mis à jour un complot et certains se proposaient même de l'aider pour faire « éclater la vérité ». Les avertissements qu'elle s'évertuait à écrire en début et fin d'articles pour insister sur le fait que les soupçons de complots relatés n'étaient en fait que l'expression de légendes urbaines contribuaient même, selon des lecteurs, à démontrer le contraire.

Alexandra passa sa main dans ses cheveux mi-longs. Elle répétait souvent ce geste lorsqu'elle était plongée dans ses réflexions.

Elle n'imaginait pas Patrick Fallière dans ce rôle d'illuminé, prêt à croire qu'un gouvernement pouvait décemment et en toute discrétion, décider de telles actions. Elle gardait de leurs quelques échanges l'image de quelqu'un de posé et factuel. Et puis, il voulait qu'elle l'aide à dénoncer un complot, c'était le mot qu'il avait employé. Il en était mort.

L'ordinateur termina de se lancer sans qu'Alexandra ait à entrer un mot de passe. Les icônes, sur l'écran, étaient remarquablement bien organisées, rien à voir en tout cas avec le rangement de la pièce. Alexandra décida en premier lieu de consulter les informations du disque dur, ainsi que le lui avait conseillé son collègue Jérôme du service informatique. Il lui avait montré également comment accéder aux fichiers cachés. Elle parcourut rapidement les interminables listes de fichiers et de répertoires. Les données personnelles de l'ingénieur étaient toutes regroupées dans un seul dossier. Des courriers administratifs, des photos de familles, des relevés de compte ; rien de bien intéressant : dix ans de stockage de données privées qui n'intéresseraient plus personne aujourd'hui, même pas sa famille… Celle-ci avait déjà dû être prévenue à cette heure, peut-être sa femme ou ses enfants allaient-ils venir jusqu'à l'appartement, elle devait faire vite.

Patrick Fallière devait avoir caché les informations quelque part dans l'ordinateur ou dans la clé qu'il lui avait confiée. Suivant son intuition, elle introduisit la clé USB dans un des ports disponibles.

Après quelques secondes, une petite fenêtre apparut, réclamant un code à vingt caractères. L'idée de la clé était la bonne. Il fallait maintenant trouver le code.

Alexandra examina le reste du contenu de la ceinture. Un seul élément n'avait pas encore trouvé son utilisation : le ticket imprimé d'un code-barres. Pas de chiffres ou de caractères. Juste ces traits. C'était forcément le moyen d'accéder aux données sinon Fallière n'aurait pas transporté ce ticket en même temps que la clé USB. Comment utiliser ce code-barres pour découvrir la séquence de caractères demandés pour accéder au contenu de la clé ? Elle regarda attentivement en dessous des barres, espérant y lire des chiffres comme sur les étiquettes des magasins, en vain.

La journaliste passait en revue les possibilités qui s'offraient à elle. Elle regrettait de ne pas avoir demandé à l'administrateur informatique du journal de l'accompagner, il aurait certainement déjà trouvé la solution. Pour elle, l'informatique demeurait un simple outil. L'idée même de devoir paramétrer quelque chose dans un fichier de configuration la révulsait. Certains de ses collègues se targuaient de savoir accéder à des ressources cachées de l'ordinateur à grand renfort de lignes de codes et de programme spéciaux. Elle ne comprenait pas comment on pouvait trouver passionnant d'acheter un équipement qui nécessitait tant de connaissances et de travail pour en obtenir le comportement normal.

Tourner et retourner dans les listes de fichiers la mettaient mal à l'aise. Elle souffrait de la chaleur étouffante. Elle déboutonna le haut de son chemisier sur dix centimètres et joua avec l'encolure élargie pour créer un courant d'air. La vague sensation de fraîcheur générée par le mouvement ne dura que le temps du geste. Elle se leva pour ouvrir la fenêtre du bureau qu'elle parvint à atteindre en enjambant une rangée de cartons de déménagement. Elle se dirigea ensuite vers le salon où elle ouvrit en grand une porte-fenêtre. Un courant d'air s'établit aussitôt, lui permettant de recouvrer un semblant de bien-être. Elle resta un instant à observer la rue et profiter de la relative fraîcheur.

Elle regarda à droite et à gauche, espérant voir son amie se diriger vers l'immeuble. Personne.

Alexandra consulta son téléphone, pas de message. Elle appuya sur le raccourci du dernier appel. Elle raccrocha dès que le message de la boîte vocale eut commencé, agacée. Elle savait que la rédactrice en chef pouvait parfois se montrer imprévisible, ce qui l'amusait souvent et la déroutait parfois. À présent, elle imaginait la remarque qu'elle ne manquerait pas de lui faire dès le lendemain matin.

Elle retourna dans le bureau où la température s'était stabilisée à une valeur supportable. Elle commença à fouiller dans tous les tiroirs, sur toutes les étagères, ne sachant pas vraiment quoi chercher, mais convaincue que le ticket lui permettrait de rendre lisibles les données cachées. Peut-être avec une machine, un lecteur. Elle marqua une pause pour réfléchir. La solution devait être devant elle. Elle regarda attentivement l'ordinateur et remarqua dans la barre de tâches en bas, le clignotement d'une icône symbolisant une caméra qui s'animait régulièrement. Relevant la tête, son regard se posa sur une petite ouverture circulaire en haut de l'écran : une webcam. Elle bougea la main devant l'objectif et constata que l'icône bougeait de bas en haut, au rythme du mouvement.

Saisie d'une intuition, elle présenta le ticket devant la caméra. Instantanément, les vingt cases se remplirent de petites étoiles et une fenêtre d'exploration des fichiers cachés s'afficha.

Chapitre 14

Lyon. Mercredi, 22 h 30.

Les glaçons tournaient dans le verre de whisky que Philippe Darlan agitait machinalement.

Il venait d'assister au débriefing de l'arrestation de la rédactrice en chef du journal. L'action s'était déroulée à cinq cents mètres à peine de l'immeuble de Fallière. Pas de problèmes à signaler, sinon peut-être que la journaliste avait menacé les policiers de toutes sortes de représailles par voie de presse s'ils ne la relâchaient pas immédiatement.

Elle se trouvait à présent dans le véhicule qui l'amenait jusqu'au centre. Elle allait être interrogée sur ses activités et celles d'Alexandra Decaze et ses liens possibles avec les terroristes.

Darlan savait qu'il était très difficile de travailler avec la presse. Elle ne dévoilait jamais les sources et attaquait systématiquement les forces de l'ordre à la moindre suspicion d'atteinte à la liberté de la presse. Néanmoins, et à plusieurs reprises ces dernières années, cette rétention d'informations avait freiné la progression des enquêtes policières. Des attentats, des meurtres auraient pu être évités, si les forces de l'ordre avaient eu connaissance de certaines informations essentielles.

Dans le cas présent, aucune des deux journalistes ne travaillait ou n'avait jamais travaillé de près ou de loin au contact des réseaux terroristes. Même le contenu des disques durs du quotidien, qu'il avait scanné (du moins ceux connectés même indirectement à une liaison vers l'extérieur), était désespérément inintéressant pour les affaires actuelles.

Sur ses divers écrans, Philippe Darlan s'évertuait à trouver d'autres informations sur la mission destinée à arrêter Alexandra Decaze. Comment Giraud avait-il pu décider de la laisser visiter l'appartement de Fallière ? Et, par ailleurs, pourquoi ce logement n'avait-il pas été mis sous scellés immédiatement après l'annonce de la mort de l'ingénieur ?

Miné par tant de questions sans réponses, Darlan brûlait d'envie d'appeler ses collègues au centre opérationnel pour en savoir plus. Il ne pouvait malheureusement rien en faire sans risquer de susciter des questions gênantes. Personne ne devait jamais soupçonner à quelles activités il passait ses soirées. Il devrait attendre le lendemain et se disait déjà qu'une nuit sans savoir, ce serait certainement une nuit très longue.

« Peut-être pourrais-je prétexter avoir oublié quelque chose pour repasser au centre et ainsi me renseigner sur les affaires en cours », se demanda-t-il, hésitant entre la surveillance passive et l'action. Puis l'idée s'imposa : « Pas besoin de se déplacer, je vais laisser parler Pietri qui est toujours très content de montrer qu'il sait ! »

Il prit son portable et appela le poste direct de Marc Pietri, qui occupait une place non loin de la sienne. Ce n'était certainement pas celui avec lequel il avait le plus d'affinités, mais il savait que son collègue, éperdument avide de reconnaissance, ne ménageait pas ses efforts pour lui montrer qu'il avait accès à plus d'informations que lui :

—Marc ? C'est Darlan, je ne te dérange pas longtemps. Écoute, je n'arrive pas à trouver mon portefeuille, je me demande si je ne l'ai pas oublié sur mon bureau.

—J'ai pas bien le temps, là, on est en plein boum. Ça peut pas attendre demain ?

—Regarde juste si tu le vois, je ne t'embête pas plus.

—O.K., je jette un coup d'œil

…

—Non, il n'est pas sur le pupitre, désolé.

—Tu dis que vous êtes en plein boum, la situation a changé ?

—C'est rien de le dire, mais ça va, je gère.

—Tu peux m'en dire plus ?

—Dis donc, c'est pas toi qui nous bassines avec tes avertissements sur l'utilisation des portables, que c'est facilement écoutable, même par un quidam ?

—Tu marques un point. Dis-moi, le focus est toujours sur la journaliste ?

Quelques secondes de silence répondirent à la question, seulement ponctuées par le tac-tac des touches du clavier, puis Pietri reprit :

—T'es sûr que tu l'as perdu, ton portefeuille ? Ou c'est juste que tu n'arrives plus à vivre sans savoir où en est l'opération ?

—Non, ça va pas m'empêcher de dormir… C'est juste que ça a beaucoup bougé aujourd'hui, je ne voudrais pas être largué en rentrant demain. Si tu ne sais rien de plus, tant pis, je verrai ça demain.

—Attends, je peux quand même te rancarder sur les grandes lignes. L'actu marquante, c'est que le boss a reçu un coup de fil du ministère, ils doivent avoir des infos précises ; on a changé de focus, c'est maintenant la patronne de la fille.

Darlan feignit l'étonnement :

—Ouah ! effectivement, on doit avoir affaire à du lourd. N'hésite pas à m'appeler si tu as besoin d'un coup de main.

—Non, non, ça va aller, je gère... On laisse la journaliste sous surveillance lointaine, mais là je ne comprends pas vraiment pourquoi.

—Bon, merci encore, je vais aller voir si j'ai pas laissé ce portefeuille ailleurs. À demain !

Dès qu'il eut raccroché, Darlan se replongea dans ses écrans. Ainsi donc, le mystérieux coup de fil venait directement du ministère. Les interventions directes à ce niveau étaient plutôt rares. Il n'avait aucun moyen de savoir quelles informations avaient suscité ce changement de priorité, mais il ne parvenait toujours pas à comprendre comment des journalistes d'un canard local pouvaient se retrouver mêlées de près ou de loin à des opérations terroristes.

Quelques minutes s'écoulèrent encore sans plus de mouvement. Aucun message sur le réseau Acropol, pas davantage sur le tableau de décisions.

Darlan se félicitait de pouvoir écouter les communications de ce réseau réputé invulnérable. Le décryptage des données Acropol était sans conteste une de ses réussites majeures. Encore que les connexions qu'il pouvait écouter se limitaient à ce qui entrait et sortait du centre opérationnel. Convaincu que tous les systèmes de sécurité peuvent être contournés, il était certain de parvenir à craquer un jour prochain l'ensemble des protocoles de sécurité et de cryptage du centre opérationnel de la DCRI. Il y travaillait régulièrement, utilisant les ressources informatiques des serveurs dans lesquels il s'introduisait.

Certains soirs, il monopolisait une puissance de calcul proche de celle employée pour les simulations d'armes nucléaires. Cette approche, consistant à utiliser les capacités de milliers d'ordinateurs surpuissants, pour essayer des milliards de combinaisons, pouvait paraître grossière comparée à de l'analyse fine des algorithmes de cryptage, mais elle s'avérait en fait beaucoup plus efficace.

Tous les moyens de communication apparaissaient sur sa console comme autant d'icônes de haut-parleurs auxquelles étaient attachées des étiquettes indiquant le nom du réseau. Une icône de couleur placée au-dessus indiquait le statut d'utilisation. L'ensemble des communications affichait la couleur rouge : inactive. Darlan promenait le curseur de sa souris sur chacune des icônes, prêt à commuter l'audio sur son casque. L'attente lui semblait interminable. Il reconsidéra l'idée de retourner au centre, pesant le pour et le contre.

Cinq minutes plus tard, au moment où il allait se décider à quitter son poste pour rejoindre le centre opérationnel afin d'en apprendre un peu plus et de se retrouver au cœur de l'action, ou du moins plus proche des informations qui lui manquaient, une icône se mit à clignoter dans une fenêtre de l'écran principal.

Darlan cliqua sur le logo et ouvrit la fenêtre permettant l'écoute de la communication dans son casque. La modulation du signal s'afficha en temps réel sous forme de courbes rapides qui déroulaient dans la fenêtre en même temps qu'une voix métallique résonnait dans son casque. Il s'agissait d'une communication sur le réseau GSM, mais commutée depuis une des consoles du PC opération.

La technique de filtrage utilisée rendait impossible l'identification de la voix. Ce traitement numérique permettait de modifier complètement le timbre d'une personne, y compris d'appliquer une tonalité féminine à une voix d'homme ou même de se faire passer pour une autre personne si on possédait suffisamment d'échantillons de paroles.

Darlan connaissait bien ce canal de communication et ses possibilités, pour l'avoir lui-même mis en place.

C'était quelques mois plus tôt. Lors d'émeutes qui avaient une nouvelle fois enflammé les banlieues. Deux de ses collègues de terrain avaient été mis en examen sur la base des preuves fournies par les enregistrements de tous les canaux officiels et réglementaires. Jetés en pâture à la presse par des politiques, les agents en question se retrouvaient aujourd'hui montrés du doigt, bannis de l'institution et lâchés par tous.

Giraud lui avait alors demandé s'il existait un moyen de communiquer avec les agents de manière discrète, sans qu'aucun des systèmes présents ne puisse enregistrer la conversation. Son envie de se dépasser pour accomplir une tâche impossible (et parfaitement en accord avec ses convictions) l'emporta sur celle d'envoyer balader son chef. Il se doutait que le commissaire voulait avant tout qu'on développe ce moyen de communication pour se couvrir lui-même en cas de dérapage. Plusieurs de ses réflexions au sujet de ses malheureux collègues en attestaient.

Néanmoins, Darlan s'était attelé à la tâche, imaginant un moyen de fournir à ses collègues de terrain un accès au PC opérationnel en passant par un canal protégé, à partir d'un téléphone portable. Le niveau de cryptage suffisait pour relayer quelques ordres et la localisation de l'appel restait impossible, sauf pour lui-même. La voix subissait également une altération qui rendait l'identification de son propriétaire impossible.

Depuis sa mise en place, et parce que le commissaire avait menacé les agents des pires sanctions en cas d'utilisation abusive et surtout non conforme à ses recommandations, la ligne sécurisée n'avait jamais servi… jusqu'à cet instant.

Il augmenta le volume pour ne rien perdre de ce qu'il entendait et s'assura que l'enregistrement automatique s'était bien enclenché. La conversation fut brève :

— Occupe-toi de la journaliste, elle est chez Fallière. Cette fois-ci nous ne voulons pas de traces. Ça doit être pris pour la poursuite de l'action terroriste, un règlement de compte, fais disparaître toutes les preuves.

— Bien compris.

— Et ne traîne pas, tu as vingt minutes max. J'ignore pendant combien de temps encore je vais parvenir à les balader. Il n'y a plus personne à nous dans le quartier, mais ça ne va pas durer. Tu me rappelles quand c'est fait.

La conversation s'acheva là. Darlan regarda sans réagir, durant quelques secondes, l'icône qui venait de repasser au rouge. Il vérifia sur la console : le numéro de téléphone restait inconnu, tout comme sa localisation. Le portable en question devait posséder son propre système de camouflage. Il n'avait donc pas affaire à un téléphone du commerce. Le correspondant devait être un agent ou quelqu'un ayant accès à cette technologie, ce qui restreignait les possibilités.

Le policier resta un long moment sans autre réaction. La conclusion venait de parvenir à sa conscience. Le choc le laissait presque groggy.

Qui avait donné cet ordre ? Et qui était le correspondant ? Quelqu'un du centre opérationnel donnait des ordres d'exécution sommaire à un tueur professionnel ? Il ne pouvait pas laisser faire…

Philippe Darlan se sentait tiraillé par ce qu'il venait de découvrir. À force d'assister aux événements en tant que spectateur, il ne trouvait pas la force de se lancer dans l'action, regardant ses écrans, espérant y détecter le signe que quelqu'un d'autre irait à sa place pour tenter de sauver la fille.

Depuis qu'il exerçait ce métier, il tirait sa satisfaction de sa capacité à synthétiser des informations à l'aide de ses ordinateurs et à fournir, toujours avant les autres analystes, une piste, un signalement, à ceux qui agissaient dans le monde réel… Il ne s'était jamais vraiment soucié des gens qu'il traquait ou dénonçait aux autorités. Il était du côté de la justice et cela suffisait comme justificatif à ses yeux.

Mais depuis quelque temps, et le début de la vague de terrorisme, des changements étaient apparus. Le but des traques était moins clair, encore que le maître mot soit toujours « terrorisme ». Tout le monde pouvait en un instant passer du statut d'anonyme à celui de terroriste potentiel : des étudiants, des religieux et même des politiques de partis extrémistes ou simplement opposants, des journalistes, notamment de journaux en ligne.

Depuis l'arrivée du nouveau commissaire divisionnaire, après l'attentat du TGV, les méthodes avaient encore empiré. Certaines fois, Darlan s'était senti obligé de demander confirmation avant d'exécuter un ordre, ce qui exaspérait Giraud et amusait certains de ses collègues qui le traitaient volontiers de sentimental. Il semblait être le seul à détecter ces changements, mais ne pouvait, la plupart du temps, donner de preuves à ses collaborateurs sans éveiller leurs soupçons sur ses activités nocturnes d'espionnage. L'impossibilité de confronter ses analyses avec d'autres le mettait régulièrement mal à l'aise, se demandant parfois s'il ne devenait pas paranoïaque.

Mais à cet instant, l'interprétation de la communication téléphonique ne nécessitait pas d'analyse. Quelqu'un du centre opérationnel de la DCRI venait de commander l'assassinat pur et simple de la journaliste. Sa conviction devint claire.

Le cerveau en ébullition, il ne savait quelle décision prendre, ne pouvant appeler personne sans risquer de voir son petit monde s'écrouler. Il ne pouvait pas non plus ne rien faire. Il leva sa main droite de la souris et repoussa son siège. Il enleva ses lunettes et se frotta les yeux, comme si cela pouvait l'aider à prendre une décision, puis il allongea ses mains au-dessus du clavier de l'ordinateur, prêt à taper une commande, reproduisant ainsi le geste par lequel tous ses problèmes trouvaient d'habitude une solution.

Encore un instant qui s'éternisa. Il serra les poings, vida son verre de whisky d'un trait puis se leva brutalement.

Trois minutes plus tard, il montait dans sa voiture garée sur une place réservée au bas de son immeuble. Une BMW noire surpuissante et parfaitement inutile dans les rues d'une grande ville, mais qui affichait pourtant la pastille verte des voitures rentrant dans les normes écologiques du moment. Il démarra en trombe et tourna dans l'avenue Viviani sans même regarder et pilota plus qu'il ne conduisit la voiture dans les rues de Lyon en direction de Fourvière.

Chapitre 15

Lyon. Mercredi, 22 h 30.

Passé le moment de joie intense d'avoir découvert, par elle-même, le moyen d'accéder aux fichiers cachés de l'ordinateur de Fallière, Alexandra perdit de son enthousiasme à la vue des centaines de répertoires et des milliers de fichiers que comportait cette partition.

Elle s'appliqua tout d'abord à comprendre le mode de classement. Les dossiers, organisés par mots clés, sigles ou suites de chiffres ne correspondaient pas à ce qu'elle s'attendait à trouver. Elle ouvrit des fichiers au hasard. Elle tomba pour commencer sur un dossier très technique où elle reconnut des schémas électroniques. Un autre contenait ce qui lui sembla être du code source logiciel, reconnaissable à cette écriture particulière que seuls les connaisseurs pouvaient comprendre. Le suivant regroupait des listes de spécifications pour le développement d'un composant électronique. Certainement les éléments techniques du brevet que Fallière prétendait s'être fait voler.

La journaliste passait d'un fichier à l'autre avec frénésie et cliquait au hasard, espérant tomber sur quelque chose de compréhensible. Le travail qu'elle s'imposait n'allait certainement pas atténuer l'aversion qu'elle éprouvait pour l'électronique et l'informatique, disciplines auxquelles elle n'entendait rien. Elle hésitait à cliquer sur les gros fichiers, dont certains mettaient jusqu'à une minute pour s'ouvrir avec des logiciels spécifiques, l'obligeant à patienter pour découvrir un énième schéma.

Après dix minutes de ce régime, Alexandra commença à douter. Pourquoi Fallière avait-il tenu à ce qu'elle se rende chez lui alors que manifestement, elle ne trouvait rien qui justifie cette démarche ? L'avait-il prise pour une passionnée d'électronique ?

Elle se força à se concentrer pour entrer dans la logique de Fallière. Dans son métier de journaliste, les codes et les outils de classement et de référencement étaient clairs, faciles et tous utilisaient les mêmes. Elle retrouvait régulièrement, en quelques clics, n'importe quels articles ou informations enregistrés sur les serveurs du journal.

Quels mots clés devaient-elles utiliser pour accéder aux informations que l'ingénieur avait voulu qu'elle trouve ?

Elle se souvint des quelques notes qu'elle avait prises dans le petit carnet qui ne la quittait jamais. Elle l'ouvrit et retrouva ses écrits, griffonnés à la va-vite lors de son premier contact téléphonique avec Fallière.

La journaliste relut ses mots puis essaya « Terrorisme » dans le moteur de recherche de l'explorateur. Après quelques dizaines de secondes, deux mots s'affichèrent en haut de la fenêtre : « Aucun résultat ». Elle essaya avec le nom de l'entreprise que Fallière avait cité et qui apparaissait dans la vidéo de l'assassinat de son ami : « ARG », mais sans plus de succès.

« Composant » lui livra une liste de plusieurs centaines de fichiers techniques alors que « Complot » ne remonta aucun lien. Elle cliquait avec la souris et tapait avec acharnement sur le clavier.

Un courant d'air fit voler quelques papiers sur le bureau apportant une note de fraîcheur bienvenue. Elle renonça à ramasser les feuilles tombées à terre. Qui allait se soucier du rangement de l'appartement de Fallière maintenant ?

Elle avait épuisé tous les mots clés que les notes de son carnet pouvaient susciter. Elle essaya de se remémorer les paroles de l'ingénieur. Ils n'avaient échangé que deux brèves discussions au téléphone et elle ne voyait pas à quel moment il avait pu lui donner une indication.

Soudain, ce fut l'évidence. Juste avant de mourir, dans un dernier souffle, Fallière lui avait parlé une dernière fois. Ses derniers mots avaient été : « Les élections. » Elle n'avait pas compris sur le moment la raison pour laquelle il avait tenu à lui donner cette information.

Alexandra tapa le mot « Élections » sur le clavier et cliqua sur « Rechercher ».

Un répertoire portant ce nom s'ouvrit : elle avait trouvé.

Le premier dossier contenait une série d'articles de presse trouvés sur Internet, dans des blogs ou des journaux en ligne comme *Mediapart* ou *Rue89*. Plusieurs traitaient de diverses lois et décrets parus au cours des trois dernières années. Ces coupures étant souvent commentées par des blogueurs virulents qui dénonçaient à chaque fois les dérives sécuritaires et liberticides que ces lois engendraient.

Les thèmes en question touchaient beaucoup de domaines : du nouvel arsenal répressif mis en place pour lutter contre le téléchargement illégal au décret autorisant la création ou la fusion de divers fichiers de renseignements en passant par l'extension des écoutes téléphoniques sans condition préalable dès lors que l'individu était potentiellement lié au terrorisme, ou encore de la mise en place systématique de caméras de surveillance dans les lieux publics.

À la lecture de cette liste, regroupée dans un tableur, elle prit conscience qu'elle n'avait jamais été attentive au nombre de lois et décrets du genre qui avaient été votés en moins de cinq ans, ni à leur contenu exact. Pris isolément, ces textes permettaient de répondre très justement à une problématique précise : lutte contre le terrorisme, le téléchargement illégal, la pédophilie, amélioration de la Sécurité routière, prévention de la délinquance financière ou du surendettement, surveillance des réseaux sociaux et pour éviter les dérives et notamment le harcèlement, filtrage de l'Internet avec interdiction d'accès à certains sites ; filtrage qui avait valu à la France de se retrouver mise sous surveillance par Reporters sans Frontières... La synthèse présentée dans le tableau mettait en évidence l'arsenal de moyens de surveillance et de contrôle des citoyens qui, vu sous cet angle, paraissait pour le moins étrange dans un pays historiquement attaché à sa liberté.

Alexandra se reprocha de n'avoir pas réalisé elle-même cette synthèse. Son métier de journaliste aurait dû l'alerter, mais, accaparée par d'autres événements souvent dramatiques, elle était passée complètement à côté de cette actualité. Elle se promit de vérifier les informations dès qu'elle retournerait au journal, et même d'y consacrer son prochain article de fond dès la semaine suivante. Elle ignorait alors qu'elle serait bien incapable de tenir cette promesse.

Elle continua sa lecture. L'article suivant abordait un texte de loi mis en place presque un an plus tôt et qui incitait les mairies des villes et villages de plus deux mille habitants à s'équiper de machines à voter, afin de faire évoluer le mode de vote vers quelque chose de plus en accord avec l'époque et les technologies numériques. Un des arguments lourds étant de garantir la sécurité du vote. Le décret listait l'ensemble des mesures de vérifications effectuées lors de la mise en place et du contrôle régulier des machines. Chaque commune conservait la liberté du moyen de vote. Néanmoins, la plupart d'entre elles avaient répondu favorablement, surtout motivées par les subventions substantielles proposées aux mairies qui jouaient le jeu, et par la prise en charge intégrale des frais de mise en place des machines à voter par l'État. Quelques voix s'étaient élevées, relayant les décisions de certains pays d'Europe de supprimer les machines à voter, notamment à cause de l'absence de moyens de contrôle suffisants (du moins, c'était l'avis de nombreux experts), et également parce que ces systèmes ne permettaient pas le recompte des voix en cas de litige. Alexandra se souvint de quelques reportages sur le sujet. Tous affirmaient que les machines en question demeuraient beaucoup plus fiables que les habituels scrutateurs et le décompte manuel des voix.

Après avoir parcouru une dizaine d'autres articles plus ou moins pertinents, mais présentant tous le contenu de certains textes de loi montrés sous un éclairage différent, Alexandra ouvrit un autre répertoire.

Elle découvrit une archive d'e-mails échangés notamment par Fallière et son ami Samir Majri. La journaliste parcourut plusieurs d'entre eux, se disant déjà qu'elle devrait copier tous ces fichiers afin de pouvoir les consulter plus tard. La clé USB déjà engagée dans le lecteur devrait faire l'affaire, se dit-elle.

Elle lut très rapidement le contenu des six pages de texte. Le dossier remontait au 15 décembre, soit cinq mois plus tôt. Alexandra s'arrêta sur des échanges autour de début avril. L'ingénieur réagissait aux informations que lui donnait Majri. Ce dernier s'était procuré discrètement une copie du dossier technique. Il ne faisait aucun doute que la société ArG utilisait le brevet de l'ingénieur pour produire le composant en question.

Fallière : « Nous devons impérativement découvrir comment le brevet de notre invention peut se trouver en possession de ArG. Les brevets protégés par le secret défense ne peuvent pas plus être diffusés sans l'accord de leurs inventeurs que les brevets classiques. Pour l'instant, je suis en discussion avec les services officiels pour l'utilisation de mon brevet par un grand groupe d'électronique de défense, mais rien n'est encore signé.

Peux-tu remonter jusqu'aux donneurs d'ordre ? J'aimerais vraiment savoir qui est derrière ça. »

Majri : « Je vais essayer, mais c'est assez risqué pour moi. Ces informations ne sont connues que du big boss. Pénétrer le réseau interne pour pirater l'ordi du chef, ce n'est pas le meilleur moyen pour garder son job. As-tu vérifié si le FPGA que je t'ai envoyé hier est bien conçu avec ton design ou s'il a été modifié ? Pour moi, c'est bien l'original. »

Fallière : « Ne prends pas de risques inconsidérés. Je ne souhaite pas que tu te fasses virer pour ça. Il est évident que même si on arrive à prouver que le brevet a été volé, je n'ai que peu de chances de recouvrer mes droits sur le sujet. Je te confirme que c'est bien une copie conforme. Ils n'ont rien changé. Du vol pur et simple ! »

Un dernier mail, daté du jour précédant l'assassinat de Samir Majri, indiquait que les choses se précisaient :

Majri : « Je te disais au téléphone cet après-midi que je craignais d'avoir été repéré, mais tout va bien. J'ai pu récupérer le nom de l'intégrateur. En fait, j'ai craqué le mot de passe du directeur. Je n'ai pas le donneur d'ordre, mais j'ai trouvé où vont les composants après fabrication. Une société qui s'appelle Eltrosys. Il s'agit apparemment d'un intégrateur, en Bretagne. Ils intègrent le FPGA sur des cartes, mais j'ignore pour quel usage. Ils sont nos seuls clients pour ce composant. C'est très surprenant, mais, si j'ai bien compris, le ministère de l'Intérieur et celui de la Défense surveillent de très près toutes les opérations. À mon avis, c'est une application militaire secrète. Je ne suis pas resté longtemps dans le bureau du boss et je n'ai pas encore pu accéder à tous les fichiers. Je recommencerai demain, plus tard dans la soirée. J'espère juste que le mot de passe sera toujours le même. Je te recontacte quand ce sera fait. »

Les échanges s'arrêtaient là. Majri était mort le soir même, et Fallière quatre jours plus tard. Alexandra s'affaira à trouver d'autres archives de mails dans le répertoire « Élections », mais sans succès.

Elle trouva en revanche d'autres articles de presse, notamment un, présentant une statistique éloquente sur les résultats des sondages en fonction de leurs commanditaires. Il apparaissait que les résultats variaient grandement selon la façon dont la question était formulée. Sans prétendre que les résultats étaient faux, l'article, issu d'un journal en ligne, insistait sur le fait que l'influence exercée par les commanditaires, à travers la formulation des questions, pouvait amener une différence de près de 10 % dans les résultats. Le journaliste finissait l'article en précisant que le gouvernement avait commandé plus de la moitié des sondages publiés avant le premier tour des élections. Alexandra ne fut pas surprise de ces chiffres. Son métier lui permettait de connaître le poids des mots, même faux.

En découvrant à travers les archives de Fallière tous ces articles issus de journaux numériques, elle se demanda si elle avait raison de militer avec autant d'acharnement pour la presse papier. Lors du lancement du site Internet du journal *Jour de Lyon* deux ans plus tôt, elle s'était montrée très opposée, prétextant que cette inauguration sonnait le glas des journaux papier au profit d'une forme virtuelle et dématérialisée de l'information. Elle devait reconnaître maintenant que les journaux en ligne s'offraient le luxe d'une indépendance que la presse papier et audiovisuelle peinaient à conserver.

Absorbée dans ses pensées et dans la lecture des fichiers de l'ordinateur de Fallière, Alexandra ne réagit pas tout de suite au bruit sourd qui provenait du salon. Un autre bruit, plus ténu, semblable au froissement d'une étoffe, mit ses sens en alerte. Elle pensa tout d'abord à un courant d'air, la porte-fenêtre du salon qui claque… mais la chaleur pesante n'était agitée d'aucun mouvement d'air. Le bruit se répéta, plus proche. Elle hésita à se retourner, attendant de faire taire son angoisse, attendant que son cœur retrouve un semblant de calme. Un frisson lui parcourut le dos. Elle sentait une présence derrière elle.

Un vent de panique la submergea. Tétanisée, une pensée s'imposa à elle : « Je n'aurais pas dû venir. »

Alexandra rassembla ses forces, prête à bondir, puis trouva le courage de se retourner lentement sur son siège pivotant.

Chapitre 16

Lyon. Mercredi, 22 h 45.

Darlan gara sa BMW sans même faire de manœuvre, tout surpris de trouver une place disponible à moins de cent mètres de l'immeuble de Fallière. Dès qu'il ouvrit la portière de la voiture, il passa sans transition de l'air frais de l'habitacle à la chaleur lourde et étouffante qui régnait à l'extérieur en cette fin de journée. Il marcha d'un pas rapide. Un coup d'œil sur son téléphone muni d'une fonction localisation lui confirma qu'il approchait de l'adresse.

Comme il s'y attendait, il trouva la porte fermée. D'un geste machinal, il s'acharna quand même sur la poignée. Il se sentait fébrile, peur d'arriver trop tard, peur de constater qu'une fois de plus, un témoin finissait assassiné. Il regarda sa montre. Il ne s'était déroulé que quinze minutes depuis son départ de l'appartement. Le tueur était-il déjà sur les lieux ? Il se retourna, soudain inquiet, et scruta la rue des deux côtés : rien ne l'alerta. Son Smartphone lui apprit que la journaliste était toujours dans l'appartement. Il devait entrer, la récupérer et ressortir, vite, avant l'arrivée du tueur, sans doute une question de minutes. Darlan s'approcha du panneau qui regroupait les sonnettes et les interphones correspondant aux appartements. Il parcourut des yeux les noms des habitants, si vite qu'il ne vit pas celui de Fallière. Il s'obligea à souffler, serra les poings puis se relâcha. Pointant son doigt sur chaque nom, le policier parcourut méthodiquement la liste et tomba rapidement sur l'étiquette portant le nom de l'ingénieur : Fallière, quatrième étage. Il appuya sur le bouton, s'attendant à entendre la voix de la journaliste. Pas de réponse. Il insista encore deux fois sur la sonnette, mais sans plus de résultat.

Darlan recula jusqu'au milieu de la rue, déserte à cette heure. Il compta les étages de l'immeuble : six. Seules deux fenêtres étaient éclairées au quatrième. Il allait revenir vers la porte lorsqu'une des lumières s'éteignit brusquement, remplacée aussitôt par un éclair très vif, une lumière très blanche. Puis, très vite, une lueur fluctuante plus colorée éclaira la pièce, comme si un écran de télévision était allumé ; une télé beaucoup trop lumineuse.

Darlan se précipita vers le panneau et sonna à toutes les adresses, utilisant ses deux mains. Il attaquait la seconde moitié du panneau lorsqu'un homme répondit, pas très avenant :

— Qu'est-ce que vous voulez, vous avez vu l'heure ?

Surpris par la réponse, le policier bafouilla :

— Heu, police, vous pouvez m'ouvrir, s'il vous plaît ?

— Allez vous faire voir, vous croyez vraiment que vous allez m'avoir avec un truc si simple, tirez-vous avant que j'appelle les vrais flics.

Darlan se traita mentalement d'imbécile. Comment pouvait-il croire que sa carte de police lui ouvrirait toutes les portes aussi facilement ? Encore qu'il soit peu habitué aux missions de terrain, il n'avait jamais eu à en faire usage de la sorte. Il comprit mieux les remarques désabusées de ses collègues des groupes d'intervention à propos du manque de considération de la population envers la police.

Une autre voix résonna dans le haut-parleur de l'interphone. Celle d'une femme :

— C'est pour quoi ?

— Je viens voir monsieur Fallière au quatrième, je sais qu'il est là, mais il ne répond pas. Il m'attend normalement et je suis un peu inquiet.

— O.K., je vous ouvre, je suis sa voisine et je sais qu'il n'est pas bien en ce moment. En tout cas, si vous pouviez lui dire de surveiller ce qu'il a sur le gaz, ça sent le brûlé jusque chez moi.

Darlan eut un mauvais pressentiment. Cet éclair dans l'appartement, une odeur de brûlé... Dès que le verrou électrique se fit entendre, il poussa la lourde porte des deux mains. Il découvrit en face de lui un hall faiblement éclairé par une lumière blafarde diffusée par des ampoules basse consommation. Sur la droite, des boîtes aux lettres débordant, pour certaines, de dépliants publicitaires. Au fond, il distingua l'ascenseur et l'escalier à droite.

Il appuya sur le bouton d'appel. Il lui fallait encore attendre, l'ascenseur n'était pas à l'étage. Il hésita à monter à pied, pas certain de gagner du temps par cette voie. Un bruit dans l'escalier lui fit tourner la tête. Quelqu'un descendait les marches quatre à quatre.

Darlan se recula d'un pas pour regarder celui ou celle qui descendait de la sorte, c'était peut-être elle... Un homme apparut au premier palier. Il s'arrêta brutalement en voyant quelqu'un l'observer d'en bas. Darlan ne distinguait pas ses traits, l'escalier étant demeuré dans l'obscurité. Il sentait cependant que la réaction de l'homme était suspecte. Sans plus réfléchir, il cria : « Police ! »

L'homme n'hésita pas une seconde et sauta la rambarde, du côté opposé à l'ascenseur. Sans laisser à Darlan le temps de réagir, il parcourut les cinq mètres qui le séparaient d'un renfoncement où s'ouvrait une porte qu'il ouvrit et franchit, non sans lancer un coup d'œil vers le policier. L'éclairage de la lampe indiquant la sortie de secours suffit à Darlan pour saisir fugitivement la physionomie de l'homme. Grand, au moins un mètre quatre-vingt-cinq, les épaules carrées, les muscles saillants sous le tee-shirt noir qu'il portait. Un visage dur et un regard déterminé. Il était totalement chauve. Était-ce l'homme contacté par le message venant du centre opérationnel ?

Le claquement de la porte secoua le policier comme un électrochoc. Sans plus réfléchir, il se lança à sa poursuite.

Derrière la porte, quelques marches, un couloir de dix mètres éclairé par deux néons blafards et une porte donnant sur l'extérieur. L'inconnu l'atteignait déjà.

Darlan se précipita et surgit à l'extérieur, sur l'arrière du bâtiment, marqua un temps d'arrêt puis repéra le fuyard courant entre les voitures. Il se dirigeait probablement vers l'allée sur le côté du bâtiment. Elle lui permettrait de retourner dans la rue principale. Le policier s'apprêtait à le poursuivre quand il réalisa qu'il ne parviendrait jamais à le rattraper en le suivant. Il fit le pari que l'homme rejoindrait la rue principale et retourna dans le bâtiment pour tenter de l'intercepter de l'autre côté.

Traversant le hall sans s'arrêter, il appuya sur l'interrupteur à droite de la porte principale en même temps qu'il tirait le battant.

Il fit un pas sur le trottoir, tourna la tête à droite et n'eut que le temps de se préparer au choc en pliant les jambes et en présentant son épaule. L'homme, lancé à pleine vitesse, le percuta à la façon d'un joueur de football américain, tête baissée et bras en bouclier. Darlan eut l'impression de voler pendant un instant avant de s'écraser lourdement sur le bitume. Le souffle coupé, choqué, il resta un instant sans bouger, cherchant à décrypter les messages de douleur envoyés par son système nerveux. Avait-il quelque chose de cassé ? Était-ce grave ? Il laissa passer encore quelques secondes avant de recommencer à bouger.

—Au feu, au feu !

Il leva la tête vers le cri qui se répétait et résonnait entre les bâtiments. De l'autre côté de la rue, au premier étage d'un immeuble vétuste, une femme criait en désignant un point en face d'elle. Darlan suivit la direction du regard pour se fixer sur une fenêtre au quatrième étage. Il voyait nettement les flammes danser derrière les vitres. Au même instant, les carreaux explosèrent sous la chaleur et une langue de feu jaillit à l'extérieur.

La porte d'entrée à côté de lui s'ouvrit et plusieurs habitants se précipitèrent à l'extérieur, vêtus très légèrement pour certains. Ils passèrent devant Darlan sans même le voir, et traversèrent la rue jusqu'au trottoir d'en face. Ils ne commençaient à se sentir en sécurité qu'après avoir mis la largeur de la rue entre eux et le danger.

Le policier se releva, ignorant la douleur qui diffusait dans tous ses membres. La vérité s'imposa à lui : il était arrivé trop tard. Une autre partie de son esprit lui criait qu'elle était peut-être encore vivante, qu'il ne pourrait pas vivre à l'avenir en sachant qu'il aurait pu intervenir et qu'il n'avait rien fait. Le ronflement des flammes, les cris des gens mettaient à mal sa détermination.

À aucun moment de sa vie, il n'avait fait preuve de témérité. Il refusait simplement de se mettre en danger s'il pouvait faire autrement. Seule sa passion pour les voitures puissantes l'avait amené quelquefois à flirter avec le risque. Un conflit intense opposait ses émotions et sa raison.

Pourquoi venir jusque-là pour rester une fois de plus spectateur de la vie des autres, sans prendre part physiquement ? Pendant un instant, il s'imagina, guidant les pompiers depuis ses ordinateurs, changeant les feux rouges en verts pour leur ouvrir la voie. Mais il n'était pas dans son appartement.

Une femme d'une quarantaine d'années, vêtue d'un simple tee-shirt trop long, et dont la seule particularité physique résidait dans une coiffure sophistiquée assortie d'une teinture d'un rouge sanglant, sortit affolée par la porte principale et vint directement vers lui :

—Aidez-moi, mon fils est enfermé dans sa chambre, je vous en prie. Aidez-moi ! dit-elle en l'agrippant par la manche et en l'entraînant avec elle vers l'immeuble. Darlan suivit, ne sachant comment réagir, finalement content de ne pas avoir à décider, seulement suivre. Ils montèrent par l'escalier jusqu'au deuxième étage, croisant plusieurs personnes, certaines descendant avec les bras chargés de leurs biens les plus précieux. Une odeur âcre traînait dans l'air, mais aucune fumée en vue. Au moment de rentrer dans l'appartement de la femme, la porte s'ouvrit sur un adolescent, de deux têtes plus grand que sa mère, le visage émacié, quelques boutons d'acné sous une barbe naissante, le lecteur MP3 en bandoulière et le casque autour du cou :

—Maman, tu as vu, y a le feu au-dessus.

Elle le prit dans ses bras et l'enserra autant qu'elle put:

—Tu vas bien, mon chéri ? Mais pourquoi tu n'ouvrais pas, tu m'as tellement fait peur.

—Ha ? Ben j'ai rien entendu, sauf à la fin du morceau, les gens qui criaient, dehors.

La femme entraîna son fils dans l'escalier, laissant Darlan seul, sans même le remercier. Elle semblait l'avoir complètement oublié. Il se retourna et la vision de l'escalier montant fut comme un appel, il était si proche, il pouvait au moins essayer. Sans plus réfléchir, il monta les deux étages sans même s'en rendre compte. Il perçut la fumée seulement en arrivant en haut du palier du quatrième. Il repéra instantanément la porte par-dessous laquelle s'échappaient lentement des volutes odorantes : fermée ! Il fit jouer plusieurs fois la poignée.

Un bruit sur la droite, un voisin sortait de chez lui, un ordinateur et un album photo sous le bras. Il vit Darlan :

—Les pompiers arrivent, il ne faut pas rester là.

—Aidez-moi, il faut ouvrir, il y a une femme à l'intérieur.

—Nous ne pouvons rien faire ! dit l'homme en se précipitant vers l'escalier, les pompiers vont s'en occuper.

Seul, une fois de plus, avec le problème, il chercha une solution. Dans les films, les flics ont leur arme et en deux coups, ils parviennent à ouvrir toutes les serrures. Dans la vraie vie, la sienne : pas d'armes, juste une porte fermée et pas d'idée pour l'ouvrir. Il n'essaya même pas de l'enfoncer. Le chambranle métallique de la porte de sécurité ne lui laisserait aucune chance. Il regarda autour de lui et repéra de l'autre côté de l'ascenseur un panneau vitré destiné aux pompiers. Il contenait une arrivée colonne sèche, que les pompiers n'allaient pas manquer d'utiliser dès qu'ils la raccorderaient à la bouche d'incendie, du tuyau enroulé et une hache.

Il n'hésita pas. Après trois coups de pied, la vitre céda enfin. Le policier s'empara de la hache et s'attaqua à la porte en priant pour qu'elle ne soit pas renforcée par une plaque métallique comme c'était le cas dans son propre appartement. Heureusement pour lui, seuls les montants étaient renforcés. Darlan frappait avec acharnement, toujours au même endroit. Un craquement, et la lame traversa. Encore quelques coups, et l'ouverture fut assez grande pour qu'il puisse passer le bras. À tâtons, il chercha la poignée à l'intérieur. Il sentait la chaleur sur sa peau. Ce devait être l'enfer dans l'appartement. Ses doigts se refermèrent sur la poignée. Il l'actionna.

Dès que la porte s'ouvrit, un brusque appel d'air s'établit. La luminosité augmenta brutalement ainsi que la température ambiante. En revanche, la fumée s'évacuait très rapidement. Il attendit quelques instants que le gros de celle-ci se soit dissipé puis pénétra dans l'appartement. Le hall d'entrée était encore préservé. Mais plus loin, dans la pièce principale, les flammes montaient le long des fenêtres et semblaient courir au plafond. Malgré la chaleur insupportable et la fumée qui encombrait déjà ses bronches, Darlan s'approcha jusqu'à l'entrée du salon. Il chercha à distinguer quelque chose à travers le mur de flammes. Son regard se porta sur la bibliothèque. Les flammes rampaient sur les étagères et se nourrissaient des livres. Du côté de la fenêtre, des pages enflammées se détachaient du brasier, virevoltant pour aller porter la destruction un peu plus loin.

Le policier remarqua une porte ouverte sur la droite, intégrée dans la bibliothèque. C'est à ce moment qu'il la vit, au-delà de l'ouverture, son corps étendu sur le sol. La journaliste, ce devait être elle. Les flammes ne semblaient pas l'avoir encore touchée, mais ce n'était plus qu'une question de secondes. Darlan fit un pas dans la pièce, la chaleur du brasier le fit reculer. Ses yeux piquaient et des larmes brouillaient sa vue. Il devait se protéger pour entrer : « De l'eau... il me faut de l'eau ! ». Il s'imagina tenant une lance à incendie, mais celle du palier ne serait alimentée que lorsque les pompiers auraient ouvert les vannes. Il rebroussa chemin dans le hall d'entrée et parcourut rapidement les deux pièces adjacentes : la salle de bains et la chambre. L'idée s'imposa. Il arracha un lourd rideau de la chambre encore épargnée et se précipita sous la douche. Il ouvrit le robinet et connecta la pomme de douche. Le jet puissant et glacé le saisit instantanément. Le choc avec la température ambiante lui bloqua la respiration pendant une seconde. Il arrosa copieusement le rideau.

Il pénétra dans le salon, ruisselant, couvert du rideau détrempé. Il en releva un pan pour regarder où se diriger. La chaleur brûlante s'infiltra jusqu'à sa peau. Il ouvrait les yeux par intermittence, incapable de les garder ouverts. Il inspira autant que la brûlure de la fumée le lui permettait. Retenant sa respiration, il se dirigea à l'aveuglette, penché pour rester en entier sous le rideau, ne regardant que ses pieds pour avancer.

Il parvint dans la pièce où se trouvait la journaliste beaucoup plus rapidement qu'il ne l'avait imaginé, même s'il n'avait parcouru que quelques mètres. Arrivait-il trop tard ? Il s'extirpa du rideau qui fumait sous l'effet de l'évaporation, et se pencha sur elle.

Il écarta ses cheveux et reconnut le visage de celle qu'il avait déjà croisée, lors de cette conférence. Elle semblait dormir paisiblement. Il posa son doigt sur la jugulaire ; son cœur battait. Darlan soupira, rassuré. L'air était plus respirable au niveau du sol, certainement la raison pour laquelle elle vivait encore. Il la secoua doucement par l'épaule, pas de réaction. Il se positionna au-dessus de son visage et essora son tee-shirt sur elle. Il en exprima suffisamment d'eau pour obtenir une réaction chez la jeune femme.

Alexandra ouvrit les yeux. Il lui fallut plusieurs secondes pour recouvrer ses esprits. Où était-elle ? Que lui était-il arrivé ? Une violente migraine lui barrait le front et lui enserrait les tempes. Elle regarda le visage penché au-dessus d'elle, puis tous ses sens s'animèrent. Elle perçut la chaleur, la fumée, le ronflement sinistre et ses craquements secs : le feu. Alexandra se redressa brusquement sur un coude : l'appartement de Fallière. Elle se souvint : cet homme chauve, ce regard glacial, ce beau visage sans expression particulière. Elle porta sa main à sa tempe, là où il l'avait frappée avec la crosse de son revolver. Pas de sang, juste une petite entaille, une belle bosse et une douleur persistante.

—Vous pouvez vous relever ? Il ne faut pas rester là, ordonna Darlan en l'aidant.

—Qui êtes-vous ?

—Pas le temps pour les présentations, il faut partir.

—Attendez ! fit-elle, en se retournant vers l'ordinateur. Se souvenant enfin de ce qu'elle était venue faire ici.

Au même instant, quelque chose tomba dans le salon à côté. Une partie de la bibliothèque, quelques rayonnages, venait de céder sous la morsure des flammes, dispersant au sol quantité de livres et de pages volantes en feu. Darlan vit en un instant le maigre espace encore vierge de flammes se couvrir. La panique l'envahit, ils allaient être coincés ici.

La brusque augmentation de la température alerta Alex au moment où Darlan la saisit par le bras sans ménagement. Il lui plaça d'autorité le rideau mouillé sur la tête.

—Restez avec moi là-dessous, et retenez votre respiration. Il n'y a que quelques mètres.

La journaliste se laissa faire, essayant de comprendre comment ils allaient pouvoir franchir le mur de flammes sous un tissu, fût-il mouillé. Au moment de sortir du bureau, collé contre la jeune femme, un objet se glissa sous le rideau. Darlan s'arrêta juste une seconde, le temps qui lui fallut pour reconnaître une grenade au phosphore. Les cours « armes et explosifs » de l'école de police lui avaient au moins appris ça. La grenade, dégoupillée, n'avait pas explosé, mais menaçait de le faire à tout instant. Il souleva délicatement le rideau et se colla au montant de la porte. Derrière lui, Alexandra, qui suivait ses mouvements sans chercher à les interpréter, ne s'aperçut de rien.

Ils pénétrèrent dans la pièce principale où l'enfer se déchaînait. Poussant les flammes devant eux avec le rideau, ils constatèrent que leur abri improvisé les protégeait suffisamment pour que les flammes ne s'immiscent pas jusqu'à leur peau. Néanmoins, la chaleur restait insoutenable. Darlan peinait à retenir sa respiration tant le besoin de tousser lui comprimait la poitrine. Des gouttes de sueur coulaient de son front jusque dans ses yeux, ajoutant encore à la brûlure de la fumée.

Ils franchirent rapidement les deux derniers mètres sans se soucier des deux livres en feu que Darlan repoussa du pied. Ils parvinrent à rejoindre la protection relative du hall d'entrée, puis ils sortirent enfin de l'appartement, accompagnés par l'épais nuage de fumée qui progressait rapidement dans l'escalier, aspiré par un courant d'air puissant. Ils se débarrassèrent du rideau, surpris d'être encore en vie. Alexandra se retourna vers ce qui restait de l'appartement de Fallière, ne réalisant pas encore qu'elle venait d'échapper à une mort atroce.

Darlan la prit par le bras et la tira vers l'escalier. Il lança entre deux quintes de toux :

—Ne restons pas là, il faut descendre, venez.

Alex ne résista pas et se laissa guider. Descendant les marches le plus vite qu'ils pouvaient, sans oser respirer trop profondément, les poumons encombrés, ils toussaient sans discontinuer.

Alexandra sortit la première de l'immeuble, talonnée par le policier, au moment où le premier camion de pompiers s'annonçait au bout de la rue, toutes sirènes hurlantes.

Une foule considérable se tenait à seulement à quelques mètres du bâtiment, au milieu de la rue. Certains aidaient les habitants sinistrés, en les couvrant d'une veste, en les réconfortant, mais la plupart étaient seulement installés là en spectateurs privilégiés assistants à un événement qu'ils pourraient ensuite abondamment commenter à leur entourage.

Personne ne se préoccupa d'eux, pas même la femme aux cheveux rouges, en grande discussion avec son fils, lui-même peu attentif, occupé à prendre des photos avec son téléphone. Son objectif : poster une photo sur Facebook et sur Twitter avant tout le monde.

Ils traversèrent la rue sans que quiconque remarque leur présence. Alexandra frissonna, sous l'effet de la brutale différence de température avec l'intérieur, ou bien était-ce dû à la peur rétrospective de finir brûlée vive ? Elle respirait à pleins poumons, espérant ainsi amener plus d'oxygène dans son sang et diminuer le mal de tête qui lui enserrait le front. Elle inspecta ses mains, ses vêtements. Pas de traces de brûlures, sauf le bas de son pantalon de flanelle, par endroits consumé et noirci. Elle n'avait rien remarqué pendant l'action. Maintenant, elle se félicitait de ne pas avoir choisi une jupe ce matin, comme c'était le cas la plupart du temps. Elle souleva le bas de son pantalon pour découvrir seulement quelques rougeurs sur sa peau. Elle s'en sortait miraculeusement bien. Elle devrait être morte.

Elle regarda attentivement l'homme à qui elle devait la vie. Il semblait figé, à un mètre d'elle, observant attentivement la foule ainsi que l'immeuble en feu sans plus de réaction.

Son look mauvais garçon avec sa peau très mate, ses cheveux, sa barbe et sa moustache rasés très court, la déroutait et ne collait pas avec son air calme, les mains le long du corps, les vêtements dégoulinant encore. Aucune blessure ou rougeur apparentes, le feu l'avait épargné également. Se sentant observé, il se retourna vers elle :

— Vous êtes en sécurité maintenant, dit-il avec une pointe d'accent traînant des banlieues en la fixant dans les yeux ; mais il ne faut pas rester là, il peut revenir.

— Qui ça, « il » ?

— Pas ici, il faut partir, vite. Venez, on prend ma voiture.

— Qui êtes-vous, vous ne m'avez pas répondu ?

— Pas maintenant, je vous dis, nous ne sommes pas en sécurité ici. Il lui prit le bras.

Alex n'acceptait pas cette absence de réponse aux mille questions qu'elle se posait ni la façon autoritaire dont il lui donnait des ordres. Il l'avait sauvée certes, mais maintenant, le danger écarté, elle voulait des réponses. Son mal de tête persistant ajoutait à son irritation et à son impatience.

— Vous n'avez pas répondu, insista-t-elle un peu trop brutalement en retirant son bras. Qui êtes-vous ? Pourquoi suis-je en danger, qui en a après moi ?

Le policier hésita sur la façon de gérer cette situation. Pas très à l'aise avec les situations conflictuelles, il décida qu'il devait avant tout la convaincre de quitter les lieux au plus vite. Il considérait que le tueur pouvait parfaitement décider de rester dans le quartier. Dans ce cas, le risque de le voir arriver grandissait de minute en minute.

— Une question à la fois, s'il vous plaît, répondit-il en s'efforçant de parler lentement. Je m'appelle Philippe Darlan, je suis flic, ça vous va comme ça ? Vous avez eu de la chance ce soir. Beaucoup de chance, alors faites-moi confiance et suivez-moi. Cet incendie est criminel, et celui qui vous a agressé est peut-être parmi la foule. Si je n'étais pas intervenu, vous seriez encore dans l'appartement…

alors je me répète, faites-moi confiance, vous voulez bien ?

— Où voulez-vous aller ? J'ai ma voiture là, plus bas.

À l'instant où elle prononça ces mots, une information importante s'imposa à son esprit : ses clés de voiture, son sac, la ceinture de Fallière, la clé USB : tout était resté dans l'appartement. Pendant une seconde, elle s'imagina pouvoir remonter et récupérer ses affaires.

Une violente explosion fit voler en éclats les dernières vitres restées intactes au quatrième étage et notamment celles de la pièce située à gauche de l'appartement. La grenade au phosphore venait d'exploser, pulvérisant ce qui restait du bureau où elle se tenait quelques minutes plus tôt. La foule recula en désordre, les gens criaient, se bousculaient. Les premiers pompiers descendus du camion s'efforçaient de canaliser les curieux et de les éloigner de l'immeuble où les flammes atteignaient maintenant le cinquième étage. Alexandra, la tête levée, fut prise d'un vertige et sentit ses jambes se dérober sous elle. Le policier parvint à la soutenir juste à temps.

— Ça va aller ? demanda-t-il vraiment inquiet. Il désigna sa tempe endolorie et ajouta. Pas étonnant que vous ayez du mal à tenir debout avec la jolie bosse que vous avez là. Venez, ma voiture est juste là.

Au moment de pénétrer dans la BMW de Darlan, elle eut un mouvement de recul : son allure, son physique, cette voiture. Pour elle ce cocktail convenait à un dealer ou un malfrat, pas à un policier. Elle regarda autour d'elle, prête à partir en courant au moindre danger :

— Qu'est-ce qui me dit que vous êtes policier ?

Darlan souffla bruyamment, levant les yeux vers le ciel. Il n'avait jamais imaginé que la première personne à qui il sauverait la vie puisse se montrer si désagréable. Il fit le tour de la voiture, sortit sa carte et la lui mit sous le nez :

— Ça vous va, comme ça ? Désolé si je n'ai pas le look de l'emploi, mais c'est pourtant mon boulot, va falloir vous y faire.

Il ouvrit la porte pour l'inviter à entrer. Geste de galanterie plutôt rare de sa part, d'habitude hostile à tous les gestes pouvant le faire paraître comme « faible » de son point de vue.

— Et autant que je vous le dise de suite, on va chez moi et pas au commissariat du coin. Je vous demande juste de me faire confiance. Je vous ai sauvé la vie, normalement ça devrait vous suffire pour commencer, non ?

Alexandra laissa échapper un sourire, il avait raison.

— O.K., alors allons-y, finit-elle par dire en s'installant confortablement sur le siège passager.

— Encore une chose, donnez-moi votre téléphone.

— Pour quoi faire ?

— Ceux qui vous ont piégée peuvent vous suivre partout, c'est comme ça que je vous ai trouvée chez Fallière, vous pouvez être certaine que les autres vous ont trouvée de la même façon.

— Mais de quoi vous parlez, quels autres ?

Darlan la regarda avec la plus grande fermeté :

— Vous aurez les réponses à vos questions, mais pour l'instant faites-moi confiance et donnez-moi votre téléphone.

Alexandra regarda machinalement sa ceinture, où elle accrochait parfois son téléphone, lorsqu'elle ne voulait pas s'encombrer de son sac à main.

— C'est pas vrai, il est resté aussi dans l'appartement ! pesta-t-elle.

— Et tout doit être en cendres à l'heure qu'il est, au moins ça résout le problème du téléphone.

— On dirait que ça vous amuse, s'emporta-t-elle, je viens de perdre toute ma base de correspondants.

— Vous ne faites pas de synchronisation avec votre ordi ?

— C'est quoi ça, une synchronisation ?

— Ne vous inquiétez pas pour ça, je vous les retrouverai, les numéros de vos correspondants. On y va, maintenant ?

Chapitre 17

Lyon. Mercredi, 23 h 30.

Alexandra marqua un temps d'arrêt lorsqu'elle franchit le seuil du salon du policier, en découvrant l'invraisemblable agencement d'ordinateurs qui en occupait la plus grande partie :

— Qu'est-ce que vous faites avec tout ça ? Vous travaillez à la maison ?

— Je vais vous expliquer, si vous voulez bien vous asseoir un moment et me laisser parler. Mais avant ça, il nous faut mettre quelque chose sur cette jolie bosse. J'ai tout ce qu'il faut dans la salle de bains.

Darlan la guida au centre de son « bureau » et lui avança un siège.

— Je vais me changer avant de finir de ruiner ma moquette, dit-il, en considérant ses vêtements et ses chaussures encore trempés. Ne touchez à rien.

Il disparut dans une pièce adjacente, la laissant au milieu de ses machines.

Alexandra examina sa propre toilette et grimaça. Elle aurait également bien besoin de se changer. Son pantalon et son chemisier étaient bons pour la poubelle, entre les traces de brûlures, les taches douteuses et le voile de grisaille dû à la fumée. Quant au parfum qu'elle exhalait, les traces d'*Opium* d'Yves Saint-Laurent qui persistaient dans son cou ne suffisaient pas à atténuer l'odeur de fumée incrustée dans ses vêtements et ses cheveux. Elle ne voyait pas distinctement son reflet dans les écrans, mais imaginait facilement l'état de sa coiffure et de son maquillage. Elle passa sa main dans ses cheveux mi-longs et les ébouriffa, espérant vainement le miracle de les voir retomber dans un meilleur état. Elle était partagée entre le besoin immédiat de prendre une douche et de se changer, et l'envie de comprendre ce qu'il venait de se passer, pourquoi elle était là, chez cet homme qui se disait policier.

Philippe Darlan revint quelques minutes plus tard, vêtu de la même façon, jeans et tee-shirt blanc. Alexandra se fit la réflexion qu'il n'avait pas eu à recoiffer ses cheveux coupés très court, un avantage certain. Il posa sur le bureau tout le nécessaire pour soigner plaies et bosses : Alexandra le laissa faire, d'autant qu'il semblait assez à l'aise avec les produits et les pansements.

—Où avez-vous appris à soigner les bobos comme ça ?

—J'ai encadré des colonies de vacances pendant quelques années. Ça aide.

Après avoir terminé son travail, Darlan replaça les cheveux d'Alex sur le côté du front pour camoufler le pansement couleur chair.

—Voilà, on ne voit plus rien, comme neuf.

Alexandra le regarda, cherchant à comprendre s'il plaisantait pour détendre l'atmosphère ou si c'était chez lui une seconde nature.

—Je vous ai préparé ma chambre pour dormir. Je prendrai le canapé, dit-il en s'installant au centre de son

« bureau ». Il réveilla les consoles, automatiquement mises en veille pendant son absence. Il s'assura d'un coup d'œil que la jeune femme ne puisse voir ses mains et entra son mot de passe.

— Ça vous ennuie si je vais me rafraîchir pendant que vous lancez vos bidules ? J'ai l'impression de ressembler à un épouvantail.

Il la regarda un instant et répondit distraitement :

— Non, vous êtes très bien.

— Mais bien sûr ! Vous pouvez juste m'indiquer la salle de bains ?

— Heu ! oui, c'est juste là, après le couloir, à droite.

Alexandra trouva dans la salle de bains joliment décorée, une impressionnante collection de petites bouteilles de parfum et tout un nécessaire de maquillage. Elle imaginait difficilement ce policier black en collectionneur de bouteilles de parfum pour femme. Il devait avoir une femme dans sa vie, bien qu'elle ne comprenne pas qu'une femme puisse supporter un type qui semblait connecté en permanence à ses machines. Il ne portait pas d'alliance, donc une concubine, ou une simple copine, mais une copine ne laisserait pas sa collection de parfum...

Utilisant les produits qu'elle trouva dans le placard, elle parvint sans trop d'effort à se redonner figure humaine, mais regarda la douche avec envie : « Plus tard », se dit-elle. En revanche, elle ne résista pas à l'envie de sentir certains parfums et d'essayer sur elle *Un air de First* de Van Cleef & Arpels, dont elle appréciait la touche légère et fruitée.

Lorsqu'elle revint dans la pièce principale, tous les écrans étaient allumés :

- On dirait Houston pour le départ d'une fusée, lança-t-elle pour attirer l'attention du policier.

Il ne bougea pas, concentré sur son travail.

Elle s'approcha et ne put retenir une exclamation de surprise en découvrant, sur toutes les fenêtres, les différentes informations affichées. Des images satellites, des plans de rues, des listes de chiffres, des tableaux d'informations… Son regard, parcourant rapidement les écrans, s'arrêta sur une photo d'elle, en haut d'une fiche, où elle découvrit, détaillés dans un tableau, sa date de naissance, son adresse, son numéro de Sécurité sociale, ses téléphones fixes et mobiles, son pseudo Facebook, une liste déroulante incluant les adresses mails de ses contacts sur Internet ainsi que des pans entiers de sa vie qu'elle pensait privée. Remarquant le trouble de la journaliste, le policier replia la fenêtre en question d'un geste rapide sur le clavier.

—Pourquoi vous l'enlevez ? dit-elle énervée, c'est très instructif, je pense. Je n'apprécie pas du tout que vous disposiez de toutes ces informations sur moi. Comment les avez-vous obtenues ? Et qu'est-ce qui vous donne le droit de fouiller dans la vie privée des gens ?

—Je peux avoir votre attention quelques secondes ? coupa-t-il en levant la voix. Vous êtes bien une journaliste à poser tout le temps des questions. Si vous voulez bien écouter pour changer. Voilà ce que je vous propose : je vous dis ce que je sais et vous faites la même chose après. Ça vous va ?

—O.K., répondit-elle, suspicieuse, après quelques secondes.

Philippe Darlan réfléchit un instant, la main sur la souris, cherchant le bon moyen de présenter les choses pour expliquer à la jeune femme les raisons qui l'avaient poussé à débarquer dans l'appartement de Fallière pour lui sauver la vie.

Pendant le trajet en voiture, il avait coupé court à toutes ses demandes d'explications et à ses injonctions de rejoindre le commissariat local. Résistant à la pression, il était parvenu à la convaincre de lui faire confiance, simplement parce qu'il venait de lui sauver la vie. Dans un deuxième temps, il s'était demandé quelle attitude adopter avec elle. D'un côté, il ne pouvait se résoudre à laisser tomber la jeune femme. Ce qu'il avait appris ce soir lui suffisait pour savoir que, dès qu'il la laisserait partir, elle serait en danger de mort. De l'autre, il lui serait impossible de l'aider sans lui donner des informations confidentielles sur son travail : il ne risquait rien de moins que de perdre son job, voire de retourner en prison s'il en venait à perturber l'enquête en cours. Par ailleurs, et c'est ce qui emporta la décision, il voulait comprendre ce qui se cachait derrière les décisions étranges de sa hiérarchie et sur la série de meurtres en cours. Il entendait bien utiliser les ressources à sa disposition et son talent pour continuer à protéger la journaliste. « Ce côté Robin des bois » sourit-il intérieurement.

Il suivit son instinct et ouvrit les archives des messages, des vidéos, des ordres donnés au centre opérationnel. Il raconta avec force détails ce qu'il savait. Alexandra suivait les explications, stupéfaite du nombre d'informations que le policier lui présentait. À aucun moment, dans son métier ou dans sa vie, elle n'avait imaginé que les citoyens de son pays puissent être autant surveillés, pistés, écoutés, regardés.

— Et maintenant le clou du spectacle, déclara-t-il avec une certaine fierté, lorsqu'il passa sur « lecture » l'enregistrement de la communication téléphonique qui lançait le tueur sur la piste de la journaliste.

La voix résonna dans la pièce :

« Occupe-toi de la journaliste, elle est chez Fallière. Cette fois-ci nous ne voulons pas de traces. Ça doit être pris pour la poursuite de l'action terroriste, un règlement de compte, fais disparaître toutes les preuves.

— Bien compris.

— Et ne traîne pas, tu as vingt minutes max. J'ignore pendant combien de temps encore je vais parvenir à les balader. Il n'y a plus personne à nous dans le quartier, mais ça ne va pas durer. Tu me rappelles quand c'est fait. »

Alexandra resta sans réaction. Cette voix commanditait son meurtre, sans émotion, juste un ordre. Sa vie n'avait tenu pendant un instant qu'à quelques mots, prononcés dans un téléphone, comme on dit à un proche « Tu penses à ramener du pain ? »

— Comment tout cela peut-il être possible, demanda-t-elle ? Si je comprends bien, quelqu'un a intérêt à faire disparaître toutes les preuves concernant l'assassinat de Fallière ? Et moi avec. Mais pourquoi ?

— C'est ce que je vous propose de découvrir. C'est, je pense, le seul moyen de forcer mes collègues à considérer que les ordres qu'ils reçoivent sont parfois étranges et certainement pas très réglo. C'est la raison pour laquelle j'ai tenu à vous amener chez moi et pas dans un commissariat ou à mon travail.

— Et c'est où votre travail, exactement ?

— C'est la direction régionale de la DCRI. Nous travaillons pour la sécurité du territoire, et le plus souvent, ces derniers temps, sur de l'antiterrorisme.

— Et si j'ai bien compris, c'est de là qu'est parti cet ordre de me supprimer.

— Vous avez tout compris, voilà pourquoi je ne veux pas qu'ils soient au courant de votre présence chez moi.

— Est-ce que nous ne devrions pas plutôt rendre ces infos publiques ? Avec mon journal, ça ne devrait pas être difficile et j'imagine déjà la réaction du public si nous présentons des preuves.

— Je vois, vous cherchez le scoop, coupa-t-il. Vous êtes bien journaliste.

—Ça vous arrive de passer cinq minutes sans faire une réflexion stupide ? Un journaliste est là pour informer, pas pour faire des scoops !

Sans le savoir, Darlan avait abordé un sujet tabou chez la jeune femme. En dehors de son milieu professionnel, elle évitait souvent de parler de son métier pour éviter justement les raccourcis de ce genre. Une grande partie de la population se limitait à cette vision étriquée, convenue et ridicule de son métier, considérant que les journalistes avaient une fâcheuse tendance à présenter l'information pour faire du sensationnel, même si c'était au détriment d'une vérité plus ordinaire.

Vexé, Darlan replongea dans le terminal « Mission » pour constater que Françoise Eynac, la rédactrice en chef du journal restait en garde à vue dans le cadre d'une procédure antiterroriste. Actuellement, elle subissait un interrogatoire, les noms des enquêteurs, des collègues à lui, apparaissaient également. Pas de mise en examen pour l'instant. Comme dans toutes les procédures antiterroristes depuis l'attentat du TGV, la garde à vue se déroulait sans la présence d'un avocat et pouvait être prolongée sans limites dès lors qu'elle était jugée indispensable par les enquêteurs.

Une autre information se mit à jour dans le tableau : une équipe dépêchée chez Fallière venait de rendre compte de l'incendie. Le statut correspondant à la journaliste passa à « incertain », certainement à cause de la destruction de son téléphone. Il décida de ne pas alerter la jeune femme et se focalisa sur la rédactrice en chef.

—O.K., pas de scoop, mais jetez donc un coup d'œil là-dessus, suggéra-t-il en reculant son siège pour lui permettre de s'approcher des écrans : votre patronne a été arrêtée. Quelque chose me dit que lorsqu'ils la relâcheront, elle n'aura plus aucune envie de publier quoi que ce soit.

Alex lut deux fois le contenu de la fenêtre, sidérée que Françoise ait pu être arrêtée.

—Je comprends maintenant pourquoi elle n'est pas venue avec moi chez Fallière. Et dire que j'ai cru qu'elle se dégonflait à la dernière minute. Je m'en veux, il faut absolument que je l'appelle dès qu'elle sera relâchée.

— N'y comptez pas trop, vous pouvez être certaine que ses lignes seront écoutées en permanence et vous serez localisée en quelques secondes.

Elle marqua une pause, essayant de faire le tri dans les informations à sa disposition pour formuler les bonnes questions.

— Comment est-ce possible qu'elle ait été interpellée ? Si je comprends bien, c'est moi que vos collègues suivaient depuis que j'ai commencé à être en contact avec Fallière. Alors, pourquoi l'arrêter, elle ?

—Je l'ignore, nous appliquons cette procédure habituellement dans le cadre de coups de filet, lorsque nous avons déjà identifié tous les acteurs principaux d'un réseau. Nous n'intervenons dans ce cas que lors d'opérations bien programmées. Pour votre patronne, je pense que c'est un moyen de vous contrôler, ou d'obtenir la certitude que rien de cette histoire ne sera rendu public. La plupart des gens l'ignorent, mais au-delà des mesures de fermeté annoncées par notre président au soir de l'attentat du TGV, et pour garantir des résultats, nos moyens et notre liberté de manœuvre ont été considérablement renforcés. La fameuse directive 622 est restée pour beaucoup assez obscure. Et pourtant, grâce à ce décret, nous ne subissons quasiment plus aucun contrôle des institutions. Tant que nous avons des résultats et que ça ne sort pas de chez nous, nous pouvons faire pratiquement tout ce que nous voulons.

— Ce serait mal connaître Françoise, je ne l'ai jamais vue renoncer.

— Peut-être, mais ne sous-estimez pas les gens qui sont derrière tout ça. Les moyens de pression peuvent être conséquents. La famille, les amis, les proches. Des menaces précises viennent à bout de toutes les résistances. Si avec ça on stimule la fibre patriotique, on arrive à des résultats.

Alexandra regarda le policier avec mépris :

— Vous parlez de ça avec tant de légèreté, comme si espionner et menacer des gens était une chose normale. Vous faites ça tous les jours et vous arrivez à dormir ?

— Je ne suis qu'un maillon de la chaîne. Je suis analyste, mon boulot consiste à fournir des synthèses d'informations. Je ne m'occupe pas des interrogatoires même si j'ai aussi été formé pour le faire. Pour le reste, notre travail permet aux citoyens que vous êtes de dormir tranquilles, alors oui, je dors bien.

Il se tourna vers la jeune femme et chercha à deviner dans son regard bleu clair s'il pouvait lui faire confiance. Son expression, à la fois offusquée et interrogative, le laissait dubitatif. Il continua néanmoins :

— Je dois quand même avouer que depuis un certain temps, je me pose des questions sur le bien-fondé de telles ou telles actions qui me semblent parfois éloignées de nos préoccupations.

— Quelles actions ?

— Surveillance de personnalités politiques, surtout de l'opposition d'ailleurs, mise en place de mouchards sur des serveurs de journaux en ligne.

— Pourquoi obéissez-vous si vous n'êtes pas d'accord ?

— C'est mon job… et j'ai tendance à croire que je suis quand même plus utile à mon poste que si je le quitte. Je dois dire que depuis l'arrivée du nouveau chef opération qui a été mis en place après l'attentat du TGV, il y a plein de choses que je ne comprends plus. Mais j'ai l'impression que les autres agents du service ne s'en aperçoivent pas. Sans doute parce que je suis le seul à avoir l'accès à toutes les informations ou presque.

— Et comment faites-vous pour avoir accès à des informations que vos collègues n'ont pas ?

— En utilisant ça, tout simplement répondit-il avec une pointe de fierté, en désignant d'un geste tous les équipements encombrant son salon.

Alex observa avec attention tous les ordinateurs reliés entre eux par une forêt de fils et de câbles électriques que le policier manipulait avec aisance. Elle se demanda comment un flic pouvait réellement posséder chez lui les équipements électroniques permettant d'accéder à toutes les données du centre antiterroriste et sans doute plus encore.

— Tout ça est vraiment légal ? demanda-t-elle.

— Si vous voulez que je vous aide, le mieux est d'éviter de poser des questions. Ici, c'est chez moi, c'est ma vie privée, O.K. ?

— Vous êtes amusant. N'est-ce pas ma fiche que j'ai vue à l'instant sur l'écran ? J'ignorais que mes goûts en matière de sport étaient publics.

Darlan feignit de ne pas entendre. Il ne voulait pas entrer dans une situation conflictuelle avec elle et, pardessus tout, il craignait qu'elle découvre l'usage qu'il faisait habituellement de son matériel. Il se retourna vers son clavier et entra quelques lignes de commande. Une nouvelle fenêtre apparut sur l'écran principal.

—Je ne trouve rien de plus, dit-il après quelques minutes de manipulation, si ce n'est que votre patronne devrait sortir dès demain. Ça ne ressemble pas aux procédures habituelles, sauf s'il est manifeste qu'il s'agit d'une erreur. À moins que le seul objectif soit de s'assurer que vous ne lui avez fourni aucune information qu'elle pourrait publier.

Il enleva la main de la souris et se tourna vers elle, signifiant ainsi dans son langage qu'il stoppait ses recherches.

—Je vous ai tout dit. À vous maintenant, qu'avez-vous trouvé chez Fallière ? Vous y avez risqué votre vie, j'espère que vous avez appris quelque chose.

Alexandra le considéra un moment, passa sa main dans ses cheveux :

—Vous m'offrez à boire ?

—Pardon ?

—Ça se fait chez les gens civilisés. Nous parlons depuis une demi-heure, j'ai avalé de la fumée, il fait chaud et maintenant j'ai soif.

—Heu ! oui, bien sûr, répondit-il en se levant maladroitement.

Il s'en voulait de se montrer si peu prévenant. Quand il restait trop longtemps dans ses machines, il perdait le sens commun pour ne plus s'intéresser qu'à son univers. C'était ce que lui avait dit Flora, sa copine réunionnaise, avant de le quitter brutalement.

—Que désirez-vous boire ? lâcha-t-il en entrant dans la cuisine.

—Si vous avez un jus de fruit frais…

Après quelques secondes à chercher dans un réfrigérateur désespérément vide, il répondit, gêné :

—Il ne me reste que de la bière au frais, je suis désolé.

Sans qu'il la voie, Alexandra hocha de tête en souriant : décidément, ce type tombait dans tous les clichés. Elle l'imagina avachi sur le canapé à regarder un match de foot en buvant de la bière. Au vu de sa silhouette longiligne et musclée, elle s'était imaginé d'abord avoir affaire à un sportif à la vie saine. D'un autre côté, lors des stages de sports auxquels elle participait, les soirées étaient souvent arrosées à la bière :

—O.K. Ça ira pour une bière, merci.

Darlan paniqua un instant, ne trouvant qu'un seul verre digne de ce nom pour la servir, n'imaginant pas pouvoir décemment lui demander de boire au goulot, ce qu'il faisait pour sa part régulièrement : moins de vaisselle à faire. Il se souvint enfin de l'endroit où il avait rangé le deuxième. Dans un coin de la cuisine, il servait de pot à crayons et à tout ce qu'il vidait de ses poches : monnaie, tickets de métro... Il le vida et le lava à la hâte, espérant qu'elle ne viendrait pas regarder ce qu'il faisait.

Il apporta les deux grands verres à bière remplis de Leffe blonde. La mousse restait suffisamment consistante au-dessus du liquide pour donner l'illusion d'une pression.

Alexandra avala avec délice deux grandes gorgées, sentant le liquide frais se répandre en elle. Elle passa le verre sur son front. Ce contact lui apporta une agréable sensation de fraîcheur qui hélas ne dura pas. Elle commença à raconter au policier comment elle avait connu Fallière, le meurtre place Bellecour, ses derniers mots, la ceinture et ce qu'elle contenait et enfin les informations qu'elle avait dénichées dans son ordinateur.

—Malheureusement, nous n'avons plus rien, finit-elle, plus aucune preuve, juste les quelques infos dont je me souviens. Je ne sais pas comment nous pouvons continuer. Je pense que Fallière conservait dans son ordinateur suffisamment d'éléments pour inquiéter ceux qui ont décidé de l'assassiner. Mais nous n'avons plus la ceinture et ce quelle contenait. Son appartement est détruit ainsi que toutes les preuves qui s'y trouvaient, y compris l'ordinateur et la compilation de tout son travail. Nos adversaires ont bien réussi leur coup.

—Ne sous-estimez pas ce que l'on peut faire avec tout ça. Je ne pense pas que Fallière ait conservé des données sur Internet, mais peut-être que nous pouvons trouver quelque chose dans ses mails.

—Effectivement, j'ai lu quelques échanges avec son ami algérien. Il était notamment question d'une société qui utilisait le composant ou quelque chose comme ça.

—Vous n'avez pas noté le nom de cette société, par hasard ?

Elle regarda le policier avec agacement :

—Bien sûr que je l'ai noté, je suis reporter, vous vous souvenez ? Je note tout dans un carnet qui ne me quitte jamais, sauf lorsque je me fais agresser et que je dois quitter précipitamment un appartement en flammes après avoir été assommée. Et avant que vous ne me reposiez la question : non je ne l'ai pas retenu, désolée.

—Bon, je vais voir ce que je trouve.

En quelques secondes, il sortit la fiche de Fallière qu'il avait lui-même rédigée. De lien en lien, il remonta jusqu'au serveur abritant les mails privés de l'ingénieur.

—C'est bizarre, tous ses mails ont été effacés aujourd'hui même. Si j'en crois l'heure de l'opération, il n'a pas pu effectuer cette opération lui-même, il était déjà mort.

—Qui a fait ça, alors ?

—Peut-être mon service, je me renseignerai. Nous faisons ce genre de choses lorsqu'il existe un risque que des informations ne filtrent, surtout vers la presse. Je vais chercher s'il possède d'autres boîtes mail ailleurs. Il vous a dit qu'il se sentait surveillé, ce serait une raison suffisante pour communiquer depuis une boîte anonyme.

Tout en travaillant, il expliquait à haute voix les manipulations qu'il effectuait. Comment il contournait les protections pour découvrir les éléments qui lui permettraient de savoir si l'ingénieur possédait un compte anonyme. Il lui décrivit ensuite comment il pouvait y accéder sans que l'hébergeur ne puisse remonter jusqu'à lui.

Alexandra écoutait les explications sans pour autant comprendre. Darlan paraissait en transe devant ses machines, mais la journaliste restait parfaitement imperméable à tous ces logiciels, protocoles, robots et autres outils de *hacking*. Elle sentit une grande lassitude l'envahir.

Chapitre 18

Lyon. Salle de contrôle du centre opérationnel de la DCRI.

Mercredi, 23 h 45.

Marc Pietri enchaînait sa douzième heure de travail sans pause ou presque. Enfin débarrassé de Darlan, il s'évertuait à montrer au directeur des opérations, le commissaire divisionnaire Pierre-Étienne Giraud, ainsi qu'à son adjoint le commandant Brune, que ses capacités d'analyse égalaient voire dépassaient celles de son principal concurrent dans le service. Pietri savait avoir les faveurs de Giraud qui le préservait et le notait plutôt mieux que Darlan. Pourtant, chaque fois que les choses devenaient compliquées ou urgentes, il donnait à Darlan la responsabilité de l'affaire. Patrick Brune, quant à lui, préférait mettre en avant les mérites de l'équipe au détriment des résultats individuels.

Ce soir, Pietri sentait qu'il pouvait faire face seul et montrer ce qu'il savait faire dans les moments critiques. Rarement la situation s'était révélée aussi tendue. Le commissaire se montrait encore plus intraitable qu'à l'accoutumée. Pietri répondait à toutes les demandes de son chef et ne quittait son poste en aucune façon. Même si, depuis une heure, une furieuse envie d'uriner lui ôtait une partie de ses moyens et l'obligeait à changer très régulièrement sa posture sur sa chaise.

Les événements de la soirée se succédaient sans répit depuis la réorientation de l'enquête sur Françoise Eynac, la rédactrice en chef du journal où travaillait Alexandra Decaze. La connexion, sans être évidente de prime abord, aurait dû permettre, si elle s'était avérée fondée, de remonter très rapidement à un échelon de décision dans le groupe terroriste que le service pistait. Néanmoins, les informations qu'il lisait sur ses consoles indiquaient que la rédac-chef ne pouvait être liée au terrorisme. L'indicateur de convergence, outil informatique permettant de donner une indication sur la probabilité d'une connexion entre individus, frôlait le zéro. « Nous poursuivons la mauvaise piste », se dit Pietri. Giraud avait lu également ce chiffre, mais n'avait pas réagi ni fait part de sa déception. Au lieu de ça, il continuait à distribuer les ordres aux quatre policiers restés pour cette session de travail de nuit qui risquait bien de ne s'achever qu'au petit matin. Pietri se demanda si son chef possédait d'autres informations, susceptibles d'expliquer la sérénité qu'il affichait.

Suivant les recommandations de Giraud et Brune, qui coordonnaient leurs actions, il parcourait maintenant les échanges de mails entre Fallière et la journaliste. Le commissaire attendait le résultat en restant positionné juste derrière lui. Pietri détestait cette proximité. Il en perdait une partie de ses moyens. Il parvint pourtant au bout de ses recherches :

— Rien, monsieur. Fallière n'a rien envoyé de sa boîte à la journaliste, j'avais déjà vérifié.

—Regardez si on trouve quelque chose à partir de la fille, vous avez vérifié à son bureau ?

—J'y travaille, ça ne va pas être long.

Marc Pietri transpirait d'être soumis à cette pression constante et tremblait à l'idée de ne pas parvenir à exécuter la tâche assignée dans un temps raisonnable. Il se connecta rapidement sur le serveur mail du journal, mais peinait à contourner les protections.

—Bon, ça avance ? On n'a pas la nuit. Darlan aurait déjà fini s'il ne s'était pas tiré avant qu'on ait terminé !

Pietri ne releva pas la pique. Il se tourna vers le commissaire en hochant la tête et en essayant d'afficher un sourire rassurant, pour lui signifier qu'il n'aurait plus longtemps à attendre. Il remarqua également que Giraud, contrairement à lui, ne transpirait pas. Il semblait aussi frais que le matin même. Sa cravate rayée toujours en place, même pas d'ombre sur les joues, à croire qu'il se rasait plusieurs fois par jour.

—J'y suis ! s'exclama-t-il une minute plus tard. Effectivement, monsieur, ils ont échangé une dizaine de mails au total. Attendez... Fallière a également utilisé ce compte pour communiquer avec Majri.

—Comment se fait-il que nous n'ayons pas vu ces mails avant ?

—Fallière devait se sentir surveillé, il a expédié ces mails depuis un cybercafé, depuis une adresse Hotmail. Nous nous contentions de surveiller les entrées sorties de son ordinateur personnel.

—Ils étaient en contact depuis un bon moment... nous aurions dû réagir plus tôt. Copiez-moi tout ça, je l'enverrai pour analyse à Paris. Ces messages sont certainement cryptés.

Pietri s'exécuta. Il en profita pour lire le contenu des messages, espérant y trouver une piste qu'il pourrait exposer à son patron. Rien pourtant. Le contenu des échanges restait très banal, et même s'il était question de complot, cela ne révélait rien de sérieux. Cependant, l'analyse cherchait à déterminer si les messages cachaient un code. Depuis le début de la vague d'attentats, la DCRI avait mis à jour au moins trois niveaux de cryptage des messages. Attentif à ces manipulations et à son analyse des textes, il ne remarqua pas tout de suite l'indicateur qui clignotait en haut de sa page principale. Cette barre d'icônes regroupait les alertes de tous les programmes de surveillance du système.

—Monsieur, je crois qu'on a un problème, dit-il, plus fort que nécessaire.

Tous ses collègues se retournèrent attendant la suite. Giraud s'approcha et se pencha sur son épaule :

—Qu'y a-t-il encore ?

—Quelqu'un consulte également les mails de Fallière sur le serveur, en ce moment même.

—Vous en êtes sûr ?

—Certain, et le plus étrange c'est qu'il utilise la même méthode que nous pour accéder au serveur.

—Ça peut être une coïncidence ? intervint Brune, soudain nerveux.

—J'en doute, les gens capables de faire ça ne sont pas nombreux, alors que nous soyons deux, ce n'est pas du hasard.

Giraud regarda clignoter l'icône d'alerte, plongé dans une intense réflexion que Pietri troubla :

—Commissaire, si ce sont nos ennemis, je vous suggère de les empêcher de copier quoi que ce soit, nous devons les empêcher d'agir.

—Essayez de bloquer la base mail de Fallière ordonna Giraud, tout de suite.

—Je devrais peut-être la copier d'abord, non ?

— Copiez ce que vous pouvez, mais surtout virez-les-moi de là, empêchez-les d'effacer les messages ! finit-il. S'ils cherchent à supprimer des preuves, ça signifie que nous sommes sur la bonne piste.

Pietri s'exécuta. Une sélection et un clic suffirent. Un sablier s'afficha, trop longtemps au goût de l'analyste. Il annula la commande en cours et la relança. Cette fois une fenêtre afficha le message : « Accès à certains fichiers impossible, veuillez vérifier vos droits d'accès ».

— Monsieur, je suis parvenu à bloquer l'accès à une bonne partie des mails, mais apparemment, l'autre a mis en place la même parade et je ne peux rien faire pour les autres fichiers.

Le commissaire passa sa main dans ses cheveux blancs coupés en brosse. Ses yeux bleus acier, qui mettaient parfois mal à l'aise ses interlocuteurs par l'intensité qu'ils donnaient à son regard, reflétaient de l'inquiétude :

— Vous pouvez remonter jusqu'à lui ? Nous devons savoir qui est derrière ça. Le tueur de Fallière est peut être derrière cet écran.

— Je vais essayer.

Marc Pietri hésita une seconde puis tapa une commande sur son clavier, lançant à contrecœur une application « *tracker* » redoutablement efficace. Son hésitation était liée au fait que le créateur génial de ce programme n'était autre que Philippe Darlan. L'idée de réussir grâce à la petite merveille de son collègue lui répugnait. Dans la fenêtre de recherche défilaient maintenant, à une vitesse impressionnante, les adresses des serveurs véhiculant les données, supprimant en un instant toutes les fausses pistes et les adresses fantômes créées par le bouclier mis en place par son adversaire.

Il se souvint de Darlan, présentant dans cette même pièce son nouveau joujou. Quelques sommités parisiennes avaient fait le voyage pour l'occasion. Darlan avait passé avec succès tous les tests préparés pour contrer son *tracker*. Rien n'était parvenu à masquer l'adresse réelle de la machine recherchée. Les félicitations avaient suivi. Depuis, son programme faisait partie de l'arsenal standard des antennes et de la maison mère de la DCRI. Pietri était convaincu que son concurrent avait touché une prime substantielle pour ce travail et ne pouvait s'empêcher de le jalouser.

Pietri se demandait depuis peu si le système n'était pas également utilisé dans le cadre de la loi Hadopi, pour rechercher les pirates informatiques. Avec cet outil, même les internautes avertis qui utilisaient des logiciels pour masquer leurs adresses IP n'avaient aucune chance. Le sujet revenait très souvent sur les forums qu'il consultait depuis quelques mois. Plusieurs gros partageurs s'étaient fait pincer. Ils utilisaient pourtant les meilleures parades du moment. Depuis la fermeture de Megaupload, le monde du téléchargement illégal avait beaucoup changé. Pietri avait pour sa part considérablement réduit le nombre de films qu'il téléchargeait, ne se connectant que quelques dizaines de minutes d'affilée et pas tous les jours. Il évitait également les nouveaux titres à peine sortis dans les bacs.

Marc Pietri regardait défiler les adresses, admirant le travail du logiciel remontant méthodiquement la piste du mystérieux ennemi. Il se demandait juste s'il allait oser s'approprier un peu de la gloire du résultat qui allait tomber. Contre toute attente et alors qu'il s'apprêtait à crier victoire en donnant l'adresse du *hacker*, la recherche s'arrêta brusquement. Le curseur clignotait régulièrement, ponctuant les quelques secondes qu'il fallut à Pietri pour comprendre que sa requête avait échoué.

Chapitre 19

Lyon. Mercredi, 23 h 55.

—Vous êtes malade ? hurla Alexandra en se relevant. Qu'est-ce qui vous prend ?

Un instant plus tôt, Darlan s'était brutalement levé de sa chaise en jurant, et, bousculant Alex, s'était précipité pour éteindre un gros interrupteur général à deux mètres de là.

Le policier revint à sa place, sans se soucier de la jeune femme qu'il avait renversée de sa chaise, et remit ses équipements sous tension. Alexandra le regarda comme on regarde un fou, s'attendant à le voir au minimum s'excuser, l'aider à se relever, se comporter comme quelqu'un de normal. « Ce type est dingue », pensa-t-elle. Elle décida de quitter immédiatement l'appartement, avec comme seule envie de mettre beaucoup de distance entre elle et cet homme violent et visiblement dérangé. Elle fit quelques pas vers la sortie en, contournant les bureaux agencés en fer à cheval. Au moment de sortir de la pièce, elle jeta un dernier coup d'œil vers lui. Elle croisa son regard et y lut une détresse et un affolement qu'elle ne comprit pas. Elle se radoucit un peu, hésita, puis lui fit face.

— Ça vous embêterait de me dire ce qui vous arrive ? répéta-t-elle en se massant le coude sur lequel elle était tombée. Vous m'avez bousculée comme si je n'existais pas.

— Désolé… répondit-il distraitement, mais nous avons failli avoir un gros problème. C'est impossible pourtant…

Il se tut pendant dix secondes puis ouvrit la bouche comme pour continuer, mais resta muet.

— Vous savez, si on m'explique lentement je suis capable de comprendre certaines choses, dit-elle. Elle finit en haussant la voix dans le mode aigu. Et j'estime que vous me devez des excuses.

— Désolé, répéta-t-il. Je crois que je viens de me faire traquer par un programme que j'ai moi-même mis au point.

— Qu'est-ce que ça a d'extraordinaire ?

— Les seuls à utiliser cette application de cette façon sont mes collègues de travail de la DCRI. Et s'ils l'ont utilisée, c'est qu'ils consultaient également les mails de Fallière. J'ai constaté que la base était en cours de blocage, pour justement m'empêcher de lire les mails, j'ai pensé à un mécanisme de protection des fichiers sur le serveur. Ce n'est pas courant, mais ça peut arriver. J'ai contre-attaqué pour bloquer l'accès à ce qui était encore disponible, pour avoir le temps de copier les fichiers qui nous intéressent. C'est là que j'ai remarqué la signature du *tracker* et que j'ai dû tout débrancher pour éviter qu'ils ne remontent jusqu'à moi.

— La signature de qui ?

Darlan la regarda comme si elle venait de prononcer une énormité. Il répondit :

—Pas de qui, de quoi. Un *tracker*, c'est un logiciel qui remonte les communications à travers le réseau Internet. L'avantage du mien, c'est qu'il contourne toutes les protections connues et qu'il apprend dès qu'il en rencontre de nouvelles. C'est ça la signature, je suis averti chaque fois qu'il est utilisé et je récupère son évolution après chaque utilisation. L'inconvénient, c'est que même moi je n'ai pas de protection contre lui.

—Vous n'auriez pas pu me demander de couper l'interrupteur plutôt que de m'envoyer valser comme si je n'étais pas là ? C'est dans mes cordes, vous savez.

—Non, je n'avais pas le temps. Nous n'avons pas été repérés, j'en ai la certitude, mais ça s'est joué à quelques secondes. J'aurais dû penser que le risque existait. Que mes collègues allaient chercher à en savoir plus sur Fallière. Je suis sûr que c'est un coup de Pietri.

—Vous avez pu récupérer quelque chose au moins ?

Darlan se replongea dans son système :

—J'ai pu sauvegarder une cinquantaine de mails. Avec un peu de chance, nous trouverons ce que nous cherchons.

Calmée et à nouveau curieuse de trouver des indices, Alexandra revint vers le policier. Ils parcoururent ensemble les mails. La plupart n'apportèrent aucun élément nouveau. Heureusement, Alexandra reconnut un des derniers pour l'avoir déjà lu chez Fallière :

—Celui-là, je l'ai déjà vu ! s'exclama-t-elle. Là, regardez, le nom de la société qui utilise les composants : Eltrosys !

—Super, déclara Darlan, à nouveau tout sourire. Les affaires reprennent. Nous savons où chercher, je vous ressers une bière ?

—Je veux bien, seulement si vous ne la balancez pas sur la moquette, en même temps que moi.

Il la regarda dans les yeux :

—Je suis vraiment désolé de vous avoir poussée, dit-il avec sérieux, juste avant de se replonger dans ses écrans.

En moins de dix minutes, le policier avait recueilli toutes les informations accessibles présentes sur la toile. Il parlait à voix haute, comme pour lui-même, ses remarques n'attendant pas de réponse :

—C'est bien tout ça, mais les infos qu'on trouve ne nous apportent pas grand-chose. Eltrosys est un fabricant de cartes électroniques, notamment pour des applications d'automatisme et de contrôle. Je ne vois pas de rapport avec le secteur militaire.

—C'est quand même bizarre que cette société intègre un composant militaire dans des cartes grand public, non ?

—Je ne trouve rien sur cette activité précise sur leur site. Laissez-moi encore dix minutes, je devrais facilement pouvoir pénétrer leur serveur s'ils utilisent les mêmes protections que la plupart des entreprises.

Pendant que le policier jouait sur ses ordinateurs comme un virtuose au piano, Alexandra en profita pour faire un petit tour de l'appartement, autant pour se dégourdir les jambes que pour ne plus rester assise gentiment à le regarder. La fatigue des émotions de la journée lui pesait sur les épaules. Elle aurait aimé pouvoir rentrer chez elle, se changer, prendre une douche ou mieux, un bain... se détendre... mais c'était impossible. Darlan lui avait expliqué, pendant le trajet, que son appartement, sa voiture, son téléphone et même son compte en banque étaient sous surveillance. Au moindre faux pas, la DCRI la localiserait en quelques secondes. Le tueur étant manifestement informé par quelqu'un de l'intérieur, sa vie serait à nouveau en danger. Sur le moment, elle avait accepté l'explication, mais maintenant, la fatigue aidant, elle ne savait plus. Qui croire ? Son intuition lui dictait cependant de faire confiance au policier, même si son attitude lui pesait et qu'elle devait prendre sur elle pour supporter ses extravagances.

Le vaste salon, à la décoration spartiate, était majoritairement occupé par le « bureau » de Darlan. Les seuls meubles un peu utiles dans la pièce, aux yeux d'Alexandra, se limitaient à un canapé de chambre d'étudiant et un meuble télé, sans télévision, sur lequel la journaliste découvrit quelques cadres photos.

Sur le premier, un couple d'un certain âge, endimanché, posait devant une maison toute simple qui semblait pourtant être leur fierté : une femme noire aux traits fins, qui avait dû être très belle dans sa jeunesse, tenait la main d'un Européen, grand et sec, au visage émacié. Très certainement les parents du policier. À côté, un autre cadre contenait une photo qui avait été déchirée puis recollée soigneusement. Une belle métisse au teint café et aux yeux bleus envoyait un baiser de la main au photographe.

— C'est votre amie ? demanda Alex, curieuse, tenant le cadre à la main.

— Pardon ? répondit Darlan, s'arrachant avec peine à ses écrans.

— Je demandais si c'était votre amie.

Darlan étouffa un soupir d'exaspération, se leva, reprit le cadre et le reposa exactement à sa place, identifiée par une trace où la poussière ne s'était pas déposée :

— Ex-petite amie, et ex-fiancée pour tout dire. Mais si vous pouviez éviter de toucher à tout pendant que je travaille, ça m'arrangerait.

— Pourquoi conserver cette photo si c'est votre ex ?

Le policier la regarda, les sourcils froncés et visiblement très agacé par la remarque :

— Est-ce que je vous demande pourquoi vous prétendez être mariée sur les sites de rencontres que vous fréquentez ?

Alexandra reçut cette remarque comme un coup de poing dans l'estomac.

— Comment osez-vous fouiller dans ma vie privée comme ça ? explosa-t-elle.

— Lorsqu'on traque un suspect, il faut tout savoir, c'est notre boulot, et pas de chance pour vous, j'ai été chargé de votre fiche. Mais rassurez-vous, nous restons très discrets. Je peux retourner travailler maintenant ? Et arrêtez de toucher à tout, si c'est possible.

Alexandra le regarda rejoindre sa place devant l'orgue d'ordinateurs. Jamais personne n'avait autant pénétré dans son intimité, dans ses secrets, que cet homme. Pour tous, même ses amis, elle s'était construit une personnalité qui lui convenait. De savoir qu'aujourd'hui un policier relié à des machines pouvait ainsi violer sa vie privée la déstabilisait. La remarque sur les sites de rencontres ne la touchait pas vraiment. Elle avait juste joué un soir à se construire une personnalité autre que la sienne. Elle avait été sidérée du nombre de réponses. Près de cinquante messages le premier jour. Elle s'était prise au jeu, pour voir où cela pouvait mener, entre la curiosité de la journaliste et son désir de femme d'être agréablement surprise. Un rendez-vous d'un soir l'avait guérie des sites de rencontres. L'homme qu'elle avait rencontré était très loin de la description flatteuse qu'il faisait de lui-même. Non qu'il soit repoussant, au contraire, il était looké en conséquence, et beaucoup trop artificiel pour que son objectif soit autre chose que d'avoir une femme de plus à son tableau de chasse. Il ne voulait qu'une chose. C'était tellement évident. Elle l'avait éconduit brutalement lorsqu'il s'était montré trop entreprenant. Au moins, Darlan ne connaissait pas la fin de l'histoire, c'était déjà ça. Elle se demanda un instant si, là aussi, le policier possédait un moyen d'en savoir plus, peut-être une caméra dans le restaurant ou sur le parking... Elle commençait à être convaincue que ses moyens d'investigation étaient illimités.

Au fond, elle s'en fichait un peu qu'il ait découvert ses activités sur Internet. Sa vie sentimentale traversait un désert abyssal depuis deux ans et sa rupture avec le seul homme qui ait compté dans sa vie. Presque trois ans de vie commune, des projets de mariage, d'enfant. Jusqu'au jour où il était rentré tard d'une soirée arrosée, sans avoir donné signe de vie alors qu'elle s'inquiétait. Elle s'était emportée, le ton était monté. L'alcool aidant, son compagnon l'avait giflée pour la faire taire. Elle aurait pu pardonner beaucoup, mais pas ça. Elle l'avait quitté dès le lendemain.

La voix de Darlan la tira de ses pensées :

—Vous aimez la Bretagne ?

—Pourquoi cette question ? répondit-elle émergeant difficilement de ses souvenirs.

—Parce que c'est là que se situe Eltrosys. Malgré tous mes efforts, je ne parviens pas à entrer dans l'espace sécurisé de leur réseau informatique. Je me demande même s'ils n'ont pas une coupure physique entre les systèmes.

—Et ça veut dire ?

—Deux choses, répondit Darlan en observant la journaliste. La première est que cette société cache quelque chose. Personne ne s'amuse à découpler les serveurs à ce point sans une très bonne raison. C'est très compliqué à gérer, c'est cher et ça fait perdre énormément de temps.

—Et la deuxième ?

—Que pour continuer notre enquête et découvrir ce qui se cache derrière cette série d'assassinats et le complot de Fallière, nous devons aller sur place. La bonne nouvelle, c'est que j'ai un excellent ami dans la région. Je suis sûr qu'il nous aidera.

Alexandra réfléchit un moment. D'un côté, elle avait surtout envie que sa vie reprenne son cours normal, comme avant le coup de téléphone de Fallière, le matin même. Tant de choses s'étaient passées en si peu de temps. De l'autre, elle sentait qu'elle ne trouverait jamais le repos si elle abandonnait son enquête maintenant. Elle se sentait redevable envers Fallière. Par ailleurs, dans un coin de son esprit, la perspective de quitter la ville, la région, même pour quelques jours, lui enleva un poids qu'elle n'avait pas eu la sensation de porter jusque-là.

—On part quand ?

Philippe Darlan ne put s'empêcher de sourire. Cette femme le surprenait. Il abandonna d'un coup toutes les justifications qui lui venaient à l'esprit pour essayer de la convaincre de poursuivre les investigations chez Eltrosys et se contenta de répondre :

—Demain matin. J'ai pas mal de choses à régler d'ici là.

—J'ai moi aussi des choses à régler. J'aimerais donner un coup de fil. Je peux utiliser votre téléphone ?

—Non.

—Pardon ?

—Ne téléphonez à personne, même pas à votre petit copain.

—Je n'ai pas de petit copain, s'énerva-t-elle, mais j'ai quand même besoin de téléphoner.

—Toujours non. Même si vous n'avez pas de petit copain, vous n'appelez pas non plus votre petite copine ou votre chien ou je ne sais qui. Ils sont parvenus à me tracer pendant quelques secondes, ils peuvent très bien m'avoir déjà mis sous surveillance et…

—Vous faites toujours des réflexions aussi stupides ou vous faites un effort juste pour moi ?

—C'est bizarre… dit-il en la détaillant avec un petit sourire.

— Qu'est-ce qui est bizarre maintenant ? souffla-t-elle en haussant les épaules.

— Vous n'avez pas une tête à aimer vivre seule.

— Qu'est-ce que ça peut vous faire ? Qui vous dit que je n'aime pas vivre seule… En ce qui vous concerne, ce qui est surprenant, c'est que quelqu'un ait pu supporter de vivre avec vous.

Darlan se replongea dans ses machines en grommelant :

— Vous devriez aller vous coucher, j'ai encore du travail et vous me perturbez avec vos histoires, alors bonne nuit.

Alex hésita entre continuer la dispute, ce qui paradoxalement lui procurait une certaine satisfaction, ou obéir à cet homme et prendre un peu de temps pour s'occuper d'elle avant d'aller se coucher. La perspective d'une bonne douche pour enlever cette odeur de fumée qui semblait être incrustée dans sa peau acheva de la convaincre.

Chapitre 20

Paris. Salle de crise, niveau - 5. Rue des Saussaies. Jeudi, 1 h 40.

Le téléphone occupant le centre de la grande table ovale résonna de la voix lointaine :

—Monsieur, je crains que nous ayons conclu un peu trop vite que le problème était réglé.

—Je vous écoute, dit l'homme qui dirigeait l'entretien, d'une voix où transparaissait l'énervement.

—Nous venons d'avoir la confirmation que la fille ne se trouvait pas dans l'appartement.

—Êtes-vous certain de cette information ?

—Oui, monsieur. Les pompiers n'ont trouvé aucun corps.

—C'est très regrettable. Votre homme, que vous trouviez si habile, a, semble-t-il, trouvé ses limites et la journaliste est dans la nature.

—Nous allons la retrouver, nous avons mis tous ses contacts, famille, amis, sous surveillance, elle va bien finir par contacter quelqu'un.

—A-t-elle trouvé quelque chose chez Fallière ?

— Je l'ignore, mais nous avons la certitude que quelqu'un d'autre cherche des renseignements sur lui, peut-être même qu'il aide la journaliste. Quelqu'un qui s'est connecté sur le compte mail de Fallière et a enregistré des fichiers. Quelqu'un qui manifestement est à la pointe en matière de recherche de renseignements.

— Vous savez ce qu'ils ont pu trouver ?

— Non, monsieur, nous n'avons pas pu bloquer l'ensemble des fichiers, il nous manque ceux des dix derniers jours. J'ai lu le reste, et je n'ai rien trouvé qui puisse leur permettre de continuer leurs enquêtes. La plupart des messages concernaient les inquiétudes de Fallière quant au vol de son brevet.

L'homme regarda sa Rolex or, symbole de réussite dans son monde. Le cadran scintilla sous l'éclairage artificiel de la salle. Le temps était compté. Chaque minute qui passait augmentait le risque que la vérité soit rendue publique. Il ne pouvait le permettre. Les consignes qu'il avait reçues ne laissaient place à aucune interprétation. Il portait la responsabilité du résultat comme des échecs éventuels. Mais il savait aussi que son rôle, au-delà de la façade, résidait dans celui de fusible si jamais l'affaire s'ébruitait. Il observa attentivement les quatre hommes autour de la table. Il les avait tous choisis, on lui avait laissé ce privilège. Il leur faisait confiance. En revanche, il sentait beaucoup moins le correspondant en place à la DCRI de Lyon. L'homme lui semblait trop sûr de lui et trop pressé de réussir pour s'attirer ses bonnes grâces, et mériter les somptueux émoluments que l'affaire allait lui rapporter.

Il relut attentivement les conclusions du rapport que son contact avait fait parvenir. Il devait reprendre l'avantage sans tarder, stopper cette fuite qui n'aurait jamais dû se produire et qui semblait se déplacer chaque fois qu'ils traitaient le problème :

—Trouvez-moi celui qui aide la fille. J'ai lu votre rapport. Vous concluez que celui ou celle qui a les capacités de vous contrer doit avoir une formation et des outils similaires aux vôtres. Le cercle de recherche est forcément restreint. Peut-être est-ce quelqu'un que vous avez déjà eu dans l'équipe, ou qui a effectué un stage, ou un expert civil sous contrat comme vous en employez parfois. Trouvez la connexion. Et ne nous décevez pas, vous savez ce qui est en jeu.

—Nous y travaillons, monsieur. Comme je le disais, ce genre d'oiseau est plutôt rare, donc très probablement déjà fiché.

L'homme au téléphone fit une courte pause, se racla la gorge puis reprit, comme gêné.

—Encore une question, si vous le permettez.

—Je vous écoute.

—J'ai la désagréable impression que par manque d'informations, le contrôle de la situation m'échappe. Je ne sais pas si j'arriverai à étouffer toutes les fuites. Je suis tout dévoué à la mission que vous m'avez confiée, mais je pense que je serais plus efficace si je savais quel secret je dois couvrir. Je découvre tout à mesure et souvent lorsqu'il est trop tard.

—Je comprends, mais je ne peux, hélas, rien vous révéler de plus. Nous vous donnons les informations qui vous sont utiles, rien d'autre. Très peu de personnes sont dans la confidence. Cela doit rester la règle. Contentez-vous de savoir que vous servez les plus hautes instances de l'État et que vous serez récompensé à la hauteur de vos prestations. C'est l'accord que nous avons passé.

Le ton était sans équivoque et son interlocuteur jugea plus prudent de faire marche arrière.

—Bien, monsieur.

Chapitre 21

Lyon. Jeudi, 7 h 25.

Le jour filtrait par les rideaux de la chambre lorsqu'Alexandra ouvrit les yeux. La nuit n'avait pas suffi à faire descendre la température ambiante à un niveau raisonnable. Le drap dont elle s'était couverte gisait au pied du lit. Elle ne reconnut pas immédiatement les lieux, le temps que les brumes du sommeil s'évanouissent. Une voix dans la pièce à côté, Darlan…

…L'assassinat de Fallière, l'agression dans l'appartement, le feu… Le flot des souvenirs de la veille resurgissait telle une déferlante. Ils avaient décidé de partir pour la Bretagne le jour même.

Après avoir contacté son ami qui les attendait avec enthousiasme et mis au point les détails pour rejoindre la Bretagne, Darlan lui avait gentiment offert sa chambre alors qu'elle insistait pour dormir sur le canapé. « Je dors peu, lui avait-il dit, je vais travailler encore un peu et je parie que je serai levé avant vous demain matin. »

Puis il lui avait ouvert son dressing :

— Vous vous demandiez quels vêtements vous alliez mettre dans les jours à venir ? Eh bien, faites votre choix.

Le dressing, presque une pièce à part en fait, présentait deux grandes penderies, des étagères cloisonnées et des tiroirs sur la partie basse. D'un côté, soigneusement rangés et alignés, les habits du policier. De l'autre, Alexandra découvrit une impressionnante collection de vêtements féminins.

— Quand ma fiancée est partie, elle a tout laissé. Pendant presque six mois, je n'ai touché à rien, espérant qu'elle reviendrait, au moins pour reprendre ses fringues. Mais elle n'a jamais rappelé, aucun message non plus. Depuis, je me dis tous les jours qu'il faut que je vide tout ça.

Alexandra le trouva touchant dans la gêne manifeste qu'il éprouvait à en parler. « Il est encore amoureux », se dit-elle. Elle décida de pousser un peu plus loin, par curiosité.

— Et vous espérez toujours qu'elle revienne, n'est-ce pas ?

Darlan la regarda, amusé :

— Non, en fait je suis guéri, enfin je pense. C'est juste que je n'ai jamais trouvé un moment pour aller refourguer tout ça dans un vide-grenier. Mais n'allez pas vous plaindre. Au moins, vous n'avez que l'embarras du choix. Et ça tombe bien, vous avez presque la même taille.

Alexandra remarqua que le policier la détaillait un peu plus que nécessaire, ce qui, ajouté à l'exiguïté du dressing, créait une situation ambiguë.

— Vous êtes restés ensemble longtemps ? demanda-t-elle en retournant dans la chambre.

— Vous travaillez pour des magazines *people* maintenant ? répondit-il en la suivant des yeux. On est resté ensemble presque huit mois, un record en ce qui me concerne.

***

La journaliste évacua ce souvenir de la veille et se redressa dans le lit. Vêtue uniquement d'un tee-shirt appartenant au policier. Les seuls vêtements de nuit de l'ex-fiancée de Darlan qu'elle avait trouvés dans le dressing se limitaient à des nuisettes quasi transparentes dont certaines frisaient l'indécence. Elle avait fini par aller chercher du côté des rayonnages de son hôte. Elle s'était amusée de la collection de jeans, tee-shirts et vestes, quasiment tous identiques.

Dans le salon, Darlan discutait avec animation. Le ton de la voix du policier laissait percer une certaine colère contenue.

Elle se leva et alla choisir sa toilette du jour. Sa tenue de la veille ayant terminé à la poubelle sans regret. Elle avait apprécié l'instant où elle avait enfin pu s'en débarrasser avant de prendre une douche bien méritée. Elle pénétra dans le dressing. Si la taille des vêtements féminins correspondait effectivement à ses mensurations, les goûts vestimentaires de l'ex-maîtresse des lieux ne ressemblaient vraiment pas aux siens.

Beaucoup de robes colorées, en madras pour certaines, des petits hauts laissant le nombril largement dénudé, aux bretelles très fines et largement décolletées, le tout toujours dans des teintes vives. Alex restait très mesurée quant à l'originalité de ses toilettes. Toujours tirée à quatre épingles, elle ne s'autorisait des tenues décontractées que lorsqu'elle s'adonnait à ses multiples activités sportives. Le reste du temps et surtout à son travail, elle portait le plus souvent des tailleurs stricts. « Très femme et très pro », comme elle se plaisait à le dire à ceux ou celles qui lui conseillaient de se laisser aller de temps en temps. Elle se savait suffisamment jolie pour attirer le regard des hommes sans devoir choisir des tenues provocantes. Elle évitait de porter des toilettes dites sexy, ayant l'impression de se sentir dans la peau d'une marchandise bien emballée pour la vente.

Alex se fit violence et choisit enfin une robe légère, couleur fuchsia, dont le décolleté restait à un niveau presque raisonnable selon ses critères.

En sous-vêtements, elle s'apprêtait à l'enfiler lorsque la porte de la chambre s'ouvrit en grand, juste après un léger coup frappé :

—Levez-vous vite, ordonna le policier en même temps.

La journaliste, surprise de cette intrusion, n'eut que le temps de plaquer la robe contre elle.

—On ne vous a jamais appris à frapper avant d'entrer ?

—Désolé, mais c'est urgent. Nous devons partir, et tout de suite.

Sans même la regarder, il traversa la pièce et sortit deux sacs de voyage du dressing. Il en posa un sur le lit et entreprit de remplir l'autre avec ses propres affaires :

—Prenez autant de vêtements que ce sac peut en contenir. Je ne sais pas quand nous pourrons revenir ici.

—Si vous m'expliquiez, une fois de plus, s'énerva-t-elle, offusquée par le fait qu'il ose entrer dans la chambre sans même frapper, ou peut-être vexée qu'il ne lui ait pas prêté un minimum d'attention ni même accordé le moindre regard. « Un goujat », se dit-elle.

—J'ai bien peur que dans moins d'une heure, mes collègues ne soient remontés jusqu'à moi. Tout le monde au centre est passé au crible. Le commissaire est convaincu d'avoir une taupe dans son service. Je suis censé être au travail depuis trente minutes. Il ne lui faudra pas longtemps pour comprendre. Heureusement, j'ai encore des copains dans le service.

Pendant qu'il parlait, Darlan s'activait à remplir son sac, empilant des vêtements, sans avoir à choisir, vu le côté minimaliste de sa garde-robe, et sans se préoccuper de la jeune femme.

Elle le regarda faire pendant un moment, toujours bêtement cachée derrière sa robe, ne sachant pas comment réagir, persuadée qu'il allait lui laisser un moment d'intimité pour qu'elle puisse s'habiller. Mais à force d'attendre et de l'observer, elle se rendit à l'évidence, l'idée de la laisser seule un instant pour qu'elle puisse finir de se vêtir ne lui viendrait pas. Sur un coup de tête, elle enfila la robe devant lui. Il ne lui accorda pas le moindre regard, trop occupé à courir dans la chambre pour terminer son sac. À la fois soulagée et perturbée par le comportement du policier, Alexandra se lança également dans la préparation du voyage. Elle n'avait que quelques minutes pour achever ce qui lui prenait en général plusieurs heures. Elle préparait scrupuleusement le moindre de ses déplacements, choisissant chaque vêtement, coordonnant dans sa tête chaque tenue, listant chaque objet qui pourrait lui manquer. Elle se trouvait prise au dépourvu. Même lors des stages de sports extrêmes auxquels elle participait régulièrement, que ce soit pour la grimpe à main nue, pour le parachutisme ou le kitesurf, elle préparait toujours chaque détail avec soin.

Elle se rendit compte, en cherchant quelque chose de mettable dans le rayon tee-shirts, que, pour la première fois depuis longtemps, elle n'avait pas la moindre idée de l'endroit où elle allait se trouver le soir même, le lendemain, et les jours suivants. Alex balançait entre deux états d'esprit. D'un côté, le besoin de tranquillité, de retrouver son cocon, ses repères, et de l'autre cette envie de nouveauté, de frissons, qui la dévorait parfois et qu'elle comblait en pratiquant des sports forts en émotions.

—Prenez ce que vous voulez dans la salle de bains, l'interrompit Darlan, Flora y a laissé de quoi ouvrir une parfumerie. Ça me fera ça de moins à jeter. Dès que vous avez terminé, rejoignez-moi dans la cuisine, je prépare un petit déj. Thé ou café ?

— Café. Merci de tant d'attentions. Je suis heureuse de pouvoir vous rendre service en vous débarrassant des vieilleries de votre copine, répliqua-t-elle avec une pointe d'ironie.

— Ex-copine !... Elles vous vont plutôt bien, les vieilleries, non ? termina-t-il en quittant la chambre. Ne traînez pas, nous partons dans vingt minutes.

Elle passa dans la salle de bains et s'arrêta devant le reflet que lui renvoyait le miroir. La robe mettait ses formes en valeur beaucoup plus qu'elle ne l'avait imaginée. Sentant Darlan pressé de partir, elle décida d'abréger la séance de coiffage et de maquillage. D'ordinaire, le matin, elle consacrait au minimum une demi-heure à s'occuper d'elle... Elle opta pour un rouge à lèvres beaucoup plus coloré qu'à son habitude et en accord avec sa robe. Un trait sous ses yeux bleu clair. Elle renonça à sa coiffure habituelle et laissa ses cheveux mi-longs libres sur les épaules. Le résultat la surprit. La femme qui lui souriait dans le miroir ne lui ressemblait plus vraiment. Un mélange entre celle qui pratiquait des sports extrêmes et la journaliste, toujours stricte et professionnelle. « C'est amusant, se dit-elle, j'ai l'impression d'emprunter l'identité d'une autre. »

Alexandra posa son sac dans l'entrée de l'appartement. Elle marqua un temps d'arrêt, se demandant quels objets, accessoires ou vêtements elle avait pu oublier. Mis à part les goûts vestimentaires, de son point de vue discutables, de l'ex de Darlan, elle devait reconnaître que celle-ci lui avait laissé largement de quoi remplir son sac, dont les fermetures menaçaient d'ailleurs de craquer.

Elle trouva enfin ce qui lui manquait, quelque chose qui l'accompagnait systématiquement dans tous ses déplacements : des livres. Elle s'aperçut à ce moment qu'elle n'en avait vu nulle part dans l'appartement. Elle entra dans la cuisine où elle fut accueillie par une bonne odeur de café :

—Vous n'avez pas de livres ? demanda-t-elle à son hôte. Vous ne lisez jamais ?

—Si bien sûr, mais je ne lis pas souvent, et pratiquement que des romans policiers ou d'espionnage. Je sais, c'est pas très original pour un flic dans ma spécialité... Pour ce qui est des bouquins papier, j'ai tout donné depuis que j'utilise ça.

Sur ces entrefaites, il exhiba un iPad. Alexandra manipula l'objet comme si elle tenait une chose qui ne devrait pas exister. Elle connaissait l'existence de ces tablettes numériques qui permettaient, entre autres, de lire des livres téléchargés, sans avoir jamais compris comment ces objets pouvaient remplacer les livres papier ni même susciter autant d'intérêt dans le grand public.

—Pardonnez-moi, mais j'ai beaucoup de mal à adhérer à ce truc. Pour moi, un livre c'est une couverture, des pages en papier, de l'encre, une odeur. Certainement pas ça.

—Vous avez essayé de partir en voyage avec votre bibliothèque ? Moi je peux, et j'ai en plus des dictionnaires, une vidéothèque bien pourvue, de la musique pour des centaines d'heures et un accès illimité au monde. Essayez d'en faire autant avec un bouquin.

Alexandra tourna encore l'objet dans ses mains pendant quelques instants et se demanda quelle serait la réaction du policier si elle le laissait tomber par terre, juste pour comparer avec un livre papier, puis le rendit à son propriétaire.

— Je pense que mon bouquin papier n'a pas besoin d'être rechargé et ne risque pas de se refermer tout seul au milieu d'un passage palpitant, faute de pile.

— C'est bien possible, mais je suis pour le progrès et vouloir ignorer le progrès conduit à l'obscurantisme. Avec ce type de joujou, n'importe qui a accès à la plus grande bibliothèque du monde sans se déplacer. L'évolution de l'espèce humaine est dans l'ordre des choses.

— Je pense que le jour où ces machins remplaceront les livres papier, nous entrerons dans une phase de déclin. Une toute petite part de l'humanité aura accès à la connaissance et les autres n'auront même plus le choix de s'instruire avec un livre. Parce qu'à mon avis, on ne trouve pas ce gadget au milieu du désert. Par ailleurs, aux endroits où la culture et la connaissance n'arrivent pas encore, il n'y a pas d'électricité.

Darlan s'apprêtait à répondre puis se ravisa : il était temps de partir.

— Bon, prenez la tablette si vous voulez lire, ou laissez-la si vous voulez rester fidèle à vos convictions. Vous êtes chez moi, je n'ai pas de bouquins papier, alors faut faire avec.

Il regarda sa montre :

— On part dans dix minutes, si vous voulez avoir le temps d'avaler un café, c'est maintenant.

Alexandra s'attabla sans un mot, se demandant comment l'ex du policier avait pu tenir huit mois avant de le quitter.

Les premières notes de *Hells Bells* de AC/DC retentirent du portable de Darlan, à une puissance sonore suffisante pour être entendue de l'autre côté de la rue. Darlan se saisit de son téléphone et regarda l'origine de l'appel avant de répondre. Il esquissa une grimace. Alex demanda :

— Un problème ?

— Un collègue du boulot ! C'est pas bon signe.

Il mit le haut-parleur avant de prendre la communication en faisant signe à Alex de garder le silence.

— Rebonjour Patrick, tu ne peux plus te passer de moi ?

— Ne plaisante pas, Darlan, que se passe-t-il ? demanda son correspondant d'une voix étouffée, comme s'il parlait tout bas pour ne pas être entendu. Giraud vient de nous demander de vérifier toutes les actions que tu as passées de ta console, t'as fait quelque chose de pas clean ?

— De quoi tu parles ?

— Tu devrais te ramener ici avant que ça chauffe. Le commissaire a déjà mis en alerte une équipe pour venir débarquer chez toi.

— C'est quoi ce délire ? Je ne sais pas ce qui lui prend, reprit Darlan d'un ton désinvolte, comme si cette affaire ne le concernait pas. Ne t'inquiète pas, j'arrive d'ici dix minutes. O.K., je suis un peu en retard. Rappelle-lui que j'ai empilé des journées de douze heures depuis deux semaines, alors il ne va pas me gonfler pour une demi-heure. Un peu speed le commissaire en ce moment, tu ne crois pas ?

— Je ne sais pas. Je n'ai jamais vu ça ici. Tout le monde soupçonne tout le monde. Il est persuadé que c'est quelqu'un du service qui se rencardait sur Fallière hier soir. Pietri a lancé l'idée que tu en serais capable. Il a dit ça comme un exemple, mais Giraud l'a compris comme une éventualité possible.

— Pietri n'en manque jamais une. Je vais lui dire ce que je pense, de ses idées débiles. M'envoyer une équipe… Sans rire, il a rien trouvé d'autre ?

— Tu lui diras toi-même, je vais essayer de le faire patienter, alors ramène-toi vite.

— O.K., merci d'avoir appelé, et à tout de suite.

Il raccrocha et resta quelques instants sans réaction. Il venait de comprendre que sa vie bien calée allait changer sans espoir de retour. Ils devaient quitter l'appartement dans les plus brefs délais. L'équipe d'intervention finirait forcément par fracturer sa porte et découvrir son matériel. Il était grillé définitivement. Il leva les yeux vers Alexandra qui attendait impatiemment que le policier lui traduise en action la conversation à laquelle elle venait d'assister. Elle lisait sur son visage la gravité de la situation.

— Nous devons être partis dans cinq minutes au plus, une équipe va débouler ici.

Chapitre 22

Guérande. Jeudi, 15 h 00.

Alexandra étendit ses jambes et s'étira avant de se redresser sur son siège. Malgré le confort spacieux de la BMW et la climatisation, les six heures de voyage commençaient à se faire sentir. Darlan, conduisait vite, mais sûrement. Il avait refusé de s'arrêter sur les aires d'autoroute pour autre chose que refaire le plein. Il avait échappé aux innombrables radars infestant le bord des routes grâce à une version améliorée du système « Coyote », le célèbre avertisseur de radars devenu pendant un temps la bête noire des fanatiques de sécurité routière et transformé depuis en assistant d'aide à la conduite. Il y avait téléchargé la base de données piratée sur les serveurs étatiques. Il était ainsi un des rares à connaître l'emplacement exact de tous les radars fixes et de beaucoup de mobiles. Depuis quelque temps, il caressait l'idée de rendre publique la base de données et la procédure pour mettre à jour le système. Il avait décidé d'attendre le résultat des élections pour se décider. Les challengers ayant tous promis un aménagement du tout répressif après les manifestations monstres des automobilistes qui avaient suivi l'annonce des dernières mesures quelques mois plus tôt.

Ils entraient dans le faubourg de Guérande. Suivant le GPS de la voiture qui égrenait les consignes de guidage d'une voix féminine sans charme, ils quittèrent la Route bleue et suivirent la rocade sud en direction de Batz-sur-Mer. Kilomètre après kilomètre, Alexandra tombait peu à peu sous le charme de cette région du sud de la Bretagne qu'elle ne connaissait pas. La campagne verdoyante éclairée par un soleil radieux de milieu d'après-midi, les maisons blanches aux toits bleu sombre en ardoises, les murets en granit qui séparaient les propriétés, tout lui donnait envie de s'arrêter un moment pour profiter de l'instant.

Elle jeta un regard vers son compagnon de voyage. Il ne semblait pas voir le paysage, seulement concentré sur la conduite pour arriver le plus vite possible. Elle s'abstint, une fois de plus, de demander une pause. Elle n'avait plus longtemps à attendre, le GPS indiquait moins de dix minutes avant d'arriver à destination. Elle aurait aimé s'arrêter chaque fois que le paysage l'appelait par sa tranquillité. Parce que l'endroit en valait la peine, ou à cause du petit répit que cela lui aurait accordé dans cette course effrénée. Darlan semblait également affecté par le fait qu'ils aient dû quitter Lyon sans savoir vraiment quand ils pourraient y retourner.

Le matin et à la grande surprise de la journaliste, Philippe Darlan s'était montré très organisé et avait réussi à finaliser les préparatifs en un temps record. Il avait notamment récupéré toute sa base d'informations et les principaux systèmes qui lui permettaient de se connecter au monde underground des *hackers*. Le tout tenait dans un simple attaché-case. Il avait hésité quelques secondes avant d'effacer ce qu'il ne pouvait emporter, comme si, par cet acte, il mettait fin à une partie de sa vie. La BMW chargée, ils avaient traversé la ville vers le nord-est pour rejoindre un petit garage automobile à Vaulx-en-Velin.

***

Le matin même.

Darlan dirigea directement la voiture vers la grande porte roulante de la petite concession Fiat qui s'ouvrit quelques secondes avant leur arrivée, si bien que le policier n'eut pas à ralentir pour entrer dans le garage. Dès qu'il eut coupé le contact, la porte se referma rapidement. Alexandra avait failli crier au policier de ralentir, persuadée qu'ils allaient percuter le portail.

Dès que la voiture fut immobilisée, Darlan en descendit. Un homme sortit du bureau vitré et se dirigea vers le policier en affichant un large sourire :

— Philippe ! mon ami, dit-il en l'étreignant chaleureusement. Heureux de pouvoir te rendre service.

— C'est toujours un plaisir de te revoir, Salvatore.

Au bout d'une longue minute d'échanges, les deux hommes semblèrent s'apercevoir de la présence d'Alexandra qui s'était approchée doucement, sans vouloir imposer sa présence, espérant que Darlan aurait la politesse de la présenter.

— Mais qu'est-ce que je vois là ? s'exclama le garagiste avec une pointe d'accent chantant, trahissant ses origines italiennes ; tu m'avais caché cette merveille.

L'homme déplut immédiatement à la journaliste : gros, le front très dégarni, petite moustache, chemise douteuse et transpirant déjà à grosses gouttes de bon matin. Il la détailla de la tête aux pieds sans aucune discrétion, comme on examine une voiture ou une bête d'élevage. Elle tenta maladroitement et sans résultat de réduire la profondeur de son décolleté en tirant le haut de sa robe. Le garagiste représentait tout ce qu'Alexandra détestait chez un homme.

Darlan finit enfin par la présenter, comme une « amie journaliste », sans donner de détails ; mais un clin d'œil appuyé du dénommé Salvatore ne laissait aucun doute sur ce qu'il pensait d'elle et de ses relations avec le policier. Alex espérait seulement que son calvaire n'allait pas durer. Ils étaient là uniquement pour changer les plaques d'immatriculation de la voiture, selon ce que Darlan lui avait expliqué.

Pendant que le patron du garage leur offrait un café dans son bureau, deux employés s'activaient à changer les plaques minéralogiques du véhicule. Alexandra but son café en essayant de masquer ses grimaces. Le fameux « petit noir façon Salvatore » était plus proche de l'encre que de l'expresso. Darlan but le breuvage en habitué en plaisantant avec le garagiste. Malgré le fait qu'ils parlaient entre eux en omettant volontairement beaucoup de détails, Alex comprit de la discussion que les deux hommes se connaissaient depuis longtemps et qu'ils partageaient un passé qu'elle jugea assez louche. Le simple fait que ce garagiste maquille la voiture de Darlan en disait long sur les activités « annexes » du garage.

Quelques minutes avant qu'ils partent, Salvatore invita Darlan à le suivre dans une petite pièce derrière le bureau. Bien que n'étant pas invitée, la curiosité de la journaliste l'emporta et elle s'approcha discrètement. Elle surprit l'échange d'une grosse liasse de billets entre le garagiste et le policier. Interrogé plus tard à ce sujet, Darlan était resté vague. « Il me doit un service et nous avons besoin de liquide, avait-il fini par avouer, le mieux est d'oublier ce que vous avez vu, O.K. ? »

La journaliste fut franchement soulagée lorsqu'ils quittèrent le garage sordide, après que le dénommé Salvatore eut complimenté le policier pour sa « poule ». C'est avec dégoût qu'elle lui avait finalement serré la main.

Quelques minutes plus tard, alors qu'ils se dirigeaient vers l'A46 pour contourner la ville et rejoindre l'autoroute vers Saint-Étienne, puis Clermont-Ferrand, Darlan reçut un nouvel appel de la DCRI, de Patrick Brune, l'adjoint de Giraud. La voix du commandant de police résonna dans l'habitacle de la voiture. Darlan fit signe à sa passagère de ne faire aucun bruit.

— Tu peux m'expliquer ce qui se passe, Philippe ?

— De quoi parles-tu ?

— On ne joue plus. Je parle du fait que je suis chez toi avec une équipe, sur ordre de Giraud. C'est quoi tout ce matos ? Ne me dis pas que tu as continué tes conneries ?

— Vous êtes entrés chez moi ? De quel droit ?

— Comme je te l'ai dit tout à l'heure, Giraud est convaincu qu'il y a une taupe chez nous. Pietri a réussi à réduire le périmètre de recherche avec ton *tracker* à un arrondissement de Lyon et tu es le seul de l'équipe à habiter le 8e. Giraud a donné l'ordre quand la demi-heure que je t'avais accordée a été écoulée. Tu peux pas savoir ce que j'ai dû faire pour qu'il consente à attendre. J'ai même dit que tu étais le mec le plus réglo du service. Maintenant que je vois le matos que tu as ici, je crois que tu t'es bien foutu de ma gueule. Dis-moi à quoi tu joues !

— Tu es bien placé pour le savoir, Patrick, j'aime aider les gens, je n'ai pas changé.

— Si je t'ai sorti du trou et donné ce boulot, c'est parce que tu es le meilleur dans ce domaine. Je me suis engagé sur ta moralité, bordel !

— Je ne fais rien de mal, j'ai le droit d'aimer les ordis, non ?

— Te fous pas de moi. T'es où ?

— À Lyon. J'ai eu un problème avec la voiture, le voyant moteur qui s'est allumé. Je sors de chez le garagiste. En fait, c'était rien, mais j'ai préféré éviter un vrai problème. J'arrive, je suis pas loin. Reste chez moi, ça me permettra au moins de t'offrir un café. En attendant, s'il te plaît, ne fous pas le bazar, et dis aux gars de ne pas fouiller partout, j'ai une vie privée et je ne veux pas être l'objet de plaisanteries douteuses au centre.

Un moment de silence, puis la voix reprit :

— Tu ne saurais pas où est la fille ? La journaliste ?

Alexandra blêmit et regarda Darlan, guettant sa réaction.

— Pas la moindre idée, répondit-il avec une voix calme. Lorsque j'ai quitté le bureau hier soir, elle était à son journal. J'ai passé le relais à Pietri. Il m'a dit un peu plus tard que le focus était sur sa patronne au journal. Il aurait dû s'occuper de la pister plutôt que de convaincre le chef d'envoyer une équipe chez moi. Il m'en veut toujours, ce con.

— Giraud t'a dans le nez. J'espère pour toi que tu ne fais pas de conneries.

— Qu'est-ce qui s'est passé hier soir, vous l'avez paumée, cette fille ?

— Tu sais très bien que je ne te dirai rien au téléphone, juste qu'on a toujours un coup de retard. Ramène-toi et je te donne toutes les infos.

— O.K., j'arrive.

— Traîne pas, tout le monde est à cran.

Darlan raccrocha d'un appui sur un bouton du volant, avant de s'adresser à sa passagère d'un ton simple, sans équivoque :

— Je me dois de vous annoncer que nous sommes officiellement en cavale. J'espère de tout cœur que la quête dans laquelle nous nous sommes engagés mérite vraiment nos sacrifices, car nous n'avons pas de retour possible. Nous devons réussir. Je pense malheureusement qu'en cas d'échec, c'est la prison qui nous attend. Mes collègues ne vont pas nous lâcher.

—Vous êtes de la maison, vous arriverez à conserver un coup d'avance, j'en suis certaine.

Elle le regarda plus intensément :

—Merci de votre aide, Philippe. Vous n'étiez pas obligé de m'aider.

Le policier nota qu'Alexandra l'avait appelé pour la première fois par son prénom. Il s'en amusa :

—Je ne suis pas d'accord, je suis en grande partie responsable de ce qui vous arrive. C'est grâce aux informations que j'ai recueillies sur vous à mon travail que vous avez été pistée. Je vous devais ça.

—Vous parlez de pistage. Je croyais que nous ne devions pas utiliser les téléphones portables parce que vos collègues peuvent justement les localiser avec précision. Ce conseil ne s'applique pas à vous ?

—Vous apprenez vite, répondit Darlan avec sincérité en affichant un sourire satisfait. C'est tout à fait exact, mais je peux vous assurer que personne ne sera capable, ni de localiser ce téléphone, ni même de l'écouter. J'ai mis au point un système qui renvoie le signal à d'autres téléphones portables, qui composent automatiquement un autre numéro et ainsi de suite. Avant de nous joindre, il faudrait qu'ils arrivent à remonter une dizaine de relais. Rassurez-vous, nous sommes tranquilles de ce côté-là.

—Et pourquoi avoir changé les plaques de la voiture ?

—Également par souci de discrétion. Tous les péages d'autoroute sont équipés de caméras de surveillance, les radars également. En cas de besoin, et notamment pour rechercher un véhicule, les images de ces caméras permettent une lecture automatisée des plaques d'immatriculation. C'est ainsi que nous pouvons traquer n'importe qui. Entre la lecture des plaques, les paiements par carte et la localisation des téléphones, il est très facile de suivre quelqu'un, de nos jours. C'est pour cette raison qu'en plus du changement de plaques, nous paierons tous les péages, le carburant et le reste uniquement en liquide.

—Je vois que vous avez pensé à tout.

—Dernière précaution, nous devrons également être très attentifs dans les stations-service, surtout si nous sortons de la voiture, toujours garder la tête baissée et porter des lunettes de soleil. Si nous nous en tenons à ces précautions, nous continuerons d'être invisibles.

Darlan n'avait malheureusement pas pensé à tout. Deux heures après cette conversation, sur l'aire de la station Shell à Marmagne, près de Bourges, le policier ne remarqua pas la caméra dissimulée à l'entrée du magasin de la station. Placée en haut d'un présentoir, à gauche de l'entrée, elle filma leur visage de face, au moment où ils ressortaient, les bras chargés de sandwichs et autres boissons. L'image fut retransmise en temps réel sur le moniteur vidéo situé près de la caisse, que personne ne regardait vraiment, et enregistrée sur un disque dur. Les images allaient ainsi être conservées trois jours avant d'être effacées.

***

La route de Batz-sur-Mer sinuait au milieu des marais salants. Découpées en parcelles et reliées entre elles par des canaux, les salines comportaient une multitude de bassins de plus ou moins grandes dimensions. Alexandra se promit de se renseigner sur le fonctionnement des marais salants et dont elle savait seulement que les techniques remontaient à la fin de l'Antiquité. Elle se laissait bercer au rythme des virages, admirant le reflet du ciel d'un bleu profond et sans nuages dans les étendues d'eau qui encadraient la route. Quelques oiseaux, des avocettes, des aigrettes ou des vanneaux huppés parcouraient les salines à la recherche de nourriture. La journaliste découvrait le paysage et sa faune, conquise par la richesse et la beauté des lieux.

Ils quittèrent la route de Guérande, après le hameau de Kervalet, pour se diriger droit vers la mer et la route du Dervin.

Le GPS indiqua que la destination était atteinte tandis qu'ils arrivaient devant la haute grille en fer forgé qui fermait une propriété entourée de murs de pierre. Alexandra ne put retenir une exclamation :

—Dites donc, il habite un château, votre ami ?

—On dirait effectivement une jolie maison. Je ne suis jamais venu, à vrai dire.

—J'avais cru comprendre que vous étiez de vieux amis, insista-t-elle, frustrée du peu de renseignements que Darlan avait bien voulu lui fournir sur son contact.

—Nous discutons surtout par forum interposé. D'un certain point de vue, nous travaillons ensemble la nuit, sans presque jamais nous voir. Et là, ça fait pratiquement un an que je ne les ai pas revus. Nous sommes partis ensemble, avec sa famille, en vacances en Martinique l'année dernière.

La grille s'ouvrit automatiquement alors que le policier descendait de la BMW pour aller sonner au visiophone. Ils s'engagèrent dans l'allée de gravier bordée de pins qui finissait en demi-cercle devant une grande maison en pierres grises, rehaussée de boiseries. La bâtisse, dressée face à l'océan, semblait avoir été taillée pour résister aux assauts des éléments et aux vents que les tempêtes bretonnes pouvaient parfois amener. Le soleil, encore haut dans le ciel en ce début d'après-midi, éclairait la propriété de tons chauds.

Tandis que Darlan garait la voiture devant l'entrée principale, la porte s'ouvrit sur deux enfants, un garçon et une fille d'une dizaine d'années, qui dévalèrent les quatre marches de l'escalier de pierre. Le policier descendit. Il n'avait pas fait deux mètres que les deux enfants se jetaient dans ses bras. Alexandra sortit de la voiture à son tour, d'abord heureuse d'être parvenue à destination, puis anxieuse de ne pas savoir chez qui elle mettait les pieds. Les amis de Darlan pouvaient être peu recommandables, si elle en croyait son expérience du copain garagiste.

Le jeune garçon, cheveux bruns et l'air sûr de lui, s'approcha d'Alexandra :

— Tu es la nouvelle femme de Philippe ?

Alexandra hésita entre se fâcher, lassée d'être prise pour la copine du policier, et prendre la chose avec philosophie.

— Raté, je suis sa sœur, répondit-elle, décidant de jouer la plaisanterie. Comment tu t'appelles ?

— T'es sa sœur ?

Le garçon la regarda, interloquée, puis se tourna vers Darlan en fronçant les sourcils :

— Si t'es sa sœur, pourquoi t'es pas noire ?

Sans attendre la réponse, il repartit vers la maison, d'où venait de sortir le couple propriétaire des lieux. Le garçon cria :

— Je m'appelle Amaury.

Sa sœur Elora, yeux noisette et les mêmes cheveux noirs que sa mère, se contenta de faire la bise à la journaliste avant de revenir vers Darlan et de le tirer par le bras :

— Viens, je vais te faire visiter, c'est super que tu es venu, nous, on le savait pas avant ce matin. C'est vrai que tu restes plusieurs jours ?

—Laisse-les respirer un peu, intervint le père de famille.

Darlan les étreignit longuement, laissant transparaître dans ce geste l'affection qu'il avait pour eux. Alexandra fut surprise de constater que le policier était capable d'une telle tendresse. Après un temps qu'elle jugea excessivement long, Darlan sembla enfin se souvenir de sa présence :

—Je vous présente Alexandra Decaze, qui est journaliste à Lyon. Il s'apprêta à ajouter quelque chose, puis se ravisa.

Frédéric et Marie Berthoin inspirèrent immédiatement confiance à la journaliste. Lui, la quarantaine, affichait une bonhomie sympathique et un large sourire creusait les quelques rides de son visage rond. Sa femme Marie le dépassait de quelques centimètres. Fine et élancée, très brune, ses cheveux longs coulant sur ses épaules, elle portait une jupe longue et un chemisier écossais noué à la taille. Alexandra la classa immédiatement dans la catégorie très jolie femme. Instinctivement, elle se redressa pour ne pas trop disparaître dans l'ombre de la maîtresse des lieux.

Une heure plus tard, après s'être installés dans deux petites chambres d'amis au troisième et dernier étage de la bâtisse et après s'être rafraîchis, Darlan et Alexandra rejoignirent leurs hôtes sur la terrasse dominant l'océan. Le côté face de la maison valait amplement le côté pile. Les portes-fenêtres aux petits carreaux de la cuisine et de la salle à manger donnaient sur une terrasse pavée de pierres brutes qui surplombait l'océan de la hauteur de la falaise. Un petit mur de pierre marquait la limite à ne pas dépasser. Alexandra resta en admiration devant le paysage avant de s'approcher de la table.

— Les chambres sont à votre goût ? demanda Marie aux deux nouveaux venus.

Darlan répondit avec un grand sourire :

— Il faudrait être difficile pour se plaindre. Encore merci pour l'accueil.

— Tu es chez toi ici, Philippe, tu le sais bien, continua Fred en proposant des boissons fraîches. Puis, se tournant vers Alexandra, il ajouta : savez-vous que ce cher Darlan est une sorte de héros pour nous ?

Elle regarda tour à tour l'assistance, puis comprit qu'il était très désireux de lui raconter l'histoire de leur amitié.

— Darlan, un héros ? Je suis curieuse d'entendre ça, demanda-t- elle, sarcastique.

Elle apprit ainsi que les deux hommes fréquentaient activement le monde souterrain d'Internet depuis plus de cinq ans. Se lançant mutuellement des défis de *hacking*, ils avaient l'un et l'autre gagné leurs galons au sein d'un groupe de *hackers* pour arriver finalement dans l'équipe de direction. L'objectif du groupe consistait à exercer un contre-pouvoir à la volonté de réglementation de la part des puissants, gouvernement ou multinationales. Leur plus beau coup avait été de faire tomber pendant vingt heures les serveurs du réseau Échelon. Ce réseau d'écoute, dont le centre pour l'Europe se situe en Grande-Bretagne, a pour but d'espionner toutes les communications et les échanges électroniques. L'objectif officiel était, à l'origine la lutte contre le pacte de Varsovie. Depuis la fin de la guerre froide, le réseau sert surtout pour l'espionnage industriel au service des firmes américaines. L'attaque du réseau Échelon avait été considérée comme une grande victoire pour la liberté par le petit monde des *hackers*.

Trois ans plus tôt, Philippe avait eu l'occasion d'aider son ami Fred, qu'il ne connaissait alors que sous le pseudo de « Backdoor » dans le groupe qu'ils fréquentaient. Un promoteur local, associé à un notaire peu scrupuleux, avaient entrepris de dépouiller Marie d'un héritage conséquent dont la maison représentait la pièce maîtresse. Profitant de la vulnérabilité du père de Marie, ils avaient réussi à modifier le testament en leur faveur. Philippe avait utilisé les moyens conséquents de la DCRI pour enquêter sur les deux truands et trouver des preuves de la malversation. Les résultats qu'il avait obtenus avaient dépassé ses espérances. Les deux arnaqueurs, bien en vue dans la bonne société, avaient toujours réussi à échapper à la justice en jouant avec les lois françaises et grâce à leurs solides appuis politiques. Mais la sagacité de Darlan, la pléthore de moyens à sa disposition, associées à un peu de chance, lui avaient permis de découvrir beaucoup d'activités illicites cachées : des comptes *offshore* et des connexions douteuses avec des personnalités politiques et des partis. La menace d'une révélation dans la presse et la pression des politiques avaient suffi à les convaincre de laisser tomber. Comme à chacune de ses autres interventions, Darlan était parvenu à si bien brouiller les pistes que personne n'avait pu remonter jusqu'à lui.

Fred semblait vouer une admiration sans bornes à son ami, qu'il présentait allègrement comme un grand maître dans le domaine du *hacking*. Ils ne s'étaient rencontrés pour la première fois qu'après cet événement.

—Donc, ma chère Alexandra, c'est grâce à votre ami que nous vivons maintenant ici. Même s'il m'a interdit de vanter ses mérites sur mon blog. C'est notre héros, finit-il en éclatant de rire.

Marie intervint, plus sérieusement :

—Cela pour dire que vous êtes ici chez vous et nous allons faire tout notre possible pour vous aider à entrer chez Eltrosys.

Alexandra regarda Darlan, surprise de constater qu'il avait déjà donné tous les détails de l'affaire à ses amis.

— J'espère que nous ne vous amenons pas des ennuis, répondit Alex. Ça ne va pas être facile. Nous ne sommes pas des pros du cambriolage. En ce qui me concerne, c'est même une première, finit-elle en posant un regard entendu sur le policier.

Darlan la regarda, un sourire amusé sur les lèvres :

— Ne me regardez pas comme ça. Je n'ai jamais cambriolé qui que ce soit, se défendit-il.

— Mais vous avez fait de la prison, insista-t-elle, par défi, mais également pour voir si ses amis étaient ou non dans la confidence.

Philippe s'en voulut un instant de s'être laissé aller à lui confier cet épisode qu'il préférait oublier pendant le voyage, lorsque la journaliste avait insisté pour savoir où il avait connu le garagiste. Fred se porta au secours de son ami :

— Effectivement, ma chère Alexandra. Notre ami Philippe a fait de la prison. Mais ce qui l'a fait tomber est en fait très amusant. Figurez-vous que pour arrondir ses fins de mois, Philippe vendait ses services comme enquêteur privé, spécialisé dans l'adultère. Tu m'arrêtes si je dis une bêtise, d'ac ?

— Continue, tu sembles bien parti, capitula le policier. Et je sais que tu adores raconter cette histoire sordide…

— Donc un beau jour, une femme jalouse lui demande d'enquêter sur son mari qui, semble-t-il, est fréquemment en déplacement et exerce un travail assez mystérieux. Sa femme considère comme un signe évident de culpabilité le fait qu'il n'accepte jamais d'expliquer où il est et ce qu'il fait pendant ces journées. Philippe se met au travail. Bizarrement, ce monsieur est beaucoup plus difficile à écouter et à tracer que le commun des mortels. Philippe ne s'avoue pas vaincu pour autant et est même heureux de pouvoir relever ce défi à la hauteur de ses capacités. Il parvient après quelques jours à remonter jusqu'au travail du mari et à écouter ses conversations. Malheureusement, l'homme en question travaille à la DCRI, et il s'est bien sûr aperçu de l'attaque sur leur réseau.

— Ils m'ont mis sous surveillance, compléta Darlan, et ils ont découvert également mes autres activités. Il m'arrivait aussi à l'époque de jouer un peu avec les assurances, en principe pour aider des gens, mais pas seulement. J'ai pris un an ferme. Au bout du compte, je n'ai fait que quatre mois. Le gars que j'avais espionné a été impressionné par mes petits talents et s'est porté garant pour moi. Il a réussi à faire supprimer mon casier et à m'offrir un job à la DCRI. J'ai quand même dû faire l'école de police, mais finalement je ne regrette pas. Lui est devenu un bon copain, c'est le fameux Patrick qui m'a téléphoné ce matin... Donc, pour votre gouverne Alexandra, je ne suis peut-être pas cambrioleur de métier, mais en revanche, vous avez en face de vous la meilleure équipe de *hackers* du Web. Avec, en plus, les talents de Marie en électronique de surveillance, je suis sûr que les systèmes de protection d'Eltrosys ne vont pas nous embêter bien longtemps.

— Il se trouve que ma société fabrique et installe la plupart des systèmes d'alarme de la région, intervint-elle pour répondre au regard interrogatif de la journaliste.

Alexandra la regarda, interloquée :

— Et vous exercez quelle profession ?

— Ingénieur en électronique, répondit la jeune femme très simplement, comme Fred. Je dirige des projets précisément dans le domaine de la sécurité et de la télésurveillance. Je vous ai déjà préparé ce que j'ai trouvé sur Eltrosys.

Pendant un instant, Alexandra considéra ses interlocuteurs, répartis autour de la table en teck. Ils étaient tous les trois des pros dans un domaine utile pour la mission qu'ils s'étaient assignée. Elle voyait mal comment ses propres compétences journalistiques allaient pouvoir leur être d'une quelconque utilité. À cet instant, elle se sentait plus proche des enfants qui jouaient à se poursuivre autour d'eux que des adultes présents. Elle ne se sentait pas à sa place au milieu de tous ces experts. Quant à Marie, elle ne savait pas encore si elle devait la détester d'être à la fois si belle et bardée de diplômes ou si elle devait seulement l'admirer.

—Je vous propose de pénétrer chez Eltrosys dès cette nuit, proposa Philippe. Nous sommes en cavale et je sais que mes collègues vont finir tôt ou tard par nous réaccéder.

—Qu'espères-tu trouver ?

—Cette société intègre dans des systèmes un composant électronique pour lequel plusieurs personnes ont été assassinées. Nous devons découvrir à quoi servent les cartes électroniques qu'ils fabriquent, et ce, avant dimanche. C'est tout ce que nous avons comme informations. Alexandra a failli être tuée en enquêtant sur le concepteur de la puce. Quelqu'un d'influent a intérêt à ce que nous ne trouvions rien. J'ai même l'impression que mes propres employeurs ne sont pas très clairs sur cette affaire.

Malgré la chaleur et le grand soleil, la journaliste fut parcourue d'un frisson au souvenir des événements de la veille, qui, paradoxalement, lui paraissaient déjà loin.

—J'ai complété ce que tu avais déjà trouvé sur Eltrosys, intervint Marie. La société est connue pour son activité dans la conception et la production de systèmes et de cartes électroniques dans le domaine de l'automatisme et du contrôle. J'ai le dossier complet de l'installation que mon entreprise a mise en place chez eux. C'est assez surprenant, car leur niveau de protection contre les intrusions n'est pas si haut, pour une entreprise qui travaille sur l'intégration de composants militaires. La bonne nouvelle, c'est que je suis certaine que nous pouvons facilement en venir à bout

—Y a-t-il un gardien ou des chiens ? demanda Darlan.

—Pas à ma connaissance. Dans un certain sens, c'est assez logique. Ils travaillent, au moins en théorie, pour le mode civil et n'utilisent pas de technologie brevetée.

La fille de Fred et Marie s'approcha d'Alexandra, lui prit la main et interrompit la conversation qu'elle trouvait passablement inintéressante :

—Tu sais qu'on a un souterrain caché chez nous ? Tu veux le voir ? Viens, je te montre.

Fred intervint :

—Pas maintenant, Elora, on a du travail, tu leur feras visiter la maison plus tard.

—Mais tu avais dit qu'on pourrait montrer à Philippe nos caches secrètes ! intervint son frère jumeau, toujours très complice avec sa sœur. Depuis qu'ils sont arrivés, vous ne faites que parler travail, c'est pas drôle.

—J'ai dit que vous pourriez leur faire visiter la maison, mais je n'ai pas dit quand. Rassure-toi, ils vont rester quelques jours.

Les enfants s'éloignèrent, visiblement contrariés.

—Ils ont l'air de bien s'entendre, remarqua Alex.

—Ne vous y trompez pas, répondit Marie en repositionnant une mèche de cheveux qui s'égarait sur son front. Lorsqu'ils sont ensemble, c'est assez rare qu'ils arrivent à jouer plus de dix minutes avant qu'un drame n'éclate. Pour autant, je vous souhaite d'avoir les mêmes que nous, finit-elle en s'adressant au couple invité.

Darlan et Alexandra s'agitèrent un instant sur leur siège, mal à l'aise devant l'équivoque. La journaliste décida de clarifier les choses :

—Nous ne sommes pas ensemble vous savez, en fait nous nous sommes vus pour la première fois hier soir. Je ne voudrais pas qu'il y ait de malentendu.

—C'est aussi ce que nous a dit Philippe, la coupa Marie, presque déçue. J'espérais que c'était une de ses habituelles pirouettes pour ne pas avoir à parler de ses bonnes fortunes… C'est un grand timide, vous savez.

Elle reprit, après les avoir tous les deux observés :

—Dommage, le beau Philippe mériterait quelqu'un comme vous.

Darlan décrocha un grand sourire à la jeune femme, ce qui agaça Alexandra.

—Oui, eh bien ce n'est pas le cas, intervint-elle, un peu trop brutalement. Et je ne vois pas bien comment ça pourrait l'être.

—Mais rassurez-vous, lança le policier, qui se sentit obligé de répondre. Je ne suis pas intéressé non plus… il vous manque un peu de couleurs pour être à mon goût.

—Confidence pour confidence, je n'imagine pas avoir envie un jour de vous intéresser, ni même d'être à votre goût, répliqua t-elle d'une voix à peine maîtrisée en affichant un sourire grimaçant.

Sentant les choses déraper, Fred intervint en rigolant :

—Ne vous chamaillez pas, Marie a toujours été marieuse, n'est-ce pas, ma chérie ? Si l'on compte tous les couples qu'elle a formés, on pourrait ouvrir une agence de rencontres.

—Tu exagères, mon chou… même s'il est vrai que j'ai casé la plupart de tes amis !

—Je sais, certains me le reprochent encore d'ailleurs…

Il reprit un air sérieux :

— Bon, si nous revenions à nos moutons ? Nous avons un plan de bataille à mettre au point et seulement quelques heures pour tout préparer. Nous y avons déjà réfléchi, Marie et moi : cette visite nocturne chez Eltrosys est un truc de fou, mais nous avons, je pense, une réponse pour toutes les difficultés.

— Vous ne pouvez pas savoir ce que c'est stimulant pour l'intellect de préparer un cambriolage, compléta Marie, nous nous sommes amusés comme des fous depuis hier.

— Si vous nous expliquiez ? finit Alex d'une petite voix, effacée devant tant de conviction et de détermination.

Chapitre 23

Lyon. DCRI. Jeudi, 17 h 30.

Patrick Brune tentait désespérément de calmer son chef, le commissaire divisionnaire Giraud. Ce dernier tournait autour de la table de réunion comme un fauve en cage. Les autres membres de l'équipe attendaient patiemment dans cette pièce adjacente à la salle de contrôle opérationnelle que l'orage de colère se calme.

— Comment est-ce possible que nous ayons pu nous faire berner depuis des années par quelqu'un travaillant chez nous ? Est-ce que vous imaginez dans quelle merde vous me mettez ? Personne ne s'est rendu compte de rien ?

Il scruta les visages des six hommes aux traits fatigués, répartis autour de la table. Pietri esquissa le geste de lever le doigt puis se ravisa, un peu trop tard. Giraud perçut le mouvement et se tourna vers le petit homme à l'embonpoint généreux :

— Oui Pietri ? Vous avez quelque chose à dire pour expliquer ce désastre ?

Le policer sembla rétrécir sur sa chaise pendant un instant, puis se redressa. Il s'éclaircit la gorge :

— Eh bien en fait, monsieur, lorsque Darlan a été nommé pour superviser la mise en place des passerelles de sécurité entre les différents centres, j'avais alerté tout le monde que ce n'était pas sécuritaire de confier ça à un des meilleurs analystes de la maison et ancien taulard de surcroît. Je crois bien que j'avais vu juste.

Voyant Giraud prêt à exploser de s'entendre dire que l'erreur pouvait éventuellement venir de lui, le commandant Brune intervint en venant se placer à la droite du commissaire :

— Pietri, ce que tu oublies de dire, c'est que tu avais fait une demande pour occuper le poste. Je me souviens bien de ton rapport. Tu avançais ces arguments uniquement pour prendre la place. Darlan a été jugé plus compétent, et c'est le cas. Alors, ne viens pas nous raconter que tu savais. Cela dit, j'ai largement contribué à sa nomination et j'attends que l'enquête aboutisse pour décider si je dois regretter ce choix.

— Pour moi, y a pas de doute. Darlan est toujours un *hacker*, c'est tout.

— Dis-moi, Pietri, tu étais dans l'équipe d'intégration ici lors de la mise à jour des systèmes, et tu n'as rien découvert de particulier, que je sache. J'imagine pourtant que tu as bien cherché, n'est-ce pas ? Peut-être était-ce parce qu'il n'y a rien à découvrir !

— Effectivement, je n'ai rien trouvé, mais ça ne prouve rien. Quand je vois le matos qu'il a chez lui, il n'y a plus de doute.

— Je ne suis pas d'accord, il a effectivement plein de machines, mais impossible de savoir ce qu'il en faisait.

— Taisez-vous tous les deux ! coupa Giraud. Ce qui m'importe n'est pas de comprendre qui a raison et qui a tort. Je me fous de savoir ce que Darlan pouvait faire avec le matériel que nous avons trouvé chez lui… Ce que je veux, c'est savoir où sont passés Darlan et la fille.

Brune se tourna vers son chef, en fronçant les sourcils, cherchant dans le regard du commissaire les informations qui lui manquaient pour comprendre :

—Mais rien ne nous dit qu'ils sont ensemble ; pour l'instant Darlan a disparu, mais de là à imaginer qu'il est avec la journaliste, je ne vois pas la connexion…

—J'imagine que vous ne vous êtes même pas posé la question. Vous avez cherché les empreintes de la fille chez lui ?

—Non, répondit Brune, sur la défensive, pourquoi aurions-nous dû faire ça ?

—Parce qu'elle a certainement passé la nuit chez lui, voilà pourquoi !

Triomphant, Giraud sortit de la poche intérieure de sa veste deux photos imprimées au format A4. Il déplia la première soigneusement avant de l'exhiber avec un sourire satisfait, qui sur son visage froid, s'apparentait à une grimace. Ses yeux bleus acier brillaient.

Prise dans une station-service sur l'autoroute, la photo montrait Darlan sortant de la BMW. Du côté passager, on distinguait la silhouette d'une femme sans pouvoir l'identifier.

—Voilà ce qu'obtiennent les gens qui bossent bien.

—Comment avez-vous eu ça ?

—Je viens de recevoir ça de mon homologue de Clermont-Ferrand. Lorsque j'ai compris que Darlan pouvait nous avoir doublés, j'ai préféré demander de l'aide à un autre centre. Clermont expérimente un nouveau système qui recherche dans toutes les bases de données des caméras sur les lieux publics.

—Oui, on voit bien que Darlan était dans sa voiture, mais rien ne nous dit que c'est la journaliste, hasarda Brune.

Giraud sortit la deuxième photo. Cette fois, le doute n'était plus possible. La caméra les avait filmés tous les deux dans la boutique d'une station-service sur l'autoroute :

—Et là, ça vous va mieux ? Nous savons maintenant que Darlan et la journaliste sont partis dans sa BMW et ont quitté la région…

Puis, s'adressant à Brune :

— Vous voyez, votre protégé n'est pas aussi doué que ça. Il savait que nous étions en mesure de lire les plaques sur les péages d'autoroute. Mais il ne savait pas que le système d'analyse automatique des images des caméras était déjà opérationnel. Il est fort, mais nous avons quand même encore un peu d'avance. Si je ne vous ai rien dit avant, c'est que je pense qu'il a peut-être encore des amis ici, finit-il en parcourant les visages. Je vous avertis tout de suite, je serai au courant s'il y a la moindre fuite. Ne vous y risquez pas si vous voulez garder votre poste.

—Où vont-ils ? demanda l'un des agents.

—Vers l'ouest, mais nous ne pouvons pas le tracer. Il a dû changer ses plaques. La recherche automatique sur son immatriculation n'a rien donné.

—On peut faire une analyse sur toutes les plaques aux péages d'entrée et de sortie de ce tronçon, proposa Pietri. En réduisant la plage horaire pendant laquelle ils ont pu les franchir, ça ne devrait pas prendre la nuit. Lorsque nous aurons leurs plaques, nous n'aurons aucun mal à les tracer, où qu'ils soient.

—Faites ça, intervint Patrick Brune.

Il fit une pause avant d'ajouter en hochant la tête :

—Ça me sidère que Darlan ait pu se foutre dans ce merdier; J'arrive pas à le croire. Putain, mais qu'est-ce qui lui a pris ?

Le commandant parut un moment abattu. Il avait gardé pour lui les deux coups de fil qu'il avait passés à Darlan le matin même et s'en félicitait maintenant. Avec son côté parano, le commissaire aurait eu tôt fait de le mettre sous surveillance. Si effectivement Darlan était en cavale avec la fille, il savait qu'il serait très compliqué de les retrouver. Le policier était beaucoup plus doué que la moyenne des gens pour contourner les systèmes de surveillance et de *tracking*.

Il devait faire un choix difficile qu'il n'avait jamais imaginé devoir faire. Et il fallait agir vite. Il se leva, regarda sa montre plusieurs fois, puis se dirigea vers la porte de sortie :

— Bon, je pense que nous devons tous nous y mettre sans perdre de temps, je vous laisse.

Giraud le regarda partir sans réagir, mais agacé que son second quitte la salle sans son accord.

Chapitre 24

Guérande. Jeudi, 18 h 10.

Darlan et Fred marchaient en discutant d'un pas rapide vers la porte Saint-Michel. Ce solide bastion flanqué de deux tours de garde surmontées de toits en ardoises constituait la porte principale de l'ancienne cité médiévale. De part et d'autre, les remparts, impeccablement restaurés, donnaient aux visiteurs l'impression de pénétrer dans une ville hors du temps. La vieille ville, ainsi ceinturée de ce mur d'enceinte partiellement entouré de douves, était accessible uniquement par une des quatre portes fortifiées. Plutôt bien préservée des assauts des bétonneurs patentés, la cité médiévale offrait un cachet unique qui attirait des milliers de touristes chaque année.

Alexandra suivait les deux hommes quelques mètres derrière, bien décidée à joindre à l'utile un moment de balade agréable. Depuis toujours attirée par les vestiges du passé, elle ne se lassait pas du charme des endroits chargés d'histoire. En cela, la cité et ses alentours, rehaussés de légendes bretonnes, lui correspondaient à merveille.

Le passage de la porte leur offrit un courant d'air qui les rafraîchit brièvement de la chaleur lourde qui régnait partout dans le pays depuis presque deux semaines. Alexandra apprécia tout particulièrement la caresse du vent qui se prit dans la robe légère et courte qu'elle avait enfilée à la hâte avant de rejoindre les deux hommes qui l'attendaient déjà dans la voiture. Elle ne regrettait pas son choix et se surprit même à apprécier de porter les toilettes de l'ancienne copine créole de Darlan.

La chaussée pavée de la rue principale de la vieille ville était bordée, de chaque côté, de commerces très orientés tourisme pour la plupart. Heureusement, on y trouvait également des boutiques artisanales qui présentaient des produits de la région et quelques galeries qui exposaient des œuvres d'artistes locaux. Alexandra fut surprise par le nombre de touristes déambulant dans la rue, un jour de semaine, en dehors des vacances scolaires. Elle se prit à envier ces chanceux qui pouvaient se permettre d'apprécier la balade sans devoir se presser. L'ombre des maisons commençait à repousser le soleil jusqu'au milieu de la rue. Les passants se déplaçaient instinctivement du côté gauche afin de gagner quelques précieux degrés de fraîcheur.

***

Fred les avait conduits dans la cité pour rechercher les équipements et produits indispensables au bon déroulement de leur mission nocturne. Devant la liste impressionnante que Fred et Marie leur avaient présentée, Darlan s'était gentiment moqué en prétendant qu'ils allaient faire concurrence à *L'agence tous risques*, en référence à la célèbre série. Il les avait mis au défi de trouver tous les ingrédients listés.

—Je ne connais pas de meilleur endroit qu'un petit magasin situé dans la vieille ville pour dénicher ce dont nous avons besoin pour notre expédition, avait répondu Fred.

Depuis le coup de fil de Darlan, la veille au soir, leur hôte s'était lancé dans la préparation de leur mission comme si sa vie en dépendait. Il avait été aidé par son épouse Marie et ses connaissances dans les systèmes de sécurité, indispensables pour déjouer les systèmes d'alarme et la surveillance des caméras vidéo. Une heure plus tôt, il avait exposé son plan d'action et les moyens à mettre en œuvre pour parvenir au résultat. Alex et Darlan s'étaient montrés attentifs et avaient fini par se persuader que le plan de Fred pouvait raisonnablement marcher. Chaque question qu'ils posaient trouvait sa réponse dans l'instant :

— Comment allons-nous passer le grillage ?

— Nous n'aurons pas à le passer, nous pénétrerons dans l'enceinte par la falaise. C'est le seul endroit qui n'est pas sous alarme.

— À quoi va servir la meuleuse sur batterie ?

— Si nous avons à ouvrir une armoire forte, ça peut suffire à couper les gonds.

— Comment couper l'alarme de l'entrée principale ?

— Les alarmes ont été installées par ma société, nous savons exactement comment contourner les protections.

— Je commence à me demander si vous êtes vraiment les novices que vous prétendez être dans le métier de cambrioleurs, s'interrogea Alex.

— Nous allons inaugurer cette sympathique activité ce soir. J'ai vraiment hâte de découvrir ce qui se cache derrière cette série de meurtres. Je pense qu'après ça, mon blog va s'enrichir d'une nouvelle page qui va faire couler de l'encre…

***

Alexandra se retourna pour prendre une photo de la porte de la vieille ville, vue de la rue. Elle remarqua, sur le toit, le drapeau noir et blanc de la Bretagne. Dans la tour de gauche s'ouvrait une porte qui menait au musée de la ville par un escalier en colimaçon dont on apercevait les premières marches.

Darlan et Fred s'arrêtèrent quelques secondes pour l'attendre :

—Désolé d'avoir à vous dire ça, Alexandra, commença le policier sans chercher à masquer son impatience, mais nous n'avons pas de temps pour le tourisme ; je vous rappelle que tout doit être prêt pour cette nuit et que nous avons encore le repérage à faire avant le coucher du soleil.

—À vos ordres, lieutenant, répondit la jeune femme du tac au tac avant d'ajouter : Y a pas à dire, vous savez parler aux femmes !

—Désolé, répondit-il avec un sourire forcé qui traduisait son exaspération. Je n'ai pas de temps pour les ronds de jambe. On a décidé ensemble de récupérer des infos chez Eltrosys. Tout le monde a beaucoup travaillé pour que nous ayons une petite chance de réussir, alors oui, nous devons rester concentrés et ne pas nous laisser distraire par cette jolie cité.

Fred assista à l'échange sans intervenir. Darlan lui avait confié, quelques minutes avant de partir, qu'il regrettait d'avoir embarqué Alexandra dans cette aventure. Il la trouvait futile et ne voyait pas bien en quoi elle allait pouvoir les aider. Fred l'avait finalement convaincu que les compétences de la jeune femme allait immanquablement leur apporter un plus. Il se demanda si le discours du policier n'avait pas pour but de dissuader la jeune femme de les accompagner.

Leurs pas les amenèrent vers le haut de la rue Saint-Michel. Quelques dizaines de mètres avant d'arriver à la grande place où s'élevait la collégiale, ils s'arrêtèrent à la hauteur d'une boutique sur la gauche. Derrière une devanture en bois peint en bleu et des vitrines à l'ancienne, ils découvrirent un étonnant bric-à-brac. Certains objets, disparus depuis longtemps des cuisines, figuraient encore en bonne place dans cette boutique hors du temps : du presse-purée au moulin à légumes mécanique en passant par des lampes à pétrole et des moulins à café manuels. Une autre spécificité du magasin résidait dans l'offre bricolage. Loin des présentoirs dépouillés des supermarchés où tout est vendu en sachet, on pouvait ici acheter des vis à l'unité et des clous et pointes au poids, du fil électrique au mètre…

Devant les yeux ébahis d'Alexandra, Fred présenta au couple de quinquagénaires qui tenait le magasin une liste qu'elle pensait impossible à satisfaire, puisqu'on y trouvait pêle-mêle : de la corde, un grappin, une meuleuse sur batterie, un pied-de-biche, des talkies-walkies, du papier d'aluminium, de la pâte à coller, des lampes frontales et quelques autres objets divers.

Le commerçant s'intéressa un instant à la liste, regarda Fred par- dessus ses lunettes et déclara avec le sourire :

—Hé bien ! monsieur Berthoin, d'habitude j'arrive à deviner ce que vous bricolez, mais là j'avoue que je sèche !

Avec le même sourire, Fred répondit du tac au tac, sur le ton de la confidence :

—En fait, c'est pour un cambriolage, j'espère que nous n'avons rien oublié.

Sans sourciller, l'homme regarda attentivement la liste puis répondit sur le même ton, sans rire :

—Pour le coffre, il vous faudrait de l'explosif, mais je n'en ai plus en stock.

Moins de vingt minutes plus tard, ils repartaient chargés de leurs emplettes et à la grande surprise d'Alexandra, il ne manquait rien. Le simple fait d'acheter tout ce matériel lui fit prendre la mesure de la mission qu'ils s'étaient assignée : rentrer par effraction dans une entreprise protégée et y rester suffisamment longtemps pour découvrir l'usage des composants spécifiques inventés par Fallière. Sans se faire prendre si possible. Elle se demanda un instant s'ils allaient vraiment en être capables, s'ils n'avaient pas sous-estimé les difficultés. Elle ne doutait pas tant des capacités des deux hommes que des siennes. Les sports extrêmes qu'elle pratiquait lui conféraient l'assurance de la maîtrise de ses gestes, mais elle ignorait si cette expérience l'aiderait à vaincre son stress lors d'une action illégale, comme celle qu'ils s'apprêtaient à commettre.

Après avoir fait quelques pas sur la place de la collégiale Saint-Aubin, à la demande d'Alexandra, Darlan insista pour repartir au plus vite. La journaliste aurait volontiers aimé flâner dans les rues, entrer dans la collégiale d'où montait le son des grandes orgues qui portait jusque dans la rue. Elle répondit sur un ton un peu sec :

— On n'est pas aux pièces, la nuit ne tombe qu'à vingt-deux heures et nous avons prévu de passer à l'action à deux heures du matin.

Se méprenant sur les intentions de la jeune femme, et convaincu qu'elle paniquait à l'idée de s'introduire chez Eltrosys, Darlan regarda son ami Fred d'un air entendu avant de s'adresser à Alexandra.

— Désolé de vous brusquer, mais on doit s'en tenir à nos plans. Si vous voulez renoncer, vous le pouvez encore. Je comprends que tout cela vous fasse peur, mais Fred est convaincu que vous pouvez nous être utile. Nous ne serons pas trop de trois pour fouiller les locaux et trouver ce que nous cherchons. Ne vous inquiétez pas, vous n'aurez rien à faire que de nous suivre lorsque nous vous aurons ouvert.

La journaliste soutint le regard du policier, vexée de s'entendre dire qu'elle pouvait avoir peur même si, en vérité, ce sentiment étrange la tenaillait. Elle pensait pourtant s'en être définitivement débarrassée après son premier saut à l'élastique, dix ans plus tôt :

— N'imaginez pas que vous allez me mettre sur la touche, je ne vous ai pas attendu pour entrer chez Fallière et je ne pense pas m'être dégonflée.

— Oui, sans doute, mais dans le même temps, j'ai quand même dû venir vous récupérer avant que vous ne finissiez carbonisée.

Frédéric Berthoin s'interposa :

— Bon, ça va, tous les deux ? Si vous voulez mon avis, vous commencez par la fin. On dirait un vieux couple. À tel point que quand je vous vois vous chamailler comme ça, j'ai beaucoup de mal à croire que vous vous êtes rencontrés hier soir pour la première fois.

Fred se plaça entre la journaliste et Darlan :

— Alexandra, je vous promets que quand tout cela sera fini, je vous inviterai à passer une semaine ici et je vous ferai découvrir notre belle région. Vous aurez tout le temps nécessaire pour visiter. Ça vous va ?

La journaliste retrouva le sourire et prit le bras de Fred pour marcher à ses côtés :

— Bon d'accord, Fred, la mission d'abord, mais n'imaginez pas que je vais oublier votre promesse. J'aurai beaucoup de plaisir à revenir… seule, pour découvrir votre belle région, finit-elle en posant un regard appuyé sur le policier.

— Je n'ai qu'une parole.

Darlan haussa les épaules en regardant son ami, se demandant comment il faisait pour supporter cette fille :

— Bon, maintenant que ces bonnes résolutions sont prises, j'imagine que nous allons pouvoir nous concentrer sur la mission.

Chapitre 25

Batz-sur-Mer. Jeudi, 19 h 10.

Lorsqu'ils revinrent à la maison sur la falaise, chargés de trois grands sacs, le soleil commençait à décliner dans le ciel, sans pour autant perdre encore de sa lumière. Marie les accueillit dans le grand salon avec enthousiasme en leur montrant les tenues « spécial cambrioleur » qu'elle venait d'acheter à Saint-Nazaire. Tee-shirt noir et pantalon de toile assortis pour les hommes, et une combinaison justaucorps une pièce pour Alexandra. La panoplie comportait également, pour tous, une cagoule et des gants. Fred réagit le premier :

—Non chérie, c'est pas possible, on avait dit seulement une cagoule et des gants, pas tout cet attirail ! s'emporta-t-il.

—Ne me gâche pas mon plaisir, répondit-elle avec autorité en replaçant une mèche brune dans sa coiffure abondante. Tu ne veux pas que je participe ce soir. Alors, au moins laisse-moi m'occuper des costumes. Ce n'est pas négociable. Vous n'allez pas à une partie de pêche et c'est sérieux. Tout doit être pensé, vous risquez gros si vous vous faites arrêter.

—Mais enfin, Marie, on ne va pas mettre ça...

—Ce n'est pas négociable, termina-t-elle avec un sourire entendu.

—Bon, si tu insistes, capitula-t-il en s'excusant d'un regard auprès de ses amis.

—J'insiste ! termina-t-elle.

Alexandra manipula la combinaison qui lui était destinée. Elle trouvait un peu caricatural de s'habiller tout en noir pour une opération comme celle qu'ils envisageaient, pas franchement convaincue que le fait de se déguiser pour faire comme dans les films soit vraiment utile. D'autre part, elle se serait bien contentée des mêmes équipements que les hommes :

—Vous êtes sûre que je dois enfiler ce truc ? demanda-t-elle.

—Bien sûr que tu dois, répondit Marie avec beaucoup de sérieux. Elle avait adopté spontanément le tutoiement avec elle. Tu verras, tu te sentiras à merveille là-dedans, et je suis certaine que ça va t'aller comme un gant. C'est à la fois souple et résistant. D'ailleurs, je veux tous vous voir dans dix minutes ici, équipés complètement pour que je puisse vérifier que tout va bien.

Fred regarda Darlan et Alex en souriant et en secouant la tête :

—Soyez assurés que ça ne m'amuse pas non plus, mais je connais Marie, si elle a décidé que nous devions mettre ça, je ne vois pas bien comment nous pourrions faire autrement. Ses ancêtres bretons lui ont transmis le gène de la ténacité.

—Ça fait plaisir à entendre, mon chéri !

Darlan connaissait assez ses amis pour savoir que sous cette attitude désinvolte, ils avaient travaillé d'arrache-pied sur la préparation de leur « mission » et que l'humour débridé dont ils faisaient preuve masquait en fait leur angoisse d'oublier un point essentiel.

Dix minutes plus tard, Marie s'était installée sur le canapé du grand salon avec une vue directe sur le hall d'entrée et l'escalier monumental qui conduisait aux étages. La pièce, haute de plafond, était richement décorée d'un mélange harmonieux de meubles anciens et de décorations modernes. Les murs blancs étaient ornés de tableaux colorés ou d'objets d'origines diverses ramenés au gré des voyages. Le tout, sans être trop chargé, donnait à la pièce un cachet et une chaleur qui mettait immédiatement à l'aise les hôtes qui y pénétraient.

Les jumeaux, assis de part et d'autre de leur mère, attendaient patiemment le défilé qui s'annonçait. Elora avait même pris soin de prendre un cahier dans lequel elle avait tracé trois colonnes dans l'intention de noter Fred, Philippe et Alex. Sur les conseils de sa mère, elle avait prévu trois critères : élégance, défilé et… sérieux…

Les deux premiers à paraître furent Darlan et Fred qui descendirent l'escalier d'un pas rapide, pressés d'en finir avec l'examen.

Marie détailla les deux hommes avec attention, sans qu'il leur fût possible de déterminer si elle s'attachait à l'aspect technique ou si elle s'amusait de leur faire jouer le rôle de mannequin pour son propre plaisir et celui de ses enfants. Habillés en noir à l'identique : tee-shirt à manches longues, pantalons de treillis noir, cagoule et gants assortis, les deux hommes n'étaient reconnaissables qu'à leur silhouette : Darlan, plus grand et élancé, Fred plus râblé et les épaules plus carrées. Après quelques instants de silence, elle lâcha enfin un commentaire.

— Tu es à croquer, mon chéri, dit-elle avec un grand sourire à son mari. On dirait vraiment un braqueur de banque, comme dans les films. Moi qui aime les *bad boys*, je suis gâtée... Et toi Philippe, heureusement que je suis mariée à ton complice, sinon je ne répondrais de rien.

—C'était ça ton idée ? Organiser ce petit défilé pour nous chambrer ? demanda Fred, en se retenant pour ne pas pouffer de rire devant la mine réjouie de sa femme, heureuse de faire marcher les deux hommes.

—Note bien, intervint Darlan entrant dans le jeu de ses amis, qu'en ce qui me concerne et vu ma couleur de peau, je pense que je peux me passer de la cagoule, non ? D'autant que je ne supporte pas trop ces machins. De plus, on crève de chaud là-dessous !

—Pas du tout, ça te va très bien, vous en pensez quoi, les enfants ?

—Maman, on peut avoir un costume comme ça aussi ? demanda Amaury, le jeune garçon, ce serait super pour jouer avec mes amis...

—Je te promets que je vous en ferai un très bientôt, mais pour l'instant, c'est une affaire de grands. Et toi Elora, tu leur mets combien ?

—J'ai mis dix-huit à papa et vingt à Philippe.

—Pourquoi j'ai seulement dix-huit ? s'étonna Fred.

—Il m'a promis de nous emmener à Disneyland Paris.

—Je proteste ! Le jury a été acheté.

—Bon, peut-être que je vais augmenter ta note si on peut aller avec vous ce soir. On sait que vous allez faire des trucs super cools.

—Pas cette fois, répondit Marie. Là, c'est vraiment un truc de grands, mais si tu es sage, tu pourras emmener Alexandra et Philippe jusqu'au bateau demain.

—En passant par notre passage secret ?

—Oui, mais si tu en parles, ce ne sera plus un secret. D'accord ?

—C'est moi qui vais leur montrer, décida son frère.

—Non ! Maman, c'est déjà lui qui l'a fait la dernière fois.

— C'est pas vrai, j'ai juste ouvert la porte dans la cave !

— Papa, tu m'avais promis que ce serait moi qui pourrai leur montrer…

— Stop ! intervint Fred en forçant la voix, habitué aux querelles sans fin entre ses deux enfants. Amaury, tu montreras à Philippe et Elora tu emmèneras Alexandra, chacun votre tour, ça vous va comme ça ?

Les deux enfants se regardèrent, tentant de déterminer si l'un ou l'autre en retirait un quelconque avantage. Finalement, ils acquiescèrent d'un hochement de tête.

— Qu'y a-t-il de si passionnant à visiter ? demanda Alexandra qui était restée jusque-là derrière les hommes et partiellement cachée par la porte.

— C'est un secret, répondit Fred tout en enlevant sa cagoule, si je te le dis, va falloir que je supporte les reproches de ces deux-là pendant une semaine au moins.

Darlan s'était retourné au son de la voix derrière lui. Il resta un instant à regarder Alexandra puis laissa échapper un sifflement admiratif dont il regretta aussitôt la grossièreté. La jeune femme portait le vêtement noir à même la peau. Celui-ci soulignait avec élégance ses formes à la fois déliées et musclées. Ainsi vêtue et avec la cagoule dissimulant son visage et ses cheveux, elle semblait plus grande et élancée qu'à l'habitude. Une silhouette féline, pensa le policier, incroyablement attirante. Il dut reconnaître qu'elle ne le laissait pas indifférent. Il sentit en lui un frisson agréable qui ne s'était pas manifesté depuis longtemps. Il la trouvait toujours aussi agaçante et insupportable, c'était un fait, mais il venait de découvrir que sous le caractère capricieux et imprévisible de la journaliste se cachait une très jolie femme. Il avait fallu qu'elle disparaisse entièrement sous un vêtement pour qu'enfin il la remarque.

Marie, toujours attentive, ne manqua pas de remarquer le regard appuyé que Darlan posait sur sa compagne de cavale. Consciente de l'embarras qu'Alexandra éprouvait à réaliser l'exercice de l'examen des tenues et du regard sans équivoque du policier, Marie s'en tint à des propos purement pratiques et professionnels :

— Ma chère Alex, je pense qu'avec ça, tu seras complètement invisible dans le noir et que tu ne ressentiras aucune gêne pour franchir le mur avec la corde. Tu me fais penser à Catherine Zeta-Jones dans le film *Haute Voltige*. Tu te sens bien dedans ?

— Si j'omets le fait d'avoir l'impression de me balader nue, je dirais que cette combinaison est très agréable à porter, c'est comme une seconde peau. J'espère juste qu'elle ne va pas se déchirer au moindre geste. Quant à me comparer à Catherine Zeta-Jones, c'est gentil, mais j'aimerais bien avoir ses formes.

Darlan s'apprêta à dire quelque chose puis se ravisa.

— Rassure-toi, c'est très résistant, continua Marie. Et pour passer le mur, tu n'auras pas grand-chose à faire, les deux costauds là te tireront.

— À moins que ce ne soit moi qui les aide à monter, répondit Alex qui souriait sous sa cagoule.

Chapitre 26

Lyon. DCRI. Vendredi, 0 h 30.

Marc Pietri exultait. Ayant écrit dans un temps record une macro de filtrage sophistiquée, il lui avait fallu moins de quatre heures pour identifier avec certitude la BMW de Darlan, malgré sa fausse immatriculation, et la pister sur les autoroutes de France. Il s'était installé au poste de travail de Darlan, le seul qui possédait l'autorisation de Giraud pour les accès transverses à tous les systèmes. Il connaissait bien toutes les subtilités que Darlan avait mises en place et il n'avait pas hésité à utiliser les ressources partagées des ordinateurs de tous les centres régionaux pour trier les millions d'images que lui déversaient les disques de stockage des caméras de surveillance des péages et des stations-service. Depuis près d'une heure, les images et la géolocalisation de la BMW s'affichaient sur un écran à part. La liste des points ne cessait de grandir et leur affichage décrivait maintenant assez précisément, sur une carte de la France, l'itinéraire qu'ils avaient emprunté. Pietri décida qu'il pouvait maintenant en informer sa hiérarchie. En fait, il aurait déjà pu le faire depuis une demi-heure, dès qu'il avait eu une information précise sur la destination. Mais il voulait peaufiner sa présentation, comme l'aurait fait Darlan, mieux que lui peut-être. Une seule chose tempérait sa joie au moment de livrer ses informations : le fait que le commissaire Giraud ne soit plus là pour assister à son triomphe.

Ce dernier avait fini par se résoudre à rentrer chez lui pour se reposer après avoir assuré la permanence pendant presque trente-six heures d'affilée. Son adjoint, le commandant Patrick Brune, avait pris le relais et supervisait les travaux de la petite équipe encore présente dans la grande salle.

Marc Pietri ne l'appréciait pas. Il le trouvait trop « lisse », trop gentil et trop consensuel. L'analyste pensait que seuls les forts et les ambitieux méritaient de progresser, et de faire progresser ceux qui les aidaient précisément à atteindre leurs objectifs. Brune ne semblait animé d'aucune ambition. Il se satisfaisait de son poste d'adjoint, et de sa capacité à traiter tout le monde avec égalité. Avec des notations à la hauteur, il aurait pu accéder au corps des commissaires par le biais du recrutement au choix, encore que le recrutement parallèle des commissaires se soit tari depuis quelques années. Depuis la création de la DCRI qui regroupait maintenant la Direction de la Surveillance du Territoire (DST) et la Direction centrale des Renseignements Généraux (RG), l'ambiance se révélait souvent tendue entre les officiers et les commissaires des deux anciennes directions. Même si, après plusieurs années difficiles, la DCRI avait maintenant trouvé son rythme de croisière, la tension entre les deux anciens services n'avait pas encore complètement disparu. L'avancement n'était plus le même, surtout depuis l'allongement des limites d'âge. Pietri restait convaincu que s'il prouvait au commissaire que ses talents valaient ceux de Darlan, il obtiendrait la promotion qu'il convoitait.

L'analyste afficha le résultat synthétique des points de passages de la voiture de Darlan sur l'écran principal. Il se redressa sur sa chaise dans laquelle il peinait à faire tenir ses cent dix kilos, puis fit signe à Brune :

— Commandant, je les ai localisés, vous pouvez venir voir ?

Brune se positionna à côté du gros informaticien et observa avec attention les informations restituées sur l'écran. Il visualisa ainsi le parcours de Darlan et Alexandra sur la carte de France. Sur l'image, des petits drapeaux étaient affichés à chaque endroit où la voiture avait été formellement identifiée. En bas à droite, plusieurs photos présentaient la BMW et, sur l'une d'entre elles, le visage très reconnaissable du policier, sortant apparemment du magasin d'une station-service de l'autoroute. Une photo qui ne venait pas de la sous-direction de Clermont-Ferrand, mais que Pietri avait récupérée par lui-même.

— Très bien, le commissaire va être content, nous avons enfin une piste. Bon travail. J'ignorais qu'on pouvait faire ça. Ces machines ne cesseront jamais de m'impressionner. Vous avez déterminé leur destination finale ?

— En fait, cette fonction n'existait pas, intervint l'informaticien, sans répondre à la dernière question. Pour tracer la voiture de Darlan, j'ai modifié une macro existante que nous utilisons sur les caméras de quartier et j'y ai ajouté des filtres pour…

— Désolé, Pietri, le coupa Patrick Brune, mais je n'ai pas trop de temps pour les détails, vous savez où ils sont ?

Piétri rongea son frein de ne pouvoir faire pleinement comprendre à son chef la difficulté de ce qu'il venait d'accomplir dans un temps record. Il en vint un instant à regretter l'absence de Darlan, certainement le seul qui aurait pu apprécier à sa juste valeur son travail. Mais Darlan était passé à l'ennemi maintenant.

—Leur piste s'arrête à Guérande, en Bretagne, répondit-il. La voiture n'est pas réapparue sur une caméra depuis 14 h 58. Pour moi, ça veut dire qu'ils y sont toujours. Nous devrions peut-être envoyer une équipe là-bas, hasarda-t-il. On a du monde à Nantes, ce n'est pas loin.

—Guérande ? Que vont-ils faire là-bas ? Que cherchent-ils ? questionna Brune sans répondre à la suggestion de Pietri.

—Peut-être une nouvelle connexion avec l'ETA. Nous n'avons pas eu de mouvement dans la région depuis l'arrestation de deux membres de l'ETA à Carnac en 2009.

—Je ne pense pas, répondit le commandant distraitement en écartant l'informaticien.

Il s'installa devant la console et zooma sur la région de destination. Toute la presqu'île s'affichait maintenant, depuis La Baule jusqu'au Croisic, mettant en évidence, en son centre, l'étendue des marais salants. Il chercha un moment, essayant de deviner ce qui, sur cette carte, pouvait les avoir conduits dans la région.

—Ne faites rien pour l'instant. Vous avez fait du très bon travail, Pietri. Vous pouvez rentrer chez vous vous reposer maintenant. Passez les consignes à Pelletier, afin qu'il puisse réagir s'ils se remettent à bouger.

—Vous n'en informez pas le commissaire ?

—Le commissaire est resté trente-six heures en poste, je ne l'appellerai que si la situation l'exige. Pour l'instant rien ne presse. Nous maîtrisons la situation. Nous aurons tout le temps de monter une opération demain. Vous êtes ici depuis déjà trop longtemps, vous avez besoin de repos comme tout le monde et je veux pouvoir compter sur vous en cas de besoin.

—Mais nous savons dans quelle région ils se trouvent, nous pourrions au moins mettre une surveillance en place pour éviter qu'ils ne se déplacent ?

— Écoutez, Pietri, votre travail, c'est de fournir des informations, et je dois reconnaître que dans ce domaine vous êtes très fort, sans doute autant que Darlan. Pour le reste, vous n'êtes pas celui qui prend les décisions, simplement parce que vous n'avez pas tous les éléments, pas toutes les informations. Ce rôle de décisionnaire, voyez-vous, c'est celui du commissaire, et le mien en tant qu'adjoint. Est-ce que vous me comprenez ? C'est ce qu'on appelle un ordre ! Ça vous pose problème ?

Marc Pietri faillit se lever de sa chaise pour manifester son mécontentement. Devant l'air déterminé de son supérieur, il resta assis et essaya la méthode douce en faisant valoir ses mérites :

— Je devrais peut-être rester quand même, je ne suis pas fatigué et je me connais, je n'arriverai pas à dormir.

Il jeta un coup d'œil à ses deux camarades encore présents sur les consoles, quelques mètres plus loin, et reprit, en parlant suffisamment bas pour qu'ils n'entendent pas :

— Avec Darlan, je suis le meilleur analyste. Je connais toutes ses techniques et je sais comment il pense. Par ailleurs, il n'a plus accès à tous ces joujoux ici donc j'ai l'avantage. Je ne veux pas dénigrer mes collègues, mais ils n'ont absolument pas le même niveau.

— Le commissaire sait déjà tout ça. Pas d'inquiétude, l'équipe de garde suffira amplement pour le reste de la nuit. Rentrez chez vous et reposez-vous, nous aurons besoin de vous demain en pleine forme. Il ne se passera plus rien ce soir.

Marc Pietri sentait confusément qu'il venait d'être écarté du plus important, mais il se plia à la décision de son supérieur. Si une qualité lui manquait incontestablement, c'était bien le courage.

Chapitre 27

Guérande. Vendredi, 2 h.

Darlan avait garé sa BMW dans un chemin agricole, sous des arbres, à deux cents mètres à peine de la clôture encerclant l'usine Eltrosys.

L'entreprise était située légèrement en dehors de la ville et isolée de la zone d'activité qui bordait la route de La Baule. De dimensions modestes, à peine 3000 m², l'unique bâtiment de plain-pied était entouré d'une haute clôture anti-intrusion dont le sommet, courbé vers l'extérieur et muni de sectionneurs, en rendait impossible le franchissement. Selon Fred et Marie, la faiblesse du système de sécurité résidait dans les cinquante mètres de mur d'enceinte qui bordait le côté ouest du périmètre. Cet imposant mur de six mètres de haut en pierres de granit était un des rares vestiges du corps de ferme qui avait jadis occupé les lieux. Recouvert par endroits de petites fougères poussant dans les interstices entre les pierres, il contrastait aujourd'hui avec le modernisme de l'usine, construite quinze ans auparavant. Darlan s'était demandé si ce rempart avait été conservé par choix ou par obligation.

Les clôtures s'arrêtaient aux limites du mur, et rien d'autre que la hauteur de l'obstacle ne semblait en interdire le franchissement. Les deux caméras de surveillance, placées à l'intérieur du périmètre filmaient respectivement le portail et la porte d'entrée du bâtiment principal de l'usine. D'après les angles de vue, Fred avait conclu qu'aucune des deux caméras ne pouvait avoir le mur dans son champ.

Dans la voiture, Fred, Darlan et Alexandra attendaient depuis cinq minutes, en finissant de revêtir la cagoule et les gants qu'ils avaient essayés quelques heures plus tôt.

Conformément aux prévisions de Fred, la lune, haute dans le ciel, était dans sa phase montante et quasiment pleine. L'astre éclairait la campagne avec suffisamment d'intensité pour que les apprentis cambrioleurs puissent envisager de se passer complètement d'éclairage additionnel. Pas un nuage ne troublait la pureté du ciel et les étoiles leur apparaissaient de plus en plus nombreuses à mesure que leurs yeux commençaient à s'accoutumer à l'obscurité. Ils distinguaient déjà les détails environnants. Les ombres des arbres se détachaient sur le fond de ciel étoilé. Le bitume de la route reflétait la lumière sélène et semblait briller dans la nuit d'une lueur blanchâtre. Aucune feuille ne bougeait, comme figée par un instantané. La chaleur commençait à s'immiscer dans la voiture aux fenêtres ouvertes. La fraîcheur de la climatisation n'était plus qu'un souvenir. Attentifs aux bruits extérieurs, redoutant d'entendre un bruit de moteur s'approcher, ils purent apprécier le concert nocturne que leur offrait la campagne bretonne environnante. Un chien aboya au loin sans qu'il leur soit possible de définir à quelle distance ni dans quelle direction il se trouvait.

—Encore cinq minutes et on y va, chuchota Darlan, surpris d'avoir à forcer la voix au-delà du murmure pour couvrir les bruits de la nuit.

—Pourquoi on attend ? demanda Alexandra.

Darlan répondit d'une voix neutre, luttant pour ne pas demander à Alex d'arrêter de poser des questions et de se concentrer uniquement sur la mission.

—Juste pour s'assurer que personne n'a remarqué la voiture, et parce que j'ai envie de profiter un peu de ce moment paisible.

La journaliste ne répondit pas à la boutade. Darlan, sans vraiment le chercher, s'était naturellement imposé comme leader. Fred et Marie avaient pensé toute l'opération, préparé les plans, listé le matériel, trouvé les endroits où se le procurer, mais il leur semblait également naturel de lui faire confiance.

Il s'en défendait, mais il aimait commander, décider, autant d'ailleurs qu'il détestait recevoir des ordres. Il n'avait pas oublié que ce trait de caractère lui avait valu pas mal de déboires dans sa jeunesse. Certainement une des raisons qui l'avait amené à travailler en solitaire.

Alexandra, pourtant forte de son caractère également assez indépendant, accepta son leadership sans trop discuter : sans lui, elle serait morte dans l'incendie de l'appartement de Fallière ; sans lui, elle n'aurait jamais eu l'idée de venir en Bretagne pour continuer l'enquête en pénétrant chez Eltrosys.

En revanche, la journaliste évitait soigneusement de lui faire croire qu'elle suivrait ses ordres sans discuter. Elle était persuadée que si elle adoptait une autre attitude, il continuerait à se comporter comme un gamin avec elle. Elle détestait son manque de tact, et plus encore sa brusquerie. Au risque de l'agacer, elle demandait donc des justifications à chacune des décisions du policier.

Pourtant, en fin d'après-midi, il était parvenu à se racheter en lui permettant de contacter sa chef et amie Françoise.

***

Après une demi-heure de travail ininterrompu sur l'ordinateur de Fred auquel il avait couplé certains de ses propres équipements, il avait finalement déclaré en lui tendant le casque micro :

—Ma chère Alexandra, vous pouvez appeler qui vous voulez, où vous voulez. Je souhaite bien du plaisir à ceux qui nous recherchent. J'en connais qui vont s'arracher les cheveux, finit-il avec un petit sourire.

—Comment avez-vous fait ? avait-elle demandé, remarquant qu'il semblait très désireux de lui donner les détails techniques de son « exploit ».

Darlan lui expliqua comment, à partir de l'équipement d'origine de Fred, déjà extrêmement bien protégé, il avait pu établir une chaîne de communication par un logiciel de téléphonie sur Internet. Outre le fait que naturellement, ce logiciel offrait un niveau de cryptage qui mettait à mal la plupart des systèmes d'espionnage, Darlan était parvenu à masquer la ligne par une succession d'adresses Internet réelles. Par jeu, il avait choisi l'adresse privée de Marc Pietri comme origine virtuelle de la communication. Il riait de la bonne plaisanterie qu'il faisait à son collègue, en espérant bien que celui-ci parviendrait à contourner toutes les protections jusqu'à cette soi-disant source.

Alexandra avait donc pu contacter son amie Françoise.

—Alex ? Où es-tu ? commença la rédactrice en chef, d'une voix où transparaissait une émotion mal contenue.

—Je ne peux pas te dire où je suis. Je voulais prendre de tes nouvelles. Tu as été libérée ?

—Oui... À cause de toi j'ai passé la nuit en garde à vue, sans pouvoir prévenir mon mari et mes enfants ! Sans pouvoir même contacter un avocat. J'ai été interrogée sans arrêt par quatre flics de la DCRI. J'ai passé un moment génial, termina-t-elle avec une vraie ironie teintée d'amertume.

—Comment ça, à cause de moi ?

—Tu t'es bien foutue de moi, Alex. Au début je ne voulais pas le croire, je t'ai défendue. Ils m'ont présenté les preuves, indiscutables. Un historique des déplacements, grâce à la position de ton téléphone. À plusieurs reprises, tu te trouvais comme par hasard au même endroit et au même moment que des membres présumés de l'attentat du TGV. Certains ont été pris, mais toi tu es toujours parvenue à passer entre les gouttes.

—Mais de quoi tu parles, Françoise ? Comment peux-tu imaginer un instant que j'aie quoi que ce soit à voir avec des terroristes ? C'est n'importe quoi !

—Tu me connais, je ne juge jamais sans preuve. Ils ont aussi des photos où on te voit avec Ben Al Kari, un de ceux qui ont été tués pendant la descente de police à Vénissieux, il y a six mois. Je ne crois pas qu'à ce niveau d'implication, ça puisse être encore du journalisme. Les flics sont convaincus que tu les aides, que tu les renseignes.

—Françoise ! C'est moi, Alex : tu me connais depuis longtemps. Comment peux-tu croire des conneries pareilles ?

—Tu fais comme tu veux. Moi je te conseille de te rendre à la police immédiatement. Pour le reste, je pense que tu comprends que nous devons mettre fin à notre collaboration. Le journal ne peut pas se permettre de continuer à employer quelqu'un qui est clairement lié au terrorisme. Je n'ai rien de plus à te dire, Alex.

— Tu me vires ?

Alex n'obtint pas de réponse. Elle regarda l'écran de l'ordinateur pendant encore trente secondes après que l'icône de communication se soit éteinte. Françoise avait raccroché. Elle reçut la nouvelle de son éviction comme une gifle. Comment sa meilleure amie pouvait-elle être convaincue des propos qu'elle venait de lui tenir ?

Darlan avait suivi la conversation, au moins les mots qu'Alexandra avait prononcés, suffisamment pour comprendre l'essentiel et la détresse de la jeune femme. Il posa la main sur son épaule et la regarda dans les yeux. Elle se déroba, évitant son regard.

— Ne soyez pas surprise. C'est une technique bien connue. Votre amie Françoise a eu devant les yeux des preuves bidon, mais difficilement détectables. Le but était de lui faire croire que vous êtes complice d'un mouvement terroriste. Derrière ça, il y a deux objectifs : déstabiliser le suspect interrogé et isoler celui qu'on recherche encore.

Alexandra regarda le policier sans comprendre :

— Vous voulez dire que la police française est capable d'inventer des preuves quand c'est nécessaire ?

— Pas la police, les services de renseignements et de contre-terrorisme. Vous vous en souvenez sans doute, après l'attentat du TGV, le gouvernement a pris des mesures exceptionnelles, qui ont été votées par le Parlement. Des mesures, proches dans leur application, du *Patriot Act* américain. Elle donne des pouvoirs quasiment illimités au service, sans qu'il ait à se justifier dans le détail, ni à s'encombrer d'avocats pendant les gardes à vue. Des suspects peuvent ainsi être gardés au secret sans procès pendant une durée illimitée ; nous pouvons espionner, écouter, suivre, interroger absolument tout le monde, sans avoir véritablement à rendre des comptes.

Les seuls arbitres sont les commissaires et, au-dessus, le ministère de l'Intérieur.

—Vous voulez dire que vos copains viennent de ruiner ma carrière, simplement parce qu'ils nous prennent pour des terroristes ?

—Je ne peux malheureusement rien y faire. Je sais que ça ne va pas vous aider à accepter, mais, moi aussi, je viens de faire une croix sur ma carrière. Notre seule option maintenant, c'est de réussir ce que nous avons entrepris et prouver que nous sommes innocents.

***

Alexandra sortit de ses pensées alors que Darlan décidait que l'heure était venue de passer à l'action :

—Je pense qu'on peut y aller maintenant, lança-t-il après avoir une dernière fois vérifié qu'aucun véhicule ne s'approchait de la zone, heureusement peu fréquentée, où se trouvait le mur qu'ils avaient décidé de franchir.

Ils s'éloignèrent de la voiture en direction de la clôture d'enceinte en prenant soin de marcher dans l'ombre des arbres pour rester invisibles d'un observateur éventuel. Darlan prit la tête de l'équipe. Les trois silhouettes cagoulées se déplaçaient comme des ombres mouvantes. Le mur fut rapidement atteint. Sous l'éclairage lunaire, il leur parut plus haut que ce qu'ils avaient évalué l'après-midi. Par endroits, des lierres avaient envahi la pierre. À d'autres, des petites fougères poussaient sur des lits de mousse. Toutefois, la plus grande partie du mur restait vierge de toute végétation.

Conformément au plan qu'ils avaient soigneusement préparé, Fred avait la charge du matériel de franchissement et de son utilisation. Il sortit de son sac le grappin et la corde. Avec des gestes précis qui firent penser à Alex qu'il s'était beaucoup entraîné, Fred enroula la corde dans sa main gauche en vérifiant qu'aucune boucle ne risque de s'accrocher lorsqu'il effectuerait son lancer. La journaliste se recula de deux pas pour évaluer le geste que Fred aurait à faire pour passer le grappin par-dessus le mur. Au moment où son regard portait sur le haut de l'enceinte, elle perçut un bref reflet brillant. Elle fut assaillie par un pressentiment.

Fred tenait la corde de la main gauche et commença à imprimer des mouvements de balancier de la main droite.

Alex bougea la tête pour se replacer exactement au même endroit et selon le même angle, pour revoir ce qui avait attiré son regard. Dans son mouvement, elle discerna cette fois un fil tendu sur le sommet du mur, visible à deux endroits entre les petites fougères qui habillaient le haut du mur, sans doute trop fin pour qu'ils aient pu le distinguer de jour. Au moment où Fred allait lâcher la corde en haut de la trajectoire qu'il venait d'imprimer au grappin, Alexandra se précipita et, avec son bras, arrêta le mouvement au milieu de sa course.

— Non, attends, cria-t-elle.

Le grappin alla cogner dans le mur à mi-hauteur dans un fracas métallique.

— Qu'est-ce qui te prend ? lança Darlan d'un ton sec, stressé par le bruit qui avait mis tous ses sens en alerte. Il avait usé du tutoiement envers la jeune femme sans même s'en rendre compte.

— Moins fort, souffla-t-elle en se tournant vers lui. Il me prend qu'il y a un fil, là-haut. Certainement une alarme, sinon je ne sais pas ce qu'il ferait là.

Fred s'approcha d'elle et se tordit le cou pour trouver le bon angle. Il finit par apercevoir lui aussi le mince trait reflétant la lumière au milieu des fougères

—Je le vois aussi. Merci Alex, dit Fred. Sans ton coup d'œil, on commençait par activer une alarme avant même d'être entré.

Darlan s'excusa :

—Excusez-moi, Alexandra, je me suis demandé un instant ce qui vous passait par la tête.

—Merci Philippe, mais je crois que tu peux continuer à me tutoyer maintenant que tu as commencé.

—O.K., répondit-il distraitement. C'est bien, mais maintenant il va falloir trouver un autre moyen de pénétrer à l'intérieur, on va devoir essayer de couper le grillage en dérivant les fils.

—Ça ne marchera pas. C'était ma première idée, mais il y a plusieurs fils, dont certains sont spécifiquement prévus pour déclencher l'alarme si on les court-circuite. Marie a pu se procurer les plans du système de surveillance de l'usine, mais pas ceux des clôtures. Je ne parierai pas là-dessus.

—Je vais grimper, déclara Alex très simplement.

Depuis une minute, elle observait l'arrangement des pierres, visualisant celles qui feraient un bon appui pour ses pieds, et d'autres dont les interstices paraissaient suffisamment profonds pour offrir une prise à ses doigts fins, évitant toutes les zones recouvertes par la végétation qui cachait les détails du mur.

—Tu es sûre que tu veux grimper ça ? s'interrogea Fred, sceptique. Il n'y a pas de prises.

—Demande à Darlan, il va te dire que la grimpe à main nue est un des mes sports de prédilection. Étant donné que Marie a eu la bonne idée de m'acheter la tenue idéale pour la grimpe, je ne vais pas me priver. Et puis, ça fait longtemps que je n'ai pas eu un pauvre mur de six mètres à me mettre sous la dent.

— Tu peux m'appeler Philippe, coupa le policier, vexé que la jeune femme l'appelle par son nom de famille, comme le faisait la plupart de ses collègues.

— Bon, maintenant que les présentations sont faites, on fait quoi ? intervint Fred.

— Donne-moi l'extrémité de la corde.

Alexandra la noua autour de sa taille et sans plus de préalable, s'approcha du mur. Elle y apposa les mains, cherchant à déterminer la rugosité de la pierre, à vérifier si elle était friable. Après quelques secondes, elle enleva ses gants et sa cagoule, qui l'empêchait de respirer à sa guise. Elle revint vers Fred pour les lui donner.

— Je les remettrai dès que tu m'auras rejointe de l'autre côté.

Les deux hommes regardèrent, ébahis, la jeune femme commencer à escalader le mur avec souplesse. Collée à la paroi, elle choisissait ses prises avec soin. Elle atteignit le sommet trop tôt à son goût. Grimper de nuit dans ces conditions avait réveillé en elle ce goût pour les sensations fortes qui l'enivrait et lui procurait un profond bien-être. Le tissu fin et souple du justaucorps lui offrait une totale liberté de mouvement. Elle se promit de remercier Marie et de renouveler l'expérience sur une paroi digne de ce nom. Elle effectua un rétablissement tout en force et en souplesse pour se retrouver accroupie sur le haut du mur, dont la largeur atteignait les quatre-vingts centimètres.

Elle distinguait le fil qui courait sur le faîte sur toute la longueur, tendu tous les deux mètres sur des piquets métalliques scellés dans la pierre. Alex évalua la hauteur du fil au-dessus du mur à trois centimètres, ce qui devait lui suffire pour glisser la corde en dessous.

— Ça va ? hasarda Darlan, très impressionné par la performance de la jeune femme.

— Très bien. Ça fait un moment que je ne me suis pas amusée comme ça. Je vais remonter le grappin et le fixer de l'autre côté pour vous permettre de grimper avec la corde.

Elle s'attela à la tâche sans attendre la réponse. Elle sélectionna avec soin la pierre dans laquelle elle fixa le grappin, tira sur la corde pour s'assurer de la prise puis lança l'autre extrémité aux deux hommes après l'avoir passée sous le fil d'alarme. D'en haut, elle ne distinguait que deux formes noires. Fred monta le premier, les pieds contre le mur en s'aidant de la corde. Alex fut surprise de constater qu'il s'en sortait très bien malgré sa corpulence. Arrivé en haut du mur à peine essoufflé, Fred s'écarta un peu pour permettre à Darlan de les rejoindre. Celui-ci, chargé du sac à dos généreusement rempli du matériel préparé, parvint également à grimper sans difficulté.

Du haut de leur perchoir, ils purent vérifier que la disposition du bâtiment principal correspondait aux informations qu'ils avaient recueillies. Les trois comparses enjambèrent le fil avec précaution et regardèrent attentivement le bas du mur, côté usine, cherchant à détecter la présence d'un éventuel autre système d'alarme.

— Bon, je crois que nous pouvons descendre de l'autre côté, proposa le policier. Je ne vois pas d'autre fil.

Descendre à l'intérieur de l'enceinte de l'usine ne leur prit que quelques minutes. Ils devaient maintenant localiser puis couper le fil de la caméra de surveillance de l'entrée. Après avoir étudié la configuration du système de sécurité de l'entreprise, Marie avait acquis la certitude que les caméras ne faisaient pas l'objet d'une surveillance en temps réel. Les images ne devaient être consultées à distance par une société de surveillance qu'en cas de déclenchement de l'alarme.

Ils parcoururent les trente mètres de terrain gazonné qui les séparaient du bâtiment lui-même, s'efforçant de rester à l'ombre des quelques arbres disponibles pour progresser. Darlan eut la sensation, pendant un instant, de se retrouver dans un des stages qu'il avait suivis pendant son entraînement à l'école de police, le stress du « réel » en plus.

Arrivé par le côté du bâtiment, Fred put se faufiler jusqu'au mur situé derrière la caméra. Il parvint très rapidement à couper les fils avec une pince qu'il sortit d'une trousse fixée à sa ceinture. Il s'attacha ensuite à déconnecter le senseur du projecteur situé juste devant l'entrée principale d'Eltrosys, ce qui s'avéra encore plus facile. Au total, le trio ne resta dans la lumière qu'une vingtaine de secondes.

— C'est bon, déclara-t-il, en se retournant vers Darlan et en découvrant que celui-ci avait enlevé sa cagoule.

Ce dernier se justifia d'un haussement d'épaules, convaincu qu'avec la déconnexion des caméras et du projecteur de l'entrée, il ne pouvait pas être reconnu. Pour le reste, il considérait que sa couleur de peau constituait un camouflage suffisant.

Il ne pouvait deviner que quinze mètres plus loin, fixée à un réverbère, une caméra qu'ils n'avaient pas détectée filmait la scène et chacun de leurs mouvements. Il ne savait pas davantage que ces images étaient analysées et que son visage venait d'être reconnu par un logiciel sophistiqué.

Ils se retrouvèrent tous les trois devant le volet métallique fermé. Fred, bon dernier, enleva à son tour sa cagoule.

Sur le côté, un boîtier permettait de remonter le volet à l'aide d'une clé, l'alarme devant, quant à elle, être neutralisée par une carte à présenter devant la borne

Heureusement, Marie leur avait fourni une carte test, sorte de passe-partout électronique, qu'elle avait rapportée de son entreprise. Cette carte spéciale avait la particularité d'être reliée à un boîtier qui savait régénérer tous les codes utilisés pas les différents clients. L'existence de ces boîtiers et de ces cartes, destinées exclusivement aux techniciens de maintenance pour les dépannages, n'était pas connue du public et ce point n'était jamais évoqué lorsque des clients abordaient le chapitre de l'inviolabilité des mesures de protection. Marie devait absolument remettre l'équipement à sa place dès le lendemain matin pour éviter qu'un des techniciens ne s'aperçoive de sa disparition.

Suivant les recommandations de Fred, Darlan positionna la carte à un centimètre du récepteur et la maintint ainsi, sans bouger. Pendant ce temps, son ami manipulait un micro PC. Il lança une commande dont la fonctionnalité consistait à tester une par une toutes les séquences de code à un rythme très soutenu. En moins d'une minute, un voyant passa au vert sur l'écran de l'ordinateur et un petit clic se fit entendre de l'autre côté du volet métallique.

Malgré leur sans-faute jusque-là, aucun des trois équipiers ne dit un mot. Ils avaient tous en tête l'objectif de la mission. Alexandra brisa pourtant le silence d'une petite voix étouffée qu'elle aurait voulu désinvolte :

— C'est une impression, ou c'est trop facile ? Je m'étais imaginé plein de difficultés et finalement on a mis moins de dix minutes pour arriver jusque-là.

— Facile, tu plaisantes ? répondit Fred. Ce sera facile si on repart d'ici un petit quart d'heure avec les informations que nous sommes venus chercher, sans avoir déclenché la moindre foutue alarme. Pour l'instant, il nous reste à ouvrir ce volet et à localiser le serveur caché du reste du réseau.

Au moment où il finissait sa phrase, le volet métallique commença à s'ouvrir dans un bruit de claquements et de grincements qui semblait pouvoir s'entendre à des kilomètres à la ronde. Darlan souriait. Il n'avait pas perdu la main.

— Comment as-tu fait ? demanda la journaliste, le voyant manipuler deux petites tiges métalliques dont les extrémités étaient enfoncées dans la serrure du boîtier de commande du volet.

— Je te l'ai déjà dit, je n'ai pas commencé comme flic. J'ai même fait de la taule... Un de mes compagnons de galère était un expert dans l'art de crocheter les serrures et de contourner les alarmes. Après nos libérations respectives, nous sommes restés en contact. Il m'a appris son art, et moi le mien. J'ai pourtant la conviction qu'il est bien meilleur en *hacking* aujourd'hui que je ne le serai jamais en crochetage. Mais bon, un truc aussi simple que ce volet, c'est dans mes cordes.

— Apparemment, tu n'as pas perdu la main, c'est déjà ça, termina Fred, la main sur la poignée.

— On y va ?

Chapitre 28

Lyon. DCRI. Vendredi, 2 h 25.

—Brune ! Dans mon bureau !

Le commissaire Giraud venait de pénétrer dans le centre, accompagné par Pietri qui le suivait comme son ombre.

Patrick Brune se retourna d'un coup. Il ne chercha pas à dissimuler sa colère de voir ainsi le commissaire débarquer, très certainement prévenu par ce gros lèche-bottes de Marc Pietri. Sans discuter, le commandant suivit son chef vers son bureau. Au moment où il passa devant le gros analyste, il le toisa d'un regard sans équivoque. Il lui ferait payer ça. Il entra dans la pièce et ferma la porte derrière lui.

—Je peux savoir ce qui vous prend, commandant ? Pietri obtient une information capitale qui requiert de prendre des décisions immédiates, et non seulement vous oubliez de me prévenir, mais en plus, vous renvoyez Pietri chez lui, alors que c'est notre meilleur élément en l'absence de Darlan.

Sans se démonter et sans élever la voix, Brune répliqua :

— Commissaire, je sais encore analyser une situation. Ce que Pietri a découvert nous conduit dans une impasse pour l'instant. Il n'y avait aucune urgence à vous réveiller ni même à lancer je ne sais quelle opération. La seule chose que je regrette, c'est de n'avoir pas prévu que Marc Pietri ferait preuve d'initiative malheureuse en vous appelant. Il a tendance à ne pas savoir rester à sa place et…

— Commandant, je ne vous demande pas de charger vos hommes pour couvrir vos erreurs, coupa Giraud. Nous courons après Darlan et sa bande depuis plus de vingt-quatre heures, et pour une fois que nous avons la possibilité de le prendre, vous décidez de ne rien faire ?

— Commissaire, vous savez bien qu'il est impossible que Darlan puisse être lié avec cette histoire de terrorisme lyonnais ou avec l'attentat du TGV ! Pourquoi s'est-il enfui en Bretagne avec la fille ? Ça n'a pas de sens. Si nous les arrêtons maintenant, nous courons le risque de ne jamais pouvoir remonter au sommet. Je ne fais qu'appliquer vos méthodes, nous n'arrêtons jamais un suspect s'il peut encore nous faire progresser.

— Ce n'est pas la peine de me rappeler quelles sont mes méthodes, Brune ! En revanche, et c'est ce qui me surprend, vous semblez avoir oublié les vertus d'un bon interrogatoire. Je vous garantis que si nous mettons la main sur eux, ils nous diront ce que nous voulons savoir. Et plus cette affaire avance, plus j'ai envie d'avoir un suspect à interroger. Les deux derniers, qui auraient pu nous apprendre quelque chose, sont morts prématurément. Je n'aimerais pas avoir d'autres mauvaises surprises du genre.

Il fit une pause pour bien marquer l'importance qu'il donnait à ses propos.

—Dernier point, Brune. N'essayez plus jamais de me cacher des choses. C'est parfaitement inadmissible.

Il s'apprêtait à ajouter quelque chose lorsqu'il fut interrompu par un bruit de pas lourds qui montaient précipitamment les quatre marches de l'escalier. La porte de son bureau s'ouvrit à la volée sur un Marc Pietri essoufflé d'avoir pressé le pas sur quelques mètres :

—Je sais où ils sont, commença-t-il sans transition.

—Expliquez-vous !

Il commença un bout de phrase, puis s'interrompit quelques secondes, le temps de reprendre son souffle.

—Avant de partir, dit-il en jetant un bref coup d'œil à Brune, j'avais laissé mon algorithme de reconnaissance tourner sur toutes les caméras de la région où ils s'étaient apparemment arrêtés.

—Venez-en au fait, où sont-ils ?

—Je viens de relever une alerte de probabilité sur une usine située à Guérande.

—Une usine ? s'interrogea Giraud, que vont-ils faire dans une usine ?

—Si j'en crois les quelques images que j'ai visionnées, je pense à un cambriolage.

—C'est quoi, cette usine ? Ils fabriquent quoi ?

—Elle s'appelle (il regarda brièvement le bloc-notes qu'il avait gardé à la main) Eltrosys, c'est une boîte d'électronique.

—Très bon travail, Pietri.

Brune regarda alternativement les deux hommes, profondément agacé. Pour la deuxième fois de la journée, l'analyste avait choisi délibérément de s'adresser directement au commissaire et ce dernier n'avait rien fait pour lui rappeler de respecter l'ordre hiérarchique. Le commandant Brune comprenait clairement qu'il ne pouvait pas continuer à lutter contre la volonté de son chef direct. Il décida d'ignorer la présence de Pietri et de reprendre son travail sans discuter. Il trouverait bien un moyen de sanctionner le gros informaticien plus tard :

—Que devons-nous faire dans ce cas, commissaire ? commença-t-il. Nous n'avons pas beaucoup d'options.

Giraud observa son adjoint, essayant de déceler chez lui la conviction de ses propos.

—Que proposez-vous ? finit-il par dire pour le tester.

—Maintenant que nous savons précisément où ils sont, nous pouvons tenter quelque chose. Le risque réside dans le manque de préparation, de moyens et surtout de temps. Nous ne pouvons pas être certains qu'ils seront toujours là à l'arrivée de l'équipe. Nous pourrions faire appel au groupe d'intervention de la direction de Nantes, mais je ne suis pas très optimiste pour les délais de mise en place.

—Il leur faudra au minimum une heure trente pour venir de Nantes. Ils arriveront trop tard, intervint Giraud. Il nous faut trouver quelque chose d'autre, et vite.

—C'est également mon avis. À quelle heure la caméra a-t-elle relevé les images ? demanda-t-il en s'adressant au gros informaticien.

—Il y a un gros quart d'heure.

—On peut donc présumer qu'ils vont y rester encore un moment. Commissaire, je propose de faire appel au commissariat local pour qu'ils envoient une équipe.

—Je n'aime pas l'idée de mêler la police locale à nos actions... Mais c'est effectivement une solution. Appelez-les, et faites en sorte qu'ils envoient des hommes entraînés, avec armes et gilets. Contrairement à vous, je reste persuadé que Darlan et sa bande sont tout sauf des amateurs. Précisez-leur bien qu'ils sont potentiellement armés et dangereux. S'ils veulent un fax signé de ma part, venez me voir. Je vais informer mon homologue de Nantes de cette affaire et lui demander son concours. Si jamais la police locale rencontre une difficulté, je veux un plan B. Je leur demande une mise en place en hélicoptère.

Se tournant vers Pietri :

—Merci pour votre travail et pour m'avoir prévenu de la tournure des opérations. Continuez à surveiller leurs mouvements et venez m'informer s'ils ressortent. Autre chose : briefez un autre analyste sur l'utilisation de votre bidouille, je veux un autre agent sur le coup.

—Bien, monsieur, je fais ça tout de suite, acquiesça Pietri, masquant difficilement sa joie. Il s'inclina brièvement en guise de salut en sortant du bureau.

Giraud se leva de son fauteuil et fit quelques pas jusqu'à une armoire, posa la main sur la poignée, mais ne l'ouvrit pas : il se retourna, observa Brune, puis demanda :

—Puis-je compter sur le fait que vous allez vous en tenir à ce que j'ai demandé ? Sans me contredire davantage et sans chercher, cette fois, à outrepasser mes ordres ?

Patrick Brune soutint le regard de son chef pendant une seconde puis baissa les yeux, non par soumission, mais parce qu'il ne pouvait se payer le luxe d'échouer :

—Vous pouvez compter sur moi, commissaire, j'ai toujours agi pour le bien du service et je continuerai.

—Je l'espère bien! Je me fous de savoir si vous étiez ami avec Darlan et si vous méprisez Pietri. Seuls les résultats comptent. Notre mission ne doit pas dévier.

Chapitre 29

Guérande. Vendredi, 2 h 50.

Muni de sa lampe frontale, Darlan avait soigneusement examiné et mémorisé le plan d'évacuation incendie, situé sur le panneau d'affichage, à droite du hall d'entrée. Toutes les pièces, bureaux et ateliers y figuraient. Il ne lui fallut que quelques secondes pour identifier la salle où devaient se situer les serveurs informatiques de l'entreprise. Une fois les rôles répartis, les trois complices s'attelèrent à la tâche. Alexandra devait se charger du bureau de la direction et chercher dans les dossiers ce qui pouvait être confidentiel ; de trouver éventuellement un coffre et d'examiner les déchets d'impression éventuels restant dans les poubelles, près des imprimantes. Fred, selon son souhait, ferait le tour des bureaux. Il était convaincu que, comme dans la plupart des entreprises, les secrets finissaient souvent dans des dossiers négligemment posés sur les bureaux ou dans des piles de papiers qui n'attendaient que d'être rangés.

Alexandra n'eut que quelques mètres à parcourir pour trouver le bureau du directeur de l'établissement. Fermé ! Elle promena le faisceau lumineux de sa lampe sur les portes des bureaux contigus. Elle repéra celui de la secrétaire de direction. Elle actionna la poignée, craignant de trouver la porte fermée, mais la chance lui sourit. Elle entra et fouilla rapidement sur le bureau, impeccablement rangé. Un sous-main en cuir, une lampe design, quelques photos d'enfants, âgés de cinq à huit ans, et dont les couleurs avaient passé avec le soleil. On pouvait facilement imaginer que ces enfants devaient être aujourd'hui beaucoup plus grands qu'à l'époque de la prise de vue. La journaliste reposa le cadre, se félicitant après coup d'avoir pensé à remettre ses gants. Alex se sentait particulièrement calme et très attentive à tout, très sereine. Elle aimait ces moments où elle côtoyait le danger, où d'autres stressaient, quand elle parvenait à une grande maîtrise de ses émotions, de ses gestes. Elle ressentait à présent les mêmes sensations que lorsqu'elle était accrochée à une paroi ou suspendue sous un parapente, ce sentiment d'être aux commandes de son destin, d'exister.

Elle trouva les tiroirs du bureau de la secrétaire également verrouillés. Heureusement, elle mit rapidement la main sur la clé du meuble dans une boîte en marqueterie soigneusement rangée sur le bureau et réunissant pêle-mêle, stylos, crayons, gommes, trombones et autres ustensiles de bureau.

Ainsi que son intuition le lui avait soufflé, elle trouva au fond du deuxième tiroir, caché sous quelques papiers, un trousseau de clés estampillé « Direction ».

Quelques années plus tôt, elle avait dû subir un séminaire sur l'espionnage industriel, dans le cadre d'une série d'articles qu'elle écrivait alors en tant que pigiste. Ayant pris ce travail comme une corvée, elle n'en avait pas gardé beaucoup de souvenirs, excepté ce passage sur l'art de cacher les choses. Le conférencier avait démontré les faiblesses des cachettes que tout un chacun considère comme excellentes. La plupart des gens imaginent faire preuve de beaucoup d'originalité dans le choix des mots de passe ou des cachettes pour ranger les objets, des clés ou des informations confidentielles. Elle avait appris, sidérée, que les endroits simples où chercher représentaient 80 % des solutions. Ainsi, la plupart des gens « cachaient » le mot de passe de leur ordinateur sous le clavier, sous le téléphone ou sur une page de carnet caché dans un tiroir. De même, les cambrioleurs n'avaient aucun mal à découvrir les bijoux dans une maison, cachés souvent dans un tiroir dans des chaussettes, ou dans le congélateur. Les premiers pas d'Alexandra dans le monde du cambriolage venaient d'en apporter une preuve de plus.

Le secrétariat ne lui apprit rien d'autre, excepté le fait que l'assistante de direction entretenait une liaison avec son patron. Elle découvrit une pile de petits mots doux que l'occupante des lieux rangeait soigneusement au fond de son bureau. Sur l'un d'entre eux, son patron lui demandait de se rendre disponible pour un déplacement sur Paris, précisant avec de belles phrases, les extras auxquels il comptait l'inviter. La journaliste sourit malgré elle avant de ranger les papiers. Elle n'était pas là pour ça.

Fred remonta le couloir principal, examinant les étiquettes à l'entrée des bureaux où figuraient les noms et les fonctions. Par deux fois, il était entré et avait fouillé sommairement les locaux sans trouver quoi que ce soit d'intéressant. Aucun document concernant un projet de carte électronique intégrant le composant qu'il recherchait. Les fenêtres des pièces étaient fermées de volets métalliques. Il s'autorisa à allumer brièvement le plafonnier pour se repérer : bureau, armoire, dossiers.

Avant de quitter son domicile, Darlan lui avait remis un dossier avec tout ce qu'il avait trouvé sur le serveur de la société, du moins sur celui qui était accessible depuis l'extérieur. L'objectif étant de le familiariser avec les noms des projets et du personnel. Il les retrouvait effectivement dans les documents présents sur les bureaux. Il s'agissait, pour la plupart, de programmes de développement de cartes électroniques pour des lignes de productions automatisées. Rien de bien passionnant et rien qui puisse alimenter un complot. Manifestement, ils ne trouveraient pas aussi vite qu'ils l'avaient escompté. Ils avaient trop misé sur le laxisme qui s'installe inexorablement dans toute organisation lorsque la sécurité n'est pas une préoccupation naturelle. Mais là, l'équipe en charge du projet devait appliquer des consignes de sécurité stricte, ce qui indiquait qu'on attachait une importance particulière à ce projet caché. Il parcourut le couloir jusqu'à son extrémité, là où une double porte s'ouvrait sur une zone de production.

Darlan bataillait depuis plusieurs minutes avec la serrure du local qui abritait les serveurs informatiques de la société, sans parvenir à la faire céder. Il suait à grosses gouttes et le temps semblait couler entre ses doigts à mesure qu'il tentait de crocheter la serrure. La porte, sur laquelle figurait le panneau : « Salle serveurs. Accès réservé. » était beaucoup plus difficile à forcer qu'il ne se l'était imaginé. Lui aussi avait grandement sous-estimé le niveau de protection de l'entreprise. Cela confortait son opinion selon laquelle le secret qu'ils cachaient devait être à la mesure du niveau de sécurité. Après dix minutes d'effort, il sut qu'il ne parviendrait pas à crocheter la serrure.

Bêtement planté devant cette porte fermée, il s'en voulait d'avoir claironné qu'il viendrait à bout de toutes les difficultés sans avoir recours à la force brutale. Il décida de passer à une méthode plus expéditive et sortit le pied-de-biche de son sac. Au premier essai, il sut que, là aussi, il devrait s'armer de patience. Sous la peinture du montant venait d'apparaître un renfort métallique. Il coinça à nouveau le pied-de-biche dans le petit interstice qui séparait la porte de son montant et exerça une pression. Le levier ripa dans un claquement métallique et une nouvelle écaille de peinture vola dans la pièce. Il eut pendant un instant une envie furieuse de taper un grand coup sur la porte pour passer sa colère. Il espérait que ses deux complices auraient plus de succès, mais il ne se sentait pas prêt à laisser tomber. Il ne voulait pas offrir à Alexandra l'opportunité de lui envoyer une pique de plus. Encore qu'il lui arrivait de se sentir flatté qu'elle lui accorde de l'intérêt, même dans ces conditions.

Il recula d'un pas et examina le couloir de part et d'autre de la porte. Sur la droite, trois mètres plus loin, il avisa une petite pièce où étaient centralisés les moyens d'impression, de photocopie et de reliure. Il pénétra dans le local et sonda le mur séparant cette pièce de celle des serveurs informatiques qu'il cherchait à atteindre. Il utilisa sa main comme un marteau. Le son qu'il perçut indiqua que la cloison était creuse. Il avait peut-être la solution. Il espérait juste ne pas tomber sur une paroi blindée derrière le panneau de plâtre. Darlan déplaça quelques cartons remplis des rames de papier pour l'imprimante. Sans plus attendre, il utilisa son pied-de-biche pour attaquer la cloison. Ainsi qu'il l'avait espéré, il traversa la paroi dès le deuxième coup. Utilisant la barre métallique comme levier, il eut tôt fait d'ouvrir un trou suffisant pour lui permettre d'entrer dans la pièce voisine.

Darlan se faufila dans l'ouverture et s'introduisit dans la salle serveurs. Grâce à sa lampe frontale, il trouva rapidement l'interrupteur de la pièce. La lumière du plafonnier illumina la dizaine d'ordinateurs qui ronronnaient dans cette salle climatisée. Retrouvant ses réflexes de *hacker*, Philippe Darlan repéra très vite un serveur, un peu à l'écart, et dont les connexions s'étendaient jusqu'à une baie de brassage informatique où étaient connectés une multitude de câbles et qui n'était pas reliée aux ordinateurs des autres bureaux. Cela lui confirmait que certaines informations confidentielles de la société se trouvaient bien stockées uniquement sur une machine dédiée, non reliée à l'extérieur, ni même au réseau principal. Il s'installa devant la console, bien décidé à arracher les secrets d'Eltrosys.

Chapitre 30

Paris. Salle de crise, niveau - 5. Rue des Saussaies. Vendredi, 2 h 50.

Dans la grande salle de réunion où se géraient les crises dans le plus grand secret, les trois hommes présents à cette heure tardive discutaient avec animation. Ils attendaient l'appel de l'agent de terrain. Les cravates dénouées, les manches remontées, les tasses de café réparties sur la table ovale : la fatigue avait eu raison du protocole et de la bienséance. Les deux autres membres qui constituaient l'équipe de crise avaient été mis au repos forcé dans une partie annexe du bâtiment. Le chef de cette cellule, un haut fonctionnaire très proche du ministre, avait décidé une heure plus tôt de laisser tomber la cravate, ce qu'il ne s'autorisait qu'exceptionnellement. Il accusait la fatigue. Bien davantage que l'heure tardive, c'était le poids de ses responsabilités qui lui tombait sur les épaules. Quoi qu'il en coûte, il devait réussir. L'échec n'était tout simplement pas une option. Il risquait beaucoup plus que sa carrière politique. Ses commanditaires le lâcheraient sans vergogne en cas de gros problèmes ou de fuite dans les médias.

La décision d'accepter la mission s'était imposée à lui lorsqu'on lui avait demandé de piloter la réalisation de l'idée, de la vision, de leur chef. Il avait su dès le début qu'il ne s'agissait pas d'une demande, mais d'un ordre ; qu'il n'avait pas le choix, mais qu'en cas de réussite, sa carrière serait placée sur des rails. Il aurait pu refuser. Il serait retourné à son travail d'avocat-fiscaliste, sa formation d'origine avant l'ENA. Mais il avait d'autres ambitions. L'origine du programme remontait à deux ans plus tôt, quelques semaines à peine après les attentats. Il avait été nommé, avait constitué son équipe, et mis en œuvre le programme. Tout avait été parfait jusque-là. Il disposait de tous les moyens nécessaires pour l'opération, pour acheter des complicités et pour s'assurer de la fidélité des quelques personnes qui étaient dans la confidence. Il s'était pris à songer régulièrement à sa future place au sein du nouveau gouvernement, après les élections, et pas seulement le matin en se rasant. Les problèmes techniques et de gestion du secret avaient été gérés de façon magistrale. Il avait reçu les félicitations du ministre, un soir, lors d'un entretien privé, pour son sens aigu de l'organisation et de la gestion des affaires sensibles. Tout avait été parfait, jusqu'à ce jour, deux semaines plus tôt, le lendemain du premier tour des élections.

Il se souvenait des mots de son collaborateur lorsque celui-ci l'avait informé qu'un fouineur, un handicapé étranger, se posait beaucoup de questions sur le composant clé, qui portait le nom de « Blackbox » dans leurs dossiers. Il commençait à en parler autour de lui. Cet incident ne lui avait pas paru vraiment d'importance. Comment cet homme pouvait-il nuire à l'opération ? Avec aussi si peu d'informations, il avait attendu presque une journée avant de décider de réunir son équipe, dans la salle de crise où il passait aujourd'hui beaucoup plus de temps qu'il n'aurait dû. Il avait examiné les options qui s'offraient à eux. Un seul objectif : éviter les fuites, éviter les questions. Un de ses adjoints, un ancien des RG, lui avait suggéré la solution. Il avait parlé dans des termes choisis où aucun mot n'a sa vraie signification, des phrases où l'on parle de « traiter » le problème grâce à un agent « actif », « d'effacer les preuves » comme on efface un fichier de son ordinateur. Cela ne changeait pas la réalité des choses, mais au moment de prendre certaines décisions, le poids des responsabilités semblait plus facile à absorber. L'ordre avait été donné, collectivement, façon subtile de partager, ou de diluer la responsabilité.

Cette nuit, et malgré la climatisation et l'air conditionné, il transpirait et se sentait cloîtré entre ces murs. Plus l'échéance finale approchait, plus il lui semblait voir le terrain des événements se dérober sous ses pieds.

La sonnerie du téléphone résonna dans la pièce. Un de ses adjoints décrocha en main libre.

— Nous vous écoutons.

— Monsieur, intervint la voix dans le téléphone rond, placé au milieu de la table. Nous savons ce qu'ils font, et où ils sont.

La voix laissa passer quelques secondes que les trois hommes présents perçurent comme des minutes, puis elle reprit :

— Ils sont chez Eltrosys.

— La société qui réalise le cœur des machines ! précisa un des hommes autour de la table. Ce n'est pas possible. Comment ont-ils pu remonter jusqu'à Eltrosys en si peu de temps ?

— Comment les avez-vous retrouvés ?

— Un de nos analystes a eu la bonne idée de recenser toutes les caméras de la région et d'y rechercher Darlan, la journaliste, ainsi que leur voiture. Nous avons établi approximativement leur parcours dans la journée.

— Qu'est-ce qui vous fait croire qu'ils ont pénétré dans cette usine ?

— Notre agent a remarqué qu'une des caméras de cette société a cessé de fonctionner moins d'un quart d'heure après que leur voiture a été filmée à cinq kilomètres de là et pas revue depuis sur d'autres caméras. Il a suivi son intuition et les a repérés sur une autre caméra de la société. Ils sont trois. Un homme accompagne Darlan et la journaliste.

— Ils y sont encore ?

— Ça doit faire un peu plus d'une demi-heure maintenant qu'ils sont entrés. J'ignore s'ils sont déjà repartis. Autre difficulté, une voiture de police a été envoyée pour les intercepter. Je pense qu'ils arriveront trop tard. Darlan est trop bien informé sur nos procédures pour s'éterniser là bas.

— Vous savez où les cueillir ? Vous savez où est leur base de repli ?

— Non, monsieur, pas exactement. C'est dans la région, et pas loin de Guérande, à mon avis. Les moyens dont nous disposons sont considérables, je suis certain que je trouverai rapidement.

Le haut fonctionnaire réfléchit un instant, regardant tour à tour ses hommes puis le téléphone :

— Nous ne pouvons pas nous permettre qu'ils soient arrêtés et interrogés. Pouvez-vous faire quelque chose pour les prévenir ?

— Je dois pouvoir arranger ça. Vous souhaitez vraiment qu'ils s'échappent ?

— Nous n'avons pas le choix. S'ils sont arrêtés et interrogés, nous ne pourrons plus maîtriser les choses. Faites ce qu'il faudra et informez-nous en temps réel de l'action de la police. S'ils sont arrêtés, je veux être le premier à en être informé.

— Et s'ils sont déjà partis ?

— Alors, localisez-les et faites intervenir votre homme. Nous n'avons que trop tardé. Vous devez régler cette affaire de manière définitive et rapidement. Mais je veux également que vous vous assuriez que le problème ne s'est pas déplacé une fois de plus. Votre homme saura faire ? Avez-vous quelqu'un d'autre en renfort, si besoin ?

— Mon agent est un professionnel du renseignement et de l'action sur le terrain. Bien sûr qu'il saura faire. Mais si je peux me permettre, cela dépasse l'engagement initial. Ça fait trois personnes à éliminer maintenant, et je ne suis pas certain que le compte s'arrête là.

— Taisez-vous, s'emporta la haut fonctionnaire. Je ne veux pas de détails et vous le savez ! insista-t-il en haussant la voix. Je ne veux rien savoir de vos méthodes. Seul le résultat m'intéresse et, en l'occurrence, je veux que la mission qui nous a été confiée se déroule conformément à mes attentes. Me suis-je bien fait comprendre ? Si c'est une histoire d'argent, vous savez bien que ce n'est pas un problème, alors, agissez et cessez de vous plaindre.

La voix hésita un instant avant de répondre, docile.

— Bien monsieur. Je vous rappelle lorsque ce sera fait et je fais en sorte de m'assurer qu'il n'y aura pas d'autres fuites.

La voix reprit :

— Mon agent sera sur place dès demain. Et ne vous inquiétez pas, j'ai plusieurs autres contacts prêts à intervenir en cas de besoin. Mais vous devrez augmenter le montant des liquidités disponibles, vous comprenez. Le double devrait faire l'affaire.

— Très bien, nous comptons sur vous, répondit le haut fonctionnaire, sans relever ni commenter la dernière requête.

Un des hommes autour de la table coupa la ligne du téléphone :

—Nous sommes un peu démunis, à attendre ici que son homme de main fasse le travail, dit-il. Ne devrions-nous pas mettre en place une deuxième équipe ?

—Vous croyez qu'il va réussir ? demanda le responsable à ses deux collaborateurs.

—Très probablement, monsieur, répondit l'ancien militaire qui portait encore le grade de général. J'ai entièrement confiance dans ses méthodes et dans le personnel qu'il recrute. Dans le passé, il a été sous mes ordres dans les forces spéciales, il s'y est distingué et a conservé un carnet d'adresses qui lui permet de recruter facilement les agents actifs dont il a besoin. Tant que nous lui donnons ce qu'il demande, il fera ce que nous ordonnons.

—Je sens que vous avez une opinion plus personnelle, Charles, exprimez votre pensée sans crainte. Nous sommes entre nous.

Le responsable politique connaissait bien les hommes qui l'assistaient dans la gestion de cette crise. À la moindre inflexion de voix, il savait qu'il devait au minimum reformuler sa question pour susciter une réponse plus franche, moins politiquement correcte :

—En fait, plus le temps passe et plus nous courons le risque que quelqu'un ne découvre quelque chose de gênant. Je suggère de régler le problème très rapidement, ou bien il sera trop tard.

Le conseiller à la sécurité intérieure, un petit homme sec à la chevelure abondante, renchérit sur les propos du général :

—Pour ma part, je suis partisan d'un assaut rapide, dès maintenant. Si, avec un peu de chance, ils sont encore chez Eltrosys, on peut agir d'un seul coup, sans attendre, en utilisant la police locale au besoin. Il nous suffit de leur donner ordre de tirer à vue. Nous avons réglé les problèmes à dose homéopathique par peur de dommages collatéraux, il faut passer à la vitesse supérieure.

—Je ne partage pas votre avis. Nous ne pouvons pas faire intervenir directement les forces d'assauts et encore moins la police locale. C'est bien la raison pour laquelle nous avons fait appel à des forces extérieures. Notre contact à la DCRI et son agent de terrain sont les seules ressources que nous pouvons utiliser. Nous étions d'accord dès le départ. Le secret doit être absolu. Nous sommes moins de dix à avoir connaissance du dossier et ce nombre ne doit pas changer.

Il consulta sa Rolex. L'heure avancée de la nuit, cette salle de crise sous terre. Sa pensée s'égara un moment vers sa maîtresse, qu'il pouvait encore aller rejoindre, pour que la nuit blanche qui se déroulait ait un sens. Il souhaitait en finir rapidement :

—Que peuvent-ils trouver de compromettant chez Eltrosys ? demanda-t-il.

—En théorie, ils ne font que de la fabrication de cartes électroniques sur spécifications. Normalement, seul le patron de l'entreprise, un proche du ministre, a connaissance de la destination des cartes. Néanmoins, je pense que quelqu'un de vraiment calé en électronique, quelqu'un de perspicace, pourrait découvrir l'usage des modules en question. Le risque est faible, mais il existe. La société a été auditée régulièrement. Ils s'en sont toujours très bien tirés. Seul le patron est difficile à maîtriser ; un peu mégalo sur les bords.

—Vous n'avez pas répondu à ma question, peuvent-ils remonter jusqu'à la société qui assemble les machines, peuvent-ils découvrir l'usage des cartes fabriquées chez Eltrosys ?

— En théorie, non. Tant que l'entreprise respecte à la lettre les consignes de sécurité et de discrétion. Il faudrait que Darlan et son équipe soient incroyablement doués pour contourner les protections.

— Ce qui m'inquiète, termina-t-il, c'est que plus les heures passent, plus j'ai l'impression que nos ennemis sont précisément perspicaces et qu'ils ont toutes les qualités pour réussir…

Chapitre 31

Guérande. Vendredi, 3 h 15.

Alexandra eut besoin de quelques secondes pour parvenir à insérer la clé dans la serrure de la porte du bureau du P-DG d'Eltrosys. Sa main tremblait. « Reprends-toi, ma fille, se dit-elle, ce n'est qu'une serrure à ouvrir ». Elle souffla, vidant ses poumons et inspira tout doucement, laissant le calme revenir, son pouls ralentir. Elle pensait jusqu'alors savoir maîtriser toutes les formes de stress, notamment celles liées à l'exercice des sports extrêmes. Elle venait de découvrir que la simple peur d'être arrêtée, d'accomplir un acte malveillant, pouvait la mettre facilement dans le même état.

Elle pénétra dans la pièce. La décoration du bureau du P-DG marquait nettement la position qu'il s'accordait dans la société. La surface avoisinait les quarante mètres carrés et le mobilier était résolument moderne. Presque au milieu était installé un magnifique bureau GDBDesign aux lignes pures sur lequel trônait le dernier iMac. Quelques dossiers soigneusement rangés, un humidificateur à cigares, une photo de famille dans un petit cadre design. Le fauteuil à lui seul en disait long sur le personnage : imposant, large, haut… « Un trône ? se demanda Alex. Un peu mégalo, le type ! » Sur le mur blanc, une toile de Pierre Fava, reconnaissable à son style dépouillé, essentiellement des monochromes noirs avec une touche de couleurs vives. Alexandra s'attarda un instant devant l'œuvre puis passa au reste de la décoration murale. Bon nombre de cadres présentant des photos. On y découvrait le visage de l'occupant des lieux : un homme assez petit, qui devait manifestement lutter au quotidien contre un début d'embonpoint, le Brushing soigné, les yeux gris bleu très clairs sous des sourcils fournis : un regard qui devait être difficile à soutenir. Ces photos le mettaient en scène avec des gens influents : ici, jouant au golf avec un ministre en activité, là, posant auprès de personnalités people avec une décontraction qui laissait à penser qu'il était leur intime. Un peu plus loin, une photo de lui avec l'actuel président de la République, manifestement pendant une remise de décorations, certainement la Légion d'honneur. Elle trouva même un cliché le présentant fusil à la main, posant le pied sur un ours mort. La légende situait la scène en Roumanie. La journaliste se demanda à quel titre un petit chef d'entreprise d'une PME de province pouvait paraître dans le gotha des gens influents. Qu'avait-il de commun avec ceux qui posaient à ses côtés en photo ?

Alexandra se tourna vers une armoire. La chance lui sourit, elle n'était pas fermée. Elle découvrit les dossiers soigneusement classés. Elle parcourut les titres, sortit quelques classeurs qu'elle feuilleta rapidement. Alors qu'elle remettait en place un des dossiers, elle aperçut, derrière la ligne de classeurs, le haut d'un dossier à la couverture rouge. Glissant la main, elle attrapa une chemise cartonnée sur laquelle la marque d'un tampon encreur retint son attention. Sur la tranche, était inscrite la mention : « Confidentiel ». Elle prit le dossier et s'installa au bureau du maître des lieux, déjà passionnée par les quelques mots qui figuraient sur la couverture : « Conseil national du Renseignement », à côté du logo de la République française présentant la Marianne de profil.

Elle approcha le fauteuil et commença à tourner les pages. Perdant la notion du lieu où elle se trouvait et des circonstances qui l'avaient amenée là, elle se plongea dans le texte.

Fred inspectait une zone de production située à l'écart de l'atelier principal ; zone qu'il avait d'abord prise pour une salle sous atmosphère contrôlée, permettant de réduire les impuretés susceptibles de perturber le procédé de fabrication de composants ou de cartes électroniques. Il comprit rapidement que cette zone était physiquement séparée des autres pour des raisons bien différentes. Il s'agissait d'une chaîne de productions de cartes électroniques réparties sur quatre postes de travail. Deux d'entre eux étaient automatisés. Ils permettaient de placer les composants électroniques sans intervention humaine. Le dernier poste permettait de réaliser les soudures. Au niveau du deuxième, Fred reconnut un composant ressemblant à celui dont ils cherchaient la trace. Il en prit un exemplaire et l'examina attentivement. Sans pouvoir le certifier, il était convaincu que le petit carré noir sans marquage qu'il tenait en main était bien le microprocesseur inventé par Fallière et fabriqué en toute illégalité par ArG, la société où travaillait l'ami de Fallière avant d'être assassiné. Philippe et Alex lui avaient si bien expliqué leur enquête qu'il était au fait de tous les détails. Il touchait au but. Restait maintenant à comprendre l'usage de ce composant intégré à la carte. Il plaça une des cartes en fin de production dans son sac à dos et continua ses investigations.

Malgré le simple tee-shirt noir qu'il portait, Darlan souffrait de la chaleur. La climatisation peinait à lutter contre les calories dégagées par les dix serveurs informatiques présents dans la petite pièce. L'atmosphère y était presque irrespirable.

Le policier s'essuya le front d'un revers de main. Il venait de faire sauter le premier verrou, sans trop de difficulté, en connectant physiquement une clé sur un port USB de la machine. Pour la deuxième étape, il devait craquer le mot de passe de l'administrateur. N'ayant pas le temps pour autre chose, il lança une application qui utilisait toute la puissance de l'ordinateur et de ceux connectés sur le réseau pour réaliser toutes les combinaisons possibles de lettres, de chiffres et de caractères spéciaux. Avec cette technique, plus le système était puissant et plus vite il obtenait le résultat. Il avait choisi les options de codage standard, s'appuyant sur son expérience. La plupart du temps, les concepteurs utilisaient les mêmes algorithmes qui, finalement, se révélaient assez faciles à casser, pour peu qu'on ait la puissance de calcul. Pour limiter le nombre de possibilités, il examina attentivement le clavier après avoir passé un réactif. Celui-ci permettait de mettre en évidence les traces de sueur les plus récentes sur les touches. Il put ainsi supprimer de la liste plus de la moitié des touches du clavier pour aider son programme à trouver la bonne séquence. Pendant que les combinaisons défilaient sous ses yeux à un rythme tel que l'écran ne parvenait pas à les afficher, Darlan pianotait nerveusement sur le bureau. Il se sentait à la fois heureux et fébrile. Heureux de pouvoir se mesurer au système de sécurité qu'un autre avait mis en place, heureux de contribuer au travail de l'équipe et à la mission qu'ils s'étaient assignée : déjouer un complot pour lequel on tuait. C'était justement la nature de la menace et les personnes impliquées qui le rendaient fébrile. Il n'avait jamais été confronté au vrai danger, pour ses amis et pour lui-même. Il sentait que ceux qui couvraient le complot ne leur laisseraient aucune chance s'ils échouaient.

La fenêtre de recherche disparut pour laisser apparaître la page principale de connexion sur laquelle un message simple était affiché : « Accès autorisé ». Darlan sortit de ses réflexions, fit craquer ses doigts et se mit au travail. En premier lieu, il parvint à prendre la main sur le système de sécurité de l'entreprise et la gestion de la surveillance vidéo. Il découvrit à ce moment qu'une troisième caméra qu'ils n'avaient pas repérée précédemment couvrait la porte principale depuis un réverbère situé à dix mètres de là. Il trouva rapidement la commande logicielle qui permettait de la désactiver. Il en profita pour éteindre également la dizaine de projecteurs qui éclairaient l'enceinte. En repartant, ils n'auraient pas besoin de se cacher pour progresser. Dès que ces questions de détail furent réglées, il se concentra sur ce qu'il était venu chercher. Méthodiquement, il ouvrit l'arborescence du serveur. Un nom l'alerta : un répertoire portait le nom de « Article 56 ». Il connecta une clé de stockage, ouvrit un à un les dossiers et commença la lecture.

Chapitre 32

Guérande. Vendredi, 3 h 25.

Les deux voitures de police roulaient vite sur la départementale 92 de La Baule à Guérande. Le lieutenant Christophe Fléchet avait été bombardé chef de mission par le commissaire moins d'une demi-heure plus tôt. Celui-ci, en déplacement à Nantes, s'était excusé de ne pouvoir prendre la tête de l'intervention, mais lui avait renouvelé toute sa confiance.

Il suait à grosses gouttes, engoncé dans sa tenue de combat bleu nuit et son gilet pare-balles. À 28 ans, il cultivait un look qui plaisait beaucoup à ses nombreuses conquêtes. Mélange de dur et de cœur tendre, il entretenait un bronzage parfait tout au long de l'année. Cheveux blonds coupés très court, il passait de nombreuses heures dans les salles de musculation. Il expliquait souvent à ses proches et à ses amis à quel point son métier était risqué et comment il s'était sorti, avec ses hommes, de situations très compliquées et dangereuses. Il avait conscience de modifier légèrement les faits à son avantage, mais se donnait bonne conscience en considérant que d'autres collègues, dans des commissariats moins tranquilles, souffraient d'un manque de reconnaissance de la part de la population. Au moins, à sa manière, contribuait-il à redorer le blason de la police.

La réalité du terrain l'avait rattrapé. Il sentait son estomac se nouer. Tout s'était précipité en moins d'une demi-heure. Alors qu'il regardait tranquillement un film dans la salle de permanence, il avait reçu ce coup de téléphone d'un ponte de la DCRI de Lyon. L'ordre était d'intervenir pour arrêter des présumés terroristes armés à Guérande. Il avait contacté son chef, le commissaire Bergasse, qui avait aussitôt confirmé la mission, trop heureux de pouvoir apporter son aide au contre-terrorisme et, ainsi de montrer que son unité savait répondre présente en cas de besoin.

Le lieutenant Fléchet s'était empressé de regrouper les deux équipes en patrouille et les permanents du poste de police. Ces quatre hommes et trois femmes, peu habitués à ce genre d'intervention, avaient réagi de diverses façons. Les uns, parmi les plus jeunes, étaient pleins d'enthousiasme à l'idée de se voir confier une mission à la hauteur de ce qu'ils avaient appris en école, lassés qu'ils étaient des habituelles patrouilles et autres contrôles de vitesse qui occupaient la majeure partie de leur temps. Les autres voyaient leurs mains trembler, leurs gestes devenir malhabiles, pour attacher le gilet pare-balles ou le casque. Ceux-là auraient préféré être ailleurs, occupés à leurs tâches routinières où les seules formes de violence auxquelles ils se confrontaient étaient à des rixes entre jeunes imbibés d'alcool dans les bars de la côte, ou l'arrestation de délinquants de la route. Les dix minutes nécessaires pour mettre les équipements, prendre armes et munitions, s'était passées dans un stress que peu parmi eux avaient déjà connu. L'un d'entre eux avait laissé échapper une boîte de balles dont le contenu s'était répandu au milieu du commissariat, ajoutant encore une note de tension. Fléchet avait noté que l'agent le plus calme était une femme. Une jeune brigadier-chef, petite brune habituellement assez neutre et assez effacée et qui paraissait étrangement beaucoup plus à l'aise que les autres. Elle avait vérifié son équipement et son arme avec efficacité avant d'aider ses collègues.

Les voitures de police abordaient l'entrée de la ville de Guérande, au niveau de la zone commerciale. Ils seraient à pied d'œuvre dans quelques minutes. Le lieutenant Fléchet passait en revue les hypothèses qui s'offraient à lui en fonction de la configuration du terrain, se demandant à nouveau pourquoi la DCRI n'avait pas également fait appel à la brigade de gendarmerie de Guérande pour leur prêter main-forte. Ils ne connaissaient pas le terrain et allaient donc se trouver exposés.

Les ordres étaient clairs : interpeller les cambrioleurs et éviter à tout pris une confrontation armée. Il ne voyait pas bien comment il pourrait mener à bien la mission s'il se retrouvait en face de terroristes armés.

À l'approche de la zone, il opta pour la discrétion et maintint les sirènes débranchées. Il regarda une nouvelle fois la carte. Se demandant s'il devait déployer une équipe sur chaque côté du périmètre ou concentrer ses forces sur l'entrée principale de l'usine Eltrosys.

Il nota que la lune, haute dans le ciel, éclairait fortement le paysage. Elle les aiderait certainement à repérer les cambrioleurs.

Il espérait également que le patron de l'usine lui enverrait le responsable de la sécurité aussi vite qu'il l'avait promis. « Il sera là dans cinq minutes », lui avait-il dit.

Pour la première fois de sa carrière, il songea à laisser tomber, sans penser aux conséquences, juste pour ne plus avoir à supporter l'angoisse de l'intervention, juste pour ne plus avoir à décider.

Chapitre 33

Guérande. Vendredi, 3 h 25.

Philippe Darlan recoupait les informations auxquelles il avait accès. Il commençait maintenant à comprendre pourquoi on n'hésitait pas à assassiner pour couvrir ce secret. Même si beaucoup d'informations lui manquaient encore, il entrevoyait les méandres d'un complot à l'échelle nationale. Fallière avait dit vrai. Darlan parcourait les pages, sidéré que quelqu'un puisse avoir décidé une telle monstruosité.

Les nombreuses heures qu'il passait sur les ordinateurs, et son activité de *hacker* l'avaient habitué à découvrir la part d'ombre de ceux qu'il espionnait. Des malversations, des arnaques, des pots-de-vin, du chantage jusqu'au plus haut niveau de l'échelle sociale… Mais jamais il n'avait imaginé que quelque chose de cette ampleur puisse être possible en France. Il ouvrait les fichiers un peu au hasard, mais rien que la note de synthèse qui décrivait le fonctionnement de la carte ne laissait pas d'équivoque sur l'utilisation qui pouvait être faite du composant inventé par Fallière. Encore que Darlan ne fût pas convaincu que les ingénieurs d'Eltrosys savaient réellement qu'elles étaient les capacités du microprocesseur en question.

Un *bip* se fit entendre dans sa poche intérieure, accompagné d'une vibration courte : un SMS.

Absorbé par sa lecture, sa première réaction fut d'ignorer le signal. Après quelques dizaines de secondes pendant lesquelles son cerveau lui susurrait que ce message pouvait être important, il sortit enfin son téléphone portable et prit connaissance des quelques mots :

« Philippe, le bureau sait où tu es et ce que tu fais. Tu dois partir tout de suite avec tes amis, la police sera là dans quelques minutes. Je te rappelle un peu plus tard. Amitiés, Patrick. »

Darlan relut le message trois fois sans bouger avant d'être certain d'avoir bien perçu son sens et l'identité de son expéditeur. À deux reprises déjà, Patrick Brune l'avait aidé, et là, malgré le fait qu'il se soit mis hors la loi, il lui offrait encore son aide. Il se promit de le remercier par un repas dans un grand restaurant, connaissant le penchant de Brune pour les bonnes tables.

Une minute s'était déjà écoulée depuis le *bip* d'arrivée du texto. Il prit enfin conscience de l'avertissement. Comment ses collègues l'avaient-ils trouvé ici, alors qu'il était certain d'avoir pris toutes les précautions nécessaires ? Il se leva et se précipita par l'ouverture, arrachant au passage un morceau de plâtre, se demandant pêle-mêle où se situaient ses amis, comment sortir de l'usine si la police arrivait ou s'il existait une porte sur l'arrière du bâtiment. Il s'arrêta après quelques mètres en jurant : il avait oublié sur la machine la clé USB de stockage. L'aller et retour lui fit perdre encore quelques précieuses secondes.

Alexandra remonta le couloir principal qui menait aux zones de production, s'éclairant avec sa lampe frontale.

Elle cherchait ses compagnons dans le dédale de bureaux et de pièces. Ils n'avaient plus besoin de s'éterniser chez Eltrosys. Le dossier qu'elle tenait à la main suffisait pour comprendre ce que l'entreprise fabriquait exactement. Elle savait maintenant pourquoi Fallière avait parlé des élections présidentielles. Elle avait hâte de livrer ses informations à Fred et Darlan. Elle pressa le pas.

Au moment où elle atteignait la double porte qui séparait les zones d'activités, celle-ci s'ouvrit avec violence. Alex se protégea instinctivement avec la main, laissant échapper son dossier. Les papiers qu'il contenait s'envolèrent et se répandirent autour d'elle. Elle releva la tête pour apercevoir le policier, manifestement pressé, bredouiller une excuse.

—Tu as des moments dans la journée où tu es normal ou tu fais ça exprès pour moi ? s'emporta-t-elle.

Darlan s'en voulut, mais ne chercha pas à s'excuser, la priorité n'était pas là. Il arrêta la journaliste qui commençait à se baisser pour ramasser ses papiers en la tenant par le bras et dit d'un ton autoritaire qu'il ne se connaissait pas :

—Laisse ça. Nous devons partir tout de suite, les flics arrivent, nous n'avons que quelques minutes. Où est Fred ?

—Je suis là, annonça une voix derrière lui. Tu n'imagines pas ce que j'ai trouvé. Je peux te dire qu'avec ça, on va faire les gros titres des journaux. Regarde ça, c'est…

—Pas le temps Fred, faut qu'on se casse tout de suite, on y va.

Sans rien ajouter, ils parcoururent rapidement les couloirs qui les séparaient du hall d'entrée, franchirent sans encombre la porte et se précipitèrent sur la pelouse pour rejoindre le mur d'enceinte, sans même chercher la discrétion.

***

Les deux voitures de police s'arrêtèrent sur la route, en vue du portail d'entrée. Toutes les portières s'ouvrirent et aussitôt les agents se séparèrent en deux groupes. Fléchet prit la tête de la première équipe qui vint se mettre en poste de part et d'autre du portail. La deuxième équipe se déporta sur la droite, sur la route qui contournait le terrain, se déployant tous les dix mètres, l'arme pointée vers l'entrée principale d'Eltrosys. Posté contre un des piliers en béton qui soutenaient le portail, Fléchet tentait de se faire une idée de la situation. Il observait la porte à travers ses jumelles. Rien ne semblait bouger dans l'enceinte de l'usine. Les projecteurs éteints, seule la lune éclairait le paysage. Il aurait donné cher pour avoir une paire de jumelles de vision nocturne, qui lui aurait permis de voir quasiment comme en plein jour. Le portail était fermé. Aucun signe d'activité à l'intérieur. De l'endroit où ils se trouvaient, il ne parvenait pas à voir si la porte d'entrée du bâtiment était ouverte ou fermée.

Il s'adressa par radio au chef de l'autre équipe :

—Quelqu'un a vu le responsable de la sécurité ? Il devrait être là depuis cinq minutes, bordel !

—Rien pour l'instant, lieutenant...Mais il m'a semblé voir une ombre en mouvement dans le parc, à droite de la porte, du côté des arbres.

Fléchet porta son regard vers la droite et balaya les arbres présents entre le bâtiment et le mur d'enceinte avec ses jumelles. La lune éclairait certes le terrain, mais augmentait dans le même temps le contraste entre les zones éclairées et les zones d'ombre.

—Je ne vois rien, continue de surveiller.

Puis, s'adressant à ses collègues autour de lui :

—Apparemment, ils ne sont pas entrés par le portail. Pour tout dire, je ne suis même pas certain qu'il y ait encore quelqu'un à l'intérieur.

—On fait quoi ? demanda la jeune femme brigadier-chef, sans quitter des yeux le bâtiment qu'elle distinguait.

Le lieutenant Fléchet n'aimait pas qu'un de ses subordonnés lui mette la pression, encore moins une femme. Il ne montra pas son énervement. Elle avait raison, il devait décider d'une action. Le scénario qu'il avait élaboré pendant la route reposait sur le fait que le responsable de la sécurité ouvre les portes. Pour le reste, il aviserait en fonction de la réaction des cambrioleurs. Il avait prévu trois fusils Flash-Ball en plus des armes de services. Il avait rappelé les consignes sur l'application de la légitime défense, ce qui n'avait pas contribué à rassurer les agents.

—On attend le gars de la sécurité encore cinq minutes, ordonna-t-il pour finir. Tout le monde garde ses positions. S'il n'arrive pas, on entre sans lui par le grillage.

***

Alex et ses amis s'étaient arrêtés à l'ombre du premier bouquet d'arbres dès que Fred avait donné l'alerte :

—Attention ! Tous au sol, les flics sont au portail !

Darlan et Alex se jetèrent à plat ventre et cessèrent de bouger.

—On est dans l'ombre de l'arbre, ils ne doivent pas nous voir.

—Si on avait gardé les cagoules, je ne dis pas, compléta Fred, venant de se souvenir qu'il l'avait posée sur un bureau et oubliée.

—Moi je l'ai encore, lança Alex en la remettant rapidement sur son visage.

—Dans tous les cas, ils ne vont pas rester dehors pendant des heures à attendre qu'on bouge. Ça va se compliquer.

Alexandra jeta un coup d'œil vers le mur, qu'elle distinguait sans trop de difficulté malgré l'obscurité relative :

—Il faut que nous arrivions au mur, il ne reste que dix mètres, nous pouvons faire ça en quelques secondes. La difficulté, ça va être pour remonter.

—On n'aura pas le temps, intervint Darlan, ils pourront nous cueillir de ce côté-ci ou de l'autre côté dès qu'ils auront compris ce qu'on veut faire... Nous allons être très visibles pendant quelques secondes. Ensuite, il faudra une bonne minute pour franchir le mur. C'est plus qu'il ne leur en faudra pour nous repérer et nous coincer.

—Dans ce cas, passons par le grillage, continua-t-elle. On se moque de l'alarme, maintenant. Si on prend les trois pinces coupantes, on pourra passer en quelques secondes.

Darlan regarda Alexandra, dont il ne distinguait que les formes en contre-jour. Elle le surprenait par sa capacité de réaction et sa vivacité d'esprit, même dans les moments difficiles. Il acquiesça :

—Tu as raison, mais allons-y en rampant, si nous nous relevons ici, ils nous verront à coup sûr.

—Ok, allons-y tout de suite. Faut pas traîner. À mon avis, ils ne vont pas mettre longtemps à se pointer du côté de la route, termina Fred.

Restant le plus possible dans les zones d'ombres, ils commencèrent à se déplacer lentement, l'un derrière l'autre, en épousant le sol, limitant au maximum les mouvements. Fred fermait la marche et suivait la journaliste, dont il ne put s'empêcher d'observer les formes onduler avec grâce et se maudit des pensées grivoises qui encombraient son esprit. Il se promit néanmoins d'en toucher un mot à son ami dont il ne comprenait pas la distance qu'il maintenait en permanence vis-à-vis de la jeune femme.

Dès qu'ils arrivèrent au grillage, Darlan et Fred commencèrent à le découper par le bas. Ils repérèrent facilement les fils reliés à l'alarme, situés tous les dix centimètres. Ils les couperaient en dernier. Seul le claquement sec de leurs pinces couvrait le bruit de leur respiration. Chacun avait l'impression que tout le monde, aux alentours, pouvait percevoir ce bruit et ils frissonnaient chaque fois que les pinces sectionnaient le métal.

Dès que le trou dans le grillage fut assez grand pour leur permettre de passer, Darlan donna l'ordre de couper les fils d'alarme. Aussitôt, une sirène retentit à l'intérieur du bâtiment.

— On passe, vite, lança-t-il en écartant le bord pour laisser la place à Alexandra.

La jeune femme se faufila rapidement, suivie de Darlan. Ils écartèrent à leur tour le grillage pour permettre à Fred de les rejoindre.

— On ne bouge plus !

La voix forte les fit se retourner. Ils furent d'abord éblouis par le faisceau d'une lampe torche. Ils ne distinguaient rien d'autre.

— Sortez de là et allongez-vous par terre. Pas de connerie. Je vous préviens, je touche un sanglier à cinquante mètres, alors je n'aurai aucun mal à vous trouer la peau.

Richard Chenot, responsable de la sécurité de la société Eltrosys, ne cachait pas sa joie. Il venait d'arrêter tout seul les cambrioleurs alors que les flics attendaient toujours comme des ploucs devant l'entrée. Un mètre soixante-dix pour près de cent kilos, Richard Chenot aimait la bagarre, la chasse et les tournées de bière le soir au bar avec ses amis. À cinquante ans passés, il se vantait d'être toujours célibataire et revendiquait haut et fort sa misogynie.

***

Lorsque son patron l'avait appelé vingt minutes plus tôt pour lui signaler qu'un cambriolage avait lieu dans la société, il ne dormait pas et finissait une dernière bière chez lui en regardant un film de guerre sur son écran géant.

— Richard, je viens d'être informé que des cambrioleurs se sont introduits dans la société. La police nous demande de venir immédiatement pour ouvrir les locaux et leur donner toutes les informations dont ils pourraient avoir besoin. Je compte sur vous pour les aider.

— Je ne pense pas que quelqu'un soit entré, monsieur, répondit-il d'une voix plus grave que sa voix naturelle. Instinctivement, il prenait cette intonation et se redressait, presque au garde-à-vous, chaque fois qu'il s'adressait à son patron. Je n'ai pas reçu de message d'alarme sur mon téléphone et vous savez que je suis très attentif à ça.

— Apparemment, nous n'avons pas affaire à des amateurs ni à des petits délinquants. Le lieutenant Fléchet, que je viens d'avoir, a parlé de terroristes. Vous n'ignorez pas le caractère sensible de certaines de nos activités. Alors, foncez à l'usine et voyez comment vous pouvez les aider. Compris ? Dernière chose, ne prenez aucun risque inconsidéré et n'intervenez pas vous-même.

— Bien, monsieur, j'y vais tout de suite.

Dès qu'il eut raccroché, Richard Chenot sentit que c'était le moment pour lui de montrer au monde ses vraies capacités. Les brumes d'alcool du litre de bière qu'il s'était avalé pendant la soirée s'éclaircirent. Il se sentait parfaitement lucide. Au lieu de foncer vers l'usine pour ouvrir aux forces de l'ordre, il fit un crochet par son garage pour s'équiper de sa tenue de chasse puis revint dans son salon pour prendre un de ses fusils. Ses armes figuraient en bonne place dans un râtelier, sur le mur à côté de l'imposante cheminée au-dessus de laquelle était accroché un trophée de cerf. Il possédait cinq fusils déclarés, exposés dans son salon, et quelques autres dissimulées dans le fond d'une armoire, dans la remise. Il y conservait quelques grenades offensives, un pistolet mitrailleur Uzi et une kalachnikov achetée à un copain militaire qui l'avait rapportée d'Afrique. Il possédait également des armes de poing, mais sa passion allait aux fusils de chasse. Il choisit la carabine à pompe Remington 7600, saisit une boîte de munitions correspondantes. Avec ça, il se sentait invulnérable.

Il habitait la vieille maison de famille où il avait vécu avec sa mère jusqu'à son décès l'année passée. Enfant unique, il en avait hérité et n'avait aucune intention d'en bouger. La vue sur l'étang de Sandin et les réserves de chasse alentour lui suffisait. Son salaire de chef de la sécurité lui permettait amplement de vivre. Il trouvait juste qu'il ne se passait pas grand-chose d'excitant à son travail. La sécurité du site ne l'occupait pas vraiment, depuis qu'il avait subi plusieurs rappels à l'ordre de son patron, tant son zèle excédait les employés... Un travail trop calme... jusqu'à cette nuit.

Il sortit son 4x4 Land Rover de la cour et s'engagea sur la route. En coupant par-derrière, il pouvait y être en moins de cinq minutes. Avec un peu de chance, il serait sur place avant les flics. Il connaissait par cœur chaque route, chaque chemin de la région et, régulièrement, il se permettait de rouler sur les chemins agricoles, qu'ils soient privés ou non. Personne n'osait en général s'opposer à lui lorsqu'il descendait de sa voiture avec son arme. Son patron, chasseur également, l'avait recruté après avoir partagé avec lui quelques battues dans la région. Richard s'était toujours montré de bon conseil et il rapportait souvent plus de gibier que les autres. Il subissait en revanche les critiques de certains chasseurs qui considéraient qu'il ne respectait pas toutes les mesures de sécurité. Selon son point de vue, sa façon de chasser était la bonne dans la mesure où il n'avait jamais eu le moindre problème, sauf peut-être cette fois où, chassant près d'une maison en bordure de forêt, il avait abattu le chien d'un particulier par erreur. Le propriétaire du chien s'était pointé et l'avait menacé de porter plainte. Il lui avait suffi de refermer son arme et de la diriger vers l'homme pour obtenir gain de cause. Il racontait souvent cette histoire à ses copains de beuverie, se souvenant avec plaisir de la tête du gars lorsqu'il avait vu en face le canon de son arme, prêt à faire feu.

Il arrivait à proximité du terrain où était située l'entreprise, par la petite route qui donnait sur le côté. La lumière des phares éclairait les bordures plantées d'arbres. Concentré sur sa conduite, il aperçut en vision périphérique une voiture garée dans un petit chemin sur la gauche. Il freina brutalement, éteignit ses phares et fit marche arrière pour vérifier. Il sortit du 4x4, le fusil à la main et s'approcha de la BMW. Il regarda son emplacement par rapport à la clôture extérieure de l'entreprise. La plaque d'immatriculation ne précisait pas le département. Il pestait régulièrement contre cette loi ridicule qui ne permettait plus de distinguer immédiatement ceux qui étaient du coin et les « étrangers et touristes ». Il fut néanmoins convaincu d'avoir trouvé le véhicule des cambrioleurs. Il sentait le truc, comme à la chasse, un début de piste fraîche. La chance lui souriait. Ils leur réservaient un comité d'accueil à sa manière. Le responsable de la sécurité, dans un sursaut de lucidité, se demanda pendant un instant s'il devait prévenir le flic dont son patron lui avait donné le numéro de portable. Il décida finalement qu'il l'appellerait uniquement quand il aurait arrêté lui-même les cambrioleurs. Peut-être pourrait-il même s'amuser un peu. Sa notion de la légitime défense comportait un volet selon lequel il restait seul maître pour décider des moyens à employer, dès lors qu'il œuvrait pour le bien. La mission que son patron lui avait confiée entrait bien évidemment dans cette catégorie. Il regrettait parfois de ne pas être entré dans la police ou dans l'armée. Cela lui aurait certainement permis d'exprimer tout son talent. S'il n'avait jamais franchi le pas, c'est qu'il avait conservé un très mauvais souvenir de son service militaire, effectué à Verdun, dans un régiment d'infanterie. Son mauvais caractère et son aversion pour la discipline lui avaient valu de vivre une année qu'il préférait oublier.

Le véhicule était vide. Pas de bruit ni de mouvement aux alentours. Son oreille aiguisée percevait facilement le craquement significatif d'une branche cassée, le froissement de fougères qui s'écartent, le bruit des feuilles qui s'écrasent sous les pas.

Ils étaient encore à l'intérieur.

Il rangea sa propre voiture sur le côté, un peu en retrait de la route et chercha un endroit d'où il pourrait les surprendre. Il progressa lentement vers l'enceinte de la société, légèrement courbé, le fusil pointé vers l'avant, prêt à faire feu. Il en connaissait chaque mètre. Il faisait chaque jour une ronde pour vérifier que le grillage était intact sur toute sa longueur, et accessoirement pour relever les collets avec lesquels il attrapait régulièrement quelques beaux lièvres. Alors qu'il approchait du mur, il observa un mouvement de l'autre côté de la clôture. Il se figea. Il se déplaça lentement vers l'ombre des arbres qui bordaient la route. Il distingua bientôt le son sec d'une pince qui coupe un câble. Les intrus devaient essayer de sortir par le grillage pour éviter les flics qui les attendaient à l'entrée. Il sentit l'excitation, presque sexuelle, monter en lui. Le chasseur venait de fixer le gibier.

Richard Chenot s'avança lentement, sans bruit, ainsi qu'il le faisait régulièrement lorsqu'il traquait un cerf ou un sanglier. Il se positionna à quelques mètres seulement des cambrioleurs. Il ressentait cette excitation profonde qui précède le premier coup de fusil, avec quelque chose de plus. Le gibier qu'il visait ce soir était d'un autre calibre. Il pointa son fusil, juste pour le plaisir. Le surplus d'alcool qui coulait dans ses veines rendait la visée hasardeuse, mais, à cette distance, il ne pourrait les manquer. Même s'il n'avait pas l'intention d'utiliser son arme de sang-froid, il espérait pourtant qu'il aurait l'occasion de faire feu en état de légitime défense. Juste pour savoir ce que ça faisait. Il fit encore un pas et se découvrit :

— Sortez de là et allongez-vous par terre. Pas de connerie. Je vous préviens, je touche un sanglier à cinquante mètres, alors je n'aurai aucun mal à vous trouer la peau.

***

Fred termina de franchir le grillage à son tour et sans lever les yeux, et resta allongé sur le sol comme l'exigeait l'homme au fusil.

— Alors comme ça, vous avez pensé que vous pouviez venir foutre la merde dans mon domaine sans problème ? C'est pas de chance, je suis là. Vous savez quoi, vous êtes dans la merde. Je suis le gardien du domaine et quand la société est fermée, c'est moi qui décide. Franchement, c'est con, avec moi vous n'aviez aucune chance. Qu'est-ce que vous avez volé ?

— Nous n'avons rien volé. Ce n'est pas ça, laissez-nous vous expliquer, hasarda Alexandra, la tête toujours couverte de sa cagoule noire.

Le faisceau de la torche se déplaça vers elle et balaya rapidement sa silhouette.

—Une femme ! Tiens donc... Mets-toi à genoux et enlève ton masque puisque tu veux parler. Et garde bien les mains en l'air.

Alexandra se releva lentement, en s'écartant de Darlan. Elle enleva sa cagoule, libérant ainsi ses cheveux avec grâce, en se déplaçant à nouveau, obligeant l'homme à pointer le faisceau de sa lampe sur elle, laissant les deux autres dans la zone d'ombre. Le policier remarqua la manœuvre de la jeune femme. Il se demanda un instant si c'était bien intentionnellement qu'elle s'écartait de lui de la sorte. Que voulait-elle faire ? Allongés de la sorte, ils ne pouvaient pas bouger sans être immédiatement trahis. Quelle que soit son intention, il aurait du mal à l'aider.

Le faisceau de la torche s'attarda un instant sur le visage d'Alexandra. Ses yeux bleus reflétèrent la lumière, puis la lampe torche parcourut son corps avec indécence, s'attardant sur les rondeurs de sa poitrine et sur ses hanches :

—Mais tu es bien foutue, dis donc. Tu vas pouvoir m'expliquer ce que tu fous avec les deux autres, là. Je suis certain que je vais trouver un moyen de te convaincre d'être gentille.

—Laissez-la ! intervint Darlan, faisant mine de se relever.

Le faisceau de la lampe se déplaça et le policier évita de justesse un coup de crosse sur la tête. Il étouffa un cri de douleur lorsque le fusil toucha son épaule.

—Toi le bronzé, tu bouges pas ! ordonna le responsable de la sécurité... sauf si je te le dis, c'est compris ?

—O.K., O.K., on bouge pas.

Le gardien savoura l'instant, il aimait être obéi :

—Bien. Maintenant, vous vous mettez à genoux tous les trois et vous déposez votre artillerie.

Richard Chenot aurait aimé profiter de la situation, du pouvoir que lui conférait ce flagrant délit, mais il ne parvenait pas à trouver un scénario satisfaisant. Il s'était imaginé qu'il tirerait un grand plaisir de les abattre dans un cadre de légitime défense. Il ne s'en sentait pas capable dans la situation actuelle. Ils ne se défendaient pas, ne portaient apparemment pas d'armes. Le vêtement moulant de la femme ne pouvait manifestement pas cacher grand-chose. Quant aux autres, ils ne semblaient pas agressifs, encore qu'il trouvait que le plus bronzé des trois avait un air louche. Un regard qui ne trompait pas sur ses intentions. Il dirigea le faisceau de la lampe ainsi que son fusil sur les trois protagonistes. Il essayait de se rappeler quels gestes et quelles paroles il était supposé dire pour être crédible, se référant à sa culture policière cinématographique et des séries télé. Il voulait que ses prisonniers soient persuadés qu'ils avaient affaire à un membre des forces d'élite policières. Il voulait avoir l'air d'un pro.

—J'ai dit : jetez vos armes !

—Ça va être compliqué, nous n'en avons pas, intervint Darlan qui commençait à se demander si l'intervention de la police ne serait pas préférable que de rester aux mains de ce gros bras manifestement imbibé d'alcool qui pouvait tirer à tout instant.

—Et vous croyez que je vais croire ça. Les flics avaient l'air très remontés et ils ont bien précisé que vous étiez dangereux et armés. Des terroristes, qu'ils ont dit. Alors, ne vous foutez pas de ma gueule.

Alexandra se releva lentement, redressant une jambe, puis l'autre, avec grâce, tout en conservant les mains derrière la nuque. Son mouvement l'écarta encore imperceptiblement de ses deux compagnons :

—Écoutez, vous croyez vraiment que je pourrais cacher une arme habillée comme ça ?

La torche se déplaça vers Alexandra qu'elle balaya une fois de plus de la tête aux pieds. La journaliste se cambra en écartant les bras, autant pour montrer qu'elle ne portait pas d'arme que pour perturber le gardien, parfaitement consciente de l'effet de sa tenue sur l'homme. La torche du gardien ainsi dirigée sur Alexandra, Darlan ne recevait plus la lumière dans les yeux. Il put distinguer enfin l'homme qui les menaçait. Un gros type bedonnant, mais dont la carrure trahissait une musculature en rapport. Il comprenait la tactique de la journaliste. Elle cherchait à attirer son attention afin de lui permettre d'agir. Mais il ne voyait pas comment parvenir à le désarmer et à le neutraliser sans que personne ne soit blessé. À genoux, et à plus d'un mètre de l'homme, il ne se sentait pas particulièrement bien placé pour intervenir. Fred, encore plus éloigné que lui, ne pourrait pas l'aider non plus dans la première seconde. Il se demanda si la jeune femme n'attendait pas un miracle de sa part. Au-delà de ce fait, et même s'il avait souvent été mêlé à des bagarres de rue dans sa banlieue étant plus jeune, il ne s'était pas entraîné au combat à main nue depuis sa sortie de l'école de police. Il espérait seulement que les vieux réflexes reviendraient en temps utiles. La force de son adversaire lui imposait de placer son premier coup avec précision pour empêcher toute riposte.

—Je vous répète que nous ne portons pas d'armes. Vous voulez vérifier ? insista la journaliste en commençant à ouvrir le Zip qui fermait l'avant de sa combinaison et tout en se décalant doucement encore sur la gauche, obligeant ainsi l'homme à tourner un peu plus sa torche pour la suivre.

Richard Chenot regardait le manège de la jeune femme et souriait. Elle le prenait pour un gamin qui allait perdre ses moyens à la vue d'un décolleté. Il surveillait du coin de l'œil les deux complices, encore à genoux au sol. Il pointait résolument le fusil dans leur direction, attendant qu'ils réagissent. Il aimait la difficulté d'une partie de chasse, lorsque le gibier faisait preuve d'intelligence, qu'il l'obligeait à donner le meilleur de lui-même pour remporter le combat.

Fred avait également compris le jeu d'Alexandra. Il hésitait à lui dire de laisser tomber, elle faisait tout pour permettre à Darlan d'intervenir. Depuis l'arrivée de l'homme, il s'était résolu à être arrêté. Il ne comprenait pas qu'Alexandra tente une manœuvre pour les sortir de là avec la complicité de Darlan. Il connaissait les antécédents de son ami, mais il doutait qu'il soit capable de lutter contre un homme qui devait dépasser les cent kilos. Il les regarda tous les deux, agissant sans parler. Il se demanda s'ils se connaissaient réellement depuis deux jours comme ils s'évertuaient à l'affirmer l'un et l'autre. Elle agissait comme si elle était certaine des réactions du policier, comme deux vieux complices qui n'ont plus besoin de se parler pour se comprendre. Fred attendait, s'apprêtant à aider Darlan à maîtriser le gardien dès qu'il bougerait, mais tremblant à l'idée que l'un d'entre eux puisse être touché.

Alexandra insista encore, écartant ostensiblement les pans de sa combinaison pour offrir une vue encore plus intéressante à l'homme dont elle surveillait les mouvements. Le chasseur détourna un instant le regard et la lampe vers la jeune femme et revint aussitôt vers les deux hommes, persuadé que son geste allait leur donner l'occasion de tenter quelque chose. Le doigt crispé sur la détente, il s'attendait à voir Darlan bondir et se délectait à l'idée de l'abattre froidement. Mais le coup vint d'ailleurs.

Alex attendait précisément cet aller et retour de la lampe. Comment un homme de sa trempe pouvait-il craindre quoi que ce soit de ses cinquante-cinq kilos ? Elle profita de l'instant et se détendit brusquement. Le coup de pied fouetté atteignit le chasseur à la gorge, juste sous le menton. Sous le choc, la trachée fut écrasée et l'homme fut déséquilibré vers l'arrière en étouffant un cri de douleur et de surprise. Il se crispa sur la détente, une détonation retentit.

Darlan avait réagi dès qu'il avait vu le pied de la jeune femme bouger, comprenant son intention folle. Fred se précipita également dans la mêlée, retrouvant ses instincts de rugbyman, et parvint à arracher le fusil des mains du chasseur. Pendant ce temps, Alexandra avait asséné au gardien deux autres coups de pied tout aussi précis, avec une rapidité d'exécution qui trahissait un entraînement très régulier.

Richard Chenot, concentré sur les hommes à terre, n'avait rien vu venir. Après quelques secondes seulement pendant lesquelles il avait subit sans riposter, il ne put qu'admettre qu'il s'était pris une raclée comme il n'en avait jamais reçue, même du temps où il se bagarrait dans les bals de la région, le samedi. La gorge en feu, le souffle coupé, une vive douleur dans les côtes. Plié en position fœtale, il ne parvenait pas à se remettre debout. Du fond de sa douleur, il espérait en avoir buté un quand même. Il regretta de ne pas être venu avec la *kalach*, en mode rafale, il les aurait eus.

— Tu es une grande malade ! s'emporta Darlan avec un accent particulier dans la voix, tu aurais pu nous faire tuer.

— J'attendais juste un « merci » répondit Alexandra essoufflée, encore sous le coup de la montée d'adrénaline. Mais si c'est tout ce que tu sais dire, ça me va.

— Vous êtes cinglés tous les deux, si vous voulez mon avis, coupa Fred. Putain, j'ai jamais vu un truc pareil, Alex. Tu es sûre que t'es journaliste ?

—Plus tard, répondit-elle. Je pense que nous devrions continuer cette intéressante conversation dans la voiture, vous ne croyez pas ? Toute la région a dû entendre le coup de feu et les flics à l'entrée ne vont pas tarder à rappliquer. Je garde le fusil, il a son compte, mais on ne sait jamais.

Ils parcoururent rapidement les deux cents mètres qui les séparaient de la BMW. Alexandra et Fred arrivèrent en premier à la voiture et se retournèrent pour voir où en était le policier, qui avait entre autres conservé les clés. Celui-ci avait arrêté de courir et semblait marcher avec difficulté.

***

Dès que la sirène avait retenti dans le bâtiment, au moment où Darlan sectionnait le fil de l'alarme, le lieutenant Christophe Fléchet avait donné l'ordre de couper le grillage. Ses hommes commençaient à entrer, et à se poster dans l'enceinte, lorsque le coup de feu les surprit.

Tous les policiers se jetèrent au sol et braquèrent leurs armes dans la direction de la détonation. Ils attendirent près d'une minute avant que Fléchet ne se décide à distribuer des ordres, poussé par la jeune brigadier-chef qui supportait mal de rester à découvert face à un ennemi armé :

—On fait quoi, lieutenant ? On ne peut pas rester ici à attendre qu'ils nous tombent dessus.

—Bon, O.K. On progresse en sécurité. Deux équipes à l'extérieur. Vous remontez la route et vous vous couvrez mutuellement tous les dix mètres. Les autres avec moi. On avance vers l'entrée en utilisant le masque des arbres… Go !

Avançant lentement, prenant de multiples précautions, il leur fallut cinq bonnes minutes de plus pour trouver le corps prostré du responsable de la sécurité de chez Eltrosys, incapable de parler malgré ses efforts. Les cartilages de la gorge enfoncés, il mettrait plusieurs semaines à s'en remettre après un séjour à l'hôpital. Il fut identifié uniquement après avoir présenté sa carte professionnelle aux policiers. Il se tordait de douleurs. Les secours furent demandés en urgence.

Pour le lieutenant, les premières constatations ne laissaient aucune place aux interprétations : le trou dans le grillage était sans équivoque, le gardien s'était trouvé pris dans la ligne de mire des cambrioleurs, au moment où ils sortaient. Convaincu qu'il était la victime du coup de feu, Fléchet avait attendu l'arrivée de l'ambulance pour le déplacer et constater qu'il ne portait aucune blessure par balle. Les cambrioleurs, ou présumés terroristes, avaient disparu sans laisser de traces. Il ne savait même pas dans quelle direction chercher ni donner un quelconque signalement des suspects ou de leur véhicule.

Fléchet entendait déjà la voix critique du commissaire lui expliquer qu'il avait raté l'occasion unique d'aider les forces antiterroristes et, par là même, l'occasion de montrer le potentiel de la police de La Baule. Il cherchait désespérément une explication logique à ce fiasco et envisageait déjà de faire porter le chapeau au responsable de la sécurité d'Eltrosys. Que faisait-il le long du grillage alors qu'il avait pour ordre de leur ouvrir le portail ?

Il décrocha son téléphone et décida de rendre compte immédiatement au commissaire.

Chapitre 34

Route de Batz-sur-Mer. Vendredi, 3 h 45.

Frédéric Berthoin conduisait la BMW de Darlan et roulait rapidement. Il ne pouvait s'empêcher d'éprouver une réelle inquiétude pour son ami.

Il avait dû soutenir Darlan pour parcourir les derniers mètres jusqu'à la voiture. Alexandra venait de constater qu'il saignait abondamment sur le côté de l'abdomen. Le policier avait beau répéter que ce n'était qu'une égratignure, que la balle n'avait fait que l'effleurer, il préférait qu'un professionnel s'en assure. Il s'apprêtait à se diriger vers les urgences de l'hôpital de Guérande lorsque Darlan insista pour qu'il retourne chez lui :

—Nous ne pouvons pas nous permettre d'être arrêtés maintenant, alors ne discute pas et retour à la maison. J'ai juste besoin d'un pansement et d'un antalgique. Nous avons à parler de ce que j'ai découvert et à continuer notre action, pas autre chose.

Au moment de monter dans la voiture, Alexandra remarqua les traits de Darlan, marqués par la douleur, alors qu'il s'efforçait de prendre une attitude désinvolte.

« Pourquoi les hommes cherchent-ils à prouver qu'ils vont bien alors qu'ils souffrent ? » se demanda-t-elle, renonçant à trouver une explication.

Elle s'installa sur le siège arrière et insista pour que le policier s'allonge, la tête posée sur ses genoux. Elle pressait une vingtaine de mouchoirs en papier trouvés dans la boîte à gants sur sa blessure. Une tache sombre ne tarda pas à apparaître sur la compresse improvisée. Avec le peu de lumière dont elle disposait, elle ne savait pas dire si effectivement la blessure était bénigne, mais elle le voyait souffrir. Elle s'en voulait terriblement d'avoir fait prendre autant de risques aux deux hommes. Sur le moment, elle avait été certaine de neutraliser le chasseur du premier coup. Elle n'imaginait pas que quelqu'un puisse encaisser, même partiellement, un coup pareil, son prof de taekwondo lui ayant souvent répété que ce geste, porté avec force, pouvait être fatal. Elle avait mis toute son énergie lorsqu'elle avait frappé, sans clairement envisager les conséquences. Elle avait failli tuer le type et Darlan avait pris une balle. « Belle réussite. Encore une manifestation de ta vanité ! » crut-elle entendre dans sa tête avec la voix de sa mère.

La lune éclairait le visage de Darlan, par intermittence, au rythme des espaces entre les arbres qui défilaient avec la route. Il la regardait, comme il ne l'avait jamais fait. Leurs regards se croisèrent longuement. Alexandra détourna les yeux un instant, croyant lire des reproches dans ceux du policier, puis décida d'assumer.

—Je suis vraiment désolée, dit-elle, maîtrisant avec peine sa voix. Je ne voulais pas ça, excuse-moi. Ça m'a semblé une bonne idée sur le moment.

Elle passa sa main libre sur le front du policier, un geste plus léger qu'une caresse. Darlan laissa passer quelques secondes avant de répondre, appréciant l'instant, observant le visage penché sur lui, des traits fins, le teint pâle, rendu blafard par l'éclairage lunaire, des grands yeux bleus aux pupilles dilatées. Il aurait voulu dire quelque chose de gentil, traduire l'instant par des phrases. Mais d'autres mots se bousculèrent dans sa bouche :

— Ne t'excuse pas, un peu de sang, ce n'est rien comparé au plaisir de faire ce voyage avec ma tête sur tes genoux.

À peine avait-il prononcé ces mots qu'il les regrettait déjà. Sa difficulté à exprimer les choses le rattrapait. Alexandra retira sa main et reporta son regard sur le paysage qui défilait.

Il aurait pu dire n'importe quoi d'autre, simplement la remercier de prendre soin de lui, lui dire qu'il ne lui en voulait pas, mais ce n'était pas ce qu'il avait dit. Il avait fait comme toujours : une boutade à la légèreté douteuse. Combien de fois cette attitude, ces réflexions, lui avaient-elles valu des regrets après coup ? Cette impossibilité de communiquer sérieusement, dès qu'il commençait à éprouver quelque chose pour une femme, semblait faire partie de lui comme un bras ou une jambe composait une partie de son corps. Il espérait depuis longtemps que l'âge et la maturité lui apporteraient le courage de communiquer différemment. Il savait très bien que Flora, la dernière femme qu'il avait aimée, l'avait quitté aussi pour ça. Le chapitre sur sa passion pour les ordinateurs et le *hacking*, n'avait été qu'un prétexte. Il l'avait laissée partir, sans pouvoir, même cette fois-là, lui dire ce qu'il ressentait. Une copine lui avait dit un jour méchamment qu'il était « handicapé des sentiments » et qu'il devrait demander une pension d'invalidité. Il laissa la voiture le bercer, cherchant une fois de plus un moyen pour changer ce qu'il était. Ses réflexions l'amenèrent à constater qu'il appréciait la présence, le contact, d'Alexandra, et que cela réveillait en lui un sentiment qu'il avait soigneusement enfoui après le départ de Flora.

***

Dans le grand salon des Berthoin, les quatre amis discutaient avec animation.

Une demi-heure plus tôt, Darlan avait insisté pour sortir de la voiture et entrer dans la maison sans aide. Néanmoins, il avait failli rater la dernière marche de l'escalier et tous s'étaient précipités pour le soutenir. Marie était parvenue à arrêter les saignements et à suturer avec des strips ce qui n'était, au final, qu'une belle estafilade.

Avec ces soins et une bonne dose d'antalgiques, Darlan se sentait à présent beaucoup mieux. Un verre de cognac, que Fred avait présenté comme un remède, complétait la thérapie.

Chacun s'efforçait d'apporter les éléments de ce qu'ils avaient appris en visitant Eltrosys. Malgré l'heure avancée de la nuit, aucun d'entre eux ne manifestait la moindre envie de dormir. Fred, Alex et Darlan avaient chacun à leur tour expliqué ce qu'ils avaient découvert. Le policier tentait de synthétiser à présent ce que tous avaient exprimé :

— D'un côté, ce que nous savons : Eltrosys fabrique des cartes mères qui utilisent le composant de Fallière comme base du système. Le document qu'Alex a découvert est formel : ces cartes sont le cœur des machines à voter.

— Le brevet de Fallière est clair : ce composant peut être reprogrammé à la volée, compléta Fred. Cette carte, et donc la machine à voter, est capable, *a priori*, de changer de programmation sans que personne n'en soit informé ni puisse même détecter la fraude.

— Nous savons également que ce travail est organisé, supervisé et surveillé par un organisme qui dépend du

Conseil national du Renseignement, ajouta Alexandra qui avait troqué son justaucorps contre un pantalon de jogging et un tee-shirt large.

Elle s'était installée, assise en tailleur, dans un des confortables fauteuils qui faisaient face à une cheminée assez large pour faire griller un mouton entier.

— Ma première question est : qu'est-ce que le Conseil national du Renseignement, un organisme, qui doit, en principe, coordonner les services de renseignements français et plus précisément le contre-terrorisme, vient faire dans la surveillance des procédés de fabrication et de sécurité de l'élément principal des machines à voter ?

Darlan regarda ses amis alors qu'il s'apprêtait à répondre :

— Si on ne savait rien du fonctionnement des machines, on pourrait se dire que, précisément, cet organisme est chargé de contrôler que les machines à voter fonctionnent de façon légale. Mais avec ce que nous connaissons, la seule conclusion possible, c'est que ces machines à voter sont volontairement truquées pour falsifier les résultats.

Marie en était arrivée à la même conclusion, mais ne pouvait le concevoir :

— Vous pensez vraiment que quelqu'un puisse avoir monté toute cette affaire pour une fraude électorale ? Ça me paraît énorme. Comment est-ce possible ? Je ne vois pas, dans ce pays, des responsables politiques jouer à cela, nous ne sommes pas en dictature, que je sache.

— C'est vrai, répondit Fred, mais depuis le début de la Ve République, jamais un président et un gouvernement n'étaient tombés aussi bas dans les sondages. Dans un certain sens, c'est l'attentat du TGV qui leur a permis de commencer à remonter. Les résultats du premier tour ont été suffisants pour qu'ils se maintiennent au deuxième et bien que les derniers sondages publiés pour le scrutin de dimanche soient mitigés, je reste persuadé que le pouvoir en place a encore un gros retard.

— À se demander si l'attentat du TGV n'a pas été perpétré dans ce but, s'interrogea Darlan.

— Ne dis pas n'importe quoi, souffla la journaliste. Les gogos qui voient partout des complots du genre 11 Septembre, j'en ai ma claque. J'en ai dix par semaine au téléphone. Et quand au retard présumé de la majorité actuelle, je ne suis pas d'accord, les sondages peuvent bien raconter ce qu'ils veulent, les Français ne mettront jamais l'extrême droite à la tête du pays.

— J'espère que tu as raison, mais dans ce cas, pourquoi se lanceraient-ils dans une fraude électorale s'ils en étaient certains ?

— Dans ces conditions, nous devrions peut-être les laisser faire...

— Tu rigoles ?

Puis, revenant à la question de Marie :

— Tu sais, Marie, techniquement, nous savons que la fraude est réalisable. Maintenant, il y a ce que nous ignorons : nous n'avons pas la moindre idée du moyen utilisé pour activer le programme caché des machines, ni même pour mettre en place le logiciel pirate. Nous n'avons pas non plus compris de quelle façon les commanditaires de cette opération communiquent à la machine le nom qui doit sortir comme gagnant. Nous ignorons également qui est réellement derrière tout ça. Et je suis comme toi, je ne peux pas concevoir qu'un parti politique puisse user de ces méthodes pour se maintenir au pouvoir. Les questions auxquelles nous devons répondre sont encore trop nombreuses pour trancher.

— C'est pourtant ce qui se passe dans beaucoup de pays pseudo-démocratiques, compléta Alex. Tout le monde sait que la fraude existe, et le pouvoir en place est systématiquement reconduit. Mais je reste persuadée que c'est impensable au pays des Droits de l'homme.

—Je vais me faire l'avocat du diable, coupa Marie... Dans tout ce que vous venez d'exposer, je comprends que les machines sont potentiellement capables d'abriter un programme de triche. Rien ne dit que ceux qui en sont les commanditaires ont réellement l'intention de tricher.

—D'un certain point de vue, tu as raison, répondit Alex, reprenant pour un instant son analyse critique de journaliste. Nous n'avons rien trouvé de tel. En revanche, le fait que tous ceux qui tentent d'en savoir plus sur cette affaire trouvent une mort brutale me laisse à penser qu'il y a une vraie intention d'utiliser ces machines sur le mode fraude.

Marie acquiesça d'un hochement de tête.

Darlan, plongé dans son raisonnement, avait à peine écouté l'échange entre les deux femmes :

— J'ai la conviction qu'Eltrosys ne sait pas que les cartes qu'ils fabriquent permettent de réaliser des machines à voter capables de modifier les résultats des élections.

—Qu'est-ce qui te fait penser qu'ils ne savent pas ?

—Bien sûr, là non plus je n'ai pas de preuves, ce n'est qu'une intuition, mais ça semble logique. Pour que ça fonctionne, il faut qu'un tout petit nombre de personnes soient dans la confidence. Les commanditaires de l'opération ont certainement fait en sorte que ce soit le cas. Je n'ai rien trouvé dans les fichiers du serveur sur le fonctionnement exact du composant de Fallière. Les ingénieurs d'Eltrosys ne savent probablement pas quelle est son utilisation précise. Tout est réalisé en utilisant des mesures de sécurité dignes de systèmes militaires. Je pense qu'ils n'ont pas besoin d'en connaître le fonctionnement précis pour l'intégrer. La conception morcelée est une technique bien connue pour protéger des systèmes militaires. Chaque industriel réalise une partie d'un tout sans connaître les autres éléments. L'intégrateur final ne connaît pas non plus les détails. Comme on dit dans notre jargon, il faut que la main droite ignore ce que fait la gauche.

Darlan fit une pause et regarda ses amis :

—Mais nous qui savons, nous pouvons affirmer qu'il existe une possibilité de malversation, et elle profite obligatoirement à quelqu'un qui fait tout pour protéger le secret.

Fred se leva, son verre à la main, et commença à parler en se déplaçant dans la pièce :

—Je ne peux pas croire que nous soyons les seuls, ici, à savoir ce qui se trame. Soyons sérieux, nous ne sommes pas plus intelligents ni plus doués que tous ceux qui travaillent à la conception de ces machines. Même si je suis d'accord à 100 % sur le fait que nous devons dévoiler le complot, je doute que nous soyons les mieux placés pour ça.

—Tout ce que je sais, intervint Alex en haussant la voix, submergée par l'émotion, c'est que des gens sont morts pour avoir voulu révéler ce secret. Quelqu'un est prêt à tuer pour ça. Fallière m'a demandé... nous demande de tout faire pour empêcher cette fraude. Cette image me hantera jusqu'à ma mort. Le deuxième tour est après-demain. Nous avons le devoir d'intervenir ! C'est vrai, nous ne sommes pas plus doués que d'autres, c'est le hasard, peut-être la chance, qui nous ont lancés dans cette quête. Personne d'autre ne découvrira ce que nous savons si nous n'intervenons pas.

—Nous devrions peut-être avertir la presse, hasarda Marie, tous les scandales sont un jour ou l'autre révélés par la presse. Celui-là en vaut bien un autre, je pense que les médias vont se jeter sur cette information.

—Tu as raison, mais justement, seule la presse à scandales aura à cœur de publier l'info. Concernant les médias sérieux, c'est irrecevable. Nous n'avons pas assez d'éléments! répondit Alex, et ils sont trop techniques. La veille des élections, ça m'étonnerait que nous trouvions une rédaction prête à aborder le sujet. Sauf si, bien sûr, nous présentons des preuves évidentes, mais c'est loin d'être le cas. Aucune rédaction ne prendra le risque d'être accusée d'avoir incité des électeurs à renoncer à voter. Par ailleurs, vous devez savoir qu'avant, pendant et après des élections importantes, les médias reçoivent un nombre important d'informations selon lesquelles telle ou telle fraude a été commise. Le fait est que, la plupart du temps, ces infos sont fantaisistes, ou diffusées à dessein, justement pour influer sur le résultat. Vous n'avez pas idée du nombre de personnes qui voient des complots, des arrangements, des cooptations, des réseaux dans les résultats d'une élection.

Darlan buvait les paroles d'Alexandra, dont les yeux bleus pétillants reflétaient la résolution sans faille. Il aimait bien quand elle s'emportait, quand il lisait en elle cette farouche détermination. Elle était belle, rayonnante. Était-ce le mélange d'antalgiques et d'alcool ? Pour la première fois depuis leur rencontre, il lui trouvait plus de qualités que de défauts. Elle avait en elle la même part d'humanité que lui, celle qui lui permettait de donner le meilleur pour une cause juste, quels qu'en soient les risques.

—Dans ce cas, et puisque nous n'avons pas le choix, dit-il, nous devons comprendre comment fonctionne le système et nous arranger pour le mettre en panne. Je suis convaincu que la commande vient d'un endroit unique et qu'elle est diffusée à toutes les machines. Comme tout système communicant et centralisé, il a forcément des failles, donc on peut le pirater. Et c'est ce que nous savons faire le mieux, n'est-ce pas, Backdoor ? finit Darlan en utilisant le pseudo de Fred dans le monde des *hackers*.

— Tu l'as dit, mon pote, mais en fait, c'est surtout toi le grand maître dans la spécialité, moi, je reste un petit scarabée, répondit Fred en se fendant d'un large sourire. Et si je peux aider à défendre une noble cause, tu me connais, je te suis. Reste à découvrir comment la carte fonctionne. Je m'y mets dès demain matin. On a la carte et les schémas que tu as copiés, c'est un début.

— Avec moi, mon chéri, intervint Marie, tu ne vas pas me priver d'une partie d'analyse de schémas j'espère ? Ça me rappellera nos soirées d'étudiants.

Alexandra regarda Marie avec un mélange d'admiration et d'incompréhension : comment une femme pouvait-elle s'enthousiasmer à ce point à l'idée de passer des heures à examiner des schémas pour décrypter le fonctionnement d'une carte électronique ? Marie lui avait expliqué qu'elle connaissait Fred depuis les bancs de l'école primaire et qu'ils avaient fait toute leur scolarité ensemble, y compris leurs études d'ingénieurs. Mariés depuis plus de quinze ans, ils faisaient figure d'exception en termes de longévité de couple auprès de leurs amis. Alexandra évita soigneusement de laisser ses réflexions vagabonder autour de sa propre condition de célibataire au long cours et reprit la discussion :

— Nous devons également comprendre comment sont mises en place les deux versions du logiciel. L'officielle, qui doit forcément être chargée sous contrôle indépendant, et la pirate, qui doit rester indétectable jusqu'à son utilisation. Je crois me souvenir que j'ai lu quelque chose sur le sujet récemment. Ça traitait du problème d'indépendance des organismes de contrôle qui demeuraient par ailleurs des sociétés privées à but lucratif. Je vais voir ce que je trouve à ce sujet. Ça pourrait être intéressant également de rencontrer un responsable de cet organisme pour recueillir son avis. Je peux également voir avec mon journal si je trouve un moyen de faire remonter l'info à l'AFP. Pas avec ma rédac-chef, mais il me reste encore pas mal de copains à la rédaction. Je doute d'arriver à un quelconque résultat, mais nous nous devons d'essayer, n'est-ce pas ?

— Peut-être est-ce que le programme est directement mis en place par Eltrosys dans les cartes, proposa Marie. Il m'a semblé voir des composants mémoires directement soudés sur la carte que tu as rapportée. Vous n'avez pas trouvé quelque chose qui pourrait nous renseigner à ce sujet ?

— Je ne pense pas, intervint Darlan, le serveur ne comportait aucun répertoire concernant un quelconque logiciel et pourtant, j'ai pu avoir accès à toute l'arborescence du programme. Je n'ai pas davantage trouvé trace de développement spécifique de logiciel concernant cette carte.

Le silence s'installa pendant quelques secondes, chacun restant perdu dans ses pensées, et essayant de deviner de quoi leur avenir proche allait être fait.

Fred se sortit le premier de la réflexion commune et leva son verre pour trinquer, après avoir consciencieusement rempli ceux des convives :

— J'ignore si nous allons réussir, mais je me dis que nous formons une sacrée bonne équipe. Je pense que nous pouvons boire ce nectar à notre futur succès.

— Tu ne vas pas un peu vite ? coupa la journaliste.

Darlan éclata de rire :

— Tu ne connais pas encore bien notre ami Fred. Le principe, c'est de trinquer, que ce soit à nos succès passés ou futurs. Ça permet de boire deux fois plus sans avoir à attendre le résultat.

Alexandra entra dans le jeu, déridée par la moitié du verre qu'elle avait déjà avalée :

—Dans ce cas, je lève mon verre en pensant à la tête de ceux qui ont monté cette fraude lorsqu'ils découvriront qu'une bande d'amateurs a réussi à éventer leurs magouilles.

—Où as-tu vu des amateurs, Alex ? compléta Fred, gagné par le fou rire de Darlan.

—Doucement, intervint Marie, les enfants dorment et ils ont école demain. Et je n'ai pas du tout l'intention de les mêler à nos discussions.

—À vos ordres, mon amour, répondit Fred en baissant la voix. C'est vrai qu'il se fait tard, même pour les grands.

Il ajouta, plus sérieusement :

— Avant d'aller dormir, je vais commencer à communiquer là-dessus sur mon blog, ça ne servira certainement pas à grand-chose, mais si les habitués tombent sur le post et en parlent autour d'eux, ça fera déjà quelques milliers de personnes dans la confidence, ce sera déjà ça. Je vais mettre ça également sur Facebook, c'est fou ce qu'une rumeur se répand facilement avec ce truc.

—Si tu as vraiment envie de passer ta nuit devant l'ordinateur, c'est dommage pour toi, le coupa Marie d'un air espiègle. Elle se leva et s'approcha de son mari dans une posture provocante :

—J'avais l'intention de me dévouer pour le repos du guerrier.

—Je ne serai pas long, rassure-toi. Et avec cette perspective intéressante, je sens que je vais être très motivé pour travailler vite.

Déridé par l'alcool, Darlan lâcha une des blagues qu'il réservait habituellement à ses amis.

—Même moi qui suis accro d'ordinateurs, je pense qu'entre remplir un blog et la proposition que je viens d'entendre, je n'hésiterais pas un instant. Mais je n'ai pas cette chance, moi.

Tous les regards se tournèrent vers Alexandra qui ne savait comment réagir, partagée entre l'envie de répondre avec vigueur aux réflexions douteuses du policier, et le besoin de montrer de l'empathie à son égard, étant toujours habitée par ce sentiment de culpabilité lié à sa blessure :

—Je pense que le deuxième guerrier devrait aller se coucher plutôt que de penser à la bonne fortune de ses copains. Je ne suis pas médecin, mais je prescris quelques bonnes heures de repos au grand blessé.

Darlan regarda Alex avec gravité, comme pour dire quelque chose de sérieux, puis lança en souriant :

—Je ne sais pas comme médecin, mais je t'imagine bien en infirmière.

Alexandra le fusilla du regard et fut interrompue dans sa tentative de réponse par la sonnerie très reconnaissable du téléphone de Darlan, le policier étant la seule personne qu'elle connaissait à utiliser l'intro de *Hells Bells* pour les appels entrants.

Darlan, qui venait de comprendre que sa blague douteuse avait blessé la jeune femme et se demandait comment se rattraper sans s'enfoncer davantage, fut heureux d'avoir à répondre. Il reconnut le numéro : son copain Patrick Brune, sans lequel ils seraient déjà dans les mains de la police :

—Salut, mon pote, commença-t-il en grimaçant d'avoir bougé son bras pour porter le téléphone à son oreille. Je ne sais pas comment te remercier, c'était moins une.

Darlan entendit nettement le soupir de soulagement de son correspondant :

—Heureux de l'apprendre. Vous allez tous bien ?

—J'ai presque pris un pruneau et je suis un peu égratigné, mais les autres vont bien… Il y a quand même quelque chose qui me chagrine : j'aimerais bien savoir comment vous avez fait au bureau pour nous retrouver chez Eltrosys. J'ai beau me creuser, je ne vois pas.

—Là tu m'excuseras, tu es clairement de l'autre côté maintenant. Et même si je ne suis pas d'accord avec tout ce qui se passe ici, je ne veux pas non plus te donner tous les détails. Je risque déjà ma place en te parlant. Je peux juste te dire de te méfier des caméras, à toi de deviner le reste.

—O.K., bien sûr, excuse-moi. C'est déjà fort de nous avoir prévenus. Peut-être que tu peux m'expliquer quand même pourquoi on a tout le monde aux trousses. Si tu nous aides, c'est certainement parce qu'il y a quelque chose de pas clair dans toute cette histoire.

—Je ne connais pas les détails, seulement qu'on ne respecte aucune procédure. Je ne suis pas chaud pour t'en dire davantage, sauf si tu parviens à m'expliquer ce que tu fais, mêlé à une histoire de terrorisme, ça m'éclairerait déjà un peu, et ça pourrait me donner envie de t'expliquer le reste.

—Il n'y a pas d'histoire de terrorisme ! s'énerva Darlan. Comment tu peux imaginer un truc aussi débile ? Si tu veux tout savoir, nous avons découvert que les machines à voter qui vont servir dimanche pour les élections sont très probablement truquées pour falsifier les résultats.

Un long silence accueillit ses propos, trahissant le temps nécessaire à son interlocuteur pour digérer le message.

—Tu es là ?

—Tu peux m'en dire un peu plus ?

—Pour faire simple, nous avons suivi la piste de Fallière. Il a inventé un composant qui donne aux machines à voter la capacité de passer en mode triche de façon complètement indétectable.

—Tu délires, c'est complètement impossible, c'est un truc de république bananière !

— On n'a pas encore la preuve que la triche sera réellement utilisée, mais je peux t'affirmer que les machines sont conçues pour ça. Et quelque chose me dit que les meurtres à répétition ne sont pas étrangers à ce complot. On a découvert quelque chose qui devait rester secret.

À nouveau, Darlan n'entendit plus que la respiration de son correspondant dans le combiné. Autour de lui, Fred, Marie et Alexandra le regardaient avec attention. Tous avaient saisi l'importance de la conversation et cherchaient à en comprendre les détails. Il mit le téléphone en main libre en signifiant d'un geste à ses amis de rester silencieux. La voix de Patrick Brune résonna dans la pièce :

— Bon, ce que tu me dis là dépasse de loin mon niveau. Je vais voir ce que je peux faire. Pour commencer, je vais vous sortir de là, vous n'êtes plus en sécurité. La journaliste est toujours avec toi ?

— Elle est devant moi.

— Très bien. Vous allez rester là où vous êtes. Donne-moi l'adresse et je fais en sorte de vous extraire dès demain, disons en fin d'après-midi, le temps de tout organiser. En attendant, ne faites rien, ne sortez pas, ne communiquez avec personne d'autre que moi. Ça te va ?

— Oui, sauf que je ne suis pas sûr d'avoir envie de te donner notre planque. Tu travailles toujours pour un organisme qui ne nous laissera jamais mener à bien nos investigations. Nous avons décidé d'aller jusqu'au bout. Tu me connais, j'ai toujours aimé jouer les justiciers et j'ai ici une équipe formidable.

En face de lui, Fred lui faisait un oui de la tête pour soutenir sa décision.

— Fais pas le con, Darlan, si tu t'enterres, je ne pourrai pas t'aider à nouveau. Dois-je te rappeler que je vous ai sauvé les miches à toi et à ta petite bande ce soir ?

—Je sais et je t'en remercie encore, mais c'est toujours non. Je suis désolé. D'abord, je pense que tu as toujours une belle carrière à faire et ce serait trop bête de tout gâcher maintenant, et ensuite tu m'as déjà tiré une fois d'un mauvais pas, je pense que tu en as fait assez. Et pour tout dire, tout ça est vraiment important pour moi, je ne veux pas laisser tomber.

—Si tu crains une écoute, ne t'en fais pas, j'utilise le module bidouillé que tu m'as donné. On ne risque rien.

Darlan hésita. D'un côté, il trouvait pénible de devoir traiter de la sorte celui qui l'avait aidé déjà si souvent. Mais de l'autre, il ne voulait pas qu'il se trouve dans une position intenable vis-à-vis de sa hiérarchie. Patrick Brune ne lui avait jamais caché son ambition. Il était persuadé que si ses relations privilégiées avec les «terroristes» qu'ils étaient devenus aux yeux de ses chefs, venaient à être connues, il pouvait faire une croix sur la suite de sa carrière. Il avait trop à perdre s'ils étaient arrêtés maintenant.

—Non Patrick, je préfère rester discret sur notre localisation. Jusqu'à ce que j'en sache plus. Mais je peux déjà t'envoyer ce que j'ai comme infos sur le sujet, si tu veux.

—À ta guise, répondit Brune d'une voix qui laissait transparaître son agacement. Mais je ne comprends pas tes motivations, je suis le seul à pouvoir t'aider et tu m'envoies balader.

—Encore désolé. C'est une question de survie pour nous. Merci encore de nous avoir prévenus. Je te revaudrais ça dans un trois-étoiles quand toute cette affaire sera finie, répondit Darlan pour mettre fin à cette discussion qui le perturbait. Je te rappelle dès que j'ai du nouveau, à bientôt.

Darlan raccrocha le téléphone d'un geste vif, sans attendre la réponse, devant le regard interrogatif de ses amis.

—Je ne te comprends, pas souffla Alex. Tu aurais pu lui dire où nous sommes, non ? Il n'arrête pas de nous aider et tu m'as dit que vous étiez amis. Tu as une façon assez étrange de traiter tes amis.

—Justement. Dans ce genre de situation, moins on met de personnes dans la confidence, moins on les met en danger. Maintenant que je sais l'importance de ce que nous avons découvert, je peux te dire que je ne suis pas fier d'avoir débarqué ici, chez des amis, que je risque de mettre potentiellement en danger. Ma décision ne paraît peut-être pas cohérente, mais j'ai pour habitude de me fier à mon intuition. Ça m'a déjà sauvé plusieurs fois lors de mes activités sous-terraines.

Une ombre d'inquiétude passa dans les yeux de Marie :

—Tu crois vraiment que quelqu'un pourrait s'en prendre à nous, aux enfants ?

—Pas tant que personne ne sait où nous sommes, c'est pour ça que je n'ai rien dit. Quand tu partages un secret, tu prends un risque. Nous sommes en sécurité ici. Pour répondre franchement à ta question, oui, il y a un risque si nous nous éternisons chez vous. Nous allons devoir bouger très rapidement. Peut-être dès demain. Ceux qui ont mis en place la tricherie des machines à voter sont prêts à tout pour garder leur secret. Notre seule façon d'arrêter tout ça est de trouver suffisamment de preuves et de rendre l'affaire publique le plus rapidement possible.

—Tu sembles bien sûr de toi, intervint Alex, ils nous ont retrouvés chez Eltrosys et tu ne sais toujours pas comment ils ont fait.

—Maintenant, je sais. Patrick m'a dit de me méfier des caméras. Je suis persuadé que quelqu'un de mon équipe, de mon ancienne équipe, devrais-je dire, a trouvé un moyen de lancer une analyse de reconnaissance sur nos visages sur toutes les caméras de la région, y compris les caméras privées. C'est ma faute. C'était un des objectifs pour la fin de l'année. Je pensais qu'il leur faudrait encore des mois pour mettre en place l'infrastructure nécessaire… Je me suis trompé.

— Mais il faudrait une puissance de calcul monstrueuse pour réaliser un tel exploit, coupa Fred.

— Je t'ai déjà dit que j'avais beaucoup de puissance de calcul à ma disposition dans mon boulot, il est possible que j'aie volontairement minimisé les chiffres que je t'ai donnés. Et apparemment, même moi je ne sais pas tout.

Fred prit un air faussement offusqué :

— Tu m'as menti, je peux pas le croire !

Puis il continua, plus sérieux :

— Comment peut-on se protéger de ça ? Il y a des caméras partout aujourd'hui, dans tous les lieux publics, les entreprises, les rues, les péages… et j'en oublie.

— Actuellement et officiellement, répondit Darlan, on ne compte pas moins de soixante mille caméras en France dans les espaces publics. Dans les faits, si on ajoute toutes celles destinées à la surveillance des infractions, couplées aux radars, aux feux tricolores et bien d'autres encore, on arrive à cent cinquante mille. À ça, on peut ajouter plus de quatre cent mille caméras qui surveillent des espaces privés, comme celle qui nous a dénoncés chez Eltrosys. Je peux vous assurer que mes anciens collègues sont en mesure d'accéder à la majorité d'entre elles et de détecter les plaques d'immatriculation, mais également de reconnaître des visages. Si comme je le pense, le système est opérationnel, nous allons avoir beaucoup de mal à nous déplacer. Dès qu'on passera dans le champ d'une caméra, on courra le risque d'être repéré.

— On doit se déguiser, souffla Marie, réfléchissant déjà à ce qu'elle pourrait proposer pour grimer Darlan et Alex.

Je suis certaine que les enfants vont adorer, mais je ne suis pas rassurée pour autant.

—Nous sommes en sécurité si on reste ici. Je vais camoufler la voiture sous les arbres au cas où ils leur prendraient l'envie de faire une passe photo satellite et qu'ils commencent à rechercher toutes les BMW noires de la région.

—Tu en es sûr ? s'inquiéta Marie.

—S'ils avaient eu le moyen de nous localiser ici, mon copain Patrick Brune n'aurait pas insisté autant pour savoir où nous nous trouvons. Il a accès à toutes les infos du centre. Mais je retiens ton idée de déguisement si l'on sort. Les logiciels d'analyses sont faciles à tromper et, contrairement à ce qu'on a pu voir dans *Minority Report*, les systèmes de surveillance ne sont pas encore capables d'identifier à la volée des individus dans la rue à partir du scan de leur rétine… Mais ça viendra.

—J'ai pas envie de vivre dans ce monde, répliqua Alexandra en étouffant un bâillement.

—C'est une question d'années, peut-être une décennie, au train où vont les choses, mais ça arrivera, sois-en certaine, termina Darlan.

—En attendant ces jours maudits, vous m'excuserez, je vais me coucher. Je tombe de sommeil.

Le policier se leva à son tour un peu brusquement, regrettant aussitôt son geste. Il ressentit une vive douleur au côté qui lui arracha une grimace. Il crut pendant un instant qu'il allait devoir se rasseoir pour attendre une accalmie. Alexandra l'aida en lui prenant le bras. Darlan se redressa doucement :

—Tu as raison, on verra tout ça demain, j'ai besoin d'aller dormir pour que tout ça commence à cicatriser... sans même une jolie infirmière pour veiller sur moi, finit-il dans un grand sourire et en évitant de croiser le regard d'Alexandra.

La journaliste s'approcha un peu plus et l'embrassa sur la joue d'une bise sonore :

—Je suis certaine que c'est surtout de repos que tu as besoin.

Chapitre 35

Batz-sur-Mer. Vendredi, 10 h 30.

Lorsque Darlan sortit sur la terrasse, le soleil avait déjà bien entamé sa course. Le bleu du ciel sans taches de la veille avait fait place aux filets blancs de nuages d'altitude suivis, au-delà de l'horizon, de la naissance d'un front orageux. Même si la température restait encore agréable, le vent du large obligea le policier à enfiler le gilet qu'il avait posé sur ses épaules au moment de sortir. Le vent de la mer apportait des effluves revigorants, mélange d'iode et d'algues.

Son réveil, vers dix heures, s'était révélé plus difficile qu'il ne l'avait imaginé, après une nuit en pointillé, malgré le mélange d'alcool et de médicaments qui aurait dû l'assommer. Sa blessure le tiraillait sur le côté. Il avait effectué quelques gestes lents et pris un antalgique avant de pouvoir se décider à descendre. Au moment de prendre l'escalier, il avait frappé doucement à la porte de la chambre d'Alexandra sur le palier en face. Pas de réponse. Peut-être était-elle déjà levée. La bise sur la joue et la dernière petite phrase de la journaliste avaient trotté dans sa tête une partie de la nuit. Il aurait voulu savoir si cette magie avait survécu à la nuit.

Il retrouva Fred attablé, face à la mer, devant un solide petit déjeuner. Il finissait son café en lisant le journal.

—On est déjà à la une ? commença Darlan.

Son ami se retourna et replia son journal :

—Pas une ligne, je suis déçu... Ce numéro de Ouest-France devait déjà être bouclé à l'heure de nos exploits. J'espère qu'on fera les gros titres demain. Comment va notre grand blessé ?

—Je survis, surtout tant que je trouve des antalgiques.

—Marie va te changer ton pansement et voir ça. Elle m'a déjà répété deux fois que tu devrais quand même aller chez un médecin. Je sais ce que tu en penses, mais je crois que tu n'échapperas pas au minimum à ses bons soins. Elle est têtue, tu sais, et en ce qui me concerne, je cède à tous les coups.

—Elle est une mère pour moi, répondit le policier en rigolant.

—Installe-toi, et régale-toi en profitant de la vue, ça ne va pas durer. Quand on voit les nuages monter comme ça de l'horizon, c'est pas bon signe. Avant ce soir, tu vas avoir les honneurs d'une tempête sur la côte sauvage. Il n'y a que deux options, soit on déteste, soit on ne peut plus s'en passer. Moi j'aime bien quand ça souffle, mais je n'ai aucun mérite, le sang des gens de la mer coule dans mes veines. Depuis mon balcon, j'ai l'impression d'être aux commandes d'un navire géant.

—Je ne te connaissais pas cette âme de poète, mais je comprends, c'est vraiment magnifique ici.

Darlan se sentait une faim d'ogre. La veille au soir, la perspective de leur action nocturne et le stress lui avaient coupé l'appétit. Il fit honneur aux petits pains, *pancakes* et autres croissants chauds au beurre salé, agrémentés de jus de fruits frais et d'un grand bol de café.

— Tu as pu jeter un coup d'œil à la carte ? demanda-t-il entre deux bouchées.

— Marie m'a devancé, elle était déjà debout à sept heures. Je l'ai retrouvée dans le bureau en train d'examiner les schémas et la carte. Tu as fait une belle moisson d'informations sur le serveur. Nous avons tous les synoptiques et les plans de fabrication...

Il s'interrompit un moment, regardant par-dessus l'épaule de Darlan.

— On complote dans mon dos ?

Le policier se retourna pour découvrir Alexandra, arrivant par le petit portail fermant l'accès à la falaise, tout sourire, vêtue d'un short, de chaussures de sport et d'un tee-shirt à manches courtes, trempé de sueur. Bien que la journaliste s'efforce de le décoller de sa peau, le mince vêtement soulignait ses formes beaucoup plus qu'elle ne l'aurait souhaité. Avec ses cheveux attachés par un ruban noir, le visage empourpré d'avoir manifestement couru, Darlan la trouva irrésistiblement attirante. Il ne trouva rien de vraiment pertinent à dire et dut se précipiter pour lancer la première banalité qui lui venait à l'esprit, se disant qu'il devait avoir l'air idiot à la regarder de la sorte sans rien dire :

— Désolé, Alex, on n'a pas de temps pour ça, on parle boulot, tu es réveillée depuis longtemps ?

— Depuis presque deux heures, j'ai dormi comme un bébé, bercée par le bruit de l'océan. Je peux me joindre à vous ? J'ai vraiment besoin de boire quelque chose de frais.

— J'ai en magasin du jus d'orange frais juste pressé par mes soins, proposa Fred, ainsi que tout le petit déj qui va avec.

—Merci… C'est un régal de courir le long de la côte. Si j'habitais ici, j'irais trotter tous les matins, répondit-elle en se servant et en s'installant face à l'océan.

—Tu as parfaitement raison, Alexandra. C'est ce que je me dis chaque jour : « Il faut que j'aille courir, je commence demain ! »

***

Alexandra s'était réveillée en pleine forme. Les peurs et les doutes de la veille s'étaient dissipés. Elle avait croisé Marie au moment où elle s'apprêtait à partir pour emmener les enfants à l'école.

—J'ai préparé le petit déj sur la table dehors, tu sais où est le café… Je ne serai pas longue, le temps de déposer les enfants au collège à Guérande et de faire quelques courses.

—C'est gentil, mais pour l'instant, je crois que je vais profiter du soleil pour aller courir un peu.

—Comme je t'envie d'avoir le temps pour faire un footing, j'en étais friande également il y a quelques années, mais avec les enfants et le travail, c'est devenu quasiment impossible. Tu as des affaires de sport ? Je peux t'en prêter si tu veux.

—Je veux bien, merci… L'ex-copine de Darlan à qui j'ai emprunté des affaires ne possédait pas le moindre short.

Dix minutes plus tard, Alexandra trottinait doucement sur le chemin qui suivait la falaise. Serpentant le long de celle-ci, l'itinéraire pouvait la conduire directement jusqu'au Croisic en passant par Batz-sur-Mer s'il lui en prenait l'envie. Courir avait toujours été pour elle un moyen formidable pour réfléchir, pour faire le point. Elle en ressentait le besoin depuis leur arrivée chez Frédéric et Marie et appréciait d'autant plus. D'un côté, ils l'avaient accueillie comme un membre de la famille ; en quelques heures, elle s'était sentie un peu chez elle. Mais de l'autre, leur famille unie, établie, les mots doux et les petits gestes que Fred et Marie s'échangeaient, l'amour qu'ils manifestaient pour leurs enfants, lui rappelait avec force sa condition de célibataire endurcie. Depuis quelque temps, elle fréquentait moins assidûment ses amies mariées ou en couple pour les mêmes raisons. Elle parvenait à passer de bons moments avec ses quelques copines célibataires ou divorcées lors de sorties dans des pubs branchés, sans pour autant se guérir de son vague à l'âme. Elle aspirait à autre chose et se reprochait en cet instant ce sentiment qu'elle interprétait comme de la jalousie. Ainsi que le lui avait rappelé Marie à qui elle s'était confiée spontanément la veille, elle devrait renoncer à certaines de ses libertés égoïstes si elle fondait une famille. Elle ne pourrait plus décider seule. Elle était convaincue que seul un grand amour pouvait lui donner envie de cela… Ce qui lui laissait à penser qu'elle n'avait jamais connu le grand amour. Comme tant de femmes, elle avait été convaincue qu'elle rencontrerait son idéal, son complément, sans l'avoir cherché, juste par ce que c'était dans l'ordre des choses. Pendant longtemps, cette idée avait été pour elle une évidence. Les années passaient, mais il ne s'était jamais présenté.

Ses pas l'amenèrent jusqu'au village où elle longea la rue du Golf. Alexandra passa devant un restaurant dont la terrasse donnait directement sur la falaise. Elle s'arrêta un instant pour regarder la carte. *La Roche Mathieu* présentait de nombreuses spécialités de poissons dont elle raffolait, son estomac commença à la rappeler à l'ordre.

Elle passa sur le côté et regarda la terrasse avec envie. Elle aurait aimé s'attabler là pour un dîner romantique en regardant le soleil se coucher sur l'océan. Elle laissa ses idées vagabonder au rythme de sa rêverie. Pendant un instant, elle se vit assise à une table et les traits de l'homme avec qui elle partageait ce moment étaient ceux de Darlan. Elle chassa cette vision, le policier ne pouvait pas être celui avec qui elle rêvait de passer ce moment unique. Il était tellement éloigné de son idéal. Mais quel était réellement son idéal ? Au fil des années, Alexandra s'était forgé une image de l'homme qui partagerait sa vie sans avoir jamais trouvé toutes les qualités dans une seule et même personne. Sans doute sa définition d'hier était-elle différente de celle d'aujourd'hui. Dans ses rêves, il était grand, brun, musclé sans excès, bronzé, courtois, amusant, cultivé, sportif, attentionné, disponible, bon amant… mais en aucun cas d'origine africaine. Son enfance passée dans une famille qui militait activement pour l'extrême droite avait généré en elle un comportement qui lui faisait rechercher la compagnie des gens « comme elle » pour réutiliser les mots de son père, sans pour autant être convaincue réellement de ses choix. Le policier ne pouvait entrer dans cette catégorie, tout les séparait. Outre sa couleur de peau qui ne la gênait pas, qui ne la gênait plus, elle le trouvait maladroit, voire blessant dans ses propos, brutal dans ses jugements, et plus généralement un peu bizarre avec sa passion pour le *hacking*. Manifestement pas attiré par le sport. Elle se demandait comment il pouvait conserver cette silhouette en restant toute la journée et la plupart des nuits assis devant des ordinateurs.

D'un autre côté, elle devait reconnaître, à son corps défendant, qu'il pouvait être attachant, courageux, sensible certainement, encore que ce trait de caractère soit difficilement décelable sous sa carapace. Il lui avait sauvé la vie, elle ne l'oubliait pas. La veille, dans la voiture, alors qu'il avait sa tête posée sur ses genoux, elle l'avait trouvé très attirant pendant un moment, jusqu'à ce que le frisson qu'elle avait ressenti s'évanouisse avec une de ses réflexions stupides. Elle se ressaisit et rejeta l'idée, en bloc. Elle n'était pas prête pour une nouvelle relation ; c'est ce qu'elle répétait inlassablement à ses copines depuis plusieurs mois ; et le policier n'était clairement pas un bon choix. Elle s'en voulut de ce moment d'égarement, de faiblesse.

Un nouveau gargouillement dans son ventre la ramena à la réalité, il était temps de rentrer.

***

— Alors, qu'avez-vous découvert ? demanda Alexandra entre deux bouchées de croissant au beurre.

Fred répondit, sous l'œil agacé du policier qui aurait bien aimé qu'Alex s'inquiète au moins un peu de son état de santé ou de ses traits tirés à cause de la mauvaise nuit qu'il venait de passer. Elle était grandement responsable de sa blessure et semblait peu s'en soucier…

—Je disais que la carte a livré au moins en partie ses secrets. Nous avons trouvé deux EPROM distinctes qui doivent normalement contenir les deux versions du programme, sauf qu'elles sont agencées pour faire croire qu'il ne s'agit que d'un module de *backup*… de sauvegarde. Si on ne sait pas ce qu'on cherche, aucune chance de trouver ça.

Fred attendit la réaction de Darlan qui l'encouragea à continuer d'un signe de tête. De son côté, Alexandra semblait écouter avec l'attention exagérée de celle qui n'a pas compris.

—La suite est plus intéressante : il semble que la définition de la carte permette une activation du programme bis du microprocesseur, seulement par une commande extérieure.

—Qu'est-ce qui te fait penser ça ? demanda Darlan.

— Nous avons trouvé un autre composant sans marquage. Nous n'en sommes pas certains, mais d'après les schémas, il n'est pas impossible que ce composant soit en mesure de relayer une commande à distance vers le composant de Fallière. La question est : quelle commande à distance ? Peut-être une connexion Internet, mais sans le reste de la machine, il est quasiment impossible d'en deviner l'usage. Même si la carte est le cœur du système, il manque dans notre puzzle au minimum un boîtier, une interface, un module de communication, quel qu'il soit, un écran et une alimentation et j'en oublie certainement.

— Tant que nous ignorons la constitution complète de la machine, il nous est impossible de comprendre comment elle peut passer en mode fraude, compléta Darlan.

— Et pourquoi les machines ne seraient-elles pas activées localement ? demanda Alex.

— Par un complice ? Non, ça ne tient pas, il faudrait recruter autant de complices que de bureaux de vote.

— Je n'ai pas parlé de complices ! Si j'ai bien compris ce que j'ai lu, les machines sont contrôlées par les scrutateurs justes avant l'ouverture des bureaux de vote. Ils doivent lancer un programme de diagnostic et ils récupèrent à la fin un papier qui leur dit que la machine est O.K.

Fred et Darlan la regardèrent d'un air surpris.

— J'ai lu ça dans un papier d'une collègue il y a quelques mois. Je m'en souviens encore, car je m'étais imaginée la tête des scrutateurs et des élus, attendant que la machine crache son papier.

— Ils pourraient ainsi activer le mode fraude sans même le savoir, poursuivit Darlan. Rien qu'en lançant le programme de diagnostic. C'est pas bête.

— Merci de te l'entendre dire.

Le policier ne releva pas la remarque :

— Ou bien il suffit que les commanditaires de l'affaire imposent une procédure de vérification supplémentaire, en prétextant justement vérifier la fiabilité des machines. Dans ce dernier cas, ce serait précisément les organismes de contrôle qui passeraient les machines en mode triche à leur insu.

— Il est évident que les organismes de contrôle, publics ou privés, sont très attentifs au respect des normes et à l'utilisation des machines.

— C'est certainement vrai. Je reste pourtant persuadé que dans ce domaine, il est très facile de tromper ceux qui sont chargés du contrôle. Dans mon boulot, enfin celui que j'avais jusqu'à hier, j'ai réussi à faire plancher une équipe d'experts sur une version d'un logiciel parfaitement *clean*, et à le changer après coup. Personne ne s'est jamais rendu compte de rien.

— Pourtant, tes amis policiers ont réussi à te repérer chez toi, n'est-ce pas ? Tu n'étais donc pas aussi invulnérable que ça, compléta Alex, qui se souvenait très clairement de la réaction brutale du policier lorsqu'il avait été tracé.

Fred assistait aux discussions animées entre son ami et la journaliste, les laissant se contredire ou se compléter, s'amusant de les voir se chamailler, s'envoyer régulièrement des piques. Il n'arrivait pas à décider si ces échanges cachaient une grande affection mutuelle ou s'ils étaient réellement comme chien et chat. Pour Marie, c'était une évidence. Elle attendait patiemment le jour où ils se tiendraient par la main. Pour une fois, Fred doutait de la clairvoyance de sa femme.

Il décida d'intervenir :

— Je vous écoute tous les deux, mais je pense que nous faisons fausse route. Nous ne devons pas nous focaliser uniquement sur le moyen d'activation des machines. Elles doivent recevoir non seulement le signal d'activation du mode fraude, mais également, le nom ou la liste qui doit être favorisé. J'imagine que ceux qui ont mis ça au point ont bien l'intention de gagner les présidentielles, mais également les législatives, sans quoi ils perdraient le pouvoir. Plus personne n'imagine de cohabitation de nos jours. Les concepteurs du projet ont certainement pensé à tout. Il leur faut un moyen de commander la reprogrammation des machines, juste après l'heure d'ouverture des bureaux de vote, et sans aucune action nécessaire à proximité de celles-ci. La fraude s'opère forcément juste après l'ouverture du scrutin. Je suis prêt à parier que l'opération inverse est réalisée juste avant la fermeture.

—Je reviens donc à mon idée initiale, jubila Darlan. Une commande centralisée. Les machines sont donc forcément connectées vers l'extérieur pendant un court laps de temps.

—La seule chose que nous pouvons en conclure, continua Fred, c'est que nous n'avons pas assez d'informations pour savoir comment fonctionnent exactement ces machines à voter. Il nous faut trouver les pièces manquantes du puzzle.

Alexandra regarda les deux hommes tour à tour :

—Vu le temps qui nous reste, je ne vois pas comment nous allons faire. Le deuxième tour a lieu dans deux jours, et nous n'avons pas le début d'une solution.

—J'espère seulement que nous n'arriverons pas trop tard, coupa Fred. Je ne me verrais pas vivre dans un pays où un président s'est maintenu au pouvoir par la fraude. Disons les choses clairement, seul le pouvoir en place peut avoir organisé ça. Et les résultats du premier tour nous donnent raison. Ils se sont maintenus alors que tout le monde les donnait perdants.

—Même si cela doit se produire, nous pourrons peut-être nous rabattre sur une bonne campagne de presse, en espérant que cela suffira pour faire réagir la population, je sais assez de quoi je parle, finit-elle en reprenant un croissant.

—Tu as raison, à condition que la presse soit indépendante, ce qui est loin d'être le cas. Presque tous les organes de presse appartiennent à quelques grands groupes, tous à la solde du pouvoir en place.

—Tu exagères, coupa Alex, nous ne sommes pas en Italie.

—Je n'en suis pas si sûr. À partir du moment où les principales chaînes de télévision privées appartiennent à des groupes contrôlés par des hommes politiques et que les canaux publics sont dirigés par des gens nommés par le gouvernement en place et dépendent des subsides de l'État pour survivre, il ne faut pas s'attendre à des miracles en terme d'indépendance.

—Tu es un peu caricatural, les journalistes tiennent à leur indépendance. C'est une des vertus du métier. Je ne nie pas qu'il ait pu y avoir quelques influences ici et là. Mais, dans l'ensemble, la presse est libre dans notre pays.

—Je suis persuadé que les journalistes sont fondamentalement honnêtes, mais si on touche au portefeuille, il est probable que la morale et l'éthique passent au second plan. Et je crois me souvenir que Reporters Sans Frontières a mis la France sous surveillance, il y a quelques années, considérant la liberté de la presse après l'adoption de la loi Loppsi 2 qui permet entre autres de filtrer l'information accessible au grand public.

—Je n'ai rien lu là-dessus, s'étonna Alex.

—Demande à des journalistes, insista Darlan, sur un ton qui se voulait plaisant.

Une rafale souleva un bord de la nappe tenue par des clips sur la table en bois. Le voile de nuages obscurcissait rapidement le soleil et Alexandra frissonna. Le policier se leva en grimaçant de douleur et lui posa son gilet sur les épaules. Elle le regarda en souriant, intriguée, puis, prenant Fred à témoin :

— Il est amusant. Capable en moins d'une minute de se montrer odieux, et l'instant d'après, de se conduire en homme galant… C'est assez perturbant, mais j'apprécie, au moins la deuxième partie… Tu es en progrès Philippe, c'est déjà ça. Merci.

— On n'arrête pas de le dire, Darlan est un type bien, compléta Fred.

— Bon, c'est fini là ? Heureusement que Marie n'est pas là pour en rajouter encore.

— Où est-elle ? demanda la journaliste pour couper court, en s'emmitouflant dans le gilet.

— Elle a insisté pour examiner la carte mère des machines dans la société où elle travaille, elle a des moyens dont nous ne disposons pas à la maison.

— Il ne vous a fallu que quelques heures pour découvrir que les machines à voter étaient conçues en intégrant un mode permettant la fraude. Comment se fait-il que les organismes de contrôle n'aient rien vu ? s'interrogea Alexandra. Ils sont normalement compétents et capables en théorie de déceler une éventuelle fraude, non ?

— Nous ne sommes pas meilleurs qu'eux. La seule différence est que nous savions ce que nous cherchions et nous connaissions le fonctionnement du composant de Fallière. Pour quelqu'un qui n'a pas ces informations, c'est quasiment impossible à remonter sauf peut-être pour celui qui cherche à copier la carte. Je suis persuadé que les organismes de contrôle n'y ont vu que du feu.

— Qui sont ces organismes ?

— Normalement, pour ce genre de choses, on fait appel à des sociétés de certification et d'inspection comme le Bureau Veritas ou l'APAVE, par exemple. Il est probable qu'ils soient impliqués dans la démarche de fourniture d'un agrément.

— Tu veux dire que c'est un organisme privé qui donne l'agrément pour des systèmes aussi sensibles que des machines à voter ?

— Oui, pour le reste, il faudrait leur poser la question, ils se doivent d'être transparents sur leurs démarches de contrôle.

— Puisque tu trouves que nous n'agissons pas assez, je te propose d'aller leur demander de vive voix, proposa Darlan en s'adressant à Alexandra. Ils ne devraient pas faire de difficultés pour répondre aux questions d'une journaliste, qu'en penses-tu ?

Alexandra soutint son regard :

— Aucun problème, je les appelle juste après ça, lança-t-elle en reprenant un croissant.

— Mais où met-elle tout ça ? demanda Fred en s'attardant sur les courbes gracieuses de la jeune femme.

— Je fais du sport, c'est tout, et tu devrais en faire autant.

— Prends ça dans les dents, rigola Fred en se tapotant sur le ventre où pointait un léger embonpoint.

Darlan préféra couper court :

— Pour ma part, je vais me renseigner pour savoir à quel endroit les machines sont assemblées. Je suis certain que si nous parvenons à mettre la main sur les plans complets des machines, la solution nous sautera aux yeux.

— Et que comptes-tu faire si tu trouves ? Recommencer l'opération d'hier soir ?

— Mise à part la fin, le reste était assez sympa, non ?

—Si tu veux parler de ta blessure, je me suis déjà excusée. Et je ne sais pas où nous serions maintenant si je n'avais rien fait.

—Oui, c'est vrai, nous te devons tout, ironisa Darlan. La prochaine fois, je te laisse diriger, ça sera certainement mieux.

Alexandra regarda le policier sans cacher son animosité et en le fusillant de son regard bleu clair. Elle continua tranquillement son petit déjeuner sans répondre.

Chapitre 36

Lyon. DCRI. Vendredi, 12 h 50.

— Commissaire ! Je crois que j'ai trouvé !

La voix de Marc Pietri venait de résonner dans le calme de la salle de contrôle. Depuis le début de la matinée, le commissaire Giraud manifestait sa mauvaise humeur dès qu'un des analystes présents avait le malheur de chuchoter. Tous avaient reçu une liste de tâches bien précises à accomplir, avec la consigne de ne le déranger qu'en cas de découverte notable. Ses collègues présents se tournèrent vers lui, puis vers le bureau du commissaire, guettant une éventuelle réaction de sa part. Même s'ils s'en défendaient, ils devaient tous reconnaître qu'après Darlan, Pietri était de loin le meilleur analyste.

Pietri commuta l'affichage d'une de ses consoles sur l'écran mural principal. Tous les autres écrans montraient des images vidéo ou des cartes de la région de Guérande. Au mur, l'image de Google Earth représentait toute la presqu'île guérandaise sur laquelle étaient incrustées toutes les informations géolocalisées : l'emplacement de l'usine Eltrosys, la localisation des caméras ayant repéré la voiture de Darlan ou les visages des suspects.

Une équipe de la direction régionale de Nantes devait arriver sur place en fin de matinée. Brune avait dû composer avec la police locale suite au cambriolage de la veille chez Eltrosys. Les choses devenaient maintenant très claires. La DCRI prenait le commandement exclusif pour toute la région. L'action de la police locale avait été jugée désastreuse et surtout parfaitement inutile.

Pierre-Étienne Giraud sortit de son bureau d'où il pouvait en permanence conserver un œil sur l'activité en cours. Il contenait difficilement sa mauvaise humeur. Le fiasco de l'intervention policière de la veille, le manque total d'informations cohérentes l'exaspéraient. La débauche de moyens et de pouvoirs d'investigation concentrés entre ses mains, ne lui étaient finalement d'aucune utilité. Darlan et sa bande conservaient toujours un coup d'avance. Il n'acceptait pas de s'être fait avoir par un de ses hommes. Il avait reçu la veille une convocation au siège à Levallois-Perret pour le lundi suivant, pour s'expliquer sur le cas Darlan. Comment allait-il pouvoir justifier que son meilleur analyste travaillait en fait pour l'ennemi, à son nez et à sa barbe, et sans doute depuis plusieurs années ?

Le costume et la cravate parfaitement ajustés, comme à son habitude, il s'approcha du poste de Pietri et jeta un coup d'œil agacé sur le sandwich entamé, les miettes et les deux canettes de soda qui recouvraient le poste de travail. Il passa sa main dans ses cheveux blancs, coupés courts, avant de se décider à s'adresser au gros informaticien :

—J'espère que cette fois vous ne me dérangez pas pour rien, je vous écoute.

Pietri, certain un instant plus tôt d'avoir trouvé un moyen de retrouver Darlan et sa bande, se mit à douter. Il sentit la fatigue accumulée depuis plusieurs jours peser sur ses épaules. S'il s'était trompé ou faisait fausse route, il imaginait déjà ce qu'il allait devoir subir. Il chercha des yeux Patrick Brune, le seul qui soit capable de contenir les colères de Giraud. Ce dernier, le portable à l'oreille, s'approcha également sans un regard pour Pietri qui afficha sur l'écran principal une page de blog datée du matin même vers trois heures.

—J'ai effectué une recherche sur Eltrosys, pour comprendre ce que Darlan pouvait avoir à faire là-bas. Cette société est un fabricant de cartes électroniques, notamment pour des applications d'automatisme et de contrôle. Rien de particulier. Je ne comprenais pas pourquoi Darlan et sa bande avaient pris le risque de pénétrer dans cette entreprise.

—Venez-en au fait, souffla Giraud.

—J'y viens, monsieur. Pour en avoir le cœur net, j'ai appelé le dirigeant qui, après m'avoir identifié selon la procédure, m'a appris que sa société fabriquait également les cartes mères des machines à voter.

—Vous voulez dire celles que nous allons utiliser dimanche pour les élections ?

—Oui monsieur.

—Quel rapport avec les pages du blog que vous nous présentez ?

—Quand j'ai obtenu cette information, je n'ai pas pu m'empêcher de faire le lien avec le buzz qui est fait depuis ce matin autour d'une info parue sur ce blog, c'est relayé également sur Facebook et Twitter. Cette feuille est animée par un certain Backdoor, c'est un pseudo, bien entendu. Comme par hasard, alors que ses posts sont d'habitude un peu creux, il publie cette nuit deux pages sur un complot impliquant le pouvoir en place et concernant une fraude électorale avec les machines à voter. Tous les gogos fanatiques de complots se sont jetés sur cette info et ça a commencé à se répandre rapidement, notamment sur Facebook.

— Qu'y a-t-il d'étrange là-dedans ?

— J'ai réussi à identifier le dénommé Backdoor. Il a fait l'erreur d'utiliser le même pseudo à d'autres endroits sur la toile. C'est un grand classique. La plupart des gens font la même bêtise et sont très faciles à tracer.

— Vous voulez bien arriver à la conclusion, je me fous de vos détails !

— Oui, pardon, monsieur. Notre logiciel de recoupement d'informations n'a pas mis cinq minutes pour trouver son identité. Et je vous le donne en mille, ce gars habite dans un bled sur la côte à quelques kilomètres de Guérande.

Soudainement, Giraud et Brune se firent beaucoup plus attentifs, bombardant Pietri de questions. Ce dernier, heureux de susciter autant l'attention, s'efforçait de répondre avec précision.

Chapitre 37

Saint-Nazaire. Vendredi, 13 h 20.

Après avoir roulé une quinzaine de kilomètres dans la direction de Saint-Nazaire, Darlan commençait enfin à apprécier la Bluecar, pour la plus grande satisfaction d'Alexandra. Sa première réaction, lorsqu'il avait découvert la voiture de Marie, avait été de se moquer du « pot de yaourt » qu'elle lui proposait, pour remplacer sa BMW, « grillée » dans la région.

Alexandra, pour sa part, était tombée en admiration devant la petite voiture aux lignes pures et au design affirmé. Enfin une voiture vraiment écolo qui avait une certaine allure ! Du tableau de bord futuriste au toit tapissé de panneaux solaires, la petite voiture affichait clairement son avance dans le domaine des voitures électriques. Elle avait accepté que le policier prenne le volant uniquement dans le but d'arriver à le convaincre qu'il existait autre chose que les grosses cylindrées. Une fois installé, Darlan avait dû reconnaître que le confort était au rendez-vous. Dès que Marie eut terminé de lui expliquer le fonctionnement de la voiture électrique construite par les groupes

Pininfarina et Bolloré, Darlan s'était montré très dubitatif quant au fait qu'un véhicule électrique pût réellement mériter le nom de voiture. Habitué aux grosses cylindrées, il ne se montrait intéressé que si le moteur dépassait les cent cinquante chevaux.

— Bon, je retire ce que j'ai dit. Ce gadget se traîne moins que ce que j'avais imaginé. Mais apparemment, pas possible de dépasser le cent trente, dit-il en appuyant désespérément sur l'accélérateur. J'ai l'impression que le moteur est bridé à cette vitesse.

— C'est le cas, si tu avais écouté ce que Marie nous a expliqué au lieu de te plaindre. Et concernant la vitesse, c'est amplement suffisant, surtout sur cette voie rapide où elle est limitée à cent dix ! Ralentis, ce n'est pas le moment de se faire flasher, et puis c'est là qu'il faut sortir.

Darlan s'exécuta en acquiesçant :

— Bien, chef !

— Tu sais que tu es vraiment bête quand tu t'y mets ?

Darlan regarda Alex, cherchant dans son regard si le ton de la plaisanterie était toujours de mise ou pas. Avec sa perruque blonde et ses lunettes de soleil, son tailleur chic, le tout prêté une fois de plus par Marie, Alexandra lui semblait toujours aussi jolie, juste différente, comme une actrice qui se fond dans son rôle. De son côté, Darlan n'avait rien voulu sacrifier à son look et s'était contenté d'une casquette rasta et de lunettes de soleil. Alexandra lui trouvait ainsi un look de *bad boy* attirant, mais se garda bien de faire le moindre commentaire à ce sujet.

Avant de partir, le policier avait téléchargé le fichier des caméras de surveillance et était parvenu à mettre à jour la base de données de l'application « Coyote » de son iPhone, qu'il utilisait pour y ajouter la position des caméras. Chaque fois qu'ils allaient devoir passer devant l'une d'entre elles, ils seraient avertis comme s'il s'agissait d'un radar et ils s'arrangeraient pour baisser la tête ou mettre la main devant leur visage. Ainsi que l'avait précisé le policier, les logiciels de repérage étaient performants tant qu'on restait dans des attitudes « normales ».

— Tu me laisseras le volant au retour ? J'ai hâte de conduire cette petite merveille. Je comptais bientôt changer de voiture, je crois que j'ai trouvé.

— Comme tu voudras... C'est moins pire que ce que je craignais, mais il me manque quand même une bonne centaine de chevaux pour m'amuser. Et puis ce silence, ça m'angoisse. Quant au faux bruit, on est très loin du ronflement de mon V6, franchement ils auraient pu mettre quelque chose de plus pêchu. Ça fait jouet pour gosse.

— Vois-tu, pour mes trajets dans Lyon, c'est amplement suffisant, et puis l'idée de brancher la voiture sur une simple prise en arrivant chez moi, ça me plaît. Pour tout dire, j'adore la forme, l'intérieur, tout, quoi. Je crois bien que j'en suis tombée amoureuse.

Darlan laissa passer quelques secondes, puis lança, d'une voix qui ne lui ressemblait pas :

— Et ça t'arrive de tomber amoureuse d'autre chose que d'une voiture ?

Alexandra le regarda fixement, n'étant pas certaine du sens de sa question. Sous sa maladresse désarmante, essayait-il réellement de lui faire passer un message ou était-ce une boutade supplémentaire ? « Et on dit que les femmes sont compliquées », pensa-t-elle. Elle se mura dans le silence en espérant arriver rapidement à destination.

Obtenir un rendez-vous avec le responsable du bureau de l'APAVE de Saint-Nazaire dès le début de l'après-midi n'avait pas été une mince affaire, mais Alexandra avait tenu à relever le défi lancé par Darlan. Elle avait dû longuement insister sur l'intérêt que le public porterait à l'action de l'organisme de contrôle et à sa contribution à la bonne marche de la démocratie. Elle avait également avancé que ses lecteurs considéraient pour beaucoup que les organismes de contrôle pouvaient être défaillants, un des exemples marquants ayant été le scandale des prothèses PIP. Le responsable de l'APAVE avait finalement accepté ce reportage afin d'avoir l'occasion de rétablir la vérité auprès de la presse.

Alex était satisfaite d'avoir obtenu gain de cause. Ils allaient pouvoir faire avancer l'enquête sur ce point avant de reprendre le chemin du sud-est dès le lendemain.

Lorsque Darlan était venu frapper avec insistance à la porte de sa chambre quelques heures plus tôt, elle sortait de la douche et l'avait d'abord accueilli avec froideur sans ouvrir, lui parlant derrière la porte.

***

—Alex ! ouvre, il y a du nouveau.

—Je sors de la douche, alors t'es gentil, tu restes dehors.

Elle entendit distinctement le policier souffler de l'autre côté de la porte.

—Au cas où ça pourrait t'intéresser, je sais où les machines à voter sont assemblées.

—Super, j'imagine que tu vas me dire que c'est à l'autre bout de la France.

—Tu es dans le vrai, nous retournons en Rhône-Alpes. L'usine Nidap se situe à côté de Valence, dans un village qui s'appelle Chabeuil.

Elle ne répondit pas tout de suite. Il entendit la clé tourner dans la serrure. La porte s'ouvrit et il découvrit la journaliste, l'air stupéfaite, juste enveloppée dans une serviette bleue trop courte pour cacher ses cuisses :

— Tu plaisantes ?

— Heu ! non. Qu'est-ce qu'il y a qui te met dans cet état ?

Elle le regarda sans vraiment le voir, assaillie par les images du passé.

— Il y a que j'ai grandi à Montmeyran, un petit village à une dizaine de kilomètres de Chabeuil. C'est incroyable que nous devions précisément retourner là-bas.

Darlan ne comprenait rien de l'émoi de la jeune femme. Il la laissa parler, de peur de lancer une fois de plus une remarque déplacée. Elle alla s'asseoir sur le lit et continua. Il resta dans l'encadrement de la porte.

— Ma mère habite toujours là-bas, mais je ne l'ai pas revue depuis des années. Je m'étais jurée de ne plus y mettre les pieds.

— C'est peut-être un signe qu'il est temps d'y retourner, hasarda Darlan d'une voix calme.

Elle le fixa, sans savoir quelle réponse lui donner. Se pouvait-il que cet homme rustre, sans aucune finesse, puisse avoir raison ? Elle décida de ne pas se confier davantage, certaine d'être capable d'assumer, seule, comme toujours :

— Je crois que cette décision m'appartient. Quand partons-nous ?

— Dès demain, en avion. Fred a un copain qui tient l'aéroclub de La Baule-Escoublac. Il est d'accord pour nous emmener jusqu'à l'aéroport de Valence-Chabeuil en avion de tourisme. J'espère que tu ne crains pas les petits avions.

— Et pour le saut en parachute, tu crois qu'on utilise quoi ? Bon, laisse-moi maintenant, je dois m'habiller.

***

Bien qu'elle n'en ait rien laissé paraître, Alex avait passé le reste de la matinée et l'essentiel du déjeuner à se remémorer les circonstances qui l'avaient amenée à fuir le domicile de ses parents, à se souvenir de ces moments difficiles, de ces souffrances. De l'effort consenti pendant toutes ces années, pour oublier, pour vivre avec. À cette époque, elle s'était juré de ne jamais revenir, de ne jamais pardonner, d'être forte. Elle n'avait jamais failli à sa promesse. Darlan avait-il raison ? Le moment était-il venu d'oublier, de pardonner ?

La sonnerie du téléphone de Darlan retentit dans le silence de l'habitacle de la voiture. Il décrocha d'une main et reconnut instantanément la voix de Fred.

— Darlan, ramène-toi rapidement à la maison, y a un changement de plan.

— Que se passe-t-il ?

— Pas par téléphone, c'est bien toi qui m'as dit de faire attention avec ces engins. Bon, arrive… Dépêche.

— O.K., on revient.

Alex comprit au ton de sa voix que quelque chose le préoccupait.

— C'était Fred ?

— Oui, il nous demande de rentrer tout de suite. Mais il y a quelque chose qui cloche ; il m'a appelé Darlan.

— Mais tout le monde t'appelle comme ça, au moins de temps en temps, c'est ton côté flic, non ?

— Sauf que précisément Fred m'a toujours appelé par mon prénom et je me souviens même qu'il m'a dit que le jour où il m'appellerait Darlan, ce serait parce qu'il s'adresserait à moi en tant que flic.

— Tu crois qu'on doit rentrer ? C'est dommage, on est presque arrivé, et vu le mal que j'ai eu pour obtenir ce rendez-vous, ça m'étonnerait qu'ils apprécient qu'on leur pose un lapin.

— Désolé, Alex, mais là, je sens qu'il faut qu'on rentre, fais-moi confiance, tu veux ?

La journaliste eut l'intention d'insister pendant un instant, puis renonça devant l'air réellement inquiet du policier. Sans attendre davantage, il exécuta un demi-tour rapide et accéléra pour reprendre la N171 vers Batz-sur-Mer.

Chapitre 38

Paris. Salle de crise, niveau - 5. Rue des Saussaies. Vendredi, 13 h 30.

— Où en êtes-vous ?

— Mon agent est sur place. Nous devrions savoir très rapidement ce qu'il en est.

— Sera-t-il en mesure de gérer la situation ?

— Sans aucun doute. Il est toujours très efficace.

— Vous ne savez pas encore si le problème s'est propagé ?

— Non, monsieur, mais je le saurai très rapidement.

— Pourquoi appelez-vous, alors ? Je croyais avoir été très clair sur les communications.

La voix au bout du fil hésita. Puis elle reprit :

— J'ai découvert ce que nous couvrons, monsieur. Je suis au courant pour les machines à voter... Je comprends mieux certaines choses, maintenant, et je suis convaincu que nous aurons beaucoup de difficultés à conserver le secret bien longtemps.

— Nous ne vous payons pas grassement pour entendre vos états d'âme. Nous prenons les décisions et vous les exécutez. Cela vous pose-t-il un problème ?

— Non, monsieur. Je me demandais juste si tout cela avait encore un sens. L'info est maintenant sur Internet, sur des blogs et depuis peu, la rumeur se répand également sur Facebook et Twitter. Vous devez prendre conscience qu'à un moment, si la fuite est hors contrôle, vous devrez arrêter les frais et penser à une autre option.

Bien que la salle soit climatisée, le haut fonctionnaire transpirait. Il s'essuya le front avec un mouchoir d'un blanc immaculé. Sa main tremblait régulièrement. Sans doute l'excès de café, ou le manque de sommeil. Il regarda les trois autres personnes qui venaient de le rejoindre dans la pièce, après que chacun eut reçu le code d'appel de l'agent de la DCRI. Tous avaient les traits tendus, crispés, fatigués. Ils assistaient, impuissants, au dérapage qu'ils avaient évoqué au début de l'affaire comme étant une hypothèse d'école, intéressante à envisager, mais qui ne pouvait en aucun cas se réaliser. Il n'osait imaginer les conséquences en cascade si la fraude était réellement rendue publique. Il se demandait à présent s'il n'avait pas péché par orgueil, sûr de son fait, sûr de son organisation, sûr de son impunité. Tout avait été prévu : « Les différentes tâches sont découplées de sorte que personne ne pourra jamais avoir une vue d'ensemble. » avait dit le responsable technique. Il l'avait cru, comme les autres. Il était tellement tentant d'utiliser tous ces instruments que le pouvoir leur donnait, sans que les limites en soient clairement établies. Il était à ce point attirant de s'approprier une parcelle de ce pouvoir, dans le seul but de prolonger encore pendant cinq ans cet état extatique, cette sensation de puissance par rapport aux simples citoyens dont les rues étaient remplies. Il ne pouvait pas laisser tout ça disparaître, il ne pouvait pas faire marche arrière. C'était vaincre ou mourir, pas de place pour l'échec. Il reprit la parole, plus résolu que jamais :

— Quels que soient les éléments que vous avez pu découvrir, je vous rappelle vos engagements de secret absolu sur toute cette affaire. Vous n'avez pas à vous soucier du fond, contentez-vous d'appliquer nos ordres, sans discussion. Votre objectif est toujours le même. Faire en sorte d'étouffer dans l'œuf cette croisade ridicule. Quel qu'en soit le prix.

— Cette famille a des enfants, dois-je comprendre que nous devons également les éliminer ? répondit la voix dans le téléphone, manifestement en proie à une vive émotion.

— Puis-je vous demander ce qu'il vous prend d'employer ce langage ? intervint le conseiller du haut fonctionnaire. Nous sommes toujours convenus de ne jamais aborder ces sujets. Avez-vous la moindre idée du risque que vous nous faites courir à tous ?

— Oui monsieur, je sais, s'énerva la voix, mais je sais également qu'il n'a jamais été question de faire ce que vous me demandez aujourd'hui, avec vos mots feutrés et vos paraboles. Répondez à ma question : jusqu'où devons-nous aller pour étouffer l'affaire ? Je vous rappelle que le groupe d'intervention de la DCRI est en route. Mon agent doit avoir des ordres clairs, et rapidement.

Les cinq membres présents dans la salle de crise se regardèrent. Rien ne les avait préparés à gérer cette situation. D'habitude, dans les moments difficiles, chacun disposait de suffisamment de conseillers, de collaborateurs, pour les assister. Toute une hiérarchie leur permettant de diluer les responsabilités. Mais à l'instant présent, ils se sentaient directement connectés à la réalité, presque au niveau de l'exécutant. Leur stratégie visant à limiter le nombre de maillons humains dans la boucle décisionnelle montrait ses limites. Ils devaient maintenant donner les ordres directs que leur correspondant réclamait pour qu'il agisse en conséquence.

Le haut fonctionnaire s'approcha de l'ancien militaire, son conseiller en sécurité, le seul qu'il jugeait apte à donner les ordres nécessaires :

— Donnez-lui les ordres qui conviennent et qu'on en finisse, dit-il à voix basse avant de quitter la pièce, pour ne surtout pas entendre ce qui allait être dit. Un goût de bile remontait dans sa bouche.

— Et pour les rumeurs sur la toile ? demanda un des hommes. Vous n'imaginez pas à quelle vitesse ce genre d'infos se déplace dans les réseaux sociaux. Il ne se passe pas une semaine sans qu'on y retrouve une théorie du complot.

— Quel genre de complot ?

— Souvent ça part d'une blague d'un internaute et ça dégénère. Parfois on annonce que Facebook deviendra payant, la fois d'après que ce même réseau permet de vous espionner à distance, ce genre de choses.

— Dans ce cas, faites en sorte d'en rajouter, que ça devienne tellement gros que personne de sensé ne puisse y croire.

— Je vais voir comment on peut faire ça. Ça ne devrait pas poser de problèmes.

Chapitre 39

Batz-sur-Mer. Vendredi, 13 h 40.

Darlan décida tout d'abord de passer devant l'entrée de la propriété sans s'arrêter. Le portail, fermé, ne révélait rien de particulier. Pas de voitures suspectes non plus. Ils longèrent ainsi le mur de pierre qui entourait le terrain, jusqu'à un endroit où un ancien accès menant à une dépendance était fermé par du grillage.

- Je pense que nous nous sommes inquiétés pour rien, commença Alex.

Sans répondre, le policier freina brutalement, sortit de la voiture et traversa la route vers la zone grillagée. De sa place, Alexandra vit très nettement Darlan écarter facilement les deux pans du grillage qui avaient été sectionnés. Il fit quelques pas à l'intérieur puis revint vers la Bluecar :

—Je pense que ça répond à la question. Les traces de pas sont fraîches, une seule personne. Les Berthoin ont un problème. Reste à savoir avec qui.

—Nous devrions peut-être appeler la police et les laisser régler ça. Tu as été blessé hier par ma faute, je n'ai vraiment pas envie que ça se reproduise, si tu veux savoir.

Il observa Alex un instant, heureux de l'entendre manifester un peu de compassion à son égard.

— Tu es la voix de la sagesse, mais je veux d'abord savoir à qui nous avons affaire. Nous avons l'avantage de la surprise. Il réfléchit pendant quelques secondes sans parler, rythmant ses réflexions en pianotant sur le tableau de bord. Bon, s'il s'agit d'une équipe d'intervention de la DCRI, je te l'accorde, on ne pourra pas faire grand-chose. Je suis convaincu que nous avons affaire à une seule personne. Pour tout dire, ça ne ressemble pas au mode d'action de chez nous.

— Tu crois que c'est le type qui m'a agressée chez Fallière ?

— J'espère que non. C'est un tueur professionnel. Je propose que nous approchions par la falaise, pour arriver discrètement comme tu l'as fait ce matin en revenant de courir. Si on aperçoit le moindre danger, on appelle mes anciens collègues, qu'en penses-tu ?

— C'est gentil de me demander mon avis. Je pense quand même que ce n'est pas la solution. Je suis inquiète pour tes amis. Je me sentirais mieux si nous étions entourés d'une escouade de militaires. Mais d'un autre côté, s'il y a la moindre chance que nous puissions régler le problème sans avoir à abandonner notre quête, je suis partante.

Darlan regarda Alex en souriant :

— J'ai l'impression que nous avons au moins un point en commun : nous ne renonçons jamais, c'est déjà ça...

La voiture garée sur le bas-côté à une centaine de mètres de la propriété, Darlan et Alex remontèrent le chemin côtier que la journaliste avait parcouru en courant le matin même. Depuis la falaise, la maison des Berthoin apparaissait par moments, au milieu des arbres hauts qui peuplaient la propriété. Ils s'éloignèrent du chemin pour s'enfoncer dans les hautes herbes où se dessinait la trace que la journaliste avait suivie pour rejoindre le portillon. Darlan s'arrêta et prit Alex par le bras :

— Attends, on va d'abord rejoindre le mur et s'approcher du portail à couvert, ça nous permettra de jeter un coup d'œil avant d'arriver comme une fleur.

— Comme tu veux, c'est toi le flic, répondit Alexandra en posant sa main sur l'épaule de Darlan et en le regardant dans les yeux ; mais ne compte pas sur moi pour passer par-dessus le mur habillée comme ça ! Je me suis déjà tordu deux fois les chevilles en venant jusqu'ici.

Le policier détailla la jeune femme, sans retenue. Son tailleur gris clair, son petit haut suffisamment décolleté pour attirer l'œil d'un connaisseur, des talons hauts… il dut en effet reconnaître que sa toilette serait mieux passée dans une salle de réunion feutrée que dans la campagne bretonne.

— L'inspection est finie ?

Il détourna les yeux en souriant et reprit sa progression vers le mur d'enceinte.

Le vent avait considérablement forci. Les gros nuages qui s'amoncelaient à l'horizon plus tôt dans la matinée menaçaient maintenant la côte. L'océan commençait à onduler et les vagues à se briser sur les rochers. La marée descendante atténuait le phénomène, mais il était certain que, dans la soirée, l'endroit allait se parer de tous les atours d'une belle tempête. Un petit avion passa au-dessus d'eux. Suivant le littoral, ballotté en tous sens, il semblait lutter contre le vent et les turbulences.

Darlan s'immobilisa devant le mur qui cernait la propriété des Berthoin. Une prise d'élan et un rétablissement qui lui arracha une grimace de douleur, et il s'était hissé suffisamment pour voir la maison de l'autre côté. Ses pieds dérapaient sur les pierres. Forçant sur ses bras pour se maintenir, le policier tentait de se faire une idée de la situation.

— Tu vois quelque chose ? demanda-t-elle, en luttant pour étouffer un fou rire devant l'attitude ridicule de son coéquipier.

— Personne sur la terrasse ! répondit-il en grimaçant et en forçant la voix pour couvrir le vent. Je ne vois rien bouger à l'intérieur. Si, attends ! je crois que je vois Marie près de la fenêtre au deuxième. Elle ouvre la fenêtre et regarde dehors. Je vais lui faire signe.

À peine eut-il levé le bras qu'il retomba lourdement en bas du mur en laissant échapper un cri de douleur, sa main posée sur son côté. Sa blessure venait de le rappeler à l'ordre. Il sourit à la journaliste qui lui tendait la main pour l'aider à se relever.

— Rassure-moi, Philippe, tu ne travailles que dans des bureaux ?

— Ce n'est pas drôle, je suis supposé être le super flic de l'équipe et je passe mon temps à me rendre ridicule à tes yeux…

— Si tu es monté sur ce mur pour m'impressionner, c'est fait ! Lorsque toute cette affaire sera terminée, je t'inviterai à faire de la grimpe dans mon club. Il y a deux ou trois choses qu'il faudra que je t'apprenne. En attendant, on fait quoi ?

Darlan mit quelques secondes à digérer qu'Alex venait bien d'envisager un « après » en commun. Enthousiaste, il répondit :

— On passe par le portillon et on longe le mur par l'intérieur. On entrera par la remise. Ça nous permettra de rester cachés par les arbres. De là, nous pourrons découvrir ce qui se passe, enfin j'espère.

— Tu crois que Marie t'a vu ?

—Aucune certitude, je ne pense pas être resté suffisamment longtemps accroché en haut de ce mur.

Quelques minutes plus tard, ils atteignirent la porte de la remise en étant passés, aussi discrètement que possible, par le petit portail qui fermait l'accès à la falaise. Longeant le mur à l'intérieur, ils avaient profité de l'ombre des grands arbres pour progresser. Ils avaient regardé régulièrement vers les étages, mais n'avaient pas revu Marie à la fenêtre.

La petite pièce, contiguë à la cuisine, restait ouverte la plupart du temps, permettant ainsi aux enfants d'aller et venir dans le jardin. Darlan posa la main sur la poignée et poussa la porte. Au moment d'entrer, il se retourna pour conseiller à Alex de ne pas faire de bruit. Mais elle ne le suivait plus. Il la vit quelques mètres plus loin, longeant le mur de la maison et s'approchant de la porte-fenêtre de la cuisine. Elle risqua un coup d'œil à l'intérieur, puis revint sur ses pas :

—Désolée, chuchota-t-elle, je n'ai pas pu résister. C'est libre, il n'y a personne dans la cuisine.

—Ce serait trop te demander de faire ce qu'on a décidé ou, au moins, de m'avertir quand tu veux n'en faire qu'à ta tête ? On y va maintenant ou tu as une autre idée ?

—Je te suis, répondit-elle, vexée par la remarque, mais n'en laissant rien paraître.

Il lui avait semblé évident qu'un petit coup d'œil pouvait permettre d'éviter de se retrouver face aux intrus. Elle estimait que, vu les piètres qualités du policier sur le terrain, celui-ci aurait pu au moins la remercier pour son initiative.

Ils traversèrent la pièce aux dimensions confortables en se faufilant entre du mobilier de jardin, des jouets, des vélos, des outils, ainsi qu'une impressionnante quantité d'objets en attente au mieux d'un brocanteur, au pire d'un vide-grenier. La seule fenêtre de la pièce laissait passer juste assez de lumière pour leur permettre d'éviter de renverser un objet et ainsi se trahir. Darlan posa son oreille sur la porte qui communiquait avec la cuisine, guettant le moindre signe d'activité. Alexandra le rejoignit quelques instants plus tard et se plaça derrière lui, assez proche pour qu'il sente son souffle dans son cou. Ils restèrent ainsi une longue minute, sans entendre quoi que ce soit qui eût révélé la présence d'un intrus. Avec précaution, le policier entrebâilla la porte et jeta un coup d'œil dans l'ouverture.

La grande cuisine, aménagée avec goût, était partagée au milieu par une table-bar entourée de tabourets hauts. Ouverte sur un côté sur la salle à manger et largement éclairée par la porte-fenêtre, la pièce donnait l'impression d'un endroit chaleureux, offrant un contraste intéressant entre les murs de pierre et le laqué blanc et noir rehaussé de métal brossé des éléments de la cuisine.

Après s'être assuré qu'aucun ennemi ne les attendait, Darlan souleva légèrement la porte par sa poignée pour faire taire le grincement qui faisait écho dans le silence de la maison et l'ouvrit suffisamment pour entrer. Ce silence, justement, l'angoissait. La maison, rendue d'ordinaire si vivante par la présence des enfants qui jouaient en criant souvent plus que de raison, ou l'écho du saxophone que Marie maniait avec dextérité, résonnait maintenant du bruit du vent, étouffé par l'épaisseur des murs. Il avança dans la pièce et faisait le tour du comptoir, suivi par Alex, lorsqu'une voix derrière eux les fit se figer sur place :

— Merci d'avoir répondu si rapidement à l'appel de votre ami.

Ils se retournèrent d'un bloc pour découvrir l'homme qui venait de parler. Celui-ci referma la porte derrière laquelle il s'était dissimulé pendant que Darlan et Alex entraient. Leurs yeux se fixèrent instantanément sur le pistolet automatique que l'intrus pointait sur eux.

— C'était vous, à Lyon. Vous êtes l'assassin de Fallière, affirma Alexandra d'une voix rauque où se mêlaient la colère et la peur.

— Qu'est-ce qui vous fait dire ça ? répondit-il, une lueur d'intérêt dans le regard.

— Je vous ai croisé dans le parking, quelques minutes après le meurtre, place Bellecour.

— Bien sûr, je m'en souviens maintenant, vous avez failli m'écraser... C'était vous ! Si j'avais su, je vous aurais liquidée sur place, ça m'aurait évité bien des ennuis.

— Si j'avais su, je n'aurais pas freiné ! Vous m'avez agressée également chez Fallière.

— Sans votre ange gardien de flic, toute cette affaire serait déjà terminée. Je déteste avoir à recommencer les mêmes choses deux fois ! termina-t-il avec décontraction, comme s'il racontait sa journée de travail à sa femme en rentrant le soir du bureau.

Darlan dévisageait le tueur. Sa chemise ample cachait mal sa musculature athlétique. Son regard clair, froid, ses traits durs et son crâne rasé renvoyaient l'image d'un professionnel du combat. Quelques cicatrices légères marquaient son visage, témoignant de quelques bagarres d'où il était toujours sorti vainqueur. Le policier savait maintenant qu'il venait de trouver celui qu'il cherchait depuis le début de cette affaire. Celui qui avait réussi à supprimer les témoins à mesure qu'ils apparaissaient. Sauf que c'est précisément lui qui les avait trouvés. Comment cet homme avait-il pu les retrouver ici ? Il avait fallu tous les moyens de la DCRI pour les pister jusque-là, et encore, avec un solide analyste aux commandes. Comment un homme seul pouvait-il, dans ces conditions, réussir à les localiser si facilement ? La réponse s'imposa au moment où il formulait la question. Il était forcément aidé par quelqu'un du bureau ! Aussi improbable que cela puisse paraître, la DCRI abritait une taupe. Darlan passa en revue dans sa tête les visages de ses collègues, essayant d'imaginer qui pouvait être l'informateur. L'homme l'interrompit dans ses pensées :

—Avancez vers le salon, je vous prie. Votre ami est impatient de vous voir. Et ne tentez rien, ce serait stupide, finit-il d'une voix calme et menaçante.

Ils traversèrent la salle à manger, puis le hall d'entrée et se dirigèrent vers le salon. Darlan se retourna deux fois pour regarder le tueur. Celui-ci, tout en affichant un air désinvolte, observait chacun de leurs mouvements. Il se déplaçait d' une démarche féline, comme le prédateur qu'il était. Alors qu'il passait devant la console d'alarme de la maison, sur un côté de l'escalier, Darlan avisa l'écran de contrôle des caméras. Il s'arrêta un instant, pour constater que les images défilaient d'une caméra à l'autre, balayant ainsi tous les angles vers l'extérieur. Le policier se traita mentalement d'imbécile. Il avait pensé que le portail d'entrée était seul équipé d'une surveillance, pas que toute la maison en était dotée. Il avait eu l'intention de poser la question à Fred la veille, puis il avait oublié, trop occupé à préparer la mission chez Eltrosys.

—Pratiques, ces caméras, sourit le tueur. Avancez !

Fred, assis dans un fauteuil, les mains attachées dans le dos, les pieds ligotés avec un collier plastique, les accueillit avec un air désespéré. Le visage tuméfié, la lèvre inférieure fendue, il s'était visiblement battu avec l'homme.

—Mon Dieu, qu'est-ce qu'il t'a fait ? commença Alex.

—La même chose que vous allez subir si vous n'arrêtez pas de parler.

Il sortit des colliers de plastique de sa poche et les tendit à la journaliste.

—Attache-le, dit-il en désignant Darlan avec son arme.

Alexandra se plaça derrière le policier, lui tira les bras vers l'arrière et serra modérément le collier en mimant une grimace, comme si elle forçait réellement. Quand elle eut presque terminé, le policier sentit qu'elle lui plaçait un objet entre les mains. Darlan reconnut à la forme un cutter et se demanda d'où elle le sortait.

—Sur le canapé, à côté de ton pote. Et toi, attache-lui les jambes.

Darlan s'assit dans le canapé, à côté de Fred, dont l'expression d'inquiétude se lisait sur le visage.

—Ça va ? souffla-t-il à son ami qui répondit d'un regard.

—Ferme-la si tu veux conserver tes dents.

Alexandra attacha les pieds du policier puis se redressa, face au tueur. Ses yeux pétillaient de colère.

—Approche.

En quelques secondes, il immobilisa Alexandra et la jeta sur le canapé à côté des deux autres. Il n'avait pas jugé utile de lui lier les jambes. Elle ne pourrait en aucun cas arriver vivante à une des portes de la pièce. D'autre part, le canapé moelleux les empêchait de pouvoir se relever rapidement.

—Manque plus que ta femme et le compte y est.

—Tu as le temps, répliqua Fred avec une voix pâteuse qui trahissait une vive douleur à la mâchoire. Elle est partie faire des courses à Saint-Nazaire. Avec sa carte bleue, elle est capable d'y rester tout l'après-midi.

—C'est très bien, ça nous laisse quelques minutes pour discuter. Malheureusement, je ne vais pas pouvoir m'éterniser... alors, il faudra me donner toutes les réponses que j'attends très vite, c'est compris ? Mon commanditaire veut connaître les noms de tous ceux qui sont au courant des détails de cette affaire. Voyez-vous, il existe des choses qui doivent rester secrètes. Je vous conseille de ne rien me cacher, n'est-ce pas, cher ami ? termina-t-il en désignant Fred dont le visage tuméfié faisait peine à voir. Il regarda Alex en précisant : « Il ne souhaitait pas vous appeler, mais finalement, en insistant un peu, il a gentiment accepté. À vous de voir. Ça me déplairait d'avoir à abîmer un si beau visage, dit-il en désignant Alex, mais bon, c'est le boulot ! »

Fred baissa les yeux. Il s'en voulait d'avoir cédé, dégoûté de lui-même, d'avoir si peu résisté à la douleur. Il avait pourtant subi une sévère correction et il ressentait encore des élancements douloureux dans tout son corps.

L'homme sortit son téléphone et composa un numéro :

— Ils sont devant moi. Quels sont les ordres ? Où en sont les autres ? Dix minutes au plus ? Ça va être chaud... O.K.., je fais vite. Ils vont parler, ne t'en fais pas.

Dans le silence de la pièce, Darlan s'activait à extirper le cutter de ses mains liées. Il pestait silencieusement contre Alex qui avait trop serré le collier. À coup de petits gestes des poignets et des paumes, qui lui entaillaient la chair à chaque contraction, il parvint à faire glisser l'outil vers ses doigts.

Il arrêta sa manœuvre. Tout en écoutant son téléphone, le tueur s'était rapproché de lui et se penchait pour vérifier ses mains dans son dos. Il avait dû paraître excessivement concentré sur ce qu'il faisait et cela avait dû alerter l'homme entraîné qui se trouvait face à lui. Il allongea ses phalanges, espérant ainsi cacher le cutter dans ses doigts. Au moment où le tueur le basculait vers l'avant pour vérifier ses liens, Darlan entendit distinctement la voix dans le téléphone qui n'était plus qu'à quelques centimètres de lui. Il connaissait cette voix, sans aucun doute. Comment était-ce possible ? Il mit quelques secondes à accepter l'inacceptable. Il articula :

— Patrick ?... C'est bien toi ? Je peux pas croire que tu sois derrière tout ça.

L'homme interrompit son geste, ramena le téléphone vers lui et s'intéressa à nouveau à la conversation de son correspondant. Quelques instants plus tard, la voix de Patrick Brune raisonnait dans le téléphone mis sur haut-parleur :

— Désolé, Philippe, mais il va falloir que tu répondes à mes questions.

— Putain ! Patrick, mais tu sais ce que tu fais ? C'est quoi ce bordel ? Pour qui tu marches ?

— C'est moi qui pose les questions.

— Oh, oh, c'est moi, Philippe ! Qu'est-ce qui te prend ?

— Reste calme ou je vais être obligé de demander à notre ami de te bâillonner.

— Pas avant que tu m'aies dit ce que tu comptes faire de mes amis.

— Toujours ta grandeur d'âme ? Tu te préoccupes des autres avant toi-même. C'est tout à ton honneur, mais je n'ai pas le temps de discuter. Tu as foutu une belle merde avec ta copine journaliste. Tu n'aurais pas pu continuer à faire joujou avec tes ordinateurs plutôt que d'essayer de jouer dans la cour des grands ? Dis-moi : qui d'autre est au courant pour les machines ?

— Va te faire foutre.

Le tueur bougea si vite que Darlan n'eut pas le temps de réagir. Le coup de poing l'atteignit à la mâchoire sans qu'il l'ait vu venir. Le choc résonna dans toute sa tête. Le goût du sang envahit sa bouche.

— Réponds au monsieur, sinon je me fâche.

— C'est qui tes commanditaires ? Des politiques ?

continua Darlan, ignorant l'avertissement, profondément dégoûté de découvrir que celui qu'il considérait comme son ami pût en fait être un traître et un assassin. Comment pouvait-il s'être trompé aussi lourdement sur celui qui l'avait aidé à revenir sur le droit chemin, à sortir de prison, qui s'était porté garant pour que son casier judiciaire soit oublié, lui permettant ainsi d'intégrer l'école de police ?

— C'est à toi de répondre aux questions, Philippe. Assez joué. Je fais ça pour mon pays, pour éviter qu'une bande de lavettes vienne foutre en l'air ce que nos patrons s'efforcent de mettre en place depuis cinq ans.

— Tu es devenu idéaliste ? Laisse-moi rire, j'en crois pas un mot.

— Crois ce que tu veux, je m'en fous, j'ai une mission à accomplir : faire en sorte de mettre fin à la croisade d'une poignée de fouille-merde, et je suis sur le point de toucher au but. Je veux juste savoir si le problème s'est déplacé ailleurs.

— Qu'allez-vous faire de nous ? intervint Alex.

— Désolé, ma jolie, c'est moi qui pose les questions.

Darlan se tourna vers Alex :

— Son gorille va nous éliminer, voilà ce qu'il va faire. N'est-ce pas, Patrick ?

— Réponds à ma question ! insista Brune.

Le tueur passa le téléphone dans sa main gauche, de l'autre attrapa la chevelure de la jeune femme et la tira violemment sur le côté. La perruque blonde lui resta dans les mains, dévoilant les cheveux bruns mi-longs de la jeune femme. L'homme regarda un instant la perruque, la jeta avec mépris sur le côté et renouvela son geste avec encore plus de force, visiblement décidé à passer à la vitesse supérieure. Alexandra étouffa un gémissement. Il la frappa sur la tempe du plat de la main. Elle cria. Elle ressentit une douleur si violente qu'elle faillit en perdre connaissance.

— Tu préfères que je m'en prenne à ta copine ? Je ne vais pas moisir ici, alors dépêche-toi.

Devant le mutisme de Darlan, dont les yeux noirs renvoyaient toute la haine qu'il était capable d'éprouver, il lâcha Alex qui se blottit dans le canapé. Il recula d'un pas, pointant son arme sur la tête de la journaliste en fixant Darlan :

— On va faire simple, tu as une minute pour te décider ou tu peux dire adieu à cette jolie frimousse.

Darlan regardait le tueur avec la même expression. Il essayait de masquer la concentration dont il faisait preuve pour placer le cutter dans la position qui lui permettrait de sortir la lame. Au moment où il allait répondre, espérant gagner un peu de temps, il remarqua un mouvement, une ombre au sommet de l'escalier :

— Tu peux dire à tes patrons qu'ils peuvent se chercher un nouveau job, Patrick. Nous avons déjà envoyé nos preuves à un membre influant de l'opposition, et à la presse. Ce n'est qu'une question d'heures avant que tout ce bordel ne vous explose à la gueule. Alors, si tu veux mon avis, laisse tomber et barre-toi pendant que tu le peux encore. C'est déjà sur Internet. Demande à Pietri, il va te faire un joli topo là-dessus.

— Justement, c'est ce que j'ai fait, vois-tu. Tu sembles oublier que j'ai accès à toutes les infos, je fais encore partie de la DCRI, moi... Les trois conneries qui se baladent sur le Net n'intéressent que les gogos, nous n'avons rien à craindre de ce côté. Mais en revanche, Darlan, j'ai vraiment besoin que tu me dises ce que tu sais. L'agent qui est devant toi exécutera mes ordres, quels qu'ils soient, sans se poser de questions et sans états d'âme.

Darlan porta à nouveau son regard vers l'escalier pendant un très court instant. Il reconnut Marie. Elle descendait prudemment, tenant à la main un arc de compétition et des flèches. Alexandra et Frédéric, les yeux fixés sur le tueur et son automatique, n'avaient rien remarqué.

— Libère la journaliste et je réponds à tes questions.

— Tu n'as pas les moyens de négocier, réponds.

— Va te faire voir ! Dans tous les cas, nous avons gagné, tu arrives trop tard. Les gens vont savoir et tu finiras ta vie en taule, comme tes patrons. C'est à toi de voir, tu la laisses partir et je te donne les noms de ceux qui sont dans la confidence.

Alexandra écoutait et regardait Darlan avec un mélange d'admiration et de crainte. Dans d'autres circonstances, sans doute l'aurait-elle serré dans ses bras. Il bluffait avec tant de crédibilité qu'elle commençait à croire possible un retournement de situation. Terrorisée, elle sentait son cœur battre la chamade. Elle pria pour que la voix, dans le téléphone, donne l'ordre de la libérer. Tant que l'homme continuait à discuter, tant que le dialogue n'était pas rompu, ils avaient une chance de s'en sortir. Elle espérait seulement que Darlan n'irait pas trop loin dans le bras de fer. La voix résonna dans le haut-parleur :

— Bute-la.

Au moment où l'ordre tomba, le tueur était concentré sur Darlan, cherchant à savoir s'il bluffait ou non. Spécialisé dans les interrogatoires, il était devenu un expert en psychologie et savait déterminer, au-delà de la douleur qu'il était capable d'infliger, si le sujet mentait ou non. Quelque chose l'intriguait dans le comportement du policier. Son regard aurait dû se fixer sur la fille, sur son flingue. Les sens en alerte, il retrouvait ses réflexes, acquis au cours de toutes ces années passées dans divers pays, en tant que mercenaire, à la solde du plus offrant. Attentif à tous les détails, il remarqua que le policier jetait de brefs coups d'œil vers un point situé au fond de la pièce, derrière lui. Une alarme se déclencha dans son cerveau. Il se retourna d'un bloc.

Chapitre 40

Lyon. DCRI. Vendredi, 13 h 40.

Le commissaire Giraud, le casque-micro sur la tête, communiquait directement avec l'équipe d'intervention dépêchée par la sous-direction de Nantes. Il avait dû intervenir directement auprès du siège à Levallois-Perret pour obtenir la direction des opérations. À sa grande surprise, c'est un ponte du ministère qui l'avait personnellement appelé pour lui annoncer que sa requête avait été acceptée et qu'il prenait la direction des opérations. Son correspondant avait même insisté pour que son adjoint Patrick Brune coordonne les recherches sur place. Giraud s'était exécuté. Il ne lui serait pas venu à l'esprit de discuter les ordres du ministère, même s'il n'était pas convaincu que Brune soit le meilleur choix. Il se demandait en revanche comment le nom de Brune était connu des plus hautes instances gouvernementales. Il était certes adjoint à la sous-direction de Lyon et ses états de service étaient exemplaires, mais rien ne justifiait que le ministère demande sa présence sur le terrain.

Le commandant était parti presque aussitôt pour la Bretagne, mais, aux dernières nouvelles, il n'était pas encore arrivé et l'assaut ne pouvait plus attendre. La rapidité avec laquelle l'équipe de Nantes s'était rassemblée et mise en place sur le site avait surpris tout le monde. Giraud restait persuadé que la sous-direction de Nantes avait ainsi voulu montrer son efficacité.

Le dialogue avec le lieutenant qui dirigeait le commando se déroulait comme il l'avait souhaité. Pas de mots inutiles, pas de discussion des ordres. Giraud n'était pas mécontent finalement que Brune soit absent. Toujours ce problème de confiance. Au moins, avec l'équipe de Nantes, il ne craignait pas les coups en douce ni les rapports édulcorés.

L'écran principal présentait la localisation du commando qui se tenait prêt à investir la propriété des Berthoin quand l'ordre serait donné. Arrivée sur place en un temps record, l'équipe, forte de huit hommes spécialisés dans les interventions à haut risque, était suivie en temps réel au PC opération grâce aux localisateurs GPS que chacun portait. Par ailleurs, chaque casque comportait une minicaméra intégrée dont les images étaient retransmises via le drone avion qui survolait la zone, télépiloté depuis un camion garé sur la colline de Guérande.

À six cents kilomètres de là, dans la salle de contrôle de Lyon, huit écrans distincts affichaient chacun les données transmises par les hommes du commando. Un neuvième, un peu à part, présentait les images retransmises par la caméra du petit avion. L'ensemble ressemblait à s'y méprendre à une régie de télévision.

C'est ainsi que, avant même l'arrivée de l'équipe d'intervention de Nantes, les hommes de Giraud avaient pu repérer un homme et une femme qui pénétraient dans la propriété en passant par un petit portail situé côté falaise. Après analyse des images, et bien que certains des policiers présents lui aient fait part de leurs doutes, il était persuadé d'avoir reconnu Darlan et la journaliste. La qualité des images était médiocre. Le drone subissait les assauts du vent et peinait à aligner un point plus de quelques secondes. Les gyroscopes intégrés à la caméra haute définition atteignaient leurs limites lorsque l'avion tressautait dans l'air comme une feuille morte à chaque rafale.

Les points représentant les membres du commando sur la carte satellite se déplaçaient le long de la propriété. Ils se postèrent à plusieurs endroits stratégiques d'où ils pouvaient stopper la fuite éventuelle des occupants de la maison. Ils étaient tous équipés d'une tenue de combat bleu nuit, d'un gilet pare-balles et d'un casque leur permettant également de communiquer. Deux d'entre eux suivirent la piste de Darlan et Alex en contournant la propriété et se positionnèrent devant le mur d'enceinte, s'apprêtant à le franchir dès que l'ordre d'assaut serait donné. Chacun des hommes connaissait avec exactitude la position des caméras de surveillance et se positionnait en conséquence pour ne pas être repéré. Le centre opérationnel avait en effet accès aux données confidentielles de tous les endroits protégés et surveillés. Ainsi, à travers cette base de données gigantesque, le service pouvait connaître le niveau de protection et l'emplacement des caméras, y compris chez les particuliers. Malheureusement pour Giraud, le système de caméras de la propriété des Berthoin fonctionnait en circuit fermé et n'était donc pas accessible de l'extérieur. Il connaissait les emplacements, mais ne pouvait pas en visualiser les images. Pour la première fois depuis qu'il était à la tête de la sous-direction de Lyon, il doutait de la décision à prendre. Il devait donner des consignes d'ouverture du feu, pour chaque événement : de la légitime défense à l'assaut. Le fait que Darlan se soit associé à un mouvement terroriste ne collait pas. Même si Brune lui soutenait que c'était quand même possible, étant donné le passé du policier. La fiche qu'il avait sous les yeux précisait qu'un couple avec deux enfants vivait là. Il ne pouvait se permettre la moindre bavure.

La voix du chef du groupe d'intervention résonna dans la pièce :

—En place et prêt à intervenir... C'est quand vous voulez.

—Bien, attendez mon ordre, répliqua-t-il d'un ton sec.

Agacé de se faire presser par ses équipes, le commissaire Giraud hésitait. Dans un coin de son esprit, il devinait qu'une donnée essentielle lui manquait.

Pendant la nuit précédente, il s'était réveillé vers quatre heures, comme à chaque fois qu'il ne parvenait pas à évacuer le stress de son travail ou qu'il s'était endormi avec une question restée sans réponse. Il s'était levé pour aller marcher dans le parc de la Tête d'Or près duquel il habitait. Le parc était fermé au public la nuit, mais il possédait la clef du portail d'une des sept entrées. Un ami, responsable de la roseraie, la lui avait confiée. Il était ainsi un des rares privilégiés à pouvoir se promener la nuit parmi les quelque soixante mille rosiers répartis en plus de trois cents variétés.

***

C'est là, marchant tranquillement dans la nuit pas assez fraîche à son goût, dans les allées bordées d'arbres chargés de feuilles naissantes, qu'il s'était repassé les événements qui avaient abouti à l'actuelle situation. La fusillade de l'usine ArG avait été attribuée sans aucun doute au groupe terroriste responsable de l'attentat du TGV. Giraud avait été personnellement remercié par le ministre de l'Intérieur pour avoir « montré l'efficacité de l'État dans le traitement de l'affaire ». Flatté sur le moment, il n'avait cherché qu'à aller plus loin et à réussir à démanteler le réseau coûte que coûte, espérant ainsi répondre au souhait du chef de l'État. Celui-ci avait déclaré, au soir de l'attentat du TGV qui avait fait plus de cinq cents victimes : « Nous mettrons tout en œuvre pour retrouver et sanctionner les auteurs de ce crime infâme et lâche. » Le commissaire s'était vu très rapidement attribuer, ainsi qu'à ses homologues des autres sous-directions, des pouvoirs augmentés, des moyens illimités pour retrouver les auteurs de ces crimes. L'autorisation de constituer des fichiers sans contrôle, le droit d'écouter et de surveiller l'ensemble des communications avaient été accordés par décret, avec la bénédiction de la plupart des Français et même de bon nombre de membres de l'opposition. Le traumatisme de l'attentat avait eu raison du besoin de liberté et de respect de la vie privée dans la population. Le commissaire y avait vu un moyen rapide de progresser, débarrassé des contraintes légales. À l'époque, il s'était convaincu que s'il parvenait à identifier et à arrêter les auteurs de l'attentat, il pourrait être promu sous-préfet, voire préfet. Deux ans déjà, et toujours pas de résultats décisifs.

Ce soir, remontant une allée, seul au milieu de cette étendue de verdure, il commençait à douter. Quel pouvait être réellement le rapport entre les attentats, la fusillade chez ArG, Fallière, assassiné en pleine rue, le fait que son appartement ait été incendié, la journaliste, puis Darlan, qui, il le savait maintenant, avait installé chez lui une réplique des moyens disponibles au centre ? Son adjoint

Patrick Brune lui avait pourtant toujours présenté des arguments convaincants, et qui allaient toujours dans son sens : un règlement rapide de l'affaire.

Il devait reconnaître qu'au-delà des récents événements, les multiples enquêtes sur l'attentat du TGV n'avaient produit que peu de résultats. Juste après les événements, les indices retrouvés sur place et un communiqué envoyé à l'Agence France-Presse et à la chaîne Al Jazeera, les avaient très rapidement dirigés vers la mouvance islamiste d'Al-Qaida au Maghreb islamique. Toutes les enquêtes, les filatures, les écoutes, les interrogatoires avaient permis d'identifier quelques membres du commando. Certains d'entre eux avaient mis fin à leurs jours lors de leur interpellation. L'enquête sur l'attentat de la tour Eiffel n'avait rien donné non plus. Plusieurs pistes intéressantes remontaient jusqu'aux commanditaires, mais tous les efforts pour les identifier et les localiser demeuraient vains. Depuis, il y avait bien eu plusieurs descentes médiatisées dans les cités lyonnaises, qui n'avaient donné lieu qu'à quelques gardes à vue pour trafic de stupéfiants ou détention d'armes illégale, mais rien de conséquent. Le seul effet réel des actions engagées avait été la diminution spectaculaire de la délinquance, notamment dans les quartiers.

Largement commentés par une presse acquise à la cause du gouvernement, les résultats présentés dépassaient largement la réalité des choses. On expliquait au peuple que la débauche de moyens et la mise en place de la centralisation des fichiers avaient contribué à éviter d'autres attentats. Les dernières semaines avant la fusillade de l'usine ArG, Giraud avait commencé à exprimer des doutes sur l'utilité de conserver le dispositif complet, sur le bien-fondé de la surveillance constante d'une partie de plus en plus grande de la population, en contradiction complète avec les règles de la démocratie et de la sauvegarde des libertés individuelles. Cet attentat avait relancé l'affaire et il s'était montré intraitable avec ses hommes. Il avait voulu réussir, vite. La nouvelle piste devait absolument porter ses fruits. Il avait décidé d'employer tous les moyens à sa disposition, sans aucune censure. Malheureusement, la dénonciation anonyme qui avait conduit à cette opération n'avait débouché sur rien de concret. Cela lui avait offert une nouvelle légitimité pour justifier le budget conséquent alloué à cette affaire. Budget qui venait d'être renouvelé pour un an par la commission… À lui de réussir effectivement à remonter la filière cette fois.

À l'évocation de ces souvenirs, il craignait aujourd'hui de s'être laissé emporter vers des conclusions sans réel fondement. Il avait étudié avec attention, le matin même, les dossiers de Darlan, de Fallière et de la journaliste ; étudié comme il aurait dû le faire depuis le début, au lieu de se contenter des rapports de synthèse que lui préparait consciencieusement son adjoint Patrick Brune. Il se souvint de l'avoir pourtant félicité plus d'une fois pour la clarté de ses rapports, lui demandant juste de présenter son opinion et pas seulement les faits, ce à quoi Brune répondait qu'il se devait d'être factuel et précis et en aucune manière faire cas de son interprétation personnelle. Giraud prenait maintenant conscience que cette erreur de jugement lui avait fait perdre beaucoup de temps. Cette impression de s'être fait manipuler par le commandant le perturbait. Les dossiers dont il venait de prendre connaissance, constitués par les hommes et femmes qu'il commandait, présentaient une vérité toute différente des rapports de Brune.

Fallière apparaissait comme un inventeur génial, trop passionné par ses travaux en électronique pour avoir pu conserver son mariage, un idéaliste aussi. La journaliste

Alexandra Decaze, au vu de la teneur de ses articles et de son parcours, ne pouvait en aucun cas être liée à une mouvance islamiste. Concernant Darlan, le suspect idéal, d'origine africaine, ancien repris de justice, qui espionnait le service depuis son domicile, la manipulation était encore plus évidente. Le rapport indiquait qu'il était surtout impliqué dans des histoires de *hacking* ayant pour objectif de réparer des injustices. Il était plus proche d'un Robin des Bois des temps modernes que d'un terroriste. Même si son enfance agitée avait pu le mettre en relation avec des individus peu recommandables, il était clair que depuis son intégration dans le service, et grâce à ses talents particuliers, il avait fourni une multitude d'informations précises en un temps record.

À aucun moment, les enquêteurs n'avaient pu trouver le moindre lien entre ces trois personnes et un groupe terroriste islamiste.

Une question se posait alors : pourquoi Brune tenait-il tant à les désigner comme complices du réseau responsable des attentats ? Était-ce la volonté de fournir des résultats et répondre ainsi aux demandes pressantes de leur hiérarchie, ou était-ce autre chose ? Était-ce un moyen de le discréditer lui, pour prendre sa place ? Brune n'avait jamais caché ses ambitions, mais de là à orienter une enquête pour arriver à ses fins…

Ses pas l'entraînèrent vers le lac. Le calme de la nuit était perturbé par les bruits insolites en provenance du parc zoologique tout proche. Ces cris d'oiseaux, de fauves, de singes contribuaient au dépaysement qu'il recherchait, le projetant instantanément vers des contrées lointaines.

***

Il regardait l'écran principal au mur. Les points correspondant aux membres du commando étaient toujours immobiles. Prêts à intervenir dès qu'il en donnerait l'ordre. Au moment de prendre sa décision, au moment de lancer l'assaut, il espérait ne pas se tromper.

La voix du chef de l'équipe d'intervention le tira de ses réflexions :

— Commissaire, nous venons d'entendre un coup de feu, permission de lancer l'assaut ?

Il n'était plus temps de tergiverser :

— Allez-y, avec précaution, je veux quelque chose d'impeccable. Tir de légitime défense si nécessaire. Je vous rappelle qu'il y a sans doute des civils et des enfants à l'intérieur. Rappelez-moi quand vos hommes sont en position pour entrer dans la maison.

— Bien reçu.

En quelques secondes, les points marquant la position des membres de l'équipe d'intervention se dispersèrent et pénétrèrent dans la propriété.

Chapitre 41

Batz-sur-Mer. Vendredi, 13 h 50.

Marie se sentait calme à présent. La corde, la flèche et le viseur étaient parfaitement alignés avec le milieu du dos de l'intrus. À moins de dix mètres et avec un arc de compétition tendu à vingt-cinq livres, aucun risque de manquer sa cible. L'intense concentration dont elle avait usé pour se mettre en position de tir dans l'escalier, pour extraire une flèche du carquois, pour armer l'arc et viser avait suffi à faire cesser les tremblements qui l'animaient depuis que l'homme était entré dans la maison. Elle avait ainsi répété les mêmes gestes qu'à l'époque où elle pratiquait la discipline en compétition.

L'homme discutait avec Darlan et Alex qui venaient d'arriver. Elle les avait vus depuis la fenêtre de la chambre, alors qu'ils s'apprêtaient à entrer dans la propriété. C'est à ce moment qu'elle avait su ce qu'elle devait faire. Bien que n'étant pas croyante, elle remerciait le ciel que ses enfants soient encore à l'école, pour qu'ils ne puissent pas être témoins de ce qu'elle s'apprêtait à faire.

L'alignement était parfait et elle ressentait maintenant la petite fatigue dans les doigts, qui précédait souvent l'instant où, de manière quasi inconsciente, elle décochait sa flèche.

Une heure auparavant, elle se trouvait dans une des chambres lorsque l'individu était arrivé. Elle ne s'était aperçue de rien, n'avait rien vu, rien entendu, jusqu'au moment où la voix de Fred avait retenti, en bas : il criait. Intriguée, elle avait descendu quelques marches de l'escalier de pierre pour entendre la conversation :

***

— Mais putain, combien de fois il faut que je vous dise que je suis seul à la maison, répétait Fred avec force, ma femme est partie faire les magasins et les enfants sont à l'école ! Vous venez faire quoi ? Flinguer tout le monde ? C'est ça votre job ?

— Où sont les deux autres ? gronda une voix grave. Le flic et la journaliste.

— Désolé, je vois pas.

L'instant d'après, Marie entendit le cri de douleur de son mari et faillit se précipiter à son secours. Elle était terrorisée : et s'il s'agissait du tueur dont Darlan et Alex avaient parlé ? Celui qui efface méthodiquement toutes les traces ? Elle décida d'appeler la police, mais déchanta rapidement ; elle avait laissé son mobile dans l'entrée. Elle chercha pendant un bon moment un moyen de prévenir les autorités. Elle pouvait essayer de sauter d'une des fenêtres du premier et courir chez un voisin. Un saut de quatre mètres, c'était faisable. Elle allait se décider lorsqu'elle entendit l'homme exiger de Frédéric qu'il appelle Darlan et Alex pour les faire revenir.

Elle tremblait. Depuis que Philippe et Alexandra étaient arrivés, elle avait vécu les événements comme un jeu, comme une nouvelle distraction, sans vraiment accepter le risque. Elle recula et alla s'enfermer dans une des chambres, se maudissant pour sa lâcheté et pour son incapacité à aider son mari. Elle resta ainsi un long moment à pleurer, assise sur un lit. C'est là, prostrée, que l'idée de l'arc lui vint. Elle avait été championne de ligue douze ans plus tôt. Après la naissance des enfants, elle avait consacré moins de temps aux entraînements avant de raccrocher complètement. L'arc devait encore être au grenier, là où elle l'avait entreposé un jour de grand rangement, se disant qu'elle pourrait le ressortir lorsque les enfants commenceraient l'école. Les années avaient passé et l'arc n'avait plus bougé.

Elle ouvrit la porte de la chambre avec d'infinies précautions, attentive au moindre bruit provenant d'en bas. Elle remonta le couloir, traversa le palier, pour s'arrêter devant la porte du grenier. La maison était si calme que le léger grincement des gonds la fit sursauter et qu'elle resta ainsi une longue minute avant de s'engager dans l'escalier. Elle retrouva facilement l'arc, le carquois, la corde, et même deux cibles en bois pressé, au milieu du capharnaüm qui régnait dans la pièce, éclairée par quelques lampes et deux fenêtres de toit. Marie y montait rarement, et toujours pour y déposer quelque chose, jamais pour le reprendre… ou si rarement. Elle considérait que les objets, les cartons, les meubles entassés là véhiculaient une nostalgie de moments, parfois heureux, parfois tristes, qu'elle ne souhaitait pas revivre. Pourtant, à chaque fois que Frédéric lui avait proposé de faire du vide, elle s'y était opposée. Beaucoup trop de choses étaient déjà entreposées là quand ses parents y vivaient encore. Certains objets n'avaient pas bougé depuis sa propre enfance. Des jouets, des poupées, une malle abritant ses secrets de petite fille. C'était comme s'il lui demandait de supprimer une partie de sa vie.

Elle traversa la pièce et prit l'arc en main. Rapidement, elle retrouva les gestes pour bander la corde. Elle fit un inventaire rapide du carquois qui contenait une majorité de flèches utilisées pour le tir sur cible et quelques autres à l'extrémité pointue, destinées à la chasse. Un ami archer les lui avait données à l'époque, souhaitant l'initier aux plaisirs de la chasse à l'arc, mais elle s'y était toujours refusée. En passant son doigt sur le tranchant de la pointe, Marie se souvint des mots de son ami à ce moment-là. Il lui avait dit : « Je te les laisse, tu finiras bien par essayer. » Ayant un réel dégoût pour la chasse, elle n'aurait jamais imaginé que la prédiction de son ami pût se réaliser un jour, et encore moins dans ces conditions.

***

La pointe de la flèche se confondait avec le dos de l'homme. Marie hésitait encore, incapable de finir son geste, trop consciente des conséquences dès qu'elle lâcherait son tir. Concentrée, elle ne remarqua pas tout de suite le regard de Darlan, fixé sur elle. Elle bougea légèrement la tête, abandonnant pendant un instant son alignement, pour vérifier que Darlan l'avait vue. Avant qu'elle ne reprenne sa visée, l'homme bougea à une vitesse stupéfiante. Il commença à se retourner vers elle. La flèche partit sans que Marie ait eu la sensation de la lâcher.

Le bruit de la détonation explosa dans la grande pièce. Darlan tira de toutes ses forces sur le collier déjà bien entamé qui lui enserrait les poignets. Il céda dans un claquement aigu au moment où l'homme était projeté sur le côté pour tomber sur Alexandra. Elle poussa un cri sous le choc. L'homme ne resta pas longtemps sans réaction. La flèche s'était profondément fichée en biais sous l'omoplate. Une tache rouge commençait à s'étaler sur sa chemise blanche. Malgré la douleur et la surprise, le professionnel n'avait pas lâché son arme. Se redressant d'un geste brusque, il releva son revolver. Il ne raisonnait plus, son instinct et son entraînement lui dictaient ses gestes. Il devait tous les tuer, vite. C'était la condition de sa survie. Alexandra, dont les jambes n'étaient pas entravées, vit l'arme se diriger vers elle. Elle se détendit et d'un coup de pied ajusté frappa l'homme dans les côtes.

Darlan coupa d'un coup le collier qui lui retenait les chevilles avec le cutter et se jeta en avant, cherchant à arracher l'arme qui les menaçait tous. Le tueur appuya une nouvelle fois sur la détente, à l'instinct. La balle se logea dans le canapé, à deux centimètres à peine de la tête de Fred, désespéré de ne pas pouvoir bouger.

Le policier saisit le bras de l'agresseur et le releva vers le plafond pendant qu'Alexandra ajustait un autre coup de pied dans le bas-ventre de leur adversaire, exécutant ainsi un des gestes que son professeur d'arts martiaux conseillait en cas d'agression. L'homme se plia et étouffa un cri alors que Darlan parvenait à lui enlever l'arme des mains en lui tordant l'avant-bras vers l'extérieur. Avant que le policier n'ait eu le temps de finir le geste de le mettre en joue, le tueur riposta par quelques gestes techniques de combat à mains nues avec une rapidité fulgurante. Il frappa le poignet de Darlan et fit suivre par un coup de coude sous le menton. L'arme vola dans la pièce et Darlan fut déséquilibré vers l'arrière. Les mains toujours attachées dans le dos, Alexandra continua à asséner des frappes de pied à l'homme qui encaissait sans broncher. Au troisième, le tueur para avec son avant-bras et bloqua sa jambe avant de lui imprimer un mouvement de torsion, ce qui déséquilibra la jeune femme qui alla s'étaler sur le carrelage.

Darlan revint dans la bagarre sans réfléchir aux multiples messages de douleur que son corps lui envoyait. Les coups de l'homme avaient réveillé sa blessure de la veille qui devait certainement s'être rouverte et qui le brûlait atrocement. Il fut cueilli par une succession de coups portés avec une précision et une rapidité d'exécution qui traduisaient un entraînement intensif et une parfaite maîtrise des techniques de combat. Il se contracta, serra les abdominaux, essaya de parer les coups sans y parvenir.

Fred assistait impuissant au combat perdu d'avance par ses amis. La vision était surréaliste. Cet homme blessé, une flèche plantée profondément dans le dos, bougeait à une vitesse insensée. Il frappait pour tuer, ce n'en était que trop évident. Il semblait être capable de se débarrasser d'adversaires autrement plus entraînés qu'eux sans aucune difficulté.

Pourtant, alors qu'il venait de saisir Darlan par le cou et qu'il s'apprêtait à lui infliger une prise mortelle, il s'écroula en même temps que l'explosion d'une détonation retentit. Fred découvrit Marie, quelques mètres derrière l'homme, pâle comme il ne l'avait jamais vue. Elle tenait encore dans ses deux mains le révolver qu'elle venait d'utiliser.

Darlan fut le premier à réagir. En quelques secondes, il ramassa le cutter qui lui avait échappé des mains lors des premières secondes de combat et détacha Fred et Alex. Il enleva délicatement l'arme des mains de Marie, qui semblaient agitées de tremblements incontrôlés.

Fred se précipita dans les bras de sa femme. Ils s'étreignirent et s'embrassèrent avec des gestes de passion, à la mesure de la peur qu'ils venaient de ressentir. Le policier s'approcha d'Alexandra. Sa lèvre inférieure saignait, elle se tenait les côtes, grimaçant de douleur. Il la prit dans ses bras et l'embrassa doucement sur le front. Elle se blottit contre son épaule et se laissa aller à pleurer, évacuant d'un coup sa peur et sa souffrance.

Ils restèrent ainsi un long moment, jusqu'à ce que la voix de Fred les ramène à la réalité.

—Faut pas qu'on reste ici, il y en a d'autres dehors.

—D'autres ? C'est pas vrai ? demanda Marie d'une voix agitée de sanglots. Elle s'approcha de Fred qui observait le moniteur de contrôle du circuit de surveillance. Celui-ci passait rapidement d'une caméra à l'autre, montrant, presque sur chaque vue, des hommes armés et casqués s'approchant de la maison.

—Je ne sais pas qui c'est, mais avec ce qu'on vient de ramasser, je n'ai pas envie de savoir. Suivez-moi, on va passer par la falaise. Vous pouvez tous marcher ?

Chacun fit un rapide inventaire de ses fonctions motrices et tous acquiescèrent.

Fred les dirigea vers une porte massive, située au fond du salon. Tous lui emboîtèrent le pas docilement, trop heureux de n'avoir qu'à suivre. Il sortit une grosse clé du tiroir d'un meuble bas et ouvrit le passage qui descendait vers la cave. Darlan tint la main d'Alex pour l'aider à descendre l'escalier de pierre. Probablement aussi pour ne pas rompre ce contact qui semblait la rassurer et qui lui donnait envie de la protéger. Chaque pas qu'ils devaient faire accentuait leurs douleurs, dans les muscles et les articulations. Ils n'osaient imaginer ce qu'ils allaient ressentir lorsque leurs muscles seraient refroidis.

Fred verrouilla la porte derrière eux. La vingtaine de marches conduisait à une cave voûtée tout en longueur, abritant notamment une collection impressionnante de bouteilles de vin, dont certains grands crus prestigieux. Darlan connaissait le goût de son ami pour les bonnes choses et notamment le bon vin. Les quelques très bonnes bouteilles qu'il leur avait servies en témoignaient. Il se doutait bien que sa cave devait être à la hauteur de ces bonnes bouteilles. Ce qu'il ignorait en revanche, c'est que l'endroit cachait un accès secret.

La fraîcheur des lieux fit frissonner Alexandra. Un mélange d'odeurs envahissait la pièce, pas désagréable, mais improbable ; de salpêtre, de terre humide, de bois, et enfin d'air marin saturé de sel et d'algues en décomposition, qu'on reconnaît abusivement comme une « odeur d'iode ». Au fond, faiblement éclairée, une armoire massive se dessinait entre les blocs de granit qui constituaient les murs. En suivant Fred, ils traversèrent la cave dans toute sa longueur.

— Où nous emmènes-tu ? demanda Darlan.

— C'est ça que les enfants tenaient tant à te montrer. Cette armoire cache un passage vers un escalier qui descend jusque dans une grotte et s'ouvre sur la mer. J'ai un bateau en bas. Nous nous échapperons par là. Le seul truc, c'est qu'avec la tempête qui se prépare, ça risque de secouer méchamment.

Fred parlait avec difficulté et il devait faire beaucoup d'efforts pour articuler, tant sa mâchoire le faisait souffrir. Il continua.

—Je vais appeler Gilles, le copain qui doit vous emmener à Chabeuil en avion. Je vais lui demander de venir nous chercher au port du Pouliguen.

— Tu es sûr de lui ?

— Et comment ! C'est le parrain d'Elora.

— C'est quelqu'un de très bien, nous nous connaissons depuis des années. Et, n'aie pas peur, c'est un excellent pilote, confirma Marie pendant que Fred actionnait un mécanisme caché derrière une moulure, sur le haut du meuble.

Ils n'entendirent qu'un déclic, à peine perceptible. Le propriétaire des lieux fit pivoter l'armoire et la partie du mur auquel elle était fixée sans effort et découvrit une porte basse arrondie qu'il déverrouilla aussitôt.

Ils durent se baisser pour franchir le passage et pénétrer à l'intérieur de la falaise. Fred remit le meuble en place et referma soigneusement derrière lui.

—Qui a construit ce passage ? demanda Alex.

—Mes grands-parents, répondit Marie. Il existait une faille qu'ils ont agrandie. Pendant la guerre. Cette maison servait à envoyer des messages ou à transférer discrètement des résistants ou des pilotes abattus vers l'Angleterre. Des rendez-vous étaient organisés avec des sous-marins au large. Les Allemands n'ont jamais trouvé ce passage secret alors que la maison se trouve à moins de cinq cents mètres du principal blockhaus qui verrouillait cette partie de la côte.

—Je comprends maintenant votre petit côté « résistant » à tous les deux, plaisanta Darlan, tout en savourant l'histoire des lieux. Il marchait sur les pas de pilotes anglais, forcés de sauter de leurs avions en flamme, puis poursuivis par l'ennemi. Franchir cette porte avait dû être pour eux la première étape de leur retour au pays. Le courage dont les grands-parents de Marie avaient fait preuve pour bâtir ce passage et aider la résistance locale à l'utiliser forçait l'admiration.

Dès qu'ils pénétrèrent à l'intérieur, Alex et Darlan furent saisis par le bruit du vent et des vagues, que la forme naturelle de la grotte amplifiait. L'endroit était impressionnant. La voûte devait s'élever d'au moins quinze mètres au-dessus du niveau de la mer. L'intérieur avait été aménagé à grand renfort de béton pour accueillir un bateau de dimensions modestes. Un escalier métallique descendait le long de la paroi jusqu'à un ponton flottant auquel était amarré un Zodiac *Sea Hawk* équipé d'un moteur Mercury de deux cents chevaux. L'éclairage était assuré par deux puissantes rampes de projecteurs qui se reflétaient dans l'eau étonnamment calme.

— L'accès à la mer est protégé par une barrière naturelle de rochers, expliqua Fred, ce qui suffit la plupart du temps. En cas de très grosses tempêtes ou de très grandes marées, je remonte le bateau avec le portique, là, au-dessus de ta tête.

Darlan suivit le regard de son ami pour découvrir toute une structure métallique sur laquelle reposait un pont équipé d'un palan dont les capacités suffisaient amplement à lever le bateau. Fred pénétra dans une anfractuosité du rocher, près du haut de l'escalier et ressortit quelques instants plus tard avec des cirés de pêcheurs :

— Enfilez ça. On ne sera pas protégé si on se retourne, mais au moins on sera relativement au sec.

Il s'équipa rapidement, puis contacta son ami Gilles :

— C'est moi. On a un gros problème, je t'expliquerai. Dans deux minutes, je quitte l'embarcadère sous la maison et nous allons essayer de rejoindre le port du Pouliguen... Mais si, ça va aller, la mer descend, on va se faire secouer un peu, c'est tout... Oui, retrouve-nous sur le port, j'ai un anneau à côté du pont de l'avenue des Lilas, disons dans... vingt minutes si tout va bien... O.K.., merci.

Il raccrocha, satisfait. Tous le regardaient :

— Je ne te savais pas si organisé, constata Darlan, on dirait que tu as fait ça toute ta vie.

— Mon patron me disait tout le temps que je ne commençais vraiment à m'exprimer qu'avec une bonne dose de stress, et je pense que là, je suis au top !

— Je pense surtout que tu as ton compte de bleus et de bosses, intervint Marie qui avait repris quelques couleurs. J'ai cru comprendre que Gilles était inquiet pour l'état de la mer ?

— Ne t'en fais pas, ma chérie, si je pensais qu'il y a un risque, je ne vous emmènerais pas. Et pour tout dire, j'ai beaucoup plus peur des cinglés comme celui que tu viens d'abattre que de quelques vagues.

— Merci de me rappeler que je viens de tuer un homme, répondit-elle d'une petite voix.

Fred s'approcha de sa femme et la prit doucement dans ses bras :

— Excuse-moi, mais ce type ne mérite pas le nom d'être humain. J'aurais beaucoup plus de scrupule à tuer un animal qu'un fou comme ça. Il nous aurait tués un par un, il est venu pour ça. Nous te devons tous la vie, alors oublie tes remords.

Alex intervint à son tour :

— Il est également responsable de l'assassinat de Fallière, je l'ai vu dans le parking au moment où il s'échappait. Qui sait combien de personnes ce dingue de tueur à gages a pu abattre. Nous devrions t'offrir une médaille pour ce que tu as fait, et tu devrais l'accrocher à ton arc.

— Je ne sais pas si ça suffira à m'apaiser.

— Encore une question, Alex, demanda Darlan en l'aidant à monter dans le Zodiac qui oscillait lentement. D'où as-tu sorti le cutter que tu m'as glissé ?

— Il était posé sur une table dans la remise, je ne sais pas vraiment pourquoi je l'ai pris, juste pour me sentir rassurée. Je te trouvais trop sûr de toi.

— Et tu as eu raison, je nous ai poussés dans son piège tête baissée.

Fred monta à son tour dans l'embarcation. Le puissant moteur V6 démarra à la première sollicitation. Marie enleva l'amarre. Aussitôt, le Zodiac s'écarta du ponton.

— Mettez-vous plus sur l'arrière et accrochez-vous bien, la sortie devrait être mouvementée.

Darlan connaissait assez son ami pour savoir que l'euphémisme était chez lui comme une seconde nature. Il s'agrippa donc aux poignées disponibles et s'apprêta au pire. À sa grande surprise, les premiers mètres pour sortir de la grotte se passèrent sans difficulté, les vaguelettes qui parvenaient jusqu'à l'ouverture ne réussissaient pas à agiter le bateau de sept mètres. Le passage étroit ne laissait que deux mètres de part et d'autre. Fred expliqua qu'à part deux ou trois jours de marées très basses dans l'année, il pouvait toujours sortir en mer.

En revanche, dès que le Zodiac eut franchi l'entrée, les choses se corsèrent. Alex remarqua que la barre de nuages noirs marquant le front avait beaucoup avancé. La tempête arrivait plus vite qu'elle ne l'avait imaginé.

Fred calcula avec soin le rythme des vagues, et, sans prévenir, poussa la manette vers l'avant pour sortir de la grotte. Il négocia la chicane entre les rochers à grands coups de volant, tout en accélérant pour profiter du reflux de la vague. Les trois passagers, accrochés aux poignées, ne purent que subir le roulis marqué du hors-bord, espérant que le pilote savait réellement ce qu'il faisait. La manœuvre précise et rapide de Fred leur permit de franchir le goulet avant l'arrivée de la vague suivante.

Dès qu'ils furent sortis, la houle commença à se faire sentir. Fred s'éloigna rapidement, augmentant la vitesse jusqu'à vingt-cinq nœuds, pour se placer à une centaine de mètres de la côte sur une trajectoire lui permettant de remonter vers le Pouliguen en évitant les récifs. Alex et Darlan s'accrochaient, se rassurant de l'air tranquille qu'affichait Marie dont les cheveux noirs voltigeaient dans le vent.

Chapitre 42

Lyon. DCRI. Vendredi, 14 h 20.

— Je confirme, commissaire. Pas de traces de Darlan et de la journaliste pour l'instant. Mes hommes fouillent la maison de fond en comble.

— Et l'homme blessé ? Vous pouvez l'identifier ?

— Non, je vous envoie une photo. Vous devriez pouvoir le retrouver facilement dans vos fichiers. Je connais ce genre de type. À mon avis, c'est un ancien des forces spéciales, ou un ancien légionnaire. Je me demande même comment ils lui ont fait sa fête. Je n'ai jamais vu ça. Ils l'ont tiré avec une flèche et fini avec une balle. Ça ressemble furieusement à du boulot de pro.

Giraud hésita. Ce qu'il découvrait dans la maison par l'intermédiaire des caméras de l'équipe d'intervention ne correspondait pas, une fois de plus, à ce qu'il avait anticipé. Qui était ce type ? Et que faisait-il dans la maison ? Giraud détestait ce moment, au cours d'une enquête, où il devait se mettre à reconsidérer l'ensemble des faits et des hypothèses, tout remettre à plat pour repartir éventuellement dans une autre direction. Cela signifiait généralement qu'il avait fait fausse route depuis le début.

—Trouvez-les. Faites transporter le blessé à l'hôpital, mais ne le lâchez pas, je veux une surveillance constante. Dès qu'il sera conscient, vous me l'interrogez.

—Compris, commissaire. L'ambulance est déjà en route. Pour l'interroger, faudra d'abord qu'il survive. Vu ce qu'il a perdu comme sang, je ne donne pas cher de ses chances. On a stoppé les saignements, c'est déjà ça. Quant aux occupants des lieux, ne vous inquiétez pas, s'ils sont dans la maison, nous les trouverons.

—Je ne vois pas comment ils pourraient être ailleurs. Vous êtes certain qu'ils n'ont pas pu sortir pendant que vous approchiez la maison ?

—Aucune chance, mes hommes couvraient tous les angles. Nous ne sommes pas des amateurs, vous savez ! termina le chef du commando qui commençait à s'agacer du manque de confiance de ce commissaire qui le pilotait à six cents kilomètres de là.

—Utilisez le drone pour surveiller les alentours de la maison.

—O.K., bien compris.

Le commissaire Giraud passa une nouvelle fois en revue les images des neuf caméras qui s'affichaient sur les écrans. Ils ne pouvaient pas avoir disparu. L'équipe allait forcément les retrouver cachés dans un recoin de la maison.

Un des hommes de la salle de contrôle fit signe au commissaire :

—Téléphone pour vous, c'est Brune.

—Ah ! enfin ! Passez-le-moi dans mon bureau.

Dès qu'il eut rejoint son bureau, Giraud se laissa choir dans son fauteuil et desserra sa cravate, laissant le téléphone sonner plusieurs fois avant de répondre.

—Où êtes-vous ? demanda-t-il sans autre entrée en matière, j'essaie de vous appeler depuis une demi-heure.

—J'arrive sur site dans dix minutes.

—Qu'est-ce qui vous a retardé ?

—L'avion avait du retard, et Nantes, c'est pas la porte à côté. Vous pouvez me dire où on en est ? L'équipe de Nantes sera sur place à quelle heure ?

—Vous avez raté un épisode.

Giraud raconta brièvement l'assaut qui venait de se dérouler et le fait que les occupants de la maison restaient introuvables pour l'instant.

Dans sa voiture, Brune pâlit un instant. L'assaut avait déjà été lancé, avec presque une heure d'avance sur la planification initiale. Lorsqu'il avait décidé d'appeler, il pensait entendre que l'équipe arrivait sur zone et qu'il pouvait prendre en main la coordination.

Quelques instants après qu'il eut ordonné à Max de les supprimer, il avait entendu un coup de feu, juste avant que la communication ne soit coupée. Toutes ses tentatives pour rappeler avaient échoué. Certain que son agent avait exécuté ses ordres et quitté la maison, il avait décidé de ralentir pour arriver en même temps que le groupe d'intervention.

—Vous êtes là ? s'énerva Giraud.

Brune se reprit :

—Oui, commissaire. Je vais rejoindre l'équipe et coordonner les recherches, ils n'ont pas pu s'envoler. Je suis surpris que l'équipe de Nantes ait pu les laisser filer. Ils n'avaient pas bouclé toutes les issues ? Ils auraient dû m'attendre pour lancer l'assaut.

Le commissaire hésita un moment, ne sachant quel rôle il pouvait attribuer à son adjoint. Il l'avait envoyé en Bretagne précisément pour avoir quelqu'un de son équipe sur place. Devait-il regretter son choix ?

—La préparation de l'assaut s'est déroulée normalement et tous les protocoles ont été appliqués, répondit-il d'un ton sec. Nous avons tout suivi d'ici en direct. Cela dit, ils n'ont pas pu disparaître sans laisser de traces. Je suis convaincu qu'ils sont encore dans la maison. Ce n'est qu'une question de temps pour les retrouver. Faites ce qu'il faut pour ça, et vite ! Et dès que vous les aurez arrêtés, vous foncez à l'hôpital pour interroger le blessé. S'il reprend conscience, ne serait-ce qu'une seconde, vous devez découvrir qui il est et pour qui il travaille.

— Très bien, je m'en occupe, comptez sur moi.

— Je vais demander au chef d'équipe de vous mettre un agent à disposition.

— Non, ce n'est pas la peine, je peux me débrouiller seul.

— J'insiste, je veux que tout soit fait dans les règles, alors prenez un agent pour l'interrogatoire, nous travaillons sous la juridiction de Nantes, ce n'est pas négociable.

— Compris, je vous rappelle dès que j'y suis. Je vais commencer par faire reprendre la fouille systématique de la maison.

Dès qu'il eut raccroché, Giraud retourna dans la grande salle. Comme chaque fois qu'il y entrait, les conversations s'arrêtèrent brutalement. Il remit son casque mains libres et recontacta le chef de l'équipe d'intervention :

— Où en êtes-vous ?

— Je confirme que la maison est vide, mais nous avons trouvé une porte fermée, certainement un accès vers une cave. Ils y sont certainement. Mes hommes devraient en venir à bout dans une minute.

— Très bien. Mon adjoint, le commandant Brune, devrait être sur place dans quelques minutes. Je vous demande de vous mettre à sa disposition pour la suite des opérations. Vous l'attendez pour ouvrir cette porte, c'est entendu ?

— Bien, commissaire. Concernant votre adjoint, c'est lui qui gardera le contact avec vous ?

—Oui, donnez-lui un équipement. Néanmoins, je tiens à ce que vous me teniez informé de toutes ses décisions.

—Vous voulez que je vous informe de ses décisions ? répéta le chef de l'équipe d'intervention. Pardonnez-moi, mais je ne comprends pas.

—Lieutenant, je vous demande de me rendre compte de ses décisions, pas de commenter les miennes.

—Bien, commissaire, on va faire ça, finit-il en espérant ne jamais être muté sous les ordres de ce commissaire Giraud.

Dans sa voiture de location, Patrick Brune roulait vite et fut obligé de ralentir en arrivant dans les faubourgs de Guérande. Il négocia le rond-point et prit la direction de Batz-sur-Mer sans hésiter. Ne connaissant pas la région, il avait parcouru virtuellement le trajet avec Google Street sur son *Smartphone* en attendant l'avion à l'aéroport.

Chaque minute qui passait augmentait les risques que Darlan et la journaliste soient arrêtés et interrogés. Il devait déjà s'estimer chanceux qu'ils aient réussi à s'échapper. Il lui semblait évident qu'ils ne se gêneraient pas pour le balancer. Il ne s'expliquait pas non plus que son homme de main puisse avoir été neutralisé. Un des meilleurs spécialistes dans son domaine, battu par une bande d'amateurs : inconcevable. Il devait également s'assurer de son silence, mais n'avait pas encore décidé de la tactique à adopter. En prenant l'avion deux heures plus tôt, l'idée de quitter le pays l'avait effleuré. Plus le temps passait et moins il voyait une fin heureuse pour lui, dans cette affaire. Il se sentait insuffisamment épaulé par ses commanditaires, qui lui donnaient l'impression de ne plus rien maîtriser. Brune décida de les appeler pour les tenir informés des derniers événements et les obliger à prendre position. Comme chaque fois, il régla son téléphone pour que la conversation soit enregistrée.

Chapitre 43

Paris. Salle de crise, niveau - 5. Rue des Saussaies. Vendredi, 14 h 30.

—J'espère, commandant, que cette fois vous nous appelez pour nous faire part des progrès de l'affaire, commença le haut fonctionnaire sans autre formule de politesse.

—Malheureusement non, monsieur. Mais vu la situation, j'ai besoin de vos directives.

Les cinq personnes présentes se regardèrent sans un mot. L'un haussa les épaules, l'autre fit un oui en hochant la tête.

—Très bien, nous vous écoutons.

—Le policier et la journaliste sont pour l'instant introuvables. Mon agent est sévèrement blessé. Il doit être dans l'ambulance en direction de l'hôpital à l'heure qu'il est.

—Comment ce fiasco est-il possible ? J'avais cru comprendre que ce Darlan était tout sauf un homme de terrain. Comment a-t-il bien pu neutraliser votre homme ?

— Si je savais ! répondit Brune volontairement désinvolte. Une équipe d'intervention est sur les lieux. J'espère qu'ils ne les retrouveront pas. Dans le cas contraire, nous avons tous un gros problème. Je serai sur place dans cinq minutes.

— Vous nous avez affirmé que vous maîtrisiez la situation !

— Eh bien, ce n'est plus le cas, monsieur. Chaque fois que nous pensons avoir la situation sous contrôle, Darlan et son équipe parviennent à nous damer le pion. Ne me demandez pas comment ils y parviennent, je n'en sais rien... Mais c'est un fait. Si vous voulez mon avis, vous devriez commencer à envisager d'autres options.

— Nous envisagerons d'autres options, comme vous le dites, uniquement lorsque nous le jugerons utile. Pour l'instant, je vous prie de vous conformer aux ordres.

Brune commençait à s'engager dans les marais salants, en direction de Saillé, se demandant chaque seconde s'il ne devait pas raccrocher son téléphone et sauver sa peau. Néanmoins, quinze ans de respect de la hiérarchie et des ordres l'empêchaient d'abandonner ses commanditaires. Il s'en voulait de cette lâcheté. Il lui était plus facile d'obéir que de résister :

— Quels sont vos ordres ? finit-il par demander.

Le haut fonctionnaire croisa le regard de son conseiller en sécurité. Une heure plus tôt, ils avaient débattu ensemble des possibilités restantes pour, au mieux, réussir leur mission, au pire, ne pas être impliqués si le scandale venait à être révélé.

— Retrouvez-les, coûte que coûte, et faites en sorte qu'ils ne soient plus un problème. Agissez dès leur arrestation si c'est possible. Usez de votre autorité pour les maintenir au secret. Nous ne voulons pas que la DCRI puisse les interroger. Quant à votre homme de main, il est un risque potentiel, maintenant. Le mieux est que vous puissiez régler le problème à l'hôpital, avant qu'il ne se réveille.

— Pourriez-vous être plus explicite ? insista Brune, conscient qu'il obligeait ses commanditaires à prendre position clairement, sans s'exprimer par métaphores. Vous me demandez de supprimer personnellement mon homme de main ainsi que Darlan, la journaliste et la famille Berthoin. C'est bien ça que vous me demandez de faire ?

L'ancien militaire prit la parole après avoir consulté d'un regard les autres hommes dans la grande salle souterraine :

— Commandant, je comprends votre position délicate. Je sais que vous n'étiez pas censé agir personnellement. Malheureusement, le temps nous est compté et nous n'avons pas d'autres options. Vous êtes notre dernier rempart et je sais que vous comprenez les enjeux. Vous avez d'autres agents actifs dans la région ?

Brune ne répondit pas directement, préférant garder l'initiative de la discussion et présenter ses arguments.

— Mon général, je reconnais avoir sous-estimé les capacités de nos adversaires. Je pensais à tort que nos clients représentaient une proie facile pour Max. Pour en venir à bout, je peux recruter une équipe en cinq heures. Nous changeons de mode d'action, j'espère que vous en êtes conscient. Les montants à mettre en place devront suivre.

— Dans ce cas, recrutez votre équipe et agissez par vous-même, nous soutiendrons votre action, quelle qu'elle soit. Je sais que vous en avez les capacités. Considérez-les comme des ennemis, des ennemis de notre cause. Puis-je compter sur vous, commandant ?

Brune répondit, sans conviction :

—Je ferai le nécessaire, mon général.

— Rappelez-nous dès que vous avez du nouveau.

Un des cinq hommes présents dans la pièce s'avança et raccrocha le téléphone posé au milieu de la grande table de réunion. Ce proche collaborateur du ministre, le dernier à avoir rejoint le groupe, à la demande expresse de son chef, regarda les autres membres de la cellule et s'arrêta sur le général :

— Mon avis est que j'ai de moins en moins confiance en votre homme. Il a compris ce qu'il couvre par ses actions, et je me demande s'il est vraiment en accord avec ce que nous lui demandons de faire.

— C'est un ancien soldat. Il exécutera les ordres que nous lui donnerons, sans discuter et sans états d'âme.

— C'est précisément ce que je lui trouve : des états d'âme.

— Allez au bout de votre pensée, intervint le haut fonctionnaire.

— Je me demande s'il nous restera fidèle quelle que soit l'issue des événements. Je me demande s'il ne va pas devenir un problème à son tour.

Le général fronça ses sourcils fournis :

— Vous vous demandez si nous ne devrions pas faire en sorte qu'il disparaisse à son tour, c'est ça ? J'ai bien interprété votre pensée ? J'imagine que vous avez dans l'idée d'en faire un bouc émissaire si jamais l'affaire dérape. Ne comptez pas sur moi pour organiser ça.

— Je n'ai jamais dit ça, Charles. Nous devons cependant prévoir des solutions pour parer à toute éventualité, et en tant que membre de cette cellule, vous avez le devoir de vous soumettre aux décisions de la majorité. Je n'ai rien décidé. Je soumets une hypothèse.

— Je vous en prie, messieurs, intervint le haut fonctionnaire, responsable de la cellule devant leur commanditaire. Nous devons rester soudés quoi qu'il arrive. Vous avez tous été sélectionnés pour votre attachement à notre idéal et aux idées de notre chef, pour votre fidélité sans faille aussi. Nous devons continuer à décider ensemble et à assumer ensemble, même si les décisions que nous avons à prendre sont difficiles. La question a été posée, je vous demande donc à tous d'y réfléchir. Nous nous retrouvons ici à 18 h. J'espère que nous aurons cette fois de bonnes nouvelles à entendre.

Chapitre 44

Le Pouliguen. Vendredi, 14 h 30.

Fred remonta le canal du port du Pouliguen à une vitesse très supérieure à celle autorisée pour l'entrée dans le chenal. Fort heureusement, il ne croisa aucune embarcation. Les touristes avaient déjà amarré et préparé leurs bateaux en prévision de la tempête. Malmenée par la houle, la frêle embarcation passa à quelques mètres seulement des bateaux de plaisance au mouillage le long des pontons. Manœuvrant avec dextérité, Fred aborda son propre ancrage en quelques minutes seulement.

Il lui avait fallu tout son talent de pilote pour diriger le Zodiac, si près de la côte. Les trois passagers avaient dû s'accrocher fermement pour éviter de passer par-dessus bord. À plusieurs reprises, le bateau avait décollé sur les vagues pour retomber lourdement sur l'eau. Tous avaient bien supporté la traversée. Darlan fut néanmoins très heureux quand il put descendre sur le quai. Il commençait sérieusement à ressentir les effets du mal de mer. Alex, qui, au contraire, avait apprécié le côté mouvementé du trajet, sauta à terre et amarra le Zodiac d'un geste d'habituée. Marie fit un signe à un homme qui regardait les bateaux au mouillage, depuis le parking situé plus haut, au niveau de la route.

— Gilles, nous sommes là. Ne bouge pas ! On arrive.

Ils montèrent rapidement l'escalier et Fred fit les présentations :

— Les amis, je vous présente Gilles Deligne, le seul homme que je connaisse qui pêche la sardine le matin et qui donne des cours de pilotage l'après-midi.

Alex et Darlan furent d'emblée impressionnés et conquis par la personnalité de ce grand gaillard d'un mètre quatre-vingt-dix pour cent dix kilos, taillé comme une armoire à glace et doté d'un sourire charmeur. Son teint hâlé contrastait avec ses cheveux grisonnants bouclés, pas vraiment coiffés. Il devait avoir la cinquantaine passée, peut-être même soixante ans. Il serra la main de la journaliste qui constata que les paumes du pilote devaient être deux fois plus grandes que les siennes. De son côté, Darlan espérait que les avions qu'il pilotait étaient plus grands que les coucous d'aéroclub dans lesquels il lui était arrivé de monter.

— Merci d'être venu, Gilles, commença Fred, notre départ a finalement été plus mouvementé que prévu et nous avons besoin de disparaître très vite.

— Dans ce cas, nous pouvons partir tout de suite, ma voiture est juste là, au-dessus. Mais dis-moi, vous vous êtes battus avec qui pour avoir ces têtes-là ?

Il s'approcha de Marie et l'enlaça tendrement :

— Et toi, comment tu vas ? Tu as l'air toute pâle, tu ne supportes plus la façon dont ton Fred pilote son bateau ?

Marie s'efforça de respirer à fond pour étouffer le sanglot qu'elle sentait monter en elle :

— C'est pas ça, il se trouve que je viens de tuer un homme.

Gilles dévisagea son amie et se tourna vers Fred pour lire une confirmation sur son visage tuméfié.

—On y va et vous me raconterez tout ça dans la voiture.

Ils montèrent tous dans le monospace du pilote qui aussitôt prit la direction de La Baule.

Fred expliqua à son ami dans les grandes lignes les événements qu'ils venaient de traverser.

—Si tu peux nous planquer pour la nuit, termina Fred, Philippe et Alex pourront partir avec toi dès demain matin pour Valence.

—Désolé les amis, mais ça risque d'être difficile. La tempête qui approche est de celles où on ne sort pas en mer. Autant vous dire que demain, il va falloir oublier le voyage en avion. La météo annonce plus de cent kilomètres-heure de vent pour cette nuit et ce sera pire demain toute la journée. J'ai bien peur que vous soyez contraints de prendre un autre moyen de transport.

Il s'interrompit, le temps de regarder sa montre, puis reprit, tout en réfléchissant :

—À moins que…

—À moins que ?

—À moins qu'on décolle dans la demi-heure qui vient. C'est jouable, on pourra encore distancer la tempête. Mais après, aucune chance.

—Est-ce qu'on a d'autres choix ? demanda Alex, enthousiaste à l'idée de continuer sa journée par la traversée de la France en avion de tourisme pour devancer la tempête. Le temps joue contre nous. Je dis que nous ne devons pas hésiter.

Beaucoup plus prudent et n'aspirant qu'à rester un long moment sur le plancher des vaches pour calmer son estomac, Darlan se montra beaucoup moins intéressé par la proposition de Gilles :

— On pourrait y aller en voiture, on l'a déjà fait à l'aller, ça prendra plus de temps, mais d'un autre côté, on est sûr d'arriver.

L'imposante carrure de Gilles se retourna un instant et il regarda Darlan d'un air sérieux.

— Dis donc, fiston, tu ne serais pas en train de dire que c'est moins risqué d'aller à Valence en voiture qu'avec moi en avion ?

Alex intervint en posant la main sur le bras du policier qui s'apprêtait à répondre :

— De toute façon, nous n'avons pas le choix. Le temps nous est compté. Nous avons moins de trente-six heures pour trouver et réunir les preuves qui nous manquent puis tenter d'empêcher la fraude.

— La fraude ? Quelle fraude ?

— Nous t'expliquerons dans l'avion. Fred et Marie nous ont dit que tu es un très bon pilote et ça me suffit.

Gilles retrouva le sourire :

— C'est vrai ? Tu as dit ça, Marie ?

— Mais je le pense, Gilles, répondit-elle avec un grand sourire. Toutes ces balades que nous avons faites avec ton avion ! Nous avons toujours eu confiance. Et les enfants, je n'en parle même pas. Ils sont fans.

Darlan suivait les conversations sans réagir, pas vraiment convaincu ni enthousiaste à l'idée de rester enfermé dans un cockpit minuscule pendant des heures. Il se garda bien d'exprimer sa pensée, de peur de laisser transparaître l'angoisse qui lui serrait le ventre.

— Combien de temps de vol ? demanda Alex, tout en souriant devant l'air dépité de son compagnon de voyage.

— Avec le vent qu'on va avoir, on y sera en deux heures trente avec le Cessna 182. Si ça vous va, on met le cap sur le terrain. Le temps de préparer tout, on sera en l'air dans…vingt minutes. J'ai déjà préparé la *nav*.

—Comme je vois que je n'ai pas mon mot à dire, répondit Darlan. Allons-y... c'est pour la bonne cause.

—Super. J'appelle le club pour qu'on prépare l'avion. Avec ce qui arrive derrière nous, chaque minute compte. Vous devriez également passer par le bar et prendre la trousse à pharmacie pour vous redonner une figure humaine. Là, franchement, vous êtes à faire peur !

Après un passage éclair par le bar, ils pénétrèrent dans le hangar de l'aéroclub de la Côte d'Amour, situé sur le terrain de La Baule-Escoublac. Deux permanents finissaient de préparer l'avion et s'apprêtaient à le sortir.

—Aidez-les à sortir l'avion, demanda Gilles. Fred, tu viens avec moi au club.

Darlan s'avança et fit le tour du Cessna. L'allure du petit avion à aile haute ne lui inspirait pas confiance. Pourtant, cet avion comptait parmi les plus sûrs de sa catégorie. Son moteur de deux cent trente chevaux lui assurait une vitesse de croisière de plus de deux cent cinquante kilomètres-heure et une autonomie de huit heures.

—C'est la première fois que tu montes dans ce genre d'engin ? demanda Marie qui l'observait depuis un moment et qui venait de le rejoindre à l'arrière de l'avion.

—En fait non, mais jamais pour traverser le pays. Les avions que je prends d'habitude sont franchement plus gros que celui-là. Je pense même qu'il y a plus de place dans ma voiture qu'à l'intérieur de ce coucou, et certainement presque autant de puissance.

—Nous sommes souvent allés nous promener sur la côte ou voir les îles. Quand il fait beau, c'est un régal.

—Et un jour comme aujourd'hui ?

—Je pense que ça va secouer.

Elle regarda attentivement le policier et comprit qu'en fait, il était perturbé à l'idée d'être malade, mais ne voulait pas l'exprimer devant eux, et surtout pas devant Alexandra. Elle ouvrit son sac à main pour en sortir une boîte de médicaments :

—Si tu veux passer un voyage sans histoire, je te suggère de prendre deux comprimés de ça. J'en ai toujours dans mon sac, Amaury est assez sensible en bateau ou même en voiture. Tout ce que tu risques, c'est qu'avec ça et les antalgiques que tu viens déjà d'avaler, c'est de dormir pendant tout le vol.

—J'aime autant ça !

Darlan se saisit de la boîte et avala directement trois comprimés, tout en s'assurant qu'Alex n'avait rien suivi de leur discussion, puis claqua une bise sonore sur la joue de Marie :

—Tu es une mère pour moi, dit-il en souriant.

—Tu le mérites. Et quoi qu'il arrive, prends bien soin d'Alexandra. C'est vraiment quelqu'un de bien et j'ai le sentiment que vous êtes à l'aube d'une belle histoire.

—Toujours cette envie de marier tes amis, n'est-ce pas ? rigola le policier, sans doute un peu trop fort pour être crédible.

Il continua :

—Écoute, Alex est sympa, c'est vrai, mais franchement, nous n'avons rien en commun, c'est une emmerdeuse de première. J'ignore si je serais capable de la supporter au quotidien. Je suis un solitaire casanier et elle passe son temps à faire des sports extrêmes et autres trucs déments avec d'autres sportifs. Elle ne respecte rien, réagit à l'instinct, sans réfléchir. Non, c'est franchement pas mon truc.

—Mais elle te plaît, non ?

—Je t'en prie, arrête avec ça, ce n'est pas la question.

—Si tu veux un conseil, essaie de comprendre pourquoi elle pratique ces sports dangereux, c'est la clé de son cœur.

Darlan pouffa de rire et enlaça son amie :

—Fred a raison, t'es vraiment une marieuse.

Alexandra regardait du coin de l'œil le policier en pleine discussion avec Marie. Elle ne put s'empêcher de ressentir un petit pincement au cœur en voyant Darlan presser Marie contre lui. Elle s'en voulut aussitôt de ce sentiment qu'elle savait être de la jalousie, mais s'approcha néanmoins d'eux pour se mêler à la conversation. Une pointe de curiosité, peut-être. Elle fut interrompue par une voix derrière elle.

—Vous nous aidez à sortir le taxi ?

Alex se retourna vers le plus petit des deux hommes qui venaient de terminer la préparation de l'avion. Marie et Darlan s'avancèrent également pour aider.

Dix minutes plus tard, l'appareil avait pris place sur le parking, face au vent. Prêt à partir. Fred et Marie s'approchèrent de Darlan et Alex.

—Ce n'est pas de gaieté de cœur que nous vous laissons affronter seuls la suite des événements, commença Fred. Mais ce qui s'est passé aujourd'hui, c'est vraiment trop pour nous. Marie est morte de trouille pour les enfants. Nous allons nous cacher jusqu'à la fin de cette affaire. Et je n'exclus pas de demander la protection de la police.

—Mais pas pour l'instant, compléta Marie en forçant la voix, pour couvrir le bruit du vent, les yeux pleins de larmes qu'elle peinait à refouler. Vous devez avoir les mains libres au moins jusqu'à dimanche.

—Ce n'est pas un problème, répondit Darlan. Vous nous avez aidés plus que vous ne l'imaginez.

—Vous pouvez toujours compter sur nous pour vous aider à distance, continua Fred. Nous allons faire en sorte que cette affaire devienne publique. Nous avons beaucoup d'amis, de relations. Plus nous serons nombreux et plus nous serons protégés.

—Je vais également mettre à contribution tous les électroniciens de notre réseau d'anciens élèves de *Supélec*, annonça Marie. Nous communiquons régulièrement à travers des forums en nous lançant parfois de petits défis. J'ai créé et j'anime un de ces blogs et je suis assez influente sur un autre. Je ferai en sorte que nous puissions unir nos efforts pour vous aider. Il nous suffira d'un schéma, ou à défaut, de photos. Nous serons votre base arrière, n'hésitez pas. Je suis certaine que je parviendrai à les intéresser.

—Restez cachés avec les enfants au moins jusqu'à lundi. Vous savez où aller ?

—Je suis issue d'une famille de résistants, plaisanta Marie, et tu as vu notre maison. Nous avons plein d'amis dans la région, personne ne nous retrouvera.

Fred s'approcha et tendit une enveloppe à Darlan :

—Prends ça. Tu ne pourras pas retirer d'argent sans être immédiatement repéré. Avec ça, vous aurez au moins de quoi voir venir, louer une voiture et tout, quoi !

Darlan ouvrit l'enveloppe :

—Mais tu es cinglé, il y a au moins dix mille euros là-dedans !

—Neuf mille cinq cents, pour être précis, compléta Gilles. C'est tout ce que j'avais dans le coffre.

Darlan s'apprêtait à rendre l'argent à son propriétaire, mais Gilles stoppa son geste et prit un air sérieux :

—N'essaie même pas. Vous avez besoin de cet argent… Vous faites ça pour une cause qui en vaut la peine. Par ailleurs, je ne sais pas si on t'a dit, mais je pilote beaucoup moins bien quand on me met en pétard. Alors, vous prenez cet argent et on n'en parle plus.

Fred compléta :

— Tu m'as suffisamment expliqué ce que tes potes de la DCRI sont capables de découvrir à partir d'un retrait par carte, d'un paiement, ou simplement en reconnaissant ta tête sur une caméra de distributeur, alors ne viens pas m'expliquer que tu vas y arriver tout seul.

— Merci, c'est gentil, mais on n'a pas besoin de tout ça. J'ai appelé une connaissance de Lyon. Il va venir nous récupérer à l'aéroport et nous pourrons compter sur sa logistique, voire sur une aide musclée au besoin.

— Je vois que tu as gardé des bonnes relations, Philippe. Effectivement, ça devrait aider. S'il te plaît, ne refuse pas cet argent. Ne me prive pas du plaisir de te rendre une toute petite partie de ce que tu nous as permis de récupérer sur l'héritage de Marie. Tu sais très bien que ça ne nous manquera pas.

Une rafale plus forte fit osciller l'avion sur ses amortisseurs.

— Bon, les amis, intervint Gilles, je ne voudrais pas vous presser, mais si on reste là plus longtemps, on ne pourra plus décoller. Le front arrive et cet avion n'est pas équipé pour voler là-dedans.

— Embrassez les enfants pour nous ; et dites-leur bien que je reviens dès cet été, termina Darlan.

Après une dernière effusion, Alexandra monta à l'avant avec Gilles, tandis que le policier s'installait tant bien que mal sur le siège arrière en ronchonnant à propos de l'exiguïté de l'habitacle.

Gilles mit en marche le moteur après avoir déroulé la check-list. Il connaissait par cœur les procédures et vérifications à réaliser pour la mise en route et le pilotage de l'appareil, mais, en tant qu'instructeur pilote, il se faisait un devoir de lire la check-list pour se conformer à ce qu'il demandait à ses élèves. Alexandra, assise sur le siège de droite à l'avant, observait avec attention les différentes manœuvres, essayant de suivre et de comprendre. Gilles remarqua l'intérêt de la journaliste :

—Là on n'a pas trop le temps, mais dès que nous sommes sortis de la région, je t'explique tout.

—Super ! Ça fait un moment que l'idée de prendre des cours me trotte dans la tête.

—C'est amusant, fit remarquer Darlan depuis la place arrière, c'est bien un truc qui ne me serait jamais venu à l'idée.

—Eh bien, j'espère que ce vol arrivera à te convaincre du contraire, termina Gilles au moment où le moteur commençait à vrombir et l'hélice à tourner.

Les vibrations résonnèrent dans l'habitacle et le bruit enveloppa les passagers.

Fred et Marie s'étaient positionnés à dix mètres de là, se tenant par la taille, serrés l'un contre l'autre. Au moment où le pilote montait la manette des gaz pour faire rouler le Cessna vers la piste d'envol, ils agitèrent le bras en guise d'au revoir. Alexandra leur souffla un baiser dans la main. À cet instant, elle aurait aimé être à leur place, pas pour voir des amis partir, mais parce qu'elle enviait leur complicité, leur amour que rien ne semblait pouvoir altérer.

Gilles passa devant la manche à air, figée en position horizontale sous l'effet du vent, puis remonta le taxiway et aligna son avion en bout de piste 29, face au vent. Il passa son message à la radio pour annoncer son décollage. La réponse de la tour de contrôle ne se fit pas attendre :

—Fox Sierra Juliette, le décollage, vent du deux cent cinquante pour trente nœuds, attention aux turbulences en bout de piste. Rappelez en sortie de zone. Bon voyage !

Le pilote poussa la manette des gaz et, après un temps de roulage très court qui surprit Darlan, l'avion s'éleva au-dessus de la piste. Les rafales le secouaient et Gilles luttait pour maintenir la ligne de vol. Dès qu'il eut atteint une hauteur suffisante, il vira par la droite et fila vers le sud-est, poussé par le vent du large. Les deux passagers eurent néanmoins le temps d'admirer la côte toute proche, qui semblait être mangée par l'ombre des nuages qui déferlaient.

Chapitre 45

Batz-sur-Mer. Vendredi, 15 h.

Patrick Brune arpentait la cave en tous sens, tentant de déceler une cache derrière les rayonnages, ou auscultant les murs en frappant méthodiquement la pierre sous l'œil intrigué du chef d'équipe d'intervention.

Il se tourna vers les quatre hommes qui attendaient patiemment qu'il cesse de s'agiter, les uns assis dans l'escalier, les autres s'intéressant aux bonnes bouteilles de la cave, à grand renfort de commentaires sur leurs préférences. Le reste de l'équipe continuait minutieusement à fouiller la maison, ses dépendances et la propriété :

—Ça vous ennuierait vraiment de m'aider à chercher ? s'énerva-t-il. Vous avez exploré toute la maison pour conclure brillamment qu'ils s'étaient cachés dans la cave, vu que la porte était verrouillée de l'intérieur. Vous avez réussi à entrer ici en faisant exploser la serrure et maintenant vous vous contentez de constater que la cave est vide.

—Oui, vous avez raison, mon commandant. En fait, c'est certainement parce qu'elle est vide, cette cave, lança ironiquement le lieutenant, un solide gaillard au crâne rasé.

— Ils sont forcément quelque part ici. Il doit y avoir un passage secret. Ils ne peuvent pas s'être évaporés.

— Ben voyons, un passage secret… Je ne sais pas à quoi vous tournez à Lyon, mais ça craint, insista-t-il, furieux d'avoir à obéir à ce type envoyé par une autre sous-direction, à croire que lui et son équipe n'étaient pas de taille à assurer. C'est dans les films, les passages secrets. Là, on est dans une maison construite sur une falaise en granit. Comment voulez-vous qu'il puisse y avoir un passage secret ou je ne sais quoi ?

Brune approcha du fond de la cave et finit par s'arrêter devant l'armoire massive. Elle semblait avoir été dimensionnée pour se glisser entre le sol et le plafond qu'elle touchait presque, impossible d'y glisser ne serait-ce qu'un doigt. Par deux fois déjà il l'avait ouverte pour constater qu'elle contenait essentiellement des casiers de bouteilles vides. Il avait déjà ausculté le fond en frappant le bois sans détecter quoi que ce soit d'anormal. Il regarda attentivement sur un côté, cherchant vainement à voir derrière le meuble. Il essaya ensuite de pousser puis de tirer l'armoire en y mettant toute sa force, sans aucun résultat. Elle doit faire dans les cent cinquante kilos, se dit-il, je devrais normalement réussir à la faire bouger.

— Venez m'aider !

Deux hommes regardèrent le lieutenant qui leur fit signe d'obéir :

— Super, on va faire déménageurs, maintenant.

— Quitte à déménager quelque chose, moi, ce serait plutôt les bouteilles !

— Bon, on va aider le commandant puisqu'il n'arrive pas à pousser une petite armoire tout seul.

Brune se fit violence pour ne pas répliquer. Il ne concevait pas qu'une équipe d'intervention puisse se comporter de façon aussi désinvolte. En théorie, les sélections pour les forces d'intervention permettaient de recruter des gens intelligents, mais là, il se demanda si on ne lui avait pas sélectionné une belle brochette d'imbéciles. Les deux hommes se positionnèrent de part et d'autre du meuble et commencèrent à pousser, sans forcer, convaincus de parvenir à le déplacer sans effort. Rien ne bougea. Ils essayèrent à plusieurs reprises et Brune leur prêta main forte jusqu'à ce qu'ils épuisent leurs forces. Toujours rien.

— Bordel, mais elle est en plomb cette armoire !

— On va la vider et recommencer.

Ils enlevèrent les casiers un par un sans conviction, pour les poser sur le sol derrière eux puis réessayèrent, sans plus de résultat.

Brune se recula en réfléchissant. Pris d'une intuition, il entreprit de démonter les étagères pour enfin se glisser à l'intérieur du meuble et coller son oreille contre la paroi du fond. Avec le bruit des conversations et les rires derrière lui, il lui était impossible de percevoir quoi que ce soit :

— C'est possible que vous fermiez vos gueules ?

— Oui chef…

Dès que le silence s'établit, il se concentra. Il lui sembla entendre le bruit du vent, puis plus rien pendant quelques secondes, puis à nouveau le son distinct du sifflement du vent :

— Il y a un passage là-derrière ! Il y a forcément un mécanisme d'ouverture.

— Un passage ! Ben voyons !

Le lieutenant s'approcha néanmoins et, à son tour, colla son oreille, convaincu qu'il n'entendrait rien et qu'il pourrait moucher le commandant :

— Putain c'est vrai, je jurerais même qu'on entend le bruit des vagues ! Je propose qu'on fasse sauter ça. On a ce qu'il faut.

—En dernier recours. Je vous rappelle que nous sommes chez un particulier et que rien ne nous autorise à faire sauter des portes à l'explosif.

—Ramenez-moi toute l'équipe, commanda le lieutenant en se tournant vers un de ses hommes. Et magnez-vous ! termina-t-il, furieux de s'être trompé aussi grossièrement.

Dix minutes plus tard, après avoir examiné le meuble sous toutes les coutures, l'un d'entre eux appuya par hasard sur la moulure, en haut du meuble, qui s'ouvrit pour laisser apparaître un simple bouton poussoir :

—Je crois que j'ai trouvé, mon commandant.

Brune regarda le bouton, hésita une demi-seconde et appuya. Il entendit un déclic et sentit que l'armoire commençait à pivoter. Il tira le meuble vers lui. Une partie du mur s'escamota en même temps pour laisser place à une porte entrouverte. Le bruit des vagues et du vent emplit la pièce. Patrick Brune ne put s'empêcher de sourire et de toiser le chef du groupe d'intervention :

—Voyez-vous, lieutenant, je pense qu'à Lyon, nous sommes un peu plus perspicaces que vous. C'est sans doute pour cette raison que Paris nous a donné la direction des opérations.

Trois minutes plus tard, Brune remonta pour appeler le PC opérationnel de Lyon. Il devait annoncer l'échec de l'équipe. Il prit un ton de circonstance, même si, en son for intérieur, il était soulagé que Darlan et son équipe se soient échappés. Il conservait une petite chance de mener à bien sa mission :

—Commissaire, ils nous ont à nouveau échappé.

—Comment est-ce possible ? s'énerva Giraud.

—Ils ont utilisé un passage dissimulé sous la maison et sont partis en bateau. Personne ne pouvait prévoir ça.

—Un passage secret ? Mais on est en plein délire !

—Non, monsieur, c'est la pure vérité. J'ignore si c'est de la chance ou du talent, mais ils ont encore pris une longueur d'avance.

—J'imagine que vous n'avez aucune idée de leur destination.

—Pas la moindre. Je peux juste vous affirmer que la mer est sacrément chahutée, ça m'étonnerait qu'ils soient allés bien loin. Nous avons envoyé le drone survoler la côte, surveiller les ports également. Avec la tempête, je doute que ce soit très efficace.

À cinq cents kilomètres de là, le commissaire Giraud regardait la carte affichée sur le grand écran, mélange de carte routière et de vue satellite. Le niveau de zoom permettait d'afficher toute la presqu'île guérandaise :

—Je suis convaincu qu'ils ont dû rejoindre la côte un peu plus loin. Mettez une équipe là-dessus. Quant à vous, foncez à l'hôpital et tâchez de faire parler le blessé. Nous avons analysé la photo. C'est un ancien des forces spéciales. Il est connu sous le prénom de Max. Mercenaire depuis une dizaine d'années, mêlé à pas mal de complots et de coups d'État dans plusieurs pays. C'est un tueur qui, selon nos infos, ne travaille généralement pas sur le territoire. Nous devons absolument savoir ce qu'il vient faire dans l'histoire et qui sont ses commanditaires.

—Je m'y mets, commissaire.

Brune raccrocha son téléphone. Il avait deux objectifs prioritaires. Le premier : s'assurer que son homme de main ne puisse pas être interrogé. Sans doute parviendrait-il à le convaincre de se mettre au vert s'il lui permettait de s'échapper. Quant au deuxième, il s'agissait de retrouver la trace de Darlan et son équipe avant ses collègues de la DCRI. Maintenant qu'il savait ce qu'ils recherchaient, il avait une longueur d'avance. Depuis le début, le policier et la journaliste remontaient la piste des machines à voter truquées et cherchaient à comprendre comment et par qui la fraude était organisée. Brune décida d'obliger les décideurs du ministère à lui fournir toutes les informations qui lui manquaient afin de reprendre l'avantage.

Chapitre 46

Aéroport de Valence-Chabeuil. Vendredi, 17 h 30.

Le petit avion descendait lentement vers la piste orientée vers le nord. Le soleil, encore haut sur l'horizon, parait les falaises du Vercors à leur droite de couleurs chaudes.

« Sierra Juliette en finale.

- *Autorisé à l'atterrissage, le vent du zéro vingt pour cinq nœuds, rappeler au parking pour quitter.* »

Alexandra tenait les commandes, conseillée par Gilles qui la suivait, les mains à proximité du volant, prêt à intervenir.

— Très bien, remets un peu de gaz pour garder ta vitesse. Ne relève pas le nez… voilà… Maintenant, coupe les gaz et arrondis… Vas-y, tire sur le manche doucement et reste bien alignée, corrige au pied... Très bien…

Le début de leur vol s'était avéré beaucoup plus mouvementé que leur arrivée sur Valence. Dès le décollage, le Cessna avait été pris dans la bourrasque et Gilles avait dû faire appel à toute son expérience du pilotage pour maintenir la ligne de vol et distancer le front. Ils n'en étaient véritablement sortis qu'après une demi-heure de vol. Les passagers s'étaient bien comportés. Darlan s'était endormi profondément quelques minutes après le décollage, assommé par les trois pilules et les antalgiques qu'il avait avalés. Alexandra, quant à elle, avait adoré cette sensation d'être ballottée au gré des vents, admirant les mouvements incessants que le pilote exerçait sur les commandes pour stabiliser l'appareil et cherchant à comprendre les techniques de pilotage.

Le petit avion parcourut les derniers mètres dans l'air calme en effleurant le revêtement de la piste. Les roues touchèrent le tarmac juste après le seuil de piste marqué de bandes blanches. Le Cessna s'immobilisa après quelques dizaines de mètres seulement.

Ce fut le moment que choisit Darlan pour émerger du profond sommeil dans lequel il avait sombré. Il se redressa et regarda de tous côtés pour constater qu'ils avaient atteint leur destination :

— Déjà arrivés ? commença-t-il d'une voix traînante, la bouche sèche, pendant que Gilles dirigeait l'avion vers la bretelle de sortie qui l'amena sur le parking devant la tour de contrôle.

— Tu as apprécié le voyage ? répliqua Alexandra en riant. Je n'ai jamais vu quelqu'un d'aussi décontracté en avion. C'est dommage, tu as tout manqué…

— Mouais. De toute façon, je connais le coin, y a pas grand-chose à voir.

— Tu aurais au moins pu voir Alexandra exercer ses talents de pilote. Elle a pratiquement posé l'avion toute seule, intervint Gilles. Puis, s'adressant à Alex :

— Sérieusement, tu devrais prendre des leçons et passer ton brevet. Tu as la fibre qui fait les grands aviateurs.

—Laisse tomber, Gilles, je suis certain qu'Alex pourrait passer son brevet facilement, mais je doute que ça bouge suffisamment pour vraiment l'intéresser. C'est quand même moins drôle que les sports de fous que tu pratiques toute l'année, n'est-ce pas, Alex ?

—En fait, je crois quand même que je vais m'y mettre. Mais ce qui m'intéresserait vraiment, c'est plutôt la voltige. Le début du vol, ça c'était vraiment fun !

—Vous êtes attendus, on dirait, coupa le pilote en ouvrant la porte de l'avion.

Alexandra releva la tête pour reconnaître la silhouette caractéristique de Salvatore, le copain garagiste de Darlan, qui les attendait à la porte de l'aérogare avec un autre homme qu'elle devinait dans l'ombre. Elle ressentit comme un haut-le-cœur tellement le premier contact avec l'Italien l'avait dérangée. Elle dut reconnaître cependant qu'il avait fait un effort vestimentaire en s'affublant d'un costume rayé qui, sans parvenir à allonger sa silhouette, mettait au contraire en évidence son embonpoint et lui donnait un air de mafieux sicilien des années cinquante.

Ils descendirent de l'avion et se dirigèrent vers les deux hommes.

—Alors, mon ami, commença l'Italien, tu ne résistes plus à l'envie de te mettre dans le pétrin ? Retour à tes vieilles habitudes… Ça me fait plaisir, je te reconnais, là… Je te présente mon petit neveu Angelo. Il a pas l'air comme ça, mais c'est un dur. Il va nous aider.

Tous se tournèrent vers l'inconnu. Alexandra ne put s'empêcher de constater qu'il était tout le contraire de son oncle. Elle détailla ce bel homme au corps d'athlète, très brun et au visage bronzé qui leur souriait de ses dents blanches. Il devait avoir trente ans et chacun de ses gestes, de ses mots semblaient être pensés pour séduire. Il s'avança directement vers Alexandra, sans un regard pour le policier et le pilote, lui prit la main doucement et la garda un instant entre les siennes en la regardant fixement dans les yeux, comme s'ils étaient seuls au monde. Amusée et troublée, elle ne détourna pas le regard :

— Vraiment enchanté de vous connaître, mademoiselle. Salvatore m'avait vanté votre beauté, il était très en dessous de la vérité.

Darlan ressentit comme un picotement au niveau de l'estomac et son visage se ferma.

— Ne l'écoutez pas, intervint le garagiste en rigolant bruyamment. Mon neveu est un incorrigible séducteur. Je lui ai pourtant bien expliqué que vous n'étiez pas libre, mais c'est sa nature, vous savez, le sang italien...

— Qui vous a dit que je n'étais pas libre ? demanda Alexandra en fusillant Darlan du regard. J'aimerais au moins avoir la liberté de mes propos.

— Bon, Angelo, on n'est pas là pour ça, bredouilla Salvatore. Faut pas rester ici.

— Où va-t-on ? intervint Darlan, maussade.

— Chez moi, répondit le bel Italien. Mes parents habitent à Chabeuil. Vous allez pouvoir vous y installer le temps que vous voudrez.

— Si ça ne vous fait rien, le coupa Darlan, nous ne sommes pas en vacances. J'aimerais qu'on passe chez Nidap pour nous faire une idée avant ce soir.

— C'est comme tu veux, mon ami. Mais on y est passé, en vous attendant. Le gamin connaît l'usine. Ça grouille de flics. Ils sont bien planqués, mais je t'assure que tu es attendu.

Alexandra s'approcha de Darlan :

— Tu crois que tes copains ont anticipé notre venue ?

— Difficile à dire. Je ne vois pas comment la DCRI aurait pu arriver aux mêmes conclusions que nous. Les seuls à savoir que Nidap est un des maillons essentiels de la chaîne de fabrication des machines à voter truquées sont les commanditaires de Patrick Brune. Et je le vois mal avertir le commissaire afin qu'il utilise les services d'un tueur pour assassiner ceux qui peuvent témoigner de la fraude électorale qui se prépare pour dimanche.

— Bon, faudrait vraiment y aller, intervint Salvatore. Ça fait deux fois que le contrôleur, dans sa tour, regarde vers nous avec ses jumelles. Les aéroports, c'est comme les gares, faut pas s'attarder sinon t'as vite l'air louche.

Alexandra le détailla de haut en bas et s'abstint de répondre qu'avec son look, il devait paraître louche quel que soit l'endroit où il se trouvait. Elle se demanda à quels trafics il pouvait être mêlé, sans vraiment avoir envie de le découvrir.

Rapidement, ils traversèrent l'aérogare, nom prestigieux pour désigner la salle où s'alignaient quelques comptoirs, quelques bancs en plastique et un portique de détection. L'arrivée du TGV dans cette ville avait contribué à la fermeture de la dernière ligne aérienne. Maintenant, seuls quelques rares avions permettaient d'animer cette salle fantôme, deux ou trois fois par an. Le parking extérieur ne contenait que quatre voitures, garées sur les emplacements réservés initialement aux voitures de location, identifiés par un marquage au sol à peine visible.

— J'ai pensé à toi, Philippe, regarde ce que je t'ai trouvé.

— Super, une Z4 !

— Tu peux la garder quelques jours, enfin, jusqu'à ce que tout soit rentré dans l'ordre.

— Et toi, tu es venu comment ?

— Rien de particulier, la Mercedes, comme d'habitude. Les temps sont durs, j'ai moins d'occasions de rouler en bolide en ce moment.

Darlan s'approcha de la petite BMW cabriolet et passa la main sur le capot comme il aurait caressé une maîtresse.

Alex le regarda faire en souriant : il tombait décidément dans tous les clichés.

—Merci Salvatore, mais est-ce que ce n'est pas un peu trop voyant ?

—Tu m'as demandé quelque chose de rapide, je me suis dit que tu ne serais pas contre une caisse qui a de la gueule... Et puis avec la jolie demoiselle à tes côtés, tout le monde trouvera ça normal. Cette caisse est faite pour ça, non ? termina-t-il dans un rire bruyant qui anima son ventre bedonnant de soubresauts disgracieux.

Alexandra le regarda, luttant pour ne pas lui répondre ce qui lui brûlait les lèvres.

Gilles s'approcha :

—Bon, je vous laisse en de bonnes mains, je crois. Je redécolle tout de suite vers Avignon. J'ai un bon copain à l'aéroclub et ça fait une éternité que je lui ai promis de passer le voir.

Il serra vigoureusement la main des hommes puis prit Alex dans ses bras pour l'embrasser tendrement sur les deux joues. Entre ses bras immenses, la journaliste paraissait être une petite fille étreignant son père avant d'aller à l'école.

—Fais bien attention à toi... et je t'attends à La Baule pour ta deuxième leçon, dès que ce bazar sera terminé...

—J'y compte bien... J'aime déjà beaucoup la région et Fred m'a promis de me la faire découvrir. J'ai maintenant une raison supplémentaire pour y retourner très bientôt !

—Bon courage et bonne chance à tous ! termina-t-il avant de retourner vers le tarmac.

Une demi-heure plus tard, ils étaient tous attablés sur la terrasse ombragée de la maison familiale d'Angelo, située à la sortie de Chabeuil, sur la route de Crest. Ils avaient été accueillis très chaleureusement par ses parents.

Si la situation n'avait pas été aussi grave, Alex et Darlan auraient certainement profité davantage de la température clémente de cette fin de journée à l'ombre des mûriers platanes.

Le bref passage qu'ils avaient effectué devant l'entrée de l'usine Nidap avait confirmé leurs craintes. Depuis la route, le policier avait pu prendre la mesure des protections mises en place pour interdire l'accès aux bâtiments. Le premier rempart consistait en une double enceinte de grillages antieffraction entre lesquels avait été aménagée une zone sans végétation d'une dizaine de mètres de large. Des poteaux équipés de projecteurs étaient régulièrement répartis sur le pourtour. En suivant les indications de Salvatore, Darlan avait identifié une camionnette banalisée de l'autre côté de la route et plusieurs agents à l'intérieur de l'enceinte. Il était à peu près certain qu'il ne s'agissait pas d'une équipe de la DCRI, mais il était évident que le site était sous surveillance renforcée. Le plan qu'il avait imaginé consistait plus ou moins à rééditer l'effraction commise chez Eltrosys pour s'emparer des plans complets ou, à défaut, d'une machine à voter. Il s'en voulait d'avoir été trop optimiste. Il n'avait pas vraiment imaginé de solution alternative. Il devait absolument trouver le moyen de mettre la main sur une de ces machines.

Les parents d'Angelo s'étaient éloignés de la table pour les laisser discuter tranquillement dès que celui-ci leur avait dit qu'ils devaient maintenant parler « affaires ». Alexandra et Darlan avaient commencé par expliquer tout ce qu'ils avaient déjà accompli, afin que tous comprennent bien les enjeux de ce qu'ils comptaient faire et les risques qu'ils allaient prendre. Alexandra se tenait très proche d'Angelo. Ce dernier posait régulièrement sa main sur son épaule et se penchait comme pour boire ses paroles chaque fois qu'elle s'adressait à lui. La journaliste n'esquissait aucun mouvement pour se dégager. Elle semblait être complètement tombée sous le charme du bel Italien. Agacé, Darlan s'attachait à rester concentré sur leur objectif et animait la discussion sur un ton autoritaire.

— Voilà où nous en sommes. Nous devons trouver un moyen de renverser le cours des choses avant dimanche.

Salvatore s'emporta et son accent italien ressurgit avec force :

— Quand je pense qu'on nous traite de voleurs et qu'on est contrôlé en permanence pour nos petites affaires, ça me fait mal de savoir qu'en haut ils sont encore pires ! On se croirait en Italie. Bien la peine que la famille soit venue vivre ici...

— Je pense que tu as raison, Salvatore, nous sommes devenus des voleurs, des cambrioleurs et je ne sais quoi encore. Alors, puisqu'il nous est impossible d'entrer chez Nidap, nous devons trouver le moyen de mettre la main sur une machine à voter. En la démontant, nous devrions parvenir à en comprendre le fonctionnement.

— Et où allons-nous trouver ça ? demanda Alex.

— Les machines fabriquées par Nidap sont sans doute transportées ailleurs pour être livrées. Il nous suffit peut-être d'intercepter un camion.

Il poursuivit son raisonnement sans écouter Alex qui tentait de prendre la parole.

— Ou alors, je propose d'aller voler une machine là où elles seront utilisées dimanche : dans une mairie.

— Je veux bien qu'on essaie avec celle de Chabeuil ce soir, intervint Salvatore, mais j'ignore où ils les rangent. Faudra faire attention, le bureau de la police municipale est juste à côté.

— Je crois qu'Alexandra a déjà la solution que vous cherchez, coupa Angelo.

La journaliste adressa un sourire charmeur à l'Italien, se redressa sur son siège et répéta sa phrase déjà commencée :

—Je disais que j'ai une meilleure idée. Ma mère travaille à la mairie de Montmeyran et je sais qu'elle a les clés. Pour une fois, nous n'aurons rien à casser pour entrer.

—Et tu penses qu'elle va accepter de nous laisser embarquer une machine à voter sans discuter ?

—Ça m'étonnerait beaucoup, rigola-t-elle, elle serait plutôt du genre à nous dénoncer. Je pensais plutôt lui subtiliser les clés sans rien lui demander. Le seul problème, c'est que je ne suis pas certaine qu'elle ait envie de me voir.

—Je viens avec toi, décida Darlan.

—Ça non plus, c'est pas gagné, ma famille n'a jamais été très ouverte aux gens d'origine étrangère. Mon père militait pour l'extrême droite, pour tout dire. Ça devrait t'éclairer.

—Ça me donne une bonne raison supplémentaire de t'accompagner. J'adore les situations équivoques.

—Peut-être devrais-je accompagner mademoiselle, je suis certain que votre mère ne pourra rien nous refuser, proposa Angelo en posant la main sur l'épaule de la journaliste, comme si l'affaire était entendue.

—Si tu permets Angelo, là, c'est sérieux, je doute que tu connaisses quoi que ce soit à l'électronique et à l'informatique. Quand j'aurai besoin de tes services, je te le demanderai. Salvatore m'a bien expliqué quels étaient tes talents, et je crois que nous aurons besoin de toi rapidement… Mais pas maintenant.

Le garagiste partit d'un éclat de rire qui fit tressauter les bourrelets de son cou :

—Laisse tomber, mon neveu. Je crois que cette fois, ce n'est pas ton tour.

Alexandra le dévisagea, ayant peur de comprendre le sens de la blague de Salvatore. Elle préféra revenir à leurs vraies préoccupations. Elle sortit le téléphone que lui avait prêté Fred et commença à composer un numéro :

— Je vais appeler ma mère pour lui dire qu'on est dans la région et que je souhaite passer la voir. Je ne garantis rien pour l'accueil. Nous ne nous sommes pas vues depuis plusieurs années, et la dernière fois c'était plutôt tendu.

Sans plus de discours, Alexandra se leva et s'éloigna dans le jardin attenant, le téléphone collé à l'oreille. Darlan la regarda un moment, conscient de l'effort que la jeune femme devait faire pour tenter d'oublier, ou de pardonner, ce que le policier devinait être des moments très durs, bien qu'il ne puisse en deviner la nature. La journaliste semblait par moments très calme, puis l'instant d'après, appuyait ses paroles de grands gestes. Le soleil jouait dans ses cheveux bruns lorsqu'elle agitait la tête. Darlan l'observait, détaillant ses gestes, ses expressions, attentif à ses propres réactions, intrigué par ce fourmillement agréable qui lui parcourait le dos et faisait monter à ses lèvres un sourire de contentement. À la table, les deux autres hommes la regardaient également sans parler. Angelo fut le premier à rompre le silence :

— Elle est vraiment très belle… Elle est journaliste à Lyon, c'est ça ?

Darlan le fusilla du regard, furieux qu'il ait interrompu ce moment :

— Au cas où tu n'aurais pas compris, on est là pour un travail important, alors le plus simple, c'est que tu te concentres là-dessus et que tu arrêtes de lui baver dans le cou.

— Oh là mon ami, ne te fâche pas, je pensais qu'elle était libre, et j'ai beaucoup de mal à résister aux jolies femmes.

—Tu es incorrigible, Angelo, combien de fois t'ai-je entendu affirmer à une femme qu'elle était tout pour toi pour en trouver une autre dès le lendemain ?

—Qu'est-ce que tu veux, je les aime toutes… enfin, les jolies. Mais je ne voudrais pas indisposer ton ami. Apparemment, il l'a dans la peau, cette fille.

—N'importe quoi ! s'emporta Darlan. Sérieux, tu ne peux pas penser à autre chose de temps en temps ? Bon, si on revenait à nos machines à voter ? Si nous arrivons à en récupérer une à la mairie de… de son village…

—Montmeyran.

—Oui ! Montmeyran. Donc, si on arrive à comprendre comment est activé le mode triche, nous devrons une fois de plus improviser pour trouver un moyen de l'empêcher. Salvatore, si on a besoin d'intervenir pour une action musclée, je compte sur toi pour me trouver une équipe et du matériel.

—Tu me connais, Philippe, mes réseaux sont encore très actifs, ça ne posera pas de problèmes. Les connaissant, je ne suis même pas sûr qu'ils demanderont à être payés, si ça peut permettre de faire la nique au gouvernement actuel, ils nous aideront pour le plaisir.

Alexandra revint vers eux, le visage fermé. Elle regarda un petit moment son téléphone avant de le ranger. Elle avait fait son choix, sans ambiguïté :

—C'est bon, Philippe, elle nous attend, déclara-t-elle sans plus d'explications.

Alexandra guida Darlan jusqu'au village de son enfance par la route de Crest. Ils bifurquèrent vers Montmeyran au rond-point menant à La Baume-Cornillane. Le policier conduisait la petite sportive avec précision, respectant difficilement les limitations de vitesse, l'accélérateur répondant à la moindre de ses sollicitations. Lorsqu'ils atteignirent les premières maisons, avant même le panneau indiquant l'entrée du bourg, la jeune femme lui demanda de ralentir. Il l'observa. Elle regardait tour à tour un côté puis l'autre de la route, replongeant dans ses souvenirs de petite fille : les maisons de ses copines d'alors, l'école Roger Marty où elle avait passé huit années merveilleuses, de la maternelle jusqu'à la fin du primaire. Les arbres avaient grandi dans la cour de récréation, mais la vue magnifique sur les montagnes du Vercors n'avait pas changé. C'était avant la mort de son père, avant ses douze ans.

Darlan aurait aimé lui demander de partager ses souvenirs, sans oser pour autant interrompre le cours de ses pensées. Au rond-point de la route d'Upie, elle rompit le silence :

— Prends à droite, on va vers le centre du village, se garer sur la place de la mairie. Avant d'aller chez ma mère, il faut que je t'explique certaines choses sur mon passé. Je ne l'ai pas revue depuis plusieurs années et j'ai envie que ça se passe bien. Et je connais l'endroit idéal pour discuter.

Le vieux village était construit au bas d'une colline qui le surplombait d'une cinquantaine de mètres. Les petites rues et ruelles abritaient bon nombre de petits commerces, cafés et autres restaurants, mais en cette fin d'après-midi, ils ne croisèrent que quelques rares passants. Darlan immobilisa la voiture sur la place de la mairie, devant le bureau de tabac, au moment où en sortait une jolie femme. Alexandra posa la main sur le bras du policier qui s'apprêtait à descendre :

— Attends.

— Que se passe-t-il ?

La femme, grande et élancée, passa juste devant la voiture et s'éloigna.

— C'est Annick, elle était ma meilleure amie jusqu'au jour où j'ai quitté le village, nous nous sommes perdues de vue depuis.

— Alors pourquoi ne pas souhaiter lui parler ?

— Personne ne sait que je suis revenue, et je te rappelle que nous projetons de voler une machine à la mairie cette nuit. Ça me fait quelque chose de la revoir, je me demande ce qu'elle est devenue…

Ils sortirent de la voiture et Darlan observa attentivement la mairie, grande bâtisse de trois niveaux, construite une centaine d'années plus tôt, et qui semblait avoir été rénovée très récemment. Pas de barreaux aux fenêtres, donc probablement une alarme à l'intérieur, encore qu'il se demandât si la mairie de ce petit village avait quelque chose de suffisamment précieux à garder pour justifier l'acquisition d'un tel dispositif.

Quelques habitués du café situé en face levèrent un œil vers ces étrangers, s'ils en croyaient les plaques allemandes de la petite BMW, puis se replongèrent dans la dégustation de leur bière en terrasse en reprenant leurs discussions sur la canicule qui s'annonçait pour l'été.

— Ne restons pas là, nous allons nous faire remarquer, dit Alexandra en entraînant le policier vers une petite rue, à gauche du bâtiment de la mairie.

— Il va falloir grimper un peu, on monte sur la colline, j'espère que tu n'es pas contre un petit peu d'exercice.

— C'est toi le guide, alors je te suis.

Ils quittèrent rapidement l'environnement des habitations. La petite rue montait directement vers la colline, serpentant au milieu des bois, pour se muer en chemin en approchant du sommet. Alexandra entraîna Darlan sur une piste qui longeait celui-ci vers l'est. L'espace dégagé offrait une vue imprenable sur les montagnes et les falaises du Vercors côté est et, de l'autre côté du Rhône qui scintillait au loin, les collines de l'Ardèche. Le silence, apaisant, fut troublé par le bruit lointain d'un TGV roulant à pleine vitesse vers le sud.

Le policier suivait la jeune femme, essayant de maîtriser son souffle en suivant le rythme, s'appliquant à respirer la bouche fermée, pour ne pas avoir l'air de peiner à grimper. Il dut faire une halte pour enlever sa veste, que la chaleur de cette fin d'après-midi rendait insupportable. Il ne comprenait pas en quoi cet endroit pouvait contribuer à faire avancer leur enquête, mais il suivait Alexandra, il voulait lui faire confiance. Il appréciait aujourd'hui de ne plus décider seul, de s'en remettre à quelqu'un. Il voulait également lui rendre la confiance qu'elle venait de lui témoigner en écartant le bel Italien.

Après quinze minutes de marche, ils débouchèrent sur un espace dégagé, devant une stèle du haut de laquelle une statue de la Vierge observait le village en contrebas.

— C'est ici que je venais quand j'avais besoin de réfléchir, ou de prendre des décisions, commença-t-elle.

Elle alla s'asseoir face à la plaine et au village, sur le petit muret peint en blanc qui entourait la statue. Darlan vint s'asseoir près d'elle, juste assez près pour entendre, juste assez loin pour ne pas créer d'équivoque.

Alexandra regarda vers le village longuement. Elle apercevait les toits en contrebas, l'église, la maison de sa mère, là où elle avait passé son enfance, là où elle avait laissé une partie d'elle-même… Elle commença à parler, doucement, comme pour elle-même :

— Mon père est mort lorsque j'avais douze ans. Un accident, c'est ce qu'ils ont dit, mais je me demande encore s'il ne s'est pas suicidé. J'adorais mon père, c'était mon idole, mon héros en quelque sorte. Il partait souvent en voyage, pour son travail. J'aimais le moment où j'entendais sa voiture s'arrêter devant la maison, je pouvais me précipiter vers lui et me jeter dans ses bras.

Elle s'arrêta de parler quelques secondes, le temps d'essuyer une larme. Darlan devina son geste sans oser tourner la tête pour la regarder et se garda bien d'intervenir.

—Moins de deux mois après l'enterrement, ma petite sœur et moi avons vu débarquer un autre homme à la maison. C'était le dirigeant du bureau politique local d'un parti d'extrême droite, je te laisse deviner lequel. Mes parents y militaient également et cet individu venait régulièrement à la maison. Je ne l'aimais déjà pas vraiment avant le décès de mon père : trop grande gueule, trop de certitudes, d'idées malsaines. Avec son physique de rugbyman, il me faisait peur. C'est seulement lorsqu'il s'est installé à la maison que j'ai compris qu'il était l'amant de ma mère depuis un bon moment déjà. Je pense que mon père l'avait découvert également. Au-delà du fait qu'il avait fait exploser notre famille, il s'est vite révélé être un homme violent. Il frappait régulièrement ma mère et ne manquait pas une occasion de nous corriger chaque fois qu'il trouvait un prétexte. Il buvait beaucoup, ce qui n'arrangeait rien…

Une petite rafale de vent fit bouger les hautes herbes et les feuilles des arbres, un peu plus bas. Ils apprécièrent la relative fraîcheur que ce mouvement d'air leur apportait. Un léger parfum de menthe sauvage parvint jusqu'à eux. Le soleil commençait à descendre doucement, mais il faudrait attendre encore plusieurs heures pour le voir se coucher sur les montagnes de l'Ardèche.

—C'est à cette époque que j'ai commencé à pratiquer des sports de combat, dans un but très clair : apprendre à me défendre. Il disait tout le temps que les forts étaient là pour dominer les faibles, que le monde était ainsi fait et que personne ne pouvait rien y faire. Selon son point de vue, nous lui devions obéissance. J'ai commencé par le judo, puis j'ai pratiqué le karaté et pour finir le taekwondo. Mes profs me trouvaient plutôt douée et très combative. Je gagnais la plupart de mes combats. Ces séances m'ont permis surtout de canaliser mon énergie et c'est comme ça que j'ai pu supporter tant bien que mal ce type infect. Je quittais la maison dès que je le pouvais. Je venais souvent ici avec des copines, parfois seule. Un jour, dans ma quatorzième année, j'ai surpris mon beau-père en train de me mater alors que je prenais une douche. Suite à cet épisode, il a régulièrement essayé de me toucher, tous les prétextes étaient bons, ma mère faisait semblant de ne rien voir, elle était toujours amoureuse. Je n'ai jamais compris pourquoi. Pour éviter qu'il ne s'intéresse à moi, je m'habillais comme un mec, une copine m'avait coupé les cheveux, rasé serait un mot plus juste. Je me suis pris une raclée ce soir-là, mais j'étais contente de moi, je ne ressemblais plus à rien et, peu à peu, il a cessé de me tourner autour. Je ne disais rien en dehors de la maison et mes copains et copines ne comprenaient pas, je me suis retrouvée peu à peu isolée.

Darlan l'écoutait attentivement, incapable de l'imaginer autrement que très jolie. Il commençait à comprendre ce qu'elle avait dû traverser dans son enfance, à entrevoir ce qui avait façonné son caractère, sa carapace. Elle devait nourrir une grande méfiance envers tous les hommes, lui compris. Il eut subitement envie de la prendre dans ses bras, de la serrer contre lui, pour l'aider, la rassurer. Mais était-ce de la compassion, ou autre chose ? Il ne parvenait pas à le savoir.

—Ça a duré ainsi jusqu'à l'année de mes quinze ans. Ça dégénérait de plus en plus souvent. Je parvenais à parer ses coups lorsqu'il essayait de me frapper, ce qui le rendait encore plus furieux. Je passais mon temps dehors et mes résultats scolaires s'en ressentaient. Il devenait de plus en plus violent, trouvant des prétextes de plus en plus futiles pour exprimer sa force. Il suffisait que ma mère lui serve un plat qu'il n'aimait pas et il partait dans une rage folle. Il balançait la vaisselle, giflait ma mère et hurlait dans la cuisine. Ma petite sœur s'en tirait plutôt mieux, elle n'avait que huit ans à l'époque. Mis à part quelques gifles, il ne la touchait pas trop.

Darlan osa un coup d'œil vers la jeune femme. Le regard fixant un point sur l'horizon, au sud, perdue dans ses souvenirs, elle ne pleurait pas et affichait un air calme. Elle racontait maintenant sa vie comme on lit une liste de courses.

— ...et puis un jour, ça a été la fois de trop. Il avait bu plus que d'habitude. J'étais dans ma chambre lorsque j'ai entendu ma mère crier. Lorsque je suis descendue, il la tenait par les cheveux et frappait, ma sœur criait et pleurait, s'agrippant à lui pour lui faire lâcher prise. Je me suis interposée, il a voulu me gifler, mais j'ai paré son coup d'instinct, sans réfléchir. La suite s'est déroulée comme à l'entraînement. J'ai enchaîné les frappes, j'ai évité ses coups. Plus je m'investissais dans ce combat et plus j'étais à l'aise. Je ne pensais pas être de taille, et pourtant, très rapidement, je l'ai coincé dans un coin de la cuisine et je lui ai mis une raclée. J'ai porté mes coups comme je ne l'avais jamais fait en combat. Je prenais du plaisir à lui faire mal. Puis ma mère est venue à son aide, m'implorant d'arrêter de le frapper, s'agrippant à moi. Je ne comprenais pas, elle le défendait encore. Ce salopard s'est relevé et en a profité pour me casser un vase sur la tête. Je me suis réveillée dix minutes plus tard, enfermée dans ma chambre. J'ai fugué le soir même en sautant de la fenêtre. Je suis allée chez mon oncle à Lyon, le frère de mon père. Il a porté plainte et obtenu ma garde. Je n'ai revu ma mère que deux fois depuis. La dernière, c'était au mariage de ma sœur à Avignon, il y a deux ans. Nous nous sommes à peine parlé. Aujourd'hui, c'est la première fois que je reviens depuis plus de quinze ans… Voilà, tu sais tout.

Darlan laissa passer quelques secondes, puis se décida à sortir de son mutisme :

—Et ton beau-père habite toujours là ?

—Non, il a quitté ma mère il y a des années. Ma sœur m'a raconté qu'il est parti avec une autre femme.

—Je demande ça parce que s'il était encore là, je ne suis pas certain que tu résisterais à l'envie de lui montrer ce que tu as appris ces dernières années en sports de combat.

Alexandra le regarda, perplexe, puis éclata de rire, évacuant d'un coup l'angoisse et le stress que l'évocation de son passé avaient suscités :

—Je n'y avais pas pensé, mais c'est vrai que j'imagine bien. Ça aurait été avec plaisir. J'ai beaucoup progressé. Maintenant que tu le dis, c'est vrai que c'est presque dommage qu'il ne soit pas là.

—C'est pas le gars que tu as séché à Guérande qui dira le contraire !

—Trêve de plaisanterie, Philippe, je veux que tu saches que ce n'est pas facile pour moi de tirer un trait sur le passé. Si je fais ça, c'est parce que nous avons besoin de cette machine à voter. Ça ne va pas être facile ce soir.

—Peut-être devrais-tu en profiter pour enterrer les rancœurs du passé, ça fait un bien fou, tu sais…

—Peut-être. Je me suis tellement souvent dit que je ne remettrai plus les pieds ici que j'ai du mal à trouver une excuse valable pour me présenter de nouveau devant ma mère.

—Si tu lui disais juste la vérité ?

—Tu ne connais pas ma mère. Elle adore certainement le gouvernement actuel et trouvera normales les magouilles électorales. Elle ne fera rien pour nous aider.

—Alors, tu n'as qu'à dire que je suis ton copain, que nous allons nous fiancer ou quelque chose comme ça. C'est le genre de truc que les mères adorent.

—Tu plaisantes ? Jamais elle ne croira un truc pareil !

—Et pourquoi ? Ne suis-je pas un bon parti ? rigola-t-il.

—Dois-je te rappeler que ma famille militait pour l'extrême droite ? Elle ne croira jamais que je puisse sortir avec quelqu'un d'autre qu'un bon Français bien de chez nous.

—Et c'est le cas ? s'énerva Darlan.

Alexandra sentit qu'elle avait blessé le policier. Elle avait effectivement été élevée dans la méfiance des étrangers, des gens différents. Ce n'était plus du tout elle aujourd'hui. Elle rejetait cette éducation. Plusieurs de ses amies étaient d'origine étrangère et son prof de taekwondo venait d'Afrique noire :

—Non, bien sûr que non.

—Alors où est le problème ?

Elle le regarda en souriant :

—Moi qui voulais faire un choc à ma mère pour nos retrouvailles, pour lui montrer que je n'avais pas oublié, je crois que ça va être à la hauteur.

—Que lui as-tu dit au téléphone ?

—Que je venais avec un copain, sans rien préciser.

—Le copain te dit qu'il faudrait y aller si on veut avoir une petite chance de convaincre ta mère de nous aider.

—Plus j'y réfléchis et moins je pense que ça va être facile. Il faudrait qu'on puisse lui prendre ses clés cette nuit. Ce qui signifie qu'il faudra dormir chez elle. Je n'imagine pas me retrouver dans ma chambre d'enfant.

— Si tu arrêtais de vouloir tout planifier, de tout prévoir, les réactions de ta mère, les tiennes... Ça fait quinze ans, Alexandra. On va improviser, on a l'habitude, non ? termina Darlan en se levant et en offrant sa main à la jeune femme.

— Tu as sans doute raison, répondit-elle en serrant la main du policier.

Chapitre 47

Saint-Nazaire. Centre hospitalier. Vendredi, 18 h 10.

Patrick Brune attendait devant la salle de réveil. L'odeur doucereuse des produits d'entretien mélangée à celles spécifiques du milieu hospitalier le prenait à la gorge. Il n'aimait pas les hôpitaux. Sa carrière militaire lui avait pourtant valu quelques séjours, dont un de plus d'un mois. À chaque fois, il s'était senti vulnérable, à la merci d'un médecin ou d'une infirmière qui pouvaient faire des erreurs. Encore que, dans cet établissement flambant neuf, il devait reconnaître que tout avait été mis en œuvre pour humaniser les bâtiments. Quitte à être hospitalisé, autant que ce soit ici, se dit-il.

À quelques mètres de lui, un des agents de la DCRI faisait les cent pas. Le lieutenant avait insisté lourdement pour qu'un de ses hommes l'accompagne à l'hôpital, afin qu'il puisse l'assister pour interroger le blessé. Brune trouvait l'idée grotesque et il se demanda un instant si ce n'était pas une idée du commissaire Giraud. Perpétuel inquiet, il était dans ses habitudes de faire contrôler et surveiller le travail de chacun de ses subordonnés par quelqu'un d'autre. Interrogé sur ce sujet, il avait répondu que c'était un excellent moyen pour garantir la fiabilité de tous les membres de son personnel sur le plan de la sécurité.

En entrant dans le centre hospitalier, Patrick Brune avait espéré un bref moment que Max ne s'en sorte pas, ça aurait été plus facile. Mais, trente minutes plus tôt, le chirurgien qui l'avait opéré l'avait rassuré sur son état de santé. Il s'exprimait avec un fort accent des pays de l'Est :

— Il a eu beaucoup de chance, ni la flèche, ni la balle n'ont touché d'organes vitaux. Il a perdu beaucoup de sang, mais vu sa constitution, il sera sur pied dans quelques jours.

— Je peux l'interroger ?

— Il est en salle de réveil. Dès qu'il sera en mesure de le supporter, vous pourrez l'interroger, mais pas plus d'une dizaine de minutes. L'infirmière viendra vous chercher.

Il cherchait un moyen d'obtenir quelques minutes tranquille avec Max. Malheureusement, il devait supporter la présence de l'agent qui ne le quittait pas d'une semelle. Celui-ci se faisait un devoir de démontrer son professionnalisme en conservant le silence même lorsque Brune lui adressait la parole, et en regardant dans tous les sens, comme s'il redoutait quelque chose.

Pour le commandant Brune, la situation ne correspondait pas du tout à ce qu'il avait envisagé. Depuis le début de l'affaire, il devait chaque jour affronter un nouveau problème. Les derniers ordres de Paris étaient clairs : empêcher par tous les moyens que Max puisse être interrogé par la DCRI, y compris en le supprimant si nécessaire. Brune ne se sentait pas prêt à en arriver à cette extrémité. Il connaissait Max depuis longtemps, assez pour savoir qu'il s'était forcément couvert suffisamment d'une façon ou d'une autre. S'il se décidait à le supprimer, Brune savait que ses propres chances de survie à moyen terme étaient à peu près nulles. Il regrettait aujourd'hui de ne pas s'être couvert selon le même principe. Peut-être n'était-il pas trop tard. Il connaissait personnellement l'ancien général qui lui donnait ses ordres et il avait quelques indications sur l'identité du haut fonctionnaire dont il entendait la voix régulièrement. Ce dernier n'était pas le genre d'homme à s'embarrasser de scrupules ni à prendre le moindre risque. Si l'affaire venait à déraper, ils n'auraient aucun état d'âme à le faire supprimer. Brune doutait que Darlan et son équipe puissent parvenir à leurs fins sans être arrêtés. Son ancien ami avait beau avoir montré de réels talents ces derniers jours, il ne voyait pas comment il pouvait continuer. Tous les sites industriels qui concernaient la fabrication et la maintenance des machines à voter avaient été mis sous surveillance. L'ancien général avait fait appel à la DGSE, seul service de renseignements externe à la DCRI, qui s'était fait un plaisir de répondre « Présent », bien que la mission soit localisée sur le territoire français. Attendus de la sorte, Darlan et sa bande allaient forcément être rapidement neutralisés… et ils le dénonceraient sauf si, par chance, ils étaient tués avant…

Une infirmière sortit de la salle de réveil. Grande, plantureuse, des yeux clairs pétillants, la petite quarantaine, elle s'adressa à Brune d'un ton direct tout en conservant le sourire :

— Le patient est réveillé. Vous pouvez lui parler, mais pas plus de cinq minutes. Il doit se reposer.

— Le chirurgien m'en a donné dix.

— Certainement, mais ici il est sous ma responsabilité, donc cinq minutes, pas plus.

Elle conclut sa phrase en accentuant son sourire forcé. En général, le personnel hospitalier ne portait pas les flics dans leur cœur. « Ce n'est franchement pas la même vocation », se dit-il.

Il pénétra dans la pièce. Quatre lits étaient entourés de toutes sortes d'appareils de contrôle. Max était allongé sur le premier, le plus près de la porte, une perfusion dans le bras. Seul un autre lit était occupé par une jeune femme toujours inconsciente, visiblement victime d'un accident de la route à en croire les multiples bandages et autres plâtres dont elle était recouverte. Brune se concentra sur son homme. Max l'accueillit avec le sourire. Ses blessures n'avaient pas l'air de le faire souffrir. Tout juste semblait-il se réveiller d'un lendemain de cuite. Ses traits se crispèrent lorsqu'il aperçut l'homme de la DCRI, toujours équipé de sa tenue de combat, qui entrait dans la pièce.

Brune réfléchissait au moyen d'accomplir sa mission pour ses commanditaires. Quelle que soit la solution qu'il allait choisir, cela impliquait d'empêcher l'homme de la DCRI de parler au blessé. Il faisait confiance à Max, mais ne pouvait malheureusement pas lui parler comme il l'aurait souhaité. Il se résolut à simplement jouer son rôle et à voir venir. Se plaçant devant l'agent, il fit un signe discret à Max, lui intimant l'ordre de se taire :

—Je suis le commandant Brune, de la Direction Centrale des Renseignements Intérieurs. Nous avons des questions à vous poser.

Max ne répondit rien, se contentant d'observer le garde. En professionnel qu'il était, il remarqua que celui-ci avait dissimulé son arme sous sa veste, ce qui lui arracha un sourire : armes à feu et hôpitaux ne font pas bon ménage. Il se sentait bien, encore qu'embrumé par les produits anesthésiques que son organisme n'avait pas encore complètement évacués. Il ne souffrait pas, sauf dans sa fierté. Il s'était fait avoir par une bande d'amateurs et un flic de bureau. Il vieillissait. Mais le plus grand danger restait à venir. Il allait sans aucun doute survivre à ses blessures, certainement pas au risque qu'il faisait courir à l'homme qui lui faisait face. Il connaissait le commandant depuis plusieurs années. Ils avaient eu l'occasion de s'entraider sur une mission. Il pensait pouvoir encore lui faire confiance, mais il n'était pas joueur. C'est la raison pour laquelle il avait insisté pour donner un coup de fil avant de passer sur la table d'opération.

— Qui êtes-vous et que faisiez-vous dans la maison des Berthoin ?

Max ne répondit toujours pas. Il ferma les yeux, feignant de dormir. L'agent s'approcha en gonflant le torse, dans une posture caricaturale d'intimidation :

— On t'a posé une question, le dur à cuire. Alors, tu vas répondre sagement au monsieur avant que je ne m'énerve.

Brune le retint par le bras.

— Nous sommes dans un hôpital, au cas où vous ne l'auriez pas remarqué, et nous interrogeons cet homme en qualité de témoin, ou de victime, c'est comme vous voulez. Mais, dans tous les cas, monsieur n'est pas mis en examen et nous ne sommes pas dans les locaux de la police, alors mesurez vos propos.

L'agent regarda Brune en hochant la tête, luttant manifestement pour ne pas dire clairement ce qu'il pensait des méthodes de ce commandant parachuté dans sa zone de compétence :

— Bien, commandant, c'est vous qui décidez, mais je connais bien ce genre de type. Avec la méthode douce, vous n'obtiendrez rien.

— Vous avez raison sur un point, c'est moi qui décide.

La porte de la salle claqua derrière eux. Ils se retournèrent pour découvrir l'homme et la femme qui venaient d'entrer. Elle, petite et mince, brune aux cheveux courts, traits asiatiques, portait un jean et une longue chemise blanche dont elle avait replié les manches. L'homme était grand. Il était habillé d'une veste noire sur un tee-shirt moulant qui mettait en évidence son impressionnante musculature. La quarantaine passée, les tempes grisonnantes, il était aussi visible dans la pièce que la femme était discrète. Il tenait à la main un petit sac de sport.

« Drôle de couple », se dit Brune, persuadé qu'ils venaient au chevet de la jeune femme dans l'autre lit.

Max ouvrit les yeux et regarda intensément les nouveaux venus. Il avala sa salive et prononça rapidement :

— Celui en tenue !

L'homme et la femme se déplacèrent et bougèrent à une vitesse stupéfiante. En une seconde, l'agent de la DCRI gisait, assommé et dépossédé de son arme. Il n'eut pas le temps de pousser un cri. L'action s'était déroulée dans le plus grand silence, l'homme allant jusqu'à accompagner l'agent dans sa chute.

Brune n'eut pas davantage le temps de réagir. La femme le menaçait maintenant avec son arme. La froideur de son regard suffit à convaincre le commandant de sa capacité à l'abattre de sang-froid si nécessaire.

— Salut, Thomas, ça faisait longtemps, prononça Max, tu me présentes ta copine ?

— Salut, Max, content de te revoir aussi. C'est Ahn, on travaille en équipe, elle est vietnamienne et elle est vraiment très douée... Tu sais que tu as vraiment de la chance de nous avoir trouvés, mon salaud. On n'est rentré que depuis hier.

Brune intervint, se tournant très lentement jusqu'à ce qu'il observe un infime mouvement sur le visage lisse de l'Asiatique :

— Si tu m'expliquais, Max ?

— Ne m'en veux pas, mais si j'ai survécu à autant de missions, c'est parce que je ne laisse jamais le hasard décider pour moi. Je me suis souvenu que Thomas crèche dans le coin quand il n'est pas sur une affaire. C'est pratique d'avoir un bon carnet d'adresses. Je ne savais pas à quel point je pouvais te faire confiance. Je sais que dans ce boulot, l'échec n'a pas bonne réputation et la tentation de supprimer les témoins gênants est grande. Avoue que tu t'es posé la question en entrant dans cette pièce !

Brune ne répondit pas. Il connaissait les multiples talents et ressources de Max. Il aurait dû prévoir qu'il était capable de se tirer de cette situation délicate.

— Comment as-tu réussi à les prévenir ?

— Je suis revenu à moi dans l'ambulance. Ces imbéciles m'avaient évidemment pris mon portable. T'imagines pas le cinéma que j'ai dû faire à une des infirmières urgentistes pour qu'elle me prête son téléphone. Elle en avait la larme à l'œil.

— Comment tu comptes sortir de là ?

— Je ne sais pas, demande-leur, c'est moi le blessé ici !

La jeune femme le braquait toujours avec son arme et le fixait du regard, sans jamais ciller. Brune sentit qu'il avait en face de lui une tueuse professionnelle qui devait être capable de l'abattre avec le même détachement que d'autres se préparent un thé. Il se garda bien d'esquisser le moindre mouvement et prononça doucement, sans élever la voix :

— Ça vous embêterait de diriger ce machin dans une autre direction ?

— Ça dépendra du degré de confiance qu'on peut vous accorder, répondit l'homme. Max, t'en dis quoi ?

— Tu vas m'aider à me tirer d'ici, Patrick ? Ou tu préfères qu'on te neutralise comme l'autre idiot, pour faire illusion ?

— Je vais avec vous. Je pourrai toujours dire que vous m'avez enlevé. J'aurai à subir les vannes débiles de mes collègues pendant des années, mais ça peut passer. Et puis j'ai toujours une mission à accomplir, je vais avoir besoin de monde. Ce n'est pas en restant ici que je vais avancer. Comment avez-vous prévu de faire sortir Max d'ici ?

—J'ai placé une charge fumigène derrière une plante à l'accueil, dit Thomas en montrant une petite commande à distance. Je suis certain que ça fera son petit effet. Tiens, je t'ai amené des fringues. Il posa son sac : Ahn, aide-le à s'habiller.

—Pas besoin, je vais me débrouiller, répondit Max en enlevant sa perfusion d'un geste, sans se soucier de la goutte de sang qui perla.

—Ne laisse pas passer cette chance. Elle est très douée, insista-t-il avec le sourire.

Max se redressa en grimaçant à peine. La jeune Asiatique l'aida à se lever sans avoir l'air de forcer alors qu'il s'appuyait sur elle de tout son poids. Les pansements et bandages recouvraient tout son dos, son torse et son abdomen.

—Dis donc, ils ne t'ont pas raté ! Faudra que tu me racontes.

—Je ne suis pas certain d'avoir envie de m'étaler là-dessus, je me suis fait avoir par des bleus, encore que la fille m'ait impressionné, elle a un bon coup de pied. J'aurais bien aimé terminer mon combat. J'espère juste avoir une autre occasion.

—Le grand Max qui s'est fait avoir ! Y a un début à tout. Tu veux qu'on t'aide à régler le problème ? On est un peu en vacances depuis hier et on n'a pas trop rigolé ces derniers temps. Ça te dit, Ahn ?

—Pas de soucis pour moi, répondit-elle d'une voix très chaude et sensuelle, qui contrastait avec la dureté de ses traits et de son physique.

Max s'habilla rapidement, aidé par la jeune Asiatique, non sans vaciller une ou deux fois.

—Je crois qu'on va pouvoir y aller. Doucement quand même, je ne suis pas encore prêt pour piquer un cent mètres. Je n'ai pas envie de m'étaler dans le couloir.

—On va t'installer là-dedans, répondit Thomas en avisant un fauteuil roulant rangé dans un coin de la pièce.

C'est le moment que choisit l'infirmière pour venir rappeler à l'ordre les visiteurs. Elle reconnut immédiatement Max, ne comprenant pas comment quelqu'un qui était en salle d'opération moins d'une heure auparavant pouvait se tenir debout devant elle. Elle regarda le lit, la perfusion qui pendait.

—Mais vous êtes cinglé ? Vous sortez à peine de réanimation. Recouchez-vous immédiatement, continua-t-elle en forçant la voix.

Puis, se tournant vers les deux derniers venus :

—Et eux, que font-ils là ?

—Nous allons vous expliquer, commença Max très calmement en souriant, il s'agit d'une urgence.

—Encore une ? C'est déjà ce que vous avez expliqué à ma collègue pour téléphoner alors que c'est formellement interdit. Il est hors de question que vous quittiez cette pièce et même que vous vous leviez. Dois-je vous rappeler que vous sortez à peine d'une opération ?

Les trois hommes et la femme regardaient l'infirmière d'un air détaché, comme si ce qu'elle venait de dire n'avait aucune importance. Elle les regarda tour à tour puis s'énerva :

—Vous comprenez ce que je dis ? Même si vous avez eu beaucoup de chance et qu'aucun organe ne soit touché, vous risquez quand même de rouvrir les sutures internes et de nous faire une hémorragie.

Discrètement, pendant qu'elle parlait, Ahn passa derrière elle, referma la porte et lui pratiqua un étranglement qui lui fit perdre connaissance en quelques secondes sans qu'elle puisse pousser un seul cri. Brune l'avait regardée faire avec une pointe d'admiration. Elle se déplaçait comme un chat, bougeant imperceptiblement, pour se rapprocher de sa future victime. Pour autant, il n'acceptait pas de se retrouver complice d'une agression sur une infirmière :

—Je ne suis pas certain d'apprécier que vous vous en preniez à une infirmière dans un hôpital, intervint-il.

—On ne te demande pas ton avis, le flic ! commença l'homme qui se faisait appeler Thomas. Pour l'infirmière, ne te fais pas de bile, Ahn est très douée. Elle va se réveiller dans dix minutes avec un gros mal de tête. Tu n'as que deux solutions, soit tu nous suis et tu ne poses pas de questions, soit on s'occupe de toi maintenant et tu retournes à ta petite vie de planqué.

—O.K.., j'ai compris, capitula Brune.

—Maintenant que tout le monde est d'accord, on va pouvoir y aller.

Tout en disant ces mots, Thomas appuya négligemment sur la petite télécommande qui mit à feu les charges fumigènes dans le hall d'accueil de l'hôpital :

—Une petite minute et on va pouvoir sortir sans problème.

Chapitre 48

Montmeyran, Drôme. Vendredi, 23 h 30.

Alexandra referma la porte de la chambre, sa chambre. Mais à part la taille de la pièce, l'emplacement de la porte et celui de la fenêtre, tout avait changé. Tout ce que cette pièce contenait de ses souvenirs d'enfant avait disparu. Il ne restait pas le moindre objet ni la moindre photo. Même la vue de sa fenêtre avait changé, un lotissement construit en contrebas masquant en partie ce qui avait été une magnifique vue sur la campagne et les collines, plus loin au sud. Des meubles en bois clair, impersonnels, disposés dans la pièce comme dans une chambre d'hôtel, constituaient la seule décoration. Alex se trouvait partagée entre la déception de ne pas retrouver ici une part de son enfance, telle qu'elle était avant la mort de son père, et la satisfaction de n'avoir pas à affronter trop de souvenirs précis de cette époque.

La présence de Darlan, assis sur le lit, l'éloignait également de ses souvenirs. Les bras croisés comme pour se protéger de quelque chose, il évitait soigneusement de regarder dans sa direction et attendait qu'elle rompe le silence.

Les retrouvailles avec sa mère et avec la maison de son enfance n'avaient pas du tout été telles qu'elle les avait imaginées. Même lorsqu'elle avait découvert le teint plus que basané du policier, qu'Alexandra lui avait présenté comme son fiancé, elle ne s'était pas départie d'un sourire qui semblait sincère, manifestant même une joie évidente. La journaliste s'était tellement armée et préparée pour affronter la situation, allant jusqu'à imaginer les répliques de sa mère et ses propres réponses, qu'elle se trouvait à présent démunie. L'attitude de Darlan l'avait également surprise. Il était entré dans le personnage du fiancé qui fait tout pour séduire sa future belle-mère avec une facilité déconcertante. À aucun moment pendant le repas, ils n'avaient évoqué les événements qui avaient marqué son enfance et entraîné son départ de la maison. Alexandra ressentait toujours cette boule d'angoisse qui revenait chaque fois qu'elle repensait à ces années-là. Mais elle regrettait que rien ne se soit passé comme prévu. Elle aurait souhaité une confrontation, un affrontement, pouvoir élever la voix pour montrer à sa mère qu'elle n'était plus cette jeune fille qui avait fui en pleurant, sans dire un mot. La voix de Darlan la sortit de ses pensées :

—Comment tu vois la suite ? Pour les clés de la mairie…

Elle le regarda d'un air furieux : il ne s'intéressait qu'à la foutue mission dont ils s'étaient eux-mêmes investis, sans se préoccuper le moins du monde de sa détresse. Comment sa mère pouvait-elle croire un instant que cet homme sans cœur puisse réellement être son fiancé ? Elle répondit lentement d'une voix contenue, refoulant les sanglots qu'elle sentait monter et qui ne manqueraient pas de la submerger si elle élevait la voix.

—Comme je vois que c'est ta seule préoccupation, ne t'inquiète pas. Ma mère range ses clés au même endroit depuis vingt ans, ça ne va pas être difficile.

Darlan regarda la journaliste en essayant de se construire une expression peinée. Il sentait bien que la jeune femme traversait un moment difficile. Il cherchait les mots qui pourraient la réconforter, mais chaque fois qu'il trouvait une formule acceptable, il y renonçait. La seule chose qu'il se sentait capable de faire, c'était de se lever et de la prendre dans ses bras, comme il l'avait fait en Bretagne, après la fusillade. Mais il n'osait pas reproduire son geste, de peur qu'elle le repousse, de peur de se montrer maladroit. Ce n'était plus le moment, plus l'endroit. Il se lança pourtant :

— Ne m'en veux pas, Alex, je vois bien que tu affrontes de vieux démons et que tu en veux toujours à ta mère. Je ne sais pas comment t'aider à régler ce problème… et puis, pour tout dire, je la trouve charmante ta mère, j'ai du mal à l'imaginer telle que tu me l'as décrite. Qu'est-ce que j'étais censé faire ?

En voyant l'expression sur le visage de la journaliste, Darlan comprit que les mots qu'il venait de prononcer n'étaient pas ceux que la jeune femme voulait entendre.

— Je ne sais pas, par exemple, tu aurais pu m'aider à aborder le sujet. Pourquoi crois-tu que je me sois livrée à toi ? Que j'aie tenu à t'expliquer ce que très peu de personnes savent de mon enfance ? Je pensais pouvoir te faire confiance.

Ses yeux s'emplirent de larmes au moment où elle prononçait ces derniers mots et elle se retourna. Darlan se leva et s'approcha d'elle, sans pour autant la toucher comme il en avait envie, pour lui communiquer par son contact ce qu'il ne parvenait pas à exprimer par des mots :

— Je ne suis pas psy, commença-t-il, hésitant. Et je ne suis pas très doué avec les sentiments, mais ce que je ressens, c'est que tu es tiraillée entre deux faces de ta personnalité. La première souhaite entrer en conflit avec ta mère, pour faire ressortir violemment tout ce que tu as gardé en toi depuis tant d'années… L'autre Alexandra souhaite pardonner et retrouver l'amour de sa mère, et c'est cette Alex-là que j'ai envie d'aider… même si je me trompe.

Elle se retourna lentement et dévisagea le policier, les yeux pleins de larmes, la poitrine se soulevant au rythme de ses sanglots. Elle fit un pas et se blottit dans les bras de Darlan qui la pressa doucement contre lui. Ils restèrent ainsi une longue minute, puis elle s'écarta doucement. Il remit en place une mèche de ses cheveux et lui caressa la joue du doigt, écrasant au passage une larme qui perlait. Alexandra esquissa un sourire :

—Ne me regarde pas comme ça… Elle doit pas être belle à voir, ta fausse fiancée.

—Je ne suis pas d'accord, même en pleurs, même avec ce bleu qui persiste sur ta joue, tu es très jolie.

—Arrête de dire n'importe quoi, dit-elle en posant son doigt sur l'endroit où le tueur l'avait frappée… Et je pensais avoir suffisamment camouflé ce bobo avec du maquillage pour qu'il ne se voie plus, finit-elle en se dirigeant vers la fenêtre qu'elle ouvrit en grand, laissant entrer la relative fraîcheur de ce début de nuit.

—Bon, je te propose d'attendre encore une petite heure, continua-t-elle, le temps que ma mère soit endormie pour de bon, et après on attaque la mairie... Pendant ce temps, si tu veux, je te referai ton pansement.

—À t'entendre, j'ai l'impression que nous sommes devenus des bandits de grand chemin…

Chapitre 49

Lyon. DCRI. Vendredi, 23 h 30.

Dans la salle de crise, l'effervescence n'était pas retombée depuis l'annonce de la disparition du blessé à l'hôpital de Saint-Nazaire. Furieux de ne pas parvenir à maîtriser la situation, le commissaire aboyait ses ordres. Une heure plus tôt, il avait rappelé l'équipe qui venait déjà d'effectuer dix heures de travail consécutives. Giraud passait d'un agent à l'autre, écoutant brièvement et donnant de nouvelles directives à réaliser dans un délai impossible. Il se sentait acculer à trouver des explications à toutes les questions qu'il se posait. Pourquoi Darlan s'était-il lancé dans cette action avec la journaliste ? Le commissaire avait maintenant la conviction que ce n'était pas lié au terrorisme. Qui était cet homme, manifestement un tueur à gages, que l'équipe de Nantes avait retrouvé blessé dans la maison des Berthoin et qui venait de s'évader de façon rocambolesque de l'hôpital ? Où était passé Brune ? D'après l'agent qui l'accompagnait, il avait dû être enlevé lorsque le tueur s'était évadé. Mais comment peut-on enlever quelqu'un comme Brune, rompu à toutes les techniques de combat, de jour, dans un hôpital bondé ?

Le commissaire monta sur la troisième marche de l'escalier qui menait aux locaux techniques climatisés, abritant notamment les batteries d'ordinateurs surpuissants avec lesquels son « armée » obtenait d'ordinaire d'excellents résultats. Il contempla la salle. Tous s'agitaient comme dans une ruche ou tentaient de se concentrer pour retoucher un code permettant d'optimiser les recherches dans les bases de données gigantesques auxquelles ils avaient accès.

Étrangement, le génie de Darlan lui manquait. Il aurait certainement eu une idée brillante pour remonter jusqu'aux informations que le ministère possédait forcément. On lui cachait quelque chose et il était persuadé que c'était la raison de cette succession d'échecs. Deux heures plus tôt, il avait reçu une communication, sur un réseau sécurisé, d'un grand ponte du ministère de l'Intérieur. On lui ordonnait de laisser tomber l'affaire et de passer la main à la direction centrale de Levallois-Perret. Son interlocuteur lui avait même précisé qu'il prenait les choses en main personnellement. Après avoir hésité un moment, Giraud avait appelé un collègue de promotion à la direction centrale, pour vérifier, mais apparemment personne ne travaillait sur l'affaire.

Depuis lors, il avait ordonné à la moitié de son équipe de concentrer ses efforts, pour retrouver Darlan et pour localiser le fameux Max. Ce mystérieux personnage devait se trouver au même endroit que Brune, sauf si ce dernier ne lui était plus d'aucune utilité.

Il avait confié une mission particulière à l'autre moitié de son équipe, aux meilleurs en fait : oublier l'idée d'un Darlan aidant un groupe terroriste. Tout reprendre à zéro pour comprendre quel but il poursuivait. Quel était le rapport entre lui et la journaliste ? Pourquoi l'assassinat de Fallière avait-il été le déclencheur de sa défection ? Qu'avait-il découvert qui justifie qu'il fiche sa carrière en l'air ? Tout devait être considéré. Le fait que Darlan avait toujours affiché des façons de penser un peu idéalistes, le fait qu'il s'efforçait toujours de faire le bien autour de lui, même au mépris des règles et du droit. Il fallait que ses hommes trouvent le lien qui lui permettrait de répondre à ces questions.

Il ne supportait pas de rester sec, de ne pas comprendre. Depuis sa jeunesse, pendant ses études, Giraud avait toujours brillé par son sens inné de la déduction. Mais depuis le début de cette affaire, il lui semblait être dépossédé de ce don qui lui avait valu plus d'une fois les félicitations de sa hiérarchie. Il se rendait compte maintenant qu'il avait oublié, c'était un comble, un des principes fondamentaux du métier d'enquêteur : conserver une attitude critique quelle que soit l'évidence des faits. Ne pas hésiter à tout revoir, encore et encore, avec un point de vue différent, pour ne pas passer à côté de la vérité.

Il passa sa main sur ses cheveux prématurément blanchis, coupés impeccablement en brosse, les effleurant juste, appréciant leur alignement parfait. Son regard fut attiré par la main de Pietri qui s'agitait dans sa direction : il avait peut-être enfin du nouveau.

Le temps qu'il le rejoigne, le gros policier s'était levé avec difficulté de sa chaise et se dirigeait vers lui :

—Je peux vous parler à part, monsieur ?

Même s'il fut surpris, Pierre-Etienne Giraud n'en montra rien. Il espérait juste qu'il ne s'agissait pas d'une nouvelle manœuvre de l' informaticien pour se faire mousser :

—Venez dans mon bureau.

Pietri le suivit jusqu'au bureau généreusement aménagé, accessible par quelques marches, d'où le commissaire pouvait garder un œil sur la salle principale. Giraud referma la porte derrière lui et alla s'appuyer négligemment contre un meuble bas, ce qui ne lui ressemblait pas :

—Je vous écoute.

Marc Pietri avala sa salive et prit une seconde pour rassembler ses idées avant de parler :

—J'ai peut-être trouvé la connexion que vous cherchez, le point commun si vous voulez, mais c'est tellement énorme que je ne sais pas quoi en penser :

—Si vous me disiez de quoi il s'agit plutôt que de tourner autour du pot.

—Oui, oui. En fait, je pense que Darlan et la journaliste enquêtent sur les machines à voter.

—Les… machines à voter ? Qu'y a-t-il dans ces machines qui mérite qu'il ruine sa carrière, et à cause desquelles il a un tueur à gages aux trousses ? termina-t-il, comme pour lui-même. Ça n'a pas de sens.

—J'ai recoupé des informations et j'ai mouliné tout ça pour trouver des points communs. Après ça, j'ai procédé à une analyse inverse à partir des mots clés. Le résultat est plus que probable, c'est le point commun.

Giraud se releva et alla s'asseoir à son bureau, prit un bloc, choisit un stylo de marque sur le présentoir :

—Asseyez-vous et expliquez-moi tout en détail.

Pietri reçut cette faveur comme une marque d'attention, le commissaire ayant pour habitude de laisser debout ceux qu'il convoquait ou qui se risquaient à franchir la porte de son bureau. Il s'installa aussi confortablement que sa stature le lui permettait, sortit son bloc-notes de la poche intérieure de la veste à carreaux qu'il portait quotidiennement dans l'atmosphère climatisée de la salle principale, parcourut un instant ses notes comme pour les lire, mais il n'en avait pas besoin, il savait ce qu'il allait dire : il répétait ces mots dans sa tête depuis une demi-heure :

— Je suis parti de Fallière. Cet ingénieur a déposé un brevet concernant un composant électronique particulier qui permet, entre autres, d'être reprogrammé à la volée, et à distance si nécessaire. L'armée s'y est intéressée, mais n'a pas donné suite. Celui qui a cosigné une partie du développement est Samir Majri, l'ingénieur qui travaillait chez ArG et qui a été tué la semaine dernière, lors de notre intervention.

— Quel rapport avec les machines à voter ?

— J'y viens. Je me suis renseigné également sur Eltrosys, à Guérande. Ce n'est pas une information publique, mais cette société fabrique les cartes mères des machines à voter, et un de leurs fournisseurs est ArG. C'est là que j'ai commencé à voir les connexions et à bâtir une hypothèse.

— Laissez-moi conclure. Vous pensez que ArG utilisait des composants fabriqués selon le brevet de Fallière et que ces composants font partie intégrante des machines à voter, c'est bien ça ?

— Oui monsieur, mais…

— Je ne vois pas en quoi cela peut avoir motivé des meurtres et la croisade de Darlan, le coupa Giraud.

— C'est ce que je me suis dit également, alors j'ai cherché à savoir ce que pouvait faire exactement ce composant. J'ai fini par contacter l'ingénieur militaire qui a été chargé d'étudier le potentiel de l'invention de Fallière.

— Venez-en au fait !

— Ce composant peut être reprogrammé à la volée avec un logiciel caché, ce qui permet de changer le comportement des systèmes dans lesquels il est intégré. En théorie, il est donc capable de modifier le fonctionnement des machines à voter de façon complètement indécelable puisqu'il peut revenir à la programmation initiale après coup.

L'évidence submergea le commissaire qui resta un instant sans voix.

— Vous voulez dire que quelqu'un pourrait utiliser ce dispositif pour modifier les résultats des votes ?

— C'est plus que probable, monsieur.

— Très beau travail, Pietri. Pour l'instant, sortez et attendez dehors, je dois réfléchir. Et n'en parlez absolument à personne.

Pietri s'extirpa de son fauteuil et sortit de la pièce en inclinant la tête en guise de salut. Il ne savait quoi penser. En allant voir le commissaire pour lui faire part de sa découverte, il était certain qu'il allait lui confier la suite des opérations, qu'il allait l'associer aux décisions, comme il le faisait parfois avec Darlan. Au lieu de cela, il avait pris ses informations sans rien lui demander de plus. Il resta un peu en retrait de la porte du bureau, conscient que ses collègues l'observaient. Il sortit son téléphone de sa poche pour se donner une contenance, regardant ses mails, ses messages, la météo…, tout en conservant une attitude très concentrée.

Le commissaire Giraud écrivait sur son bloc les idées, les postulats, les réponses, les hypothèses, sans les trier. Il vidait son cerveau sur le papier, comme il l'expliquait parfois pendant ses interventions lors des conférences internes. Un bon moyen selon lui de laisser celui-ci lui délivrer ses idées conscientes et inconscientes.

Au bout de quelques minutes, il relut ses notes et les tria. Sur une autre feuille, il bâtit alors la synthèse de ses réflexions et posa les questions auxquelles il devait trouver des réponses :

• L'invention de Fallière est utilisée dans la fabrication des machines à voter.

• Le composant de Fallière permet de modifier le comportement des machines à voter et de changer le résultat des élections.

• Fallière et Majri ont été tués parce qu'ils l'avaient découvert.

• Darlan et la journaliste ont découvert le complot et se battent pour faire éclater la vérité.

• Qui a intérêt à truquer les élections ? Tous les partis susceptibles de gagner.

• Qui a le pouvoir de modifier les machines et de gérer cette gigantesque entreprise de fraude électorale ?

En face de cette dernière question, il n'avait pu se résoudre à écrire la réponse. Si elle était évidente, il ne pouvait admettre que ce soit le cas. Fervent admirateur du président actuel et ami de plusieurs personnages politiques de son parti, il lui semblait inconcevable que l'actuelle majorité ait pu se lancer dans une telle entreprise. Il hésitait sur la décision à prendre.

Il nota :

Actions possibles :

• Respecter les ordres reçus et ne plus intervenir.

• Informer la direction centrale de la tentative en cours de fraude électorale.

• Aider Darlan et la journaliste dans leur entreprise.

• Prévenir la presse, faire éclater toute l'affaire et en laisser d'autres s'en occuper.

Il hésitait. Lui qui d'habitude savait toujours prendre ses décisions rapidement, il doutait. Son honnêteté et son intégrité, dont il se vantait souvent, n'étaient pas feintes, mais issues de profondes convictions, ancrées en lui depuis sa plus tendre enfance. Son père, ancien militaire, fervent gaulliste, lui avait transmis son goût pour la justice, le droit et l'honneur. Son sens des valeurs lui dictait de tout faire pour éviter une fraude électorale. Il savait aussi que s'il intervenait, s'il ne respectait pas les ordres reçus, c'en était fini de sa carrière, il pourrait oublier son ambition de devenir préfet.

Il desserra son nœud de cravate. Action vaine censée diminuer la pression qu'il sentait dans sa gorge. Il reprit son stylo de marque et inscrivit le résultat de sa décision, puis il la souligna et l'entoura d'un cercle.

Le commissaire Giraud rappela Pietri, qui entra à nouveau aussitôt dans le bureau sans oser s'asseoir.

—Vous avez fait du bon travail, Pietri. Voici maintenant ce que je vous demande de faire...

Chapitre 50

Paris. Salle de crise, niveau - 5. Rue des Saussaies.
Vendredi, 23 h 30.

—Si j'en crois les rapports en provenance de Saint-Nazaire, vous avez réussi à exfiltrer votre homme. Comment va-t-il ? demanda l'ancien général pour entamer la discussion.

—Max a la peau dure. Il ne pense qu'à continuer la mission. Pas de problème de ce côté-là.

—Où êtes-vous ?

—Chez des amis de Max, dans la région. Ils pratiquent la même activité que lui et acceptent de travailler pour moi afin de conclure cette affaire. Ils sont très efficaces, d'après Max. J'ai pu les voir à l'œuvre à l'hôpital.

Les cinq hommes présents dans la salle se regardèrent et, pour la première fois depuis plusieurs jours, un sourire se dessina sur le visage du haut fonctionnaire responsable de l'opération.

—Très bien, dit-il, enfin une bonne nouvelle ! Avez-vous des nouvelles de Darlan et de la journaliste ?

— Non, monsieur. Si vous me posez la question, j'en déduis que la DCRI n'a pas réussi à les retrouver non plus.

— Nous faisons en sorte que la DCRI ne les retrouve pas. J'ai personnellement déchargé la direction de Lyon de l'affaire. Je trouve que ce commissaire Giraud pose trop de questions. Il veut se faire pardonner de s'être fait avoir par le fameux Darlan. Je ne souhaite pas qu'ils enquêtent sur nos affaires plus avant.

— Si je peux me permettre, monsieur, c'est quand même grâce à eux que nous avons retrouvé leur trace à deux reprises. Je n'ai aucun moyen pour effectuer ces recherches moi-même et avoir une chance de les retrouver.

— Nous avons déjà réfléchi sur ce point. Puisque nous ne pouvons pas anticiper leurs mouvements, nous allons leur fournir les informations qui leur manquent pour arriver à leurs fins.

Le téléphone au milieu de la grande table resta silencieux pendant quelques secondes, traduisant la réflexion de Brune qui s'efforçait de comprendre la stratégie de ses commanditaires :

— Pardonnez-moi, monsieur, mais je ne vois pas bien en quoi cela va nous aider. Que suis-je censé faire maintenant ?

— Nous allons leur tendre une embuscade. Vous n'aurez plus à leur courir après. Nous reprenons l'avantage. Je vous dirais exactement où et quand les neutraliser. Préparez une équipe, renforcez celle que vous avez déjà. Je veux une action commando irréprochable.

Il se retourna vers l'ancien militaire :

— Charles, voyez les détails techniques et logistiques et organisez-moi ça pour qu'enfin nous puissions dormir tranquilles.

— Entendu, monsieur.

Brune intervint à nouveau :

—Puisque nous parlons logistique, les besoins vont maintenant être très différents. Vous comprenez bien que les hommes que je vais recruter ne sont pas bon marché, y compris les amis de Max qui nous ont aidés à l'hôpital. Il va me falloir des moyens considérables.

—Ne vous inquiétez pas pour ce point. Nous allons vous donner les moyens de remplir votre mission. Mais, de votre côté, ne nous décevez pas une fois de plus, je me suis bien fait comprendre ?

Brune éloigna le téléphone de son oreille et le regarda un instant, cherchant les mots justes. Il ne pouvait accepter ces menaces à peine voilées sans se défendre :

—Nous sommes mutuellement liés, monsieur, je réussirai cette mission si vous m'en donnez les moyens. Si vous souhaitez atteindre vos objectifs et que l'affaire ne s'ébruite pas, votre meilleure solution est encore de m'aider. Nous réussirons ou nous échouerons ensemble.

Le haut fonctionnaire se tourna vers les quatre autres hommes présents dans la salle et s'arrêta sur l'ancien général qui souriait. Il coupa le micro d'un geste rapide :

—Puis-je savoir ce qui vous fait sourire, Charles ?

—Je me dis qu'il a bien été formé. Vous pouvez être certain qu'il a pris ses dispositions au cas où ça tournerait mal. Je le connais, il ne bluffe pas. Nous devons effectivement l'aider à remplir sa mission ou nous sautons tous.

—Alors, faites ce qu'il faut ! Et qu'après demain tout soit définitivement terminé.

L'ancien général reprit la communication :

—Brune, rappelez-nous dès que vous aurez mis une équipe sur pied. J'insiste sur le fait que tous vos hommes seront liés par le secret le plus absolu.

—Entendu, mon général. Pas d'inquiétude sur le silence de mes hommes. Ce sont tous des professionnels.

Dès lors qu'on ne cherche pas à les doubler, ils sont fidèles et efficaces.

—Vous savez que vous pouvez me faire confiance, alors pourquoi ai-je l'impression d'une menace à peine dissimulée ?

—Nous savons tous les deux de quoi je parle, mon général. Dès que la politique s'en mêle, les actions militaires sont en péril. Je ne tiens pas à être le bouc émissaire de cette affaire si ça tourne mal.

—Je vous donne ma parole que nos intentions sont claires : finissez la mission. Faites en sorte que personne ne puisse trouver le moindre élément permettant de remonter la chaîne, et vous serez grassement rétribués. Vous rejoindrez la zone d'action demain en fin d'après-midi. Je vous rappelle à quatorze heures précises pour vous donner les détails. D'ici là, recrutez le reste de l'équipe et trouvez les moyens techniques nécessaires.

—Ne vous inquiétez pas pour ce dernier point, nous avons largement ce qu'il faut.

—Dans ce cas, à demain.

Dès que la communication fut coupée, le haut fonctionnaire s'adressa à ses hommes :

—Je sais que vous ne partagez pas tous mon opinion, mais je reste convaincu que nous ne pouvons pas les laisser dans la nature après l'opération. Qui nous dit qu'ils ne vont pas nous faire chanter ? Nous ne pouvons pas nous permettre de laisser peser une menace pareille.

—Vous faites erreur, monsieur. Tous ces hommes sont d'anciens militaires ou mercenaires. Ils savent très bien ce qui leur arriverait si l'un d'entre eux s'avisait de raconter quoi que ce soit.

—Je sais que vous, vous leur faites confiance, Charles, moi pas.

—Que prévoyez-vous ?

—Je vais faire en sorte que la DCRI intervienne dès que vos hommes auront effectué le travail. Mais pas la direction de Lyon qui doit rester à l'écart de l'affaire. Nous avons besoin de succès en matière d'antiterrorisme. Cette opération en sera un bel exemple.

—Je vois que vous avez pensé à tout, termina le général, hésitant à préciser sa pensée.

Il préféra se taire. Il supportait mal d'être associé à cette décision. Devoir sacrifier les hommes à qui il venait de parler, à qui il venait de donner sa parole, ne lui convenait pas. Durant sa carrière, il avait eu plusieurs fois des choix difficiles à faire et qui avaient parfois impliqué la mort de ses hommes. Mais jamais il n'avait sciemment décidé de sacrifier des soldats, juste pour les empêcher de parler. Il ne pouvait pas lutter contre les autres membres du groupe, trop de choses étaient en jeu. Il se prit pourtant à souhaiter que les choses continuent à ne pas se passer comme ils l'avaient prévu, qu'il n'ait pas à trahir sa parole, qu'il n'ait pas à vivre avec ça.

Chapitre 51

Montmeyran. Samedi, 1 h 30.

— Que cherches-tu, Alex ?

Darlan et la journaliste se retournèrent brusquement. Anne, la mère d'Alex, les observait du bas de l'escalier, les sourcils froncés. Le sourire qui avait animé son visage depuis leur arrivée avait disparu. Alexandra, réagissant comme un enfant pris en faute, reposa machinalement les clés sur le porte-clés mural qu'elle avait toujours connu à cette place. Anne, vêtue d'une robe de chambre usée, s'approcha d'eux et demanda d'une voix pleine de reproches :

— Que comptez-vous faire avec mes clés ?

Darlan observa pendant un instant le duel muet entre Alexandra et sa mère. Bien que la journaliste s'en défende, elles se ressemblaient beaucoup. Anne portait certes ses vingt-cinq ans de plus, mais les traits du visage, les yeux, cette expression de défi trahissaient leur filiation. Darlan se demandait s'il devait intervenir, ou, au contraire, laisser les deux femmes s'expliquer, comme elles semblaient en avoir envie.

—J'en ai besoin, nous en avons besoin pour entrer à la mairie, c'est important, bafouilla Alex en essayant de maîtriser sa voix.

—Important ? Plus important que d'essayer de me tromper pendant que je dors ? Ça t'aurait été difficile de simplement me demander ? Qu'est-ce que vous cherchez, à la mairie ?

—Tu aurais certainement refusé, comme chaque fois que je t'ai demandé quelque chose d'important.

—Et c'était quand, la dernière fois que tu m'as demandé quelque chose que je t'ai refusé ?

Au moment où elle prononçait ces mots, Anne sut qu'elle n'aurait jamais dû poser cette question. L'éclair qui passa dans le regard de sa fille lui fit comprendre que les heures qui venaient de passer n'étaient qu'illusion.

—Tu oses me demander ça ? explosa la journaliste. Tu ne te souviens pas ? C'était juste là, dans la cuisine, et tu t'es contentée de donner raison à l'abruti qui te servait de mari. Ne me dis pas que tu as oublié quand même ?

À mesure qu'elle parlait, la voix d'Alexandra se cassait, pour finir entre cris et sanglots.

—C'était il y a vingt ans, ma chérie, se défendit Anne dont les yeux se remplissaient également de larmes, tu ne peux pas m'en vouloir encore. Je n'ai pas d'excuses, j'étais amoureuse, je suis désolée, mais c'était il y a si longtemps...

—Désolée ? C'est tout ce que tu as à me dire ? cria-t-elle. Tu es juste désolée, je t'ai aidée et tu m'as trahie. Tu crois qu'on peut être juste désolée après ça ?

Darlan assistait à l'échange, mal à l'aise d'être le témoin de cette situation familiale à laquelle il se sentait complètement étranger. Il voulait être ailleurs, il se tourna vers la porte, sans se décider pourtant à partir. Il devait trouver un moyen de désamorcer le conflit. Il avait eu dans sa jeunesse un talent certain de conciliateur dans sa cité. Cela lui avait valu beaucoup de bons résultats, quelques échecs aussi. Une petite cicatrice, sur le menton, cachée sous la barbe courte, lui rappelait de temps en temps les bagarres auxquelles il avait été mêlé. Il se demanda s'il saurait encore faire, désamorcer un conflit, réconcilier les protagonistes.

Alexandra continuait à parler, criant une rancœur contenue depuis tant d'années. Darlan s'approcha d'elle, il ne pouvait rester sans rien faire. Pourquoi lui avait-elle demandé de l'accompagner, si ce n'est pour qu'il essaie de la réconcilier avec sa mère, pour l'aider à pardonner ? Il posa la main sur son épaule, doucement. Pendant un instant, il crut que ce contact allait enrayer la spirale de colère qui envahissait la jeune femme. Mais elle fit volte-face et écarta sa main d'un geste brusque :

—Tu ne pourrais pas m'aider au lieu de rester planté là ? Je t'ai raconté ce que j'ai subi et tu ne dis rien ! T'es bien un homme !

Agressé, Darlan eut tout d'abord juste envie de quitter la maison pour ne jamais revenir. Il ne comprenait pas qu'elle puisse lui en vouloir à lui maintenant, qu'elle lui parle sur ce ton ; il ne lui devait rien. Il recula et se dirigea vers la porte, bien décidé à partir. Il tourna la poignée et se retourna machinalement, dans l'intention de signifier d'un geste à Anne qu'il était désolé, mais qu'il partait.

Il croisa alors le regard d'Alex et fut incapable de détacher ses yeux des siens. Il eut l'impression de plonger dans sa détresse. Il comprit l'appel au secours. Il lâcha la poignée et s'avança doucement.

—Alexandra, commença-t-il d'une voix forte en la fixant de ses yeux noirs, pour reprendre l'ascendant. Tu ne peux pas refaire le passé, tu dois accepter, pardonner. Tu as encore de merveilleuses choses à partager avec ta mère. Si tu ne le pensais pas, pourquoi es-tu revenue ?

La journaliste recula d'un pas, coincée à égale distance de sa mère et du policier. Elle se sentait agressée, prête à se battre, serrant les poings, terrorisée aussi à l'idée qu'il parte. Ce besoin d'en découdre qui bouillonnait en elle l'empêchait de raisonner. Cette confusion de sentiments lui faisait mal, dans la poitrine, dans le dos, dans le ventre.

Les mots de Darlan tournaient dans sa tête, sans pour autant s'accrocher à sa pensée consciente. Son cœur battait la chamade et elle sentait son sang cogner contre ses tempes. Les idées, les mots qu'elle aurait voulu dire ne sortaient pas et s'entrechoquaient dans son esprit, lui occasionnaient une violente migraine.

Darlan s'approcha et posa à nouveau une main sur son épaule en prononçant son prénom avec une douceur qu'elle ne reconnut pas, comme s'il s'adressait à une femme aimée :

—Alexandra... s'il te plaît... je suis là pour toi, pour t'aider...

Elle posa sa main sur celle du policier, décidée à lui faire lâcher prise une nouvelle fois, peut-être même à l'envoyer valser dans la pièce. Lorsque le contact s'établit, elle ne put détacher sa main, le laissant se prolonger. Elle sentit sa colère fondre en même temps que les larmes la submergeaient. Elle se cacha le visage dans les mains et se laissa envahir par les sanglots. Anne s'approcha et prit sa fille dans ses bras sans dire un mot. Darlan les regardait sans intervenir, ne sachant pas très bien comment il avait obtenu la reddition de la jeune femme. Il souriait.

Une heure avait passé. Installés autour de la petite table de la cuisine recouverte d'une nappe fleurie, ils n'avaient cessé de parler. Alexandra avait séché ses larmes et discutait avec Anne de toutes les choses qu'elle avait voulu lui dire depuis si longtemps, ses joies, ses peines, ses bonnes fortunes et ses échecs. Darlan restait volontairement neutre, se contentant de faire du café et de servir les deux femmes. Il attendait patiemment que la discussion revienne sur la préoccupation du moment : entrer dans la mairie et voler une machine à voter. Il jeta un coup d'œil discret sur la pendule, au-dessus du réfrigérateur : 2 h 30. Le policier écoutait d'une oreille distraite lorsque Anne prononça son nom :

—Si tu me disais comment vous vous êtes rencontrés, avec Philippe...

Un silence gêné s'installa. Alexandra chercha le regard de Darlan et sourit :

—Maman, il faut que je t'avoue quelque chose... nous ne sommes pas ensemble.

Anne resta interloquée puis prononça doucement :

—Comment ça, pas ensemble ?

—Nous ne sommes pas fiancés. À vrai dire, nous ne nous connaissions pas il y a deux jours.

—J'ai beaucoup de mal à le croire, et c'est dommage, je vous trouvais bien assortis. Mais bon, je comprends mieux certaines choses. Philippe, je vous trouvais un peu distant avec Alex, pas assez attentionné... Ma fille vaut la peine qu'on s'occupe d'elle, vous savez.

—Maman !

—Heu ! oui... Si tu me disais vraiment pourquoi tu es venue avec lui ?

—Je voulais revenir depuis si longtemps ! Je n'ai jamais pu me résoudre à franchir le pas. Philippe et moi enquêtons sur une possible fraude électorale et je me suis dit que sa présence me donnerait une bonne excuse pour revenir ici.

—Une fraude électorale ? Ici ? À Montmeyran ?

—Non, maman, pas qu'à Montmeyran, une fraude à

l'échelle nationale pour le deuxième tour des présidentielles. Nous sommes convaincus que les machines à voter sont truquées et vont permettre au pouvoir en place de gagner à nouveau.

— C'est une grave accusation, vous avez des preuves ?

— Malheureusement pas assez. Il nous faut une machine pour vérifier nos hypothèses.

— Je commence à comprendre pourquoi tu voulais les clés de la mairie. Ça t'aurait bien avancé, vous n'auriez jamais trouvé les machines, même en y passant la nuit.

— Tu veux dire qu'il nous est impossible d'emprunter une machine pour la démonter ?

— Tu appelles ça un emprunt ? C'est du vol…

— Madame Decaze, coupa Darlan, ce que nous avons à faire est important. Alexandra a failli être assassinée deux fois ces dernières quarante-huit heures, simplement parce qu'elle a découvert par accident ce qui aurait dû rester secret. Si nous ne parvenons pas à trouver ces fameuses preuves, non seulement la fraude aura lieu, mais nous continuerons à risquer nos vies.

Anne ne cacha pas son effroi, observant sa fille, cherchant à comprendre…

— Mon Dieu… C'est vrai ? Ce n'est pas ici que vous devriez être, mais sous la protection de la police.

— Le problème, madame, c'est que certaines instances policières sont aux ordres de ceux qui sont derrière tout ça. Notre seul moyen d'action est d'empêcher la fraude. Je pense que sans elle, le président actuel sera battu. Et dans ce cas, dès dimanche, nous pourrons prévenir les médias. Si nous échouons, qui sait ce qu'il adviendra de notre pays.

— J'ai bien l'impression que quelqu'un s'est déjà chargé de faire courir le bruit.

— Comment ça ? intervint Alex.

—Hier, sur Facebook, j'ai reçu une invitation à rejoindre un groupe qui milite pour le retour au vote papier. Effectivement, une rumeur se répand disant que les machines sont truquées…

—Tu es sur Facebook ?

—Bien sûr, ma chérie, qu'est-ce que tu crois ? Je vis avec mon temps ! J'espère que tu m'accepteras comme amie.

Darlan apprécia le sourire radieux qu'il découvrit sur le visage d'Alexandra :

—J'ai l'impression que Fred et Marie ont bien fait leur travail, lança-t-il. Mais ça ne suffira pas. Toutes les semaines, les réseaux sociaux véhiculent des rumeurs de complots plus fantaisistes les uns que les autres et personne n'y attache vraiment d'importance, surtout pas les médias ni les politiques.

—Ce sont des amis, compléta Alex devant le regard interrogatif de sa mère. Ils nous aident et nous ont permis de découvrir la vérité sur les machines à voter.

—Je ne peux pas croire qu'une telle chose puisse arriver chez nous, c'est tout bonnement impossible.

—Sauf qu'aujourd'hui, la technologie l'a rendue possible. Il a suffi d'une volonté politique. Crois-moi, maman, les tueurs qui nous pourchassent ne font pas semblant. Ils veulent nous faire taire pour maintenir le secret.

Anne les regarda tous les deux, hésitante, puis demanda :

—Que comptez-vous faire de la machine, si vous arrivez à en obtenir une ?

—Je veux la démonter et lui arracher ses secrets. Je suis persuadé qu'en cherchant bien, nous comprendrons comment elles sont commandées à distance.

—Commandées à distance ?

—Oui, les machines sont vérifiées régulièrement et nous savons qu'un dernier test est effectué juste avant l'ouverture des bureaux de vote. Le moyen le plus évident pour contourner ces contrôles est de passer la machine en mode fraude juste après l'ouverture des bureaux de vote, et de retourner au mode standard quelques minutes avant la fermeture. Ce que nous ignorons, c'est comment ça fonctionne et quel est le moyen utilisé. Je suis convaincu qu'il s'agit d'une commande à distance.

Anne le regarda intensément et se leva :

—Je vous trouve bien courageux et déterminé, jeune homme. En cela, vous allez bien avec ma fille.

—Maman… je t'ai dit que nous ne sommes pas…

Anne leva la main pour couper court à la conversation puis continua :

—Je vais vous aider, je sais où les machines se trouvent et je sais où est la clé du local.

—Maintenant ?

—Eh bien oui, maintenant. On ne va pas y aller demain matin, à l'ouverture des bureaux… Déjà que ça va mettre une sacrée pagaille.

—Tu ne risques pas d'avoir des ennuis, maman ?

—Ne t'inquiète pas. Personne ne sait que je connais l'endroit où sont rangées les clés du local. Et puis, pour tout dire, je suis assez contente de voir la tête que fera l'adjoint qui en est responsable lorsqu'il s'apercevra qu'il lui manque une machine. Il va certainement arrêter de prendre tout le monde de haut. Ça lui fera les pieds !

Chapitre 52

Montmeyran. Samedi, 8 h 30.

Philippe Darlan s'éveilla doucement. Émergeant d'un rêve dont les brumes s'effaçaient déjà, il ne lui restait qu'une impression générale de bien-être et d'enthousiasme. Il tarda à ouvrir les yeux. Un rayon de soleil lui caressait le visage et diffusait une douce chaleur. Il laissa refluer les souvenirs de la veille. Peu à peu, les images lui revinrent : leur « casse » à la mairie du village s'était déroulé avec une facilité déconcertante. Anne les avait conduits directement jusqu'à l'arrière de la grande bâtisse. Elle s'était garée très naturellement sur un petit parking attenant, malgré les avertissements d'Alexandra qui craignait que quelqu'un du village puisse la reconnaître, ou reconnaître sa voiture. Les événements lui avaient donné tort. Ils n'avaient croisé personne pendant toute l'opération. Anne avait ouvert, avec sa clé, une porte annexe, à l'arrière, comme si elle se rendait à son travail. Trouver le trousseau qui ouvrait le local où étaient remisés notamment tous les accessoires légaux utilisés à chaque élection n'avait été qu'une formalité. Ils découvrirent dans ce local deux machines à voter, flambant neuves, n'ayant servi qu'une fois à l'occasion du premier tour de l'élection présidentielle.

En prendre une, tout refermer et revenir à la maison familiale d'Alexandra n'avait pas pris plus de cinq minutes. Darlan avait posé l'encombrante machine de vingt kilogrammes sur la table de la salle à manger. Refermé, l'objet ressemblait à une valise de bonne taille. Le policier avait immédiatement entrepris d'actionner les fermetures qui maintenaient le couvercle. Anne l'avait arrêté dans son élan, insistant pour fêter leur succès en débouchant une bouteille de champagne. Il avait dû se laisser aller aux réjouissances et à l'enthousiasme communicatif de la mère d'Alexandra. Il se rappelait être monté se coucher vers trois heures, la tête embrumée par l'alcool, un peu frustré de ne pas avoir déjà commencé son travail sur la machine.

Un souvenir précis le fit sortir brusquement de l'état de somnolence dans lequel il baignait encore. Il ouvrit les yeux. Ébloui par un rayon de soleil qui perçait entre les lourds rideaux mal joints, il ne distinguait rien d'autre que cette clarté trop forte pour être soutenue du regard. Il se redressa sur un coude pour sortir de l'axe de cette lumière vive qui marquait son entrée dans la chambre en illuminant une multitude de particules en suspension dans l'air. Quelques secondes lui furent nécessaires pour que sa vision s'adapte à la relative pénombre du reste de la pièce.

Ainsi qu'il en avait gardé le souvenir, il découvrit Alexandra, encore profondément endormie de l'autre côté du lit. La veille, au moment de monter se coucher, Anne avait réalisé qu'elle n'avait préparé qu'une seule chambre, convaincue que sa fille venait lui présenter son fiancé.

Alexandra avait coupé court à toute tentative de sa mère pour éviter que Darlan et elle aient à coucher dans le même lit. Ils pouvaient parfaitement dormir ensemble, en amis avait-elle dit. C'est ainsi qu'ils s'étaient endormis côte à côte, après qu'Alexandra lui eut souhaité bonne nuit et déposé un rapide baiser sur la joue.

Darlan observa la jeune femme qui lui faisait face. Le soleil diffusait sa lumière dans la chevelure brune étalée sur l'oreiller. Le tee-shirt décolleté qu'elle avait enfilé sur ses sous-vêtements ne cachait pas grand-chose de ses formes. Sa poitrine se soulevait lentement au rythme de sa respiration calme. Elle dormait avec une jambe au-dessus du drap et l'autre en dessous, ce qui fit sourire le policier. Il avait toujours cru que son ancienne copine, Flora, était la seule à se livrer à cette gymnastique particulière pour dormir. Son regard s'attarda un instant sur les courbes gracieuses de la jambe visible de la jeune femme avant qu'il s'aperçoive qu'elle venait d'ouvrir les yeux :

—Est-ce à ton goût ? commença-t-elle tout en fronçant les sourcils, comme on gronde un enfant, juste avant de remonter le drap sur elle.

—Bonjour, répondit-il, mal à l'aise. Tu as bien dormi ?

—Comme un bébé, même si je n'aurais pas été contre une petite heure de plus. Tu es réveillé depuis longtemps ?

—Quelques minutes. Moi aussi j'aurais bien dormi davantage, mais j'ai passé une partie de la nuit à démonter cette foutue machine à voter dans ma tête et j'ai hâte de me mettre au boulot pour trouver ce que nous cherchons. Désolé de t'avoir réveillée, se crut-il obligé d'ajouter.

—J'ai senti ton regard sur moi.

—Encore désolé, mais je ne vais pas me mettre un bandeau sur les yeux.

—Ne le sois pas, c'est moi qui ai insisté pour que ma mère ne prépare pas l'autre chambre à trois heures du matin, c'était mieux comme ça, non ?

—J'aurais pu profiter de la situation, osa-t-il en souriant, tu vis dangereusement.

—Mais tu ne l'as pas fait, merci ! répondit-elle d'un ton plus sec en affichant un sourire forcé, et je te suis reconnaissante de ne pas avoir essayé.

Sans répondre, Darlan haussa les épaules et sortit du lit, seulement vêtu d'un caleçon. Il prit ses habits sur la chaise et se dirigea de la chambre vers la salle de bains. Alexandra le regarda s'éloigner, s'attardant à son tour sur ses épaules et son dos musclés. Elle se retourna, portant son regard vers la fenêtre cachée par les rideaux. Pour la première fois depuis qu'elle avait quitté cette maison, tant d'années plus tôt, elle se sentait libérée d'un poids. Elle prenait seulement conscience d'avoir porté ce fardeau pendant une éternité. Elle se demandait maintenant pourquoi elle avait attendu si longtemps pour crever l'abcès. Alexandra ressentait un bouillonnement intérieur dont elle ne savait pas déterminer la nature. Contrairement à ce qu'elle venait d'affirmer au policier, elle était également réveillée depuis un bon moment, repassant dans sa tête toutes les idées qui avaient guidé sa conduite envers sa mère jusqu'à la veille. Tout était possible maintenant.

Elle avait senti Darlan bouger à côté d'elle, le fil de ses pensées s'était rompu, la ramenant dans un quotidien où ils devaient encore faire tant de choses alors qu'elle n'aspirait qu'à goûter à son bonheur tout neuf.

Elle était consciente de s'être montrée froide et certainement trop distante envers lui. Il lui avait donné la force d'enfin lâcher prise, d'accorder son pardon. Il méritait pour cela une attitude différente, au moins des remerciements. Elle ne lui avait rien dit, craignant qu'il ne se méprenne sur ses intentions ou ses sentiments. Elle venait de faire sauter un verrou émotionnel et n'avait pas envie de remplir cet espace trop vite, elle voulait se donner le temps de vivre. Darlan ne pouvait pas comprendre à quel tourbillon de pensées elle faisait face. Il devait se concentrer sur leur mission et rien d'autre pour l'instant.

Lorsqu'elle descendit, une demi-heure plus tard, le policier était affairé devant la machine ouverte. Seulement muni d'un tournevis, il était parvenu à ouvrir la plaque supérieure et à découvrir l'électronique qu'elle cachait.

— Tu as trouvé quelque chose ?

— Non, pas encore, je viens juste d'ouvrir. Je reconnais la carte mère ici, le composant de Fallière là. Ce que nous cherchons est certainement localisé dans une des autres parties de la machine.

En même temps qu'il parlait, il suivait les fils jusqu'aux différents accessoires et cartes électroniques périphériques. Il repéra ceux qui menaient aux touches de sélection qui permettaient aux électeurs de faire le choix d'un candidat. Alexandra le regardait, concentré sur sa tâche comme s'il devait désamorcer une bombe. La porte d'entrée claqua et, quelques secondes plus tard, Anne apparut au seuil de la salle à manger :

— Déjà debout, les jeunes ? Je vous ai rapporté du pain frais et des croissants.

— Rien du côté de la mairie ?

— Pas pour l'instant, je ne pense pas que la disparition de la machine soit découverte avant cet après-midi. L'équipe qui organise le scrutin n'a aucune raison de se précipiter ce matin. Les machines ont été vérifiées la semaine dernière par des gens de l'APAVE. Ils les ont déclarées conformes, les ont scellées et depuis, elles n'ont pas bougé. Chez nous, personne ne fait la différence entre ces engins et une urne.

Elle s'approcha de la machine, curieuse et pensive :

—C'est donc ce machin qui peut remettre en cause la démocratie dans notre pays ? J'ai toujours pensé que les coups d'État étaient organisés par des militaires qui prenaient le pouvoir ou le conservaient en utilisant la force. Nous sommes entrés dans une nouvelle ère, si une simple machine peut décider du sort d'un pays…

—Ce n'est pas perdu, maman, nous avons jusqu'à dimanche matin pour comprendre et trouver un moyen de changer les choses. Et si quelqu'un peut trouver une solution, c'est bien Philippe.

Darlan avait suivi la conversation. Il releva la tête en entendant son nom :

—J'espère que tu ne me prêtes pas trop de talents, Alexandra. Nous n'y arriverons pas tout seuls. Heureusement, nous avons beaucoup d'amis qui rêveraient d'être à ma place et qui vont se faire un plaisir de nous aider. J'ai déjà un texto de Fred qui nous demande les premières images.

Sans commenter ses propos, la journaliste se fit néanmoins la remarque que les amis dont parlait Darlan étaient surtout les siens, des vrais amis sur lesquels il pouvait compter. Elle fit le parallèle avec ses propres connaissances. Sa page Facebook ne comptait pas moins de soixante-dix amis. Elle en fréquentait régulièrement une petite dizaine. Elle n'en voyait aucun à qui elle aurait pu demander de l'aide, aucun qui lui serait assez fidèle pour prendre des risques pour elle. Paradoxalement, le seul homme qui ait jamais risqué sa vie pour elle était là, devant elle, la tête penchée dans les entrailles de la machine, et il ne se connaissait que depuis trois jours.

Darlan se redressa, et s'adressant à Anne :

—J'aurais besoin de prendre des photos pour les envoyer par Internet à nos amis en Bretagne. Ils sont autrement plus doués que moi en électronique. Vous auriez ça ?

—J'ai un petit appareil numérique et mon ordinateur est dans le bureau, là à côté. Prenez et utilisez ce dont vous avez besoin.

Chapitre 53

Nantes. Samedi, 14 h 10.

—Tes commanditaires ne devaient pas te rappeler à quatorze heures ?

Patrick Brune répondit, sans interrompre le remontage de son pistolet mitrailleur Uzi, un geste qu'il aurait pu accomplir les yeux fermés :

—Ils ne vont pas tarder, Max, ça fait un bon moment que je bosse pour eux. Je n'irai pas jusqu'à dire qu'ils sont fiables, mais ils ont besoin de nous. Je suis certain qu'à cette minute, ils doivent nous considérer comme le dernier rempart avant la taule, et ils savent que j'ai pris mes dispositions si jamais quelqu'un décidait de nous doubler.

—Je dois reconnaître qu'ils doivent vraiment être à cran. C'est le premier contrat que je n'ai pas à négocier. Ils ont accepté le prix et effectué le versement sans discuter, c'est déjà ça. Mais je n'aime pas devoir agir à la dernière minute, sans avoir préparé suffisamment la mission. C'est jamais très bon, la précipitation.

Depuis le début de la journée, le salon richement décoré de meubles de style et de toiles de valeur s'était peu à peu transformé en salle opération pour les six agents qui s'y étaient rassemblés. L'appartement luxueux que Thomas partageait avec sa compagne Ahn se situait en plein centre de la ville, avec une vue magnifique sur le château des ducs de Bretagne. La décoration dénotait un goût très sûr, ce que ne manquaient pas de remarquer régulièrement les nombreux invités qui fréquentaient les soirées sélectes que Thomas et Ahn organisaient entre ces murs. Aucun des visiteurs habituels n'aurait évidemment imaginé que cet endroit cossu puisse recevoir un jour des individus comme ceux qui préparaient activement le matériel destiné à une action armée en France.

Patrick Brune, aidé de Max et Thomas, n'avait pas mis longtemps à compléter son équipe d'intervention. Le très gros virement qui venait d'alimenter son compte spécial lui avait permis de proposer des sommes très motivantes. Il n'avait pas eu à utiliser tout son carnet d'adresses, tous avaient répondu présent à la première sollicitation. Les deux individus qui s'étaient présentés chacun à leur tour dans la matinée arrivaient avec des CV impressionnants. Tous deux anciens militaires et mercenaires, ils avaient participé à bon nombre d'opérations pour le compte de divers gouvernements, y compris le gouvernement français. Leurs missions avaient été d'aider tel ou tel dirigeant d'un pays à se maintenir au pouvoir, ou, au contraire, de précipiter sa chute, soit par des actions directes, soit en formant des troupes locales dans des camps d'entraînement. Ils se connaissaient tous pour avoir déjà travaillé ensemble à un moment ou à un autre. Chacun avait apporté de l'armement, des munitions, des explosifs, des équipements de surveillance et même des jumelles de vision nocturne. Tous ces objets étaient à présent rangés sur la table, protégée pour l'occasion par une épaisse couverture.

Thomas, le propriétaire des lieux, n'avait accepté d'utiliser son appartement que contre une généreuse compensation, prétextant qu'il était honorablement connu dans le quartier et qu'il ne voyait pas d'un très bon œil l'idée de transformer son salon en armurerie. Patrick Brune, qui connaissait l'appétit des mercenaires pour l'argent, n'avait pas cherché à négocier — la ligne de crédit le lui permettait largement — mais s'amusa de l'excuse formulée. D'un autre côté, Thomas et sa compagne menaient grand train et il comprenait que leurs besoins financiers soient en proportion de celui-ci. Il se demanda à quoi pouvait ressembler la vie de ce couple lorsqu'ils rentraient de leurs missions. Parvenaient-ils réellement à donner le change ? À passer d'une exécution sommaire au fin fond de l'Afrique à un cocktail avec des invités de marque ? À parler art et littérature ? Son regard se porta sur Ahn, qui se partageait entre son rôle de maîtresse de maison, en apportant avec grâce du café et des petits gâteaux pour tous, juste avant de rejoindre ses camarades dans la préparation des équipements et des armes, aussi à l'aise dans la confection des pâtisseries qu'elle venait d'offrir que dans le démontage d'une arme ou l'élaboration d'explosifs.

Max, allongé sur un canapé, rongeait son frein de ne pouvoir participer à la préparation du matériel. Il aimait ce moment particulier où les culasses des armes claquaient à vide après le remontage, cette quête du détail, ces gestes mille fois répétés, cette vérification systématique de tout l'équipement. Des opérations sûres et précises, le tout baigné dans ce mélange d'odeur d'huile et de poudre brûlée qui ne s'effaçait jamais vraiment et qui lui évoquait tant de souvenirs.

Il supportait mal d'être ainsi diminué. C'était sa quatrième blessure en opération, et la plus grave aussi. Il devait peut-être commencer à penser à une reconversion, quelque chose de moins exposé. Son très confortable compte en banque le lui permettait. Mais il savait aussi qu'il aurait du mal à renoncer au plaisir de la traque, à la satisfaction d'une opération complexe effectuée sans accrocs, et même au plaisir de tuer. Il ne souffrait plus trop, mais restait indisponible pour la mission ; Ahn lui avait refait son pansement avec efficacité le matin même, un autre de ses multiples talents. Thomas lui avait expliqué qu'elle avait fait des études médicales juste pour être en mesure de savoir où frapper avec le plus d'efficacité. Max n'avait pas su s'il plaisantait ou pas.

N'étant plus en mesure de conduire le commando lui-même, il avait demandé à Thomas de le remplacer dans cette tâche. Il avait volontairement écarté Brune, qu'il estimait trop mouillé pour prendre les bonnes décisions. Celui-ci n'avait pas discuté, il conservait son rôle de contact avec le commanditaire et de responsable de la logistique.

Il regarda tour à tour chacun des membres de l'équipe. Tous portaient des tenues décontractées, sauf Thomas qui avait conservé une veste. Il les connaissait tous. Il s'amusait de savoir qu'il avait réuni en quelques heures, dans cet appartement luxueux du centre-ville de Nantes, des tueurs professionnels qui avaient à eux tous modifié la destinée politique de plusieurs pays. C'était, à sa connaissance, la première fois qu'une telle équipe était constituée pour une action sur le territoire. L'idée même d'avoir à opérer en France dans le même but l'intéressait au plus haut point. Au-delà de l'aspect financier qui demeurait plus qu'intéressant, cette opération le confortait dans une certitude qu'il avait souvent partagée avec ses camarades, autour d'une bière, avant ou après une opération, dans bon nombre de pays d'Afrique ou d'ailleurs : la France ne valait pas mieux que les autres pays. Les dirigeants étaient pour la plupart assoiffés de pouvoir et prêts à tout pour le garder. Là comme ailleurs, il allait les aider, c'était son job.

Il resterait en retrait, mais tenait pourtant à être sur place. Il assurerait la surveillance extérieure et la coordination. Ils ne s'attendaient pas à une forte résistance, pourtant Thomas et lui avaient choisi de préparer la mission en considérant l'hypothèse la plus difficile. Le policier et la journaliste avaient réussi à le mettre hors de combat et avaient bien failli le tuer. Il ne commettrait pas la même erreur deux fois. Son seul problème résidait dans leur imprévisibilité. Ce facteur à lui seul rendait l'opération beaucoup plus complexe que la prise d'une position militaire gardée.

Le téléphone de Brune sonna et le tira de ses pensées. Le commandant connecta son module de cryptage et activa une fois de plus l'enregistrement de la conversation. Après quelques secondes, la connexion sécurisée s'établit. Il fit un geste de la main afin d'obtenir le silence. Tous obéirent instantanément, se figeant dans leur attitude. Le commandant mit le haut-parleur avant de commencer à parler :

—Avez-vous les informations sur le lieu de l'opération ? commença-t-il sans y mettre d'autres formes et sans y avoir été invité.

La voix de l'ancien général retentit dans la pièce :

—Confirmez-moi tout d'abord que vous avez complété votre équipe et approvisionné le matériel nécessaire !

—Affirmatif, monsieur. Nous sommes prêts. J'ai au total quatre agents actifs, c'est plus que suffisant pour neutraliser Darlan et sa bande.

—Ne soyez pas aussi sûr de vous. Je vous rappelle que jusqu'à présent il a toujours eu un coup d'avance.

— Cette fois, ce sera différent. Tout va dépendre de la fiabilité des informations que vous voudrez bien me fournir.

Chapitre 54

Montmeyran. Samedi, 18 h 10.

Sous l'impulsion de Darlan, la salle à manger d'Anne s'était rapidement transformée en quelque chose qui ressemblait au capharnaüm qu'Alex avait observé dans l'appartement du policier. En plus de lui prêter son ordinateur portable, Anne avait dû mettre à contribution son voisin, instituteur à l'école du village, pour qu'il lui apporte deux autres ordinateurs habituellement destinés aux élèves. Darlan les avait rapidement connectés sur le réseau local et sur Internet, après avoir acheté à Valence les éléments qui lui manquaient pour compléter son installation. Alexandra l'avait accompagné en ville, autant pour l'assurer de son soutien, à défaut de l'aider réellement, que pour se soustraire pendant un petit moment à sa mère et prendre le temps de réfléchir. L'enthousiasme de Darlan l'en avait malheureusement empêchée. Il avait tenu à lui expliquer les mérites de tel concentrateur réseau ou de tel ordinateur et autres accessoires informatiques. Elle l'avait regardé se mouvoir dans ce magasin d'informatique et d'électronique comme un enfant dans un magasin de jouets, sans comprendre ce qu'il pouvait trouver d'intéressant dans ces rayons, ni même à quoi tout ce matériel allait servir. Heureusement pour elle, le supplice n'avait été que de courte durée. Elle aurait préféré de loin consacrer un peu de temps aux boutiques de vêtements à quelques mètres de là.

Conformément à ses propres recommandations, Darlan avait tout réglé en espèces. Avec le matériel acheté, auquel il avait ajouté un appareil photo numérique et une webcam, il était parvenu à mettre en place une plate-forme de transmission et de visioconférence en un temps record. Cet outil lui permettait à présent d'être connecté avec ses amis Fred et Marie, restés en Bretagne, et également avec plusieurs autres électroniciens qui s'étaient pris au jeu. Sur les écrans des trois ordinateurs, on pouvait voir jusqu'à huit fenêtres vidéo ouvertes simultanément. « Si j'avais un jour de plus pour la préparation, je pourrais recréer ici le poste de travail de mon appartement », avait-il déclaré.

Marie avait commencé par poster sur des forums les premières photos de la machine que Darlan lui avait fait parvenir. Elle lança le défi d'en trouver le fonctionnement. C'était, comme elle l'expliqua plus tard, un jeu pratiqué par une poignée de passionnés sur ce blog.

Les clichés couvraient tout le cœur de la machine et également les composants périphériques. Rapidement, plusieurs électroniciens chevronnés avaient répondu présent. Ils avaient commencé à reproduire le schéma de fonctionnement des ensembles extérieurs et de leurs communications avec la carte mère dont les plans étaient connus. Volontairement, Fred et Marie avaient caché la vraie nature de la machine à voter. Pour les internautes, le but du jeu consistait précisément à en découvrir l'usage.

Alexandra avait regardé le policier s'agiter et passer d'un ordinateur à l'autre en pianotant comme un organiste virtuose sur ses claviers, semblant jouer une étrange musique silencieuse. En quelques minutes, plusieurs dizaines de personnes purent communiquer en temps réel et travailler à distance sur le même sujet. Elle ne pouvait s'empêcher d'être admirative, autant parce qu'elle n'entendait rien à toutes ces manipulations que devant l'enthousiasme qu'il manifestait. Il parvenait à fédérer plusieurs esprits éclairés autour d'un même problème et s'y attelait avec conviction, comme si sa vie en dépendait. Il était autant dans son élément qu'elle accrochée à une falaise ou dans un kayak.

Se sentant parfaitement inutile dans ce contexte, elle lui avait proposé son aide pour porter un ordinateur, trouver une rallonge, pousser une table. Elle sentait bien qu'il lui confiait quelques menues tâches simples juste pour lui faire plaisir, et qu'il aurait manifestement préféré travailler seul, plutôt que de s'encombrer de quelqu'un qui ne comprenait pas le minimum.

Les premiers résultats ne tardèrent pas à arriver. Dès dix heures trente, un internaute avait reconnu l'intérieur d'une machine à voter. Il pensa avoir remporté le challenge, avant de découvrir que la vraie question était plus complexe encore. Pendant ce temps, Darlan avait identifié des fils qui partaient de la carte mère, cheminant ensuite dans l'épaisseur des parois de la machine pour finir dans le couvercle de celle-ci. Vers onze heures vingt, et après avoir démonté complètement l'ensemble des structures internes et externes en suivant les fils, il découvrit un composant noyé dans un bloc de résine noire, lui-même camouflé dans le plastique du couvercle de la machine. Épais de cinq millimètres et de la taille d'une boîte d'allumettes, ce bloc de résine était parfaitement opaque et sans aucune marque ni référence.

À partir de là, il se laissa guider par ses correspondants qui lui demandaient de bouger la caméra, plus haut, plus bas, comme s'il dirigeait un œil. Marie manageait les investigations et devait régulièrement rappeler les participants à l'ordre, tellement le brouhaha des conversations rendait le travail impossible. À chaque minute qui passait, le nombre de personnes connectées augmentait. Marie avait, en quelques mots, mis à contribution sa liste d'anciens élèves de *Supélec* et leur avait lancé le défi. Ils se téléphonaient entre eux et le réseau s'étendait ainsi rapidement. Elle et son mari Fred semblaient beaucoup s'amuser à fédérer toutes ces énergies.

Alexandra observait le policier, dont le petit sourire et l'éclat dans le regard trahissaient l'excitation. Elle suivait sur un des écrans l'image de la caméra tenue par Darlan, qui suivait les indications de ses correspondants. Elle ne comprenait rien aux discussions et se sentait déconnectée, pas à sa place. Elle se prit à envier Marie, qui assumait pleinement son rôle au milieu de tous ces hommes. Mais c'était son métier, après tout. Elle décida donc de l'imiter, de faire le sien. S'ils parvenaient à leurs fins, elle pourrait publier toute une série d'articles. Elle sortit son calepin et commença à écrire.

Une fois de plus, un des internautes demanda de remonter la caméra jusqu'au bloc de résine dans lequel plongeaient quelques fils électriques. Darlan intervint à son tour.

—Je constate que, d'après beaucoup d'entre vous, une des solutions du problème doit se situer dans ce bloc de résine. Je vous propose de me laisser le temps de dégager ce composant, ça ne devrait pas être trop compliqué.

—D'accord, Philippe, acquiesça Marie, je mets ta connexion en attente jusqu'à ce que tu rappelles, les autres restent en ligne, nous devons encore éclaircir quelques points. Mais fais bien attention à ne pas effacer les inscriptions sur les composants, sans ce minimum d'informations, ça va être beaucoup plus compliqué.

— O.K., je m'y mets et je me reconnecte dès que c'est fait.

14 h 40.

Pendant prêt d'une heure, et à force de patience, Darlan et Alexandra avaient finalement réussi à dégager le petit circuit imprimé noyé dans la résine, en utilisant une miniperceuse munie d'outils de ponçage, prêtée par le voisin instituteur, qui s'était montré très intrigué par le travail qu'on effectuait chez sa voisine. Devant l'avalanche de questions qu'il avait posées, Alex l'avait gentiment raccompagné à la sortie, lui promettant de tout lui dire dès qu'ils auraient terminé.

Le policier avait commencé seul le travail de dégagement, puis la journaliste l'avait conseillé sur la manière de préserver au mieux les composants cachés. Elle tirait son expérience d'un stage qu'elle avait effectué un été, en marge de ses études, sur un site de fouille paléontologique en Auvergne. Darlan avait fini par lui passer la main, autant pour la voir à l'œuvre que pour ne plus avoir à subir ses conseils. Il l'avait observé pendant qu'elle travaillait. Effectivement, la journaliste parvenait, beaucoup plus facilement et délicatement que lui, à dégager l'ensemble des composants sans les abîmer.

Depuis qu'il avait mis en veille les ordinateurs relayant les conversations, le silence s'était installé dans la maison, seulement ponctué par le sifflement de la miniperceuse qui fluctuait au gré des gestes d'Alex.

Lorsqu'elle eut presque terminé, il se pencha sur son épaule pour observer l'objet de plus près, cherchant à savoir si des inscriptions étaient déchiffrables sur les composants. Il ne garda pas sa concentration longtemps, perturbé par cette proximité et par la note envoûtante d'*Opium* d'Yves Saint-Laurent qui parfumait son cou. Alexandra se tourna vers lui en souriant puis reprit son travail. Une gêne s'installa. Le policier s'écarta et décida finalement de s'installer de l'autre côté de la table, préférant s'éloigner de ce qui l'avait troublé et de la tentation qui l'avait animé. Il attendit patiemment qu'elle ait complètement dégagé le circuit pour revenir près d'elle.

Il commença à examiner celui-ci à la loupe. Il nota consciencieusement les quelques références de composants lisibles. Avant de relancer la visioconférence, il tenait à relever le plus d'informations possible pour ne pas avoir à subir les demandes incessantes de tous les correspondants.

— Tu y comprends quelque chose ? demanda Alexandra, amusée de l'air sérieux du policier.

— En fait… non, mais j'espère que nos amis en ligne vont être capables de nous dire de quoi il s'agit. Je suis convaincu que la clé se trouve là, devant nos yeux. Sinon, pourquoi l'auraient-ils si bien cachée ? Je vais rétablir la liaison et les laisser cogiter.

Darlan réveilla les ordinateurs et renoua le contact sur Skype. Deux nouveaux correspondants avaient rejoint le forum. Malgré le très haut débit de la ligne ADSL, les vidéos commençaient à perdre de leur fluidité. Le nombre de connectés sur le forum ouvert par Marie était passé par un pic de trente-cinq avant de redescendre à une vingtaine, dont plus de la moitié transmettait de la vidéo. Le policier salua les nouveaux venus, prit la caméra et commença à diffuser les images.

Deux heures plus tard, Darlan expliquait une nouvelle fois que rien d'autre ne permettait d'identifier les composants présents sur le petit circuit intégré. Les quelques références qu'il avait relevées ne correspondaient à rien de connu. Il sentait un début de lassitude chez les internautes. Un premier avait quitté la communication vingt minutes plus tôt et un autre venait d'annoncer qu'il ne pourrait pas s'attarder beaucoup plus. Ils devaient trouver vite, avant que tous ne se lassent.

Quelqu'un sonna à la porte. Anne ouvrit à l'homme qui venait d'arriver. Sans vraiment s'étonner, ni se demander pourquoi il se trouvait là, elle l'invita à entrer. Depuis le retour de sa fille, tout semblait devenir différent, dans sa maison, dans sa tranquillité. Elle ne s'en plaignait pas et se laissait porter par cette vague de nouveautés:

—Je vous en prie, insista-t-elle. Entrez, c'est par là.

L'homme, la petite quarantaine, habillé simplement d'un jean et d'une chemise en coton, le front dégarni, des yeux pétillants derrière des lunettes cerclées, hésita un moment sur le palier de la porte, regardant la femme qui se tenait devant lui, pas très sûr d'avoir sonné à la bonne adresse :

—J'ai été contacté par Internet, par une amie en Bretagne, un problème d'électronique à résoudre, et elle m'a donné cette adresse, termina-t-il en tendant un papier où était imprimé un e-mail signé Marie Berthoin.

—Oui, oui, c'est bien là, venez, je vous conduis, ne faites pas attention au désordre.

Le nouveau venu salua brièvement Alex et Darlan avant de s'intéresser rapidement au cœur du sujet. Il échangea quelques informations avec le policier et avec Marie, à travers la visioconférence. Il semblait juste reprendre le contact là où il l'avait interrompu vingt minutes plus tôt en quittant son domicile :

— Où en êtes-vous depuis que j'ai raccroché ?

— Pas grand-chose de plus, répondit Marie, on a quelques hypothèses, mais ce n'est franchement pas évident d'avoir une vue correcte avec les images de la webcam. Pour l'instant, nous sommes toujours dans l'impasse.

Un nouvel arrivant apparut dans le forum. Il ne disposait pas de webcam et seule sa voix parvenait aux autres participants. Marie lui résuma rapidement l'objet de la recherche et il répondit aussitôt :

— Vous dites que c'est une machine à voter ? Ce genre de composant n'a rien à faire là-dedans.

— Vous venez à peine de rejoindre le groupe d'étude et vous prétendez déjà avoir la réponse ?

— Il se trouve que je travaille dans une société qui a répondu à l'appel d'offres, mais qui n'a pas été retenue. Je connais très bien le cahier des charges. Je vous répète que ce dispositif caché n'a rien à faire là-dedans. Où l'avez-vous trouvée, cette machine ?

— Philippe, intervint Marie, je pense qu'il est temps que nous fassions part de nos soupçons à toute l'équipe, qu'en penses-tu ? Ça pourrait nous aider à trouver.

Darlan se tourna vers Alexandra qui acquiesça d'un geste de la tête. Il tenait absolument à l'associer à toutes les décisions :

— Tu as raison.

Il se plaça devant la webcam et s'assura dans la fenêtre de contrôle qu'il était correctement placé.

Avec des mots choisis et en s'appliquant à éviter tout jugement personnel, le policier présenta à tous l'effarante vérité concernant les machines à voter truquées. Il expliqua que s'ils ne trouvaient pas un moyen de l'empêcher, le deuxième tour des élections présidentielles, devant se dérouler le lendemain, ferait très probablement l'objet d'une fraude électorale sans précédent. Le simple fait de rappeler cette échéance leur fit prendre conscience du peu de temps qu'il leur restait pour agir.

De l'autre côté des écrans, les visages se décomposaient, entre stupéfaction et incompréhension. Depuis qu'ils savaient qu'ils travaillaient sur une machine à voter, ils s'étaient tous demandé quel était réellement le but du jeu. Ils venaient de découvrir que le défi à relever n'avait rien d'un jeu. Les avis et commentaires allaient bon train.

— C'est complètement dingue ! Il faut absolument arrêter cette fraude. C'est toute la démocratie qui est en danger.

— D'un autre côté, si ça peut empêcher l'extrême droite de passer, je comprends, même si je ne cautionne pas.

— Tu te rends compte de ce que tu dis ? C'est lamentable. Si le parti nationaliste est élu, ce sera le choix des Français, même si ce n'est pas le tien.

— Arrête, tu ne vas pas me dire que tu ne vois pas le risque de se retrouver avec un parti nationaliste à la tête du pays. C'est pourtant évident, non ?

— Il y aura sans doute des décisions qui ne feront pas plaisir à tout le monde. Mais c'est comme le gouvernement actuel, il ne plaît pas à tout le monde, c'est même la raison pour laquelle il va être battu, sauf s'il triche, bien sûr.

— Je suis certain que non, ce serait un tel retour en arrière que je n'ose imaginer que ça puisse arriver. Les Français ne sont pas bêtes à ce point.

— Et tu trouves que de truquer les élections, ça va rendre le pays plus démocratique…

Marie intervint en forçant la voix :

— Messieurs, je vous en prie, nous ne sommes pas là pour un débat politique. Si l'un d'entre vous souhaite arrêter là sa collaboration, je ne le retiens pas. Pour ceux qui continuent, il ne nous reste que quelques heures pour comprendre. Alors un peu de silence et remettons-nous au travail !

Le débat passionné s'éteignit aussitôt. Alex regarda l'image de Marie dans l'écran, impressionnée par sa détermination.

Le nouveau venu intervint à son tour :

— Si ce que vous avancez est juste, je suggère de vérifier si ce module n'est pas en fait un récepteur radiofréquence. Associé à un décodeur approprié, il pourrait permettre de synchroniser des machines à distance.

— Un module radio ? Je ne vois pas ce que ça pourrait faire ici, mais bon, je vais regarder.

L'électronicien se remit au travail en silence, notant de temps à autre quelques mots sur un vieux cahier qu'Anne lui avait procuré dans l'urgence et où elle notait d'ordinaire ses recettes de cuisine. Il ne s'en aperçut pas, trop occupé à essayer de comprendre le fonctionnement caché de la machine. Il expliqua à Darlan que s'il était très facile de deviner l'usage d'un composant ou d'un groupe de composants connus, cela devenait beaucoup plus compliqué quand ils ne l'étaient pas. Il n'était pas non plus possible d'effectuer des mesures sous tension. L'heure des élections n'étant pas encore arrivée, la machine à voter devait marcher très normalement et le circuit qu'ils avaient dégagé de la résine ne fonctionnerait probablement pas en dehors de la période d'activation. Il était donc impossible de détecter le fonctionnement alternatif par une mesure pour l'instant.

Alexandra apprit par la suite que celui qu'elle voyait plongé ainsi dans le cœur de la machine, comme un chirurgien pouvait l'être dans les entrailles d'un patient, était en fait un collègue de promotion de Fred et Marie, et qu'il était considéré par beaucoup comme l'un des meilleurs d'entre eux.

Il travailla ainsi pendant une demi-heure, puis releva la tête en déclarant simplement :

—Sans la suggestion de notre ami, nous aurions pu chercher longtemps. Ce circuit permet effectivement la réception radio, les grandes ondes précisément. Mais pas seulement, le circuit, là, est destiné à démoduler et à décrypter un message numérique noyé dans le signal.

—Grandes ondes ? Pourquoi les grandes ondes ? Plus personne n'utilise ça de nos jours, intervint Darlan.

—Je sais, reprit la voix du dernier connecté. Ils doivent utiliser l'émetteur central de France Inter.

—C'est très possible, admit l'électronicien avec un petit sourire. L'utilisation de cette fréquence a un énorme avantage : un émetteur unique arrose toute la France.

—Je peux même préciser que, si c'est bien le cas, continua la voix, le module est conçu pour recevoir la fréquence 163,840 kHz, c'est-à-dire la fréquence de France Inter.

—Comment pouvez-vous en être certain ? hasarda Alexandra.

—En fait, cette fréquence est également utilisée pour véhiculer un top horaire très précis. C'est avec ce signal que beaucoup de montres et d'horloges sont resynchronisées en permanence. Aujourd'hui on utilise aussi la synchro temps du signal GPS, mais à ma connaissance, ce signal est toujours actif.

—Et où se trouve cet émetteur ?

—Le centre émetteur et les antennes sont à Allouis, dans le Cher, à côté de Bourges. Et je peux vous confirmer que le signal de diffusion de l'heure est toujours actif.

—Comment savez-vous tout ça ? demanda Marie.

—J'aime bien rester au courant des choses, voilà tout.

—En tout cas, merci pour votre aide.

Pendant que tous les participants échangeaient sur le sujet, Darlan se renseigna sur Google et obtint rapidement des compléments de réponse :

—Effectivement, ce signal de synchronisation de l'heure est toujours actif, commença-t-il tout en découvrant à mesure d'autres informations. Le signal arrose bien toute la France sans relais, les antennes font trois cent cinquante mètres de haut et la puissance varie entre mille et deux mille kilowatts.

—Et c'est beaucoup ? demanda Alexandra, complètement candide dans ce domaine, mais notant soigneusement les informations dans son calepin.

—C'est énorme, répondit l'électronicien, et ça suffit pour couvrir largement tout le territoire.

—C'est refroidi par eau, il y a une piscine à côté du bâtiment principal, compléta Darlan à partir des informations qu'il lisait.

—Ça m'étonnerait que ces informations soient encore justes, les émetteurs d'aujourd'hui n'ont plus besoin de tels refroidissements. C'était encore vrai il y a vingt ans, mais plus maintenant.

—Peut-on dire que les machines à voter passent en mode triche grâce à un signal caché dans le message de synchronisation des horloges ? intervint Fred.

—Pas forcément dans le message de synchro, je pense qu'il est mélangé au signal audio.

—Dois-je comprendre qu'il suffit de passer un message à la radio pour déclencher le mode triche des machines, demanda Alex ? C'est un peu gros, non ?

—Au contraire, c'est génial. Le contenu du message d'activation peut être complètement noyé dans n'importe quel contenu radio, de la musique ou des paroles, le résultat est de toute façon complètement inaudible pour un auditeur. Dernier point, le message dont nous parlons est très court. Même si nous écoutons et analysons le signal lors de l'activation, il n'est pas évident que nous arrivions à le décrypter ou même à le localiser dans la trame.

—Je crois qu'après tant d'efforts, nous avons enfin trouvé la solution, déclara Marie Berthoin dont le visage rayonnait d'un sourire satisfait. Je vous remercie tous d'avoir participé si activement à ce forum. Pour les habitués, j'ajouterai qu'une fois de plus, nous avons trouvé.

—Qu'allez-vous faire pour empêcher que les machines à voter ne passent en mode « triche » ? demanda un des internautes. Nous devrions peut-être alerter les médias ?

—Nous y avons déjà pensé, précisa Alex, mais il faudra plusieurs jours avant d'obtenir une réaction de la population. Et nous craignons que ceux qui ont mis ça au point ne trouvent un moyen de nous discréditer en démontrant au grand public que nous sommes une bande d'illuminés friands de complots. Vous êtes bien placés pour savoir que la démonstration de la fraude est très technique. Nous n'avons aucune chance dans un si court laps de temps. Ce qui ne doit pas nous empêcher de mener toutes les actions de front.

—Alex a raison, compléta Darlan. Nous savons maintenant que les machines à voter ont la capacité de recevoir un message radio, de le décoder, et que, d'autre part, elles abritent un composant capable de stocker et d'activer un programme alternatif. Nous n'avons aucune preuve que ces machines vont réellement être utilisées pour une fraude électorale massive, mais le fait que plusieurs personnes aient été assassinées pour avoir voulu enquêter ou dévoiler ce qu'elles avaient découvert nous conduit à penser que c'est le cas.

—Assassinés ! C'est sympa de nous dire ça maintenant que vous nous avez impliqués ! s'emporta un gros type qui n'avait pas dit grand-chose jusque-là.

Marie le remit à sa place immédiatement :

—Je ne t'oblige pas à rester sur le forum, si tu as peur pour ta petite personne. Nous avons la chance de contribuer collectivement à déjouer un complot comme notre pays n'en a jamais connu. Nous avons risqué nos vies pour en arriver là. Tout ce que nous avons demandé, c'est un peu d'aide des experts que vous êtes pour comprendre comment cette machine rend la fraude électorale possible. Je vous remercie tous pour ça.

Le silence s'installa et le gros type semblait très appliqué à se ronger les ongles pour se faire oublier. Un autre internaute demanda :

—Que peut-on faire pour vous aider ?

—Nous devons empêcher les machines de recevoir le signal, décida Darlan.

Le brouhaha des discussions reprit de plus belle et les échanges fusaient :

—Je ne vois que deux solutions, proposa l'électronicien : soit vous trouvez un moyen d'empêcher le signal d'arriver à l'émetteur, soit vous arrivez à couper l'émetteur.

—Si j'en crois ce que je lis sur Wikipedia, compléta un internaute, le signal basse fréquence de France Inter est acheminé par une ligne spécialisée depuis la maison de la Radio à Paris jusqu'au centre nodal de Télédiffusion de France au fort de Romainville. Et, de là, il existe au moins deux façons d'acheminer le signal jusqu'à l'émetteur.

—Ça va être compliqué si on se pointe à la maison de la Radio pour demander de couper la diffusion de France Inter le jour du deuxième tour de l'élection présidentielle ! Il nous faudrait des renseignements précis sur la localisation des lignes spécialisées. Et même si nous coupons une ligne, je suis persuadé que le signal pourra emprunter une autre voie.

—La seule solution, c'est l'émetteur d'Allouis lui-même, reprit la voix. Je vous suggère de vous y rendre et d'empêcher la diffusion du message, ça ne doit pas être trop compliqué.

—À nouveau, une bonne idée ! intervint Marie, il faudra me laisser vos coordonnées, pour des participations futures.

—Ce sera avec plaisir, mais là je dois y aller. Bonne chance pour la suite. Salut à tous.

L'icône disparut de la page des participants.

—Marrant ce gars, commença Darlan, il arrive le dernier, règle le problème, et repart dans la foulée. J'ai l'impression d'être un gros nul quand j'ai affaire à des types comme ça.

—En attendant, il nous a fait gagner des heures. Reste à savoir comment entrer là-dedans, demanda Alexandra en regardant sur l'écran la photo du grand bâtiment protégé de deux lignes de clôtures.

—Vu la forteresse, je ne vois pas comment nous pourrions entrer sans tout faire sauter.

—Dans ce cas, faisons-nous inviter.

—Et comment comptes-tu faire ça ?

—Il faut qu'on trouve le responsable du centre qui abrite l'émetteur, et qu'on arrive à le convaincre.

—Ça me plaît bien comme idée, conclut Darlan.

—Si tout le monde peut se mettre là-dessus pour trouver le nom du responsable du centre, proposa Marie aux internautes toujours connectés sur le forum qui commençait à se vider.

—Je pense que nous devrions partir là-bas sans tarder, intervint Alexandra. Si nous avons besoin d'improviser au dernier moment, autant être sur place, vous ne pensez pas ?

Darlan releva la tête de son écran d'ordinateur, la regarda un moment puis acquiesça avec le sourire :

—C'est effectivement ce que j'avais en tête, et si j'en crois l'itinéraire calculé avec Google Maps, il va nous falloir près de cinq heures pour arriver à Allouis.

—Une fois sur place, en admettant qu'on nous ouvre les portes, comment tu vois les choses ?

—J'appelle Salvatore, il nous aidera avec ses amis si nécessaire.

Alexandra le regarda intensément, cherchant à deviner dans ses yeux ses intentions réelles, se souvenant trop bien des antécédents de l'ami garagiste du policier :

—Tu n'as quand même pas l'intention de tenter une action violente ?

—Je ne suis pas pour la violence. Cela dit, nous ne devons pas exclure d'utiliser des moyens plus conséquents pour nous assurer que le message ne puisse pas être transmis. Si nous n'arrivons pas à convaincre le responsable du site, je crois que malheureusement nous n'aurons pas le choix, nous devrons le contraindre à arrêter l'émission radio.

—J'espère vraiment que nous n'aurons pas à en venir là. L'idée de me retrouver mêlée à un acte terroriste… ça me dérange au plus haut point.

—N'imagine pas que ça m'amuse. C'est aussi la raison pour laquelle je fais appel à Salvatore et à sa bande. Certains de ses gars ne sont pas vraiment des enfants de chœur, ils feront le boulot avec plaisir et nous n'aurons pas à nous en occuper, c'est tout ce qui m'importe.

—Je vois, ils feront le sale boulot et tu auras ta conscience pour toi.

—Alexandra, nous avons plongé ensemble dans cette affaire et nous en connaissons les risques. Je ne vois pas pourquoi nous devrions les affronter sans nous protéger ni nous défendre. Je n'ai pas une âme de martyr.

—Tu as certainement raison. Mais j'ai peur que toute cette affaire ne dégénère.

Le policier s'approcha de la jeune femme, posa ses mains sur ses épaules et dit doucement :

—Alexandra, nous nous sommes lancés dans quelque chose qui nous dépasse, nous avons déjà pris des risques, mais nous ne pouvons pas renoncer maintenant. Des gens sont morts pour avoir voulu faire éclater la vérité. Nous sommes si près du but…

La mère de la journaliste s'approcha du couple, ses traits reflétant l'angoisse. Alex comprit qu'elle avait tout entendu :

—Tu vas à nouveau prendre des risques, commença Anne, tu n'en as pas assez ? C'est comme tous ces sports insensés…

—Maman, cela n'a rien à voir. C'est vrai que depuis le début de cette affaire, le danger n'est jamais très loin. D'un autre côté, nous nous en sommes très bien sortis jusque-là. Nous ne pouvons permettre que la France entre dans une période sombre où la démocratie n'aurait plus cours. Il nous faut agir maintenant. Après il sera trop tard. Qui sait ce que le gouvernement va mettre en place, une fois les élections terminées, pour empêcher quiconque de révéler la vérité.

—J'ai du mal à croire que vous soyez les seuls à pouvoir intervenir. J'ai l'impression d'être face à Robin des bois et Marianne.

Darlan éclata de rire :

—Si vous saviez le nombre de fois qu'on m'a donné ce qualificatif !

—Je ne trouve pas ça très drôle. Vous allez mettre vos vies en danger pour une quête que vous pourriez très bien partager avec d'autres.

—Sauf que nous n'avons pas le temps. Alexandra a raison. Si nous considérons ce que nous avons déjà accompli, nous ne pouvons plus faire marche arrière. Mais ne vous inquiétez pas, nous serons bien entourés. Des amis lyonnais seront là pour nous aider en cas de besoin. Et je peux vous assurer qu'ils sont à la hauteur.

—Je vous confie ma fille, Philippe, ramenez-la moi sans une égratignure, ou vous aurez affaire à moi, termina-t-elle très sérieusement.

La sonnerie de son téléphone retentit. Elle resta un instant sans bouger en continuant à fixer le policier, pour être certaine que son message avait bien été compris. Elle décrocha à la troisième sonnerie et s'éloigna du groupe pendant une minute. Lorsqu'elle revint, elle dit simplement :

—C'était la mairie. Ils ont découvert le vol de la machine à voter. Nous sommes tous convoqués.

—Personne ne peut savoir que nous sommes mêlés à ça, maman, ne t'inquiète pas !

—J'espère, Alexandra. Ça m'a amusé sur le moment et j'en étais convaincue, mais maintenant, je dois avouer que je ne me sens plus sûre de rien.

—Si tu veux, je peux aller avec toi, hasarda Alexandra.

—Non, le maire nous réunit certainement pour nous demander de mettre en place le scrutin à l'ancienne d'ici demain. Allez-y, et faites-en sorte d'arrêter cette fraude... Mais ne prenez aucun risque, c'est entendu ?

Chapitre 55

Mehun-sur-Yèvre. Dimanche, 6 h 15.

Le chef du centre de radiodiffusion d'Allouis habitait dans une jolie villa à Mehun-sur-Yèvre, à une quinzaine de kilomètres de Bourges et à quelques minutes de voiture des installations d'Allouis.

S'ils étaient venus dans le village pour y passer un bon moment de détente, Darlan et Alex auraient pu admirer les berges de l'Yèvre depuis la propriété et le terrain qui descendait en pente douce vers la rive. Il n'était pas rare en cette saison d'y observer les chanceux qui flânaient sur de petits bateaux, au rythme du courant et du temps qui passe. Ils auraient probablement eu du mal à résister au charme de la ville, où verdure et calme se mariaient avec les vieilles pierres des lieux historiques. Le ciel, toujours exempt de nuages, commençait à s'éclaircir à l'est. Le deuxième tour des élections présidentielles allait se dérouler lors de cette journée par un temps estival. Les commentateurs télé ne manqueraient pas de faire le rapprochement entre le taux d'abstention et la fréquentation des plages et autres lieux de villégiature.

À cette heure matinale, leur seule préoccupation résidait dans le guidage GPS qui les avait conduits par deux fois dans une impasse, avant de les amener au bon endroit.

Darlan gara la petite BMW cabriolet devant le portail de la propriété. Salvatore les dépassa avec la Mercedes et se rangea dix mètres plus loin. Le quartier était encore endormi et la seule maison d'où filtrait de la lumière à travers les volets fermés était précisément celle qui les intéressait.

— Tu crois qu'il va nous recevoir ? demanda Alexandra, en étouffant un bâillement et en désignant la villa.

— Nous avons déjà de la chance de le trouver chez lui.

— Son collègue, qui nous a donné son adresse, a précisé qu'il restait chez lui ce week-end et qu'il irait au centre aujourd'hui.

— Nous allons vite être fixés.

Ils s'apprêtaient à sortir de la voiture lorsqu'un coup porté à la vitre fit sursauter Alexandra. Elle découvrit la grosse silhouette de Salvatore, le nez presque collé à la portière. Il désirait manifestement leur parler.

Darlan actionna le lève-vitre. L'air chaud pénétra dans l'habitacle. L'Italien posa ses avant-bras sur la portière et entra sa tête par la fenêtre. Alexandra eut à subir sa proximité pendant la discussion. Elle se cala au fond de son siège en réprimant un haut-le-cœur, percevant le mélange d'eau de toilette bon marché et de sueur âcre. Dégoûtée, elle espéra que Darlan mette fin rapidement à la conversation :

— Bon, Philippe, on reste dans la voiture le temps que tu arrives à convaincre ton client comme tu l'as demandé. Mais j'aimerais autant te laisser au moins un gars, on ne sait jamais.

— Ça ira, ne t'en fais pas. Si tu veux, je vais t'appeler et laisser le téléphone sur marche dans ma poche. Tu pourras ainsi suivre la conversation et si j'ai besoin d'aide, je n'aurai qu'à te le dire.

— O.K.., ça me va. Mais fais fissa, on va pas camper là. Les habitants du coin vont pas tarder à se lever. Et on n'est pas trop discret ,quoi. Hésite pas à m'appeler si tu sens une entourloupe.

— Compte sur moi.

Salvatore repartit vers la grosse Mercedes dans laquelle on distinguait la silhouette de trois autres hommes. Il avait troqué son costume de mafieux contre un pantalon de treillis et une veste de chasse XXL qui avait au moins l'avantage de masquer partiellement son ventre proéminent.

***

L'Italien et ses trois acolytes les avaient rejoints la veille au soir, avant de quitter Montmeyran.

En découvrant l'équipe « de soutien », Alexandra avait discuté avec Darlan du bien-fondé de se faire assister dans leur mission par ces quatre types qui se distinguaient tous par leur passé douteux et leur goût immodéré pour la bagarre et les armes à feu. Même si Darlan lui avait expliqué qu'au-delà des apparences, il les considérait tous comme des braves types, la journaliste les voyait avant tout comme des brutes difficiles à contrôler. Sauf peut-être le bel Angelo, qui n'avait pas perdu une seconde pour lui faire la cour lorsqu'ils s'étaient arrêtés sur l'autoroute pour dîner. Ses trucs de séducteur lui paraissaient surfaits et trop évidents pour être honnêtes. Pourtant, elle devait reconnaître qu'ils ne la laissaient pas indifférente. Il avait cet art du langage et les attitudes qui donnaient aux femmes l'impression très agréable d'être au centre du monde. Elle n'avait pas cherché à en savoir plus sur les deux autres membres de l'équipe de Salvatore, un Polonais balafré et un autre Italien qui paraissait ne pas comprendre un traître mot de français.

Seul Angelo lui semblait à peu près normal et elle se félicitait de l'avoir dans l'équipe. Son accent chantant et son humour lui avaient permis de ne pas trop penser aux actions qu'ils allaient devoir mener le lendemain. Si elle passait un bon moment, elle avait remarqué l'air maussade de Darlan pendant tout le repas, notamment quand Angelo lui adressait la parole, quand elle riait de ses blagues. Après leur départ du restaurant, le policier n'avait pas décroché un mot pendant près d'une heure. « Serait-il jaloux ? » se demanda-t-elle amusée.

Ils avaient dormi quelques heures dans un hôtel sans charme, à la sortie de l'autoroute, après s'être mis d'accord sur la marche à suivre le lendemain.

Sous l'impulsion de Fred et Marie, tous les internautes connectés avaient entrepris de trouver les noms et coordonnées du directeur du centre émetteur d'Allouis et des autres employés. Darlan avait pesté en disant qu'avec son matériel et s'il avait été chez lui, il ne lui aurait fallu que quelques minutes pour obtenir les informations recherchées.

Ils avaient dû attendre le milieu de la soirée pour être mis en contact avec un des techniciens du site, qui avait accepté de communiquer les coordonnées de son chef.

N'étant pas parvenus à le joindre, ils avaient décidé de passer le voir directement chez lui au petit matin, pour le convaincre, au besoin sous la contrainte, de les aider à pénétrer dans le centre.

***

Ils sortirent de la voiture et furent aussitôt assaillis par des effluves de lilas et de gazon fraîchement coupé, exprimés par la légère rosée tombée pendant la nuit. La journaliste se délecta de ce mélange, qui contrastait avec le souvenir très présent des odeurs chaudes du garagiste. À peine avaient-ils sonné au portail qu'un projeteur s'alluma et que la porte d'entrée s'ouvrit sur François Martineau.

Cheveux mi-longs, grisonnant sur les tempes, sans doute un peu plus que la cinquantaine, le chef du centre de radiodiffusion d'Allouis avait un visage marqué de rides d'expression dont on avait du mal à dire si elles avaient été gravées par le rire ou par la colère. Il devait les avoir entendus arriver. Bien qu'il les accueillît avec un sourire poli, Alexandra, se fiant à sa première impression, décida qu'il ne se laisserait pas convaincre facilement. On lisait dans son regard et dans son expression la détermination de ceux qui décident, pas de ceux qui exécutent ou qui écoutent. Son intuition la trompait rarement.

— Qu'est-ce que vous voulez ?

Darlan ouvrit le portail et s'avança sur les quelques mètres de l'allée de pierres plates. Il se présenta :

— Philippe Darlan. Nous devons vous parler d'un problème important au centre émetteur, vous auriez quelques minutes à nous accorder ?

— Vous savez que nous sommes dimanche et qu'il est à peine six heures ? Vous avez de la chance que je travaille aujourd'hui… Comment ça, un problème au centre ? Et qui êtes-vous d'abord ?

— Le problème concerne un signal illicite, caché dans la porteuse. Si vous voulez bien nous laisser entrer quelques instants, nous nous ferons un plaisir de vous expliquer… Je m'appelle Philippe Darlan, je suis lieutenant de police. Je vous assure que si ça n'avait pas été très important, nous ne serions pas là à vous importuner un dimanche matin.

L'homme le détailla de la tête aux pieds, se demandant s'il pouvait lui faire confiance. Il pencha la tête et vit la journaliste s'avancer également.

—Je vous présente Alexandra Decaze, qui est journaliste et qui travaille avec moi sur cette enquête.

—Vous avez une carte ?

Darlan présenta sa carte de police, en guettant la réaction du chef du centre qui l'examina longuement.

—Venez, entrez, coupa-t-il un peu brutalement, sans même leur serrer la main, comme s'il craignait que la conversation pût avoir des témoins dans le voisinage.

Martineau les fit asseoir dans le salon attenant à la pièce principale par laquelle ils étaient arrivés. Alexandra regarda autour d'elle, attentive aux détails qui pouvaient l'informer sur la personnalité de l'occupant des lieux. Très rapidement, elle fut convaincue qu'il vivait seul dans cette maison. Les quelques plantes vertes disposées dans la pièce supportaient mal le manque d'arrosage et les feuilles mortes s'amoncelaient dans les pots. Des revues traînaient à plusieurs endroits, l'éclairage de la pièce était actuellement assuré par une lampe halogène trop puissante qui donnait à l'ensemble une couleur blafarde. Pourtant, la pièce était équipée de plusieurs petits éclairages complémentaires qui devaient certainement créer une ambiance bien plus chaleureuse dans ce salon, lorsqu'elles étaient allumées.

Martineau poussa une pile de journaux du milieu du canapé et leur fit signe de s'asseoir, préférant pour sa part un fauteuil qui leur faisait face et où il avait vraisemblablement ses habitudes. Darlan ouvrit la bouche pour parler, mais le chef du centre lui coupa la parole avant même qu'il ne commence :

—Je n'ai pas beaucoup de temps à vous accorder, je dois précisément aller au centre. De quel problème voulez-vous me parler ? Si ce n'était la curiosité, je ne vous aurais pas ouvert ma porte. Vous n'êtes pas sans savoir que le centre émetteur d'Allouis est une zone sécurisée. N'attendez pas de moi que je vous dise quoi que ce soit.

Alexandra intervint, constatant que son regard se portait beaucoup plus souvent sur elle que sur Darlan :

—Monsieur Martineau, je m'appelle Alexandra Decaze, je suis journaliste à Lyon. Il y a quatre jours, un homme m'a contactée pour me faire part d'un complot. Il a été assassiné devant moi avant de pouvoir m'en dire plus, vous en avez certainement entendu parler, ce fait divers a été repris dans beaucoup de journaux papier et même brièvement dans le journal télé de vingt heures. J'ai à mon tour failli être tuée le soir même en visitant l'appartement de la victime, ainsi qu'il me l'avait demandé. C'est grâce à Philippe Darlan, qui enquêtait sur l'affaire, que je suis là devant vous ce matin. Depuis cet instant, nous avons remonté la piste pour finir par comprendre. Le problème concerne les machines à voter que tous les électeurs utiliseront demain, car c'est devenu le moyen normal de vote.

L'homme les regardait attentivement et rien dans son expression ne trahissait son étonnement. Alexandra continua :

—Nous avons découvert que ces machines sont dotées d'un système de fonctionnement alternatif qui permet de modifier le choix du votant à son insu. Avec ces machines truquées, c'est le résultat des élections qui risque de changer.

—C'est bien beau votre histoire, répondit l'homme sans exprimer aucune émotion particulière, mais je ne vois pas ce que le centre TDF que je dirige vient faire là-dedans.

Darlan intervint, incapable de réfréner son envie d'expliquer, de convaincre :

—Justement, nous avons la certitude que le message d'activation du mode fraude des machines est diffusé par radio grandes ondes. Ce message est transmis par vos antennes. Sans le savoir, vous allez participer à la plus grande fraude électorale qui ait jamais été organisée en France.

François Martineau changea d'expression. Son visage afficha une mine soucieuse. Il fronça les sourcils, trahissant une intense réflexion, voire un malaise. Il finit par faire non de la tête :

—Je n'y crois pas un instant, répondit-il, laissant sa voix s'emballer au-delà de ce qu'il aurait souhaité. TDF est une maison sérieuse et personne ne s'amuserait à insérer ce genre de message dans le contenu diffusé. Voyez-vous, ce centre a toujours été au service du pays depuis 1939. Pendant la guerre, et avant que les Allemands ne mettent la main dessus, le centre a permis de diffuser les messages destinés à la Résistance. Je ne vois pas quelqu'un de mon équipe s'amuser à diffuser sciemment les informations dont vous parlez. C'est tout bonnement ridicule. Nous sommes au service de l'État.

—Pourtant, le signal véhicule déjà des messages dans la porteuse, les tops de synchronisation horaire, par exemple. J'ai cru comprendre également que beaucoup d'autres signaux sont aussi envoyés de la même façon, hasarda Darlan.

—Comment avez-vous eu cette information ? C'est classifié !

—J'ai mes sources, comme on dit…

—Même si j'admets que nous faisons passer pas mal de choses dans l'émission, je pense que vous vous trompez.

— C'est pourtant ce qui va se passer dans moins de deux heures, sans doute quelques minutes après l'ouverture des bureaux de vote, pour laisser le temps de réaliser le test de bon fonctionnement sur les machines à voter. Êtes-vous certain que personne n'a prévu d'envoyer des signaux particuliers à ce moment-là ?

Martineau sembla se tasser dans son fauteuil, son regard exprimait une intense surprise.

— Vous dites que le message va être transmis aux alentours de huit heures ?

— Oui, et je pense qu'un autre message sera transmis de la même façon peu après vingt heures, lorsque les machines auront craché leurs résultats.

Martineau se redressa dans son fauteuil :

— Qu'attendez-vous de moi exactement ?

— Nous souhaitons que vous empêchiez la transmission de ce signal pendant toute la durée du scrutin. Ou, plus simplement, que vous vous arrangiez pour que l'émission grandes ondes soit interrompue pendant les heures d'ouverture des bureaux de vote.

— Vous avez perdu l'esprit ? Vous croyez vraiment que je vais prendre l'initiative de couper la retransmission pendant toute une journée, sur de vagues soupçons ? Depuis que je suis en poste ici, nous n'avons subi qu'une seule interruption non programmée et elle n'a pas excédé deux heures. Mes prédécesseurs ont tous fait la même chose. Il est de ma responsabilité d'assurer une continuité de service des émissions de France Inter et de la diffusion de l'heure. Je n'ai pas à juger du contenu qui circule sur les ondes. Si c'était ça votre idée, vous auriez dû me téléphoner, ça vous aurait évité de venir jusqu'ici.

— Et ça ne vous fait rien de savoir que les gouvernants actuels vont se maintenir au pouvoir en fraudant ? tenta

Alex. Vous arriverez encore à dormir en sachant que vous avez contribué à faire naître une dictature en France ?

— Vous dites n'importe quoi ! La France est le pays des libertés, il est tout simplement inconcevable que nos dirigeants se livrent à une telle magouille. Et si c'était vrai, vous ne croyez pas que d'autres que vous s'en seraient aperçus ? Pour qui vous prenez-vous ? Pour tout vous dire, je n'ai pas voté pour le président actuel au premier tour, pas plus qu'il y a cinq ans. Maintenant, ce n'est pas pour ça que je vais imaginer qu'il est venu à ce poste par hasard et qu'il va s'y maintenir en trichant. On n'est pas dans une cour d'école.

— C'est vrai, il a certainement été élu démocratiquement il y a cinq ans. Mais depuis, la technologie et les moyens de contrôle de la population ont véritablement explosé. Je ne devrais pas vous dire ça et pourtant il se trouve que je travaille à la Direction Centrale des Renseignements Intérieurs. Mon métier est précisément d'utiliser tous ces moyens, normalement pour la lutte contre le terrorisme. J'ai eu accès à des informations qui prouvent que ce que nous disons est l'exacte vérité. J'ajoute que la suite d'assassinats à laquelle nous avons échappé par miracle vise à éliminer tous ceux qui pourraient mettre en péril l'opération. Si quelqu'un, au plus haut niveau, ordonne des exécutions, j'imagine que c'est à la hauteur du secret qui doit être couvert.

— Non, mais vous vous entendez ? On dirait un mauvais scénario. Nous ne sommes pas dans un film. Comment voulez-vous que je croie un truc pareil ?

Il hocha la tête, puis reprit :

— Je perds mon temps avec vous. Si vous le souhaitez, je peux vous donner le numéro d'un responsable de TDF à Montrouge, vous pouvez toujours essayer de le convaincre. Pour ma part, je ne peux rien faire d'autre. Je me demande même pourquoi je perds mon temps à vous écouter.

Il se leva, signifiant clairement la fin de l'entretien :

— Désolé. Tout cela est parfaitement ridicule. Je ne vois aucune raison de prolonger cet entretien.

La porte principale s'ouvrit brutalement pour laisser entrer Salvatore et un de ses hommes, le Polonais au nom imprononçable, aussi sec que l'Italien était gros. Tous deux portaient des armes de poing bien en évidence à la ceinture :

— Bon, fini de jouer, commença le garagiste. On vous a donné votre chance, maintenant vous nous accompagnez jusqu'au centre et vous allez gentiment nous laisser entrer là-bas.

Darlan s'emporta :

— Putain ! Salvatore, je t'avais dit de rester dehors.

— Désolé, mon pote. Je te l'ai toujours dit : t'es trop gentil. J'ai tout suivi là-dessus, continua-t-il en exhibant son téléphone. Désolé de te dire ça, mais tu as perdu la main. Là, t'arriveras à rien. On va faire ça à ma manière. Tu vas voir, ça marche toujours. Fais-moi confiance.

François Martineau regardait les nouveaux venus sans comprendre. Il n'avait jamais été confronté à une situation violente et s'en félicitait souvent. Il ne savait pas comment réagir, sentant l'angoisse qui nouait peu à peu son estomac. Les deux hommes qui lui faisaient face affichaient leur résolution avec une sérénité inquiétante.

— Vous êtes malade, commença-t-il à mi-voix en reculant jusqu'à toucher son fauteuil. Vous n'allez quand même pas me prendre en otage pour entrer dans le centre ?

— J'ai bien peur que si, répondit Salvatore avec un grand sourire, juste avant de retrouver un air sérieux qui fit frissonner le chef de centre. Et n'imaginez pas un instant que vous allez pouvoir nous berner, appeler les flics ou essayer n'importe quelle autre idée tordue. Alors, vous allez nous accompagner tout de suite et sans discuter.

Il s'approcha de Martineau jusqu'à le toucher de son embonpoint :

— Mon ami ici présent, continua-t-il en désignant le Polonais, a une grande connaissance de l'anatomie humaine et des endroits qui occasionnent la plus vive douleur. Le problème, voyez-vous, c'est qu'il aime ça, et je n'arrive pas toujours à l'arrêter... Je vous conseille donc de nous suivre et de nous faire entrer dans le centre. Après ça, je laisserai Philippe vous expliquer ce que nous attendons de vous. Si vous êtes bien gentil, il ne vous arrivera rien. Dans le cas contraire, mon ami Czesław s'occupera de vous et je suis certain que vous n'allez pas aimer.

Alexandra le regardait faire. Elle se surprit à réfréner une envie de rire. L'Italien jouait à la perfection le rôle du méchant, comme seuls les films savaient le mettre en scène, il en frôlait la caricature. Elle n'imaginait pas un instant que, dans la vraie vie, ce genre de répliques puisse être réellement utilisé. Elle remarqua cependant que Martineau avait pâli. Il devait certainement considérer la menace comme très crédible, d'autant que le Polonais présentait un physique peu avenant, aussi grand et sec que Salvatore était râblé et enveloppé. Une cicatrice déformait le côté de son visage et ses yeux bleu pâle (ceux d'un chien husky, avait dit Darlan) ne laissaient pas indifférents.

Darlan réfrénait sa colère. Il n'avait jamais été question de violence vis-à-vis du personnel du centre de radiodiffusion. S'il avait souhaité la présence de l'encombrant garagiste et de ses amis, c'était surtout dans le cas où Brune tenterait quelque chose. Le commandant avait déjà démontré qu'il était prêt à tout pour les éliminer et il avait toujours accès aux formidables outils de traçage de la DCRI. L'hypothèse qu'il puisse les avoir repérés ne devait pas être prise à la légère.

Il se résigna à laisser Salvatore gérer Martineau. Sans pour autant apprécier les méthodes musclées de l'Italien, Darlan devait admettre qu'il avait trouvé la solution pour leur permettre de rentrer dans le centre sans attendre.

Chapitre 56

Centre TDF d'Allouis. Dimanche, 7 h 20.

Les deux voitures franchirent sans encombre le portail qui fermait l'accès à la route privée reliant la départementale 2076 à l'entrée principale du centre.

Avant de quitter le domicile de Martineau, Salvatore s'était montré très efficace pour récupérer les informations sur la protection du site. Ils avaient ainsi appris que les deux gardiens veilleurs, qui formaient le service de sécurité de nuit, terminaient leur service à sept heures, ne laissant sur place le week-end qu'un technicien de permanence.

Darlan avait mis à profit ce temps pour rechercher toutes les informations disponibles sur Internet et imprimer des cartes. Ainsi, il connaissait relativement bien la disposition des lieux et ne fut pas surpris de ce qu'il découvrait.

Le grand bâtiment principal, construit au milieu d'un vaste terrain nu ceinturé d'une double clôture, présentait une forme parallélépipédique de quatre-vingts mètres de long sur vingt mètres de haut. Cet édifice de quatre étages aux vastes panneaux de fenêtres verticales abritait notamment les émetteurs et les moyens techniques. Ce qui caractérisait le site restait sans conteste les deux antennes géantes, constituées d'un treillis métallique peint alternativement en rouge et en blanc. Positionnées à cinq cents mètres l'une de l'autre et maintenues en équilibre sur leur base par toute une série de haubans répartis tous les cent vingt degrés, les antennes affichaient une hauteur de trois cent cinquante mètres : plus hautes que la tour Eiffel.

L'entrée principale du centre TDF présentait plus de similitudes avec le poste de garde d'une base militaire stratégique qu'avec celui d'un bâtiment industriel classique. Pour pénétrer dans les lieux, les deux voitures durent franchir deux portails séparés par un no man's land d'une dizaine de mètres. Peu habituée à un tel degré de protection, Alexandra se demanda si un simple émetteur radio méritait des dispositifs de défense aussi importants, ou si elle avait devant elle un bel exemple de gaspillage d'argent public. « À moins que le site ne cache autre chose de beaucoup plus confidentiel que de simples antennes ». Elle ignorait qu'à l'époque où les installations avaient été reconstruites après la guerre, le site avait vraiment fait l'objet d'un intérêt stratégique. Les grands émetteurs français, qu'ils soient en grandes ondes ou en ondes courtes, étaient à l'époque le seul moyen de porter la voix de la France dans les coins les plus reculés du pays, mais également par-delà les frontières et outre-mer.

François Martineau sortit de la Mercedes et s'approcha de l'enceinte. Il déclencha l'ouverture du premier portail en passant son badge devant la borne. Un petit gyrophare s'alluma, puis le portail s'effaça lentement. Le chef du centre releva la tête vers un des piliers métalliques qui soutenaient le portail et esquissait un geste vers la caméra de surveillance lorsque Salvatore intervint :

—Si j'étais à ta place, je ferais pas de signe à mes copains à l'intérieur.

—Mais je n'avais pas l'intention de faire de signes, bredouilla Martineau, décidément peu à l'aise avec les menaces ; d'un côté incapable d'imaginer que Philippe Darlan et son équipe puissent s'en prendre physiquement à lui, mais paniqué à l'idée que ça puisse être le cas. Il avait choisi de ne prendre aucun risque. Il avait bien tenté de questionner l'Italien dans la voiture, mais il avait vite renoncé, l'homme ne semblant pas d'humeur à discuter.

Les deux voitures franchirent sans encombre le premier portail. Martineau attendit qu'il soit complètement refermé avant d'actionner l'ouverture du second. Dès qu'ils furent à l'intérieur, il les guida vers les places de parking, vingt mètres plus loin. Il aperçut la voiture de la société de sécurité. Les gardiens auraient dû être partis depuis déjà une demi-heure. Le chef du centre décida de garder cette information pour lui, sans conviction, juste pour garder un avantage.

Deux guérites formaient des excroissances de part et d'autre de l'escalier qui menait à l'entrée principale du bâtiment. Darlan ne distingua aucun mouvement à l'intérieur.

Dès qu'ils descendirent des voitures climatisées, la chaleur de ce début de matinée reprit ses droits. La température n'était pas descendue en dessous de vingt degrés durant la nuit et le soleil déjà haut l'avait fait remonter rapidement. Alexandra se mit à regretter de s'être habillée en jeans et tee-shirt noir assez moulant alors qu'elle avait laissé dans son sac cette jolie robe légère achetée la veille dans une boutique de Valence. La tâche qu'ils avaient à accomplir avait guidé son choix vestimentaire.

Dehors, ils furent accueillis par un concert de grillons présents dans les champs de fourrage entourant le bâtiment. Pas même le claquement sourd des portières ne les interrompit. L'odeur de la paille fraîchement coupée et compactée en gros rouleaux disséminés dans toute l'enceinte dominait les autres effluves. Darlan se tourna vers le bâtiment imposant aux vastes surfaces vitrées verticales.

— Combien de personnes à l'intérieur ? demanda-t-il.

— Il n'y a que le permanent du week-end. Il sera relevé à sept heures demain matin.

— Et la voiture de la société de sécurité, là ?

— Martineau s'empourpra :

— Heu ! peut-être que les deux gardiens veilleurs sont encore là. D'habitude, ils s'en vont dès leur fin de service, ils ne sont pas du genre à traîner... Je ne sais pas pourquoi ils sont encore là.

— Dis, t'essaierais pas de nous rouler, j'espère ? intervint Salvatore.

— Non, bien sûr que non.

— Actuellement, le permanent est où ?

— En principe dans la salle de contrôle, ou dans la salle de repos.

— Et les gardiens ?

— Quand ils ne font pas leur ronde, ils sont dans la salle de garde à gauche en entrant.

— Vous nous amenez directement jusqu'à eux et nous ferons le reste, c'est entendu ?

— Promettez-moi seulement que vous ne blesserez personne.

— Pas d'inquiétude de ce côté-là tant que tu fais tout ce que le patron te demande, intervint Salvatore en le poussant doucement à avancer.

À ses côtés, Angelo avait perdu son sourire charmeur. Avec une kalachnikov à la main, Alexandra le trouvait même plutôt inquiétant. Le Polonais suivait Salvatore comme son ombre et ne manquait pas une occasion d'afficher un sourire carnassier qui amplifiait l'aspect déjà sinistre du personnage. L'autre petit Italien restait quant à lui toujours en retrait et regardait en tout sens, comme un chasseur cherchant des traces de son gibier. Comment le policier pouvait-il compter cette bande de malfrats parmi ses amis ?

Darlan se posa devant le chef du centre qui hésitait à suivre le mouvement :

— Martineau, si vous voulez que ça se passe bien, vous allez nous expliquer comment on arrête l'émetteur et comment on l'empêche de fonctionner au moins jusqu'à la fin de la journée. Je suis quelqu'un de plutôt gentil, mais nous ne pouvons échouer si près du but, c'est clair ?

— Je… je ne peux pas faire ça, vous n'imaginez pas les conséquences, répondit-il, ayant espéré jusque-là que ces hommes allaient renoncer à leur sinistre projet.

Salvatore le prit par le col de sa chemise et le poussa sans ménagement :

— Là, je crois que t'as pas compris, t'as pas le choix, alors tu te bouges… et vite !

Ils montèrent rapidement les marches. Sur le palier, Martineau tira vers lui un des deux battants de la grande porte vitrée. Comme tout le bâtiment, elle semblait avoir été conçue pour laisser entrer des géants de quatre mètres de haut. Angelo et ses deux hommes se précipitèrent vers la salle de garde, les armes prêtes à servir. Il en ressortit quelques instants plus tard :

— C'est clair pour la salle. Mais il reste quelques affaires, je parie que les gardes sont encore quelque part ici. Va falloir faire gaffe, ils nous ont peut-être vus arriver.

Darlan examina le panneau, juste après l'entrée, qui listait les différents services qui cohabitaient dans le bâtiment. Il découvrit notamment qu'en plus des services de diffusion de TDF, le site accueillait également une horloge atomique utilisée par le CNES et une antenne de Météo France.

— Où se trouve la salle des émetteurs ?

— Au deuxième étage, répondit Martineau. Il faut prendre l'escalier, là.

La salle principale du deuxième étage abritait les émetteurs, dissimulés dans une structure ressemblant à un grand container posé sur le sol. Le tout paraissait un peu perdu dans l'immensité des lieux. La salle, haute de dix mètres, bénéficiait de l'éclairage naturel grâce aux immenses panneaux vitrés qui montaient du sol au plafond. Au fond, on distinguait les consoles de contrôle derrière des baies, sur un étage en mezzanine. Le bruit étouffé d'une machinerie, certainement confinée dans une pièce annexe, se mélangeait au bourdonnement sourd et continu des gros transformateurs électriques qui alimentaient les émetteurs. Les imposantes bouches de climatisation peinaient à évacuer la chaleur produite.

Darlan fut le premier à manifester sa surprise devant l'apparente simplicité de ce qu'il découvrait :

— Je m'attendais à quelque chose de plus imposant, commença-t-il.

Dans son élément, François Martineau se détendit et esquissa même un sourire, plus à son aise dans le rôle du guide :

— C'est toujours l'effet que ça fait aux rares visiteurs qui pénètrent ici. Pourtant, je vous assure que ces émetteurs sont capables de délivrer les deux mégawatts de puissance. Mais tout cela est beaucoup plus complexe qu'il n'y paraît.

— C'est super intéressant, mais je ne suis pas certaine qu'on ait le temps de discuter ou de faire la visite, intervint Alexandra.

— Très juste, compléta Darlan. Et si vous nous montriez comment on éteint tout ce bazar ?

Salvatore se planta à quelques centimètres de Martineau et se contenta de le regarder en affichant son sourire le plus sinistre. Le chef du centre capitula :

— Montons dans la salle de contrôle, on peut tout faire de là. Mon collègue de permanence doit y être en principe.

Une voix derrière eux les fit se retourner.

— Votre collègue n'est pas là haut, il est confortablement enfermé avec les autres ! Merci d'être à l'heure. Nous vous attendions !

Brune, accompagné de Thomas et de sa compagne Ahn, sortait d'une petite pièce annexe. Darlan compta quatre armes pointées sur eux.

***

Patrick Brune et son équipe avaient pris position près du centre émetteur vers trois heures du matin. Ils avaient repéré une entrée annexe sur le périmètre sécurisé qui leur donnait un accès par un petit chemin depuis la départementale 79. À quatre heures précises, ils avaient pénétré dans l'enceinte par le grillage extérieur. Les protections et les alarmes n'avaient posé aucun problème au commando, habitué à investir des endroits beaucoup mieux sécurisés. Brune et ses quatre hommes, tous équipés de jumelles de vision nocturne, s'étaient ensuite chargés des deux gardiens veilleurs alors qu'ils effectuaient une ronde. Neutralisés en douceur en quelques secondes, ils étaient depuis soigneusement attachés et enfermés dans une pièce annexe du bâtiment. Toute l'opération n'avait duré que dix minutes. Depuis, ils s'étaient dispersés sur plusieurs points stratégiques du bâtiment. Max, qui ne pouvait se déplacer, assurait une couverture depuis la voiture garée à cinq cents mètres de là. Maîtriser le technicien et l'enfermer avec les gardes n'avait été qu'une formalité.

Brune avait pris le temps de rendre compte à ses commanditaires à Paris. Le haut fonctionnaire avait fait préciser ses ordres par le général : s'assurer que Martineau transmettrait le message à l'ouverture et à la fermeture des bureaux de vote. Supprimer Darlan et la journaliste et faire croire à une tentative d'attentat. Brune comprit que la seule façon d'y parvenir était de supprimer également les témoins, à savoir les gardiens et les techniciens du centre. Bien qu'il n'en ait pas fait état auprès de ses mercenaires, il savait qu'il aurait beaucoup de mal à exécuter cet ordre.

Les deux hommes qu'il avait placés sur le toit du bâtiment l'avaient prévenu de l'arrivée de deux voitures. Darlan arrivait juste à l'heure, prévisible.

***

— Pas de conneries, jetez vos armes.

Darlan dévisagea son ancien collègue et ami qui venait de sortir d'une petite pièce attenante à la grande salle. Il avait attendu tranquillement qu'ils se jettent dans la gueule du loup :

— Patrick, je n'arrive pas à croire que tu sois complice de ça. Putain, j'ai toujours cru que tu servais ton pays !

— C'est ce que je fais, c'est le gouvernement qui m'emploie, et qui me paie grassement avec de l'argent public. Pour moi, pas de problème.

Ahn s'approcha rapidement de l'équipe et entreprit de désarmer les hommes. Habillée d'un treillis près du corps, elle paraissait si fine et inoffensive que Salvatore crut bon de résister lorsqu'elle empoigna son fusil automatique. En un éclair, elle lui asséna plusieurs coups dans les côtes flottantes, lui arracha son arme et d'un mouvement rotatif lui porta un coup de pied qui lui fit perdre l'équilibre. L'instant d'après, il était étendu sur le dos, le canon du fusil à deux centimètres de son visage.

— Putain, mais c'est qui cette gonzesse ? lâcha-t-il, furieux de s'être laissé désarmé, et par une femme en plus.

Thomas, habillé tout en noir, s'approcha doucement en pointant alternativement son arme sur chacun des membres de l'équipe et, s'attardant sur Salvatore :

— Je te conseille de ne pas parler comme ça à ma copine, elle aime faire souffrir, et je ne pense pas que tu sois prêt à ça. Tu n'imagines pas de quoi elle est capable. Maintenant, assez rigolé, posez vos armes par terre et reculez.

Pour ponctuer ces mots, il fit jouer la culasse de son pistolet mitrailleur Uzi et leva la sécurité.

— Faites ce qu'il dit, capitula Darlan.

Tous déposèrent leurs armes et reculèrent de quelques pas. Brune s'adressa au chef du centre :

— C'est toi, Martineau ?

— Heu ! oui. Qu'est-ce que vous voulez ? Qu'avez-vous fait des gardiens veilleurs et du technicien de permanence ?

— C'est moi qui pose les questions et toi tu réponds. Tu es censé passer le message à huit heures cinq, alors tu vas aller préparer la transmission, sans discuter, pendant que nous nous occupons de tes nouveaux amis.

Martineau eut conscience des regards de Darlan et Alex qui pesaient sur lui et fut gêné de répondre. Il ne chercha pas à comprendre comment cet homme pouvait être au courant de sa mission. Darlan s'approcha de lui et lui agrippa le col :

— Alors, c'est vous qui envoyez ce putain de signal pour les machines à voter !

— Il n'a jamais été question de machines à voter. Vous racontez n'importe quoi. Sachez que nos émetteurs véhiculent bon nombre de messages et de tops synchro. Sans nos antennes, le réseau de téléphones mobiles et bien d'autres choses encore marcherait beaucoup moins bien. Pour le signal de ce dimanche, je prends mes ordres du ministère de l'Intérieur et je peux vous assurer que ça n'a rien à voir avec les élections.

— Bien sûr, et les gars dehors qui viennent de nous tirer dessus, ils sont là pour quoi d'après vous ? bluffa Darlan.

Brune les sépara et s'apprêta à répliquer lorsque le talkie-walkie de Thomas émit un *bip*. La voix d'un de ses hommes en poste sur le toit retentit :

— Y a des emmerdes qui arrivent !

— Tu peux préciser ?

— Quatre hélicos qui arrivent directement sur nous. Attends… Y a trois EC 145 de la gendarmerie et un Caracal de l'armée de l'air, certainement des forces spéciales. Faut pas qu'on reste là…

Brune prit la radio des mains de Thomas qui tardait à répondre :

— Planquez-vous tous les deux, mais restez sur le toit. Tu nous renseignes en temps réel sur leur activité.

— O.K., mais je sens que ça va être chaud.

Alexandra fut la première à percevoir un mélange de sons sourds et stridents qui se rapprochaient. Elle se tourna vers la source du bruit et distingua à travers les immenses panneaux vitrés la silhouette de plusieurs hélicoptères qui approchaient rapidement. Les machines, jusque-là en formation de patrouille, prirent des trajectoires différentes. La silhouette massive du plus gros des hélicoptères passa rapidement devant les ouvertures, projetant son ombre à l'intérieur, le vrombissement du rotor faisant vibrer les baies.

Il ne fallut que quelques secondes à Brune pour retrouver ses réflexes de chef de mission :

—On bouge, montez tous dans la salle de contrôle. Martineau, vous envoyez votre signal immédiatement. Ahn, tu t'assures qu'il fait ça et rien d'autre. Thomas, tu vois avec Max ce qu'il peut faire, il nous faut une diversion pour sortir de ce traquenard.

La fin de sa phrase fut couverte par une rafale d'arme automatique et une explosion lointaine.

Thomas parla rapidement à la radio avec Max resté dans la voiture, juste en bordure de périmètre, afin de coordonner les actions des membres du commando :

—On en est on ?

—Tirez-vous de là dès que vous pouvez. Les hélicos se posent à l'intérieur du périmètre sauf le gros qui reste en couverture et qui continue à tourner. Je crois qu'il vient d'ouvrir le feu. Nos gars ont lancé des fumigènes pour se couvrir, faut qu'ils évacuent. Dès que tu me donnes le *go*, je descends le gros, ça devrait vous laisser le temps de vous tirer par-derrière.

Un des autres membres du commando intervint :

—On quitte le toit, nous avons été repérés par le Caracal, c'est plus tenable.

—O.K., redescendez vers le deuxième.

Thomas et Brune écoutaient avec attention les comptes rendus de leurs hommes et réfléchissaient aux options qui leur restaient pour mener à bien la mission et surtout pour réussir à s'échapper.

—Je vais essayer de joindre nos commanditaires, commença Brune. Ils ont le bras suffisamment long pour obliger les hélicos à quitter les lieux.

—Oui, sauf si tes petits camarades sont là précisément pour nous, à la demande de tes commanditaires, répliqua Thomas.

— J'y ai pensé, mais je suis certain que ce n'est pas le cas. Ils auraient attendu huit heures cinq, heure prévue pour que Martineau envoie le message. J'ai dans l'idée que c'est un coup de Giraud. Je ne sais pas comment il a fait, mais il a réussi à pister Darlan et la journaliste, il nous envoie un commando de la DCRI et un renfort des forces spéciales air, l'enfoiré !

Quelques mètres plus loin, le policier et son équipe montaient l'escalier de la salle de contrôle, sous la menace du pistolet-mitrailleur de Ahn. Salvatore, dernier de la file, rata une marche de l'escalier métallique et perdit l'équilibre. Ahn, surprise, recula d'un pas et se tint à la rambarde pour éviter d'être entraînée par la chute du gros Italien. Sans que quiconque ait pu l'anticiper, Salvatore stoppa sa chute en s'agrippant à la rampe en même temps qu'il s'écrasait sur Ahn dans un mouvement de rotation. Elle étouffa un cri sous le choc. À une vitesse surprenante, il réagit et décocha un coup de coude dans la gorge de la jeune femme puis lui arracha son arme. Avant qu'elle n'ait pu réagir, il lui passa le bras autour du cou, serra d'un coup sec et lui planta le canon du pistolet-mitrailleur sur la tempe. Angelo redescendit deux marches pour aider son oncle. Il dépouilla la jeune Asiatique des deux armes de poing dont elle les avait dépossédés ainsi que de plusieurs chargeurs.

— Bougez pas ou je la descends, commença Salvatore en remontant l'escalier à l'envers.

Puis, s'adressant à Ahn, en affichant un rictus de contentement :

— Tu la ramènes moins, maintenant, pétasse !

La jeune femme subissait l'étranglement de l'Italien sans pouvoir bouger. Le souffle court et le teint cireux, elle semblait prête à s'évanouir.

En bas, Brune et Thomas eurent le même réflexe en s'écartant l'un de l'autre et en braquant leurs armes sur le groupe. Alexandra, déjà arrivée sur la plate-forme, fut poussée dans la salle de contrôle par Darlan qui la suivait. Martineau s'engagea derrière eux.

Angelo et Czesław se partagèrent les armes et avaient déjà pris pied sur la plate-forme lorsque la jeune Asiatique effectua un mouvement rapide en se cabrant tout en s'appuyant sur la rambarde. Son mouvement brusque obligea Salvatore à lâcher prise. Elle se retourna et, déviant l'arme de sa main, lui infligea un coup violent dans le plexus. L'Italien tomba assis dans les marches. Alors qu'elle armait un coup de pied destiné à tuer, une détonation claqua. Ahn prit la balle en pleine poitrine et fut projetée en arrière. L'instant qui suivit, l'enfer se déchaîna dans la grande salle des émetteurs.

Le Polonais, qui avait fait feu sur la jeune Asiatique, doubla le tir puis déplaça son arme vers le bas. Brune et Thomas, en professionnels, se déplacèrent rapidement en tirant en rafales pour se couvrir. Le commandant parvint à atteindre le premier l'abri des structures abritant les émetteurs. Il aligna soigneusement sa ligne de visée. Tireur d'élite au début de sa période sous les drapeaux, ses tirs touchèrent par deux fois le Polonais puis le petit Italien.

La succession des détonations, le claquement sec des balles qui rebondissaient sur le métal, l'odeur de la poudre, avaient transformé la grande salle en champ de bataille.

Salvatore, étendu sur les marches, fut sauvé d'une rafale de kalachnikov par le corps de Czesław qui s'écroula sur lui en prenant les impacts à sa place. Une balle le toucha néanmoins dans le bras. Le choc lui fit perdre connaissance. En quelques secondes de combat, le bilan était déjà lourd. Avant d'être abattu, le petit Italien avait touché mortellement Thomas qui gisait dans une mare de sang à quelques mètres de Brune. Seul Angelo, allongé sur la plate-forme qui le protégeait des tirs, s'en tirait sans dommages.

À l'intérieur de la salle de contrôle, Alexandra, Darlan et Martineau avaient rampé sur le sol pour se mettre à l'abri. Ils reçurent pourtant une multitude d'éclats de verre. Alexandra saignait du cuir chevelu et Darlan dut enlever deux morceaux plantés dans son avant-bras.

L'orage de détonations s'arrêta aussi vite qu'il avait commencé. Brune avait réussi à quitter la pièce où plusieurs panneaux de verre avaient explosé, en restant protégé par les blocs abritant les émetteurs. Le silence retomba.

Darlan fut le premier à se relever. Ses oreilles sifflaient encore. L'air, saturé par l'odeur de poudre, rendait la respiration difficile. Il vit Alexandra encore allongée sur le sol, le visage et les cheveux pleins de sang. Une boule d'angoisse se noua dans sa gorge. Il se précipita et s'agenouilla devant elle. Elle tremblait de tous ses membres. Elle plongea son regard dans le sien, désirant plus que tout y lire que ce cauchemar était fini. Elle avait eu le temps de voir le sang du Polonais se répandre contre les vitres au moment où il avait été touché. Sortant un mouchoir blanc de sa poche, Darlan épongea doucement le front de la jeune femme. Un éclat de verre lui avait entamé le cuir chevelu.

— Ça va aller, ça va aller, dit-il doucement.

Elle se redressa, attira le policier contre elle et enfouit sa tête dans son épaule. La tension retomba, les larmes coulèrent sur ses joues sans même qu'elle s'en aperçoive. L'instant dura… L'étreinte se desserra. Les regards se croisèrent. Philippe écarta doucement une mèche de cheveux, essuya comme une caresse une larme qui venait de mourir à la commissure des lèvres de la jeune femme. Il déposa un baiser là où la larme avait fini son parcours. Elle bougea légèrement la tête. Les lèvres se joignirent… pendant un bref instant.

Angelo entra dans la pièce. Son visage affichait une expression de haine et de souffrance. Il s'adressa à Darlan qui se releva rapidement pour lui faire face :

—Putain, c'est quoi ce traquenard ? C'est qui ces mecs ?

Il bougeait sans cesse, comme s'il marchait sur des braises, pointant son arme dans toutes les directions.

—Calme-toi, Angelo. Ce sont eux qui ont déjà essayé de nous buter en Bretagne. Je t'avais dit que nous courions le risque de croiser leur chemin en venant ici.

—Oui, tu l'as dit… Mais pas ça, putain !

—Salvatore, il est… ?

—J'en sais rien, faudrait sortir pour aller jusqu'à lui.

—Écoute, Angelo, les hélicos dehors, ce sont des flics, et des bons. Ils vont nous sortir de là. On va certainement passer un peu de temps derrière les barreaux, mais on va s'en sortir. La seule chose que nous devons faire maintenant est de terminer ce pour quoi nous sommes venus.

Martineau, caché derrière une console de contrôle, entendit le policier.

La pièce, de cinquante mètres carrés au plus, abritait deux consoles informatiques et une armoire électrique. Depuis cet endroit, Martineau pouvait selon son gré augmenter ou diminuer la puissance des émetteurs, ou même les couper complètement. Il contrôlait également la modulation. Le système lui permettait de diffuser ou de couper la transmission du programme officiel de Radio France, ou de le remplacer. Autrefois, l'endroit abritait un studio radio complet, capable de se substituer en cas de besoin à celui de la maison de la Radio.

Martineau se releva, s'assit sur une chaise de bureau et contempla un instant les écrans. Ses mains tremblaient encore. Il s'en sortait sans une égratignure, mais il avait conscience qu'il venait de risquer sa vie dans cette fusillade. Il hésitait, ne sachant plus à qui il devait se fier. Il avait toujours suivi les ordres de TDF et depuis quelques mois, les ordres directs du ministère. Il ne pouvait admettre cette histoire de machine à voter. Il regarda sa montre : 7 h 40. Il était censé envoyer sur la modulation le signal présent sur le fichier de la clé USB qu'il portait autour du cou. Il l'avait reçue, par transporteur, deux jours auparavant, comme la première fois, assortie d'une note précisant la démarche à suivre, l'heure à laquelle les messages devaient être transmis, le matin à 8 h 05 et le soir à 17 h 55... Précisément à l'heure d'ouverture et de fermeture des bureaux de vote. Il ne pouvait se résoudre à croire l'histoire de Darlan. Pourtant, la coïncidence des heures était troublante. Il prit la clé USB et l'inséra dans le logement de la console. Il n'avait qu'à copier le fichier et le coller dans la liste des messages « sub » à diffuser. Il pouvait même programmer à la seconde près l'heure de diffusion. Il choisit donc de préparer la machine à diffuser le message. Il aurait toujours le temps de revenir sur sa décision avant 8 h 05. Darlan tourna la tête vers lui à l'instant où il plaçait le fichier dans la liste de diffusion. En quelques clics, il ajusta l'heure d'envoi.

Le policier fut sur lui en quelques pas. D'un regard, Darlan comprit que le chef du centre accomplissait l'action commandée. Il le bouscula de sa chaise et l'accompagna dans sa chute entre les deux consoles. Un genou à terre, penché au-dessus de lui, il le prit par le col de sa chemise et serra brusquement :

— Bordel, mais t'es bouché ou quoi ? T'as pas compris que tu es en train d'envoyer le signal de triche aux machines à voter ?

Il vit dans les yeux de Martineau qu'il ne céderait pas, il n'avait pas peur de lui, il avait compris qu'il n'avait pas affaire à un homme capable de tirer de sang-froid.

Darlan pointa son arme sur l'épaule du directeur du centre.

— Tu vois, j'ai plusieurs amis blessés ou tués, qui se sont battus pour notre cause, alors je ne vais plus discuter.

***

Brune venait de rejoindre les deux derniers membres de son commando, en bas de l'escalier menant au toit.

— C'est plus tenable là-haut. Le Caracal nous allume chaque fois que nous sortons à découvert. Je ne sais pas ce que Thomas veut faire, mais c'est maintenant.

— Thomas est mort, Ahn également. L'équipe de Darlan a réussi à retourner la situation.

— J'avais raison, déclara le deuxième homme avec un accent des pays de l'Est. Nous aurions dû les buter tous et discuter après.

— Je sais, mais notre mission est aussi de nous assurer que le signal va être transmis.

— Je regrette, on n'a plus le temps. J'ai vu le commando qui se dirigeait vers la porte principale.

— J'ai peut-être une solution. Donnez-moi un instant.

Il n'avait que quelques minutes pour retourner la situation, et une seule solution. Il appela le numéro spécial, rue des Saussaies à Paris…

***

— Monsieur, j'ai besoin de votre intervention immédiate. Nous subissons l'assaut de troupes de la DCRI, je croyais que vous les maîtrisiez ?

— La DCRI ? Rien n'est parvenu jusqu'à moi. Avez-vous réalisé votre mission ?

—Partiellement, Darlan et la journaliste sont toujours actifs.

—Je m'occupe de la DCRI. Mais finissez ce que vous avez commencé.

—Ne tardez pas, nous ne tiendrons pas plus de quelques minutes et j'ai déjà deux hommes à terre.

—Je m'en occupe. Assurez-vous que le message est transmis, c'est votre priorité absolue.

***

Lorsqu'il avait pris la décision d'intervenir, le commissaire Giraud avait choisi de commander lui-même l'opération, organisée et déclenchée dans le plus grand secret. Il était parvenu à éviter de rendre compte au ministère. Les pouvoirs étendus que lui conférait le décret n'allaient pas jusque-là, sans pour autant préciser clairement les limites de ses responsabilités. Assis à l'arrière d'un des EC 145 de la gendarmerie, il coordonnait les actions des commandos de la DCRI et des agents des forces spéciales en protection dans le Caracal. Il demeurait le seul et unique décideur, ce qui, selon lui, offrait l'avantage évident de la réactivité. Le responsable transmission de la gendarmerie qui lui faisait face, agita la main pour attirer son attention.

—Commissaire, j'ai une communication sur la ligne sécurisée, quelqu'un du ministère qui vous demande.

—Il s'est identifié ?

—Oui monsieur, j'ai procédé aux identifications d'usage. Je vous passe la communication ?

Il avait espéré un répit jusqu'à la fin du raid. Comment avaient-ils su ? Sa décision était prise depuis la veille. Ce qu'il avait découvert dépassait tout ce qu'il avait imaginé. Sa droiture légendaire n'était pas une posture, mais le reflet de ses convictions profondes. Convaincu que quelqu'un au ministère couvrait des activités illégales, il hésita à répondre. Il savait que quoi qu'il arrive, il continuerait la mission qu'il s'était fixée.

— O.K.., passez-moi la communication.

Le policier appuya sur une touche et la voix du correspondant résonna dans son casque :

— Commissaire, vous savez qui je suis ?

— Oui monsieur, vous avez passé le protocole d'identification.

— Votre opération est la bienvenue... Néanmoins, je pense que vous auriez été avisé de nous en faire part.

— J'ai été amené à décider dans l'urgence. En quoi puis-je vous être utile ? Je ne vous cache pas que nous sommes en pleine opération de contre-terrorisme, alors si vous pouviez être bref...

Si l'homme au bout du fil n'apprécia pas la remarque, le ton de sa voix resta pour autant égal.

— Je vous demande juste de geler votre intervention pendant cinq minutes. Nous avons également une opération en cours, de la plus haute importance, que votre action trop rapide risque de mettre en péril. Attendez que je vous donne le *go* pour continuer.

L'homme marqua une pause puis reprit :

— Et n'exposez pas inutilement vos hommes. Éliminez-moi ces salopards.

— Je suis désolé, mais mes hommes sont pris à partie, nous ne pouvons pas arrêter une intervention comme cela. J'ai pris bonne note de vos conseils. Je dois vous quitter. Nous vous recontacterons à la fin de l'opération.

— Commissaire, insista le correspondant. Ce n'était pas une suggestion. Par mon intermédiaire, le ministre vous donne l'ordre de suspendre l'opération.

Giraud ne répondit pas. Il lâcha l'alternat de communication et s'adressa au policier en face de lui :

— Quittez la fréquence et placez le poste sur arrêt.
— Sur arrêt ?
— Si je dois tout répéter deux fois, ça risque d'être beaucoup plus long. Oui, coupez ce poste et ne prenez plus aucune communication autre que celle du groupe d'intervention.
— Bien, commissaire.

***

Brune et ses deux hommes progressèrent dans la salle de l'émetteur, le commandant convaincu que les troupes de la DCRI allaient lui offrir les cinq minutes de répit qui lui étaient nécessaires pour terminer ce qu'il devait faire. Ses deux hommes se munirent de grenades aveuglantes, et, au *top*, les lancèrent avec précision à travers la porte de la salle de contrôle. Ils comptèrent trois secondes puis s'élancèrent dans l'escalier au moment où les grenades explosaient.

Alexandra venait de rejoindre Darlan. Elle lui prit le bras et écarta doucement l'arme avec laquelle il menaçait Martineau. Elle s'agenouilla à côté de lui :
— Philippe, ne fais pas ça. Nous ne vaudrions pas mieux que ceux qui nous pourchassent.

Martineau ne bougea pas, trop heureux d'échapper à cet homme qui le menaçait et qu'il n'arrivait pas à cerner.

Darlan laissa son bras retomber. Leurs regards se croisèrent. Il lut de la détresse dans celui d'Alexandra, et d'autres choses encore, une complicité, une fusion. Ils ne pouvaient pas gagner en ignorant ça. Il ressentit comme un débordement de tendresse. Il l'enlaça doucement et s'apprêtait à lui murmurer ce qu'il ressentait lorsqu'il perçut le bruit métallique des grenades heurtant le plancher.

— Des grenades, planquez-vous ! hurla Angelo.

L'instant d'après, deux détonations sèches les sonnèrent en même temps qu'ils furent aveuglés par une lumière plus forte que toutes celles auxquelles ils avaient déjà été confrontés.

Les trois mercenaires furent accueillis par une rafale en arrivant en haut de l'escalier. Angelo tirait au jugé, mais ne parvint qu'à faire exploser les deux derniers panneaux vitrés encore intacts.

Il appuya une nouvelle fois sur la détente au moment où il recevait deux balles en plein cœur. Il s'effondra, la main toujours crispée sur sa kalachnikov. Le recul de l'arme modifia la trajectoire des balles qui arrosèrent l'intérieur de la salle de contrôle.

Alexandra cria lorsque Darlan s'écroula, projeté sur elle par les impacts. Elle ressentit un choc d'une violence inouïe. Elle ne voyait plus rien, n'entendait plus rien. Elle sentait pourtant le liquide chaud qui coulait sur son tee-shirt sans savoir dire s'il s'agissait de son sang ou de celui du policier… ou des deux. Elle sentit sa conscience s'effacer et se laissa absorber par ce trou noir.

Chapitre 57

Paris. Hôpital d'instruction des armées du Val-de-Grâce.

Mercredi,10 jours plus tard.

Alexandra commençait à reprendre ses esprits. Depuis une durée qu'elle n'arrivait pas à estimer, en fait plusieurs jours, elle oscillait entre des périodes de sommeil et des moments d'éveil, sans jamais cependant recouvrer toute sa lucidité.

La tête posée de côté sur l'oreiller, la journaliste ouvrit les yeux et prit enfin conscience de son environnement, seule dans une petite chambre d'hôpital aux murs tristes. La grande fenêtre, opacifiée par des rideaux, ne lui permettait pas de voir à l'extérieur. Le bruit régulier qu'elle entendait contre les vitres lui fit penser à la pluie. Sur le côté de son lit, un appareillage médical affichait ses constantes. Elle bougea lentement la tête de l'autre côté pour découvrir une perfusion en place au creux de son bras droit. Accrochée à la potence, elle avisa la sonnette permettant de contacter le personnel médical. Bougeant doucement son bras, elle ressentit une douleur à l'épaule. Elle continua néanmoins son geste et appuya sur le bouton.

La porte s'ouvrit quelques secondes plus tard. L'infirmière qui entra, une jolie femme d'une cinquantaine d'années, teint mat et longs cheveux bruns arrangés en chignon, était accompagnée par un homme en costume sombre.

— Bonjour, commença-t-elle d'une voix chantante en s'approchant du monitoring, tandis que l'homme se plaçait debout dans un coin de la pièce en croisant les bras.

Elle jeta un coup d'œil sur les écrans, puis recula pour ouvrir le rideau occultant la fenêtre. Son geste dévoila quelques toits arrosés par la pluie qui tombait à grosses gouttes. Le ciel, gris et chargé, indiquait que l'averse allait durer encore un bon moment.

— Où suis-je ? balbutia Alexandra, la bouche sèche et ankylosée.

L'infirmière redressa légèrement son lit, l'aida à se replacer sur son oreiller et régla la perfusion :

— Vous êtes à l'hôpital militaire du Val-de-Grâce. Vous êtes sortie du coma depuis trois jours. Maintenant, tout va bien.

— Du coma ? Depuis combien de temps suis-je là ?

— Vous nous avez été amenée il y a dix jours avec deux blessures par balles et un traumatisme crânien. Rassurez-vous, vous êtes tirée d'affaire, vous avez reçu une balle dans l'épaule et l'autre a ricoché sur le haut de votre crâne. Le chirurgien a dû vous faire un petit trou pour diminuer la pression intracrânienne.

Alexandra passa machinalement sa main dans ses cheveux pour découvrir qu'un bandage lui recouvrait partiellement la tête.

Par bribes, les dernières images qu'elle avait enregistrées lui revinrent en mémoire. Le centre émetteur d'Allouis, Darlan, s'effondrant sur elle, sans vie. Le sang qui coulait sur elle. L'émotion la submergea et des larmes s'accumulèrent au bord de ses yeux :

—Un homme était avec moi, il a été touché aussi, pouvez-vous me dire comment il va ?

L'infirmière échangea un regard avec l'homme avant de répondre, mais Alexandra n'eut pas le temps de voir le geste qu'il lui renvoya :

—Je n'ai pas la réponse à votre question. Lorsque l'hélicoptère vous a déposée, vous étiez seule.

La nouvelle tomba sur les épaules de la journaliste comme une certitude. Le policier n'avait pas survécu, les autres non plus. Elle mesura l'ampleur du gâchis de toute cette affaire. Tant de violence, tant de morts, pour rien. Elle resta un instant incapable de parler, puis se força à prononcer d'une voix mal assurée :

—Vous pouvez me dire ce qui s'est passé ?

—Je suis désolée, madame. Je suis infirmière en chef. Je m'occupe de questions d'ordre purement médical. Pour le reste, adressez-vous à monsieur.

Le ton sec qu'elle employait indiquait que l'infirmière ne cautionnait pas la présence de cet homme dont la profession ne devait pas avoir grand-chose à voir avec le milieu hospitalier. Elle nota quelque chose sur la planche accrochée à l'extrémité du lit et quitta la pièce. La journaliste porta son regard sur l'homme. Entre trente et trente-cinq ans, chauve, les yeux sombres, il ne lui inspirait aucune confiance. Mais elle voulait des réponses aux questions qui se bousculaient dans sa tête :

—Qui êtes-vous ?

L'homme ne bougea pas pendant près de dix secondes, se contentant de la regarder, au point qu'Alex se demanda s'il avait entendu la question. Elle répéta, plus fort, d'une voix qui masquait mal les sanglots qui montaient dans sa gorge :

— Vous pouvez me répondre ? Qui êtes-vous, et que s'est-il passé ?

L'homme s'approcha :

— Je suis le lieutenant Gatel, de la DCRI. Je suis chargé de votre protection.

— Ma protection ? Pourquoi me protéger ?

— Votre croisade a fait pas mal de remous, assez haut, et il y a maintenant beaucoup de gens qui vous en veulent. Le temps que ça se tasse, nous vous gardons sous protection.

Alexandra, qui recouvrait ses esprits à mesure que les dernières traces des drogues qui l'avaient maintenue en sommeil se dissipaient, eut envie de savoir... s'ils avaient pu changer les choses :

— Qui a gagné les présidentielles ?

— L'extrême droite. La Présidente prend ses fonctions aujourd'hui même.

La nouvelle la saisit avec brutalité. Ainsi, ils avaient réussi à éviter la fraude, mais à quel prix ! La démocratie n'avait pas été bafouée, les électeurs avaient décidé de l'avenir du pays, pas les tricheurs du gouvernement précédent. Elle comprenait mieux les mots de l'homme qui lui faisait face. Avec Darlan, ils étaient parvenus à mettre en échec les plus hautes instances de l'État, mais avaient permis la venue au pouvoir d'une force politique qu'elle craignait. Elle aurait aimé partager ses réflexions avec lui. Elle ressentit un grand vide en elle. Le policier lui manquait, avec sa gaucherie, son manque de tact, sa brusquerie, mais aussi avec ses faiblesses, le regard qu'il portait sur elle. Elle tourna la tête, se laissant envahir par le chagrin.

Le lieutenant ne chercha pas à comprendre les raisons de ses larmes et préféra laisser la jeune femme. Il se dirigeait vers la porte au moment où elle l'interrompit.

—Pouvez-vous demander qu'on m'apporte une télévision ? J'aimerais beaucoup savoir ce qui s'est passé depuis dix jours.

—Je vais voir ce que je peux faire. Et si vous avez besoin, n'hésitez pas à sonner.

Chapitre 58

Paris. Hôpital d'instruction des armées du Val-de-Grâce.

Samedi, 14 h 30.

Deux jours avaient passé et Alexandra sentait ses forces revenir. Elle avait pu se lever la veille. Après des débuts un peu difficiles, elle parvenait à présent à se déplacer sans trop de difficulté. Cantonnée dans sa chambre, son seul vecteur d'information avait été la télévision.

Le discours de la Présidente, lors de sa prise de fonction, avait été étonnamment percutant, selon les journaux : elle semblait véritablement animée du désir de faire bouger le pays et de respecter ses engagements de campagne. Elle demandait maintenant à ses électeurs de lui donner les moyens du changement, et de se mobiliser pour les élections législatives. La presse et les instituts de sondages ne pariaient pourtant pas sur une possible majorité à l'Assemblée. Certains opposants malheureux allant jusqu'à dire qu'elle pourrait ne pas obtenir un seul siège si toutes les autres forces politiques s'alliaient dans ce but.

Le Président sortant accusait le coup. Battu de seulement quelques dizaines de milliers de voix, il annonça qu'il mettrait toute son énergie dans la bataille des législatives, au nom des forces de progrès, et contre l'avenir sombre vers lequel le pays venait de s'engager. Il demandait à tous les partis politiques de s'unir pour empêcher l'extrême droite de l'emporter.

Alexandra éteignit la télévision, maussade. Elle s'était tellement investie dans cette croisade sans imaginer un après. Et en cet instant, elle ne ressentait que du dégoût, de la peine, de la douleur. Elle ne se remettait pas de la disparition de Darlan. Il avait laissé un vide dans sa vie. Elle s'apercevait peu à peu qu'elle éprouvait pour lui beaucoup plus que de l'amitié ou de l'admiration.

Pendant ces deux jours, elle n'avait été autorisée ni à téléphoner, ni à recevoir des visites, toujours pour sa protection, selon le lieutenant Gatel. Il passait la voir régulièrement et il restait à discuter, souvent des élections, ce qui lui permettait d'orienter la discussion sur les détails de l'affaire. Notamment pour essayer de comprendre comment Darlan et Alex avaient fait pour découvrir le mode fraude sur les machines à voter, et comment ils avaient pu échapper aux tueurs lancés à leurs trousses. Alexandra n'avait pas répondu immédiatement aux questions. Mais, ce matin, elle était décidée à coopérer avec la DCRI, bien consciente qu'elle ne pourrait sortir que lorsque le lieutenant aurait des réponses à toutes ses questions. Sa soi-disant protection cachait en fait un interrogatoire en bonne et due forme. Elle était persuadée que toutes leurs conversations étaient enregistrées.

Elle décida de se lever pour faire quelques pas. Elle n'en pouvait plus de rester enfermée et alitée dans une chambre d'hôpital minuscule avec un lit, une table et une chaise pour tout mobilier, complétée d'une salle de douche strictement pratique. Lorsqu'elle avait ouvert la porte de sa chambre, la veille, elle s'était retrouvée face à un policier en civil qui lui avait gentiment rappelé qu'elle n'était pas autorisée à sortir.

Elle posa le pied par terre et se redressa avec précaution. Les douleurs avaient presque disparu. Le médecin qui venait la voir chaque jour l'avait rassurée sur son état de santé et sur le fait qu'elle n'aurait pas de séquelles. Il avait en revanche éludé la question lorsqu'elle lui avait demandé quand elle pourrait sortir. Il lui avait enlevé les points de suture le matin même. De ses blessures, il ne subsistait que deux pansements dont un sur le sommet de la tête qu'elle pensait pouvoir dissimuler sous ses cheveux avec une bonne couche de gel.

Elle s'approcha de la fenêtre. Le temps était resté couvert et pluvieux depuis deux jours, à l'image de son moral. La vue de sa fenêtre se résumait à une cour intérieure de l'hôpital agrémentée de jardins à la française où il ne se passait jamais rien. Certainement que par beau temps, les patients devaient pouvoir s'y promener. Elle se retourna lorsqu'elle entendit frapper à la porte. Le lieutenant Gatel entra, un sac de sport à la main. Il était accompagné d'une femme aux cheveux très courts, dont tout indiquait qu'elle appartenait à la même maison. Il commença, tout sourire :

— Que pensez-vous d'aller faire un tour dans Paris ?

Elle le regarda fixement, cherchant à savoir s'il était sincère :

— C'est vrai, je peux sortir ? Où allons-nous ?

— Une chose à la fois. Le médecin vient de signer votre sortie et nous vous emmenons quelque part dans Paris. Quelqu'un tient à vous remercier personnellement pour ce que vous avez accompli.

— J'imagine que ce n'est pas la peine de vous demander plus de précisions.

— Vous comprenez vite… c'est bien. Et puis vous aurez la surprise… Nous vous avons apporté de quoi vous changer, dit-il en posant le sac. Le sergent Ribot vous aidera à vous habiller si vous le souhaitez. Je vous attends dehors.

Vingt minutes plus tard, elle était assise à l'arrière d'une Laguna 3, à côté du sergent féminin. Gatel s'était installé devant. Le chauffeur s'engagea dans le boulevard de Port-Royal. Elle regardait les rues de Paris défiler, sans savoir où elle allait. Quelques semaines plus tôt, elle aurait refusé de monter dans une voiture sans connaître sa destination. Aujourd'hui, elle s'en moquait. Rien ne lui importait plus vraiment.

Les passants se pressaient, parapluie à la main, marchant sur les trottoirs en longeant les murs pour éviter d'être aspergés par les voitures qui roulaient dans les flaques d'eau au mépris des piétons. Elle ignorait dans quelle partie de la capitale ils se trouvaient. Alexandra commença à se situer lorsqu'ils passèrent devant la tour Montparnasse. Elle entrevit la tour Eiffel alors qu'ils remontaient le boulevard des Invalides, puis ils franchirent la Seine par le pont Alexandre III. Après avoir traversé l'avenue des Champs-Élysées, la voiture s'engagea dans l'avenue de Marigny où elle pénétra sous un porche gardé par des gendarmes. Ils ouvrirent rapidement le passage après que le lieutenant Gatel eut présenté sa carte et un papier à en-tête.

Ils se garèrent dans un petit parking cerné par des bâtiments. Alexandra n'avait qu'une seule certitude, ils venaient d'arriver dans un établissement public.

Gatel l'aida à sortir de la voiture. Elle ne put s'empêcher de demander :

—Vous pouvez peut-être me dire où nous sommes, maintenant ?

Le lieutenant la regarda avec le sourire. Il était persuadé qu'elle avait reconnu les lieux. Manifestement, il s'était trompé.

—Vraiment ? Vous n'avez pas deviné ? Nous sommes au palais de l'Élysée. Et la personne qui vous convoque n'est autre que la présidente de la République.

Alexandra encaissa l'information sans réagir et sans répondre. Convoquée à l'Élysée ? Après tout, la Présidente ne lui devait-elle pas son élection ? Elle pensa à nouveau à Darlan, qui aurait dû être là, avec elle. Sa gorge se serra à nouveau. Pourquoi devrait-elle recevoir des remerciements… seule ? Et de cette personnalité aux convictions tellement éloignées des siennes ?

Gatel, percevant son trouble, la prit doucement par le bras pour la guider. Elle résista :

—Je suis désolée, je ne vois pas ce que je viens faire ici. Et puis je vais être franche, l'idée de rencontrer la Présidente ne me réjouit pas.

—Alexandra, je vous demande de me faire confiance, vous ne le regretterez pas.

Elle capitula et se laissa entraîner. Ils entrèrent par une porte latérale d'un des bâtiments. Elle le suivit dans un dédale de couloirs, d'escaliers, pendant deux minutes, croisant bon nombre de collaborateurs de l'Élysée, des cartons dans les bras. L'installation de la nouvelle majorité occasionnait beaucoup de réaffectations et de réaménagements.

Ils arrivèrent enfin dans une partie du bâtiment où le décor n'était que dorures, bois précieux, tapisseries, miroirs et lustres lourdement chargés. Ils venaient de pénétrer dans le cœur du palais. Devant une grande porte double se tenait un homme qui se tourna vers eux lorsqu'ils approchèrent.

Il vint à leur rencontre. Il échangea tout d'abord quelques mots avec le lieutenant Gatel qui retourna sur ses pas après les avoir salués. L'homme s'approcha de la journaliste. Grand et sec dans son costume de bonne coupe, les cheveux blancs coupés en brosse, les yeux clairs, il lui tendit la main :

—Commissaire Giraud. Je suis enchanté de faire votre connaissance, mademoiselle Decaze.

Le nom tourna un moment dans l'esprit de la jeune femme, jusqu'à ce qu'elle trouve :

—Vous étiez le patron de Philippe Darlan, n'est-ce pas ?

—Je le suis toujours. Si vous voulez bien me suivre, dit-il en ouvrant un battant de la porte.

Alexandra hésita un instant, laissant la réponse du commissaire résonner dans sa tête comme en écho. Le fonctionnaire s'effaça pour la laisser passer.

Elle crut que son cœur allait s'arrêter dès qu'elle pénétra dans ce salon à la décoration tout aussi chargée. Meublé uniquement de quelques chaises Empire et d'une petite table, le lieu ne pouvait laisser indifférent par son faste. Mais les yeux de la journaliste ne s'attardèrent pas sur la magnificence de la pièce. Appuyé sur une béquille et le bras en écharpe, Darlan attendait, en compagnie d'un membre de la sécurité du palais. Il la regarda un instant avant de chuchoter son nom, comme si lui non plus ne croyait pas ce qu'il voyait.

Elle s'approcha de lui. Des larmes coulaient sur ses joues :

—Comment est-ce possible ? Je croyais que tu étais mort…

Elle lui caressa le visage et le regarda intensément. Les traits creusés, mais le regard exprimant une joie difficile à contenir.

—Alexandra, répéta-t-il en la laissant l'enlacer. Il lâcha sa béquille et referma son bras valide autour d'elle.

La journaliste enfouit son visage au creux de l'épaule du policier et le pressa contre elle. Quand elle releva la tête, leurs regards s'attirèrent et sans transition leurs lèvres se trouvèrent. Ils échangèrent un baiser passionné, désespéré, à la hauteur de la peine qu'ils avaient l'un et l'autre éprouvée. Leur étreinte dura, hors du temps. Complètement indifférents au lieu où ils se trouvaient, ils se laissèrent submerger par leurs sentiments, sans chercher à échapper à cette vague de tendresse, d'amour...

Les deux autres personnes présentes dans la pièce, Giraud et le membre de la sécurité du palais, les regardaient, entre gêne et contentement, sans oser leur demander de respecter les lieux et le protocole.

La porte en face s'ouvrit pour laisser le passage à la présidente de la République nouvellement élue, précédée par celui qui devait être son chef de cabinet. Elle marqua un temps d'arrêt et de surprise en voyant le couple s'embrasser fougueusement, puis éclata d'un rire clair en prenant son chef de cabinet à témoin :

—Qui osera encore prétendre qu'il ne se passe rien dans les salons de ce palais ?

Darlan et Alex mirent quelques secondes à réaliser que celle qui venait de parler n'était autre que la nouvelle Présidente. Alex bredouilla une excuse, embarrassée, ce qui eut pour effet d'augmenter le sourire de la chef de l'État. Son visage reprit très rapidement son sérieux tandis que pénétrait dans le salon un autre personnage qui n'était autre que le propre père de la Présidente :

—Je n'ai que très peu de temps à vous accorder. Je tenais néanmoins à vous remercier tous les deux, dès les premières heures de mon mandat. J'ai été informée du rôle déterminant que vous avez joué dans le déroulement de ces élections, vous aussi commissaire. Vous avez œuvré pour que la démocratie survive dans notre pays, en risquant vos vies pour cela. J'aurais aimé pouvoir vous remercier publiquement, mais nous sommes convaincus que les Français n'ont pas besoin que nous les effrayions en leur révélant une vérité qui n'honore pas notre pays ni ses institutions. Soyez assurés que la nation n'oubliera pas ce que vous avez fait pour elle.

Elle s'approcha d'eux et leur serra la main :

—Je vous laisse entre les mains de mon conseiller spécial, dit-elle en désignant son père.

Elle retrouva son sourire pour conclure en s'adressant à Darlan et Alex :

—Je vous souhaite beaucoup de bonheur.

Chapitre 59

Batz-sur-Mer. Dimanche, 19 h 50. Cinq semaines plus tard, mi-juin.

L'épisode pluvieux et froid qui avait succédé à la canicule du mois de mai n'était déjà plus qu'un souvenir. Le soleil avait repris ses droits, et la chaleur était à présent de saison.

Attablés face à l'océan sur la terrasse du restaurant *La Roche Mathieu*, Alexandra Decaze et Philippe Darlan avaient choisi le menu « Chemin côtier » et finissaient de déguster un bar rôti, beurre de coquillages à la coriandre. Deux autres couples seulement partageaient avec eux la vue imprenable sur les falaises de la côte sauvage et l'océan, éclairés par la lumière chaude du soleil qui commençait à baisser sur l'horizon.

Fred et Marie n'avaient pas eu à insister longtemps pour convaincre leurs amis d'accepter leur hospitalité pour la durée de leur convalescence. Étant à présent à peu près remis, tant physiquement que moralement, Alex et Darlan avaient décidé de rentrer à Lyon le lendemain, presque six semaines après en être partis précipitamment. Ils en avaient souvent parlé ces derniers jours, pourtant ni l'un ni l'autre ne souhaitait vraiment revenir à sa vie d'avant.

Ces cinq semaines passées ensemble, après leur « renaissance » comme ils disaient entre eux, s'étaient déroulées avec une lenteur et une douceur en total contraste avec la semaine de folie qui avait précédé. Lorsqu'ils étaient descendus de la voiture, Marie n'avait pas mis trente secondes à deviner le lien qui, à présent, les unissait. Elle s'en était réjouie. Darlan avait été obligé d'admettre qu'elle avait eu raison à leur sujet. Leur amour, après être né dans la peur, se nourrissait et grandissait chaque jour de leur joie, du partage de tous les bons moments.

Alexandra observa avec attention l'homme qu'elle aimait, se demandant comment elle avait pu le trouver quelconque le premier jour :

— Pourquoi suis-je une nouvelle fois terrifiée à l'idée de retourner dans mon appartement, ne serait-ce qu'une nuit ? de retrouver mes habitudes ? demanda-t-elle.

Darlan posa sa fourchette et lui tendit la main à travers la table. Leurs doigts s'effleurèrent, une caresse ténue et sensuelle :

— Rien ne t'oblige à reprendre tes habitudes. Les propositions qui nous ont été faites nous laissent le choix. Nous pouvons monter tous les deux en région parisienne, toi à l'Élysée, en tant que chargée de communication et moi à la maison mère de la DCRI à Levallois, en tant que responsable recherche et développement du département intelligence informatique… Ça sonne plutôt bien non ?

— Mais tu sais très bien que les propositions de l'Élysée ne sont valables que s'ils obtiennent la majorité aux législatives, seule possibilité pour qu'ils restent en place. Ce qui est à peu près impossible, tous les sondages les donnant largement perdants. S'ils obtiennent trente pour cent des sièges, ce sera déjà un miracle. Alors, ne rêvons pas sur ces postes mirifiques...

—Les résultats tomberont dans dix minutes. Nous serons vite fixés, mais je suis d'accord avec toi, ils n'ont aucune chance. Tu n'as pas répondu à ma question... Paris, ça te plairait ? Et l'idée de vivre avec moi par la même occasion ?

—Sans ordinateur dans le salon ?

—Je vais voir ce que je peux faire, rigola Darlan.

—Dans ce cas, monsieur le policier... je vais étudier la proposition.

—Trêve de plaisanterie, je suis prêt à te suivre partout...

Alexandra s'apprêta à répondre, cherchant ses mots pour exprimer ce qu'elle ressentait, lorsque ses traits marquèrent la surprise.

Darlan se retourna et vit arriver, par la porte extérieure de la terrasse qui donnait sur le parking, le commissaire Pierre-Étienne Giraud. Il avait laissé au placard ses costumes stricts, simplement vêtu d'un pantalon de toile crème et d'un polo à manches courtes. Il était bien la dernière personne qu'ils s'attendaient à voir à Batz-sur-Mer, dans ce petit restaurant.

Contrairement à la description que Darlan lui en avait faite, Alex l'avait, dès leur rencontre, trouvé charmant et patient. Après leur entretien à l'Élysée avec la Présidente puis avec son père, qui les avait à son tour chaleureusement remerciés pour leur activité de « résistants » et promis à Darlan une médaille pour service rendu au pays, Giraud les avaient pris en main et avait répondu à leurs questions. Les pans d'ombre avaient enfin été éclaircis. Ils avaient ainsi appris que l'intervention des hélicoptères et des forces conjointes DCRI et forces spéciales avait été organisée par le commissaire, sans en référer à qui que ce soit de sa hiérarchie. Les investigations de l'équipe de Lyon lui avaient permis de comprendre la nature du complot des machines à voter. Il avait décidé de soutenir la croisade que Darlan et la journaliste avaient entreprise. L'émetteur d'Allouis n'était qu'une possibilité. Il en avait eu la confirmation lorsque des agents avaient pu les suivre depuis Montmeyran jusque dans le Cher. Ses troupes avaient subi des pertes, mais tous les mercenaires avaient été tués, sauf Brune, grièvement blessé, toujours dans le coma. Il espérait toujours le faire parler, notamment pour avoir les noms de certains de ses commanditaires, même si, à ce sujet, les pistes étaient sérieuses. Le dénommé Max manquait également à l'appel. Sans doute n'avait-il pas participé à l'action. Il était activement recherché. Brune avait été touché quelques secondes après avoir tiré sur Angelo. De l'équipe de ce dernier, seul Salvatore avait survécu.

Giraud se dirigea directement vers eux. Ils se levèrent et, spontanément, Alexandra lui fit la bise :

—Vous ne cesserez jamais de nous surprendre, commissaire, comment nous avez-vous trouvés ?

Il donna une solide poignée de main à Darlan en souriant :

—Je peux me joindre à vous un instant ?

—Bien sûr.

—Vous êtes faciles à trouver… enfin, maintenant, dit-il en s'installant à leur table. Et vous devez savoir que les services vous surveillent discrètement, pour prévenir toute tentative de vengeance des commanditaires que nous n'avons pas encore arrêtés.

— Vous voulez dire que le gars au bar qui est devant le même café à jouer avec son téléphone depuis notre arrivée n'est pas un client ordinaire ?

— Tu avais remarqué que nous étions surveillés ?

— Disons que je m'en doutais. Je ne voulais pas t'effrayer.

— Alors, ce n'est pas encore fini, s'inquiéta Alex, perdant son sourire.

— Malheureusement non et je crains bien que le problème ne se soit déplacé. Il se pencha sur la table, s'approcha d'eux et s'assura de ne pouvoir être entendu par les autres clients du restaurant. Il avait lui aussi perdu son sourire :

— Vous allez apprendre dans dix minutes que la présidente a gagné les législatives. Vous savez comme moi que c'est impossible. Ils n'ont que peu de sièges d'écart, mais cela suffit.

Les yeux de Darlan brillèrent :

— Ils ont gagné ? Je ne peux pas le croire. Avec la proportionnelle, tout le monde disait que c'était impossible.

— Vous avez raison… Il n'y a donc qu'une seule explication.

— Devons-nous penser que l'émetteur d'Allouis a de nouveau été utilisé par la nouvelle équipe ? hasarda Alexandra, sans vraiment penser les mots qu'elle prononçait.

— Effectivement, j'en ai bien peur. Quand j'ai posé la question concernant l'utilisation des machines pour les législatives, rappelez-vous la réponse du père de la Présidente : « Nous ne pouvons nous permettre de laisser les électeurs dans le doute concernant l'utilisation de ces machines, et nous n'avons pas le temps matériel de revenir à la méthode traditionnelle. »

Il continua après un instant :

—Nous leur avons servi sur un plateau ce dont ils avaient besoin pour asseoir leur pouvoir. Je suis certain que beaucoup d'électeurs ont voté pour l'extrême droite aux présidentielles, en se disant que l'électrochoc secouerait la classe politique, et qu'il serait toujours temps de voter différemment aux législatives.

—Je ne peux pas croire que c'est grâce à nous que ce régime va prendre le pouvoir.

—J'ai bien peur que si, termina Giraud, l'air sombre.

—Que devenons-nous dans cette nouvelle donne ? demanda Darlan.

—Le père de la Présidente nous a dit que la nation saurait nous récompenser. Vous êtes nommé commandant et je viens d'être nommé préfet.

—Félicitations ! s'enflamma Alex. Ils tiennent leur parole, c'est déjà ça.

—Merci... Encore que je ne sais pas si nous devons nous en réjouir. Le message est aussi très clair. Je suis nommé à la Réunion. On ne veut plus me voir en métropole. Si vous acceptez les postes que l'on vous a proposés, soyez certains que vous serez surveillés de près. Je pense même qu'on vous les a proposés pour mieux vous contrôler.

—Que devons-nous faire ?

—Si ce régime a d'emblée décidé de tricher avec le peuple, ça en dit long sur ses intentions. J'ai bien peur que leurs vieux démons extrémistes ne soient encore bien présents, et que toute la campagne n'ait été qu'une façade. C'est clairement le père de la Présidente qui dirige désormais le pays dans l'ombre. Les décrets signés au lendemain des attentats sont toujours valides. À travers ces textes, le gouvernement et la Présidente ont un pouvoir que vous n'imaginez pas. Les précédents en ont profité et j'ai vraiment peur de ce que ceux-ci pourraient en faire.

— Vous me faites peur, souffla Alexandra.

À mesure des révélations de Giraud, l'endroit perdait de sa beauté, de sa magie à ses yeux. Elle regarda son assiette qu'elle ne finirait pas. L'appétit avait fui avec les images sombres qui traversaient son esprit. Seule la présence de Darlan la rassérénait.

— Que pouvons-nous faire ? répéta Darlan.

— Alerter l'opinion, les médias, tant que nous le pouvons encore. Les outils de filtrage d'Internet et du téléphone sont déjà en place à travers la Loppsi 2, mais pas encore utilisés... Ça ne durera pas. La précédente majorité avait tout prévu, sauf qu'un flic et une journaliste parviendraient à faire échouer leur plan, et que le pouvoir et ses outils tomberaient dans les mains de l'extrême droite.

— J'imagine que ce ne sera pas sans risques.

— C'est certain. Vous êtes sous protection de mes services jusqu'à mon départ dans une semaine. Après ça, je ne pourrais plus vous protéger.

Une jolie serveuse s'approcha de la table et demanda au nouveau venu s'il voulait dîner également.

— Non, je n'ai pas vraiment le temps, je dois repartir très vite, mais je boirais volontiers un verre de vin avec mes amis.

La serveuse lui servit un verre de muscadet avant de s'éloigner. Giraud dégusta une gorgée de vin. Ils restèrent tous les trois plongés dans leurs pensées. Le bruit des fourchettes, la voix des clients et le murmure de la légère brise remplirent le silence. Une mouette se posa sur le petit muret qui séparait la terrasse de la falaise, fit quelques pas puis s'envola en émettant un cri strident.

Alexandra rompit la trêve en premier, s'adressant à Darlan.

—Je me sens mal, Philippe. Toute cette aventure nous a amenés exactement à faire ce que nous voulions éviter. Je ne pourrai pas vivre si nous n'essayons pas de réparer notre erreur. J'étais tellement persuadée que nous étions dans le vrai en agissant ainsi.

Darlan la regarda intensément :

—Tu sais que tu es vraiment quelqu'un de bien, ma chérie, répondit-il avec un grand sourire. Nous pourrions vivre tranquilles, en nous souciant juste de notre bonheur, et tu te préoccupes à nouveau du sort du pays, des gens, de la démocratie…

Elle vit dans son regard l'admiration, l'amour qu'il lui portait, sans pour autant avoir jamais été capable d'en prononcer les mots. Elle s'en moquait, les mots comptent moins que les actions. L'amour qu'il avait pour elle était si évident.

Giraud les regarda en souriant :

—Je vais devoir vous quitter… Philippe (il appelait pour la première fois Darlan par son prénom), je vous confie cette clé USB. Vous pourrez utiliser ce qu'elle contient pour me contacter dès que j'aurai rejoint mon poste. Je sais qu'avec vos talents, vous arriverez facilement à comprendre. Quelle que soit votre décision à tous les deux, je ferai tout mon possible pour vous aider. Je pense que, dans un premier temps, je vais rentrer dans le rang, c'est le seul moyen de conserver un peu de liberté d'action. J'espère que j'aurai le plaisir de vous revoir bientôt… et si un tour sur l'île de la Réunion vous tente, n'hésitez pas.

—Que va devenir le pays ? demanda Alex.

—Je l'ignore. Si la Présidente se contente d'appliquer son programme, cela va déjà bouleverser le pays. La France sortira de l'Europe et refermera ses frontières. Nous assisterons à une campagne d'expulsion des sans-papiers et des clandestins sans précédent… à la mise en place de mesures discriminatoires dans plein de domaines… Si le gouvernement décide d'aller plus loin, pas grand-chose ne pourra l'arrêter. Mais ça se fera sur plusieurs années. C'est peut-être le plus grave, les gens ne verront rien venir… termina-t-il en se levant.

—Merci, commissaire, pour ce que vous avez fait. Nous vous devons la vie, souffla Alex en l'étreignant. Nous n'oublierons pas.

—Je vous souhaite beaucoup de bonheur à tous les deux. Évitez quand même de vous remettre trop vite dans de sales draps.

Alexandra et Darlan le regardèrent s'éloigner vers le parking.

Le bonheur qu'ils avaient ressenti en partageant ce dîner, dans cet endroit idyllique, avait perdu de son éclat.

Lorsque le commissaire eut disparu de leur vue, Darlan prit sa compagne par la main et ils firent quelques pas vers le muret qui séparait la terrasse de la falaise.

Face à l'océan, Alex se serra contre lui.

Remerciements

Je tiens à remercier ma famille et mes amis qui m'ont soutenu et encouragé pendant les deux années d'écriture de cette histoire.

Merci aussi aux lectrices et lecteurs du comité de lecture des éditions *Les Nouveaux Auteurs*, qui, par leurs votes, m'ont permis d'être primé et publié.

Une pensée toute particulière enfin pour mes trois patients relecteurs :

Jocelyne FARGIER-LAGRANGE

Mon frère, Thierry OLIVAUX

Mon amie, Annick CHASTIN

Et enfin, un grand merci au président du jury du prix VSD 2012, Jean-Christophe GRANGÉ, pour avoir décerné son coup de cœur à ce roman.

Éditions Les Nouveaux Auteurs
www.lesnouveauxauteurs.com

Nouveautés

Autres polars et thrillers

Piège boréal

David Moitet

Des ruelles obscures du vieux Mans aux étendues hostiles du Grand Nord, un tueur sème des cadavres en leur gravant des chiffres sur le front.

10, 9…
Une jeune journaliste découvre ses grands-parents crucifiés dans leur maison. Dans le même temps, trois adolescents disparaissent sans laisser de traces.

8, 7, 6…
Menant leur propre enquête, les proches des victimes se lancent dans une course effrénée pour comprendre pourquoi leur vie a basculé. Y aurait-il un lien entre les deux affaires ?

5, 4…
Ils vont devoir faire vite, car rien ne semble pouvoir arrêter le compte à rebours macabre… Qui sera la prochaine victime ?

David Moitet
34 ans, professeur d'EPS habitant dans la Sarthe. En 2010, il a remporté le Prix spécial du jury/Prix VSD Polar pour Apoptose *et le Prix du thriller/Prix Femme Actuelle pour* L'Homme aux papillons *(nouveauté chez POCKET).*

Du même auteur

NOUVEAUTÉ POCKET

Êtes-vous prêt à accompagner Alex Ablance dans sa descente aux enfers ?

À 31 ans, Alex Ablance est un jeune chef de groupe de la prestigieuse brigade criminelle et mène une vie presque parfaite. Un appel anonyme plonge l'enquêteur du 36 quai des Orfèvres au cœur d'une curieuse mise en scène. On a découvert son nom sur un cadavre ! Le mort, affublé d'un costume flambant neuf, tient entre ses mains une enveloppe contenant un poème et une photo déchirée…

Ablance se lance sur les traces du mystérieux poète, mais les apparences sont parfois trompeuses… Il lui faudra affronter ses propres démons, et échapper à ses collègues pour faire éclater la vérité, au risque de réveiller un passé qu'il ne soupçonnait pas.

Deux romans plébiscités
par un comité de lecture grand public.

Toutes les notes de ce roman sur www.lesnouveauxauteurs.com

Lauréat du prix Ça m'intéresse Histoire du polar historique

Le diable sur les épaules

Christian Carayon

Une disparition non élucidée, une série de meurtres étranges dans une ambiance lourde de silences : un véritable mix entre Simenon et Hitchcock !

Au cours de l'année 1924, un village isolé des montagnes tarnaises et menacé d'extinction est le théâtre de plusieurs assassinats atroces. Déjà les langues se délient et certaines superstitions ressortent… Malgré tout, la jeune institutrice Camille refuse de céder à ces croyances d'un autre âge et appelle à la rescousse son ami d'enfance. Cet ancien criminologue, connu pour ses enquêtes autour du paranormal et qui ne voit dans ces morts suspectes que des crimes perpétrés par la main de l'homme, va mener l'enquête à sa façon… mais l'assassin l'a positionné sur son échiquier diabolique. Tout n'est désormais que tactique et manipulation.

Christian Carayon

41 ans, agrégé d'histoire et professeur en lycée. Véritable cinéphile, il est également féru d'écriture depuis son enfance.

Un roman plébiscité par un comité de lecture grand public.

Toutes les notes de ce roman sur www.lesnouveauxauteurs.com

Dominique Maisons, Claire Favan, Laurent Guillaume,
François-Xavier Cerniac, Jean Depreux, David Moitet,
Damien Leban, Jean-Christophe Tixier, Yves Corver
Nouvelles
Intrigues
Policier . Thriller
Nouveaux talents plébiscités par les lecteurs et révélés par
F. BEIGBEDER, Y. QUEFFÉLEC, D. VAN CAUWELAERT
Les Nouveaux Auteurs
Prix VSD du Polar

Meurtres sur échiquier

Yann-Hervé Martin

Sur l'échiquier de la mort, tous les coups sont permis !

Fraîchement muté à Strasbourg, le jeune commissaire Pavlovsky se trouve embarqué, malgré lui, dans une affaire criminelle qui très vite le dépasse. Plusieurs individus découverts assassinés portent sur eux un bristol énigmatique.

Peu à peu, le commissaire va découvrir que les caractères du message correspondent aux coups d'une partie d'échecs joués entre l'assassin et… lui-même ! Hélène Bellegarde, maître d'échecs charismatique, lui sera d'une aide précieuse afin de déceler les véritables enjeux de cette partie forcée, dont les pièces sont des êtres de chair et de sang. Qui le premier infligera échec et mat à son adversaire ?

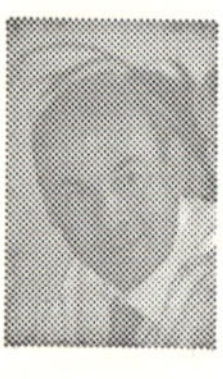

Yann-Hervé Martin

45 ans, professeur de philosophie. Son premier roman, L'ange au sourire *a obtenu le Coup de Cœur du Jury, Prix Femme actuelle 2008.*

Du même auteur

Un roman sur la souffrance, le mal, l'espérance et l'amour.

Déclaré autiste à cinq ans, Louis est placé dans un centre spécialisé où il se retrouve au cœur d'une mosaïque de personnages tourmentés, blessés, hantés par leur passé. Mais on dirait parfois que ce petit garçon, qui ne parle pas, est habité par un pouvoir étrange. Il se révèlera peu à peu à ceux qui l'aiment comme à ceux qui le fuient. Et si Louis avait une mission à remplir ?

Deux romans plébiscités par un comité de lecture grand public.

Toutes les notes de ce roman sur www.lesnouveauxauteurs.com

ROMAN FINALISTE Plume de glace Serre Chevalier Vallée

Le châtiment des élites

Giampiero Marongiu

Dans une société corrompue où les privilèges s'héritent au lieu de se mériter, un justicier entreprend de faire régner la loi du talion.

Sous le sceau du secret d'État, la république est la proie d'un prédateur ! Les têtes des élites de la nation roulent dans des caniveaux insalubres. Les hommes les plus influents de la sphère économique et politique paient de leur vie leurs abus de pouvoir. Dans l'ombre, se dresse un justicier sans visage et sans mobile apparent rendant l'enquête plus complexe. Seules la ténacité et la fulgurance de ses intuitions permettront au commissaire Brocca de démêler les fils d'une enquête engluée dans les méandres des sociétés secrètes.

Giampiero Marongiu

50 ans, chef d'entreprise et Français du monde. Expatrié perpétuel, Giampiero mêle aux cultures d'ailleurs les accents de sa France natale.

En proie au temps
Sandrine Monfort
THRILLER
Les Nouveaux Auteurs

La louve de Subure

Laurent Guillaume

Le complot fut à Rome ce que la vendetta sera à la mafia, la magie en plus…

An 105, Trajan dirige un empire romain à son apogée et suscite des rancœurs. Dans les bas-fonds de Subure, le quartier le plus malfamé de Rome, un mystérieux comploteur tisse sa toile. Assisté par une redoutable nécromancienne, il projette de tuer l'empereur durant la campagne de Dacie. Falco, jeune noble proche du pouvoir et vétéran de l'armée, est approché par les séditieux. Mais, en Dacie, un guerrier goth caracole derrière l'épée mythique de son peuple, volée par une tribu ennemie. Comme Falco, il tient dans ses mains le destin de Rome, mais ne le sait pas.

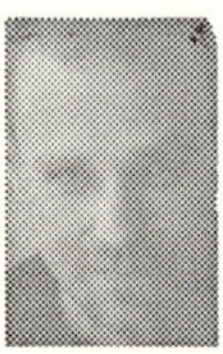

Laurent GUILLAUME

44 ans, capitaine de police, passionné d'histoire antique. Son premier roman Mako, *coup de cœur de Frédéric BEIGBEDER, prix VSD du Polar 2009, puis* Le Roi des crânes, *préfacé par Olivier MARCHAL, ont fait l'unanimité.*

**Un roman plébiscité
par un comité de lecture grand public.**

Toutes les notes de ce roman sur www.lesnouveauxauteurs.com

La vengeance volée

Une enquête du capitaine Allonfleur

Irène Chauvy

L'entourage de l'empereur Napoléon III est menacé ! Une intrigue à multiples facettes mêlant avec brio aspects historiques du Second Empire et suspense policier.

Paris 1863, le beau et ténébreux Hadrien Allonfleur, capitaine dans l'escadron des Cent-gardes, est chargé par Napoléon III de découvrir le meurtrier de deux domestiques assassinés l'un au Palais des Tuileries, l'autre dans le salon de la princesse Mathilde. Afin de dénouer cette affaire hors du commun, Hadrien aura besoin de l'aide d'Amboise Martefon, inspecteur de la Sûreté à la retraite, bougon et efficace. Mais l'assassin rôde autour d'Hadrien, les fausses pistes s'accumulent et de nouvelles victimes tombent : le mystère ne fait que s'intensifier…

Irène Chauvy

57 ans, originaire des Cévennes, juriste de formation.
La vengeance volée *est son premier roman.*

Photo couverture : © Anyka © Infinity © Pajot © Unclesam © Witold Krasowski
Fotolia.com

Ligne graphique : Chrystèle Ferté

Cet ouvrage a été mis en pages par
Studio Ben
à Argenteuil
et composé en ITC Berkeley Old Style

Studio de fabrication : Flora Bellanger

Impression réalisée sur CAMERON par

CPI
BRODARD & TAUPIN

La Flèche

pour le compte des Éditions

éditions Les Nouveaux Auteurs

Dépot légal : Mars 2012 – N° d'impression : 66877